Jeremias Gotthelf

AUSGEWÄHLTE WERKE

IN ZWÖLF BÄNDEN

HERAUSGEGEBEN VON

WALTER MUSCHG

---

DRITTER BAND

Jeremias Gotthelf

# Wie Anne Bäbi Jowäger haushaltet und wie es ihm mit dem Doktern geht

Erster Teil

Diogenes

Veröffentlicht als Diogenes Taschenbuch, 1978
Lizenzausgabe mit freundlicher Genehmigung
des Birkhäuser Verlags, Basel

80/78/8/1
ISBN 3 257 20563 5

# Einleitung des Herausgebers

Im Januar 1842 wurde Gotthelf auf Anregung des mit ihm befreundeten Medizinprofessors Eduard Fueter von der Berner Sanitätskommission eingeladen, eine volkstümliche Schrift gegen das Kurpfuscherwesen zu verfassen. Man wünschte offenbar eine kräftige Aufklärungsbroschüre in der Art der Schnapsgeschichten und der «Armennot». Statt dessen schrieb er einen zweibändigen Roman, der schon 1843/44 im Druck erschien. Nichts zeigt schöner, wie sein Schaffen im Leben verwurzelt war und wie hoch er sich doch über die banalen Anlässe erhob. Auch «Uli der Knecht», «Geld und Geist», «Zeitgeist und Bernergeist» entstanden in der Weise, daß sich ein novellistischer Plan zum Großwerk ausdehnte.

Die Wunderdoktoren waren für Gotthelfs Feder allerdings ein klassischer Vorwurf. Sie spielten im Emmental seit alters (und bis zum heutigen Tag) eine große Rolle und hatten einst in Micheli Schüppach eine europäisch berühmte Figur hervorgebracht. Gotthelf kannte das Treiben dieser Käuze sehr gut. Die Lust zur Ausführung kam ihm bei der Lektüre von Wackernagels Reformationsgeschichte, bei der ihm bewußt wurde, daß das Zutrauen des Volkes zu den Pfuschern eine religiöse Quelle habe und daß es anderseits durch frivole Ärzte verschuldet werde (an Hagenbach, 1. April 1842). Damit ist das Hauptthema dieses Romans und die kühne Wendung umschrieben, die er ihm gab.

Der exempelhaft einfache Anfang läßt noch die erste Absicht durchschimmern, die mit dem behördlichen Auftrag verbunden war. Auch später flicht Gotthelf ab und zu noch Pfuscherszenen ein, die aber immer episodenhafter wirken. Die große Lobrede auf den Hebammenberuf, wohl durch Fueter nahegelegt, ist recht künstlich eingeschoben. Denn schon im ersten Band setzt sich eine viel tiefere Fragestellung durch. Die simplen Figuren des Jowägerhauses und die Probleme, die sich vor ihnen stellen, wachsen Gotthelf immer höher empor, und zuletzt ist auch hier, wie immer bei ihm, das Leben größer als jede Theorie. Er weiß vor der erschütternden Grundfrage keine unfehlbare Antwort.

Dei Grundfrage lautet: warum läuft das Volk zu den Pfuschern? Die Quacksalberei ist nichts anderes als medizinischer Aberglaube, und der Aberglaube des Volkes hatte Gotthelf schon in seinen ersten Büchern beschäftigt. Am Schluß des «Bauernspiegels» findet Jeremias auf der Suche nach einem Wirkungsfeld in zwei benachbarten Dörfern plumpen Unglauben und dicken Aberglauben nahe beisammen und erkennt, daß sie nur verschiedene Seiten desselben Geisteszustandes sind. An die Spitze seines ersten Kalenders hatte Gotthelf einen Aufsatz über den Glauben gestellt, in dem er erklärte, daß die meisten Menschen an den Teufel glaubten, er aber an Gott in sich und den Menschen. Der Zusammenhang zwischen Glaube, Aberglaube und Unglaube ist der tiefe Gedanke, der dem «Anne Bäbi» zugrunde liegt. Er wird hier in seiner ganzen Tragweite aufgerollt, und das bedeutet, daß Gotthelf hier so direkt und ausführlich wie nirgends seine eigene Gedankenwelt, insbesondere seine Auffassung des Christentums, entwickelt. Da er aber die Vertreter verschiedener Weltanschauungen einander gegenüberstellt, ist das Verständnis dieses großen Ärzte- und Pfarrerromans nicht einfach. Die Forschung bemüht sich deshalb neuerdings besonders eifrig um seine Erklärung; es sei nur auf die schöne Arbeit Kurt Pletschers («Jeremias Gotthelfs Anne Bäbi Jowäger», Schaffhausen 1941), hingewiesen, deren Verfasser aber gerade das entscheidende Kapitel nicht mehr schreiben konnte.

«Der Glaube ist dem Menschen angeboren; scheint aber Gottes Sonne nicht hinein, so spuckt der Teufel darein», heißt es im «Anne Bäbi». Nach Gotthelfs Überzeugung ist jeder Mensch ein gläubiges Wesen, nur die Arten des Glaubens sind verschieden. Je primitiver ein Mensch vegetiert, desto dumpfer, triebhafter ist auch sein Verhältnis zum Schicksal. Eine rein sinnliche Kreatur ist ihm gegenüber unfrei, beherrscht von Furcht- und Wahnvorstellungen dämonischer Art, die das Christentum als Aberglaube bezeichnet. Der Aberglaube ist die Frömmigkeit der Primitiven, Unerlösten, die Naturreligion, das Heidentum. Nur der Christ erhebt sich über die sklavische Abhängigkeit vom Übersinnlichen, in ihm erhellt sich die Angst vor dem Abgrund des Daseins, die leicht in Wahnsinn umschlägt, zum heiteren Vertrauen auf Gott. Das noch halb im Heidentum steckende Bauernvolk zeigt den krassesten Aberglauben, der aber doch auch seine Schönheit besitzt, weil er auf naiver Natürlichkeit beruht. Diese unbewußte Frömmigkeit ist ein Mittelding zwischen dem echten Glauben und dem Unglauben, den die modernen Geister predigen. Als Freund alles Ursprünglichen kann Gotthelf sie nicht einfach verdammen. «Der Aberglaube ist die Poesie des Lebens», sagte Goethe zu Riemer; in diesem Licht sah ihn auch Gotthelf und machte er ihn zum Gegenstand eines seiner größten Werke. Später, etwa in der «Käthi», nahm er ihn ausdrücklich gegen den Unglauben in Schutz, weil er ihm als eine Form der Frömmigkeit immer noch höher stand als die moderne Verneinung des Göttlichen.

So ist der Titel des Romans und die Bemerkung im Vorwort zu verstehen: um ein Anne Bäbi fassen zu können, müsse man imstande sein, es in seinem Haushalten zu ergründen. «Haushalten» bedeutet hier die alltägliche Art zu leben, ein Mensch zu sein. Anne Bäbi ist ein ganz naturhaftes, primitives Wesen. Sie lebt rein gattungshaft und gedankenlos wie ein Tier, besessen von ihrem kindischen Egoismus und von ihren ererbten Meinungen, die sich bei jedem Widerspruch zu fixen Ideen versteifen. Sie geht ganz sinnlich im winzigen Kreis ihrer täglichen Umgebung auf; ihre triebhaften Vorurteile und Interessen äußern sich in reflexartigen Gebärden, besonders ihr Mutterinstinkt ist von tierhafter Stärke. Ihre Mutterliebe wird zu einer unerträglichen Tyrannei, mit der sie ihren Sohn halb, den Enkel ganz zugrunde richtet. Mit dem stupiden Heiratsprojekt für Jakobli treibt sie beinahe die Familie in den Untergang. Sie ist nicht böse, aber ihre animalische Herrschsucht lastet als ein Alpdruck auf den Ihren. Es fehlt ihr alles höhere Menschliche – Verstand, Liebe, Heiterkeit der Seele –, sie ist gleichsam nur der Rohstoff zu einem Menschen. Als echt primitives Wesen ist sie auch fromm, nämlich beherrscht vom Glauben an die Wirksamkeit übersinnlicher, unfaßbarer Kräfte. Sie empfindet ihnen gegenüber eine abgöttische Furcht und sucht sich ihrer mit uralten Zaubermitteln zu erwehren. Sie zwingt die Schwiegertochter, bei der Geburt eine alte Soldatenuniform anzuziehen, damit das Kind gesund und stark werde, das Neugeborene legt sie unter den Tisch, um es demütig zu machen, bei der Taufe bindet sie Scheibchen von Brot und Käse in das Kissen ein, um es vor Hunger zu bewahren, in den ersten Brei zupft sie ein Blatt aus der Bibel. Gott ist ihr nur eine dem Namen nach bekannte Respektsperson, ein heidnischer Fetisch, über den sie auch schimpfen kann, wenn ihr schlechtes Gewissen sie nicht ruhig schlafen läßt. «Es wisse nicht, womit es sich versündigt hätte, aber es düeche ihns, wenn man dr Tag öppe seine Sache gemacht hätte, wie me chönne und möge, so könnte der Herr einen z'Nacht rüehyig lassen.» In dieser lieblosen Verblendung ruht sie so felsenfest, daß es kein Mittel gibt, sie aus ihr zu befreien. Die ihr aufdämmernde Erkenntnis, was sie mit ihrem Unverstand verschuldet hat, treibt sie nicht zur christlichen Buße und Besserung, sondern mit unheimlicher, heidnischer Gewalt in den Selbstmord.

Als künstlerische Leistung ist diese Gestalt in der neueren Literatur beispiellos. Man weiß nicht, was man an ihr mehr bewundern soll: die Psychologie der Einfalt, die aus ihr spricht, die Kenntnis des Volkes, die das «Anne Bäbi» zur Fundgrube der Volkskunde macht, oder den Blick für das typisch Menschliche. Der Charakter des urzeitlich-primitiven Menschen, den die moderne Völkerpsychologie seither stückweise ans Licht gezogen hat, steht in dieser Bäuerin als eine noch heute vorhandene, ewige Art des Menschentums da. Auch die zahlreichen in die Handlung eingeflochtenen Betrachtungen bezeugen Gotthelfs seltene Vertrautheit mit dem primitiven Seelenleben. In dieser Luft haust das Menschenvolk, das den Pfuschern zuläuft. Anne Bäbi kann sich auch mit dem unheimlichen Rätsel der Krankheit nicht denkend, nur triebhaft auseinandersetzen. Sie ist ihm ein dämonisches Ereignis, dem mit dämonischen Mitteln begegnet werden muß. Je unverständlicher das Gebaren des Doktors, desto fester glaubt es an ihn. Die Pfuscher machen ihr den Eindruck, daß sie mit den magischen Kräften der Natur rechnen und sie sich dienstbar zu machen wissen. Sie haben «den Geist», sie stehen mit dem Geheimnis des Lebens im Bunde, von dem sich Anne Bäbi in aller Torheit umgeben weiß.

Ein Buch, das diese geistige Beschränktheit des Landvolkes aufdecken und bekämpfen will, kann das Bauernleben nicht so idealisieren, wie der «Uli» es tut. Die Jowägers sind zwar auch reich und vom alten Schlag, aber nicht vornehm, weil sie eben dumm sind (ihr Name drückt das symbolisch aus). Trotzdem ist das «Anne Bäbi» kein satirischer Roman und der triviale Haushalt, den es schildert, mehr als ein psychologisches Kuriosum. In den Frühwerken hatte Gotthelf diese bäuerliche Borniertheit in derber Karikatur und scharfer Satire geschildert, der Haß gegen alles Rückständige hatte ihm dabei die Feder geführt. Seit dem «Uli» war der Hang zur epischen Verklärung alles Bäuerlichen in ihm mächtig, und er wußte sich auch hier durchzusetzen. Er mußte sich aber eines neuen Mittels bedienen: des Humors. Das «Anne Bäbi» ist Gotthelfs erster großer humoristischer Roman. Diese geniale Wendung ermöglichte es, daß sich die Broschüre gegen die Pfuscher zur großen Dichtung und zum Weltanschauungsroman erweiterte. Die humoristische Behandlung bedeutet, daß Gotthelf auch den abergläubischen Haushalt Anne Bäbis als ein Sinnbild auffaßt.

An vielen Stellen, besonders aber im fünfzehnten Kapitel des ersten Bandes, werden der Handlung diese Lichter aufgesetzt. «Ja, so ein Anne Bäbi», heißt es da plötzlich, oder: «So sind die Anne Bäbi», und dann geradezu: «Nein, von solchen Anne Bäbi wimmelt die Welt. Es ist kein Dörflein so klein, es hat wenigstens ein solches Anne Bäbi, das die Seinigen auf seine Weise glücklich machen will und sie schinden oder braten würde, wenn es damit sie in ihr Glück einsalzen oder vielmehr das Glück ihnen aufsalzen könnte. In den Städten sieht fast zu jedem Fenster eins heraus, und an den Höfen soll man in Verlegenheit sein, jemand zu finden, der nicht eins ist» ... Der Glaube an die Wunderdoktoren grassiert ja nicht nur unter den Bauern, sondern auch unter den Gebildeten. Der Mensch ist von Natur überall und immer das gleiche primitive Wesen, und alles hängt davon ab, woran er glaubt. Der Aberglaube ist für Gotthelf nicht nur ein psychologisches, sondern ein religiöses Problem, und in dieser Beleuchtung gewinnt er für ihn eine ungeheure Aktualität. Die ganze Darstellung des Jowägerhauses durchzieht als Leitmotiv das von ihm so geliebte Bild des Nebels, den der Sonnenschein nicht zu durchbrechen vermag. «Hansli Jowägers Haus war eins von den sehr vielen, wo es ist, als ob immer die gleiche trübe Wolke auf ihnen sich lagere, die Sonne nie recht durchscheinen möge. Sie hatten von allem mehr als genug, hatten keinen eigentlichen Streit, nicht Unfrieden, kein Laster, und doch fehlte das rechte Lebensglück, fehlte fröhliche Heiterkeit, liebliche Freundlichkeit.» Das ist der unselige Schatten, der wie ein böser Zauber auch über dem durch Streit verdüsterten Hof von Liebiwyl (in «Geld und Geist»), über Peter Käsers und Ulis Leben vor der Bekehrung liegt. Immer wieder zeichnet Gotthelf dieses Dasein, dem zum Glück nichts fehlt als der Sonnenstrahl der Freude, ja das trotz allem Reichtum im Unglück versinkt. Im «Anne Bäbi» liegt, wie im «Schulmeister», die ganze Bauernwelt wieder unter dem Schleier der Unerlöstheit. Das Dorf Raxigen, Meyelis Heimat, zeigt mit seinen am Boden klebenden Strohdächern dieselbe graue Trostlosigkeit wie das Haus der Jowäger. Die Sonne des «Uli» ist hier wieder hinter dem Nebel verschwunden. Die Fahrt der Jowägers an den Solothurner Markt, ein Höhepunkt des ersten Bandes, schildert das Lächerliche dieses freudlosen Herumlaufens in der Welt auf unvergeßliche Art. Aber auch sie ist keine Satire, sondern von hoher dichterischer Schönheit.

Die symbolische Bedeutung von Anne Bäbis Haushalt wird im zweiten Band noch stärker unterstrichen. Hinter der einfältigen Bäuerin zeichnet sich die große Glaubenskrise der Neuzeit ab, die Gotthelf wie Wenige durchschaut hat. Anne Bäbi wird zum Sinnbild des gottlosen Lebens überhaupt: der Unfähigkeit, sich zur wahren Menschenwürde zu erheben. In seinem Kopf hat immer nur eine Sache Platz, von dieser wird es wie von einer Zwangsidee beherrscht, bis die nächste an ihre Stelle tritt. Das ist nach Form und Inhalt auch die Tyrannei des Zeitgeistes, der jetzt, viel bösartiger allerdings, in den Städten propagiert wird: der Lehre von der rein tierischen Natur des Menschen und der Moral der hemmungslosen Sinnlichkeit, die zu ihr gehört. Der moderne Zeitgeist verherrlicht eben dieses haltlose Schwanken zwischen den oberflächlichen Sinneseindrücken, dieses Vibrieren unter allen «atmosphärischen» Stimmungen, in dem auch Anne Bäbis Unfreiheit besteht und das der Mutterboden aller Unfreiheit ist. Am Beginn des zwanzigsten Kapitels im ersten Band wird diese anarchische Seelenverfassung im Bild der Hanfstengel im Hanffeld großartig veranschaulicht. «Seit man Gott die Autorität genommen, will nun jeder Bube eine Autorität sein, es bleibt aber doch immer nur eine Bubenautorität.» Die ganze moderne Menschheit läuft wie verhext in einer Wahnwelt herum und wird, wenn das materialistische Denken die Oberhand gewinnt, eines Tages den Verstand verlieren und wieder den Pfuschern anheimfallen. Sie ist im Begriff, das Christentum, diese große Befreiung von der Dämonenfurcht, wegzuwerfen. Sie predigt bewußt, was Anne Bäbi unbewußt praktiziert: die Gottlosigkeit, das rein sinnliche Vegetieren, und damit unweigerlich den Rückfall in die Unfreiheit, in die Finsternis eines neuen Aberglaubens, einer neuen Despotie. «Das geht gerade gleich, wie aus einer Hure eine Betschwester wird, aus einem Radikalen ein Despot, aus einem Gottesleugner ein Schatzgräber und Teufelsbanner, aus einem Ungläubigen ein Abergläubiger. Wer das Christentum über Bord wirft, wird ein Heide, und wer ist wohl blinder und mehr der Außenwelt Knecht und macht sich Götter aus Türlistöcken als eben ein Heide? Wo haben die Wahrsagerinnen mehr Verdienst als im aufgeklärten Paris?»

Diese Auseinandersetzung mit dem atheistischen Zeitgeist enthalten die großen Gespräche und Exkurse des zweiten Teils. Sie berühren sich eng mit dem, was Kierkegaard, Dostojewski, Burckhardt und andere Kritiker des Modernismus gegen ihre Zeit gesagt haben. Seit dem «Geltstag» steigerte Gotthelf diese Kritik ins feierlich Prophetische, sie bildete fortan das Grundmotiv seiner Kunst. Im «Anne Bäbi» besitzt sie noch nicht jene ungeheure Leidenschaft und Bitterkeit, sie schwingt nur nebenher mit, ohne den idyllischen Rahmen der Handlung zu sprengen. Aber Gotthelf dreht in diesen Szenen den Spieß doch schon vollständig um. Er gibt eine gelassene, aber tiefernste philosophische Widerlegung des modernen Denkens, als dessen Vertreter der Vikari und der junge Arzt Dr. Rudi zur Rede gestellt werden. Er führt sie vor die dunkelste Form der Krankheit hin, die der Seele, und zeigt, daß der Geistliche und der Mediziner vor dem schwermütigen Anne Bäbi ebenso versagen wie die Quacksalber. Die Schuld am Pfuscherelend fällt auf jene Ärzte und Pfarrer, die in ihrem Dünkel nicht bemerken, daß ihnen die wahre menschliche Natur ein Buch mit sieben Siegeln ist. Sie leiden an derselben Beschränktheit wie Anne Bäbi, das sie kurieren wollen: sie kennen das Ganze des Lebens nicht und verbohren sich fanatisch in eine Teilwahrheit. Der Geistliche weiß nichts vom Zusammenhang der Seele mit dem Körper, der Arzt nichts von dem des Körpers mit der Seele. Das Problem des Aberglaubens stellt sich bei ihnen auf höherer Ebene aufs neue.

Der Vikari, der Anne Bäbi mit seiner Zerknirschungspredigt den Kopf verrückt, verkörpert die theologische Ahnungslosigkeit vor dem Leben. Dieser unerfahrene, in seine hartherzige Bücherweisheit verrannte Heißsporn weiß nichts von Gnade, obschon er sie ständig im Munde führt, und fördert nur die Werke des Teufels, mit dem er die Leute erschreckt. Im Vorwort zum zweiten Band rechtfertigt sich Gotthelf ausdrücklich deswegen, daß er einen Vertreter der Kirche in dieser Weise als religiösen Quacksalber auftreten lasse. Der Vikar fühlt sich als Repräsentant einer jungen Theologengeneration und wird als Träger des radikalen Zeitgeistes in der Kirche entlarvt, der wie der politische Zeitgeist mit Pferdekuren statt mit der heilenden Wahrheit arbeitet. In Dr. Rudi tritt die erregendste Form der Gottlosigkeit auf den Plan: die moderne Naturwissenschaft, die Glorie der nihilistischen Intelligenz. Dieser junge Landarzt vertritt die Skepsis und ungläubige Resignation des jüngsten Geschlechts. Er ist kein bornierter, sondern ein beglückend wahrer und edler Mensch, und er wird nicht satirisch, sondern tragisch gezeichnet. Diese Gestalt zeigt am besten, wie Gotthelf an die großen Zeitfragen herantritt. Sie wühlen ihn im Innersten auf, er läßt sich durch sie wahrhaft erschüttern. Der alte Pfarrer von Gutmütigen weist Rudi zwar das Unzulängliche seines Denkens nach, aber der frühe Tod dieses Gegners weckt auch in seiner Brust «frevle Fragen».

Schon Rudis Vater ist Arzt gewesen, ein echtes Kind des Aufklärungsjahrhunderts, das den Glauben an die reine Wissenschaft zur Religion der modernen Zeit erhob. Erst sein Versagen in einer Epidemie machte ihn in dieser Zuversicht irre und ließ ihn in Verzweiflung sterben. Der Sohn glaubt überhaupt nichts mehr, weder an Gott noch an die Wissenschaft noch an die Menschen. Er lebt ohne Illusionen, ein Kind der Krisis, ein Entsagender und im Grund Verzweifelter, der seine innere Haltlosigkeit in der heroischen Hingabe an die praktische Berufsarbeit zu vergessen sucht. Sein einziger Trost ist diese Entschlossenheit zur Selbstaufopferung im Rahmen des Möglichen. Er rechnet sarkastisch mit allen Rückschlägen und Mißerfolgen, da er die Unzuverlässigkeit aller Mittel und die «Saunatur» des Menschen kennt, die aller Theorie zuwiderläuft. Als reiner Empiriker und Materialist ist er ganz vorurteilslos, allen Erscheinungen zugänglich, aber ohne die Sicherheit und den Trost einer leitenden Idee. Es hängt nur von ihm ab, wie er sich in einem bestimmten Fall entscheiden, wie ernst und wie lange er überhaupt sein Handwerk treiben will. Die ganze Verantwortung seines Berufs ruht auf ihm. Darin liegt das gefährlich Doktrinäre seines Heldentums: er glaubt nur an sich, er macht sich selbst zur letzten Instanz, sein technisches Können zum einzigen Heil der Welt. Er ist ohne Frömmigkeit und Ehrfurcht; hinter seiner faustischen Tatkraft gähnt das Nichts. Er ist nicht imstande, das Glück zu ergreifen, das in der heimlich liebenden Sophie vor ihm steht, weil er den Glauben an das Glück, an die Schönheit, an einen ewigen Sinn des Lebens verloren hat. Er lebt ohne Gnade, ohne Heiterkeit, ohne echte Frömmigkeit wie der Vikar, wie Anne Bäbi.

Im Opfertod dieses Menschenfreundes gipfelt die Tendenz des Buches. Er ist einerseits eine Anklage gegen die moralische Verantwortungslosigkeit der Quacksalber, die nur an ihren Profit denken, aber er enthüllt anderseits die Tragik der Schulmedizin. Sie hat den Blick für die heilige Ganzheit des Lebens verloren, sie ist gottlos und deshalb nicht imstande, den Glauben an die Wunderdoktoren zu überwinden. Diese behandeln, wenn auch dilettantisch oder bewußt betrügend, die Krankheit noch als ein Geheimnis, Körper und Seele als eine Einheit, und das Volk strömt ihnen zu, weil es bei ihnen zugleich seelisch und körperlich auf seine Rechnung zu kommen glaubt. Rudi ist der eigenen Krankheit, die er sich im Dienst an den Menschen holt, innerlich nicht gewachsen. Sein körperlicher Zusammenbruch wird zum geistigen Bankrott. Verbitterung, zynischer Unglaube bemächtigen sich seiner, und diese Verdüsterung mündet (im 12. Kapitel des zweiten Bandes) in den ersten großen Exkurs über das Wesen der modernen Gottlosigkeit, des Kommunismus und der andern materialistischen Glückslehren. Rudi habe zwar, heißt es da, von diesem «Umbiegen der Kultur ins Tiertum» noch keinen Begriff; er sei noch einer jener Heiden, die an sich selber Hand legten, wenn die Verzweiflung sie anfiel, statt aus Rache die Weltordnung in Unordnung zu verkehren. Aber der tiefere Zusammenhang seines Denkens mit dem modernen Heidentum ist offenkundig. Erst im Sterben geht ihm der Blick für seinen Irrtum und für die göttliche Wahrheit des Lebens auf. Hier läßt Gotthelf seinen Christenglauben über den modernen Unglauben triumphieren. Welch großer Dichter er ist, zeigt sich aber gerade in seiner Schilderung von Rudis Niederlage. Sie verrät nichts von theologischer Besserwisserei, nur dichterische Erschütterung über die Tragik des Menschen. Es ist, als werde mit diesem Arzt die Sonne begraben; die schauerliche Nebelnässe des Novembers und der Todesnähe hüllt alles in ihren Schleier, und die beiden jungen Frauen der Erzählung, Meyeli und Sophie, treten weinend zu einer geisterhaften Totenfeier zusammen, in welcher der Dichter selbst sein Haupt zu verhüllen scheint. So tief, wie die Frage nach dem Glauben von ihm gestellt wurde, so tief ist seine letzte Antwort auf sie. Sie geht über alle Theologie, ja über alle Worte hinaus.

In dieser aufgewühlten Dorfwelt vertritt der alte Pfarrer von Gutmütigen den echten christlichen Glauben. Er ist, nach dem Pfarrer von Gytiwyl im «Schulmeister», Gotthelfs zweites großes Selbstbildnis und würde noch größer wirken, wenn er etwas weniger bieder gezeichnet wäre und von seiner Frau nicht immer als «Papali» tituliert würde. Die idyllische Tracht, in der er auftritt, kann aber die Genialität der Gedanken, die er ausspricht, nicht ernstlich beeinträchtigen. Dieser Weise kennt die ganze

Undurchschaubarkeit des Lebens. Er sieht, daß die babylonische Verwirrung der modernen Welt aus dem Unvermögen herrührt, die Dinge des Lebens in ihrer komplexen Fülle gelten zu lassen. Wie der Pfarrer in «Uli der Pächter» ist er überzeugt, daß Leib und Seele durch Gottes Willen untrennbar verknüpft sind. Und wie dort das «Eintönigwerden» die größte Gefahr des Menschen genannt wird, so ermahnt hier der Pfarrer seinen Vikar und den jungen Doktor, sich keiner abstrakten Theorie zu verschreiben. Er demonstriert ihnen, «daß es auf Erden kein System gibt, weder ein geistliches noch ein medizinisches, das absolut genommen einen Kreuzer wert ist, daß auf Erden alles relativ ist, das heißt sich modeln muß nach Natur und Lebensweise, nach Kraft und Schwäche, nach Wärme und Kälte, nach Fleisch und Erdäpfeln, nach Milch und Wein, nach hunderterlei andern Dingen noch». Dem Vikar gegenüber betont dieser Realist den Einfluß des Materiellen auf das seelische Leben, dem Doktor gegenüber den des Geistes auf den Körper. Ärzte und Pfarrer sind ihm beide «Verwalter der Geheimnisse Gottes»; ihr Beruf ist im Grund ein und derselbe und sollte wieder seine höhere Einheit finden, wie sie Gotthelf auch im Vorwort fordert. Nur Gott, kein Arzt oder Pfarrer, ist Herr über Leben und Tod. In dieser Sicht verlieren die Begriffe Gesund und Krank, Gut und Böse ihre starre Eindeutigkeit. «Wenn man alles wegtun wollte auf Erden, was der Geiz, der Neid, die Ehrsucht usw. getan, es würde armselig aussehen auf Erden.» Mit diesem Blick für die Unergründlichkeit alles Lebendigen gibt der Alte seine Ratschläge für die Behandlung des schwermütig gewordenen Anne Bäbi, legt er im Kapitel «Von der Hübschi und vom Interesse» sein geistsinnliches Bekenntnis zur Schönheit ab und beweist er den jungen, gelehrten Fanatikern die Unfruchtbarkeit ihrer rationalistischen Verallgemeinerungen. In der großen Rede an Rudi bekennt er sich offen als Mystiker, als Wundergläubiger, wie es Gotthelf 1840 gegenüber Burkhalter tat, und beruft sich auf die Entdeckungen der romantischen Naturphilosophie – die Erforschung des Magnetismus, der Elektrizität, des unbewußten Seelenlebens –, die berufen seien, den Abgrund zwischen Geist und Materie zu überbrücken. Hier blickt man am tiefsten in Gotthelfs Gedankenwelt und in seine Anteilnahme am geistigen Leben der Regenerationszeit hinein. Was die Pfuscher auf einer niederen Stufe ahnen lassen, meint er, muß vom modernen Gelehrten auf einer höheren Stufe wieder erlangt werden: ein Glaube, der durch die Vernunft bestätigt wird und nicht mehr Gefahr läuft, in Aberglauben oder öden Skeptizismus umzuschlagen. Ähnlich äußerte sich 1852 Adalbert Stifter in der Vorrede zu den «Bunten Steinen».

Was der alte Pfarrer spricht, ist reinster theologischer Liberalismus. Gotthelf kämpft durch seinen Mund sowohl gegen den wissenschaftlichen und politischen Atheismus wie gegen die verkrampfte Erlösungstheologie des Vikari. Beim Kaffeegespräch mit diesem verteidigt die Frau Pfarrerin bezeichnenderweise sich selbst und ihren Mann gegen den Verdacht, als ob sie beide keine rechten Christen seien, weil sie nicht in seinem Sinn bekehrt seien und nicht so laut und schön von ihrer Frömmigkeit zu reden wüßten wie er. Gotthelf antwortet damit auf die Vorwürfe, die schon zu seinen Lebzeiten aus frommen Kreisen gegen sein undogmatisches, weltfrohes Christentum erhoben wurden. Es ist auch eine Antwort auf die Versuche heutiger orthodoxer Theologen, ihn auf das Marterbett der Dogmatik zu spannen. Das ergreifendste Argument, das er gegen die Radikalisten vorbringt, ist die Bemerkung der Frau Pfarrerin beim Visitationsessen, daß den Jungen die Heiterkeit abhanden gekommen sei. Es sei nicht mehr lustig auf der Welt wie früher, wo die Doktoren gesungen und die Pfarrer gern getrunken hätten und es doch brave Leute aus ihnen gegeben habe. Der alte Pfarrer hat noch diese Heiterkeit, die aus der Geborgenheit in Gott, aus dem Wissen um die Heiligkeit und Schönheit des Lebens fließt. Auch der Visitator hat sie, der die Gegenwart trotz ihrer dämonischen Unruhe im Ganzen zuversichtlich beurteilt, als einen stürmischen Frühling, wo alles neu werden will und mit dem Neuen tausend Torheiten und Gefahren emporschießen. Der Vikar und Rudi aber schleichen sich trübsinnig von der frohen Tafelrunde des Visitationstages. Vielleicht hat diese Szene Gottfried Keller die Anregung zum «Verlorenen Lachen» gegeben. Auf alle Fälle ist sie ein weiteres Zeugnis für den prophetischen Tiefblick, mit dem Gotthelf sein Jahrhundert erkannte.

Trotz der schweren Fracht von Problemen ist das «Anne Bäbi Jowäger» aber kein philosophisches Lehrbuch, sondern eine Dichtung von überwältigendem Reichtum der Gestaltung, die Gotthelf auf dem Gipfel seines Schaffens zeigt. Noch großartiger als in jenen Gesprächen äußert sich sein Wissen um das Leben in seiner fast beispiellosen Gabe, eine Menschenwelt im Kleinen mit ihrem Drum und Dran zu erschaffen, und auch was er unter dem heilen Leben versteht, ist besser als in allen theoretischen Aussagen in Meyeli Jowäger, seiner schönsten Frauengestalt, sichtbar geworden. Meyeli ist der Mensch, wie er sein soll, wie er aus der Hand Gottes hervorgeht. Es hat noch die paradiesische Unschuld des Herzens, das «göttliche Lachen und Weinen» liegen friedlich wie zwei unzertrennliche Schwestern in seiner Seele. Es ist ein Sonnenstrahl, den Armut und Mißhandlung nicht auslöschen können, der vollkommene Gegensatz zu Anne Bäbi, das trotz seines Wohlstandes in der grauen Schattenwelt seiner Selbstsucht dahinlebt. Schon in der unvergleichlich schönen Szene, wo das Kind den Jowägers auf ihrer Heimfahrt von Solothurn zum erstenmal begegnet, liegt dieses innerliche Licht eines ewigen Sonntags auf ihm, und gleich hier wird das Wunder der Schönheit an ihm dargestellt. Von seinem nackten Fuß und vom heimlichen Druck seiner Hand strömt das Entzücken in Jakobli über und läßt ihm keine Ruhe mehr. Bei der zweiten Begegnung durchfährt ihn der Zauber aus der Hand des geliebten Wesens noch stärker. «Die Hand war so lebendig, so etwas hatte er sein Lebtag nie in der Hand gehabt; Leben ganz schwallsweise strömte aus derselben über ihn ... und es dünkte Jakobli, als sprühe die Hand immer lebendigere Funken aus, wie aus der Elektrisiermaschine die Funken auch immer lebendiger strömen, je inniger die Berührung wird.» In der Sehnsucht nach diesem Lichtwesen erwacht Jakobli langsam aus der dumpfen Hörigkeit, in der er durch die Mutter gehalten wird. Der Haß gegen ihre Tyrannei beginnt sich zu regen. Im Gegensatz der ungeschlachten Zyberlihogertochter, die Anne Bäbi ihm aufzwingen will, und des zarten Meyeli öffnen sich vor ihm die beiden Wege, zwischen denen er wählen muß, um ein Mann zu werden. Es ist die Entscheidung zwischen echtem und falschem Glück. Die schweigsame Langsamkeit des Vaters Hansli, die egoistische Betriebsamkeit der Mutter, die Zudringlichkeit des mannstollen Mädi werden jetzt, so humorvoll sie geschildert sind, als Versündigungen am Leben des Kindes offenbar. Sie sind Formen des trägen, geistlosen Verharrens im Hergebrachten, aus dem Jakobli sich endlich losreißt. Er tut es so zögernd, daß ein leises Gefühl, dieser Bursche habe sein Glück im Grund nicht verdient, lange bestehen bleibt, um so mehr, als er Meyeli nicht vor der Mutter zu beschützen weiß. Sein junges Weib bringt endlich die Sonne in das Jowägerhaus, wo alle einander fürchten oder plagen und namentlich die Weiber in einem urtümlichen Machtkampf gegen die Männer verbündet sind.

Gotthelf hat nichts Vollendeteres geschrieben als die ersten zwei Kapitel des zweiten Bandes, die Meyelis Eintritt in die Familie Jowäger erzählen. Sie erinnern an die Stelle im «Schulmeister», wo umgekehrt Käsers Mutter sich in den jungen Haushalt des Sohnes einzudrängen versucht, und gehen wie sie ohne Zweifel auf Erlebnisse zurück, die Gotthelfs eigene junge Ehe erschwerten. Der innere Adel rückt Meyeli schließlich an die Stelle, die ihm zukommt, nachdem der Widerstand der Alten ausgetobt hat. Sie nimmt die Sohnsfrau in die Ehre des Hauses und in die stumme Verschwörung gegen die Männer auf. Damit beginnt die Wiederholung ihrer früheren Torheiten, der erst ihr Wahnsinn ein Ende setzt. An dieser Stelle tritt das Jowägerhaus und Meyeli mit ihm in den Hintergrund. Der Gram über den Tod des ersten Kindes führt die junge Jowägerfrau in eine ähnliche Schule des Leidens und der Verinnerlichung, wie sie Vreneli in «Uli der Pächter» überstehen muß. So geadelt wird sie am Schluß des Romans noch einmal sichtbar, beim Begräbnis des Doktors, der ihren Kummer verstanden und ihr Herz gewonnen hat: blaß und stumm und tränenlos, ein Engel in der Finsternis dieser Welt – «fast wie ein Wesen, das vom Schmutz der Erde noch nicht berührt worden, das eigends gekommen, die Masse der Menschen zu verklären».

Im Grundriß ist das «Anne Bäbi» eine gesteigerte Wiederholung der «Leiden und Freuden eines Schulmeisters». Der erste Band ist wie dort den Einfältigen gewidmet, der zweite lenkt die Handlung in das Pfarrhaus hinüber, wo die großen Gespräche stattfinden. Aber alles ist hier viel reicher, tiefer ausgeführt. Das «Homerische», das im «Schulmeister» nur in Episoden aufschimmert, leuchtet hier von der ersten Seite an in vollem Glanz und wird nur in den Disputierszenen verdunkelt. In der Gestalt Anne Bäbis hat sich Gotthelf eine neue Tiefe des Seelischen erschlossen: die des Unbewußten und Dämonischen. Der psychologischen Vertiefung entspricht eine außerordentliche Verfeinerung der Gestaltungsmittel, namentlich des Dialogs. Noch nie lag auf seinen Gestalten ein so unergründliches Zwielicht aus Verklärung und Humor wie hier. Immer wieder steigt namentlich hinter der Dummheit Anne Bäbis das elementare Schauspiel des Menschseins empor. Die zahlreichen Reflexionen über das Geheimnis der Sprache zeigen, daß Gotthelf bewußt um diesen gesteigerten neuen Stil gerungen hat. Die Mächtigkeit des Dialogs, die nicht am wenigsten schuld ist, daß seine Werke turmhoch über alle nach ihm gekommene bäuerliche Heimatkunst emporragen, ist ihm nicht von selbst in den Schoß gefallen und nicht äußerlich «dem Leben abgelauscht», sondern eine Frucht seiner genialen Einsicht in das Geheimnis der Seele und der Sprache.

Wenn er später zu Abraham Emanuel Fröhlich sagte, ein einziges dummes Wort, das er einer einfältigen Person in den Mund legen wolle, fordere oft längeres Nachdenken als die lange Rede eines Redseligen, so dachte er dabei gewiß vor allem an das «Anne Bäbi». Ein Wort kann den Geist des Menschen zerstören; unbedachte Worte des Vikars sind es, die so «teuf» in Anne Bäbis dumpfe Seele dringen, daß es an ihnen seelisch erkrankt. Worte, Redensarten beherrschen aber die ganze Menschheit und führen sie je nachdem ins Glück oder ins Verderben. Die Illustration dazu und ein dichterischer Höhepunkt des Buches ist Hanslis Erzählung von Anne Bäbis doppeltem Selbstmordversuch, in der sich das Erschrecken über den bodenlosen Abgrund der Menschenseele einen sprachlichen Ausdruck von ungeheurer Unmittelbarkeit erschafft. Ähnlich großartig fallen Gedanke und Ausdruck in den spärlichen Landschaftsschilderungen zusammen. Der neblige, allmählich sich aufhellende Herbstmorgen, durch den Jakobli nach Raxigen wandert, um Meyeli für sich zu gewinnen, bildet das Innere des jungen Menschen ab, in dem zum erstenmal der eigene Wille durchbricht. Die Winterlandschaft, die das 18. Kapitel des zweiten Bandes einleitet (sie folgt unmittelbar dem Gespräch über die Schönheit), und jene Schilderung des Hanffeldes besitzen dieselbe Einheit des Sinnlichen und des Seelischen.

Auch das Manuskript dieses großartigen Werkes existiert nicht mehr. Unser Text folgt der in Solothurn erschienenen Erstausgabe, die im Ganzen einen wenig vertrauenerweckenden Eindruck macht. Zahlreiche unbefriedigende Stellen können nicht verbessert werden, weil der Vergleich mit der Handschrift nicht möglich ist. Dagegen haben wir eine Reihe von Druckfehlern und offenkundigen Versehen, die auch in der Gesamtausgabe von Hunziker und Bloesch stehen geblieben sind, korrigiert. Im übrigen wurden auch hier die Grundsätze der Textgestaltung durchgeführt, die für unsere Ausgabe gültig sind.

# Wie Anne Bäbi Jowäger haushaltet und wie es ihm mit dem Doktern geht

## ERSTER TEIL

# Vorwort

Viel Unverstand herrscht im Leben seit uralten Zeiten, aber auch manch Lebensverhältnis ist verdoktert worden in der neusten Zeit; unglückliches Doktern ist eine Krankheit der Zeit, welche auch im Kanton Bern umgeht, und wo unglückliches Doktern ist, da ist auch ein seltsam Haushalten, unter welchem Leib und Seele leiden.

Gegen den Unverstand, eigenen und fremden, hat der Verfasser sich zu Felde gelegt; so ward ihm aufgetragen, einen Feldzug zu versuchen gegen den Unverstand im medizinischen Doktern.

Da Haushalten und Doktern genau verbunden sind, eins im Andern sich spiegelt, so ist man erst dann imstande, ein Anne Bäbi in seinem Doktern zu fassen, wenn man es in seinem Haushalt zu ergründen vermag; daher wird dem ehrenden Publikum Anne Bäbi in beiden Verhältnissen dargestellt. Der Verfasser empfiehlt dasselbe zu freundlicher Aufnahme und hofft sie um so sicherer, da wohl niemand Anne Bäbi genug sein wird, im Anne Bäbi Anzüglichkeiten und Sticheleien zu wittern, und wer vieles vermißt, der denke, daß vielleicht noch Mehreres nachkömmt. Ganz besonders von den Herren Doktorn, denen zu Lieb und Ehr Anne Bäbi in der Welt erscheint, hoffet der Verfasser, daß sie manierlich mit Anne Bäbi umgehen werden, und wird sie des Verfassers Schwäche im Doktern vielfach lächern, so sind sie ihm vielleicht dankbar für das, was sie übers Haushalten von ihm lernen.

Auf eins möchte er aufmerksam machen. Ein Unheil der Zeit ist es, daß je mehr man Gott weiß von was für Zentralisationen aller Art schwadroniert, die geistigen Kräfte sich immer mehr isolieren, die verschiedenen Berufsweisen sich immer mehr absondern und gegenseitig schikanieren, so daß je mehr und mehr der Staat der Schneiderfahne ähnlich wird, die bekanntlich aus lauter Lappen dürftig zusammengenäht ist, wo keiner zum andern paßt, jeder vom andern strebt.

Wie wäre es, wenn die, welche den Leib, und die, welche die Seele doktern sollen, den Andern ein Beispiel gäben und wieder einig würden, Hand in Hand dokterten? Die Hand dazu wäre geboten!

J. G.

*****************************************

## ERSTES KAPITEL

### *Anne Bäbi marschiert auf samt seiner ganzen Haushaltung*

Hansli Jowäger war ein braver Mann, und Anne Bäbi, sein Weib, meinte es auch gut, aber uf sy Gattig. Hansli Jowäger hatte noch Speckseitenkutten, Gilets, wo die Säcke Deckel hatten, und wenn er nicht Spitzhosen trug, so waren seine Hosen doch aufgeschlitzt bis zum Knie, und selten war der lange Schlitz zugeknöpft. Sein Hut hatte keinen hohen Gupf, desto breiter war der Schirm, und wenn er an einem Stock zMärit ging, so stellte er gerne das Kinn auf selbigen ab, während er um eine Kuh märtete. Sein Weib Anne Bäbi plagte ihn auch nicht mit der Hoffart. Ihrer Großmutter Hochzeitkittel trug sie an den heiligen Sonntagen, und ihren eigenen Hochzeitkittel sparte sie der Nachkommenschaft auf. Sie hatte noch Schuhe mit währschaften Böden, aber weit ausgeschnitten, daß sie mit den Zehen kaum anhängen konnte, und für Ärgäuer Fürtücher hatte sie noch keinen Kreuzer ausgegeben. Sie schämte sich, sagte sie, ein solches Hüdeli umzuhängen, in welches man nicht einmal herzhaft schneuzen könne, wenn man nicht wolle, daß die Nase am andern Ort zum Vorschein komme. Halbrystigs, das sei das Fundament in einer Haushaltung, sagte sie. Hansli Jowäger hatte sein Anne Bäbi erst geheiratet, als seine Mutter gestorben und Beide weit über die Dreißig hinaus waren. Er wolle seinem Müetti keinen Verdruß mit einem Söhniswyb machen, sagte er; man wisse wohl, wie es öppe gehe, wenn Zwei an einer Feuerplatte zusammenkämen. Die Frucht dieser Ehe war ein Söhnlein, welches man Jakobli nannte, gar wert hielt als das einzige, späte Sprößlein und das ein Ausbund von Tugend und Frömmigkeit werden sollte vor Gott und Menschen.

Einmal, als Jakobeli zwei Jahre alt war, saß er auf der Mutter Schoß am Tische, und die Andern saßen auch darum und beteten und falteten die Hände wie üblich. Und weil Jakobeli schon mehr als ein Jahr lang auf der Mutter Schoß gesessen war während dem Essen und gesehen hatte, wie man die Hände faltete, so kam es ihm endlich auch in Sinn und er legte seine Händchen auch zusammen. Da entstand in den Eltern ein großes Erstaunen, daß dem Jakobeli etwas in Sinn gekommen und noch dazu so etwas Geistliches. Er sei ein bsonderbar Kind, hieß es, seine größte Freude hätte er am Beten, so ein geistlich Kind hätten sie noch nie gesehen; und wenn ein fremder Mensch ins Haus kam, so mußte Jakobeli zeigen, wie man bete, und allemal wurden dabei dem Hansli Jowäger und seinem Anne Bäbi die Augen naß, und alle Abende dankten sie Gott von ganzem Herzen, daß er sie mit einem so frommen Kinde gesegnet, und von da an nahmen sie an als eine heilige Wahrheit, ihr Jakobeli sei ein bsonderbar frommes Kind und bereits geistlicher als mancher Schulmeister. So hatten sie eine göttliche Freude an ihm, und was er machte, schien ihnen geistlich, und wenn etwas auch so weltlich war, daß sie es nicht ableugnen konnten, so sagte Hansli Jowäger: Das sei freilich nicht ganz recht, aber man solle nur warten, Jakobeli hätte den Geist und der werde der Welt schon Meister werden, man solle ihn nur machen lassen.

Hansli Jowäger wohnte zu Gutmütigen, und Gutmütigen lag in einer fruchtbaren Gegend im Bernerlande.

Hanslis Haus lag nicht mitten im Dorfe, sondern etwas beiseite in einem schönen Baumgarten, an welchem ein lustiger Bach vorüberhüpfte. Vor dem Hause war ein anmutiges Gärtchen mit kleinen Weglein und hohem Kraut, zwischen welchem einige Pfingstnägeli und halbdünne andere Nägeli sichtbar waren; darüber weg sah man die Schneeberge gukken über die Vorberge her ins weite Land hinein. Hinter dem Hause lag der schöne, appetitliche Misthaufen, das eigentliche Herz des Berner Bauernhofes; ihn umfloß die braune Jauche, gleichsam ein Pudding an brauner Sauce (Chokolade crème), und darüber weg sah man den blauen Berg, das himmelblaue Börtchen, mit welchem der liebe Gott selbst den lützelesten Teil der Schweiz eingefaßt hat.

Das Haus war ein braves Bauernhaus von altem Schlage. Tief herab hing sein Dach, aber reinlich war es drin und drum. Hansli war kein lützeler Bauer, er hatte ein Roß im Stall und drei bis vier Kühe und hätte noch mehr Ware haben können, wenn er nicht gemeint hätte, weil er gerne selbst esse bis genug, so müsse auch sein Vieh fressen bis genug und es sei im Frühling viel kommoder, wenn Heukäufer einem zum Hause kämen, als wenn man um Heu den Häusern nachlaufen müsse wie die Länder den Erdäpfeln.

Schulden plagten ihn nicht, sein Gut war bezahlt, und er war einer von denen, deren es nicht so Viele mehr gibt, die heimlich fett waren, die ein Säcklein Geld hier hatten und ein Hämpfeli dort, im Spycher, im Keller, im Trog und sonst noch wo. Zuweilen, wenn Hansli ein neues Säcklein füllte und irgendwo verstoßen wollte, so sagte Anne Bäbi: «Aber, Hansli, es gruset mir, so viel Geld hier und dort; denk auch, wenn es ein Unglück geben sollte, wer könnte an alles sinnen und zu allem kommen im Keller, im Trog, im Spycher? Wärs nicht gut, wir machten es wie andere Leute, täten es an Zins, wir könnten Andern helfen und es würde uns doch nicht verbrennen.» «Ja, ja, Anne Bäbi, ja freilich, du hast recht, aber an Zins tue ich doch nicht mehr, als die Leute mich dazu zwingen. Können uns die Schriften nicht auch verbrennen und müssen wir die Leute nicht auch plagen, wenn wir unser Geld wieder wollen oder gar noch Zins?» sagte dann Hansli. «Ich habe es wie David, der lieber in Gottes Hand sein wollte als in der Menschen Hand; so vertraue ich mein Geld lieber Gott an als den Menschen. Und denn, Anne Bäbi, wenn Krieg kommen sollte oder Hungersnot oder eine Feuersbrunst, Gott behüt uns davor, wären wir nicht froh, wenn wir Geld hätten, niemand plagen müßten und der Zeit erwarten dürften? Anne Bäbi, wenn ich einmal den Leuten nachmüßte und um Geld aus, Anne Bäbi, ich stünde es nicht aus, ich hätte keine gesunde Stunde mehr.» «Jo wäger, Hansli, jo wäger», sagte Anne Bäbi, «du hast recht, das wäre schrecklich; und wer weiß, wie es unser Jakobeli entgelten müßte, das arme Bubeli, er müßte es sein Lebtag hören.» Dann ging Hansli mit Anne Bäbi zu Rat, wo man das neue Säcklein verstoßen könnte, sicher und doch kommod, damit es niemand fände und man es doch bei der Hand hätte in der Stunde der Not.

So lebten sie in gutem Frieden und jahrelang fast, als wären sie nicht in der Welt, das heißt fast ohne alle Veränderung, ohne daß ihr Schicksal einen Stoß erlitten, ohne daß Gottes Hand an ihrem Zustande gerüttelt hätte.

Freilich kam in dem einen Jahr der Rost in den Flachs, ein andermal die Erdflöh dahinter, in einem Jahr waren die Käfer im Gras, in einem andern die Graswürmer im Kabis, und bald galt der Anken nur drei Batzen statt vier und Eier mußte man gar dreizehn um zwei Batzen geben, und gaben doch die Kühe in diesem Jahre weniger Milch als sonst. Aber solche kleinen Abwechslungen machen selbst einen Teil der Unveränderlichkeit aus, weil sie in einer gewissen Art von Regelmäßigkeit wiederkehren. Hingegen hatte Hansli Jowäger seit Jahren den gleichen Knecht und Anne Bäbi die gleiche Magd. Der Schneider hatte schon Hanslis Vater geschneidert, und als ihr Schuhmacher starb, nahmen sie dessen Jungen, der schon lange Jahre mit seinem Vater gekommen war. Beide waren kerngesund, und wenn Hansli sich verletzte, wirsete, so strich er Wagensalbe darauf, und wenn es Anne Bäbi fehlte, wenn es mucht ward oder schwere Glieder kriegte oder Kopfweh, so aß es entweder ein Stück guten Käs oder es trank Melissentee, und alsobald ward es wieder gesund. Lange entstund die größte Veränderung, welche die meiste Unruhe schaffte, wenn eine neue Kuh in den Stall mußte. Bis Hansli eine hatte, bis er wußte, ob sie schlug und ob sie trug, bis Anne Bäbi wußte, wieviel Milch sie gab und ob blaue oder gelbe, ging wohl nicht manche Nacht vorüber, in der Hansli sein Anne Bäbi oder Anne Bäbi seinen Hansli mit schweren Seufzern nicht geweckt, Rat gepflogen, Trost gesucht hätte. Als aber einmal Jakobli da war, verloren die Kühe an Gewicht, und je größer er ward, um so mehr; er war es nun, der die größte Aufregung, das meiste Neue in ihr Leben brachte.

Nicht nur war er geistlich, sondern er ward auch bsunderbar listig und bsunderbar groß für sein Alter und bsunderbar hübsch und alle Tage hübscher und alle Tage listiger, und kein Kind war noch so gewesen und kein Kind wird es mehr so geben; und dieser Meinung waren nicht nur Hansli und Anne Bäbi, sondern auch Knecht und Magd, nicht nur Schneider und Schuhmacher, sondern auch alle Weiber, welche abgenommene Milch holten dr Gottswillen, und auch das Maurer Vreni, welches Seife und Kaffee herumtrug alle Freitage und weit umherkam und also wissen mußte, wie an andern Orten die Kinder waren, und doch nirgend eins kannte, welches dem Jakobeli die Schuhriemen auflöste.

Als er drei Jahre alt war, konnte er schon sagen «Das walt Gott», im vierten Jahre betete er «Speis Gott», im fünften konnte er bereits das halbe Unservater und im sechsten das ganze ABC.

Wenn der Vater die Sonntagskutte anzog, brachte ihm Jakobli den Stecken. Als er einmal den Pfarrer sah, sagte er: «Lue dert dä schwarz Ma.» Wenn er eine Kuh sah, so rief er «Milch», und wenn ein Schaf vorüberlief, so machte er «bä». Und als einmal Mädi, die Magd, einen ganzen Tag beschüttet hatte und am Abend den Jakobli auf die Arme nehmen wollte, wehrte er sich und rief: «Müetti, Müetti, hilf, hilf, Mädi stinkt!» Selbe Nacht schliefen Hansli und Bäbeli wenig und redeten viel von Jakobeli und was das für ein Kind sei. Und von dem Tage an mußte Jakobeli jedem, der ins Haus trat, wiederholen: «Müetti, Müetti, hilf, Mädi stinkt», und wenn das vorüber war, mußte er sagen, was der Pfarrer für ein Mann sei und wie das Schaf mache. Dann liefen Hansli und Anne Bäbi die Freudentränen dBacken ab, sie tröhlten sich in seligen Hoffnungen, und wie ihre Augen glänzten in elterlicher Wonne, glänzt kein Stern am Himmel.

Jeweilen hatten sie auch Tagelöhner, und einer derselben mochte Veränderung lieben. Der gab Jakobeli an, wenn Mädi ihn nehmen wolle, so solle er nicht mehr schreien: «Hilf, Müetti, hilf, ds Mädi stinkt», sondern er solle rufen: «Laß mich sein und hänge mir nicht deine Flöhe an; lue doch, wie sie auf dir umegumpen.» Jakobeli sagte das richtig, als abends nach dem Feierabend die Leute sich einen Genuß verschaffen wollten und der Jakobeli an den Tanz mußte. Da gafften die Leute Maul und Nase offen. «Wie sagst du, wie sagst du?» tönte es hier, tönte es da. «Aber Jakobeli, was sagst du?» sagte Anne Bäbi. «Nein, aber loset mir doch», sagte Hansli. «Wer gibt dir Solches an?» fragte Mädi. «Der Res hat es mir gesagt», sagte Jakobeli. Aber das glaubte ihm niemand, man wußte, was dem Kleinen schon in Sinn kam, mehr als manchem Großen, und von dem an galt er als Genie und man erwartete Wunder.

Um so ärgerlicher war es den beiden Eltern, daß Jakobeli in der Schule nicht der Oberste war, ja sich nicht einmal auszeichnete. Anne Bäbi hatte ihn selbst in die Schule gebracht, als er zum erstenmal sie besuchte und nachdem sie und Hansli schon mehr als ein halbes dutzendmal den Schulmeister auf die Erscheinung ihres Sohnes vorbereitet, ihn zweimal eingeladen hatten, damit sie sich an einander gewöhnten. Anne Bäbi hatte ihm die Haare schön glatt gestrählt, den Hemdekragen schön grad aufgezogen, das Halstuch herzhaft zugebunden, ihm das schöne Namenbuch in den einen Hosensack, ein Nastuch in den andern getan, ihn darauf an der Hand genommen und Hansli hatte gesagt: «Geht in Gottsnamen!»

Jakobeli war ganz still an der Mutter Hand in die Schule gepfoselt, hatte folgsam dem Schulmeister die Hand gegeben, und als die Mutter ihm sagte: «Säg ‚Gott grüeßech Schuelmeister' und ‚Gott grüeßech mitenangere'», hatte er gesagt: «Gott grüeßech, Schuelmeister, Gott grüeßech mitenangere.» Darauf gab der Schulmeister dem Jakobeli einen schönen Batzen, damit er ihn lieb gewinne, und die Mutter sagte: «Halte dich schön stille und folg dem Schulmeister, er ist gar ein Lieber. Behüt dich Gott und komme gleich heim, wenn die Schule aus ist.» Darauf übersah sie die Kinder, dachte: Gottlob, so ein schönes und ein witziges wie unser Jakobeli ist keines da, drehte sich um, sagte dem Schulmeister: «Kömit und losit neuis.» Draußen steckte sie ihm noch Nüsse und Äpfel zu, damit, wenn Jakobeli Langeweile kriege, der Schulmeister ihn bsänftigen könne, ihm die Schule nicht verleide. Und richtig, als der Schulmeister wieder hineinkam, weinte Jakobeli dem Müetti nach; mit Äpfel und Nüssen jedoch ließ er sich besänftigen und verbrachte die Zeit mit Betrachtungen und Schließen von Bekanntschaften.

Daheim harrten Hansli und sein Anne Bäbi in großen Erwartungen ihres Söhnleins; es nahm sie sehr wunder, wieviel er gelernt hatte im halben Tag und was der Schulmeister über seine Talente sagen werde. Als man ihn von ferneher kommen sah, ging Anne Bäbi ihm entgegen, trug ihn heim, setzte ihn auf den Ofen, zog das Buch ihm aus der Tasche, und sagen sollte er, wie weit er gekommen, wenigstens zwei, drei Seiten weit, meinten sie. Allein er war am gleichen Orte geblieben, hatte gar nicht aufsagen müssen, da schüttelten Beide den Kopf über die Verschlimmerung der Welt. Zu ihren Zeiten hätten die Schulmeister sich anders gmühen mögen, sagten Beide, allein heutzutage seien alle gleich und niemand mache mehr, als er müsse. Der Schulmeister hatte gemeint, das Kind zu schonen, gemeint, wenn es aufsagen müßte, so könnte ihm die Schule erleiden, und dem Kinde hatte er es getroffen, aber leider gegen die Eltern sich übel verfehlet; er erfuhr es, wie schwer es ist, allen es zu treffen. Anne Bäbi hatte ein schönes Hammli zweg, welches Jakobeli nach seinen ersten Heldentaten dem Schulmeister bringen sollte, allein es tat dasselbe wieder in den Spycher. Sie erwartete alle Tage den Schulmeister, um von ihm zu hören, warum Jakobeli nicht besser würde, und jeden Tag, an welchem der Schulmeister nicht kam, scharrte sie einen größern Haufen Spreuer über das Hammli und sagte dazu: «Nei wäger, dich bekommt unser Schulmeister nicht.» Und doch kriegte er es, als er nach dem siebenten Tag kam, dem Jakobli ein Buchzeichen brachte und ihn rühmte, wie er schön stillesitzen könne, und sie tröstete, daß sie mit dem Lernen nur nicht Kummer haben sollten; er müsse ihn erst auf dem Bank erwarmen lassen, dann aber wolle er mit ihm fahren wie ghexet.

So kam der Schulmeister für den Augenblick wieder in Sattel, nicht so aber der Vikari. Jakobli sagte eines Tages, der

Vikari sei in der Schule gewesen und er hätte ihm aufsagen müssen, und derselbe hätte ein ganz bsonderbar Gesicht gemacht und etwas gesagt, aber er habe es nicht verstanden. Hansli und Anne Bäbi waren überzeugt, daß er ob ihrem Jakobli in Erstaunen geraten und die nächsten Tage kommen werde, ihnen das Wunderbubli zu rühmen und es noch näher zu besehen. Aber der Vikari kam nicht, kam Tag um Tag nicht; ja als einmal Hansli den Vikari antraf und ihm die Zeit wünschte, tat der nicht einmal, als ob er ihn kennte, als ob er wüßte, daß er Hansli Jowäger und Jakoblis Vater wäre. Von da an hatte es der Vikari verspielt in diesem Hause; sie sagten eben nicht viel über ihn, aber wenn man von ihm redete, so schüttelten sie die Köpfe und taten bedenkliche Seufzer. Hier und da entrann Anne Bäbi bloß das Wort: Der alte Herr hätte am kleinen Finger mehr Verstand als der Junge an der ganzen Hand.

Jakobeli war ein gutes Bubeli, allein Anlagen zu einem Hexenmeister hatte er nicht, mit dem Lernen rückte es daher nicht besonders, wie sehr sie sich daheim auch gmühten und Fleiß hatten. Sie klagten oft: Es sei gàr nicht mehr wie allbets, und auf die heutige Lehr könnten sie sich nicht verstehen. Wenn zu ihrer Zeit einer sich nur halb gmüht hätte und angewendet wie ihr Jakobeli, er hätte längst alle Bücher hintenaus gelernt. Jakobeli war ein hübsches Bubli, er hatte schöne blaue Augen, schön weißes Haar und es Gringli, man konnte nicht genug daran luegen, wenn ihn die Mutter frisch gewaschen hatte, so schön rot und weiß ist es gewesen, gerade wie Milch und Blut. Nur schade ist es gewesen, daß er zuweilen etwas Böses daran hatte: bald böse Augen, bald eine böse Nase, bald böse Ohren, kurz mit etwas Bösem kam er selten aus. Anne Bäbi sagte, Jakobli sei ein bsonderbar gesundes Kind und die seien alle wohl flüssig, und es hätte immer gehört, das gebe die chächsten Leute, wo in der Jugend viel ausgebrochen gewesen seien; das Ungsunge hätte sich voruse gelassen, und was drinne bleibe, das sei dann lauter gesunde Rustig. Anne Bäbi brauchte die Milch nicht zu sparen, und die beste kriegte Jakobeli, und selten fand sie Anne Bäbi für das Bübchen noch gut genug, wie sie von der Kuh kam, sondern meist mußte in sein Kacheli noch Nidle geschüttet sein, und so halb Nidle, halb gute Milch ist ein Trank, mit welchem man einen Zaunstecken flüssig machen könnte. Und wenn Anne Bäbi ein Schnäfeli Fleisch im Kuchischäftli hatte, grünes oder gesalzenes, von einer Kuh oder von einer Sau, so hatte seine Seele keine Ruhe, bis Jakobli es im Leibe hatte. Ein Schnäfeli Fleisch täte einem Kinde bsonderbar wohl, sagte Anne Bäbi, es mache nichts so chäches Fleisch als Fleisch, bsonderbar wenn es es Wyltschi im Kämi gewesen sei.

So meinte Anne Bäbi, und wenn ein Engel vom Himmel gekommen wäre und gesagt hätte: «Hör, Anne Bäbi, der liebe Gott läßt dich grüßen und dir sagen, die Nidle für dein Bübli sei zu mastig, das Fleisch für dein Bübli zu scharf, daher kämen seine bösen Ohren und Augen, Milch ist lange gut genug, und wenn du auch noch Wasser dareintätest, so würde es nichts schaden, und ein Schnäfeli grünes Fleisch könnte er wohl brauchen, aber kein anderes», so hätte Anne Bäbi mit Nidle und Speck fortgefahren und bei sich selbst gedacht: auf das verstehe sich der liebe Gott nicht; was Nidle und Speck könnten, wüßte man ja im Himmel nicht, und was me nit verstang, dary söll me sih in Gottes Namen nit mischle. Zudem sah Anne Bäbi nicht, daß wegen einer bösen Nase Jakobeli weniger hübsch sei; es dünkete ihns gleich schön, und wenn es mit ihm zKilche gehen konnte, vormittags oder nachmittags, so war dies seine größte Seligkeit, und wenn ihm die Leute sein Bübli rühmten, wie es afe ein hübsches und ein großes sei, sie hätten fry noch keins so gesehen, so konnte es dabei die schönste Predigt überhören. Ja es dünkte Anne Bäbi manchmal, es täte es dem Vikari sauft, den Jakobli einmal anzuziehen in der Predigt; aber wenn man den Verstand nicht hätte, so sei es halt bös, zu kaufen fände man keinen.

Anne Bäbi wendete aber auch an, wenn es mit dem Jakobeli zKilche ging. Seine Schuhe waren schön gesalbet, schön glatt war das Haar gestrählt, das Halstuch scharf gebunden und ein großer Lätsch stand polzgrad use. Der Hemdekragen war schön hoch über den Kopf hinausgezogen, und in einer mächtigen Tellerkappe stach der Kopf, die Ohren darunter wohl geborgen, und an der Kappe stach ein Meyen. Diese Tellerkappe hatte fast Hausstreit entzündet, und Hansli Jowäger hatte seinem Anne Bäbi das härteste Wort gesagt, welches während ihrer Ehe ihm zum Munde herauskam; er hatte ihm gesagt: «He nu so de, wennd's zwänge witt, so zwängs.» Dieses Wort konnte ihm Anne Bäbi lange nicht vergessen, und es dünkte ihns, wenn er es ihm noch einmal sagte, so hätte es Mut, fortzulaufen. Die Sache war nämlich die:

Sie waren einmal zMärit gegangen alle Drei, und Jakobli hatte eine schöne weiße Kappe an, tief über die Ohren gezogen und das Zötteli polzgrad auf. Aber auf dem Märit hatten alle Buben Tellerkappen, und es dünkte Anne Bäbi, wenn Jakobli auch eine hätte, so würde ihm kein anderer Bub nur an die Zechen recken, und wohin es sah, sah es einen Kappenmann, und es dünkte ihns, einer hätte eine schönere als der andere, und unwillkürlich blieb Anne Bäbi vor einem Kappenstande stehen und Hansli auch, aber daß sein Anne Bäbi an eine Kappe dachte, kam ihm nicht von ferne in Sinn. Da rief Jakobli aus: «Eh Müetti, lue doch, lue, e wettigi Kappe!» Es war eine grüne mit einem goldenen Troddel und einem roten Bord, und das Bord war noch gelb eingefasset. Da dünkte es Anne Bäbi, man schreiße es an allen

Haaren; es mußte die Kappe in die Finger nehmen, und noch immer merkte Hansli nichts, von wegen er sah zu, wie ein Metzger Kälber auf einen Wagen lud, und bei jedem dachte er, ob das wohl überhauptsyche verkauft worden sei oder bei der Gewicht.

Da hörte er plötzlich Anne Bäbi fragen: «Was sollte so eine kosten?» Das düechte ihn von Anne Bäbi bsunderbar gwunderig und uverschant, so nach etwas zu fragen, das ihns nichts anginge, und es düechte ihn, er müßte sich schämen und es wäre nützer, sie gingen. Als er, um dies ins Werk zu setzen, sich von den Kälbern losriß und zu Weib und Kindern drehte, sah er, wie Anne Bäbi die Kappe auf Jakoblis Kopf drückte; das, düechte ihn nun, hätte afe kei Gattig. Daher sagte er: Es düeche ihn, sie wollten gehen. Aber Anne Bäbi hörte nicht auf ihn, sondern sagte: Sie sei wohl groß und falle dem Bub über die Augen herab, aber dr Gring wachse alle Tag, und wenn man sie hingerache stoße, so bessere es vorfer, und wenn er es billig mache, so könnte es einen Handel geben. «Oder was meinst, Hansli?» sagte Anne Bäbi, da es sah, wie Hansli ein Gesicht machte gegen ihns. «He, man kann öppe luegen, es ist von heute über neun Wochen wieder Märit.» «He, man wäre jetzt gleich hier», sagte Anne Bäbi, «und der Jakobli hanget grusam daran.» «Komm du afe», sagte Hansli, «man kann dann noch immer sehen; es düecht mih, so eine Tellerkappe trage nicht viel ab.» «He, es gibt alleweil was Neues», sagte Anne Bäbi, «und ds Bubi daurete mich, wenn es nicht auch haben sollte, was die Andern. Willst du sie zahlen, oder soll ich es machen?» Da sprach Hansli das verhängnisvolle Wort: «He nu so de, wenn dus zwänge witt, so zwängs», und das sagte er noch dazu vor andern Leuten.

Es hat Anne Bäbi düecht, man gebe ihm nicht nur einen Klapf, sondern eine ganze Hutte voll Kläpfe. Es hat sich natürlich nicht dafür gehalten, daß es die Kappe nicht gekauft hätte; aber selben Tages düechte ihns kein Wein gut und kein Fleisch, es hat immer daran denken müssen: Wenn du es zwängen willst, so zwängs, und es hets düecht, wenn Hansli so werden wolle, so möchte es lieber nicht lange mehr dabeisein.

Ähnliche Streitigkeiten wegen der Kleidung des Söhnchens wiederholten sich noch hier und da. Doch nicht mehr so arg, daß es Anne Bäbi düechte, es möchte nicht mehr dabeisein. Am meisten Stoff zur Rede gaben die Hosen. Hansli meinte, sein Bübchen müsse entweder Spitzhosen tragen oder doch Hosen mit Schlitzen bis an die Knie und Knöpfe dran zum Zumachen. Die seien bsonderbar kommod, sagte er, wenn einem eine Floh plage oder das Strumpfband losgehe; wie man es doch machen wollte, wenn man nicht Schlitze in den Hosen hätte. He, es düechs, sagte Anne Bäbi, das sollte öppe sonst auch zu machen sein. «He», sagte Hansli, «e Kittel und Hose sind zwei.» Da legte sich der Schneider drein und half Anne Bäbi und sagte, von wegen den Flöhen und den Strumpfbändern solle er nicht im Kummer sein; es hätten freilich alle Leute beider Gattig, aber man mache die Hosen nicht so eng, daß man sie nicht über das Bein hinaufstoßen könnte, so daß man die Flöhe wehren könne, wie man nur wolle. Er sehe wohl, ds Weibervolk und dSchneider seien immer unter einer Decke und zögen am gleichen Seil, sagte Hansli. Es düech ne, son e Schneider müsse einen arige Kopf haben, daß er immer so neuen Moden nachfahren möge, einmal er möchte das nicht.

Jakobli war bei diesen Streitigkeiten natürlich auf der Mutter Seite, doch hatte er auch den Vater recht lieb; er war überhaupt gar kein böses Bübchen, wie er eins hätte werden können bei all der Meisterlosigkeit, welche man ihm nachließ. Er aß freilich kein Kraut, und von der Mehlsuppe sagte er, er möge neue nit; daran war er aber nicht schuld, er hörte von Jugend auf immer: «Jakobli, wennd nicht magst, so laß es nur sein, es ist nicht gesagt, daß du von dem essen mußt; brauch du, was dich gut dünkt.» In diesem Stück waren Hansli Jowäger und seine Frau vollkommen einig, sie sagten Beide: Einmal sie würden kein Kind zwingen, dieses oder jenes zu essen; wenn es sterben sollte, so müßten sie sich ja ein Gewissen machen und denken, es sei an der Sache gestorben; denn wenn Gott hätte wollen, daß es dieses oder jenes brauche, so hätte er auch gemacht, daß es ihns gut dünke, und es stehe nirgends in der Bibel, daß ein Mensch von allem brauchen solle, und wenn ein Kind zum Verstand komme, so werde es dann schon von dem brauchen, von dem es glaube, es mache ihm wohl.

Nur in Beziehung auf die Arbeit waren sie nicht immer von vornenherein gleicher Meinung. Es düechte Hansli, Jakobli sollte nach und nach zur Arbeit genommen werden; wo er so alt gewesen sei wie er, so hätte er schon vieles machen müssen; er lerne es nie jünger, hätte allbets sein Vater gesagt, sagte Hansli. Wenn aber Anne Bäbi sagte, er solle doch nicht ein Hung sein an seinem eigenen Kinde, ein sövli witziges Kind, wie Jakobli sei, werde selbst am besten wissen, wenn es Zeit sei, daß es mit dem Arbeiten anfange, und er sehe ja, Jakobli sei nie müßig, und wenn er nicht lerne, so grüble er im Herd oder schnefle er an einem Stecken, und alles, was er vornehme, stehe ihm bsonderbar wohl an, sie hätte noch kein Kind so gesehen, so stimmte Hansli völlig bei und plagte Jakobli mit der Arbeit nicht mehr.

So wuchs Jakobli auf. Er war vierzehn Jahre alt geworden und konnte den Flegel noch nicht stellen, hatte noch nie eine Bähreten Gras gemäht; zudem konnte er nicht zybern, und vor dem Stöcklen hatte er einen eigentlichen Grausen, denn die Mutter hatte ihm gesagt, hinter dem Stock stehe der

Teufel und gränne einen an. Da begannen die anderen Buben ihn auszulachen, hielten ihm vor, er müsse daheim Kuder spinnen und dem Müetti strählen und Fürfüße plätzen, und Jakobli mußte darüber gar bitterlich weinen, denn er hatte ihnen nichts zuleid getan, und Anne Bäbi sagte: «Schweig nur, schweig, das sind böse Buben, du mußt dich ihrer nicht achten.» Aber Jakobli achtete sich ihrer doch, lernte dreschen und mähen, und Hansli sagte: Er hätte doch gedacht, es sei am besten, man lasse die Kinder machen; wenn dann der Verstand komme, so ginge es von selbst.

## ZWEITES KAPITEL

### *Wie Jakobli unterwiesen wird und die Mutter mit ihm spazieren geht*

Jakobli wuchs in die Unterweisung hinein, die Eltern wußten nicht wie. Als einmal Hansli die Bibel aufschlug, wo die Geburts- und Sterbefälle der Familie verzeichnet waren, und dort Jakoblis Taufzeit fand, so wollte Anne Bäbi zuerst behaupten, Hansli sei beim Aufzeichnen verschossen. Als aber die Taufzettel der Gevatterleute die gleiche Jahreszahl auswiesen, so wollte Anne Bäbi noch lange nicht glauben, daß deswegen Jakobli fünfzehn Jahre alt sei, sondern behauptete lange, es möge rechnen wie es wolle, so mache es nur vierzehn. Als es sich endlich ergeben mußte, da weinte es gar bitterlich, daß es Hansli fast nicht trösten konnte. Ach, wenn ein Kind einmal unterwiesen sei, so sei man nicht mehr Meister, so ein Müetti werde nur verachtet, und gäb wie gut einer sei, so werde er verführt, und der Teufel gehe umher wie ein brüllender Löwe und suche, wen er verschlinge, und «Herr Jeses,

Herr Jeses, wer weiß, was er aus unserem Jakobli macht», so klagte Anne Bäbi.

Indessen wie über jedes Grab das Gras wächst, wächst über jedes Leid ein Trost, und als Jakobli einmal in der Unterweisung war, hatte Anne Bäbi große Freude daran und mochte fast nicht warten, bis die Erlaubnis nahte und es wußte, was Jakobli für einen Spruch erhielt. Sobald er aus der Unterweisung heimkam, so wurde er gefragt: «Was habt ihr heute gehabt, was hat der Herr gesagt, hast du auch antworten müssen?» Sie waren mit dem Herrn nie recht zufrieden. Hatte er antworten müssen, so sagten sie, es düeche sie, er sei immer nur hinter ihrem Jakobli; hatte er nicht antworten müssen, so sagten sie, sie wüßten doch nicht, was sie dem Herrn zuleid getan hätten, aber es düeche sie, er möge sich mit ihrem Buben nicht recht gmühen; es düechte sie, es wäre ihm das Rechte, wenn er ihn schauben könnte. Hatte er antworten können, so freute es sie sehr und sie sagten, das sei so eine Frage gewesen, mancher Erwachsene hätte nicht darauf antworten können, und wenn der Herr solches frage, so düeche es sie nichts anders, wenn die Meisten nicht antworten könnten. Hatte aber Jakobli nicht antworten können, so sagten sie, er solle ihm das andere Mal, wenn er solche Dinge frage, nur herzhaft sagen, das wüßte er nicht, das gehöre nicht zur Lehre. Keinem vernünftigen Menschen wäre zu ihrer Zeit Solches in Sinn gekommen und in einer Unterweisung dann erst nicht.

Indessen sagte das Jakobli nie, und wer am meisten erschrocken wäre, wenn er es gesagt hätte, wären Hänsli und sein Anne Bäbi gewesen. Jakobli war nicht von den Aufbegehrischen, nicht von den Naturen, welche die Revolutionen machen; er war froh, wenn ihn der Herr ruhig ließ, und wenn der Herr ihn geplaget hätte, so hätte er geweint, aber unverschämt wäre er nie geworden, die Familienanlage fehlte ihm. Aber der Pfarrer plagete ihn nicht, das freundliche rot und weiße Gesicht gefiel ihm so übel nicht, höchstens sagte er ihm: «Jakobli, fürchte dich nicht, aber gib Achtung und sage, was du weißt, mit Hocke und Ufstah ist dSach nit gmacht.»

Und Jakobli gab Achtung und es setzte sich Manches in ihm an, und gute Gedanken lagerten sich ab in seiner Seele, und wenn die Angst um das Antworten nicht gewesen wäre, es hätte sich noch mehr da abgelagert. Es wurde ihm manchmal, wenn der Pfarrer sich aus den Fragen und Antworten herausredete und in die Herrlichkeit Gottes und die höhere Bestimmung der Menschen hinein, ganz heiß um das Herz und das Wasser kam ihm in die Augen und er wußte nicht, wo er war, und es dünkte ihn, als höre er mit Engelszungen reden in einer Sprache, wie man sie im Himmel rede; daß er sie schon zu verstehen vermöge, das verwunderte ihn sehr, so daß es ihm manchmal war, als sei er gestorben und ab der Welt. Je mehr Ostern nahte, wo er die Erlaubnis erhalten sollte, desto mehr machte ihm dieselbe Gedanken; denn da sollte er Gott selbst etwas versprechen, wie der Pfarrer sagte, und ob er es dann auch halten könnte, das machte ihm bange.

Anne Bäbi sah bald, daß Jakobli ernsthafter ward, und sagte ihm fast allemal, wenn er aus der Unterweisung kam: «Jakobli, du mußt das nicht zu schwer nehmen, das macht nit halb sövli und es ist grad für. Der Pfarrer ist e Göhl, daß er euch so in die Ängsten jagt, er sollte doch wissen, daß das nichts abträgt und daß deswegen niemand ein anderer Mensch wird. Wenn ich zu ihm käme, ich sagte es ihm.» Dann sagte Jakobli, daß sie das ihm nicht ds Herrgotts wäre; der Pfarrer sei ihm lieb und er mache es gerade recht, und es sei ihm nie wöhler, als wenn er so alles vergesse, nicht wisse, sei er in der Kirche oder im Schulhause, im Grabe oder im

Himmel, und Leib und Seele nur ein Ohr zu sein scheinen, in welches des Pfarrers Reden fielen. Er sei ihm gar bsunderbar lieb, und er wisse einmal nicht, wie es gehe, wenn er nicht mehr in die Unterweisung könne. Ds Augenwasser komme ihm allemale, wenn er daran sinne.

Solche Reden erbauten die Eltern sehr, machten aber Hansli besonders Angst. Jakobli sei viel zu gut für diese Welt und er hätte immer gehört, solche Kinder sterben frühe; aber man sehe jetzt, daß er nicht umsonst so frühe schon die Hände zum Gebete gefaltet hätte, sagte der bekümmerte Vater. Als Jakobli nach der Voradmission heimkam, so bat er Vater und Mutter um Verzeihung, wenn er sie etwa beleidiget hätte, dankte für alles Gute, das sie ihm erwiesen, und versprach ihnen, daß er ihr Leben lang ihr gehorsamer, getreuer Sohn sein wolle.

Da ward die Rührung groß bei Hansli und Anne Bäbi, und sie sagten, das sei öppe noch nie erhört worden, daß so etwas einem Kinde in den Sinn gekommen wäre. Und Sami und Mädi mußten auch in die Stube kommen und Jakobli mußte wiederholen, was er gesagt hatte, und da sagten Beide auch, sie hätten das nie erlebt und nie davon gehört, daß ein Unterweisiger Solches zu seinen Eltern geredet hätte. Jakobli sagte endlich, es wäre ihm auch nicht in Sinn gekommen, allein der Pfarrer hätte sie dazu ermahnt. Das glaubten aber weder Hansli noch Sami, weder Mädi noch Anne Bäbi. Anne Bäbi sagte, wenn es der Pfarrer gesagt hätte, so würden es die andern Kinder auch machen, und nun hätte es von keinem gehört, welches so daheim geredet hätte. Selligs käme auch einem Pfarrer nicht in Sinn, die hätten ganz andere Sachen z'sinne. Und bei diesem Glauben blieben alle, gäb wie Jakobli widerredete. Das sei eben schön an ihm, daß er nicht einmal den Namen haben wolle, sagten die Andern.

Am Tage der öffentlichen Admission gingen alle im Hause

in die Kirche; ein jeder wollte sehen, ob Jakobli nicht der Brävst und Töllst unter allen wäre, und Mädi wollte auch gleich Musterung halten, welches Meitli sich wohl für ihn am besten schicken würde. Aber zur Steuer der Wahrheit muß man es sagen, daß in der Kirche die meisten weltlichen Gedanken untergingen und daß alle recht andächtigen Teil an der feierlichen Handlung nahmen, und daß selbst Anne Bäbi von Herzen betete, es möchten doch alle Kinder treu und fromm bleiben und nicht bloß ihr Jakobli.

Am folgenden Tage war allen seltsam zumut. Es war keine Schule, keine Unterweisung mehr; Jakobli war daheim, war unterwiesen, konnte mit ihnen das Nachtmahl nehmen; es war ihnen fast, als sei eine Türe aufgegangen, und durch diese Türe müßten sie jetzt hinaus in eine neue Welt, oder als müßten sie jemand erwarten, müßten Vorbereitungen machen, müßte etwas Außerordentliches sich ereignen, der Bräutigam komme in selbsteigener Person, zu sehen, ob sie Öl hätten in ihren Lampen. Wenn die Eltern ihren Jakobli ansahen, so schoß ihnen das Wasser in die Augen, und Jakobli strich um Vater und Mutter herum, wie treue Hündchen tun; es war ihm, als seien sie ihm noch nie so lieb gewesen, und wenn er sie unvermerket anrühren konnte, so hüpfte ihm das Herz vor Freude. Diese feierliche Stimmung schwand nach und nach, aber seltsam blieb ihnen der Gedanke, daß sie einen erwachsenen Sohn haben sollten, und bei Anne Bäbi knüpften sich an den einen Gedanken unwillkürlich andere Gedanken, und weil Anne Bäbi diese Gedanken hatte, so meinte es, Jakobli hätte sie auch, und daher ward es mißtrauisch gegen ihn und bewachte ihn Schritt für Schritt, und weil er ihm nichts sagen wollte und so eine gleichgültige Miene machte, so meinte Anne Bäbi, er wolle ihm alles verheimlichen, er hätte ihns nicht mehr lieb, und das kostete ihns manche bittere Träne.

Die Sonntage wurden Anne Bäbi schwere Tage, die Tanzsonntage und die anderen. Jakobli war gewohnt, des Sonntags den Gottesdienst zu besuchen, vormittags und nachmittags, und auch unterwiesen setzte er die Gewohnheit fort. Nun kam er aber nicht immer gleich nach dessen Ende heim, sondern stund hier und dort mit den jungen Burschen zusammen, stund bei den Keglern oder lief Kugelwerfern nach, ja er hatte sogar hier und da einen Schoppen und kam erst zum Nachtessen heim. Das ließ nun Anne Bäbi fast nicht leben, es wußte nicht warum, und der Angst, welche ihns alle Sonntage nachmittags ergriff, wenn Jakobli fort war, konnte es keinen Namen geben. Es suchte daher ihn vom Nachmittagsgottesdienst abzuhalten, tat ihm wie aus Vergeß den Hut oder die Sonntagkappe in den Schaft, sobald er aus der Predigt kam, und Jakobli durfte sie entweder nicht fordern, oder wenn er sie suchte und darnach fragte, so sagte Anne Bäbi: «E! Ich habe sie im Vergeß weggetan; aber bleib du heute daheim, ich glaube, es gebe ander Wetter.»

Andere Male redete es mit ihm eine Partie nach dem Bohnenplätz oder der Flachsern ab, welche Jakobli nicht wohl ausschlagen konnte. Ging er aber einmal alleine fort, so hatte Anne Bäbi keine Ruhe daheim, es lief ihm nach ins Dorf, hatte hier etwas zu verrichten oder dort, spionierte dabei um Kirchhof und Wirtshaus herum, wo sein Jakobli sei und bei wem, und wenn er zur Seltenheit einmal im Wirtshause selbst war, so lief Anne Bäbi darum herum wie eine Gluggere um eine Kräze, in welche eins ihrer Hühnchen verlaufen. Kaum war dann Jakobli daheim und endlich im Bett, so kam Anne Bäbi, nahm die Sonntagshosen, löste die Hosenträger ab und sagte, es wolle sie putzen und wegtun, morgen hätte es nicht Zeit dazu, und sie eine ganze Woche da herumliegen zu lassen, sei ihm nicht anständig. Hatte Anne Bäbi dieselben einmal in Händen, so war es ihm, als falle ihm ein Stein ab dem Herzen, als sei es einem rechten Unglück entronnen.

Nun lag Jakobli im Bett und lief ihm selbe Nacht nicht mehr fort; seine Sonntagshosen waren hinter Schloß und Riegel, die Werktagshosen gab es ihm erst am Morgen zum Bette, und ohne Hosen lief er nicht herum, das wußte es wohl. Dann leerte es die Hosensäcke und zählte leise das Geld nach, wieviel wohl fehle. Jakobli hatte viel Geld, aber Anne Bäbi hatte es gut in der Rechnung, und jeden mangelnden Kreuzer merkte es. Es war Jakobli auch nicht verboten, Geld zu brauchen; aber wenn an seinem Gelde ein Kreuzer fehlte, so hatte Anne Bäbis Seele keine Ruhe, bis es wußte, wo derselbe hingekommen, und Jakobli mußte genau brichten. Wenn es nun zu machen war, so suchte es dem Jakobli alle Münze abzulocken, bis er nur grobe Silberstücke im Sack hatte; es wußte, so ein Silberstück reute ihn, er ging manchmal lieber nicht ins Wirtshaus, als daß er wechseln ließ, und wenn er es tat, so sagte am Abend Anne Bäbi: «E Jakobli, warum gibst du doch das schöne Silber weg, e Jakobli, das kömmt nicht gut. Warum sagst dus nicht, daß du Geld brauchen wollest, ich hätte dir auch wechseln können. E Jakobli, das tue mir nicht mehr.» Und Jakobli nahm es zu Herzen, er tat der Mutter nicht gerne etwas zuleid.

Schweigend sah Hansli diesem Spiel zu, obgleich es ihm nicht ganz recht war. Er wußte von Jugend auf nichts anders, als daß ein junger Bursch mit den jungen Burschen laufe, daß er mitmache, soweit der Grundsatz, daß jeder zu sich selbst sehen müsse, es erlaube. Ohne den geringsten Kummer hätte er Jakobli ganze Nächte ausbleiben sehen, denn warum sollte ihm etwas Kummer machen, was Großvater, Vater und er getan, was der Brauch war? Er hätte auch gar nicht ungern gehört, Jakobli sei bei einer Schlägerei gewesen und hätte sich brav gestellt, und wenn eine solche Schlägerei zwanzig, vierzig und mehr Kronen gekostet, er hätte nicht Mux gemacht, sondern während er das Geld aufgezählt, vielleicht gesagt: «Es ist viel Geld, aber wenn man es hat, so macht es desto minder, und wer weiß, ob da, wo dies gewesen ist, nicht noch mehr ist.»

Dieses war Hanslis Ansicht. Aber er war nicht der Mann, der viel von seinen Ansichten redete, und auch nicht der, welcher seine Ansicht Andern aufdrang, er war nicht der Meinung, daß er anderer Menschen Naturen meistern und modeln müsse. Es mußte stark kommen, ehe er sich gegen Frau oder Knecht die leiseste Bemerkung über ihr Betragen erlaubte, und wenn es in drei Jahren zweimal geschah, so meinte Anne Bäbi, wie übel es gegangen, und der Knecht sagte zur Magd, wenn er nichts mehr recht machen könne, so sei es denn nicht, daß er sein Lebtag dableiben müsse.

So hatte Hansli Jowäger ein einziges Mal zu seinem Anne Bäbi gesagt, als Anne Bäbi den Jakobli von dem Nachmittagsgottesdienst abhalten und für einen Spaziergang in den Kabisplätz gewinnen wollte: Es düeche ne, sie seien erst den letzten Sonntag im Kabisplätz gewesen. Aber Hansli sagte so etwas lange nicht wieder, denn Anne Bäbi sagte, so erleide ihm das Leben, wenn es es so gut meine und er reise ihm den Bub so auf. In der heutigen Welt könne man nicht Sorge und Kummer genug haben, und wenn der Vater selbst noch helfe die Kinder verführen, wo das dann hinsolle? Hansli schwieg, obgleich es ihn düechte, Anne Bäbi tue nur zu nötlich und der alte Gott lebe auch noch.

So floß ihnen ein Sommer und ein Winter dahin, und Anne Bäbi lebte übel dabei, besonders im Winter, wo nirgends ein Bohnenplätz war, nach welchem es das Söhnchen führen konnte. Es konnte Gott nicht genug danken, als endlich der Winter dahinging, der Frühling sich regte, das Pflanzen anfing und man hingehen konnte, zu sehen, ob der

Flachs errinnen wolle und ob die Erdflöhe ihm was täten und ob die Bäume blühen wollten und kein Ungeziefer daran sei.

So hatte den Sonntag nach Ostern Anne Bäbi ihren Sohn auch daheim zu behalten gewußt, diesmal hatte er es grusam ungern getan. Man las hinter dem Wirtshause Eier auf, und wenn er schon in keine Partie getreten war, so hätte er doch für sein Leben gerne zugesehen. Auch schämte er sich dieser Privatvergnügen mit seiner Mutter im Bohnen- und Kabisplätz immer mehr.

Seine Kameraden hatten ihn schon manchmal damit aufgezogen, ihn ausgelacht, ihn gefragt, ob er sein Lebtag an der Mutter Scheube hangen wolle, ob er vielleicht noch nicht entwöhnt sei oder noch am Lulli sauge. Jakobli war das zu Herzen gegangen, er ließ sich nicht gerne auslachen. Aber seiner Mutter sagte er solche Reden nicht wieder, ließ sie dieselben auch nicht entgelten, liebte sie nicht weniger; aber lieber wäre er nicht mehr so oft mit ihr spazieren gegangen den Bäumen oder dem Flachs nach.

Als daher an jenem Sonntage die Mutter seine Kappe wie im Vergeß ergriff, sie abbürstete und wegtun wollte, sagte er recht freundlich: «Habe nicht Mühe, Mutter, ich brauche sie diesen Nachmittag noch.» «Wo wottsch?» fragte Anne Bäbi ärgerlich. «He, Mutter», sagte Jakobli, «es sind frische Unterweisungskinder heute in der Kinderlehre, und da nimmt es mich wunder, wieviel seien und was sie können.» «He, das kannst du an einem andern Sonntag noch immer erfahren.» «Ja, Mutter, und dann möchte ich sehen, wie man Eier aufliest; ich habe schon manchmal davon gehört und es noch nie gesehen.» «Selligs Lumpewerch sieht man immer noch früh genug», sagte Anne Bäbi. «Heute ist der erste Sonntag, wo man so recht hinaus mag, und da dünkt mich, es wäre anständiger, du kämest mit mir und sähest, wie unsere Sachen sind; du mußt dich der Sachen auch etwas annehmen und nicht immer so sein, als gehe dich alles nichts an.» Da schoß Jakobli das Wasser in die Augen, aber er sagte nichts mehr. Das kam nun Hansli übers Herz, und er nahm es in beide Hände und sagte, es düeche ihn, am andern Sonntag lese man keine Eier auf, aber auf dem Lande könne man viel mehr sehen als an diesem, es werde jetzt kaum noch etwas hervor sein. Da sagte Anne Bäbi, es wolle nichts gesagt haben, wenn das so gemeint sei; es könne schweigen, ja freilich, und ihm die Sache auch lassen gleich sein. Aber es düechs, man sollte afe wissen, wie es in der Welt gehe, und ihm nicht immer dareinreden, wenn es es gut meine.

Da schwiegen allerdings alle, und während die Mutter abwusch, saß Jakobli ganz traurig vor dem Hause, sah, wie das junge Volk dem Dorfe zuströmte, und konnte manchen Ruf, mitzukommen, fast nicht beantworten, so würgte es ihn im Halse, er wußte nicht, war es Halsweh oder sonst was. Hansli stund vor dem Stall, wollte tubaken, aber das Feuer ging ihm immer aus allemal, wenn er nach Jakobli sah. Der Bursche dauerte ihn, es schien ihm nicht recht, daß man ihm so vor allem sei und ihm keine Freude lasse, ihn eingänterle wie einen gefangenen Vogel. Er hätte gerne etwas zu seinen Gunsten getan, er werweisete, ob er den Vorschlag machen wolle, daß sie samt und sonders hingehen und dem Eierlesen zusehen wollten, oder ob er noch einmal es wagen wolle, ihm zbest z'reden. Heute sei es nun einmal so, dachte er endlich, aber so könne es nicht gehen, ein andermal müsse er doch noch ein Wort reden, so habe ja der Bube keine Freude; und doch war es ihm wieder nicht recht, daß er ihn so im Stich ließ, er trätschete ihm näher und näher und fing ihm an zu reden von seinen Schafen und Tauben und es düeche ihn, es wäre Zeit fort mit seinen zwei Widderlämmern, er löse jetzt am meisten. Am andern Dienstag sei Markt in Solothurn, er sollte hinab wegen einer Kuh, und wenn Jakobli Lust hätte, so könnte er mit seinen zwei Lämmern ihn begleiten, er wollte sie ihm treiben helfen.

Anne Bäbi hörte das beim Abwaschen, und es düechte ihns, einem solchen Alten, der seinen Sohn selbst aufweise und zur Liederlichkeit verführe, sollte man die Rute geben. Aber wenn es sein müsse, so wolle es es ihnen schon reisen. Der Weg werde wohl breit genug sein für alle Drei, und im Keller oder im Gaden werde wohl auch etwas sein, das verkauft sein müsse. Anne Bäbi pressierte mit dem Abwaschen nicht, die Hauptsache war ihm die, den Nachmittag zu verbrauchen. Längst hatte es verläutet, als es hinauskam, noch die Kappe bindend. «Du wirst wohl nicht mitkommen», sagte es, die Türe hinter sich zuziehend, zu Hansli, «und ich werde nicht beschließen sollen?» «Es wird wohl jemand hüten müssen», sagte Hansli. «He nu so de», sagte Anne Bäbi, «und häb nit Längizyti, wir kommen bald wieder.»

Anne Bäbi ging voraus, Jakobli hinterdrein mit den Händen in den Hosensäcken. Anne Bäbi hatte viel zu sehen, Jakobli viel zu sinnen. Es nahm Anne Bäbi fast mehr wunder, was für Sachen andere Leute hätten, als wie ihre eigenen stünden, und was es sah und was es fand, das bemerkte es laut zu Jakoblis Handen, und Jakobli hörte es schweigend und Anne Bäbi begehrte es nicht anders, es machte sich selbst die kürziste Zyti.

An die Bemerkungen über Äcker und Bäume knüpfte es Bemerkungen über ihre Eigentümer, über Mann und Weib, Kinder und Kindeskinder und hatte so fast für sich selbst das halbe Dorf verhandelt, als sie endlich zum eigenen Flachse kamen. An demselben hatte Anne Bäbi große Freude und meinte: Es nehme es nur wunder, was die Schnitzigebüri, wo immer witziger sein wolle als alle andern Leute, sagen werde, wenn sie diesen Flachs sehe und dann ihren dagegen halte. Es nehme es nur wunder, was sie zWort haben werde, daß sie den schlechtesten hätte weit und breit, wer daran schuld sein müsse, ob der Mann oder der Acker oder der lieb Gott.

Als Anne Bäbi sich sattsam am Flachs erlabet hatte, manchmal zringsum gegangen war, daß man hätte meinen sollen, es zähle die Stüdeli, sagte es: Es düeche ihns, es möchte noch zu den Bäumen auf dem Längacker, es hätte ihm noch niemand sagen können, ob die blühen wollten oder nicht.

Da sagte Jakobli: Es düech ihn, er möchte heim, es wolle ihn anfangen so wunderlich zu frieren.

«Warum nicht gar, frieren», sagte Anne Bäbi, «die Sonne scheint ja so schön warm, das sy mr afe Flause.» Anne Bäbi hatte schwer von einer Gedankenreihe zur andern zu kommen, und wenn es etwas im Kopfe hatte, so war es, als hätte es keine Augen mehr darin. Es hatte nun im Kopf, Jakobli möchte heim, um noch zum Eierauflesen zu können, und weil von der Flachsern der Weg beim Wirtshaus vorbeiging, so fürchtete es, er möchte ihm beim Wirtshause dahintenbleiben, und ganz ds Wüsteste dürfte es nicht machen so vor allen Leuten.

So wanderte es ohne weitere Komplimente dem Längacker zu und Jakobli stillschweigend der Mutter nach. Unterwegs dachte die Mutter, so einen wie sie hätte doch niemand; unter Hunderten käme kein Einziger so styf der Mutter nach und gäbte ihr ds Gleit, während die jungen Burschen wüst tuen. Aber es käme bei allen Sachen darauf an, wie man es vornehme. Billig sei es doch, daß er auch was hätte, und wenn sie heimkämen, so müßte er ein Kaffee haben und einen Eiertätsch, wie es längs Stück keinen gemacht hätte. Als es diesen Entschluß gefaßt hatte, setzte es seine Verhandlungen fort, und auf dem Heimwege, auf welchem das Wirtshaus weit beiseite liegen blieb, wurde der andere halbe Teil der Dorfschaft über das Knie genommen.

## DRITTES KAPITEL

### *Wie Jakobli eine Krankheit kriegt und eine Jungfere ein Doktor wird*

Als sie heimkamen, stund Hansli noch an demselben Flecke, wo er gestanden, als sie ihn verließen; es war zweifelhaft, ob er ihn je verlassen oder zufällig wieder auf denselben zu stehen gekommen.

«Guten Abend, Ätti», sagte Anne Bäbi ganz vergnügt, «gäll, wir sind früh wieder da?» Und somit stellte sich Anne Bäbi und wollte anfangen, Bericht zu geben über ihren Flachs und ihre Bäume und über anderer Leute Flachs und Bäume. Da sagte Hansli: «E aber, Jakobli, was fehlt dir, du bist ganz wyß und es schüttlet dich wie ein Espenlaub?» «Es friert mich, Ätti», sagte Jakobli, «und ist mir grusam übel, wenn ich nur schon im Bette wär.» Da sah auch Anne Bäbi ihn an und erschrak grusam und sagte: «Aber Herr Jeses, Bub, wie siehst du aus! Warum sagst du es nicht und lässest mich in den Längacker gehen?» «Mutter, ich habe es dir ja gesagt, es ist mir schon ein paar Tage so wunderlich gewesen.» «Nein freilich hast du mir nichts gesagt, nur so etwas gemürmt hast du, und ich habe nicht gemeint, daß es dir ernst sei. Warum sagtest du nicht, daß es dir ernst sei? Gehe ins Bett auf der Stelle, ich will feuren und dir Warms machen.» «Aber Mutter», sagte Hansli, «wenn dir der Bub sagt, es fehl ihm, warum kömmst du nicht mit ihm heim? Das düecht mich doch strengs von dir.» «Ich werde jetzt noch sollen schuld daran sein», sagte Anne Bäbi. «Warum kömmst du nicht mit? Du hättest gemerkt, daß es ihm fehlt. Jawolle, so komm mir nicht! Aber ich weiß wohl, daß ich immer an allem schuld sein soll, das ist mir nichts mehr anders. Aber wer ist da bei ihm gestanden im Schopf und hat gemacht, daß er da am

Luft bleibt hocken? Wer ist das gewesen, wer?» Hansli versäumte mit Reden sein Anne Bäbi nicht länger, sondern ging, gab den Kühen eine neue Bahreten und sah dann nach dem Jakobli; der lag schon im Bette und schlotterte, daß es ihm die Zähne zusammenschlug und die Bettstatt sich bewegte. Wie ein weißgewaschenes Tuch lag er da und konnte dem Vater nicht einmal sagen, wie es ihm gehe, so jagte es ihm den Mund auf und zu.

Es ging nicht lange, so erschien Anne Bäbi mit einem Kacheli Kaffee und nicht lange darauf Mädi mit einem Eiertätsch. Nachdem Anne Bäbi ins Blättli geschüttet, geblasen, versucht hatte, trat es zum Bett und Jakobli sollte nehmen, das werde ihn schon wärmen, sagte es. Aber Jakobli konnte sich nicht fest aufrecht erhalten, mit seinen fliegenden Händen konnte er das Blättlein nicht zum Munde bringen. Hansli sollte helfen, konnte das Schlottern und Schütteln auch nicht verwehren, noch weniger Mädi, und Anne Bäbi zankte bitterlich alle aus; es dünkte ihns, sie machten expreß alles verkehrt und die ganze Welt sei wider ihns und tue ihm alles zuleid. So hässig hatte man es noch nie gesehen; es gab sogar der Katze einen Stupf mit dem Fuße, da sie zu sehen kam, warum die ganze Haushaltung im Stübli sich versammle und wo der Eiertätsch bleibe. Endlich ging die erste Stör vorbei und es kamen Hitze und Glut, und Jakoblis Gesicht ward wie ein heißer Ziegelstein und er sagte, er liege wie im Feuer. Da ward Anne Bäbi noch hässiger; es schnauzte Mädi an, wo es den Melissentee habe, den es ihm längst befohlen hätte, von welchem Befehl aber kein Mensch ein Wort gehört. Es schnauzte Hansli an, warum er da herumstopfe und einem allenthalben im Wege sei; es düeche ihns, es wäre Zeit, daß er sehen würde, wie es im Stalle ginge, es wäre genug, wenn es da wäre. Als endlich alle draußen waren, da ließ es Tropf um Tropf aus den Augen rinnen, und je mehr sie rannen, desto mehr deckte es den Jakobli zu. Die Nacht durch duldete es niemand bei Jakobli, jagte mit Schnauzen und Hässelen alle ins Bett, es sollte niemand sehen, wie ihm war.

Es war eine üble Nacht. Schauer wechselten mit des Feuers Glut; ein heftiges Kreuzweh stellte sich ein, Kopfweh schien Jakobli des Kopfes Deckel obenabsprengen zu wollen, und dann ward ihm wieder, als ob sein Gesicht in einem Ameisenhaufen stecken täte und der übrige Leib in Nesseln. Und Anne Bäbi hatte Seelenangst, es betete und weinte, wenn Jakobli es nicht sah, und gegen Morgen duldete es es nicht mehr länger alleine, es weckte Mädi und fragte ihns, was es meine und ob Jakoblis Haut nicht so wunderlich gflecket wäre. Aber Mädi fand, es hätte viel bessert, es schlottere ihn ja gar nicht mehr und an der Haut sehe es nichts Apartes. Als Hansli oben reden hörte, dachte er, es werde wieder erlaubt sein, und kam auch und war Mädis Meinung; und wenn Jakobli auch klagte, es sei ihm grusam übel, so meinten sie, es werde ihm jetzt schon wieder bessern, wenn er nur brav trinke; das Fieber, düechte sie, wird nicht mehr alles zwängen.

Aber die Glut ließ nicht nach, die Ameisen stachen immer schmerzlicher, die Nesseln brannten immer glühender, es saß doch etwas Seltsames auf oder unter der Haut. Diese wurde grübelnd, es traten kleine Erhöhungen deutlicher auf, dieselben gestalteten sich zu Bläschen, und die Bläschen wurden rigeldick und wuchsen immer deutlicher und größer und Anne Bäbi sagte immer: «Herr Jeses, Herr Jeses», und Hansli sagte, er wisse nicht, was das geben solle; und wenn man Mädi fragte, so sagte es, es wisse nicht, was es sagen solle, bald düeche es ihns, es sygs, und bald, es sygs wieder nicht, und da wolle es lieber nichts sagen. Und während so niemand was sagen wollte einen lieben langen Tag lang und eine lange Nacht hindurch, kam eine Nachbäurin und sagte, sie müsse einmal kommen und sehen, was es gebe. Sie habe von ihrer Hausfrau gehört, Jakobli sei so übel, er werde kaum davonkommen. Sobald sie ihn sah, schrie sie: «Herr Jeses, Herr Jeses, das sind ja die rechten Blattern oder dKindsblattern, wie man ihnen allbets gesagt hat! Habt ihr ihm die Kuhblattern, oder wie man ihnen sagt, nicht geben lassen, wo er noch jung gewesen ist?»

«He, was du nicht sagst, Mareili», antwortete Anne Bäbi, «das kann nicht sein, das kann wäger nicht sein. Mein Jakobeli kann die Blattern nicht haben, er hat sie wäger nicht, ich wüßte gar nicht, wo er sie aufgelesen haben sollte; es hat sie ja niemere zentum, und so von selbst wüßte ich nicht, wie sie kommen könnten.» «He, es muß sie wäger immer jemand zuerst haben; aber es ist möglich, daß ich mich irre, und wenn er geimpft ist, so wird es wohl sein», sagte Marei, die Nachbäurin. «Ja, eben nicht», sagte Hansli, «dBlattern haben wir ihm vom Doktor nicht geben lassen, es ist nicht der Bruch gewesen in unserem Haus; der Ätti hat es nicht getan und der Großätti nicht und niemere, so wyt me sih hingerebsinne cha. Und do hey mer gmeint, ds Anne Bäbi un ih, es werd öppe nit nötig sy, und wenn niemere vo üs dra gstorbe syg, so wüßten wir gar nicht, warum es unserem Kind etwas tun sollte, und es wäre doch auch schrecklich, wenn wir das arme Kind so unnötig plagen würden und so mutwillig wären und es krank machten für nüt und wieder nüt, und da hat es sich nie welle schicke, und so ist die Sache underwege bliebe.»

«Jo, so ist es gegangen», sagte Anne Bäbi, «aber ich habe doch kein einziges Wort dagegen gesagt, und ich bin gar nicht darwider gewesen, und ich hätte nicht gewußt warum. Hat doch meiner Schwester Schwähers Bruders Sohn allen seinen Kindern die Blattern geben lassen, und so hätte ich nicht gewußt, warum ich aparti dawider sein sollte.» «Aber zwängt heschs o nit», sagte Hansli. «Ich weiß wohl», sagte

Anne Bäbi, «ich soll immer an allem schuld sein. Ja, wenn ich ihn in den Wirtshäusern hätte lassen herumtrohlen, ja, oder wenn ich ihn gar auf den Märten herumgeschickt hätte, wo allerlei Zeug daherkömmt, man weiß nicht, was für welches und woher, ja da wäre es etwas anders, da müßte ich mir ein Gewissen machen. Aber Gott ist mein Zeuge, daß wenn ihn jemand daheim behalten hat, so war ich es. Ja, wenn Andere Meister gewesen wären, ja dann glaube ich wohl, dann wäre es anders gegangen. Aber Herr Jeses, die rechten Blattere werden es nicht sein, ich wüßte nicht, womit wir das verdient hätten. Ja, wir sind auch arme Sünder, aber öppe öppis Schlechts, gäb wie liecht, haben wir doch nicht gemacht, oder es soll jemand fürestah und sagen was. Aber Herr Jeses, my Jakobli, my Jakobli, wie gehts? Und wennd nume drvochunst, sygs de was es well! Aber die rechte Blattere werden es nicht sein. Nein, es sind sie nicht, ich wüßte nicht, warum uns Gott die schicken sollte, uns vor allen andern Leuten. Nein nadisch, sövli schlecht sind wir doch nicht und die rechten Blattern sind es nicht u sövli ungrecht wird doch nadisch üse Herrgott nit worde sy.» «He», sagte Mädi, «es wär sih desse nüt z'verwungere, wes o üsem Herrgott böseti, we doch dWelt all Tag schlimmer wird.»

Aber es waren doch die rechten Blattern, und zwar brachen sie hervor mit gar fürchterlicher Macht. Glücklicherweise schlugen sie nicht innerlich, da wäre Jakobli alsobald des Todes gewesen; aber Jakoblis gut genährte, mastige Natur bot der Krankheit gewaltige Nahrung, und bald war der ganze Leib nur eine Blatter und das ganze Gesicht nur eine Eiterbeule; selbst in den Augen drangen sie hervor, und die Augen verwuchsen und kein Licht drang in dieselben, kein Blick drang mehr aus den Augen zu Vater oder Mutter, ja man wußte kaum, wo die Augen gewesen waren. Da ward der Jammer groß im Hause, man wußte nicht, bei wem am größten. Aber Hansli sagte nicht viel als etwa, da müsse etwas gehen, so könne man die Sache nicht lassen. Wagensalb sei bsunderbar heilsam, und wenn er glaubte, es hülfe etwas, so wollte er gerne etwas darmachen, oder wenn er wüßte, daß ds Beten mehr hülfe, so wollte er fürfahre, bis es bschossen hätte; der liebe Gott werde doch nit sövli wyt von ne sy, daß er es nicht hören sollte, bis es zu spät sei.

Bei Anne Bäbi war der Jammer viel lauter und brach allemal neu hervor, wenn es die Leidensgestalt sah, die da vor ihm lag. Das war der schöne Jakobli, der schönste Bub weit und breit, und jetzt eine einzige Blattere, aus der Seufzer um Seufzer stiegen und zuweilen ein anhaltendes Wimmern. Und dazu sagten alle Leute, welche kamen: «Aber Herr Jeses, davor hättet ihr sein können, warum ließet ihr ihn nicht impfen? Aber jetzt ist nichts anders zu machen, da muß gestorben sein, und wenn einer selig sterben kann, so geht es ihm nicht übel, und es ist immer jemand da, wo die Sache nimmt, wo er geerbt hätte. Bhüetis, dafür braucht man keinen Kummer zu haben.»

Das waren Trostsprüche, welche sich Anne Bäbi in die Seele bohrten, ein jeglicher wie ein apartiger Bohrer, und es jammerte und haderte mit Gott und Menschen und endlich am meisten mit sich selbst. Es fiel in die Zerknirschung, die jeden Atemzug für Sünde hält, und wußte von Kindsbeinen an zu erzählen, mit was allem es sich versündigt hätte und absonderlich mit Jakobli und warum es Gott so expreß mit ihm strafe, wo doch kein Mensch die Blattern habe, und sah immer Sünden da, wo keine waren, die eigentlichen aber sah es nicht. Da liegt eben der größte Fehler, daß die Meisten ihre eigentlichen Sünden nicht erkennen, auch wenn die größte Bußfertigkeit über sie gekommen ist.

Zu helfen hatte es ganz den Sinn verloren und nur noch Sinn zum Jammern und Klagen. Als die Leute immer zahlreicher kamen und jeder ein neu Mittel angab und doch jeder fragte, was für einen Doktor sie hätten, so sagte endlich Mädi zu Hansli: Es werde eine zueche müesse. Wenn es schon nichts helfe, so brauche man sich doch dann, es möge gehen wie es wolle, kein Gewissen zu machen. Da sagte Hansli zu Mädi: «Jo wäger, du hast recht, so braucht man sich doch kein Gewissen zu machen. Wir haben es zwar nicht im Brauch gehabt, ich nicht, der Ätti nicht und der Großätti nicht, aber sövli hart hat es auch Keinen zweggenommen.» «Zu welchem soll ich?» fragte Mädi. «Das ist mir gleich», sagte Hansli, «es wird öppe ein jeder gleich viel können, aber es ist nur von wegen den Leuten. Es ist ein Anderer, und der befiehlt, und was geschehen soll, das geschieht.» Mädi schickte Sami, und der Doktor kam.

Sobald er Jakobli sah, sagte er: Vor dem hätten sie sein können, und er begreife nicht, wie Eltern ihren Kindern solches Leiden antun mögen, wenn sie es ihnen doch ersparen könnten. Jetzt sei nicht mehr viel zu machen. Mittel gebe er keine, zu trinken sollten sie ihm geben nach seinem Bedürfnis, Haberkernenbrühe und Eibischtee mit Süßholz. So viel Leute sollten sie nicht in der Stube haben, das mache dem Armen nur angst, und finster sollten sie machen und machen, daß keine Fliegen in die Stube kämen. «Aber Doktor, stirbt er, stirbt er?» jammerte Anne Bäbi. «Lueg, Frau, da kann ich dir nichts sagen; aber wenn ihr ihm gut lueget und nicht da um ihn brüllet und pläret, so ists möglich, daß er davonkömmt. Die Blattern sind hinaus, und wenn man ihn jetzt gut warm hält, daß sie nicht zurückschlagen und gut abdorren, so kömmt er davon.» «Aber lueg, Doktor, die Augen sind ganz verschwollen; schon zwei Tage sieht er nichts mehr, nicht einmal mich. Sollte man da nichts machen und kömmt er nicht um die Augen?» «Sieh, Frau, da kann ich dir nichts sagen und machen auch nichts, mit Netzen und

Salben würde man da nur verderben. Man muß warten, bis die größte Geschwulst der Augendeckel etwas vermindert ist, wo man dann erst sehen kann, wie es um das Innere steht. Dann könnt ihr es mir sagen lassen, wenn ihr wollt; man kann dann sehen, wie die Sachen stehn. Bhüet ech Gott, lebet wohl und schicket mir die Leute fort, macht kühl im Stübli und jagt die Fliegen aus», sagte der Doktor und ging.

Da versank Anne Bäbi wieder in unaussprechlichen Jammer. «O Jakobli, mein Jakobli», mehr wußte es nicht zu sagen. Hansli sagte gar nichts, sondern ging in den hintern Ecken des Hauses, wo der Mist stund, und was er da machte, sah Gott. Aber Mädi räsonierte und sagte: Der wisse doch in aller Himmelswelt nichts, nicht einmal ein Tränkli wüßte er zu geben, so könnte es auch doktern. Wenn es nichts sei, so hätten sie ein Brüll vom Tüfel, daß man meinen sollte, was sie wären, und wenn dann Not an Mann wäre, so wären sie grad wie Ölgötzen, und ob man deren hätte oder Dokter, es komme gerade ins Gleiche. Aber da müßte etwas gemacht sein, so könnte man die Sache nicht gehen lassen.

Nun machte aber Mädi von dem nichts, was der Doktor sagte, als daß es dem Kranken brav zu trinken gab, aber nicht Habermus, sondern Melissen- oder Holdertee. Hingegen je mehr Leute kamen, um so lieber war es ihm, und je heißer es in der Stube ward, um so mehr deckte es den Jakobli zu. Nachdem diese gesagt: «Herr Jeses, wie sieht der aus, der kömmt nicht davon und wenn er schon davonkömmt, so kömmt er nie mehr zweg; e Letzi, es Näggis trägt er sein Lebtag davon. Und mit der Hübschi ist es allweg vorbei, es mag gehen wie es will, ein Gesicht bekömmt er wie eine versprengte Pulverstampfi» – so fragten sie: «Aber machet ihr nichts? Habt ihr keinen Doktor? Geht ihr zu niemanden?» Dann war es Mädi angeholfen; es konnte erzählen, wie sie so einen Ölgötz in der Stube gehabt, aber ob man ein Ofenbein oder ihn gefragt, es wäre auf eins gekommen, es hätten Beide gleich viel gewußt. Es wolle jetzt sehen, ob es nicht noch mehr wisse als so ein hochmütiger Gstabi, dem man noch Doktor sagen sollte. Und wenn es dann die Leute frugen, was es mache, so gab es Bericht, wie es Jakobli salbe und alle halbe Stunde mit etwas anderem, und es düeche ihns, es tue ihm bsonderbar wohl. Das fanden die Leute recht gut, und jeder wußte noch etwas; die einen meinten, süßer Anken wäre gut, andere gaben dem Schmer den Vorzug; einer hatte eine bsonderbar gute Augensalbe, welche er bringen, und einer ein berühmtes Augenwasser, das er schicken wolle, und zuletzt frug dann Hansli wohl noch, was sie meinten, wie Wagensalb wäre, das sei sonst bsonderbar heilsam. Und wenn dann so Rat gehalten worden war, so betete dies und betete jenes, und Anne Bäbi jammerte; und alle Augenblicke machte jemand die Türe auf, und Fliegen surrten hinein, und alle Augenblicke machte man den Umhang weg, um den Jakobli zu zeigen, und das scharfe Licht fiel auf das unkenntliche Gesicht. Und jeder, der wegging, gab noch seine Meinung ab, wie lange er es wohl noch machen könnte; in der Nacht könnte es wohl eine Änderung geben, meinten die Meisten. Was auch komme, sie sollten es in Gottes Namen annehmen, sagten Andere, und die, welche am meisten Hoffnung hatten, sagten, wenn er den neunten Tag erlebe, so könnte man wieder hoffen, daß er mit dem Leben davonkomme, aber ein Näggis behalte er allweg.

Unterdessen hatte Mädi grusam Fleiß und salbete Tag und Nacht, bald mit Nidlenhaut, bald mit süßem Anken, bald mit Schmer, bald mit Augenwasser oder Augensalbe, je nachdem es das Eine oder das Andere bei der Hand hatte. Es wolle doch sehen, ob dann alles nichts helfe, und wenn das Eine nichts nütze, so nütze doch etwas anderes; es wäre bös, wenn unter so viel Sachen nicht eine die rechte sein sollte.

Jakobli lebte immer noch, lebte über den neunten Tag hinaus. Die Blattern am Leibe fingen an zu dorren, wobei der arme Bub erst in rechte Leiden kam; aber im Gesicht wollte es nicht dorren, es ward wüster und wüster, und keinen Stich sah Jakobli. Anne Bäbi hatte sich etwas erholt, hoffte wieder auf Jakoblis Leben und dankte Gott dafür. Aber da es dieses hatte, so fing es sich erst recht an um Jakoblis Schönheit zu kümmern. So schöne glatte Haut hatte er gehabt, und jetzt sollte er schwarz und blatterdüpflet sein sein Leben lang. Wohl tröstete es sich lange damit, daß viele Leute die Blattern gehabt hätten, und die hätten keine Zeichen mehr; aber ob es Jakobli so sein werde, das wußte es nicht. Zudem fing es ihm an immer mehr Angst zu machen von wegen den Augen. «Wenn er blind würde, my Jakobli blind, ich sprung ins Wasser», sagte es des Tages so manchmal. Dann tröstete Mädi, Anne Bäbi sollte doch nicht so Kummer haben, es sehe ja, es komme gut; es hätte ihn mit dem Leben davongebracht, es wüßte nicht, warum es ihm die Augen nicht auch davonbringen sollte; es heiße ja in der Bibel, das Leben sei mehr als die Augen. Es wolle Fleiß haben Tag und Nacht mit Salben und Wäschen, und es müßte alles nichts bschüßen, wenn es nicht gut kommen sollte. Es wolle aber Freude haben, wenn alles gut komme; man könne dann sehen, was so ein Doktor abtrage, ob er für etwas anders da sei als den Leuten das Geld abzstehle und den lieben Gott taub z'machen mit seinem Hochmut.

Aber das Ding kam nicht gut. Das Gesicht sah immer wüster aus trotz Mädis Fleiß, und Anne Bäbis Kummer und Angst wurden immer größer, während Hansli ergeben war und meinte, der Herr, der bis hieher geholfen, werde auch weiter helfen, und wenn Mädi von seinem Wagensalb hätte brauchen wollen, so wäre es vielleicht schon gut.

Da kam einmal unter den vielen Besuchenden eine vernünftige Base von Anne Bäbi. Als man dieser den Umhang wegmachte und sie Jakoblis Gesicht sah, erschrak sie und sagte: «Mein Gott, mein Gott, wie sieht der arme Bub aus! Das kömmt nicht gut, der wird blind.» «O nein», sagte Mädi, «der wird nicht blind; es hat ihm schon viel gebessert, und wenn er mit dem Leben davongekommen ist, so wüßte ich gar nicht, warum er sollte um die Augen kommen.» «Aber lueg doch», sagte die Base, «am Leib sind die Blattern trokken, aber das Gesicht ist ja fast wie ein Brei, und wenn ich nicht irre, so eitert das, und wenn ihr nicht dazu tut, so eitern dem armen Buben die Augen aus dem Kopf.» Da schwoll Anne Bäbis Jammer von neuem auf, aber auch Mädis Zorn. Das wäre gspässig, sagte es, wenn es nicht wissen sollte, ob es bessere oder nicht; es sei jetzt bald vierzehn Tage dabeigewesen und nie aus den Kleidern gekommen, und da wisse man doch, ob es bessere oder nicht, nume so vom ersten Anluegen könne man nichts sagen. Wenn man meine, es mache die Sache nicht gut, solle man seinethalb jemand anders anstellen, der mehr Fleiß habe als es. Man könne dann sehen, wie es komme, aber es wolle nicht schuld sein. «Wird nit höhn, Mädi», sagte Hansli, «fahr du nur fort, wir sind ja mehr als zufrieden.»

Aber Anne Bäbi war nicht der Meinung, daß man so fortfahren sollte. Die Base hatte ihm eine Angst in der Seele entzündet, die nicht mit Hanslis Ergebung Mädis Kur abwarten konnte. Da müsse ein Doktor herbei, sagte es, es möge kosten, was es wolle; es möchte doch wissen, was der sage, und die Base sei bsunderbar eine Witzige und hätte ihr Lebtag mehr als eine Sache gesehen. Wenn es nicht gut käme, so müßte man sich sein Lebtag ein Gewissen machen. Seinethalb, sagte Mädi, könnten sie machen, was sie wollten, es wolle nicht wehren, und wenn sie das Zutrauen nicht hätten, so wolle es gar nichts mehr machen. So hätte man es in der

Welt, je besser man es meine und je mehr man Fleiß hätte, um so weniger hätte man einem darauf. Es sei ihm nur um den Jakobli und nicht um ihns; wenn der jetzt noch sollte um seine Augen kommen, so begehrte es keine Stunde mehr zu leben. Sein Jammer tönte in Anne Bäbis Jammer, aber Anne Bäbi blieb doch Meister und Sami mußte nach dem Doktor aus, und Mädi sagte: Sie könnten machen, was sie wollten, allein es wolle an nichts schuld sein; es sehe wohl, es täte am besten, es luegti mit Gelegenheit nach einem andern Platz.

Der Doktor kam, und sobald er den Armen sah, erschrak er und sagte: «Was Donners ist da gegangen? Habe ich nicht gesagt, man solle nichts machen und warten, bis die Blattern am Abtrocknen seien? Der kömmt um die Augen, und es ist die Frage, ob nicht beide schon ausgelaufen. Wer hat da gekaaret, was ist gegangen?» «He», sagte Mädi, «wenn es ihn so gebrannt hat, so habe ich ihn gesalbet; etwas hat gehen müssen, es ist unser Lebtag nicht erhört worden, daß man einen so daliegen läßt wie ein Unvernünftiges und nichts an ihm macht.» «Du bist ein dummes Mönsch, und wenn er blind wird, so bist du schuld. Ich habe ja gesagt, man solle einstweilen nichts machen als ihm zu trinken geben, und wenn etwas nötig scheine, so solle man es sagen. Du sollst mir ihn nicht mehr anrühren, hörst du, sonst will ich mit der Sache nichts zu tun haben.» «Ich habe doch gedacht», sagte Mädi, «das komme so, und am Ende werde ich an allem schuld sein müssen. Wo dä Löhl nicht gewußt hat, was machen, habe ich ihm das Leben gerettet, und jetzt will der kommen und befehlen und sagt mir noch wüst. Aber ds Besten ist, ich gehe, ich will fort auf der Stelle. Es duret mich nur der Jakobli, dä Hung bringt ne gwüß no um.»

Aber der Doktor kümmerte sich um Mädi nichts, sondern balgete mit Hansli und Anne Bäbi. «Warum laßt ihr doch das Babi machen? Es ist dein Kind, Frau, und du mußt weiß Gott selber luegen, wenn noch etwas gemacht werden soll. Ich will probieren, was möglich ist, aber ihr müßt mir gehorchen und nicht jeder alten Frau, sonst will ich lieber mit allem nichts zu tun haben. Hintendrein sollte man doch an allem schuld sein, auch an dem, wo man nicht gemacht hat, wo andere Leute geraten und befohlen haben.» Anne Bäbi versprach das Beste und hielt dem Doktor dr tusig Gottswillen an, er solle doch machen, was er könne, und sollte es hundert Kronen kosten, es reute sie kein Geld.

Kaum war der Doktor fort und Anne Bäbi mit dem beschäftigt, was der Doktor befohlen, so kam Mädi daher gsunntiget und sagte: Es wolle denk jetzt gehen, es wolle aus dem Weg; es wolle nur den Jakobli noch einmal ansehen, es sehe ihn so sein Lebtag nie mehr. «Ach, stürm mir jetzt nicht», sagte Anne Bäbi, «und laß mich ruhig; mein Gott, es sagt dir ja niemand nichts, und gehe und tue Erdäpfel über für die Schweine. Ach Jakobli, Jakobli, mys Büebli, wirst ächt blind!»

«O Jakobli, my Jakobli», jammerte Mädi, «das hätte ich nie geglaubt, daß wir so auseinanderkämen, und daß wenn du sterben mußt, ich sollte schuld sein, und habe ich doch an dir getan, was keine Mutter an ihrem Kind. Myn Gott, myn Gott! Es zerreißt mir das Herz, wenn ich dich nicht mehr sehe, leb wohl!» Da aber eben Anne Bäbi mit ihm zu tun hatte, so daß es nicht zum Bett konnte, so sagte es: «Jakobli, wenn ich den Säuen über habe, so komme ich noch einmal wieder, es wird dann wohl noch einen Augenblick Platz für mich an deinem Bette sein.»

Darauf ging Hansli hinunter, zündete sein Pfeifchen unter Mädis Sauhaufen an und sagte: «Mädi, bis nit höhns, denk, Anne Bäbi ist dMuetter, und was dr Doktor gseit het, hey mir nit gseit.» «He ja», sagte Mädi, «aber es dauret einem, wenn man getan hat, was ich, und man kommt einem so, und Anne Bäbi hat auch kein Wörtchen gesagt, daß ich die Sache recht gemacht habe, und hatte sich doch längs Stück keiner Sache angenommen; jetzt, wenn es nicht gut kömmt, soll ich doch an allem schuld sein.» Hansli gab keine Antwort auf diese Rede, aber Mädi zog die Sonntagskleider wieder aus und kochete nicht bloß für die Schweine, sondern auch für die Haushaltung. Als es aber abends alleine mit Sami an dem Essen saß, sagte es: Es erleide ihm, dabeizusein; da könne man sein Lebtag bös haben für andere Leute, und am Ende sage einem niemand Dankheigist, und wenn man sollte krank werden, so wäre man der ärmste Hung auf der Welt. Es sei einer ein Narr, wenn er nicht zu ihm selbsten sehe. Meisterleute seien immer Meisterleute, die brävsten seien nicht einen halben Birenstiel wert, und wenn der Bub nicht wäre, es blieb keine Stunde länger im Hause, und wenn es etwas Schickigs anzustellen wüßte, es bsinnte sich nicht lange.

Von wegen den Meisterleuten half Sami dem Mädi und klagte auch, man wisse längs Stück nicht, was man tun solle und ob man die Sache recht mache. Es ginge manchmal ein Monat vorbei und Hansli sage nie, daß er zufrieden sei, und Anne Bäbi sei je länger je wunderlicher, und wenn eine Gable oder ein Gohn nicht immer am gleichen Orte sei, so hätte es Mut, zu balgen. Aber wegen dem, was Mädi vom Anstellen zu verstehen gab, sagte er nichts; bei sich selbst dachte er: Leg du mir den Lätsch, so oft du willst, ich trappe dir doch nicht hinein, du bist mir denn nadisch zu wüst und zu bös. Wenn es mir hier erleidet ist, so kann ich gehen, wenn ich aber an dir bhanget wäre, so müßte ich hangen, bis der Tod mich ablöste, und das könnte mir noch längs werden.

## VIERTES KAPITEL

### *Wie Jakobli aus der Krankheit kömmt und die Eltern zu Trost*

Anne Bäbi besorgte nun mit Fleiß und Weinen den lieben Sohn, und lange wußte man nicht, wo aus es wollte; aber noch gar manchmal hatte es zu tun mit Mädi, das sein alt Gestürm immer von neuem anfing und wie die Katz auf die Maus auf Augenblicke paßte, wo es zu Jakobli konnte, um sein altes Salben wieder anzufangen. Wenn man ihns hätte machen lassen, es wäre längst alles gut, sagte es nicht nur, sondern es war auch davon überzeugt.

Lange ging es, bis man wußte, wie es mit Jakoblis Augen stünde, und mehr als einmal schwankte Anne Bäbi zwischen Mädi und dem Doktor, und wer weiß, wenn nicht das weibliche Kraut, die Eifersucht, gewesen wäre, ob sie nicht Mädi vorgezogen hätte. Aber Anne Bäbi empfand etwas von dem, wie ihm wäre, wenn es sein Lebtag hören müßte: «Jä gäll, wenn ich nicht gewesen, kein Mensch wüßte, wie es gegangen wäre, und wenn Mädi nicht ds Wüsteste alles ta hätt, so hättet ihr lang können machen und plären und ech vom Dokter la für e Narre ha!» Darum zog der Doktor vor, und der brachte es so weit, daß er endlich sagen konnte, ein Auge sei gerettet, wenn man noch alle Sorge trage, das andere aber für immer dahin.

Wenn Hansli und Anne Bäbi auch «Gott Lob und Dank» sagen mußten, so war doch ihr Herzenleid groß, und Mädi sparte weder Winke noch Worte, daß es anders hätte gehen können und daß es nicht schuld sein wolle; aber wenn man keinen Glauben habe, so gehe es einem so.

Lange mußte Jakobli noch in verfinsterter Stube sich aufhalten; das Licht der Sonne war ihm wie eine Nadel im

Auge, und grausam Langeweile hatte er da, wenn auch bald der Hansli, bald der Sami ihm eine Taube oder ein Lämmchen brachten, damit er sehen könne, was es Neues gegeben in seiner Krankheit. In stillem Sinnen verbrachte er meist seine Tage, aber was er sann, sagte er nicht. Geduldig war er dabei, und wenn Andere um ihn jammerten, so wußte man nicht, hörte er, worüber man jammerte. Er klagte über nichts als über Langeweile und wünschte nichts, als bald hinaus zu dürfen vors Haus an die freie Luft.

Schon weit hinaus im Sommer war es, als der Doktor ihm erlaubte, mit einem grünen Schirm vor den Augen an Licht und Luft zu gehen. Anfangs mochte er es kaum ertragen, und dabei ward er so schwach und matt, daß er immer froh war, wenn er wieder in sein Stübchen kam. Allmählig aber erstarkete er wieder, daß er vor dem Hause sitzen konnte, und Anne Bäbi stellte ein Körbchen mit Erdäpfeln, ein Kacheli mit Haber neben ihn, und da vertrieb er sich die Zeit, daß er Hühner und Tauben lockte und fütterte. Diese kannten ihn noch von alten Zeiten her und flogen neben ihn und pickten ihm aus der Hand, was er drinnen hatte. Und wenn er einen Gang in den Stall wagte und da seine Schafe rief, so hatten auch diese seine Stimme nicht vergessen, und sie sprangen an ihn hin und die Widder rieben ihre Köpfe an seinen schwachen Beinchen, daß er sich halten mußte, und blökten ihm nach, wenn er wieder ging. Aber wenn er vor dem Hause saß und Menschen kamen, die kannten ihn nicht und erschraken ab ihm. Viele gingen am Hause vorbei auf das Feld; wenn sie ihn vor demselben sitzen sahen, so kamen sie herbei, stellten sich vor ihn und sagten: «Herr Jemer, wie siehst du doch aus, keinem Mensch käme der Sinn daran, daß du der alte Jakobli wärest, man fürchtet sich fast ab dir. Und ists wahr, du seiest halb blind und sehest an einem Auge nichts mehr und am andern nicht viel? Zeig doch! E Herr Jemer,

Herr Jemer, ich wollte nicht, daß ich ein solches Kind hätte, e Leide bleibst du dein Leben lang; es wäre dir fast nützer, du wärest gestorben.» Solches hörte Jakobli des Tages manchmal, und er hörte es mit stiller Ruhe, man sah ihm nicht an, daß solche Reden ihm weh täten; nur schien es ihn manchmal zu beißen im Gesichte, aber man meinte, das sei noch ein alter Rest, und frug ihn: «Beißt es dich denn noch immer?» Dann sagte Jakobli: «Nein, aparti sust nit.»

Desto tiefer gingen solche Reden dem Anne Bäbi; Zorn und Leid rissen gewaltig an seinem Herzen. Es war nicht Zorn über Jakobli, daß er nicht mehr so schön sei. Man hat Beispiele von Müttern, welche ihre Töchter haßten, weil sie nicht hübsch waren, Beispiele von Müttern, welche jahrelang ihren Töchtern kein gutes Wort gaben, weil dieselben nicht so hübsch aus dem Welschland kamen, als sie es sich vorgestellt hatten. Es war bei Anne Bäbi Zorn über die Leute, welche Solches sagten; es schien ihm, als ob sie noch ihre Freude daran hätten, es war ihm, als sei Jakobli nicht halb so wüst, als hätten auch Viele Kinder daheim, die noch zehnmal wüster als Jakobli wären, wo es dann noch lange nicht tauschete mit ihnen. Wenn auch Jakobli nicht so wüst war wie manch ander Kind, so war er doch nicht mehr der alte Jakobli, man kannte ihn allerdings fast nicht mehr, und wer war schuld daran? Wenn Anne Bäbi dieses dachte, so kam ihm ein Leid, welches ihm fast das Herz zerreißen wollte. Warum hatten sie ihn nicht impfen lassen; warum hatte es ihm seine letzte Freude genommen, es erzwängt, daß er mit ihm dem Kabis und Flachs nachging; warum nicht auf seine Klagen gehört, es erzwängt, daß er noch zu den Bäumen mußte; warum den Doktor nicht zur rechten Zeit geholt, ihm nicht geglaubt; warum Mädi machen lassen, warum nur gejammert und nicht selbst Hand angelegt?

Wenn so diese Warum eins nach dem andern vor Anne

Bäbi aufstiegen, so hintersinnete es sich fast und wußte nirgends Trost; es gab ein Gehaspel in seinem Kopf, daß es ihns dünkte, seine Gedanken seien wie eine verhürschete Strange und hätten keinen Anfang und kein Ende. Bald dünkte es ihns, die Andern seien noch mehr schuld daran als es selbst, und es müßte es ihnen vorhalten und es könnte keine Stunde mehr mit ihnen im Frieden sein. Dann kam es ihm wieder vor, als sei es der einzige Sünder und als müßte Jakobli ihns hassen und verfluchen als die böse Mutter, welche ihn gequält und um alle Lebensfreude gebracht. Dann wurde ihm so grusam angst, daß es nirgends ein Bleiben hatte, bis es bei Jakobli war, und manchmal stund es mitten in der Nacht auf und ging zu ihm und bat ihn, er solle es doch dr tusig Gottswillen nicht hassen, es nicht verfluchen, sondern es noch lieb haben, nur es klys Brösmeli. Es wolle alles für ihn tun, was es ihm an den Augen absehe, werchen solle er keinen Streich mehr, und wenn ihn etwas gelüste, so müsse er es haben und sollte es tausend Pfund kosten.

Hansli war nicht so angegriffen; die Hauptsache war ihm das Leben, und das hatte Gott ja erhalten. Schön oder wüst sei ein Tun, sagte er, sterben müsse man beid Weg und selig werden könne man auch beid Weg. Jakobli sehe doch an einem Auge, und er wisse manchen Halbbling, der so glücklich sei als die Angern. Die Hauptsache sei, daß man gesund sein könne und werchen möge, und wenn Jakobli nicht gesund sein könnte, so wäre es schier besser für ihn, er hätte sterben können. Es hätte wohl Längizyti gegeben, aber man müsse es nehmen, wie es komme, und zuletzt gewöhne man sich an alles. Und wenn Anne Bäbi so jammerte über ihre Versäumnis und werweisete, woran allem es schuld sei, so sagte Hansli: «He, ich wollte die Sache nicht so schwer nehmen, öppe viel an der Sach machen wir nicht; wir können es dä Weg oder diese Weg machen, es kömmt öppe aufs

Gleiche heraus; es ist ein Anderer, und der befiehlt, und wenn der nicht will, so kann man lang.»

So saß Jakobli auch einmal auf einer Bank, es war an einem schönen Sonntagabend. Der Wind wiegte sanft die Pappelbäume hinterem Hause, Feierabend läutete es im Dorfe, in der Küche sprätzelte das Feuer, Tauben und Hühner spazierten vor der Küchentüre, unterm Küchenfenster saß die große schwarze Katze und putzte sich. Zwischen den Vorbergen und den weißen Häuptern blitzte es aus einem schwarzen Wolkenstreifen, aber majestätisch stieg die Sonne nieder am wolkenlosen goldenen Abendhimmel. Unter die Küchentüre trat Anne Bäbi und sagte: «Es will nicht Regen kommen, und Regen wäre doch so gut für den Lewat und andere Sachen mehr.»

Und wie Anne Bäbi das sagte, kam der Pfarrer auf die Bsetzi vor dem Hause, fast wie vom Himmel herab, denn kein Brösmeli hatte man von ihm gemerkt. Anne Bäbi erschrak gar gewaltig, doch fliehen konnte es nicht mehr. Es wischte geschwind die Hände am Fürtuch ab und sagte: «Herr Jemer, jetzt kömmt noch gar der Pfarrer», reichte ihm die Hand und hieß ihn hereinkommen. Derselbe aber wollte nicht, sondern setzte sich auf die Bank neben Jakobli und sagte: Es hätte ihn schon lange wunder genommen, wie es gehe dem armen Knaben. Da er jetzt vorbeispaziert sei und ihn vor dem Hause gesehen, so hätte er gedacht, er wolle ihn grüßen und sehen, was er mache; er sei ihm immer ein lieber Bub gewesen und gar herzlich leid, als er vernommen, daß Jakobli so übel krank sei. Früher sei er nicht gekommen, er wisse wohl, die Leute hätten es ungern manchmal, wenn der Pfarrer plötzlich und ungerufen zu einem Kranken käme, weil die Leute gleich ein Gerede davon machen und der Kranke leicht erschrecke und meine, jetzt müsse er sterben, es fehle nicht.

«Ja, ja, Ihr habt recht, Herr Pfarrer, es ist so», sagte Anne Bäbi, «aber es hätte uns doch gefreut, wenn Ihr gekommen wäret; man hätte dem Jakobli nichts davon zu sagen gebraucht, damit er nicht erschrocken wäre von wegen dem Sterben. Aber gället, Herr Pfarrer, wie er doch auch aussieht, man darf ihn kaum mehr ansehen, und kein Mensch, wer ihn früher nicht gekannt hat, würde glauben, wie schön er gewesen wäre. Und luegit, gschauit, Herr Pfarrer, nur ein Auge hat er noch, nur ein Auge! Gället, Ihr hättet ihn nicht wieder gekannt, wenn er Euch so ungefähr begegnet wäre auf dem Wege?» «Ja freilich, Frau, er hat geändert; aber so, wie die Leute geredet, habe ich mir die Sache viel ärger vorgestellt», antwortete der Pfarrer. «Das Auge, welches noch da ist, scheint gesund, und das Gesicht ändert noch gar viel; wer weiß, ob er nicht das Meiste noch auswächst, so daß man ihm in ein paar Jahren wenig oder gar nichts mehr ansieht.»

«O Herr Jemer, wie wär das gut, Herr Pfarrer! Wir brauchten uns dann nicht mehr so ein Gewissen zu machen. Ich muß sagen, ich weiß manchmal nicht, wo ich sein will, und es ist mir schon manchmal angst geworden, ich mache noch etwas Lätzes.»

«Eh Frau, Ihr müßt nicht so reden, mit solchen Reden läßt sich nicht spassen, und wenn man schon etwas auf dem Gewissen hat, mit solchen Reden kömmt man ihm nicht ab», antwortete der Pfarrer. «Guten Abend, Herr Pfarrer», kams vom Ecken her, und Hansli steckte sein Pfeifchen in die Busentasche und setzte noch hinzu: «Ihr seid seltsam, Herr Pfarrer, bei uns.» «Ich bin afange alt», sagte der Pfarrer, «komme nicht viel mehr vom Hause weg, ich lasse den Vikari machen. Aber der Jakobli ist mir immer lieb gewesen, und als ich ihn dasitzen sah, wollte ich sehen, wie es ihm gehe, und wie es mir scheint, Gottlob, recht ordentlich.» «He, nit bös, es könnte böser gehen, man muß es annehmen, wie es unser Herrgott schickt, und sich drein schicken. Wenn man sich schon wehren wollte, es würde, denk ich, nicht viel helfen. Es macht frein Wetter.» Nun antwortete der Pfarrer darauf, ein Wort gab das andere, und sie verweilten sich eine Zeitlang.

Als der Pfarrer eben gehen wollte, noch gegen die Küche ging, um Anne Bäbi gute Nacht zu sagen, kam dasselbe heraus und sagte: «Herr Pfarrer, jetzt geht mir nicht, Ihr müßt noch mit uns ein Kaffee trinken, wenn Ihr uns nicht scheuet. Aber die Sache ist sauber und es freute uns alle grausam wohl, bsonderbar Jakobli.» Er hätte es nicht nötig, sagte der Pfarrer, und er sollte eigentlich heim; seine Frau werde nicht wissen, wo er sei und was es ihm gegeben, aber wenn es doch zweg sei, so wolle er sich nicht eigelich machen.

Als sie endlich in der Stube saßen und Anne Bäbi allen eingeschenkt hatte, siebenmal hinausgelaufen war und zuletzt auch saß und trank, so ging ob dem Kaffee das Herz ihm noch weiter auf und es sagte: «Ja, Herr Pfarrer, es weiß kein Mensch, was es ihm geben kann, und ich hätte keinem Menschen es geglaubt, wenn er mir gesagt hätte, daß ich mir einst vorkommen sollte nicht viel besser als ein Mörder und längs Stück nicht wüßte, was besser Feierabend mache, eine schöne Glungge oder ein batziger Hälsig.»

«Eh Anne Bäbi», sagte Hansli, «denk auch, was du redest und daß der Pfarrer da ist und meinen könnte, es wäre dir ernst.» «Schon vorhin», sagte der Pfarrer, «habt Ihr mir so etwas gesagt, ich wußte nicht, was ich daraus machen sollte; aber es muß doch etwas in Euerm Herzen sein, das nicht recht ist.» «Herr Jemer, Herr Pfarrer, die Leute werden Euch schon davon geredet haben; Ihr werdet wohl wissen, was mich drückt.» «O nein, Frau, was die Leute reden, weiß ich nicht, und wenn mir schon etwas zugetragen wird, so lasse ich es liegen, wo man es ablegt. So geschieht es mir oft, daß ich

Dinge, welche die Kinder auf der Gasse verhandeln, entweder gar nicht vernehme oder oft jahrelang nachher.»

«Herr Pfarrer, ich kann es Euch fast nicht sagen, aber allemal wenn ich unsern Bub ansehe, so kommt es mir neu über das Herz und ich muß immer denken, wenn wir ihm hätten die Blattern geben lassen, so wär es nicht so gegangen und er wäre noch wie die Andern und hätte noch beide Augen und es Gsicht wien e Mönsch.»

«Aber warum habt ihr ihn eigentlich nicht impfen lassen, es ist doch jetzt fast allgemeiner Brauch?» Da seufzte Anne Bäbi tief auf und Hansli sagte: «Apart haben wir nicht viel darüber geredet. Ds Anne Bäbi hat gesagt, es grus ihm schier, so dem armen unschuldigen Kind expreß Schmerzen zu machen, und wüßte man doch nicht, ob es eigentlich nötig wäre oder nicht; und ich habe bei mir selbst gedacht, das sei so eine neue Mode, und wenn der liebe Gott nicht gewollt hätte, daß die Kinder die Blattern bekommen sollten, so hätte er sie nicht kommen lassen, und dem lieben Gott so seinen Willen z'hingerha, das het mir sich neue nit welle schicke.»

«Aber Hansli», sagte der Pfarrer, «wenn Ihr die Sache so nehmt, so hättet Ihr auch denken können, der liebe Gott hätte das Impfen nicht erfinden lassen, wenn er nicht gewollt hätte, daß man damit gegen die Blattern sich wehren könne.» «Ja, Herr Pfarrer, Ihr habt recht. Aber von dem Impfen, oder wie man ihm sagt, weiß man, von wem es kömmt, man kann ihm den Namen geben; aber von den rechten Blattern, da weiß man nicht, woher die kommen, drum kommen die gerade von Gott wie die andern Krankheiten auch, und was von Gott kömmt, soll man in Geduld annehmen.»

«Alles mit Unterschied, Hansli», sagte der Pfarrer. «Wenn das Haus über Eurem Kopf angeht, in volle Flammen kommt, sagt Ihr auch, daß es des Herrn Wille sei, daß Ihr darin bleibet? Braucht Ihr nicht Eure Beine, um aus den Flammen

Euch zu flüchten?» «Ja, Herr Pfarrer, es ist so, aber die Beine hat mir Gott selbst gegeben, ich habe sie nur gebraucht.» «Aber so hat der liebe Gott auch den Impfstoff gegeben, das ist eine Krankheit am Kuheuter; und wenn der liebe Gott nicht gewollt hätte, daß man ihn brauche, so hätte er ihn nicht geschaffen.» «Ja wäger, Herr Pfarrer, aber wenn der liebe Gott das mit ihm gewollt hat, so düecht mich, er hätte ihn schon zu Ättis und Großättis Zeiten sollen brauchen lassen. Jetzt kömmt mir das Impfen doch so vor wie eine neue Mode.» «Ja Hansli, heißt es nicht: Die Ratschläge Gottes sind unerforschlich, und das Früher und Später steht in Gottes Hand? Oder warum ist der Heiland nicht zu Mosis Zeiten gekommen statt dem Gesetz, und ist auch er nicht zu seiner Zeit eine neue Mode gewesen? Ja kann man nicht auch sagen, was brauchen wir überhaupt einen Heiland? Wenn Gott uns will selig machen, so braucht es nichts der Gattig. Oder die Erdäpfel, zwar nicht mit dem Heiland zusammengezählt, sind die nicht auch eine neue Mode? Und unser Herrgott hat viel tausend Jahr gewartet, ehe er uns damit aufwartete, und braucht Ihr die nicht auch und je länger je lieber und je länger je dankbarer?» «Ja, Herr Pfarrer, jetzt habt Ihr mich beschlagen und ich muß Euch glauben.»

«Seht», sagte der Pfarrer, «es hat alles auf Erden sein Maß, auch die Geduld und die Ergebung in Gottes Wille. Wenn der Bauer sagen würde: wenn es Gottes Wille ist, daß Korn wächst auf meinem Acker, so wird es wachsen, ich mag säen oder nicht, ich will daher Müh und Same sparen, so wird männiglich diesen Bauer auslachen und sagen, er sei verrückt. Oder wenn ein Roß einen Nagel in den Fuß getreten hat und der Fuhrmann sagt: Es war des Herrn Wille, daß der Nagel in den Fuß kam, und wenn es des Herrn Wille ist, so wird er wieder hinauskommen, darum wäre es Sünde, wenn ich ihn anrühren täte, so wird man solchen Fuhrmann vogten.

Und wenn ein Mensch einen Fehler in seiner Natur hat und er sagt: Den Fehler lege ich nicht ab, den hat mir Gott geordnet, und er wird wissen wofür, wenn ich ihn nicht hätte haben sollen, so hätte er ihn mir nicht gegeben; wenn er mit diesem Fehler sündiget und er sagt: Ich vermag mich dessen nicht, und wenn einem ein Dreck auf die Nase fallen soll, so fällt er einem nicht auf die Schuhe, würdet Ihr den nicht für einen schlechten Christen halten und ihm sagen: Es stehet geschrieben, das Auge, das dich ärgert, reiße aus, und je nachdem einer gehandelt hat bei Leibesleben, wird er Lohn empfangen, das ewige Leben die Einen, das Gericht die Andern?

«So ist es mit aller Krankheit, leiblicher und geistiger; da hat uns Gott Heilmittel zur Hand gestellt, leibliche und geistliche, und die sollen wir brauchen, dabei aber nicht vergessen, Gott um Segen und Gnade anzuflehen, denn das Gedeihen steht im Leiblichen und Geistlichen in seiner Hand.» «Ja, ja, Herr Pfarrer», sagte Hansli, «jetzt begreife ich es, der liebe Gott hat so immer dWähli, zu machen, was er will, und die Sache la z'graten dä Weg oder diese Weg, und mi gryft ihm nit vor, selb wär mir zwider gewesen. Und wenn wir mehr das Unglück haben sollten, daß jemand krank würde, so muß gmacht werden, was z'machen ist; ghörst, Anne Bäbi.»

Aber Anne Bäbi hörte schon lange nicht mehr, sondern weinte und brach in Jammer aus: «O Herr Pfarrer, Herr Pfarrer, erst jetzt habe ich keine Ruhe mehr, so wie Ihr die Sache ausgelegt habt; erst jetzt weiß ich es für gewiß, daß wir dem Jakobli hätten vor seinem Unglück sein sollen, und taten es nicht und müssen ihn jetzt unser Lebtag so sehen und immer dabei denken, es könnte anders sein und er müsse uns hassen und verfluchen deretwegen.» «Aber Müetti, wie redst», sagte Jakobli, «wie manchmal habe ich dir gesagt, du sollst doch nicht so denken und ich wüßte ja, daß ihr es gut gemeint hättet und nicht bös.» «Meine gute Frau», sagte der Pfarrer, «es ist mir leid, wenn ich Euch wehe getan habe, aber ich konnte nicht helfen, ich mußte die Wahrheit sagen, und es ist eine Ordnung Gottes, daß wir allen Irrtum mehr oder weniger büßen müssen und daß es allemal, wenn wir so einen Irrtum in uns entdecken, Herzenleid verursachet. Das ist so, und dieser Ordnung sollen wir nicht wehren und nicht sagen: Das macht nichts und das ist schon manchmal geschehen, ich wollte nicht mehr daran denken, die Sache mir aus dem Kopf schlagen; das sind alles falsche Trostgründe. Wir müssen den Fehler aufrichtig erkennen, und wenn es gut kommen soll, auch aufrichtig sagen: Vater, ich habe gefehlt. Und gefehlt habt Ihr; aber jetzt fehlt nicht wieder und vergeßt im Jammer nie Gott und seine Liebe. Seht, Ihr habt schon viel gewonnen, daß Jakobli Euch die Sache nicht nachträgt, daß er es erkennt, wie Ihr es gut gemeint.» «Ja, eben das macht mich immer z'pläre, daß er ein so Guter ist, wo wir uns doch so an ihm versündigt haben», schluchzte Anne Bäbi.

«Das ist leider so», sagte der Pfarrer, «daß wenn das Gemüt verstimmt ist, es alles unrecht auslegt und jede Berührung falsche Töne gibt. Was meint Ihr, Frau, wenn Jakobli das Gegenteil tun und Euch seinen Zustand alle Tage vorhalten würde, wie wäre Euch?» «Oh, da hätte ich mich schon lange hintersinnet und wäre kaum mehr da», antwortete Anne Bäbi. «Also seht Ihr, liebe Frau, wie Ihr Ursache habt, Gott zu danken, daß Jakobli die Sache von der rechten Seite fasset und sich darein zu schicken weiß. Darum danket Gott auch, damit Ihr Jakoblis Beispiel nachfolget und Euch in das Unabänderliche schicket. Denket, es ist Jakobli gewiß auch viel wohler dabei, wenn Ihr nicht so jammert und klaget, damit ändert Ihr nichts und gmühet ihn nur; und vergesset es nie, daß denen, die Gott lieben, alle Dinge zur Seligkeit dienen müssen. Denket daran, ob die Krankheit Euch nicht vielleicht in ein besseres Verhältnis zu Jakobli gebracht hat, ob Ihr ihn jetzt vielleicht nicht viel besser liebet und ob sie Euch nicht ein Fingerzeig ist, ihn nicht zu plagen; denn man plagt die Leute vielleicht ebenso oft aus Liebe als aus Haß, und wenn man aus einem Irrtume heraus ist, so ist es dann nicht, daß man gar keinen mehr habe.

«Nein, meine liebe Frau, wenn ihr einander recht lieb habt und mit der Liebe euch nicht plaget, so könnt Ihr jetzt viel glücklicher werden, als Ihr geworden wäret, und Ihr und Jakobli seid vielleicht später imstande, Gott zu danken, daß er es so gefüget hat und nicht anders; und wenn Ihr schon mehr oder weniger schuld an der ganzen Krankheit wäret, so zeigt Euch doch Gott seine Vergebung darin, daß er sie Euch zum Heile werden läßt, und das ist die friedsame Frucht der Gerechtigkeit, welche aus der Zucht des Vaters in den Herzen seiner Kinder emporwachsen soll.»

Draußen an der Türe hatte Mädi gehorcht und sagte halblaut für sich: «Dr Predikant kann lang vom lieben Gott reden, und wenn Mädi nicht gewesen wäre, so lebte Jakobli lange nicht mehr, und denn nähmte mich wunder, wie das zu unserer Seligkeit beitragen sollte. Predigen kann er schön, sonst aber versteht er e Tüfel viel.»

Er hätte sich viel zu lange gesäumt, seine Leute werden sich kümmern um ihn, sagte endlich der Pfarrer und stund auf oben am Tische und nahm Abschied, und alle dankten ihm, daß er gekommen, besonders Jakobli, hießen ihn wieder kommen, und Jakobli sagte: Es düeche ihn, es wohle ihm, wenn er ihn nur von weitem sehe. Es hätte ihm viel geleichtet, sagte Anne Bäbi, und es düechs, es könnte jetzt anfangen, sich darein zu schicken; aber ihrer Gattig Lüt seien gar dumm und ds Rechte komme ihnen immer zuletzt in Sinn oder gar nicht. Hansli sagte nicht viel, aber als der

Pfarrer fort war, sagte er: «Ja ja, ds Rede ist e chumlichi Sach, und man kann immer daraus nehmen, was einem am anständigsten ist.»

Der Pfarrer war ein älterer Mann, und zeitweise Unpäßlichkeit machte ihm zuzeiten einen Vikari nötig, und wenn er einen nötig hatte, so gab man ihm einen, wie man ihn hatte, und die hat man auch auf all Weg.

Langsam ging der Pfarrer den Fußweg runter. In den Weiden am Bach rauschte der Wind, und unter den Weiden rauschte der Bach, und der Pfarrer sann über die Torheit der Menschen, wie viel Plagen die Menschen sich selbsten machten, und über die gütige Weisheit Gottes, welche in jede Plage ein Heilmittel für die Torheit lege, und wie das eine seltene Kunst sei, diese Heilmittel zu erkennen, und wie man sie am schwersten in den Plagen erkenne, welche, durch eigene Torheit herbeigezogen, über dem eigenen Haupte schwebten. Der Pfarrer könne wohl mit dem Finger zeigen und deuten, dachte er, aber die Gemüter bereiten, daß das Gezeigte fruchtbar werde und die rechte Wirkung tue, das sei eine Kunst, die noch seltener gegeben sei.

So kam er den Bach herunter und sann, bis er von weitem sein Häuschen sah. Dort sah er sein Weibchen, welche unter die Klasse der freundlichen Muesle gehörte, und seine Tochter, ein herzhaft Meitschi von neunzehn Jahren, nach allen Windgegenden ausschauen; denn daß er die Suppe auf dem Tische warten ließ, war schon seit Jahren nicht geschehen und darum ein Ereignis, welches Mutter und Tochter bang bewegte.

«Wo bleibst auch so lange, Mannli?» rief die Frau ihm entgegen, als er am Arm der Tochter, die ihm entgegengelaufen war, daherkam und den Schweiß sich von der Stirne wischte. «Der Blumköhli versodert ganz, und wenn die Suppe bränntet, so wird die Köchin nicht schuld sein wollen.» Da wollte der Pfarrer stillestehen und Bericht geben, aber die Frau Pfarrerin sagte: «Komm du jetzt, du kannst uns es drinnen sagen. Sophie, läute doch dem Vikari, aber scharf, hörst du, sonst tut er aber drglyche, er hätte nichts gehört.»

Nun erzählte der Pfarrer seine Begebnisse, seine Reden und Gedanken und wie so viel Unglück sei in der Welt, an das man gar nicht denke, und die Heilung wiederum so nahe, und man sehe sie wieder nicht, und wenn man sie sehe, so scheine sie so leicht und sei doch unmöglich dem betreffenden Gemüte und die Welt so schön und Gott so gut und der Menschen Gemüt so seltsam und so verkehrt.

Noch lange redeten sie zusammen freundlich und erbaulich, aber längst war der Vikari gegangen und schrieb droben ungefähr folgenden Brief:

«Lieber Freund!

Sie haben mich aber vom Tische getrieben mit ihrem weltlichen, frivolen Geschwätz; es ist schrecklich, daß man solche Geistliche hat. In der ganzen Familie ist keine Ahnung von der seligmachenden Gnade und der Freude in Jesu. Da ist lauter Selbstgerechtigkeit und Weltsinn, und es gehen Tage vorüber, daß man den Namen Jesus nicht hört. Wäre die Gnade nicht so mächtig in mir, meine Seele schwebte in der größten Gefahr, besonders da die Leute etwas Freundliches, Anziehendes haben, was um so gefährlicher ist. Der Alte gehört unter die Klasse der Geistlichen, welche dem Reiche Gottes am meisten Abbruch getan haben. Er predigt von der Liebe Gottes, trägt ein mild, versöhnlich Wesen zur Schau und eine gewisse Dienstfertigkeit; das gefällt den Leuten, darum meinen sie, es sei das rechte Wesen, und wollen von Buße und Zerknirschung nichts wissen. Vom rechten Fundament der Christen hat dieser Pfarrer keinen Begriff; es ist schrecklich, und ich danke Gott alle Tage, daß diese Rasse immer seltener wird, andere Männer das Ruder ergriffen, eine andere Generation aufwächst. Heute hätte er die herrlichste Gelegenheit gehabt, eine Seele zu zerknirschen und sie Jesu zu gewinnen. Und was macht er? Er geht und tröstet sie. Dem Reiche Gottes widerfährt aber Gnade, andere Arbeiter rufet der Herr in seinen Weinberg. Lebe wohl, teurer Bruder in Christo.

P. S. In meiner Bewerbung um.. ist die Gnade Gottes auch bei mir. Ihr Vater soll noch viel reicher sein, als ich anfänglich glaubte.»

## FÜNFTES KAPITEL

### *Anne Bäbi vernimmt was Neus, und ein Professor muß sich verwundern*

Anne Bäbi waren die Reden des Pfarrers zu Herzen gegangen, und es konnte sich recht trösten damit. Es dachte, wenn es Jakobli recht lieb hätte und ihm die Hände unter die Füße lege, so werde ihm Gott seine Sünd schon vergeben, und wenn Jakobli schon nicht mehr so hübsch sei, so mache das nicht so viel, wenn er nur so sicherer selig werde. Und wenn er schon nicht mehr so hübsch sei, so solle ihm deswegen auf der Welt nichts abgehen, mit Geld lasse sich viel zwängen. Einem armen Bursch käme die Hübschi kommod, wenn er weiben wolle, ein Reicher mangle sie nicht; ein bezahlter Hof gefalle den Meitschene besser als der schönste Gring, und wenn Jakobli eine schöne Frau erhalte, so hätte er noch mehr davon, als wenn er selbst noch so hübsch wäre. Wenn er nur recht gesund könnte werden, aber nicht wegem Werchen, das mangle er nicht, sondern wegem Drbysy; es sei gar grusam längwylig, wenn man nicht gesund sein könnte, und es solle sie kein Geld reuen, und sollte es e Duble kosten oder zwo, wenn er nur recht zweg würde.

Jakobli war eben nicht krank, aber matt, ward müde im Augenblick, und eine gewisse Gleichgültigkeit in seinem ganzen Wesen machte Anne Bäbi am meisten Angst. Er wollte an nichts recht Freude haben, und alles war ihm recht. Anne Bäbi mochte ihm kramen, was es wollte, Jakobli sagte «Dankeigst z'tusig Male», legte aber das Geschenk auf die Seite und sah es nicht mehr an. So oft rief es Jakobli mit heimlichem Gesichte ins Stübli, und auf dem Tisch stand ein Eiertätsch und manchmal noch eine Halbe Roten darneben, und Jakobli sollte essen und trinken und Anne Bäbi sagte: «Seh nimm, nimm o einist recht und säg mr, es düech dih guet. Es düechti mih, wenn ich nume das no einist erlebe chönnt.»

Dann saß Jakobli zum Tisch, und die Mutter stand und sah zu, und beim ersten Bissen frug sie: «Düechts dih guet? Gspart han ih nüt, Eier nit, Mehl nit und Nidle nit.» Dann sagte Jakobli: «Ja, es düecht mih guet», legte aber beim dritten Bissen die Gabel weg und sagte, er möge nicht mehr. «E, non es Mümpfeli», sagte Anne Bäbi, «noch eins, nur mir zu Gefallen.» Wenn Jakobli nicht mochte, den eingeschenkten Wein stehen ließ und sagte: «Ih mag nit, nimm du», dann ward es zuerst böse, ward traurig, rief den Hansli hinein und sagte: «Nimm du, dr Jakobli hat aber nit mögen; öppis muß doch da gah, so kann man die Sache nit la.» Hansli setzte sich dann zum Tisch und aß vom Eiertätsch und gab Anne Bäbi auch davon und sagte: Er möge ihn nicht alleine, und dr Jakobli werd de schon wieder nä, wenn er mög. Es düech ne, es hätte ihm schon toll besseret, gestern hätte er ihm nachgerechet beim Grasen und dSach recht styf gmacht. «Aber Hansli, du bist doch dr Grüslichst, dä arm Bueb scho mache z'werche; nei, das tu mir nicht mehr, wenn du nicht Streit willst. Aber zum Doktor will ich, der muß mir ein braves Trank geben, das ihn so recht ausputzt, vielleicht mag er dann wieder essen und Freud ha. Es düecht mich, ich wäre im Himmel, wenn er nur afange brav essen möchte und Freud hätte an öppis.»

Anne Bäbi ging zum Doktor, klagte ihm Jakoblis Umstände und sagte: Es möchte ein rechter Trank zum Purgieren oder zum Laxieren, es sei ihm gleich; aber es meine, wenn er recht usputzt wäre, so besserete es ihm.

«Du bist eine dumme Frau», sagte der Doktor, «willst du deinen Buben zTod doktern? Der mangelt nicht Ausputzens, der ist ausgeputzt genug; wenn ein Licht am Erlöschen ist, so muß man nicht daran herumblasen, und wenn einer schwach ist, so muß man ihm das bißchen Kraft, welches er noch hat, nicht noch auspressen. Hättet ihr ihn impfen lassen, so wäre alles das nicht. Aber so seid ihr: zur rechten Zeit könnt ihr nichts tun, und wenn dann alles verpfuscht ist durch eure Schuld, so soll der Doktor alles wieder gut machen. Es haben euch nur die fünf Batzen gereut, wo das Impfen kostet, und jetzt hat es euch manchmal fünf Batzen gekostet, und das geschieht euch recht. Wenn die Bauren nicht um Dublonen kämen, weil sie Kreuzer erraxen wollen, sie würden viel zu reich.»

«Ach Doktor», sagte Anne Bäbi, «schweiget mir von dem. Nein, freilich, die fünf Batzen haben uns nicht gereut; es ist das nicht, daß wir wegen fünf Batzen umeluegen müßten. Aber ich und Hansli haben auch von dem neumodischen Zeug nichts gewußt und leben doch noch, und wir meinen nicht, daß wir alles Neue zuerst machen müßten und noch dazu an einem einzigen Kind. Jo jo, wenn wir alles gewußt hätten», sagte Anne Bäbi und schnupfte und wischte die Augen, «aber wenn man alles wüßte, so wäre man bald reich. Jetzt ist die Sache, wie sie ist, und öppis sollte gehen, so kann man den armen Bub nicht lassen; nicht einmal den halben Teil von einem halben Eiertätschli mag er mehr, und doch hatte ich nicht mehr als zehn Eier genommen. Aber es ist kurios: will man etwas von Euch, so wollt Ihr nichts geben, und braucht man nichts, so ists aber nicht recht.»

«Das ist gar nicht kurios», sagte der Doktor, «das kömmt daher, daß ihr immer tromsigs darin seid, daß ihr hüst wollt, wenn ihr hott sollt, daß ihr Mittel wollt, wenn ihr keine braucht, und keine wollt, wenn ihr haben solltet. Aber die Donnstigs Bauren haben mich doch schon manchmal taub gemacht, ich kann es nicht sagen. Ich will lieber mit dem vornehmsten Herrn verkehren als mit so einem Schnürfli. Je dümmer einer ist, um so witziger meint er zu sein, und es ist zringsum in der ganzen Gemeinde Keiner, der nicht meint, er höre die Flöh husten und sehe das Gras wachsen, kein Einziger, der nicht meint, er könnte, wenn er wollte, besser doktern als ich und besser predigen als der Pfarrer und der nicht alle Augenblicke sagt: ‚Der Pfarrer ist e Göhl und dr Doktor ist e Lappi.' Ich kenne die Knüdere afange und weiß, was die sich einbilden, und weiß doch Mancher nicht, was er lieber wollte, seinen Gring oder was bas niede ist, und kann nicht rechnen, was er wert wäre, wenn fünf Bauren einen Batzen gölten. Los, Frau, wenn ich dir etwas raten kann, so doktere an deinem Jungen nichts. Koche ihm gute Brühen, Reisbrühe und andere. Aber schwenk das Reis nicht so bloß im Wasser, daß es am Boden hocket und die Brühe ganz lauter bleibt. Koch so eine Brühe einen ganzen Morgen recht aus, ghey ein Huhn darein, gäb auch ein Dutzend mehr oder weniger im Gras herumlaufen und alles verkratzen, was ihr säet. Gib ihm Fleisch zu essen, aber nichts Gesalzenes, von wegen seinen Augen, womöglich Kalbfleisch und allbeeinist es Tröpfli guten Wein, aber nicht viel, und wenn er etwas werchen mag, so laßt ihn machen, und wenn er öppe aus will, so laßt ihn laufen, dann wird es schon bessern. Aber auf einmal kömmt es nicht, habt nun auch Geduld und schickt euch darein, hättet ihr doch vor allem sein können.»

«Ihr wollt mir also nichts geben?» fragte Anne Bäbi. «Nein», sagte der Doktor, «es ist ja nicht nötig; man muß die Natur machen lassen, wir sind nur Diener der Natur.» «He nu, so lebit wohl», sagte Anne Bäbi, «z'danke han ih nüt.»

«He nu, ja so de, du dumms Babi», sagte der Doktor, während Anne Bäbi die Tür zumachte. «So hat man es; hätte ich ihm für zehn Batzen Tränke gegeben und neun daran gewonnen und hätte der Bube die Seele aus dem Leib hofieren müssen, so hätte es gemeint was es hätte, und mir nicht genug danken können, auch wenn ich ihm seinen Bub in Grund und Boden hinein verketzert hätte. Nun sage ich der Kuh die Wahrheit, mache keinen Profit, so wird sie taub, danket mir nicht nur nicht, sondern verbrüllet mich noch dazu das Land auf und ab. Und doch habe ich den gleichen Leuten erst kürzlich das Gleiche gesagt, und wenn sie mir gehorcht hätten, so hätte ihr Sohn beide Augen noch. Aber bei solchen Kabisstieren ist kein Glaube; da kann man ihnen hundertmal helfen, und wenn man ihnen zum hundertunderstenmal nicht in ihren Kram redet, so fluchen sie über einen und laufen zu einem Andern. Ich wollte, der Tüfel müeßt cho doktere; es nähmte mich wunder, ob ihm die Bauren nicht auch erleideten, daß sie seinetwegen sein könnten, wo sie wollten, nur nicht in der Hölle, und er sie künftig ruhig ließ. Es käme den Bauren wohl.»

«Was käme den Bauren wohl?» sagte ein eleganter Herr mit goldener Kette und Manschetten, der soeben die Türe aufmachte und mit zierlicher Beugung des Oberleibes hereintrat. «He, wenn dr Tüfel e Doktor wurd; er nähme keinen Bauren mehr, er bekäme genug an ihnen schon beim Doktern. Aber Gott grüß Euch, was lebet Ihr, Herr Professor, und was bringt Euch schon des Morgens früh von Bern her?»

«Nichts besonders, es ist mir in Bern bei den Herren erleidet, und da fahr ich mit meiner Frau ein wenig im Lande herum.»

«O Herrgott, wie kann es einem in der Stadt erleiden? Da hat man vernünftige Patienten, eine bequeme Praxis, und muß nicht Berge auf, wo man den Atem mit dem Finger wieder füreguseln muß, wenn man nicht ersticken will, kann zehn Visiten machen, während wir eine, und dann: Kümi, Kümi! Und hier müssen wir froh sein, wenn wir das Leben davonbringen wollen bei denen Gyzgnäpperen, wo man einem für drei Kreuzer fünf Schlitze ins Blutte machen kann.»

«O Doktor, Ihr wißt nicht, was Ihr saget», sagte der Professor. «Wenn meine Kinder nicht wären, ich wäre schon lange auf dem Lande. Da muß das Praktizieren eine ganze Freude sein, wo nicht jedes Weib meint, es sei ein halber Doktor und wenn es einem nicht mit einem Tannbuschli durch die Nase fahre, so schmecke man nichts; die Einen keine Diät halten wollen, die Andern vor lauter Ängstlichkeit einem des Teufels machen, Kollegen einem das Leben versalzen und man am Ende nichts davonbringt als Undank und einen Haufen Kinder, die einem ein Geld kosten, daß einem das Liegen weh tut.»

«Ihr wißt nicht, Herr Professor, was Ihr sagt und wie es auf dem Lande ist. Ich will Euch nur das sagen, daß es eine ganz andere Sache ist, mit Herrenleuten umzugehen als mit Bauersleuten», antwortete der Doktor.

«Ach, geht mir mit den Herrenleuten», sagte der Professor, «das ist mir das ärgste Pack von der Welt, und eben das macht einem am täubsten, weil man das Recht hat, von ihnen zu fordern, daß sie vernünftig seien. Die einen verketzern mutwillig die Gesundheit, gäb was man ihnen sagt, und wenn alles ruiniert ist, soll man helfen, und während man ein Loch flickt, gibts ein anderes, solche verstüpfte Naturen haben sie.

Wenn man nicht auf der Stelle helfen kann, so reibt man es einem um die Nase, ob das Konsultieren nicht gut wäre. Wenn einer stirbt, so gräbt man ihn wieder aus, um zu sehen, ob man ihn nicht verpfuscht hätte, und die Stadt auf, die Stadt ab redet man davon, daß wenn die und jene zu rechter Zeit einen andern Doktor genommen hätten, der arme Gestorbene noch lebte. Wenn sie die Meitscheni am Tag mit denen verfluchten Schulen, wo man ihnen kaum Zeit zum Essen gönnt, mit Soireen, Sozietäten, Repetitionen zNacht krumm und dumm, lebersüchtig oder bleichsüchtig gemacht, Leib und Seele verstopft haben, daß nichts Vernünftiges von ihnen geht, dann sollen wir sie zwegdoktern, daß sie gesunde, währschafte Weiber geben, und während wir doktern, schnüren sie sich, daß alle Rippen gixen, und fressen Täfeli wie junge Kälber Klee. Den Frauen können wir nicht seiden genug tun. Wenn sie ihre quästionierlichen Anfälle haben, so lassen sie uns rufen und wir sollen auf der Stelle helfen; verordnen wir etwas, ist der Anfall vorüber, so stellt man die Mittel ins Ofenloch, tut wieder, was einem beliebt, und wenn der Anfall wieder kömmt, so heißt es, wir könnten nichts. Wenn wir unter so bewandten Umständen nicht alle Tage die Aufwart machen, so heißt es, wir bekümmerten uns nichts um sie, möchten uns keine Mühe geben. Und kommen wir alle Tage, so erleiden wir den Leuten, und verblümt, daß ein Ochse es fassen täte, gibt man uns zu verstehen, man wolle jetzt sehen, wie es von selbst gehe, und wenn man einem ferner nötig hätte, so wollte man einen rufen lassen. Solche Weibchen machen einem oft fast des Teufels, und wenn nicht alle Jahre einmal der Sommer käme, daß man sie vors Loch hinaus reisen könnte, man hielt es nicht aus. Und hat man sie endlich draußen, so ist man nicht einmal sicher; es gibt deren, die einem schreiben wenigstens über den andern Tag, manchmal alle Tag, manchmal drei Seiten lang und noch an allen Börtern und noch dazu weltsch! Doktor, Doktor! Weltsch! Und was für Weltsch! Daß man nicht weiß, ist es Pfauenlatein oder Kappelenweltsch; und darauf muß man antworten, wenn man in Gnaden bleiben will.

«Wenn man es den Frauen trifft, so breicht man es den Herren nicht; die möchten immer fressen, was sie gut dünkt, und machen, was ihnen sonst wohl gefällt, und während sie die Gesundheit zum Fenster hinauswerfen, sollte der Doktor sie ihnen wieder hinten hineinschoppen, und während sie einen Riß nach dem andern machen in ihre Lebenskraft, sollte der Doktor fix die Löcher ihnen plätzen, sollte ihnen die Kraft zu ihren Gelüsten erhalten, machen, daß die Knie wieder halten, die Augen nicht blöde werden, der Unterleib keine Falten mache. Und kaum hat er einen solchen Ketzer wieder auf die Beine gestellt, so geht derselbe hin und macht es zehnmal ärger als vorher. Und ist man endlich mit der Herrschaft fertig, so möchte man erst noch ob der Dienerschaft aus der Haut fahren. Fragt man die, wo es ihnen fehle, so hätte man es ihnen ansehen sollen, und frägt man sie nicht, so ist man ein Möff und Grobian, zu vornehm, mit ihrer Gattig Leuten zu reden. Redet man leise, so sagen sie, sie hörten übel, redet man laut, so klagen sie, man hätte sie angeschnauzt. Verbietet man ihnen den Kaffee, so schreien sie gen Himmel, verschreibt man ihnen etwas Bitteres, so wünschen sie einen in die Hölle. Stellt man sie auf die Beine, so ist man ein Dienstenteufel, der ihnen das Bett und die Ruhe nicht gönnt, läßt man sie liegen, so soll es einem nichts an ihnen gelegen sein, und wenn es der Herr oder die Frau wäre, die liefen längst wieder herum. Will man einem Kammermeitli den Puls greifen, so tut es verschämt und fährt mit beiden Händen unter die Decke, wo man nicht nach mag, und will man einer Köchin die Zunge sehen, so verbeißt sie das Maul und sagt, dahinein ließe sie nicht guggen, aber ds Wasser könne man haben, es stehe dort in der Ecke neben dem Nidelhäfeli. So haben wir es, Doktor, und wenn wir an einem Ort fertig sind, so ist der Teufel an einem andern los, und wenn er an einem Ort schwarz ist, so ist er am andern noch einmal so schwarz. Nein, geht mir, Ihr habts auf dem Lande wie die Vögel im Hirse, wie die Meusi in einem Wurmnest.»

«Ich wollte nur, Herr Professor, Ihr müßtet ein halbes Jahr meine Praxis übernehmen, Ihr würdet auf einem andern Löchli pfeifen», sagte der Doktor. «Was Ihr in der Stadt habt, haben wir fast alles auf dem Lande auch und dann noch viel mehr dazu. Meint Ihr, es gebe nicht auch Baurentöchter, welche sich schnüren? Sie tragen immer mehr Corsets und wissen dieselben zusammenzuziehen, als ob ihnen der Melcher oder der Karrer dabei geholfen hätte, daß sie Schnatten kriegen, in die man ein großes Glätteisen verbergen kann, und der Bauch wie ein großer Kirschenkratten ihnen am Leibe herumhängt, daß man von weitem nichts anders meint, als sie hätten die Wassersucht. Dann werden wir nie zu rechter Zeit gerufen, gewöhnlich erst, wenn man auf dem letzten Löchlein pfeift oder die Donnerwetters Pfuscher und Wassergschauer schon alles verblitzgert haben; von diesen wisset Ihr in der Stadt nichts.»

«Was, Doktor, meint Ihr, man kenne in Bern die Wunderdoktoren nicht? Gerade da ist das ärgste Nest dafür.» «Es wird öppe nit sy», sagte der Dokter, «für witzig Herreleut sind solche Sachen z'dumm.»

«Geht mir, Doktor», sagte der Professor, «Menschen sind Menschen, und im Herzen sind sie in der Stadt so abergläubisch, als man es auf dem Lande ist, sie können es nur etwas besser verbergen. Es ist kein Pfuscher im ganzen Lande, der nicht von Bern aus besucht wird. Freilich stellen sie dann keine Zeugnisse aus wie die Th...stetter und D...wyler und M. und Andere, worin sie ihren Glauben zu den Gütterlerern bekennen. Aber wenn der Doktor im Emmental noch lebte, der könnte sagen, wie manches fünfbatzige Bünteli er nach Bern geliefert und auf wie manches Berner Brüstli er seine Hände gelegt hat. Es ist ja lange Zeit ein eigener Bote alle Wochen von Bern aus zum Tschampel Hansli gegangen mit einem großen Räf voll Brunzgläser. Sehr oft leerte der aber die Gläser aus, weil er fand, leer seien sie leichter als voll, und sehr selten ging er zum Hansli, sondern im Buchiberg blieb er bei einem stecken, mit welchem er einen guten Akkord hatte. Dort ruhete er wohl aus, ließ die Brunzgläser mit allerlei Mitteln füllen und brachte sie samt Grüßen und Aussprüchen vom Tschampel Hansli zurück. Und die armen Patienten lebten herrlich wohl an den küstigen Mitteln und dem Glauben, der Tschampel Hansli doktere an ihnen herum. O nein, sie sind in Bern nicht um ein Haar witziger als an andern Orten.

«Aber Doktor, wir verklappern uns und meine Frau wartet im Wirtshaus, Ihr müßt mitkommen, in Fischigen wollen wir zu Mittag essen und eins lustig sein zusammen; dort findet man es guets Fischli und e guete Neuenburger, und wenn der nicht wäre, wer möchte mehr leben? Aber solange es noch Neuenburger und Fisch gibt, wollen wir den Rest ertragen und allbeeinist einen nehmen.»

Unterdessen war Anne Bäbi fortgegangen voll Erbitterung gegen den Doktor, welcher dem Jakobli nicht helfen wollte. Es glaube es, sagte es, der könne ihm nicht helfen, wenn er nur ein Diener vo dem Natur sei. Es kenne den nicht und wisse nicht, wer der sei, man höre erst seit Kurzem von ihm; aber gseh hätte es ihn noch nicht, und wenn es öppis mit ihm wär, so dörft er sich auch zeigen. Aber zu einem Diener wolle es nicht mehr, es wolle zu einem, der die Sache selber verstehe und nicht bloß einem Andern der Knecht sei und noch dazu so ein unerkannter. Es käme ihm wohl, daß Hansli ihn nicht gehört hätte; das wäre Wasser auf seine Mühle gewesen, wenn er gehört hätte, daß Jakobli werchen sollte. Es düechs doch, Laxieren oder Purgieren gingen minder hart als Werchen und noch dazu eines Tages für, das Werchen aber komme alle Tage wieder. Aber es sehe wohl, entweder wüßte der nichts, oder wenn er ihm seinen Bub eines Tages töten könnte, so würde er nicht zwei daran machen. Es wüßte doch nicht, was sie dem zuleid getan hätten. Sie hätten ihm bezahlt, was er gefordert hätte, und wenn er gekommen sei und sie ein Kaffee zweg gehabt, so hätten sie ihn allezeit geheißen mithalten, und wenn er nicht genommen, so könnten sie nichts dafür.

So rollten dem Anne Bäbi aus betrübtem Herzen finstere Gedanken durch den Kopf; für seinen lieben Buben wußte es keinen Rat, und das lautere Wasser lief ihm die Backen ab, als es ins Wirtshaus zu Fischigen trat, wo die Wirtin ihm wohlbekannt war. Noch ehe sie fragte, womit sie ihm aufwarten könne, sah sie seine roten Augen und das Wasser die Backen ab. «E aber, Frau, was hast du, was ist dir doch auch begegnet?» frug sie. Anne Bäbi sagte: «E, bring mir einen halben Schoppen und ein Schnäfeli Fleisch, nume gäb wie liecht, und wenn du dann Zeit hast, so will ich dir Bericht geben.»

Wo hat eine Wirtin nicht einen Augenblick Zeit, wenn ein Anne Bäbi, das rote Augen hat, Bericht geben will, was ihm die Augen rot gemacht? So saßen sie bald zusammen, und als Anne Bäbi über alles styf Bericht gegeben hatte, was es gesagt und was der Doktor gesagt und was es wieder geantwortet und dann wiederum der Doktor, sagte die Wirtin: Das sei nicht halb so bös, es solle sich nur trösten. So hätten es die schießigen Doktor alle, wenn man sie am nötigsten hätte, so wüßten sie alle nichts. Es sei aber gut, daß es andere Leute gebe, die mehr wüßten als sie und wo man nie umsonst hingehe. Es sei jetzt bald vier Jahre, so habe sie es gerade gehabt wie Anne Bäbis Jakobli, uf e Tupf eso. «Ich bin schwanger gewesen zu meinem letzten Mädchen, und da hat mich auch düecht, die ganze Welt sei mir erleidet und wenn ich nur den ganzen Tag plären dürfte oder sterben könnte; und es ist mir in allen Gliedern gewesen, die Beine so schwer wie Kilchtürme, und am Abend bin ich manchmal auf dem Sessel geblieben, weil ich zu müde war, ins Bett zu gehen, und da hat mir ein ringes Mittel geholfen. Du hast auch schon von dem Elixier gehört, wo da einer zu Mirtligen macht, der halbe Schoppe für fünf Batzen; von dem habe ich genommen alle Morgen und Abend einen Löffel voll, und von Stund an hat es mir gebessert und alle Tage hat es styf durchgezogen, und es hat mich düecht, ich möchte wieder laufen wie ein Hirz. Wenn nicht Krämpfe dazugekommen wären, daß es mich manchmal düecht hat, ich müß ersticken, so hätte ich keine bessere Schwangerschaft gehabt als die.»

Von diesem Elixier könne er auch etwas sagen, sagte ein alter Mann, es sei berühmt nicht nur hier, sondern man hätte ihm gesagt, der König von Frankreich nehme alle Morgen davon. Er hätte akkurat auch die gleiche Krankheit gehabt und er wäre längst nicht mehr da, wenn das Elixier nicht gewesen wäre. Er hätte einmal das Bein gebrochen und sechs Wochen lang am gleichen Ort liegen müssen; endlich habe man ihn aufgestellt, und da sei er so schwach gewesen, er hätte geglaubt, jeder Schritt wolle ihn töten, und die Doktor hätten ihm auch keine innerlichen Mittel geben wollen und gesagt, es werde schon besseren; da habe er das Elixier kommen lassen, und ehe er eine Halbe getrunken, sei er kuriert gewesen, zur Kraft gekommen und hätte von Tag zu Tag mehr machen mögen.

Das sei es Donnstigs Wasser, sagte einer hinter einem Bränzgläsli hervor. Es sei ihm vor Jahren schon angekommen, daß wenn er am Morgen aufgestanden sei, er gezittert habe wie ein Espenlaub, und wenn er hätte ein Kaffeekacheli in die Hand genommen, so hätte er die Hälfte verschüttet. Das sei ihm zwider gewesen und er sei auch zu einem Doktor gegangen und hätte es ihm geklagt. Der hätte ihn nur ausgelacht, ihm kaltes Wasser angeraten und gesagt: «Das kömmt von deinem verfluchten Saufen, und wenn du mit dem nicht hörst, so kömmt es alle Tage ärger.» Das hätte ihn taub gemacht und er hätte gedacht, zu einem solchen Donnstig gehe er nicht mehr. Aber da hätte man ihm vom Xaveri gesagt und er sei zu ihm gegangen, und der habe gleich gewußt, was es sei und wie zu helfen. Von den Nerven komme das, habe er gesagt, er habe schwache Nerven, und das sei wahr, seine Mutter sage immer, wie er als Bube schon am ganzen Leib gezittert habe und Schaum vors Maul bekommen, wenn er zornig geworden sei; und dafür hätte er ihm das Elixier gegeben und alle Morgen zwei Löffel voll befohlen, und manchmal nehme er drei. Und das müsse er sagen, sobald er die im Leibe habe, so höre das Zittern auf, er könne mit seinen Händen machen, was er wolle, und es düeche ne, er möchte über alle Zäune aus springen.

Wo letzten Herbst der rote Schaden regiert, da habe er es auch gebraucht, sagte ein Anderer, und er müsse sagen, wenn er es nicht gebraucht, so wäre er längst im Boden; noch jetzt fühle er die Schwäche. Aber die Krankheit sei auch gekommen, man hätte es nie erhört. Xaveri hätte gesagt, wenn das nit helf, so söll me ume höre; vier King heygs ihm töt, gäb wie er ne ygschüttet heyg, und es heyg se allbets fast zringsetum dräyht, su heygs agrüehrt, aber es heyg alles nüt ghulfe; er allein hätte möge duregschla, aber es heig hert gha, er selbst habe manchmal geglaubt, es müeß greiset sy.

Schon lange hatte es Anne Bäbi gewohlet und zum ersten halben Schoppen einen zweiten kommen lassen, kaum gemerkt, daß die Wirtin abgerufen wurde, und gar nicht, daß sie draußen blieb. Es sah seinen Jakobli schon ganz gesund und freute sich, dem Doktor diesen Trotz anzutun, und wunder nahm es ihns, was der dazu sagen werde. Aber noch eins nahm ihns wunder, und es zweifelte nicht daran, daß eine so erfahrene Mannschaft, wie da war, ihm darüber Auflösig geben könnte. Es erzählte noch einmal, wie es bei dem Doktor gewesen und wie der ein Hochmütiger, Uverschante und Ungschleckete sei. Für seinen Buben hätte er ihm nichts gewußt, über die Bauren hätte er geflucht, daß es eine lötige Schande sei, denn von wem sonst hätte er ds Fressen? Zletzt, als er nichts mehr gewußt, hätte er gesagt: «Lue du dummi Frau, üserein ist nume e Diener der Natur.» Jetzt nehme ihns nichts mehr wunder, als was das für es Züg syg, dNatur, ob e Mönsch oder süst neuer. Aber das düechs, daß eine, wo nume Knecht syg, sött nit so uf begährisch sy, aber es sei heutzutag so: je minder einer sei, desto wüster tue er. Aber was dr Natur für einer sei, das nehme ihns wunder.

«Ich habe von dem auch schon gehört», sagte einer, «aber gesehen habe ich ihn noch nicht, es wird öppe eine zBern sy, wo ihm dRustig git; es ist da einer, dä handelt um Laxierige und sellige Züg wie dr Tüfel, süst wüßte ich niemere, der so heißt.»

«Ich traue, er meine seine Frau damit», sagte ein Anderer, «sie hat so e arige Name und er mueß ihr folge vom Tüfel; über e jedere Schoppe muß er ihr Rechnung geben, und wenn er mehr als zwei gehabt hat des Tages, so hängt sie ihm den Brotkorb höher und er darf am andern Tag gar nicht aus dem Bett und sie schließt ihn ein.»

«Warum nicht gar», sagte ein Dritter, «Natur und Welt und Tüfel ist eys, nume ist Natur höfliger als Tüfel. Dem Tüfel sein Knecht ist er, aber gerade heraus sagte er es doch nicht gerne. Alle die Pfaffe und Doktor, wo von Gott abfallen, ziehen alles auf die Natur hin, das heißt sie übergeben sich dem Teufel und beten den an und machen, was der will. So ists, ich weiß es; mein Vetter, und der kann mehr als Brot essen, hat mir das bündig ausgelegt, er ist drei Jahre Schulmeister gewesen und lernt jetzt Kämifeger.»

Das gefall ihm, sagte Anne Bäbi, und so werde es wohl sein; aber schrecklich sei es und man wisse heutzutage gar nicht mehr, mit wem man es eigentlich zu tun habe, und es sollte einen nicht wunder nehmen, wenn man den Teufel am heiterhellen Tag herumlaufen sehen würde. «Aber wenn die Wirtin da wäre, so wollte ich abschaffen, sie werden daheim nicht wissen, wo ich bin.»

Mit dem stand Anne Bäbi auf, ging dem Nebenzimmer zu und sagte: Es düechs, es hätte ihre Stimme daneben gehört. Leise öffnete es die Türe und steckte den Kopf hinein, fuhr aber plötzlich zurück mit hellem Schrei: «Herr Jeses, er ist da, helfit, helfit!» Drinnen aber ertönte ein schallend Gelächter, und der Doktor trat heraus und sagte: «Ja, sieh mich nur an, ob ich der Teufel sei oder nicht. Aber von dir hätte ich es nicht gedacht, daß du so redetest über mich und mich so verdächtigtest, das hab ich um dich nicht verdient. Aber so hat man es; wenn man es gut meint und aufrichtig ist, so glaubt Ihr es einem am allerwenigsten; dem ärgsten Lumpenhund, der Euch die Haut über die Ohren abzieht, könnt Ihr glauben.» «Verzieht, Herr Dokter, ich habe nicht gewußt, daß Ihr da seid, ich hätte sonst so etwas nicht gesagt.» «Das glaube ich wohl», sagte der Doktor, «aber desto schlechter ist das von dir.» «He, es hat mich nur wunder genommen, wer einer sei, wenn er Diener vom Natur sei, und jetzt weiß ich es. Bhüet Ech Gott und lebit wohl!» Und Anne Bäbi verschwand.

«Aber Herrgott», sagte der Professor, «ist es noch so auf dem Lande, nicht einmal wissen, was Natur ist! Aber was tut man in den Schulen? Ist da nicht von Naturkunde die

Rede? Und wird da nichts gelernt von der Einrichtung, welche den Werken Gottes zugrunde liegt, und den Kräften, welche in denselben liegen und wirken, und sagt der Pfarrer nichts darüber?» «Was weiß ich», sagte der Doktor, «in einer Schule bin ich noch nicht gewesen, und wenn ich zPredig gehe, so prediget der Herr immer nur von der Religion. Es hat mir schon manchmal geschienen, er könnte von etwas reden, das mehr abtrage, es wäre da noch manches. Gerade von der Natur und daß die Natur die Natur sei und wir alle von ihr leben müssen, und wie die Doktoren nichts anderes seien als Diener der Natur, das heißt daß sie nur von der Natur abhingen und nichts anders könnten als ihr nachhelfen, und daß wenn die Natur nicht wäre, auch die Doktoren nicht wären. Aber so etwas Vernünftiges habe ich noch nie von ihm gehört. Aber gellet, Herr Professor, solches habt Ihr nicht geglaubt, wie es einem hier geht und wie die Leute noch dumm sind?»

Sinnend war lange der Professor gesessen, endlich sagte er: «Ja, das hätte ich wirklich nicht geglaubt, wenn ich es nicht mit eigenen Ohren gehört hätte. Aber wenn ich es in Bern wieder erzählen wollte, es glaubte es mir niemand; aber gräßlich ist es doch, daß in unserem aufgeklärten Staate die Verdummung des Volkes so frech und unverschämt getrieben wird, denn an dem, was die Leute nicht wissen, sind nicht sie schuld, sondern die, welche es ihnen hätten sagen sollen und es nicht getan. Unser Volk ist doch so wißbegierig und hat den Narren gefressen an der Bildung. Man braucht die Leute nur von weitem anzusehen, um zu erfassen, wie wißbegierig sie sind und wie offen jeglicher Bildung; haben wir nicht diesem Hunger und Durst nach Aufklärung die neue Ordnung der Dinge zu verdanken und schwitzt sich das Erziehungsdepartement nicht fast die Seel aus dem Leibe ob Erziehung und Bildung des Volkes? Es nimmt mich wunder, daß es solches duldet! Aber Ihr, Doktor, Ihr könntet viel machen. Ihr kommt so viel zu den Leuten, und sie würden sich sicher von niemand besser brichten lassen als von Euch und Euch so dankbar dafür sein. Wir haben ein so herrliches Volk, man könnte mit ihm machen, was man wollte, man könnte es um einen Finger lyren, wenn man sich seiner nur annehmen wollte. Doktor, tut das.»

«Da wollte ich ein Narr sein», sagte der Doktor, «ich habe andere Sachen zu tun. Es ist mit den Bauren nichts zu machen, die glauben jedem alten Weibe mehr als mir, und wenn ihnen einer mit dem Hexen kömmt, so dünkt sie der der Gescheutest. Nein, Herr Professor, der Bildung fragen unsere Bauren nichts nach, und wenn einer einen zahlten Hof hat, so luegt er den König Salomo nur für einen Schnuderbub an neben sich. Und wenn schon hier und da einer sein Meitschi ins Weltschland tut, so ist es ihm nicht darum, daß es dort etwas lerne, sondern nur um zu zeigen, daß ers vermöge so gut als ein Anderer. Und wenn sie heute alle Schulmeister fortjagen könnten, sie tätens und warteten nicht bis morgen; und was das Erziehungsdepartement dazu sagt, weiß ich nicht, ich habe längs Stück nüt von ihm ghört. Nein, Professor, mit den Bauren geht mir, das ist mir e bodebösi Nation, und wer mit ihnen zu tun haben muß, täte ringer Stöck spalten, wenn es auch buechigi wären.»

«Eh aber Doktor», sagte der Professor, «so kommt mir nicht; es dauert mich an Euch, wenn Ihr kein Herz fürs liebe Volk habt, sondern nur Vorurteile gegen dasselbe. Oh, wir haben ein herrliches Volk, wenn man es nur recht verstehen wollte; aber man versteht es nicht, weil man das Herz nicht zu ihm hat. Wenn die rechten Leute hinter dasselbe kämen, ich bin überzeugt, sie könnten mit dem Volk machen, was sie wollten, in sechs Jahren kennte man es nicht mehr. Warum können Pfuscher und Sektierer einen so großen Einfluß üben?

Weil sie Volksliebe heucheln. Wenn vernünftige Leute Volksliebe hätten, vermöchten sie nicht unendlich mehr? Aber da fehlts, Doktor, es denkt jeder nur an sich.»

«Herr Professor, ich wollte nur, Ihr würdet es selbst mit dem Volke probieren; Ihr würdet auf einem ganz andern Loch pfeifen, wenn Ihr sechs Jahre unter ihm gewesen wäret. Wißt Ihr was, kommt aufs Land und probiert es einmal.» «Von Herzen gerne täte ich es», sagte der Professor, «wie ich schon gesagt, es wäre mein innigster Wunsch, auf dem Lande zu leben; es dünkt mich allemal, ich sei im Himmel, und an allen Haaren zieht es mich zu den schlichten, wackern Leuten. Aber wie gesagt, Doktor, wegen meinen Kindern kann ich nicht; ein Vater hat zuerst für diese zu sehen, und ich fürchte auch noch, bei einer Landpraxis würde ich für die Wissenschaft verloren gehen. Aber kommt, Doktor, wir wollen Gesundheit trinken auf unser herrliches, liebes Volk!»

«Oh, Gesundheit machen will ich wohl», sagte der Doktor, «aber nicht wegem Volk, das ist mir e verfluechti Nation, Ihr habt es ja selbst gehört, zum Donner, sondern vo wegem Neuenburger, der ist verflucht gut.»

## SECHSTES KAPITEL

### *Mädi geht auf Reisen und bekömmt Gedanken*

Unterdessen war Anne Bäbi auch heimgekommen voller Gift und voller Freude im Herzen. Voller Gift gegen den Doktor, der ihm nicht helfen wollte, und voller Freude, daß es nun sagen könnte, was für einer der eigentlich sei, und es wäre ihm schon lange im Sinn gewesen, mit dem sei es nicht richtig; aber erst jetzt, wo es wisse, daß Natur und

Tüfel das Nämliche seien, wisse es recht, woran es sei. Freude hatte es aber auch, weil es wußte, wie dem Jakobli zu helfen. Es nähme nicht einen Neuentaler, sagte es, für das, was es vernommen; aber es hätte es niemere geglaubt, wenn es es nicht selbst erfahren, daß man in einem Wirtshaus bessern Bericht vernehme, wie man einen Kranken doktern könne, als bei einem Doktor. Aber so komme es, wenn einer in selligem Dienst sei; wenn er schon etwas wüßte, so wolle er es nicht sagen aus Tüfelsüchtigi.

Am folgenden Morgen mußte sich Mädi zwegmachen, um beim Xaveri das Elixier zu holen. Mädi hatte allerlei Einwendungen, meinte, man sollte doch erst noch bessern Bericht einziehen, es traue der Sache nur halb. Es wäre doch vielleicht besser, ds Wasser zum Sameli z'schicke; der könne aus dem Wasser allen sagen, wo es ihnen fehle, er breyche es allemal punktum. Es könnte allweg heute nicht gehen, es sollte den Hühnern misten und Zwibelen umdrehen. Aber alles half nichts. Anne Bäbi zeigte, daß es Meister sei. Expreß putzte sich nun Mädi nicht; für zu einem Sellige zu gehen, wo man nicht mehr zu ästimieren brauche als der erst best Vehdoktor, sei öppe grad alles gut genug, und es bezahle nicht seine Kleidleni, wo es selbst gekauft und bezahlt hätte, bei einem Sellige zu verdrecken. Anne Bäbi hatte es recht ungern, als Mädi kein sauberes Hemd anzog und nur ein halbreistenes Fürtuch umlegte; aber Mädi hatte auch einen Kopf und zwar einen harten, und was einmal drinnen war, brachte ihm niemand raus, und wäre es auch ein Diener der Natur.

Mädi ging brummenden Herzens. So gehe das sy Seel nicht länger, und wenn Anne Bäbi so fuhrwerchen wolle, so wolle es lieber nicht länger dabeisein, und wenn Jakobli nicht wäre, so wäre es schon lange an einem andern Platz, und zletzt vermöchte es auch für ihns selbst zu sein, wenn es sein müßte; das war ungefähr das Thema, das seinen Phantasien zugrunde lag. Während Mädi solche Gedanken wälzte in seinem hitzigen Herzen, kam einer hinter ihm drein mit ganz gstabeligen Beinen, die er gar seltsam drehte und setzte, und wünschte Mädi freundlich die Zeit. Mädi dankte und freute sich darüber, daß es Gesellschaft erhielt, und auf die Frage Wohin? fand es Anlaß, Jakoblis ganze Krankheit zu erzählen und wie es ihn gerettet und wie man es ihm jetzt wüst mache und es in der Welt herumsprenge für nichts und wieder nichts, während es doch selbst am besten wüßte, wie dem Jakobli zu helfen wäre, und es den Hühnern hätte misten sollen. In dieses flocht es mancherlei Andeutungen über seiner Meistersleute Reichtum und seine eigene Häbigkeit und Husligkeit und rühmte sich, daß mit Pflanzen es niemand möge, und wenn es nicht wäre, Hansli sehen könnte, ob er so viel Anken verkaufen könnte und so schwere Schweine, und wenn es sein müßte, so könnte es noch melken und mähen. Sein Begleiter hörte sehr aufmerksam zu und meinte endlich: Es düech ne, wenn er Mädi wäre, so wollte er nicht mehr dienen und so sich desumehudeln lassen. Er heiratete, wenn er es gut machen könnte, und ein sellig Mensch, wie Mädi sei, könne auslesen nit ume so unter schittern Witwern, sondern unter den töllsten Burschen.

Vo der Tölli heyg me nit gfresse, sagte Mädi. Es wolle nicht sagen, daß es einen jeden Schnürfli möchte oder so einen alten Zatteri, aber dHauptsach sei doch immer, daß man z'fresse hätte, einen, der nichts hätte, möchte es nicht. Es möchte nicht seine Sache dargeben, und wenn es manne wolle, so wolle es manne, daß es öppe sein könne, sonst wolle es lieber nicht. Dem Mannevolk an ihm selber frage es öppe nit viel nach, mi heyg ume Plag mit ihm, und zletsch müeß me de no King ha, und selb wär ihm zwider.

Der Mann mit den gstabeligen Beinen gab Mädi vollkommen recht. Wenn en iederi so sinneti, so gäbe es minder arme Leute; aber es habe nit e jederi dä Vrstang, die Mehrsten bildeten sich ein, wenn sie einen Mann hätten, so sei allem ghulfe, und dann alle Tage sufen, Sunntig und linds Brot. Die arme Tröpf bekämen bald Manns genug und sinneten dann ans Liedli: «Ledig sy ist gar e frey Ding.»

«Es selligs rechtdenkets und witzigs Möntsch, wie du eins bist, trifft man nicht alle Tage an, unter Hunderten nicht, my armi türi! Aber hör, ich wüßte dir einen, einen tollen Mann; die Frau ist ihm erst vor vierzehn Tagen gestorben, aber er nähme wieder eine. Er hat es gleich den Tag nach der Leiche zu mir gesagt. Er hat ein braves Heimet für drei Kühe, und die Schulden plagen ihn nicht, ds Kunträri, er hat noch Ausgeliehenes und noch fry ordeli viel. Der wär für dich wie gküchelt und du für ihn ebenfalls.» Oh, das sei nicht, daß es ihm sövli pressiere, sagte Mädi; hätte es so lange gewartet, so wolle es jetzt nicht zsämefüeßlige i dLätsche, guet Ding well Wyl ha. He, sagte der Mann, es sei nicht, daß es heute sein müsse, aber man müsse den Kuchen backen, während der Ofen warm sei. Es sei mit sellige Sachen so, sie kämen einmal, und griffe man nicht zu, so könne man ihnen dann lange nachplären, sie kämen nicht wieder. «He, ja ja», sagte Mädi, «es ist so, wenn man nur immer wüßte, wie man es machte.» Es hätte Mancher dSach, aber sie reute ihn, und er sei der wüstest Hung gegen seine Frau. «Der wäre es nicht», sagte der Mann, «darauf kannst du zählen; er gönnt es ihm und Andern, und wenn du einmal ins Wirtshaus willst, so brauchst du es nur zu sagen. Er hat manchmal geklagt, die Frau, welche ihm gestorben, wolle nicht mit ihm gehen, gäb wie er ansetze, und wenn er ihr eine Halbe krame, so sei es ihr nie recht.» Oh, sagte Mädi, selb begehre es auch nicht, daß der Mann seinetwegen sich so verköstige; wenn man nebenaus gewurstet hätte, so wolle es nicht daran schuldig sein. So ein huslicher Mann sei ihm doch noch lieber als einer, dem alles gleich sei und der das Geld nicht ästimiere.

«Oh, für ds selb brauchst du nicht zu kummern», sagte der Mann, «der weiß, was Geld ist, und schlägt alle Jahre ein Schönes vor. Aber er hat manchmal gesagt, daß ich es gehört, und unsere Häuser sind neben einander: Er wollte ein Narr sein, hat er gesagt, und sich es nicht gönnen; mitnehmen könne er doch nichts, und je mehr er spare, desto mehr werde an seiner Gräbt versoffen und desto lustiger seien die Leute, und das wolle er ihnen nicht zu Gefallen tun. Ja, wenn er einer guten Frau die Sache könnte lassen verschreiben, so wäre es noch etwas, aber für seines Vaters Bruders Kinder wolle er es nicht bös haben. «Wie alt wär er?» fragte Mädi. «Oh, im besten Alter», sagte der Andere, «er ist noch lange nicht siebenzig und läuft dir noch gradauf wie ein Stecken und mäht einen ganzen Morgen wie ein Junger und hat noch alle Zähne im Maul, wenigstens vorfer. Ich will ihm davon sagen, sobald ich heimkomme, und dir Bscheid machen, oder vielleicht kömmt er selbst.» «He», sagte Mädi, «ich will noch dWehli ha und mich besinnen; wer weiß, wie es mir noch kömmt.» «He, du Göhl, wer wollte dich zwängen? Du kannst es ja immer machen, wie du willst», sagte der Mann. «Aber hör, kannst du mir nicht zwanzig Batzen geben? Ich sollte da etwas kaufen und sehe erst, daß ich nicht Geld genug bei mir habe. Entweder will ich dir das Geld zurückgeben, wenn ich dir Bescheid bringe, oder wenn er selbst kömmt, so will ich es ihm mitgeben. Du kannst darauf zählen.»

Mädi hielt sich nicht dafür, daß es nicht zwanzig Batzen zum Entlehnen hätte, und dachte, die gute Bekanntschaft dürfe es nicht verderben, sie sei auch etwas wert. Es las die Batzen aus seinen Brotbrosmen heraus, welche seit langem in seinen Säcken sich aufgehäuft hatten. Erst als es sie gegeben und alleine Xaveris Haus zuging, fielen sie ihm so schwer aufs Herz, daß es kaum das Geheul der Hunde hörte, welches an den Felsen grausig widerhallte.

Vor dem Hause spaltete einer Holz, und auf die Frage nach dem Xaveri sagte der, er sei für sein Kind, das gar krank sei, zum Doktor gegangen. «Aber mangelt denn der den Doktor auch?» fragte Mädi, «ich habe geglaubt, er habe ein Elixier, welches alles gesund mache?» «Ja, aber er macht es nur für andere Leute, er selber braucht nichts davon», sagte der Knecht, «aber wart nur ein wenig, er wird gleich wieder kommen.» «Das ist wunderlich», sagte Mädi, «bsunderbar wunderlich, daruf vrstah ih mih nit», und wer weiß, was Mädi gemacht hätte, wenn Xaveri nicht gleich gekommen wäre. So fassete es seinen Schoppen für zehn Batzen und machte sich auf den Heimweg; und gar etwas Wunderliches ereignete sich in seinem Kopf, so war es ihm noch nie ergangen.

Da stritten in seinem Kopf seine Gedanken eine seltsame Schlacht. Sonst sinnete Mädi nur eine Sache, und manchmal wußte es längs Stück nicht welche, und wenn man ihm den Kopf hätte abhauen wollen, es hätte es nicht sagen können; wenn es zur Selteni sagen konnte, was es gesinnet, so war es selbst verwundert darüber. Jetzt wollten sich zwei Dinge in seine Gedanken nisten, und jedes alleine, und darum stritten sie mit einander, und bald war das eine oben und dann gleich darauf wieder unten und umgekehrt, und Mädi war sich beider Sachen recht gut bewußt, und wenn nur jemand bei ihm gewesen wäre, es hätte gerne von beiden gesprochen, wenn auch nicht nacheinander, so doch durcheinander, gerade wie sie in seinem Kopfe auf- und niedergingen. Die Freude, daß Xaveri beim Doktor gewesen und sich nicht selbst zu helfen wußte weder mit seinem Elixier noch mit etwas anderem, und wie es das Anne Bäbi vorhalten und dem Hansli sagen wolle, bewegte es mächtig, und eine ganze Menge Trümpfe gegen Anne Bäbi stellten sich ihm zu Gebote. Aber mitten in denselben erschien der Mann im besten Alter, bolzgradauf und mit allen Zähnen vorfer. Und Mädi beäugelte ihn hinten und vornen und sah dann noch ein Haus und im Hause Schäfte und Gaden und viel Tuch und Garn darin, und eine Küche mit schönen Kachelbänken und oben im Rauch acht Hammen und vier Speckseiten und unterm Hause einen Keller und darin einen schönen Ankenhafen, einen angehauenen Käse und Erdäpfelkrummen und Sauerkabisstanden und ein großer Milchbank; und in alles das schlugen die Trümpfe, welche es Anne Bäbi sagen wollte, und Mann und Haus verschwand, und die zwanzig Batzen kamen ihm wieder in Sinn, die es einmal gehabt hatte und gerne wieder gehabt hätte.

Als es daheim fortging, hatte ihm Anne Bäbi gesagt: «Häb de e Schoppe.» Es hatte dasselbe eigentlich nicht im Sinn, denn es meinte nicht, daß der Mensch auf der Welt sei, um z'unnütz Geld zu brauchen, und es wußte wohl, daß es daheim etwas im Ofenguggeli an der Wärme finden würde. Als aber seine Gedanken so aufrührerisch wurden, ihm keine Ruhe ließen, so ward ihm fast angst dabei und es flüchtete sich gleichsam vor ihnen ins Wirtshaus und setzte sich auf den gleichen Platz, wo gestern zur gleichen Stunde seine Meisterfrau gesessen war, gleich wenn man zur Tür ein kam linker Hand in der Ecke am Tisch. Die Weiber saßen gewöhnlich dort ab, um nicht lange in der Gaststube herumgehen zu müssen, was selten eins ohne

Verlegenheit tut. Gottlob sieht man es den meisten an, daß sie in den Gaststuben nicht daheim sind. Zugleich hatte man auf jenem Platze den Vorteil, daß man alles sah, was in der Stube vorging, und alsobald verschwinden konnte, sobald jemand hineinkam, den man scheute.

Als die Wirtin Mädi bedient hatte, setzte sie sich auf die vordere Bank und fragte: «Es düecht mich, ich sollte dich schon gesehen haben. Wo kömmst du her?» «He, von Gutmütigen», antwortete Mädi. «Du wirst öppe gsi sy?» fragte die Wirtin. «Ich habe zum Xaveri müsse, von seinem Dreck habe ich müssen holen, und das kleine Gütterli hat zehn Batzen gekostet, lueg auch!» «Bist du etwa Hansli Jowägers Jungfrau?» «Ich sollte sie sein, dLüt säges», antwortete Mädi. «Ihr einziger Sohn soll noch immer krank sein», sagte die Wirtin, «die Frau ist gestern dagewesen und hat neue berichtet.» «He ja», sagte Mädi, «und wenn ich nicht gewesen wäre und ihm so grusam gluegt hätte, wo er krank gsi ist, er wäre längste tot. Aber jetzt, wo er fast wieder zweg ist, schätzt man mich nichts mehr, und wenn ich schon lange was sage, es giltet nichts mehr. Man ist gut genug, wenn man einen nötig hat, und nachher sollte man nirgends mehr sein und zu keiner Sache was sagen.» Aber es sei ihm gleich, es könne auch schweigen; es daure ihns nur der Jakobli.

«He», sagte die Wirtin, «die Leute können sonst das Elixier nicht genug rühmen.» Einmal es, sagte Mädi, hätte keinen Mut dazu. «Wenn es etwas nutz wäre, so gäbte er seinem eigenen Kinde auch davon, und wenn er etwas könnte, so liefe er nicht zu einem andern Doktor.» Die Wirtin fand nicht nötig zu sagen, daß sie das Elixier angegeben, sondern lenkte ab und fragte: «Das sind reiche Leute, ds Jowägers, nicht wahr?» He, sagte Mädi, sie könnten es einmal machen, aber desto besser hätten sies nicht dabei, es und der Knecht müßten fast alles alleine werchen; bsonders seit Jakoblis Krankheit lege Anne Bäbi fast keine Hand mehr an, und Hansli möge auch nicht mehr recht. «Ihr habt viel Land?» fragte die Wirtin. «Ho, es hat Mancher mehr, aber doch haben wir jahraus jahrein ein Roß und vier Kühe und manchmal sechs Schweine. Ehe ich dort war, hatten sie nur zwei, aber jetzt haben wir gewöhnlich sechse, und wenn ich alleine Meister wäre, ich wüßte für acht Sachen genug, und Küh hätte ich auch eine mehr. Aber unsereiner sollte nichts zu befehlen haben, und dMeisterfrau hat ihren apartigen Gring, und wenn Hansli eine Andere hätte, er könnte mängs hundert Kronen reicher sein.» «Haben sie noch Schulden und husen sie hingertsi?» frug die Wirtin. «Selb nicht», antwortete Mädi. «Ds Höfli ist zahlt, und es ist manches vornehme Haus, es ist nicht halb so viel Geld als in unserem, und wenn alles an einem Haufen wäre, was Hansli hier und da verstoßen hat, nur was ich weiß, es würde mancher Herr sein Lebtag noch nie so viel beieinander gehabt haben. Man könnte wohl noch ein Höfchen daraus kaufen.»

«Die sind also von den Heimlichfeißen. Es gibt deren nicht mehr so viel als sonst. Heutzutage wollen die Leute immer reicher scheinen, als sie sind; so bschyßt eis ds Andere, und so kommen manchmal Zwei zusammen, und ein jedes glaubt, das Andere sei reich, und am Ende haben Beide nichts; Beide haben einander angelogen, und doch hält es eins dem Andern vor, solang es lebt, und Streit ist das Einzige, was sie Sonntag und Werktag haben ohne Aufhören. Man kann sich heutzutage nicht genug in acht nehmen; wenn man schon glaubt, man habe alles ausgefrägelt, so kriegt man doch eine Täsche und nimmt nicht nur einen, sondern beide Schuhe voll heraus.» Nein, sagte Mädi, das brauche hier niemand zu fürchten; Hansli wisse selbst nicht, wie reich er sei, und wenn er alle seine Säckli zusammenlesen würde, er würde sich selbst verwundern, wie viel er hätte. Je, sagte die Wirtin, da hätte dann ein Söhnisweib gut einzusitzen, und sie glaubte, das Weiben täte dem Jakobli gut. Sie wüßte viele Beispiele, daß die Leute gekränkelt hätten, solange sie ledig gewesen seien, man hätte nicht gewußt, wo es ihnen fehle, und sobald sie geheiratet hätten, seien sie gesund gewesen wie Fische im Bach und ihrer Lebtag hätte ihnen nichts mehr gefehlt. Es sei gar kurios mit dem.

Es hätte auch schon davon gehört, sagte Mädi. Es fehle ihm auch zuweilen; manchmal kriege es so schwere Beine, daß es sie nicht lüpfen möge, und anderemal einen so sturmen Kopf, daß es ihns düeche, es müsse desaus fallen; aber am meisten habe es ein Drücken auf dem Herzen, daß es ihm sei, als ob eine dreizentnerige Sau daraufhocke, und es meine, es müsse ersticken. Da habe es auch manchmal gedacht, ob das Heiraten nicht gut dafür wäre und ob es ihm nicht besserte ums Herz, wenn es einen Mann hätte. Es hätte schon manchmal ab Körblikraut getrunken, aber es glaube, ein Mann bschösse doch bas. Und es sei dann nicht, daß es nichts hätte; Kleider hätte es mehr als manche Bäurin, dreizehn gute Hemden und böse, es wisse nicht wie viel, und noch Tuch für drei im Schaft, wo auch noch manches Krönli Geld sei, es könnte nicht einmal sagen, wie manches. Es hätte es dann gerade wie sein Meister, sagte die Wirtin. Es solle sich aber in acht nehmen, daß es nicht einer erwütsche. Gerade sellige Meitli, wo man wisse, daß sie einige Kronen hätten, würden am leichtesten hineingesprengt. Aber für den Jakobli wäre es schade, wenn der ledig bliebe, und sie glaube, sie wüßte ihm eine, die für ihn wäre.

Ho, sagte Mädi, es wolle sich schon in acht nehmen, so

blinzlige springe es nicht hinein. Es wolle seine Sache gewiß haben, und mit dem Jakobli werde es nicht sövli pressiere; sie wollten einmal jetzt das Elixier probieren, und wenn das nicht helfe, so wisse es dann noch einen, der sich bsunderbar aufs Wasser verstünde, und wenn der auch nichts könnte, dann könnte man mit dem Weiben probieren. Aber jetzt müsse es heim, sie wüßten sonst nicht, wo es wäre, und könnten meinen, wo es herumreutere. «He, pressiere nicht», sagte die Wirtin, «sie werden wohl wissen, daß du nichts Schlechtes machst.» «He ja», sagte Mädi, «sie könnten es wissen, aber sie trauen doch niemand etwas. Es ist eine harte Sache, bei so mißtrauischen Leuten sein zu müssen. Es ist zWeihnacht fünfzehn Jahr, daß ich bei ihnen bin, und sie sollten es wissen, daß mir ihre Sache ist wie die meine, und doch sollte ich zu nichts etwas sagen, und wenn ich dMeisterfrau nicht alles will zwängen lassen, wo sie im Gring hat, so geht es übel. Adie, lebit wohl.» «Adie wohl», sagte die Wirtin, «und komm bald mehr.» «Es wirds schon geben», sagte Mädi und wanderte in andächtigem Sinnen seiner Wege.

«Das ist eine gwundrige Frau», sagte Mädi zu sich selbsten, «die hätte mir gerne die Würmer aus der Nase gezogen, der bin ich schlimm genug gewesen. Aber dumm ist die nicht, die weiß, wie es geht in der Welt. Es ist gerade, als ob sie gewußt hätte, daß mich einer wollte, aber der hat mich noch nicht. Also für Jakobli wüßte sie eine; aber der habe ich es gereiset und getan, als hörte ich sie nicht. Wunder hätte es mich doch genommen, an wen sie gesinnet hätte.» Hier stockte Mädis klarer Gedankenfluß, und ein seltsam dunkel Wirbeln und Strudeln bunter Vorstellungen begann.

Es fuhr im kalt den Rücken auf, wenn es dachte, wie leicht es einen Schuh voll hinausnehmen, um seine Krönlein kommen könnte, ja auch um die Hemden, um gute und böse. Aber die Beine, wie taten ihm die weh, noch nie so, und auf dem Herzen drückte es ihns, daß es bysten und berzen mußte, als ob ein ganzer Schweinstall darauf wäre; und also dem Jakobli würde es auch bessern, wenn er wybete, so meinte die Wirtin, und die Frau ist nicht dumm. Aber in acht zu nehmen hätte der sich auch, meinte Mädi, daß er nicht hineintrappe; wenn ein Meitli mit ein paar Kronen einen Schuh voll hinausnehme, so riskiere ein Baurensohn nicht nur den Schuh, sondern Maul und Nase voll. Aber bessern täte es dem Jakobli, es glaube es auch, und ihm selbst auch; es düechs, bloß vom daran Denken leichte es ihm in den Beinen. Es sei doch kurios, dachte es, daß die gleiche Sache für sie Beide gut wäre und daß Beide sich so sehr in acht nehmen müßten vor dem Hineintrappen, da hätten sie es akkurat ja gleich.

Zu äußerst an dieser Gedankenreihe entstand in Mädis Seele ein klein, glänzend Fünklein, und das Fünklein flakkerte lustig hin und her, versteckte sich und schoß dann wieder empor hochauf, und Mädis Beine wurden immer leichter, sein Herz immer freier; wer hinter ihm dreingegangen wäre, hätte geglaubt, es wolle anfangen zu tanzen und es hätte von dem bekannten Lustgas eingesogen, einer eigens bereiteten Luftart, welche den, welcher sie einsaugt, in einen lustigen Rausch versetzt, wo der Himmel voller Geigen ist und tanzen muß, wer sein Lebtag nichts davon wußte. Die Rede geht, es sei zur selben Zeit, in welcher Mädi auf der Heimreise begriffen war, in einem Wäldchen, durch welches Mädis Weg führte, gejauchzt und gesungen worden, als ob ein Dutzend Kiltbuben zusammen machten, welcher lauter.

In Mädis Seele hatte der Blitz eingeschlagen, der Blitz der Liebe, die so oft das Aufgehen eines plötzlichen Verständnisses ist. Aber dieser Blitz, obgleich von gleicher Wirkung, ist doch von gar verschiedener Materie, und diese Materie wird seltsamerweise von denen am wenigsten erkannt, in welche er eingeschlagen.

Wenn ich Jakobli nähmte? Diese Frage stund gleichsam mit der Phosphorschrift, mit welcher Guggenbühler seine Kretins lehrt, vor Mädis Seele. Jakobli nähmte und Jakobli mich nähmte, und es ihm besserte und es mir besserte und jedes wüßte, was es hätte, und keines Kummer zu haben brauchte, es nähmte einen Schuh voll heraus. Wir hätten uns ja aneinander gewöhnt, und was er mehr hätte, würde ich mehr werchen, und er brauchte mit dem Hochzeitmachen nicht viel Umstände zu haben und nicht viel Kosten. Öppe es Krämli, gäb wie liecht, ih wär zfriede. Und zu ihm luege wollte ich anders als dä Sturm, wo sys Müetti sy will; die wollte ich dann rangieren, die müeßt wisse, daß ih de Sühniswyb wär und nit ume dJumpfere. Öppis jünger ist er, zechni oder zwänzig, was weiß ich; aber das macht nüt, es ist ihm auch z'gönne, daß er es gsetzts Mönsch überchunt und eys, das ne i alle Stücke brichte cha. Nei, uf my armi türi, syt dWelt steyht, hey sih nie Zwee besser zsämegschickt als ih u er. De nadisch, wenn ich nicht gewesen wäre, so wäre er längst unter dem Boden, und da ists doch nichts als billig, wenn er eine nehmen will, er nehme mich und nicht so ein meisterlosiges Schyßnäsi, wo dGosche i allem het, dNase über alles rümpft und nüt arüehre darf und no am Sunndig so glöcheret Strümpf ahet und nit nume a dr Fersere, sondern gelöchert um und um und zmitts uf em Grist, wie sich jetzt afe die reichsten Baurentöchtern nicht schämen. Da bin ich doch ein anderes Mensch und darf meine Finger in allem haben, und wenn mir auch am Werchtag manchmal die blutti Fersere fürechunt, jo frylich, su wenn dr Sunndi chunt, han ih doch de ganzi Strümpf azlege und de nit ume öppe wullig, no zweu Paar bauelig han ih de o no. Auf my armi türi, es wäre schlechts von ihm, wenn er mich so anführte und hocken ließe, und habe ich doch so viel für ihn getan. Das tut er nicht, er ist ein bräverer Bursche, als sie heutzutage sind, und so ein armes Meidli, wie ich bin, führt er doch so Gott will nicht an; er könnte es ja am jüngsten Tag nicht verantworten und müßte fürchten, er hätte gar keine gesunde Stunde mehr. Nein, sövli e wüeste Hung ist er nicht, aber Anne Bäbi wird luege und sih wehre; aber das cha lang säge, öppe geng mueß das de sy Gring nit ha. Hansli, der ist freine, und wenn nur niemand viel sagt, so ist ihm alles recht. Aber dr Sami, der wird luege und flueche; wenn er sih nume nit geyht ga hayche, ih hätts notti ungern. Aber es geschieht ihm recht, warum het er drglyche ta, er schätzi mih nüt, und hät ta, als ob ich räudig wär oder gar vergiftig. Dem geschieht es recht; er weiß dann ein andermal, wie er tun soll, dä Schnürfli.

So gingen Gedankenwogen auf und nieder in Mädis Seele und schwellten sein Herz. Doch war dasselbe nicht so ganz Gefühlsseele, daß nicht auch die Klugheit dareingeredet und zu einem eigentlichen Operationsplan geraten hätte. Aber die Freude und das Sinnen ließen denselben nicht zur vollen Klarheit kommen, und Zeit dazu nahm es sich nicht. Seine Füße liefen wie auf Federn, in Gutmütigen schauten ihm die Leute aus allen Häusern nach und sagten: «Ds Hanslis Mädi ist sturm oder hat einen Stüber; es wünscht ja allen Leuten guten Tag und hats doch schon Feierabend geläutet.»

Es stieß an ihr Haus, ehe es daran dachte, und erschrak in allen Gliedern, als Hanslis Stimme aus dem Schopf erscholl: «Es ist gut, daß du kömmst, wir haben geglaubt, es hätte dir etwas gegeben.» Anne Bäbi schoß mit den Säumelchtern vorüber und tat, als sehe es Mädi nicht; aber vor sich hin brummte es, daß Mädi es hören sollte: Es wisse jetzt, wen es nach dem Tod senden solle, wenn ihm das Leben erleidet sei. Aber Mädi hörte es nicht, seine Gedanken hatten sein Ohr betäubt, seine Augen suchten Jakobli, aber der war nicht draußen. «Gehe nur hinein», sagte Hansli, «dr Bub ist drinnen, du kannst ihm das Trank gleich geben, und die Frau wird dir wohl etwas dännedeckt ha.»

Drinnen fand es Jakobli, packte sein Elixier aus, sagte, es hätte nicht viel darauf; wenn es etwas nutz wäre, so brauchte es der Doktor auch für sich und seine Leute.

Anne Bäbi schoß wie ein taubes Wespi durch die Stube und wollte mit Mädi gar nichts reden, sondern kupen, und doch versprengte es die Neugierde fast, wo Mädi gewesen und was es gesehen und vernommen. Und als Mädi das sah, dachte es, der täte es nicht die Ehre an und packte aus; die müsse ihm anders kommen, wenn sie etwas vernehmen wolle. Solches nehme es aber nicht mehr an, wenn es einmal Söhniswyb sei, die wolle es anders brichten. So währte das eine gute Stunde, und immer mehr drückte Anne Bäbi der Gwunder und Mädi der Drang der Mitteilung. Sie schossen nicht mehr so rasch aneinander vorüber. Mädi fragte, ob es noch Kraut abhauen solle für morgen, und Anne Bäbi sagte, es düechs, die Schweine seien bsonderbar fräßig, sie hätten diesen Abend ihm die Melchtern fast gefressen. Darauf sagte Mädi, es sei ihm leid, es hätte einmal nicht früher heimkommen können; es hätte gar lange auf den Xaveri warten müssen, der für sein eigen Kind, dem er mit Schein nicht helfen könne, beim Doktor gewesen. Dann hätte ihns die Wirtin zu Fischigen noch aufgehalten, welche eine gwundrige Frau sei und nicht hätte aufhören wollen z'brichten; die hätte auf dem Xaveri und seinem Elixier auch nicht viel. «Das wäre kurios», sagte Anne Bäbi, «gerade die hat es mir angegeben und es bsunderbar gerühmt. Was hat die dann gesagt?»

«Oh», sagte Mädi, «apartig hat sie nichts gewußt; aber einmal viel hat sie nicht darauf gehalten, sondern gesagt, sie wisse etwas viel Besseres.» «Was dann?» fragte Anne Bäbi hastig.

«Ich sage es nicht», sagte Mädi und kickerte so seltsam, drehte das Gesicht in eine Ecke und wetzte und rispete in den Kleidern herum, als ob es es bisse am ganzen Leibe.

«Das ist doch dumm», sagte Anne Bäbi, «wottschs säge oder nit?» «Nei, ih säges nit, du kannst meinethalb gehen und sie selbst fragen. Hi hi hi!» «Das wäre mir», sagte Anne Bäbi, «wenn ich jetzt noch dahinunter laufen sollte; sie würden ja zuletzt meinen, es fehlte uns im Kopfe. Willst es sagen oder nicht?» «Und ih säges nit, hi hi hi!» wisperte Mädi. «Warum nicht?» «Ich darf uf my türi nit und du könntest glauben, ich hätte das selbst ersinnet, drum frag die Wirtin selbst!»

«Das sind Stämpeneyen», sagte Anne Bäbi, «säg mers!» «Ich darf wäger fast nicht», sagte Mädi, «öppis Arigs hat sie gesagt.»

«Wottsch jetzt enanderenah!» sagte Anne Bäbi, «ich habe nicht Zeit, den ganzen Abend deinem Gstürm abzlose.» «He, wes sy mueß, ich wills säge, aber sägs nume em Jakobli nit. DWirti het gseit, für sellig Krankheite syg ds Beste, hi hi hi, denk ume o; aber ich darfs uf my armi türi nit säge; denk ume o, ds Beste sei ds Manne!» «Du Göhl du», sagte Anne Bäbi, «sie wird dir öppe das angegeben haben.» «Ih has ume lätz gseit», kickerte Mädi, «von mir hat sie aparti nichts gesagt, aber vom Jakobli hat sie gesagt, denk ume o, er söll wybe, hat sie gesagt, dann werde ihm schon alles bessern und das sei viel besser als son es Gschluder vo Elixier.» «Si ist e Göhl», sagte Anne Bäbi, «my Jakobli ist ja nume non es Ching.»

Gerade eben recht wäre er mir, dachte Mädi, aber sagte es nicht und dachte auch, das werde Anne Bäbi wenig angehen, wenn Jakobli wyben wolle. «So hats die Wirtin gesagt», sagte Mädi, «ersinnet habe ich es nicht.» «Das geht sie gar nichts an», sagte Anne Bäbi, «was Jakobli gut ist oder nit, wenn sie nur wollte zu ihr selbst sehen! Man hat öppe den Verstand selbst für z'wisse, was eim sih schickt und nit schickt.»

Somit brach Anne Bäbi das Gespräch ab und machte sich ans Elixier, roch daran, versuchte es, schüttelte sich darob; dann mußte Hansli versuchen, gäb wie er sagte, es gelüste ihn nicht; endlich kam es an Jakobli, und als der sich noch weit mehr darob schüttelte, sagte Anne Bäbi, grad so müeß eim dr Züg mache, wenn er bschüßen solle, das sei ein Zeichen, daß er anrühr, und wenn der Züg nit anrühre, daß me mein, er well dur eim dureschieße wien e Pfyl oder wien e Muni dur e Krishufe, so trag er nüt ab.

Aber merkwürdig ist es, wie es Worte gibt, die sich wie mit Widerhaken einhängen in unsere Seele; und oft gehen diese Worte hinein, wir wissen es kaum, und wie sie sich einhängen, fühlen wir gar nicht, gerade so wenig wie feine Splitter, welche in die Finger gehen. Aber gerade wie die Splitter sich nach und nach bemerkbar machen, den Finger entzünden, seine Empfindlichkeit steigern können ins Unendliche, gerade so ists auch mit diesen Worten. Sie tauchen allmählig auf, stellen sich immer häufiger vor die Seele, machen sich zum wunderbaren Herde, auf welchem bereitet werden die Gedankenreihen der Menschen. Und wo er einsam geht, der Mensch, da treten die Worte vor ihn, reden zu ihm, füllen ihn an mit Bildern, Zweifeln, Vorsätzen, mit allem bunt durcheinander. Und wo er unter Menschen weilet, da treten sie plötzlich vor ihn, unterbrechen seine Reden, führen seinen Geist aus der Gesellschaft fort, in welcher sein Leib öde und tot sitzen bleibt. Ja sie heben den Umhang und treten in der Menschen Schlaf hinein, zaubern die

Träume herauf und bewegen die Seele auf den Fluten der durch sie erzeugten Empfindungen.

Wer kennt die Grenzen, welche das Gebiet solcher Gedanken scheiden von dem fürchterlichen Lande, wo, wie in öder afrikanischer Wüste der Samum waltet, alles Leben versengend, die fixe Idee, der Wahnsinn waltet, wo ein Wahn mit fürchterlicher Gewalt alle Kräfte der Menschen überragt, alle Besinnung tötet und den Menschen in schreckliche Irre treibt, halt-, mast- und segellos, ein gebrechlich Schifflein in des wütenden Meeres Wirbeln? Wir kennen die Grenzen nicht, vor ihnen wahrt uns unsere Weisheit nicht. Die Hand, welche des stolzen Meeres stolze Wellen niederschlägt, den Sonnen ihre Bahnen zieht, hält auch der Gedanken Macht, setzet ihnen ihr Ziel. Und eine gütige Hand ists, denn wie selten läßt sie dieselben schweifen hinüber in die schreckliche Nacht des Wahns! Aber wer hat nicht die Macht eines Gedankens erfahren und wie er ihm untertan wurde Tag und Nacht, vielleicht jahrelang? Und wer wars, der den Widerhaken löste, die Seele wieder freiließ, das Auge öffnete einem neuen Gedankenkreis? Hier kann Demut lernen, wer hinuntersteigen will in die geheimen Schachten der Menschennatur, da unten wird uns offenbar unsere Schwäche und des Herren Macht und Güte.

Wie hoch einer auch begabet sei und hervorragend in der Reihe der Geister, er bleibet dennoch untertan eines Gedankens Macht, und diese Macht begrenzet der Herr und nicht der Mensch. Doch wahr ists, je mehr ein Mensch denkt, je öfter er sich beweget im Meere der Gedanken, desto mehr gelangt er zu einer gewissen Freiheit, zu einer gewissen Macht über die Gedanken. Er kann in vielen Fällen sie kommen und gehen heißen, kann einen austreiben durch den andern, bald sie wägen und prüfen, wählen und verwerfen, doch nur solange der Herr es will, und sobald der Herr will, wird eine Idee übermächtig, verschlingt einem weiten Grabe gleich alle andern, verschlingt Verstand, Bewußtsein, verschlingt alles, was zum Menschen den Menschen macht.

Je tiefer ein Mensch steht in der Reihe der denkenden Wesen, je enger sein Gesichtskreis, je einförmiger sein Leben, je spärlicher sein Verkehr, desto tiefer haften einzelne Worte, desto größer wird die Macht der an dieselben sich knüpfenden Gedanken. Es hat wirklich etwas Schauerliches, Grauenvolles, wenn wir in den Gründen so vieler Seelen nach den Ursachen des äußern, sichtbar werdenden Lebens forschen und finden da wohl einem flammenden, sprühenden Herde die Seele, einer Hölle ähnlich; aber unter diesem Herde steckt ein einzig Wörtlein, und aus demselben flammt die dämonische Glut, welche die Seele füllt, das äußere Leben bedingt.

Und solche Worte, absichtslos gesprochen, wie ohne Zweck das Kind seine Pfeile vom Bogen schnellt, fliegen giftigen Pfeilen gleich zu Tausenden durch die Welt, suchen sich Herzen, die kein Schild deckt, dringen in Seelen, wo es dunkel ist, keine Macht zu überwinden ist. Mitten in dieser Wolke von Pfeilen stehet jeder, sieht sie nicht, weiß nicht, ist der Pfeil vom Bogen schon geflogen, der seine Seele tödlich verletzen soll, ja fühlt es nicht einmal, wenn er fliegt in selbige, sich einhakt für immer. Wer mit Menschen mit Bewußtsein umgeht und nicht bloß die Erscheinung betrachtet, sondern auch ihre Wurzeln, der fühlt sich so oft von unheimlichem Grauen geschüttelt und möchte beben für die eigene Seele, wenn er nicht wüßte, daß Beben nichts hilft, daß da nur das Vertrauen hilft, daß hier der feste Schild der Herr ist und nur das Herz am besten gesichert, von welchem bereits der Herr Besitz genommen, für unheimliche Geister kein Raum mehr ist.

Wie manche Ehe ist zerstört, und glühend brennen die

Fesseln, mit welchen Zwei zusammengebunden, und verzweifelnd zerren Beide sich hiehin und dorthin in die selbstbereitete Hölle. Man soll Frieden stiften, muß nach den Ursachen spüren, findet lange nichts als entzündete Gemüter; endlich, endlich, wenn man auf Augenblicke die Entzündung niederzuschlagen vermag, so entdeckt man, einem Splitter in aufgeschwollenen Gliedern gleich, ein in der Seele seit Jahren eiterndes Wort. Und dieses Wort vermag selten ein Mensch loszumachen und auszuziehen; wenn man schon meint, man habe es ausgezogen, die Aufregung sei gestillet, die Wunde werde heilen, nach wenig Tagen ist der alte Zustand wieder da; der Splitter war nur abgebrochen, dessen Spitze erfasset Menschenhand nimmer.

Man sieht eine Menge Leben auf das traurigste zerstört, sieht in verkehrter Eigentümlichkeit Menschen sich bewegen, eine besondere Richtung verfolgen sich und Andern zur größten Pein. Umsonst ist alle Pein, umsonst alle Mühe, die Menschen aus dieser Richtung zu bringen, sie auf einen Weg zurückzuführen, wo es ihnen und Andern wieder wohl wird; sie haben Augen und sehen nicht, Ohren und hören nicht; sie sind nicht wahnsinnig, aber sie streifen an den Grenzen und sind vielleicht ebenso bedaurungswürdig als die, welche bereits jenseits sind. Man begreift nicht, wie es möglich ist, daß ein Mensch also werden, daß mitten unter andern Menschen eine solche Seltsamkeit in ihm sich ausbilden kann, welche ihn zum Gegenstand des Spottes oder des Fluches macht — es war ein Wort, das sich in seine Seele hakte.

Je einförmiger ein Leben ist, je gedankenleerer eine Seele, um so mehr haben, wie gesagt, solche Worte Gewalt. Man hört Leute jahrelang die einfachsten Worte wiederholen, welche dieser oder jener zu ihnen gesagt, und Kind und Kindeskinder sprechen sie noch nach; es pflanzen sich in einsamern Gegenden Witzworte oder Erfahrungssprüche jahrhundertelang fort, das liegt zutage; wie manches Leben von einem einzigen Worte ausgeht, das liegt verborgen.

Als die Wirtin zu Fischigen sagte: Wyben wär gut, da wußte sie nicht, wie gewaltig dieses Wort werden sollte, und als sie bald darauf starb, da wußte sie noch weniger, wie dieses Wort noch lebe und welche Macht es übe in zweien Seelen. Es liegt wiederum ein Schauer im Gedanken, welche Macht in einem Worte liegen kann, welches uns aus dem Munde geht, und wie dieses Wort zurückbleiben kann als unserer Seele Kind, während längst unser eigner Leib und unserer Kinder und Kindeskinder Leiber zu Asche geworden sind im kühlen, dunkeln Grabe.

## SIEBENTES KAPITEL

### *Die Gedanken machen dem Mädi übel und das Elixier dem Jakobli*

Bei Anne Bäbi wirkte das Wort lange nicht; es stak in der Seele wie oft einige Tage ein Splitter, ehe er fühlbar zu werden beginnt.

Bei Mädi aber war es anders. In der Seele brannte es lichterloh, und als einmal das erste Wort den Ausgang gefunden hatte gegen Anne Bäbi, da kickerte es im Hause herum, daß männiglich sehen mußte, Mädi wisse was Apartiges und möchte es gerne jedem sagen, der ihns darum frage. Aber Hansli tat ihm nicht den Gefallen, Sami auch nicht; da kickerte es und ripsete und ranggete es um Jakobli herum, bis der endlich frug: «Mädi, was lächert dich auch so?» Das Wort ging Mädi durch Leib und Seele; es biß ihns noch ärger, und lange konnte es vor lauter Lächern nicht antworten. Endlich sagte es: «Du mußt es nicht wissen, gerade dir sage ich es zletzt.» Da schwieg Jakobli und lockte seine Tauben, und die Hühner kamen auch daher, und sie stritten sich um den Platz zu seinen Füßen, und die Hühner pickten nach den Tauben und die Tauben retteten sich auf die Bank und auf Jakoblis Achsel. Jakobli streichelte sie, und die Hühner sandten zornige Blicke hinauf, und ein gesprägelt Huhn sträubte die Federn und rüstete sich zum Sprunge auf die Bank. Da fuhr Mädi dazwischen mit geschwungenen Armen und zornigen Worten: «Tschu, tschu, ihr Kätzers Hühner, gheyet ech furt, ih ha nit dr Wyl, ech geng nachezputze, und wenn nume die verfluechte Tube nit wäre, die vrschyße mr erst alles!»

«Aber Mädi», sagte Jakobli, «was haben dir doch die armen Tierchen zuleid getan, daß du sie nicht ruhig lassen kannst?» «He, die Kätzere haben afange mehr Recht als unsereim; dann soll man ihnen noch nacheputze, dene vrflüemerete Ufläte. Tschu, tschu, weyt er ech stryche, oder soll ich euch nachbengle, ihr Kaybe!» Da sagte Jakobli: «Laß mir doch die Tierchen sein, die haben dir ja nichts zuleid getan, und während du ihnen nachputzest, tust du nichts anders, und ich wüßte nicht, warum sie nicht das Recht hätten, zu mir zu kommen, wenn ich ihnen rufe.» «Tschu, tschu!» schrie Mädi noch lauter, «weyt er oder weyt er nit? Es nimmt mich doch wunder, wer mehr Recht hätte, ob so ein Huhn oder ich. Wenn mehr öpper krank wird, so kann dann meinethalb auch ein Huhn abwarten oder e Tube. Ih wett e Narr sy, mehr e Finger z'rüehre. Ich habe immer gedacht, es gehe mir so und zletscht werde man mich noch verfolgen und ich werde nirgends sein sollen und das werde mein Dank sein.» Und damit schoß Mädi ins Haus, heulte, daß Staub und Spinnhuppelen in Bewegung kamen, dunkle, graue Wolken das ganze Haus erfüllten, und schoß das

Kachelgeschirr in der Küche herum, daß niemand seines Lebens mehr sicher war.

Am folgenden Morgen machte Mädi ein Gesicht, gerade wie der Hund eins macht nach einem starken Gewitter, wo man nicht weiß, will es Regenwetter geben oder ein neu Gewitter oder hat das Wetter im Sinne, so nach und nach sich aufzuheitern.

Mädi gab allen kurzen Bescheid und zankte sich mit Katze oder Knecht, beide waren ihm jeden Augenblick im Wege. Um Jakobli aber strich es herum wie ein Habicht um den Taubenschlag, wenn er den günstigen Augenblick abpaßt. Als aber Jakobli sich dessen nicht achtete, seiner Wege ging, so kam Mädi, als er nachmittags auf der Bank saß, mit einem Blättli, und auf demselben war ein schöner Rest Erdäpfelrösti, und sagte: «Jakobli, sieh, da hast du etwas für deine Hühner und Tauben! Wenn du es ihnen geben willst, so gib nes meinetwegen.» «Dankeigist», sagte Jakobli, «aber ich weiß nicht, ob sie kommen, sie sind heute den ganzen Tag vrschücht und wey sih niene zuechela.» «Das wäre sich doch auch dr wert», sagte Mädi, «warum sind sie aber auch auf allem oben? Wenn sie auch ein bißchen reinlicher wären, ich möchte sie wohl leiden, ds Konträri, sie wären mir nur noch recht anständig. Wenn man etwas mit einander reden will, so kommen einem die Türks Hühner immer zwische yche, mi cha nüt säge vor ne.»

«He», sagte Jakobli, «wenn du etwas zu sagen hast, so kannst du es ja immer sagen, die Hühner sind ja nicht im Weg und können ja kein Wort zwischeneinreden. Was hast du zu sagen?» «Oh, aparti gar nichts», sagte Mädi und ripsete wieder und kickerte. «Was lächert dich?» fragte Jakobli. «Oh, aparti gar nichts», sagte Mädi, «aber wenn du wüßtest, was ich weiß!» «Was weißt du denn?» fragte Jakobli. «Oh, aparti nichts», sagte Mädi, «aber die Wirtin von

Fischigen hat mir etwas gesagt.» «Was hat sie dir dann gesagt?» «Oh, meinst du, ich sage es dir? Dir gerade zletsch; es lächerete dich viel zu fast, wenn du es wüßtest. Nein, dir sage ich nichts.» «Aber Mädi, warum nicht, warum mir nicht?» «Oh, darum nicht», sagte Mädi. «He nu so de», sagte Jakobli, «so brauchst du mir ja gar nichts zu sagen. Aber du weißt nichts, als mich zu plagen bald so, bald so; ich weiß gar nicht, was ich dir zuleid getan habe.»

«Bist höhn, Jakobli?» sagte Mädi. «Nei wäger, bis mir nicht höhn; ich wüßte ja nicht, was ich dir zwiderdienet hätte, und wenn dich die Leute schon aufreisen wollen, so gib ihnen nicht Gehör, es gibt je länger je bösere Leute in der Welt. Ih ha ja nume Spaß, und wenn du gerne willst, so sage ich es dir, was die Wirtin mir gesagt, aber du mußt es keinem Menschen sagen. Versprich es mir.» «He, nun ja», sagte Jakobli, «meinethalb.» «Ich darf auf my armi türi fast nit», kickerte Mädi, «du könntest meinen, was ich damit meinte.» «Nu, su sägs doch», sagte Jakobli. «Die Wirtin hat gemeint, für deine Krankheit wär, hi hi hi, ih darf uf my türi nit! Du sollest – »

«Guten Abend geb euch Gott!» erscholl eine Stimme, «bin ich wohl am rechten Orte?» Um die Ecke des Hauses war eine Gestalt gekommen, mittelgroß, aber verwittert, mit triefenden Augen, verschabten Kleidern, aber den breiten Hut keck auf dem Kopf und trotzig im Maul die kurze Tabakspfeife. Einen langen Stock hatte sie in der Hand und ungesalbete Schuhe an den Füßen. Das Gesicht gehörte einem Manne an, der über sechzig sein mochte und eine braune Halbleinkutte anhatte und überall starke Zeichen von sich gab, daß er heute nicht bloß von Kaffee und Rösti gelebt hätte. «Danke Gott», sagte Jakobli, «und zu wem willst du?» «He», sagte er, «wohnt hier nicht es Mönsch, man sagt ihm nur Mädi, aber eigentlich heißt es Magdalene Wettgern?»

«Pack du dich fort!» schrie Mädi, welches schon von Anfang mit Bollaugen ihn angestarrt und die schreckliche Unterbrechung gerne mit allen zehn Nägeln gerächt hätte. «Sei ein solches hier oder nicht hier, so geht es dich nichts an, und mach daß du fortkömmst, sonst könnte es dich gereuen!» «Bist dus öppe?» frug das Mannli unerschrocken. «Du wirst es wohl sein, wo mir gestern auf dem Weg nach Mütligen hat Bescheid machen lassen, du möchtest gerne mannen, und wo dem Weiberhändler zwanzig Batzen darauf gegeben hat, er solle dir einen suchen?» «Das lügst du wie ein – Schelm, du Uflat! Wenn ich mannen will, so brauche ich Keinen suchen zu lassen. Streich dich, wo du hergekommen bist, sonst sieh, wie du wegkömmst! Es bravs Mönsch so ga z'verkünde!» «He, es wird doch wohl dih sy, oder sagt man dir nicht Mädi? Und heißest du nicht Magdalene Wettgern? Und wohnt hier nicht der Hansli Jowäger?» «Und heiße ich wie ich wolle, und wohne hier wer wolle, so geht es dich nichts an, und ih will nichts von dir und habe nichts mit dir, und streich dich! Hast es gehört?» «Das pressiert mir nicht halb so», sagte das Mannli, «und so vergebens sprengen lasse ich mich nicht. Du bist doch das Mönsch, wo gestern beim Xaveri Elixier geholt und mit dem Gaggelberger gegangen ist. Los ume, laugne nit! Und ich möchte jetzt wissen, ob wir des Handels könnten einig werden. Besser machst dus nicht mehr, los ume!»

Da begann Mädi zu heulen und zu schreien, welcher Unflat ihm doch wohl einen solchen Lärm mache; wenn es manne wolle, so brauche es den Gaggelberger nicht, aber vo dene Schnürflene hätte es sein Lebtag keinen mögen, und es leide das nicht. «Los ume, so gehe ich nicht da dänne; entweder wollen wir die Sache richtig machen, oder du mußt mich entschädnen; so mir nichts dir nichts will ich den Tag nicht verlaufen haben.»

Da fuhr Mädi wie eine Gluckhenne auf ihn ein und wollte mit ihren Zehn ihn überweisen. Das Mannli aber erschrak nicht, floh nicht, und einen Spektakel hätte es gegeben, an dem das ganze Dorf seine Freude gehabt, wenn nicht Hansli dazwischengetreten wäre. «Nit», sagte er, «ich wollte nicht so wüst tun, das trägt ja hell nichts ab, und die Leute könnten es hören. Komm da neben das Haus und sage, was du mit unserer Jumpfere willst.» Da sagte das Mannli, er sei der und der und hätte alles, was er nötig hätte, und mehr als genug, bis an eine Frau, welche ihm sehe zur Sache. «Gestern kömmt nun der Gaggelberger und bringt mir Bescheid, es sei hier eine, welcher das Dienen erleidet wäre und einen Mann möchte und ordlich Sachen hätte und Geld auch noch. Und weil sie ihm gleich zwanzig Batzen gegeben hat, so habe ich gedacht, es werde wohl etwas an der Sache sein, und ich habe wollen sehen, ob wir des Handels einig werden könnten.» «Du lügst!» schrie Mädi um die Ecke herum, «es ist alles erheyt und erloge, und ich will mein Lebtag mit keinem Mannenvolk zu tun haben, und ich will nüt und ha nüt mit dr, du Fötzel, du Hudelhund, du Gstabi! Gäb ih de e sellige Landstrycher wett, won en iedere Landjäger nimmt, wenn er ihm begegnet und öppis nutz ist, wett ih lieber de – »

«Eh», sagte Hansli, «wie redst! Du wirst wohl öppis brichtet ha, ungefähr lief dir der nicht nach.» «Was», schrie Mädi, «soll das jetzt mein Dank sein und mein Lohn, daß du es mit so einem Strolch und Landstreicher hältscht! O Herr Jemer, o Herr Jemer, uh, uh, uh – das der Dank, uh, uh, uh,» – und somit nahm es das Fürtuch über den Kopf, sah Sami nicht, der ihns spöttisch fragte: «Seh, Mädi, jetz wär endlich einer da, warum tust so wüst?», stolperte hinauf ins Gaden, legte sich aufs Bett, und laut und weit hörte man es droben heulen, schluchzen, stöhnen; es war, als ob es aufgeisten wollte. Und als Jakobli hinaufging, um es zu trösten, war es, als ob ein neues Elend es ergriffen; es schrie so schrecklich auf und zappelte mit Händ und Füßen, daß Jakobli erschrak und die Mutter hinaufschickte, um Mädi zu helfen. Es tue, als ob es das Herz aus dem Leibe sprengen wolle, sagte er.

Drunten war Hansli auch erschrocken und sagte zu dem Mannli: «Du hörst, es wird nichts sein; du wirst es nicht recht verstanden haben, oder es hat dich jemand gesprengt.» «Ohä», sagte das Mannli, «das Mönsch ist e Lugihung, wos dHut arüehrt, und was es gseit het, hets gseit, und für dKöste will ihs finde, wenn ih e sellige Brüllus scho nit möcht. Ich kriege Hunderte für eine. Wenn ich die Nase zur Tür aus strecke, so schmöckts, wie wenn dWelt e Spycher und dr Spycher voll Wyber wär und dWyber drin Manne möchte. Adie wohl!» «He», sagte Hansli, «chumm u iß mit is.» «Bhäb ume dys Fresse», sagte das Mannli, «ih überchumm es bessers am e andere Ort, und es soll mich auch nichts kosten.» «Eh», sagte Hansli, «ih wett nit ds Wüstest alles mache, und der Weibel ist mir mein Lebtag noch nie zum Hause gekommen.» «Ds erstmal ist einist», sagte das Mannli und schritt immer trotziger fürbas, je ängstlicher Hansli ihm nachkam. Als endlich Hansli zurückblieb, weil er nicht gewohnt war, so geschwind zu gehen, so stund auch das Mannli still, ließ die Unterhaltung nicht ausgehen, machte endlich den Handel für einen Taler aus. Er begehrte natürlich nicht vor den Richter, er war nicht der Mann, für den er sich ausgab; er besaß weder Haus noch Geld, er war nichts als ein alter, verlumpter Zimmermann, der jede Frau genommen, wenn er mit ihr zehn Kreuzer für einen Schoppen erwybet hätte.

Hansli gab den Taler gerne und sprach nie wieder davon; aber wenn vom Weibervolk die Rede war und ob diese oder jene noch heiraten werde, so schüttelte er den Kopf und sagte: Me chönn nüt wüsse.

Sami hatte an der Sache seine Schindersfreude; er wollte wissen, daß das Güegi ds Mädi nicht erst jetzt angekommen. Doch so dumm hätte er es nicht geglaubt, daß es dem ersten besten Halunken davon erzähle; aber wessen das Herz voll sei, dessen laufe das Maul über. Und es sei kurios, sagte er, sie sagten manchmal den fremdesten Leuten Sachen, die sie den Nächsten nie sagen würden; sie meinten nur, es käme ihnen nicht aus, und einmal möchten sie es doch sagen; sie meinten, es wohle ihnen, wenn sie es aus dem Herzen an die Luft lassen könnten. Die Weiber hätten es mit ihren Herzen gerade wie mit ihren Schäften. Wenigstens einmal im Jahr müßte gelüftet werden, was darin sei, sonst graue es ihnen und finge an zu nüchten. Es lächerte ihn eine ganze Woche lang, und in jedem Maulecken saß ein ganzer Kratten voll Spott, und wo er Mädi ansichtig wurde, stichelte er. Am Ende brauchte er nicht mehr zu sticheln; sobald Mädi nur seine Maulecken ansichtig wurde, so fing es an zu plären oder aufzubegehren oder davonzulaufen.

Anne Bäbi mochte zum Teil dem Mädi die Sache gönnen; warum wollte es so oft witziger sein als Anne Bäbi, und wenn Mädi künftig sich übermütig machen wolle, so wäre da etwas, womit man es dämpfen könnte, meinte Anne Bäbi. Aber ungern hatte es die Sache doch. Es dürfe den alten Narr nicht mehr vom Hause lassen, sonst stelle es etwas an, das man ungern haben müsse von wegen den Leuten. Vom Taler wußte Anne Bäbi nichts, sonst hätte es noch mehr Feuer gegeben.

Jakobli war der Einzige, der mit Mädi Mitleid hatte und mehr oder weniger an dessen Unschuld glaubte; denn es würde sich die Sache nicht so zu Herzen nehmen und nicht so leugnen, sagte er, wenn etwas daran wäre. Man sollte dem Mädi doch mehr glauben als so einem alten Hudel, von dem man nicht wisse, wer er sei und woher er komme. Dem Sami sagte er, er solle ihm Mädi ruhig lassen, es hintersinne sich sonst noch. Dieses war allerdings zu fürchten; denn je einförmiger sein Leben dahingeflossen, um so heftiger erschütterte die einfache Begebenheit sein Gemüt. Wie der Teufel kam ihm der Alte zwischen sein Bekenntnis, brachte ihm seine Herzensergießung aus und ihns in Verdacht, es hätte einen Mann suchen lassen, und wollte es doch eigentlich keinen als nur Jakobli, weil sie sich so gut zusammen schickten.

Allerdings hintersinnete es sich fast, daß seine frühern Worte seinen spätern Wünschen sich so grusam in den Weg gestellt. Oh, wenn es nur das nicht gesagt hätte, nur das nicht, tönte es fort und fort in seiner Seele; e unglücklichere Hung sei doch keiner in der Welt, und so sei es nie einem Menschen gegangen. Mädi wußte nicht, daß so vieler Menschen Vergangenheit nichts anders ist als die Scheidewand zwischen ihnen und ihrem Glücke, daß, was sie tun und sagen, immer vorfürkömmt und sich zwischen sie und ihre Wünsche stellt, daß ihre Worte und ihre Taten die Gespenster sind, welche sie verfolgen, ihre ärgsten Feinde, der Hemmschuh bei all ihrem Beginnen. Es sagte wenig und plärete viel, so daß selbst Anne Bäbi es tröstete und ihm sagte: Es solle doch nicht sövli dumm tun, man sage manchmal etwas, es sei einem nicht recht ernst, und das Mannli könnte auch gelogen haben. Es solle nichts mehr wahrnehmen lassen, dann würden es die Andern auch vergessen.

Unterdessen gab Anne Bäbi dem Jakobli brav Elixier, gäb wie er sich dagegen wehrte und es ihn allemal schüttelte, wenn er es einnehmen sollte, und als der eine Schoppen aus war, ward ein anderer geholt und noch einer, aber nicht durch Mädi. Warum man um so mehr absetzte, war, weil

Hansli hier und da etwas davon nahm und sagte, es mache ihm bsunderbar wohl, es ziehe styf durch. Und was dem Einen wohltue, das müsse auch dem Andern wohl machen, meinte man in Gutmütigen, und der Xaveri brichtete die Leute nicht anders. Er kümmerte sich nur darum, sein Elixier zu verkaufen, und nicht darum, wer es trank; gerade wie es Apotheker gibt, welchen an nichts mehr gelegen ist, als so viel Purganzen und Laxierkräuter zu verkaufen als möglich, einzeln und dutzendweise; habe sie ein Doktor verschrieben oder teile sie ein Krämer aus oder werde es ihrem Gutdünken überlassen, das kümmert sie e Tüfel viel. Lüschi (Geld) ist die Hauptingredienz, und wenn sie nur deren brav kriegen, so mögen an andern Ingredienzen Menschen krepieren, was geht das sie an! Warum haben sie die Sachen gefordert, genommen usw.! Es könne ein jeder zu sich selbst sehen, sie müßten auch zu sich sehen, von wegen es sehe sonst niemand zu ihnen. Und wenn ein jeder machen könne, was er wolle, so wollten sie Narren sein und nicht auch profitieren; man müsse sich wehren, wie man könne, ein Dutzend Menschen auf oder nieder, darauf komme es nicht an. Wenn es kein Krieg sei, so möge es schon etwas erleiden, man würde ja sonst einander Plätzen abmachen. Und wenn gelehrte Chemiker so reden, welche Macht und Kraft der verschiedenen Ingredienzen in den verschiedenen Körpern und auf die verschiedenen Zustände der Menschen kennen sollten, so ist Vieharzten und Nachrichtern erlaubt zu glauben, auch sie hätten das Recht, um Lüschi die Menschen zu vieharztnen und zu nachrichtern. Aber wer sollte ob Nachrichtern und Chemikern sein und mehr Verstand haben – wer? Hä?

Aber dem Jakobli tat es nicht gut. Abends machte es ihm Fieber und schreckliche Träume, morgens einen sturmen Kopf; es brannte ihn in den Augen, und es war ihm manchmal, als ob da ein Feuer angehen wollte, wo das Auge ihm fehlte. Es brannte ihn auch im Magen, und nie war er wöhler, als wenn die Mutter das Elixier vergaß oder er sich dessen erwehren konnte. Aber man glaubte ihm das lange nicht, weil es dem Hansli so wohl machte und weil Anne Bäbi im Kopf hatte, Jakobli müsse gesund werden, und dazu kein Mittel wußte als eben das Elixier. Wäre Mädi nicht gelähmt gewesen und in eine stille Traurigkeit versunken fast wie ein Baum, der in Blüte aufgehen wollte und über den in der Nacht der Reif kam, so hätte es Anne Bäbi vom Elixier abgesprengt und den Wasserdoktor oder das Wyben in Anregung gebracht. Jetzt tat es das aber nicht, sondern muckelte höchstens unverständliche Worte gegen das Elixier und brachte dem Jakobli alles Mögliche für seine Hühner und Tauben, und wenn er selbst nicht da war, fütterte es sie auf das treulichste, so daß sie ihns umflatterten und liebten dem Jakobli z'Trotz.

## ACHTES KAPITEL

### *Anne Bäbi bekömmt Einfälle und fährt zMärit*

Als aber Jakobli sich immer mehr klagte und wehrte, so ward es Anne Bäbi doch angst; es setzte vom Elixier ab und dachte erst ans Doktern auf andere Weise. Aber wie? Zum Doktor, der ihns so abgetrumpft, mochte es nicht gehen, andern kannte es keinen und meinte, es werde öppe einer sein wie der andere und keiner viel mehr wissen, und um nichts zu bekommen als schnöde Worte, brauche man zu keinem Doktor zu gehen, man könne die haben, wo man wolle. Endlich tauchte ihm das Wort der Wirtin wieder auf, welches ganz vergessen in seiner Seele lag. Mädis Weiberhändlergeschichte war wie ein Deckel über demselben gewesen.

Aber nur langsam tauchte es auf, und immer wieder legte sich ein Bedenken darüber als wie ein Deckel. Es sei doch noch die Frage, ob es helfe, dachte Anne Bäbi. Das Elixier sei auch nicht für alle Leute gut, wie es scheine, aber mit dem könne man hören, wenn es einem bös mache. Wenn man aber einmal gwybet hätte und es komme nicht gut, so syg gwybet gwybet und dann sei nichts mehr zu machen. Doch die Bedenklichkeit überwand Anne Bäbi, indem es sagte, es hätte noch nie gehört, daß einer am Wyben gestorben wäre, wenn er öppen e Freyni bekommen, aber sellige syge rar heutzutage. Anne Bäbi war überzeugt, es selbst sei eine Freyne, aber der Art, wie es sei, deren gebe es nicht mehr viele. Wenn es so eine wüßte, es besinnte sich nicht lange, dachte es.

Einmal, als sie alleine waren, sagte es zu Hansli: «Jakobli macht mir doch angst, was meinst, wär Wybe nit guet?» Daran hätte er nicht gesinnet, sagte Hansli, es düeche ihn, zehn Jahre könnte man noch warten, und wenn man zwanzig warten würde, so wäre Jakobli gerade so alt als er, wo er gewybet, und das, düeche ihn, sei nicht uschickig gewesen. Mi heyg de afe e rechte Vrstang vo dr Sach. «Es ist aber o nit en iedere son e Tröchni wie du», sagte Anne Bäbi. Und sobald Anne Bäbi dem Hansli einmal widersprochen hatte, so war es fertig, es mußte nach seinem Kopfe gehen. Es war, als ob der eigene Widerspruch wie ein Hammer die Sache einem Nagel gleich in den Kopf getrieben hätte.

Erst jetzt begann Anne Bäbi so recht ans Weiben für Jakobli zu sinnen, und in vertrauten Stunden mußte Hansli noch oft davon hören. Er sagte aber wenig mehr dazu. Denn als er noch einmal sagte, es düech ihn, es wäre emel einist Wybervolch gnue im Haus und eine mehr chönnt nur zviel sy, da frug ihn Anne Bäbi: «Hast du dich zu klagen, bin ich dir erleidet, soll ich öppe gehen?» Was sollte da Hansli sagen? Er sagte: «Ni, ni, aber mi ghört öppe mängs.» «Aber ein witziger Mann sagt nicht alles nach», antwortete Anne Bäbi, und seitdem schwieg Hansli. Aber Anne Bäbi sagte oft: «Eini meh chönnt ume zviel sy, het er gseit. Das wott mr fast ds Herz zrschryße, es wott mih töde! Mir selligs z'säge! Es düecht mih, ih möcht nimme drbysy. U wenn ih ume vr gwüß wüßt, wie ers gmeint het, ih lüf furt oder ih häychti mih, Gott vrzieh mr my Süng. Aber ih däych, der würd de wohl die drfür nachenäh, wo dSchuld dra wäre.» Indessen lagen ihm diese Worte mehr im Munde als im Herzen, störten ihren Frieden eigentlich nicht und hinderten ihns nicht, immer tiefer dem Wyben von Jakobli nachzusinnen.

Es ging viel mehr zur Kirche als sonst und machte, daß es allemal zuerst darin war; so sah es sie aufmarschieren, die Dorfschönen, eine nach der andern, und paßte wohl auf, wie eine jede tat, wie die einen die Hände rieben, andere so styf ränggeleten und noch andere handlich den Kopf herumwarfen wie das vornehmste Kutschenroß. Aber Anne Bäbi gefielen alle nicht, wie sie auch taten, ringgelten und ränggelten, und doch machte es so wenig Ansprüche. Auf Geld sah es aparti nicht, aber von der Gasse wollte es doch auch Keine. Einer Solchen könne man es am wenigsten treffen, sagte es, und kaum hätte man sie zweggfuhret, so sei ihr nichts mehr gut genug. Eine Hübsche wollte es, e verfluecht e Bravi, aber doch nit son e Gäuggel mit Lätsche hingerfür und Lätsche vorfer und emene Büschelimüli und zwegknüblets Kruselhaar uf dr Stirne. Son e schießige Giraff begehre es nicht, sagte es, sie seien sich an selligs Züg nit gwohnt. Öppen e Fürnehmi bigehr es nit, es begehre nicht, verachtet zu sein von einem Söhniswyb; und dann würde alles nicht schön genug sein, da müßten Umhäng zueche und Kachelgschirr vom Tüfel und vielleicht gar no es Ruehbettli; und wenn man das hätte, so dächte dr Narr vielleicht gar noch an ein Reitwägeli, es agstrichnigs, gelb oder blau. Aber doch so vo ganz gmeine Lüte und öppe, won e großi Kuppele King seien, begehre es Keine. Mit Sellige sei man verflümeret plaget; da sei alle Tage eins vor dr Türe und mangelte öppis, und wenn sie einist alle wybete und mannete, so könnte all Sonntag jemand zu Gevatter stehen, und ds selb sei zletsch doch noch köstlich, und hätte man doch hell nichts davon.

Wohl sagte es zuweilen von der Einen oder der Andern: «Die gefiele mir, wenn dMutter nicht mehr lebte; aber das ist e Zächi und machts no lang, und mit einem Söhniswyb will ich gut nachkommen, und es solls öppe nit bös haben bei uns, und was wir haben, soll es öppe auch haben, aber so mit einer alten Gränne vo Gegeschwiegere mag ich nichts zu tun haben. Von so einer, wo die Sache hell nichts angeht, könnte ich nichts annehmen, und wenn afe eine eine Tochter in einem Hause hat, so meint sie schon, sie hätte den Fuß im Hafen und hängt ds Maul in eine jedere Pfanne. Nein, wenn Jakobli eine nehmen soll, so muß ihre Alte unterem Boden sein oder weit da dännen, daß sie nit all Tag cha cho schmöcke, was es Neues gebe und wie manches Huhn Eier lege.»

So geschah es doch, obgleich Anne Bäbi so oft sagte, es sei ihm öppe fast eine jedere recht, daß es fand, es sei heutzutag bös, so sei es doch ehemal nicht gewesen; aber im ganzen Dorf sei kein einziges Meitschi, wo es öppe könnte sagen, es freute ihns, und zu seinen Zeiten seien ganze Kuppelen gewesen, wo man nicht gewußt hätte, welche man lieber wollte, und ds Wasser sei einem im Maul zusammengelaufen, wenn man sie nur von weitem gesehen. Es hätte eine afange e Bravi sein müssen und e Gueti, wenn sie hätte einen Mann bekommen wollen, von wege zselbist hätte man noch können auslesen. So begann Anne Bäbi von der Kirche abzusetzen und seine Augen weiter in der Runde gehen zu lassen; aber da es wenig Bekanntschaften hatte, so fand es sich auch nicht zurecht. Es hatte dem Jakobli eine schöne Bkleidig machen lassen und ging mit ihm zuweilen hier und dort in ein Bad; das tue ihm bsunderbar wohl, sagte es.

In diesen Bädern fanden sich wohl auch Mädchen, aber war es Tanzsonntag, so wirbelten die Leute untereinander und Anne Bäbi fand kein Mädchen, das mit einer alten Frau und einem halbkranken Burschen sich abgab. Waren es aber einsamere Tage, so stunden badende Mädchen Anne Bäbi schon Rede und berichteten, sie müßten heimpressieren, sie wüßten nicht, ob der Vater mit dem Wägeli ihnen entgegenkäme, von wegen sie hätten heute mehr als tausend Habergarben einzumachen. Aber die Mutter hätte gesagt, sie sollte nur gehen, die Jungfrauen möchten wohl kommen, wenn sie nur daheim sei, für die Schweine zu füttern, vo wege zwölf Säu zu füttern, wolle etwas sagen. Das gefiel Anne Bäbi gar wohl, nämlich die tausend Habergarben und die zwölf Säue, wenn alles nur so gewesen wäre. Aber dann war niemand da, bei dem es gründlichen Bericht hätte einziehen können, und den Wirtsleuten traute es nicht; wußte es doch nicht, waren sie dem Mädchen verwandt oder dessen Vater schuldig oder schalkhafte Leute, welche Freude an falschen Berichten hatten.

So war Anne Bäbi bös daran, aber die Not lehrt die Menschen sich helfen. Eine Frau kam alle Wochen ins Haus mit Kaffee, Seife und Zucker, und die war weit umher bekannt und kannte in vielen Dörfern jede Katze, also noch viel mehr jedes Mädchen. Wenn nun diese Frau im Hause ihre Geschäfte abgemacht hatte und vom Hause weg war, so ging Anne Bäbi ihr nach und hielt bald in freiem Felde, wo niemand hinter einer Wand sie behorchen konnte, oder im Bohnenplätz, wo sie niemand sah, lange Konferenzen mit ihr, deren Inhalt und Ergebnisse geheimer blieben als die mancher geheimen Räte.

Da geschah es, daß Anne Bäbi einmal sagte, es düechs, es möchte einmal zSolothurn zMärit; aber laufen möchte es nicht, die Beine täten ihm gleich weh, es möchte reiten. «Machs», sagte Hansli, «fürn e Schoppe läßt dich der Bote schon aufhocken.» «Das ist mir ume halb anständig», sagte Anne Bäbi. «Er läßt alles reiten, wer ihn darum frägt; bei allen Wirtshäusern kehrt er ein, und man weiß nie, wenn man heimkömmt. Es düecht mich, dMähre hätte wohl der Zeit, und dann könnte auch Jakobli mitkommen, er wäre schon lange gerne einmal in Solothurn gewesen.» «He, su nimm se», sagte Hansli. «Du mußt auch mitkommen», sagte Anne Bäbi, «mit dem Jakobli darf ich nicht fahren, dMähre hät dr Gring gar meineidig uf, wenn sie ds Gschirr ahet.» «Dr Sami kömmt gerne mit», sagte Hansli. «Ich begehre den Sami nicht», sagte Anne Bäbi, «er fahrt gar unerchannt, und wenn er dazu kömmt, so ist er e unerchannte Hung und mi cha ihm nit z'trinke gnue gä.»

Darauf hatte Hansli nichts zu antworten, und sein Mitgehen war eine ausgemachte Sache, aber er ging ungerne. Ebenso ungern ging Jakobli; es war ihm allemal zuwider, wenn er unter viel Leute mußte, weil sie ihn dann so ansahen und allerlei von ihm sagten. Mädi ward überhaupt allemal wirbelsinnig, wenn Anne Bäbi mit Jakobli fortging, und nun gar an einen Märit, das wollte es fast zerreißen, und es schoß herum wie eine gejagte Surrfliege. Und während Mädi in der Küche polterte, rumorte Sami im Stall. Er sollte die Mähre zwegmachen und hatte nichts davon, und weil sie aufs Gstellwägeli keinen Sitzbank hatten, so mußte er noch einen entlehnen gehen, und unter dem unangestrichenen Ungeheuer, welches er daherbrachte und das in beiden Ecken zwei ungeheure Ohren hatte, erlag er fast. Das machte ihn noch unwirscher, und er verfluchte sich, er wollte ein Narr sein, die Mähre zu striegeln, das tue es dem Stallknecht wohl; er wüßte nicht, warum der sein Trinkgeld nicht verdienen sollte, er müßte sein Löhnchen auch verdienen, und das Wägeli salbe er nicht; wenn dFrau ihres Nest uf eme Wägeli obe ha well, so könne sie es seinethalben selbst salben. Da könnte man das ganze Jahr genug werchen, und wenn es einmal ausgeritten sein müsse, so könne man daheim hocke und dSach alleine machen. Aber er sei kein Narr und wolle nicht immer so dabeisein. Anne Bäbi ließ sich durch alle diese Gesichter und verblümten Reden nicht anfechten; wenn es eine Sache recht im Kopfe hatte, so hatte es für keine andere mehr Sinn und bekümmerte sich um keinen Menschen mehr.

Am Dienstagmorgen, als der Märittag angebrochen, erfuhr Anne Bäbi doch, was es heiße, gegen die vereinten Kräfte einer ganzen Haushaltung anzukämpfen. Niemand verrührte willig und ungeheißen die Finger. Es mußte sämtliche Sonntagskleider zweglegen, mußte Hansli und Jakobli die Strümpfe kehren, die Halstücher umbinden, jedem ein Nastuch in die Tasche stoßen, sich selber zwegmachen, Garn rüsten, denn so ganz z'leerem wollte es doch nicht zMärit reiten. So schwitzte es von Tages Anbruch an, und als es endlich zMorge essen wollte, so war nichts zweg, und als es den Schaden umsah, waren noch keine Schuhe gesalbet, die Mähre nicht geschirrt, der Wägelisitz nicht aufgebunden, an Salben und Striegeln dachte nur niemand. Wohl, da fuhr Anne Bäbi zweg, allein es half nicht viel, und wenn nicht Jakobli aus Erbarmen wegen der Mutter zu den Schuhen und Hansli aus Furcht vor der Frau zur Mähre gesehen hätte, sie hätten wahrscheinlich barfuß nach Solothurn wandern müssen. Sami ließ die Mähre alleine stehen, als eingeschirrt war, und die marschierte alles satt samt dem Wägeli mitten in einen Kleeacker, und Mädi brachte Anne Bäbi das Körbli mit Garn nicht nach, so daß es noch einmal absteigen und dasselbe eigenhändig holen mußte.

Endlich war alles richtig, man konnte vom Lande stoßen, das heißt aus dem Klee heraus. Anne Bäbi und Jakobli saßen auf dem Sitz, Hansli aber stund hinter demselben; er könnte dä Weg die Mähre besser halten, wenn sie etwa entrinnen wollte, meinte Anne Bäbi. Langsam bewegte sich das ungesalbte Wägeli auf der Straße, ringsum voll Kot und Klee, alten und neuen, und wenn die Mähre, reichlich mit Stroh und Heublümt versehen in Kammhaar und Stiel, zuweilen in einen schwerfälligen Trott verfiel, daß der weite Kommet auf ihrem Halse grimmig hin und her zottelte, schrie Anne Bäbi alsobald auf: «Herr Jemer, Herr Jemer, häb, häb, lue doch, sie wott gah!»

Hatte dann Anne Bäbi sich von seinem Schreck erholt, so begann es aufzubegehren über Mädi und Sami. So könne man es nicht länger gehen lassen; zletzt sei man gar nicht mehr Meister, und sie jagten einem noch zum Hause hinaus. Wenn man afange nicht mehr zMärit dürfte, das wäre ihm afe. Aber je besser man gegen die Diensten sei, desto wüster würden sie. Diese Klagen wurden unterbrochen durch manch freundlichen Zuruf Vorübereilender: «Weyt dr o zMärit? Dr syt spät!» Die Mähre hatte einen etwas gemächlichen Schritt, wenn aber ein Märitgänger rasch an ihr vorübereilte, so schämte sie sich und wollte trottend ihm nachzotteln, dann aber ertönte wieder: «Herr Jemer, häb, häb doch, häb!»

Nach und nach näherte sich der blaue Berg. Es glaube einmal, er sei seit gestern Abend emel ums Halbe gewachsen, sagte Anne Bäbi. Es hätte ihn nächti noch guetdings gschauet und gluegt, wo der Weißenstein sei, und denkt, gerade untenher sei Solothurn, und da sei er ume kline gsi, so wien es bravs Hus, aber de es längs, und jetzt gang er fast bis a Himmel ueche und seien so viel Wälder darauf und Weide, und es glaube, Land auch noch; es würde niemand es sinnen, wenn man es nicht selbst sehen könnte. «Sieh dort die neue Kirche», rief es bald darauf, «und dä guldig Knopf! Man könne ganz dazu hinauf, sagen die Leute, und da sehe man die ganze Stadt darin und de sich selber noch, es grus eim fast.» «Es mueß doch de nit sy», sagte Hansli, «daß dSolothurner kei Geld hey, wenn sie so guldig Knöpf auf den Kirchtürmen haben, einmal bei uns vermöchte man das nicht.» «Du Göhl», sagte Anne Bäbi, «ebe deswege haben sie keines mehr in den Säcken, weil sie es auf den Türmen zoberst obe hey.»

«Lue, was ist dort für es großes Wasser?» sagte Jakobli, «wir müssen doch nicht drdür düre, ich dürfte wäger nicht.» «Du Tröpfli», sagte Anne Bäbi, «das ist ume dAare und ist ume Wasser drinne wie im e angere Bach, o ume öppis meh, und de ist e großi und e breiti Brügg drüber. Häb ume nit Kummer, drdür düre möcht ih selber o nit. Aber mr cha drüber übere, mi merkts ume fast nit, daß me uf em Wasser ist. Aber Herr Jemer, wie chunt ein dert nachezsprenge! Hansli, gang ab und häb dMähre, sust wott si o nache!» Hans ging ab und hielt sie, und als er wieder aufsteigen wollte, sagte Anne Bäbi: «Es wäre besser, du führtest dMähre, wenn es dir nichts macht. DMähre het no kes Tor gseh u mi weiß nit, wie si tuet, we si drdür soll, und de steyht grad änenache gwöhnlich e Soldat mit eme Gwehr u het Schwebelhölzli feil und Vogelkräzi, und da chönnt dMähre erschüche ob dem, will si no kene gseh het.» Hansli gehorchte willig, nahm die Mähre beim Zaum, hatte die

Geisel in der andern Hand und arbeitete sich glücklich durch das Gedränge und durch das Tor, ohne daß die Mähre den Soldat jenseits auch nur eines Blickes gewürdigt hätte, was der fast ungern hatte.

Als sie drinnen waren, frug Hansli, wo er einstellen solle. Es wisse das wäger nit, sagte Anne Bäbi. Es hätte neue von einer Pinte auf dem Säumärit gehört, aber es wisse nicht, ob man dorthin dRoß auch mitnehmen könne. Es däich fast, nit. Aber es hätte gehört, beim Adler seien die Wirtsleute Berner, es däich fast, sie wollten dort einstellen. Es schüche neue die Kartholische und man wisse nie, was die so mit einem armen Roß anfangen könnten. So ein Mensch könne öppe zu ihm selber luege, aber son es arms Tierli könne es niemand sagen, was man mit ihm angefangen habe. Und doch, es müsse es aufrichtig sagen, es müsse sich allemal zwängen, wenn es etwas Kartholisches essen solle, es düechs, es hätte neue nit e Chust wie angeres, sondern ganz e apartigi; nit e räukeligi, nit e brännteligi, nit e gräueligi, aber ganz e kartholischi. Es sei doch kurios, daß so nahe beieinander es alles so anders sei, sogar dChust; es müeß neue e kurioses Wese sy mit dem Kartholische, es chönn sih neue nüt druf vrstah.

Dieses Gespräch führte Anne Bäbi, während man nur langsam über den Roßmarkt durchs zweite Tor bis zum Adler fahren konnte. Dort hielten sie und stellten ein, und Hansli trug der Mähre einen großen Sack nach, worin er Futter für sie hatte, mehr als ein Kamel durch die große Wüste Sahara nötig gehabt hätte. Aber Hansli war der Meinung, daß wenn die Mähre so manche Stunde laufen, sogar manchmal springen müsse, so müßte sie auch verhältnismäßig mehr fressen als sonst. Ob aber die gute Mähre alles bekommen, ist unbekannt geblieben; aber Hansli traute nicht recht, denn der Stallknecht schien im der Sprache an ein Kartholischer. Der gute Hansli wußte nicht, daß reformierte und kartholische Stallknechte von wegen dem Haber akkurat die gleiche Religion haben. Jenseits der Brücke, wo sie sorgfältig in der Mitte gingen, teilten sie sich. Hansli mußte mit dem Garn auf den Garnmärit gehen. Anne Bäbi sagte, es müsse allerlei einkaufen in Betängs Laden. Wann sie Beide fertig seien, so wollten sie in der Pinte auf dem Säumärit zusammentreffen. Hansli brauche nicht zu pressieren, sagte Anne Bäbi, und wann er sein Garn bald verkauft habe, so solle er erst nach der Mähre sehen.

## NEUNTES KAPITEL

### *Wie man grusam suchen kann und ungsinnet finden*

Es ist eng von der Brücke weg bis zu Betängs Laden, und Anne Bäbi hatte viel zu betrachten unwillkürlich, obgleich sein Herz ihns vorwärts drängte. Jakobli hatte viel zu leiden von den müßigen Leuten, welche ums Gaffens willen gekommen waren. «Lue dert dä», sagte einer, «dr lieb Gott wird ne für es Chrutblatt agseh ha und ne ha la vrhagle.» «Lue dert dä», sagte ein Anderer, «wenn Wüstsein weh täte, der brüllete den ganzen Tag graduse.» Und Jakobli war doch eigentlich so wüst nicht, aber Blatternarben fallen jetzt weit unangenehmer in die Augen als früher; sein fehlend Auge fiel um so mehr auf, weil das andere recht schön und blau ihm im Gesichte stand. Daneben war Jakobli recht brav gewachsen und hätte für einen tollen Burschen gelten können, wenn er etwas breiter in Brust und Schultern gewesen wäre.

Anne Bäbi achtete sich wenig darauf, aber mehr als einmal sagte es: «Wenn Sami und Mädi nicht so wüst getan hätten, da könnte man ihnen jetzt einen Kram auslesen.» Und endlich konnte es dem Gelüsten des Kramens nicht widerstehen, kaufte dem Sami ein Halstuch, dem Mädi einen Korsettplätz. Mi chönn nes spare, sagte es, bis sie öppe wieder watlig täten.

In Betängs Laden machte es große Einkäufe: ein halb Pfund Kaffee, ein Vierling Zucker und für einen Batzen Kuchipulver, und als es bezahlt hatte, fragte es, ob nicht eine Frau dagewesen sei mit einem Schienenkörbchen und nach ihnen gefragt hätte. Die sei den Augenblick hier fort und die Bielstraße auf gegangen, aber gefraget hätte sie nach niemanden. Anne Bäbi packte rasch seine Herrlichkeiten in seine weiten Kittelsäcke, wo nötigenfalls in jedem eine Maß Wein und eine fünfbatzige Züpfe Platz gehabt hätte, und schoß um die Ecke der Bielerstraße zu; aber keine Frau mit einem Schienenkörbchen, kein Maurer Vreni war zu sehen.

He nu, es werde in die Pinte auf dem Säumärit gegangen sein, sie seien wohl spät, dachte Anne Bäbi und bog links ein. Schwer arbeitete es sich durch die Schweine. Von einem Färech, in welchem zehn schwarzgefleckte, langgestreckte, schwarzgeringelte Ferkel von einer Burde waren, konnte es sich nur losreißen wie eine Hochzeiterin aus einem Dornhag, wie eine Schneidersmutter von ihrem einzigen Jungen, der auf Reisen geht. In der Pinte war ein bedenkliches Gedränge. Wer auf dem Schweinemarkt ein trockenes Maul bekommen hatte, und das begegnete Vielen, denn erstlich ist es dort heiß, und zweitens wird auf demselben mehr geredet als auf einem andern Markte (wenn ein Weib und ein Säuhändler recht aneinanderwachsen, so hätte ein Jude oder ein Welsch noch viel dabei zu lernen), war froh um einen kühlen Schluck aus gutem Keller.

Anne Bäbi rückte langsam und vorsichtig hinein, Jakobli an der Hand, wie ein Feldherr in einen Talgrund, in den er sich lagern will. Das Maurer Vreni sah es nirgends, aber an einem Tische eine muntere Bernerfrau mit einer noch munterern Tochter und gegenüber einen leeren Platz. Da fuhr es mit dem Jakobli an der Hand durch die Leute wie ein Widder durch einen Bohnenplätz und pflanzte sich jenen gegenüber auf. Dann nahm es seinen Lumpen, wischte sich die triefende Stirne ab, reichte ihn Jakobli dar und sagte «Wottsch o?» und sagte einer gleitigen Solothurner Kellnerin, die fragen kam, womit sie aufwarten könne: «Eh, bring afe e halbe Schoppe; mi cha de gäng no meh bifehle, we me no meh mangelt. Es macht heiß», sagte Anne Bäbi über den Tisch hinüber. «Ho ja», sagte die Frau hinter dem Tisch, «wer ume het müeße laufe, wird gnueg übercho ha; mir sy gritte, u do hets nit sövli gmacht.» «Ho, was selb ist, mir sy o gritte», sagte Anne Bäbi, nahm einen Schluck aus dem halben Schoppen, reichte ihn dann Jakobli und fragte die Kellnerin, ob ds Murer Vreni nicht dagewesen sei. Die Kellnerin wußte nichts von ihm.

«Das ist mr doch es Züg», sagte Anne Bäbi, «lue doch a dyr Sackuhr, was hey mr für Zyt, Jakobli?» «Es ist halb zwölf, Mutter», sagte derselbe. «Nein, in zehn Minuten zwölf», sagte die Tochter und hielt lange die Uhr in der Hand, damit man sehen könne, daß sie recht habe. «Ho», sagte Anne Bäbi, «du wirst e alti Uhr ha, und die laufe geng vor; aber es ist allweg spät, und ih weiß nit, wo das Vreni bleibt, es ist sonst so exakt. Aber du wirst dZyberlibüri sy?» frug es die Frau. «Nit, daß ich wüßte», sagte die Andere. Ob denn Keine so dagewesen wäre, frug Anne Bäbi. Sie wüßte es nicht, sagte die Andere, sie kenn ke selligi, und so gwunderig sei sie nicht, daß sie alle nach dem Namen frage. Das sei ihm ein schießigs Zeug, klagte Anne Bäbi, es wisse nicht, was machen; oder ob es ächt am lätzen

Orte sei, ob etwa noch eine Pinte auf dem Säumärit sei oder noch e angere Wirt da ume.

Ho, sie wisse es aparti nicht, sagte die Andere; aber es seien so viel Stübli und Pinten zringsedum, fast im e jedere Hus, und si wüß nit, wie me ere jedere säg, «und de nebezueche ist no dr Hirze». «Bist du de nit dZyberlibüri und das dys Meitschi?» «Nei wäger nit», sagte die Andere, «mein Mann ist Ratsherr, und wer weiß, was er noch wird; Gmeinschryber ist er scho, und zBern ist er grusam ästimiert, wenn er allbets ychechunt, es lueg alles uf ne. Sie hey scho mängist gseit, wenn einist die abgange, wo jetz an der Regierig syge, so müeß er zueche, es schickte sich für kene bas als für ihn, er chönn alls und vrstang alls; us de Zytige chönn er längs Stück brichte, und im Große Rat stang kene uf, dem er zObe bim Storche oder bim Sterne nit chönn der Plätz mache.»

«Was frage ih dem nah», sagte Anne Bäbi, «wenn ih ume wüßt, wo ds Murer Vreni wär, syg de dy Ma Ratsherr oder nit. Wenn my Hansli wett, er chönnts o werde; aber öppis Narrs eso fragt er nüt nah, er het Witzigers z'tue. Bhüet ech Gott und lebit wohl», sagte Anne Bäbi und zog dem Jakobli voran zur Türe aus die Treppe ab und achtete sich der Reden nicht, die hinter ihm dreinkamen, zog von Stübli zu Stübli, von Pinte zu Pinte, vom Hirzen zur Lilien, und nirgends fand es das Murer Vreni und nirgends die Zyberlibüri, und den Hansli vergaß es ganz und gar.

Anne Bäbi begann zu glauben, es sei verhexet, und als es nach langem Kreislauf in die Pinte auf dem Säumärit wiederkam und vernahm, daß alle dagewesen, das Murer Vreni und die Zyberlibäurin und Hansli, sein Mann, da glaubte es es ganz und gar und sagte, zSolothurn sehe man es nicht so bald wieder. Die Donners Kapuziner hätten ihm das angerichtet, die Ketzere seien schalus, daß es ihnen noch nichts zu verdienen gegeben. Aber zu denen hätte es keinen Glauben; wenn sie mehr könnten als andere Leute, so wüßte es nicht, warum sie nicht auch etwas gegen die Flöhe könnten, sie täten sie ja fast fressen, bsunderbar im Augsten. Ärgerlich und bekümmert ging es zum Adler zurück zmitts über die Brücke und sagte dem Jakobli: Er solle sich nur nicht fürchten und gut zmitts gehen und nicht links, nicht rechts sehen, so mache es am mingsten; man hätte kein Beispiel, daß wenn einer zmitts geblieben, er drüberaus gefallen sei. Beim Adler fanden sie keinen Hansli, und niemand wußte etwas von ihm, nicht einmal der Stallknecht. Es wartete lange vor dem Hause in großen Ängsten. Wenn er schon alt genug wäre, um zun ihm selber z'luege, so wüß me doch nie, was es öppe gä chönn, bsungerbar am ene Märit.

Zum Kummer kam der Hunger. Öppis Warms nähms doch afe, sagte es. Aber es hätte gemeint, es wolle dem Hansli warten; es gehe miteinander und kost öppis minger, als wenn es jedes öppis Apartigs hätte. Für zwei Batzen Suppe wäre für ihrer Drei hinreichend, und wenn sie hineingingen, so finde Hansli sie aber nicht und es wisse kein Mensch, wann sie wieder zusammenkämen. Indessen die Sonne brannte, der Hunger stach, und beide trieben Anne Bäbi doch hinein, nachdem es dem Stallknecht grusam befohlen hatte, auf den Hansli zu luegen, er hätte eine weißlochtige Kutten an, eine weiße Kappe auf und Ringge uf de Schuehne und Knöpf unten an den Hosen. Sie aßen und tranken langsam, und Anne Bäbi balgete halblaut in einem fort bald über die Suppe, die zu dünn war, bald über das Fleisch, das zu hart war, bald über die kartholischi Chust, wo alles heyg, wes scho Bernerlüt syge hier, bald über Hansli, der nicht kam, oder über Maurer Vreni, das sich nicht sehen ließ; und Jakoblis Uhr zeigte bereits gegen vier, und noch saßen sie alleine. Da sagte ds Anne Bäbi, es halte es sy Seel nicht mehr aus, etwas müsse gehen. Sie wollten Hansli suchen, aber Jakobli sollte doch erst sehen, was dMähre mache; es wolle afange da füre auf die Brücke und luege, gäb Hansli nicht komme.

Jakobli mußte in den dunklen Ställen lange nach der Mähre suchen; endlich fand er sie in einer hintersten Ecke, und sie hatte auch Freude, als sie ihn sah, und rüchelete gar zärtlich. Da ging Jakobli zu ihr, um sie zu tätschlen und zu sehen, ob sie noch etwas in der Krippe hätte. Aber ehe er dort war, stolperte er über etwas, und als er darnach griff, kam ihm ein Bein in die Hand; als er noch näher untersuchte, fand er ein zweites, und endlich tauchte von einer Strohburde neben der Wand empor eine ganze Gestalt, und die Gestalt war Hansli, und Jakobli mußte fry einen Gux auslassen vor Freuden, als er den Vater wieder sah, um den er wirklich eine viel größere Angst ausgestanden hatte, als er es sich hatte merken lassen. Sie wollten gerne fort, sagte Jakobli, und heim, ehe die Straße voll voller Leute wäre. He, sagte Hansli, dMähre werde gefressen haben, er wolle sie tränken und anspannen.

Jakobli lief, der Mutter des Vaters Wiederfinden zu verkünden, aber auf der ganzen Brücke war kein Anne Bäbi. Der Jakobli sah rechts, sah links, aber kein Anne Bäbi war rechts, war links; ihm ward seelenangst, er wußte nicht, was er denken sollte: war die Mutter ins Wasser gefallen, gestohlen worden, selbst fortgelaufen? Er frug hin und her, ob niemand sein Müetti gesehen, aber die Leute lachten ihn aus; die Einen frugen ihn, ob er saugen wolle, und Andere, ob sein Müetti aparti zeichnet sei, ob es Hörner hätte. Er wußte nicht, sollte er zum Vater laufen oder in die Pinte auf dem Säumärit, er hätte fast zu weinen angefangen. Endlich sah er sein Müetti beim Hirzen um die Ecke kommen, und da wars ihm, als komme ein Engel vom Himmel, und mehr wohlete es der Hagar sicher nicht, als ein Engel ihr zu Wasser half, als es Jakobli wohlete, da er sein Müetterli wieder sah.

Wer etwas ängstlichen Gemüts ist, der weiß es, wie es einem so wohltätig durch die Seele fährt, wenn, nachdem man lange gewartet, innig sich gesehnt, die Hoffnung aufgegeben und wieder aufgenommen, hundert Möglichkeiten erwogen und wieder verworfen, die erseufzte Gestalt vor den Augen auftaucht, wie alles Bangen auf einmal untergeht, ein Genügen sich Platz macht, das Glück des Beisammenseins sonder Kluft und Hemmung aufgeht. Ein Vorwurf, der im Herzen verklingt, ehe er im Munde ist, ein vergnüglich Horchen auf die Antwort, die Begebnisse des zu spät Kommenden leiten über das Wiederfinden in das erwartete Glück hinein. «Aber Müetti, Müetti, wo läufst du doch herum und wolltest ja auf der Brücke warten?» sagte Jakobli. «He, du kamst so lange nicht, da dachte ich, der Säumärit sei nur da oben und vielleicht sei Hansli dort. Er ist son e Gstabelige, wenn er einmal an einem Orte ist, so kann er nicht mehr fort. Aber er war nicht dort; wenn ich nur ums Himmelswillen wüßte, wo dä Gstabi ist.»

«Mutter, ich habe ihn gefunden», sagte Jakobli, «im Stall neben dr Mähre het er gschlafe. Er het eine Burde Stroh in die Ecke gelegt, und weil er uns nicht gefunden, ist er dorthin ghocket und entschlafen, und fast gar bin ich über ihn gestürchelt, und als ich den Schaden umsah, ist der Ätti da.» «Dä Donnstigs Schnürfli, was brucht dä ga z'schlafe am ene Märit! Es düecht mih doch, dä chönnt daheim gnue schlafe.» «Er hat nicht schlafen wollen», sagte Jakobli, «nur ein wenig abhocke, und jetzt spannet er an und wir können fort.» «He nu so de», sagte Anne Bäbi, «es ist mir anständig, daß wir fortkommen; aber nadisch e Gnietige ist er, dr Ätti, mi sött geng uf ihn luege wie uf enes King.»

Innerlich wohlete es doch Anne Bäbi unendlich, aber sein Mund räsonierte fort, bis sie beim Adler waren. Es habens halt viele Weiber so; je wöhler ihnen etwas tut, desto mehr kifeln sie dabei, nur um nicht den Namen zu haben, als hätten sie Früheres vergessen, vergeben, als seien sie so recht zufrieden. Sie sind halt ans Verleugnen so gewöhnt, daß manche am hässigsten tun, wenn es ihnen im Herzen vor Freuden am lustigsten gramselt. So kifelte Anne Bäbi fort bis zum Adler, und immer heißer ward die Suppe, welche es dem Hansli anrichten wollte; aber vor dem Adler war kein Hansli mehr, war ihr Wägeli nicht mehr, und keine Mähre war mehr im Stalle.

Da vergaß Anne Bäbi das Kifeln, und große Angst um alle Drei, um das Wägeli, um Hansli, um die Mähre faßte sein Herz, und hierhin und dorthin lief es und alle Leute fragte es, ob sie keine Mähre gesehen hätten an einem Wägeli und auf demselben ihren Mann. Es sei mancher Mann auf einem Wägeli da durchgefahren, hieß es, aber ob das Roß eine Mähre gewesen, hätten sie sich nicht geachtet, und die Mehrsten hätten Weibervolk bei sich gehabt. Da faßte erst rechte Angst Anne Bäbis Herz. Es sei doch keinem Donnstig z'trauen, gäb wie er ein Gstabi sei, brummte es und stürmte um so ängstlicher auf dem Platz herum, riskierte, von Menschen oder Vieh zertreten zu werden, bis ihm endlich ein Stallknecht sagte, es solle doch machen, daß es einem unter den Füßen wegkäme, es sehe ja, daß keine Mähre und kein Hansli mehr da sei.

Das fand endlich Anne Bäbi selbst am besten, aber sie kämen ihm nicht mehr nach, sagte Anne Bäbi. Wenn er einmal angefangen hätte, wüst zu tun, so sei er ein Utüfel gsi. Er werde einen genommen haben und sich nicht mehr besinnen, daß noch jemand bei ihm sei. Aber dem wolle es, wenn es wieder zu ihm komme. So schoß es durchs Tor und Jakobli hintendrein, durch die Vorstadt, und kein Hansli war zu sehen, durchs zweite Tor über die Brücke, und weithin kein Hansli mehr. Aber dort war ein Wägeli und an demselben auch eine Mähre, und beide waren akkurat wie ihre Mähre und ihr Wägeli, aber kein Hansli war dabei. Sie gschaueten beide wohl, und die Mähre kannte den Jakobli wieder und rieb ihm ihren Kopf am Leibe herum. «Es ist uf my armi üsi Rustig», sagte Anne Bäbi, «aber Herr Jemer, Herr Jemer, wo ist er? Son es Roß alleini z'la, u no drzue, wo alles kartholisch ist, wo es en iedere stehle könnte; er mueß sturme a dr Lebere sy und o gar nit meh wüsse, was er macht. Der ist beim Schieß vorausgelaufen, weil er gedacht hat, der Sami füttere ihm die Kühe nicht recht, und wird gedacht haben, er wolle uns das Wägeli dalassen, wir würden es schon finden. Wir wollen geschwind nach, weit kann er noch nicht sein.»

Gesagt, getan, Jakobli mußte mit, gäb wie er einwendete, er glaub nicht, daß dr Ätti voraus sei. Anne Bäbi nahm selbst das Leitseil und sagte: «Hü du!» Langsam ging der Zug vorwärts; erstlich pressierte Anne Bäbi nicht, zweitens pressierte die Mähre nicht, und drittens ging es bergauf, und alle Augenblicke stund Jakobli auf und sagte: «Ih gseh ne no nüt, und ih glaube nit, daß er voraus wäre ohne uns.» Sie waren bald oben; da stand die Mähre still, stellte die Beine auseinander und machte es sich behaglich, und Anne Bäbi sagte: «Hättest nit chönne warte bis daheime, du Uflat, und machst noch drzue e ganze Steinkratte voll.»

Unterdessen stand Jakobli wieder auf und sah um sich und rief plötzlich: «Dr Ätti, dr Ätti!» Und richtig, weit hintenher kam der Ätti, und weit um ihn flatterten ihm die Hosen, und ganze Wolken Staub sprengte er auf mit seinen Schuhen, so hatte den Hansli noch niemand laufen sehen. Man glaubt nicht, wie es Anne Bäbi wohlete, als es ihn endlich wieder sah nach so manchen Stunden und so bangem Suchen, aber es griff ihn doch an mit scharfer Rede: «Wo zum Tüfel gheyst du desume?» «Öppe viel gmacht ist es nicht», sagte Hansli, «z'fahre und mih dahinger la.» «He», sagte Anne Bäbi, «es ist niemere zSinn cho, daß du noch hingernache seiest; wir glaubten, du seiest voraus.» «Öppis Dumms eso», sagte Hansli. «He, sövli dumm ist das nit, als ds Wägeli im Stich zu lassen und wieder i dStadt z'laufe, wod erst usegfahre bist, es weiß ke blüetige Mensch warum und mit wem.» «He», sagte Hansli, «warum? Sie wollten mich vor dem Adler nicht dulden; ich sei allen im Weg, sagten sie, und hier fuhr mir einer ans Wägeli und dort einer, ich war nirgends sicher. Da fuhr ich in die Vorstadt, und dort ging es mir auch so, und da fuhr ich bis hieher, und da sah ich, daß ich keine Geisel hatte, und da lief ich zurück, sie zu suchen, und dachte, ich könnte zugleich euch sagen, daß ich da außen sei. Und habe lange euch auf der Brücke gesucht; aber so gehts, wenn man geng am ene angere Ort ist, als me gseit het.»

«He», sagte Anne Bäbi, «wo sind wir anders gewesen, als daß wir dich gesucht? Und warum bist du immer gewesen, wo wir nicht waren?» He, sagte Hansli, er sei nirgends anders gewesen, als wo man ihm gesagt habe, daß er sein solle; aber wenn er gekommen sei, so sei niemand mehr dagewesen. «Wer hätte immer den ganzen Tag auf dich warten können?» sagte Anne Bäbi, «mehr als eine Stunde haben wir in der Pinte auf dem Säumärit gewartet, und du kamest nicht.» «Was kann ich dafür?» sagte Hansli. «Lange wollte mir niemand auf mein Garn bieten; es sei verdreht, sagten alle.» «Das ist eine vrfluchte Lugi», rief Anne Bäbi, «das habe ich ja selbst gesponnen!» «He nu», sagte Hansli, «so hey si emel gseit.» «Ke Strange tue ih meh zSolothurn uf e Märit», rief Anne Bäbi, «ich will nes reise, dene Kartholische!

Jawolle, mys Garn vrdreht! Si wäre froh, wenn im ganze Biet eini spinne könnte wie ich, die Ketzere!»

«He nu», sagte Hansli, «sie sagten es mir einmal so. Wo ich es endlich verkauft hatte, konnte ich längs Stück den Säumärit nicht finden; ih ha möge gah, wo ih welle ha, su sy Säu gsi; es het mih düecht, die ganze Stadt syg voll Säu. Du han ih endlich e Frau gseh, und es het mih düecht, die meins guet, und die han ih du gfraget, und die het mih du greiset, aber da ist niemere meh dagsy; und als ich nach dir gefraget, sagte man mir, es sei eine dagewesen mit einem halbblinden Bub, die immer nach dem Maurer Vreni und nach der Zyberlibüri gefragt heyg, aber die sei längstens fort. Da bin ich zur Mähre gegangen; umelaufe, dachte ich, trage nichts ab, und auf der Gasse stehn habe ich auch nicht mögen.»

«Aber schlafen hättest du nicht sollen, das ist schuld daran, daß wir uns so versäumt haben. Meiner Lebtag gehe ich nicht mehr nach Solothurn. Nichts als Verdruß habe ich gehabt, und die Beine wollen mir abfallen vom Umherlaufen; und dann Steine haben sie in den Straßen, sie sollten sich schämen ins blütige Herz hinein, und dann sind wiederum Löcher, wenn man in eins fiele, mi hätt fast e ganze Tag, bis me wider fürechäm. Und daß wir die Zyberlibüri nicht angetroffen, das macht mich ganz lätz. Was wird die denken!»

Nun hielt Anne Bäbi inne und erwartete die Frage, was die Zyberlibüri ihns angehe, denn nicht einmal ihr Name war bis dahin in ihrem Hause bekannt gewesen. Da Hansli kein Wort antwortete, so sah Anne Bäbi hinter sich und erschrak ganz schrecklich, als Hansli ganz weiß war und sagte, es werde ihm neue wunderlich, wenn er ume ein wenig Wasser hätte. Im Solothurnerbiet ist man um solches selten lange verlegen, und Hansli erholte sich bald wieder. Er werde neuis Vrflümerts gegessen haben, sagte Anne Bäbi; er nehme doch dann alles, was zum Maul ein möge, und an fremden Orten könne man sich nicht genug in acht nehmen, bsunderbar zSolothurn. Er hätte seit heute morgen noch gar nichts gehabt, sagte Hansli. «Aber Herr Jemer, du einfalte Tropf, warum gehst du nicht und nimmst etwas?» sagte Anne Bäbi, «es ist nichts so Ungsüngs als son e leere Mage.» «He», sagte Hansli, «ih ha neue nit eleyni möge, und zletzt han ih du neue nit dra gsinnet; es ist mr du gsi, we mr ume hey wäre.» «Du bist geng der dümmst Hung, wos git», sagte Anne Bäbi, «öppis eso ga z'vrgesse. Aber jag dMähre e wenig; we si scho e wenig springt uf heyzue, es macht nüt. Mir wey im nächsten Wirtshaus einkehren; daß du vom Solothurner Märit ungesse und untrunken heimkehrest, selb nit. Es chönnt dih ja töde, und wenns dLüt vrnähmte, so chönnte si ja meine, ich gönnte dirs nicht. Hü, Mähre, hü! Spring e weneli, du chast de morn leue!» Die Mähre humpelte recht schön auf ihre Art, und schon sah man das Türmchen, wo nahe dabei das Haus stand, in welchem Anne Bäbi ihren Hansli erquicken wollte.

Es war noch heiß, viel Staub auf der Straße, und vor ihnen gingen Zwei, ein kleiner Bube und ein größeres Mädchen; der Bube heulte laut auf, das Mädchen aber weinte leise, tröstete dazu, so gut es vermochte, wollte den Jungen tragen und vermochte es kaum, wollte ihm Schuhe und Strümpfe abziehen, und er wollte kein Bein machen. Da stand das Mädchen in der bittersten Verlegenheit am Wege, und als die Mähre daherzottelte und der Kommet auf ihrem Halse so rührend herumhumpelte, sah es gar bittend nach dem Wägelein, aber kein Wörtchen vermochte es zu sagen; der Bube hingegen schrie: «Reiten will ich, reiten!»

Anne Bäbi hatte das Leitseil wieder, weil es Hansli übel war, und den Kopf voll Sachen, daß es sich des Brülls nicht achtete, sondern zufuhr. «Mutter, los, wie der brüllet! Was haben sie wohl?» sagte Jakobli. «Meinethalb was sie wollen», sagte Anne Bäbi, «was gehts mich an.» «Mutter, halt doch still, das ist was Unguts; hör doch, wie der Bub brüllet.» «So brüll er mira; mi hätt wohl viel zu tun, wenn man allemal stillehaben wollte, wenn ein Bub brüllet. Und de ists mir vo wegem Ätti, der hat heute noch nichts gehabt», antwortete Anne Bäbi. He, e Stung uf oder nieder, darauf komme es ihm nicht an, sagte Hansli, und Jakobli machte Anstalt, ab dem Wägeli zu springen. Das stellte Anne Bäbi. «Ohä, du Uflat, wart doch, Bueb! Wottsch warte oder nit, wottsch stillha oder nit, du More!» schrie sie und zerrte an der Mähre aus Leibeskräften und brachte doch nichts an ihr ab, bis Hansli zu Hülfe kam.

Als das Mädchen sah, daß man seinetwegen hielt, kam es herbei und trug demütig seine Sache vor. Es hätte auf Solothurn müssen zu den Kapuzinern; sie hätten schon lange nicht mehr anken können, und die hätten etwas, das bsunderbar gut wäre dafür. Da hätte der Bube auch mitwollen, weil er noch nie in Solothurn gewesen; sie hätten ihm gesagt, er möge nicht laufen, aber er hätte es zwängt. Schon hinein sei es bös gegangen, und jetzt erst wolle er nicht mehr laufen. Es hätte ihn getragen, aber es hätte selbst die Füße voll Blattern; es sei an die Lederschuhe nicht gewöhnt, und es wüßte weiß Gott nicht, wie heimkommen, es mache ihm grusam Angst.

So erzählte das Mädchen, und unterdessen sah Jakobli, wie es so freundliche blaue Augen hatte und einen Mund wie eine Kirsche und Backen, daß es ihn dünkte, er möchte dareinbeißen, und Züpfen, es het ne düecht, syn Lebtag hätte er keine solche gesehen; sie sind lang gewesen und dick und wie die schönste gelbe Seide. Kleidlein hat es schlechte angehabt: ein dünnes Kitteli, ein grobes Hemmeli, ein schlechtes Schaubhütli; aber alles ist ihm wohl angestanden, daß man hätte glauben sollen, wie köstlich es sei. Und Jakobli hätte noch lange zugehört, wenn das Meitschi noch lange geredet hätte, und an des Ättis Hunger hätte er nicht gesinnet. Aber das Meitschi schwieg, und Hansli sagte: «So gib ne», und setzte den Buben hinter sich ins Wägeligestell, und Anne Bäbi sagte ungheißen: «Hü, mir wey doch nadisch nit auf der Straße übernachten; wennd e wenig springst, su mast is sauft nah.»

Die Mähre setzte zum Lauf an ungefähr wie ein Storch zum Fliegen, und Jakobli stach es wie mit Gufen auf seinem Sitz. Das Meitschi hätte Blattern an den Füßen und möge nicht nach. Er wolle eher selbst ab, er möge wohl laufen bis da, wo sie einkehren wollten, es tue ihm nur wohl, und dann könne das Meitschi reiten. «Warum nicht gar, das wär mr afe lustig, we me es Fuehrwerch het, daß me de laufe wett und Angeri ließ ryten; da käme man ja i dBrattig», meinte Anne Bäbi. «He», sagte Hansli, «es kann ja da neben mir stehen, es hat Platz und dMähre mag uns sauft.» «Warum nit gar», sagte Anne Bäbi. «Hü, du schießige Stopfi, wottsch nit fürers?» Aber Hansli hatte das nicht gehört, sich umgedreht und dem Mädchen einen Wink gegeben, es solle kommen und hinten aufsteigen. Es sei uverschant, sagte das Mädchen, aber die Freude leuchtete ihm doch aus den Augen wie junges Morgenrot, und es begann das Klettern hintenauf, und Jakobli sagte: «Häb doch still, Muetter, das Meitschi könnte fallen.» «So fall es, wenn ich doch nichts mehr zu sagen haben soll», sagte Anne Bäbi, und eher hätte man ihr den Kopf abgerissen, als daß man es zum Stellen der Mähre bewogen hätte.

«Wo chunst her?» fragte Hansli das Mädchen. Es komme von Raxigen, gab das Mädchen Bericht, sonst sei es zu Hudelbank daheim. Aber es sei ein armes Waisli; Ätti und

Müetti seien ihm gestorben, und da hätte sein Götti zu Raxigen es zu sich genommen dr Gottswille. «So kann man es machen, und zletsch hat man des Tüfels Dank davon und des Tüfels Vrdruß zu allem Schaden, wo man hat», sagte Anne Bäbi. Es hätte es nicht im Sinn, sagte das Mädchen, und werchen tue es, daß es meinte, großen Schaden hätten sie nicht an ihm. «Du wirst auch nicht besser sein als die Andern», sagte Anne Bäbi. Darauf antwortete das Mädchen nichts, aber das Wasser stund ihm hoch in den Augen, und die Andern sagten auch nichts.

Jakobli hätte gerne etwas gesagt, aber er wußte nicht was; denn es war ihm, als hätte das Mädchen ein Fenster vor der Brust und als sehe er durch dasselbe, wie die Rede der Mutter das Mädchen daure und wie es jetzt denke, wie bös es es hätte und wie fleißig es sei, und doch hätte man ihm das dr Gottswillen immer für, und jetzt reite es auch dr Gottswille, und dafür gebe man ihm schnöde Worte und trümpfe es ab. Es sei doch auch nicht recht, daß man von Gottswillen sage und plage einem dafür vom Tüfel, und es nehme ihns doch wunder, wie das der liebe Gott ansehe. So müßte das Meitschi denken, dachte Jakobli, und es dünkte ihn, als rege es sich in seinem eigenen Herzen wie Haß gegen die Mutter und als müßte er ihr auch etwas sagen.

Aber er sagte es ihr doch nicht. Denn während dem Schweigen spürte er erst recht, daß das Mädchen hinter ihm stand, daß es die Hände hinter seinem Rücken auf der Sitzlehne hatte. Das machte ihm gar wunderlich; er drückte mit dem Rücken an die Lehne, um die Hände zu fühlen, und doch nur leise. Denn einmal hatte das Meitschi bei dem Druck geglaubt, es sei ihm im Weg, und hatte die Hand weggetan. Aber gäb wie leise er die Hände auch drückte, so gramselte es ihm doch den Rücken auf, den Rücken ab, und im Gesicht ward es ihm so warm und im Herzen so wohl, und es dünkte ihn, als müßte er dem Mädchen etwas sagen; allein weil er nicht wußte was, so blieb er stillesitzen, und die Hände an seinem Rücken strömten durch seine halbleinerne Kutte einen sanften, stillen Strom durch sein ganzes Wesen, daß er alles vergaß und selig lebte, und als Anne Bäbi vor dem Wirtshaus an der Mähre riß und «Ohä» sagte, da war es Jakobli, als erwache er aus seligem Schlafe, als falle er vom Himmel auf die Welt. So wunderlig und doch so wohl sei ihm sein Lebtag nie gewesen, wenn es ihm nur immer so wäre, dachte er.

Sie stiegen vom Wägelein, das Mädchen auch, und Jakobli konnte am Meitschi sich nicht satt sehen; es war ihm, als sei vorhin noch ein Umhang vor dem Meitschi gewesen und sehe er jetzt etwas, was er sein Lebtag noch nie gesehen. Von wegen Jakobli hatte gar still gelebt, und seine Gedanken waren nicht über Schafe und Tauben und Hühner hinausgegangen, und mit Meitschene hatte er nie das Geringste gehabt, weder mit Gedanken noch mit Worten. Darum erfuhr er auch, was eine Meitschihand für eine Gewalt hat selbst durch eine Halbleinkutte hindurch, so wie ein elektrischer Strahl auch durch Wasser fährt und Feuer und Flammen zeuget, wo er aufs rechte Metall schlägt. Er sah das Meitschi an mit seinem einen Auge und stand da wie ein Ölgötz, der nicht reden kann und dem kein vernünftiger Mensch einen Gedanken zutraut. Und einen solchen hatte er wirklich nicht, bis daß das Mädchen sagte, es danke ihnen zum allerhöchsten, und den Buben vom Wägelein heben wollte; da dünkte es ihn, er müsse reden, aber eine unsichtbare Gewalt hielt ihm die Stimme zurück in ihrer dunkeln Kammer, auch nicht eines Lautes war er mächtig.

Da brüllte der Bube und schlug mit Händen und Füßen drein, er wolle nicht laufen, er wolle reiten, und das Mädchen versuchte umsonst die zärtlichsten Worte an ihm.

Hansli war mit der Mähre und ihrem Sacke in den Stall gegangen. Anne Bäbi stund auf der Bsetzi, und es dünkte Jakobli, es wolle ihm das Herz zerreißen, und er wußte nicht warum, und reden konnte er nicht.

Da kam Hansli aus dem Stalle, und als er das Brüllen und Ringen am Wägeli sah, sagte er: «He, la du ne sy und wart e wenig, und de chast no e Stung ryte, u de syt dr grad daheime, de man er de sauft laufe.» Das Meitschi, welches das Weinen wieder zuvorderst hatte, sagte, es wisse nicht, wie machen; es sehe wohl, es bringe ihn nicht fort, und doch, wenn es so spät heimkomme, so werde es grusam balget, und man glaube ihm nicht, wenn es sage, was gegangen sei. «Das sumt dih nüt», sagte Hansli, «wir machen nit lang, und wennd is wartist, so bist so früeh, als wennd laufist.» «Dankeigist du», sagte das Meitschi, «aber es ist unverschant, und wenn ih heichumme, so weiß ih wohl, daß ih doch de a allem soll dSchuld sy.»

Da rief Anne Bäbi von der Bsetzi, ob sie nicht kommen wollten, dä Weg kämen sie nie heim. Unterwegs brummelte es halblaut zu ihnen, sie sollten doch das Möntschli und dä Brülli la gheye, si gange se ja nüt a, und dr Mähre gang es um so gnüeger.

Drinnen waren viele Leute, von denen es wohl Keiner hatte wie Hansli, der noch nichts gehabt hatte; die Meisten waren des Zufüllens halber da. Es geht nämlich vielen Menschen so, wie es allen Fässern geht. Wenn man Fässer füllt und dann mit dem Hammer auf die Reifen mächtig schlägt, so setzt sich der Wein und man kann nachgießen, und schlägt man noch einmal tüchtig, so kann man noch einmal nachgießen, aber nur ganz wenig; meist gießt man zu viel und es läuft über. Hat nun einer an einem Markt genug getrunken und setzt sich auf sein Wägelein, so rüttelt das ihm den Wein runter, und wo es leer geworden ist, da wird es auch trocken; es entsteht Durst, es muß wieder zugefüllt werden, einmal, zweimal, je nachdem wie weit die Reise geht und die Reife zusammengerüttelt werden, aber verdammt in acht muß man sich dabei nehmen. Denn, wie gesagt, es läuft gerne über.

Kybig saß Anne Bäbi da, aber besonders wohl war es Hansli. Wer niemals einen Tag lang nichts Warmes gehabt, der wisse nicht, wie wohl es einem düeche, wenn er einmal dazu komme, er hätte es niemere glaubt, sagte er. Suppe packte er ein, Anne Bäbi sagte, es hätte es nie so gesehen, und das Fleisch hieb er in der Mitte durch, nahm die eine Hälfte und sagte dann: «Näht, wenn dr meut!» Jakobli aber war es unwohl; es fehlte ihm etwas, er wußte nicht was. Alle Augenblicke mußte er hinaus, um nach der Mähre zu sehen, und wenn er dann das Mädchen noch dasitzen sah, so düechte es ihn, es gehe der Mähre nit übel; aber kaum war er wieder drin, so ward ihm wieder angst um die Mähre. Anne Bäbi sagte, das sei ihm doch afe es Gläuf; er söll doch einist blybe hocke und essen, bis sie fort wollten. Der Stallknecht gefalle ihm neue nüt, sagte Jakobli, und es wäre doch lätz, wenn dMähre ihri Sach nit überchäm. «U wenn», sagte Anne Bäbi, «si het dr ganz Tag chönne fresse, warum het si nit gno. Iß auch und trink, wir wollen nicht umsonst da sein.» Er möge neue nit, sagte Jakobli.

Es war ihm wirklich, als wäre ihm der Wein fast zwider, und es düechte ihn, wenn er ihn nicht trinken müßte, er wollte fry einen Batzen geben. Zuschanden wollte er ihn nicht gehen lassen, er könnte ihn ja dem Mädchen draußen bringen, das so fleißig Wasser ab der Brunnenröhre trinke und sicher Wein nähmte, wenn es ihn hätte. Aber wie ihn bringen? Das war über Jakoblis Kräfte. Er hatte es noch niemand gebracht, am wenigsten einem Meitschi. Er gehörte nicht zu denen, die meinen, wenn man sie in einem Wirtshause nicht allein höre, so sei es eine Schande für sie. Je strenger ihn Anne Bäbi nötete, um so übler schien ihm der Wein zu machen. Da sagte Anne Bäbi: «He nu so de, gschände wollen wir ihn nicht, ich will ihn nehmen.» Kaum aber war das Glas leer, so düechte es Jakobli, er möchte wieder.

Jakobli aß ein Stücklein Fleisch und sagte, das hätte ihm wohl gemacht, aber durstig; es düeche ihn, er möchte wieder trinken. «Es hat mich doch düecht», sagte Anne Bäbi und schenkte voller Freude Jakobli ein Glas voll ein. Aber kaum hatte derselbe angesetzt, so setzte er wieder ab und sagte, der Wein hätte eine so arigi Chust; es düeche ihn, wenn sie eine Halbe bessern hätten, er möchte. «Es düecht mich, dä täts», sagte Anne Bäbi. «He, we er ne nit trinke mag», sagte Hansli. «He nu», sagte Anne Bäbi, «mir ists recht; mi cha de dyne dem Stallknecht gä, dä nimmt ne scho.» Und wenn man vom Wolfe redet, so ist er nicht weit. Der Stallknecht kam gerade herein, und Anne Bäbi griff rasch auf Jakoblis Glas und rief: «Chumm, es gilt dr!» Der machte nicht lange Umstände, umklafterte das Glas mit weiter Hand: «Gsundheit, es gilt dr ume.» «Mach us, mach es früsches!» Und vor Jakobli hin stellte der Stallknecht das leere Glas, als soeben die Stubenmagd eine frische Halbe brachte.

Der Stallknecht hatte Jakoblis Wein getrunken, alle seine Ränke hatte Anne Bäbis Raschheit mit dem Schwerte zerschnitten, und hülflos saß er da; mutlos antwortete er, als Anne Bäbi ihn fragte, ob der gut sei: «Er düecht mih emel besser, aber ich hülfe austrinken und gehen.» Das pressiere nicht sövli, sagte Anne Bäbi, es wisse niemand, wann sie wieder so beisammen wären, und wenn man einmal dabei sei, so komme es nicht darauf an, ob eine Stunde mehr oder weniger. Da dünkte es Jakobli, die Mutter tue ihm doch expreß alles zleid, was sie nur könne. Er hätte es nie geglaubt, wenn er es nicht erfahren, wie sie es eigentlich mit ihm meine, und wenn er nur wüßte wie machen, so wollte er ihr zeigen, daß sie doch nicht alles zwängen solle.

Während es so innerlich in Jakobli kämpfte, stand Hansli auf, und als er wiederkam, kam das Meitschi hinter ihm drein und hatte die eine Hand im Gesichte und mit der andern wußte es nicht wohin, und Hansli sagte: «Seh, tue Bscheid!» Da war es Jakobli, er wußte nicht wie; es flimmerte ihm vor den Augen, und als das Mädchen mit ihm Gesundheit machen wollte, da konnte er fast nicht vor innerer Angst und Freude, und es war akkurat, als ob er es ungerne täte. Als Hansli das Mädchen austrinken hieß, fragte es, ob es den Rest nicht dem kleinen Buben bringen dürfe. Er täte ihm auch wohl, sagte es, und er hafte dann um so besser bei ihm. «Wied witt», sagte Hansli. «DMähre hat us, dr Stallknecht tränkt, ih ha daycht, er chönni gleich anspannen», sagte Hansli. «Du hast doch ein Pressier», sagte Anne Bäbi, «ich weiß gar nicht, was das bedeuten soll.» Aber Jakobli dünkte es, er hätte den Vater noch einmal so lieb, und er hätte ihm gern ein Müntschi gegeben, wenn er nur gewußt hätte wie machen, denn er hatte ihm bei seinem Wissen noch nie eins gegeben.

Als das Mädchen wieder hereinkam und das Glas brachte, wollte Anne Bäbi nicht das Mindere sein und zeigen, daß es so gut über den Wein zu regieren hätte wie der Hansli, und nötete das Meitschi noch zu einem Glase und sagte: «Nimm ume, nimm, du magsts sauft; es hätt nit esn iederes a dä Gränni dusse daycht.» Da dünkte es Jakobli, er möchte der Mutter auch ein Müntschi geben; das sei bravs von ihr, und sie sei doch eigentlich nicht halb so wüst, als er gedacht, und meine es mit ihm nicht so bös. Aber was Jakobli alles dachte, das sah ihm kein Mensch an. Das Meitschi tat so styf und manierlich, daß es selbst Anne Bäbi nicht übel gefiel und es frug: «Wie sagt man dir eigentlich?» «Man sagt mir nur Meyeli», sagte es, «aber eigentlich heiße ich Maria Lieblig.» «Das ist e arige Name», sagte Anne Bäbi, «den habe ich noch nie gehört.»

Draußen hatte Jakobli wieder den Ätti so lieb; es düechte ihn, er sollte doch müde sein und sollte hocken auf den Sitz, er selbst könnte hintenaufstehen. Zwar war er so wohl gefahren, als das Meitschi hinter ihm stund, und noch einmal so zu fahren, das, düechte ihn, wäre fast wie der Himmel. Aber er überwand sich, stieg zuerst übers Rad hinten aufs Wägeli, und als das Hansli sah, sagte er, es sei ihm graglych, es sei ihm so wunderlich in den Beinen, fast wie wenn sie gstabelig werden wollten. Als alle oben waren, war Meyeli noch unten, und der etwas munter gewordene Hansli sagte: «Seh, Meitschi, mach daß du hinaufkömmst!» Es möchte jetzt wohl laufen, sagte es. Das dünkte Jakobli grusam; er meinte, es schäme sich, neben ihm zu stehen. «Seh, chumm», sagte Hansli. Da setzte Meyeli zwei-, dreimal an und tat sehr uwatlich, ehe es oben war. Jakobli tat gar nicht, als sehe er es, und doch wäre dem Meitschi mit einer einzigen raschen Handbietung geholfen gewesen. Das sei e hochmüetige Kerli, dachte das Meyeli; es tät dem doch wohl, ihm es Brösmeli z'helfe, es würde seiner Hübsche dabei nicht viel abgehen.

Indessen hatte das gute Herz diese Regung vergessen, sobald es oben war, und glaubte, für sein Unverschantsein sei eine Entschuldigung nötig, damit der Kerli nicht höhn sei, daß es da neben ihm stehe. Es sei öppe nit gwohnt z'ryte, aber dr Fuß tue ihm grusam weh; nit, daß es nicht gewohnet sei z'laufe, aber dStrümpf und dSchueh maches, er solle luegen. Somit zog es einen Schuh aus – des Strumpfes hatte es sich schon vor dem Wirtshaus entledigt – streckte seitwärts gegen ihn hin unter dem Kittel hervor einen kleinen braunen Fuß, und auf jedem der fünf niedlichen Zehen quoll eine zornige weiße Blase auf, weil der verknorzete Schuh eines Dorfkünstlers schlecht paßte zu dem Füßchen, wie es sein sollte und welches Gott selbst geformt hatte.

Jakobli war ganz verlegen, vergaß sich fast ob dem Füßchen, welches er ansah, und antwortete, als das Mädchen ihn fragte: «Gsehst se?»: «Ja, ih ha o scho gha und no größere.» Da meinte Meyeli, der Kerli meine, es sei nicht dr wert, so nötli z'tue und nit möge z'laufe, zog rasch sein Füßchen zurück und dachte bei sich: Das ist mr doch dr Wüestist! Es ist gut, daß es nicht auf den ankömmt, sonst müßte ich vom Wägeli herab und könnte sehen, wie ich nachkäme; der lacht mich nur aus, und tun die Füße mir doch so weh. Aber wer glaubt nur auch, wie es mir ist, und wem darf ichs sagen? Und die Wehmut kam wie eine düstere Wolke und verhüllte seine Seele, daß es fast vergaß, wo es war.

Unterdessen hatte vornen auf dem Sitz sich ebenfalls ein Gespräch angesponnen. Der durch den so selten ihm werdenden Wein gesprächiger gewordene Hansli hatte gefragt: «Was hest mit dr Zyberlibüri? Ich chenne die nüt.» «He, du wirst es wohl wissen», sagte Anne Bäbi, ebenfalls nicht zur Heimlichkeit gestimmt, sondern froh, eines Geheimnisses sich zu entladen. «Es hat mir niemere nüt gseit», antwortete Hansli. «He nu», sagte Anne Bäbi, «es ist müglich; aber du weißt, daß brüehmt Lüt grate hey, wenn Jakobli wybi, su werds ihm bessere.» «Öppis Narrs eso», sagte Hansli. «He wohl freilich», sagte Anne Bäbi, «aber du achtest dich selbigem nicht und bist grusam vergeßlich; wenn ich nicht an alles sinnete, es weiß kei Mönsch, wie es ging. Da kein Zeug helfen will, so habe ich gedacht, es müsse doch sein. Da ist mir ds Zyberlibüris älteste Tochter auf dem Zyberlihoger grusam gerühmt worde, und die hat kommen sollen heute zum Hirt auf den Säumärit», und da hätte man luegen wollen, ob da öppis z'mache sei. Es solle eine grusam Brave sein und eine Werchbare, und Mittel solle sie auch haben, gerade so eine wäre am schickigste für e Jakobli. Er sei grusam e Wüeste, und da könnte er doch Freude haben an einer hübschen Frau. Wider ds Wybe hätte er nichts, sagte Hansli; das sei ihm öppe graglych, ob eine mehr oder eine minder; aber es düeche ihn, es sollte öppe eini i dr Nächtsami z'ha sy; er hätte immer gehört, nüt zsämezellt, mit Küehne, die man auf dem Märit kaufe, sei man immer bschisse.

Diesmal wäre es ihm nicht so gegangen, sagte Anne Bäbi, es hätte zu guten Bericht; aber ds Ungfäll hätte wollen, daß sie nie zusammenkämen; es glaube noch jetzt, sie seien verhext gewesen. Es hätte wahrscheinlich so sein sollen, sagte Hansli. «Öppis Dumms eso», antwortete Anne Bäbi. Natürlich ging von diesem Gespräch für die hinten Aufstehenden kein Wort verloren, machte aber auf Beide einen ganz verschiedenen Eindruck. Jakobli wußte von dem Projekt so wenig als Hansli. Mädi war abgeschreckt worden, und Anne Bäbi in seiner Geschäftigkeit, in seiner Befangenheit in seinen Gedanken hatte gar nicht daran gedacht, ihm etwas davon zu sagen. Wem das Wyben so auf einmal vor den Füßen liegt wie ein schöner See an heißem Sommertage, ein lustig sprudelnder Quell in grüner Waldesnacht, wem geht da nicht die Lust auf, wer stürzt sich nicht in die tanzenden Wellen zu plätscherendem Gekose?

So rieselte es auch freundlich und wunderlich durch Jakobli, der zum erstenmal hörte, daß er wyben solle. Seitwärts sah er die gelbseidenen Züpfen, die runden braunen Arme, die lieblichen Backen seiner Gefährtin. Ja, so eins, dachte er, so eins möchte ich wohl, aber selliges nimmt mich nicht. Es gibt mir ja kein freundlich Wort und schämt sich, neben mir zu reiten; es luegt ja nicht einmal nebe ume.

Allerdings achtete sich Meyeli des Weges und seiner Umgebung wenig, das vor ihm geführte Gespräch hatte ihns noch wehmütiger gestimmt. Ach, ich bin ein armes Waisli, mußte es immer denken, mich schätzt niemand. Kaum merkte es, wo der Weg nach seinem Raxigen abging, und wenn Hansli nicht gefraget hätte: «Wottsch da abe?», es hätte ihn verpaßt. Meyeli dankte gar herzlich fürs Reiten, und dem Jakobli gab es noch die Hand, sagte: «Zürn doch recht nüt» und ging mit dem hinkenden Buben seiner Wege. Aber warum bin ich gegangen und habe dem Muggi die Hand gegeben, was ist mir auch angekommen? dachte es. Und was hat er mir gesagt? Nichts hat er gesagt als: Ich wüßte nicht warum, und vorher nichts und nachher nichts. Ich bin gleich reuig gewesen, aber es ist mir so angekommen, ich weiß nicht wie, aber ein andermal kann er lange warten. Aber was werden sie sagen daheim? Die werden afe wüsttun. Nun nahm die Angst seine Gedanken gefangen und jagte seine wunden Füßchen.

Zürn doch recht nüt, hat es gesagt, dachte Jakobli. Was hat es damit gemeint, was habe ich zürnen sollen? Spöttisch waren die Worte nicht gemeint; es hat mich so lieblich angesehen und son es freundlichs Mineli gmacht, ich habe noch nie so es liebligs gseh. Warum hat es gemeint, ich könnte zürnen? Ich habe ihm doch nichts Leides gesagt? Nichts habe ich ihm gesagt, und darum wird es gemeint haben, ich sei höhn; und alle haben es ihm gebracht, nur ich nicht, und wo es mir gesagt: Zürn doch recht nüt, so habe ich nur so gmürmt, ich wüßt nicht warum, und drvor nüt und drnah nüt. Was wird es auch von mir sinnen und denken, was wird es auch meinen, was ich für einer bin, was wird es von mir sagen?

Schwerer und schwerer fiel das dem Jakobli aufs Herz; er wäre abgesprungen, wäre dem Mädchen nachgeeilt, hätte ihm gesagt, es solle doch recht nicht zürnen, er sei kein Redi und Sauersehn sei seine Freundlichkeit, er meine es aber daneben nicht bös. Aber wo hätte er das Herz dazu nehmen sollen, und was hätten die Leute dazu gesagt? Wie ein helles Bild stund das Mädchen mit dem gelben Haar vor seiner Seele; er fühlte dessen Hände hinten an seiner Halbleinenkutte, sah dessen zutraulich Füßchen, hörte sein lieblich «Zürn doch recht nüt», und die Hand gab es ihm noch dazu; und jetzt war das Mädchen fort, und sein Lebtag sah er es kaum wieder, konnte ihm nie sagen, daß er es nicht bös meine, und das Mädchen hatte es bös, und er konnte ihm nicht helfen, und es ward vielleicht unglücklich, und er vernahm es nicht, sah es sein Lebtag nie wieder.

Da ward ihm bitter weh im Herzen; so weh tat es ihm nicht, als er die Blattern hatte, als er das Auge verlor, als die Leute sagten, so einen Wüsten hätten sie nie gesehen; es wollte ihm das Herz zerreißen, bald hätte er laut aufschreien, bald sich im Stillen so recht satt weinen mögen. Es war ihm, als sei in der Welt alles untergegangen, die Menschen, die Sonne, der Mond und die Sterne, und als sei er einzig noch übrig auf einem großen, großen Berge, und um ihn sei Nacht, und unter ihm rausche ein schwarzes Meer, und es stehe weder die Sonne mehr auf noch der Mond, sondern er sei da in ewiger Nacht, und keine Stimme sage ihm mehr: Zürn doch recht nüt, und keine warme Hand lege sich mehr in seine, und keine Augen blickten ihn mehr an, sondern er sei da verbannt, fern von Menschen und fern von Gott, in eine schwarze, dunkle Hölle für sich alleine und für immerdar.

In sein Elend versunken, merkte er nicht, wie sie heimkamen, wie man dem Sami und dem Mädi rufen mußte, wie die schnöde Gesichter machten und schnöde Worte brauchten. Er sagte, er sei grusam schläfrig und neue nit am besten, und suchte alsobald sein einsames Lager. Da ward er erst so recht elend, je schöner das Meyeli vor seinen Augen stand; er weinte bitterlich, und in Tränen schlief er ein. Und die Tränen wurden ihm zu Sternen, und heller ward es wieder vor seiner Seele, und nach den Sternen ging die Sonne auf, und am jungen schönen Morgen sah er, wie ihre braune Mähre schön gestriegelt ihn und Meyeli in die Welt führte. Beide saßen auf dem Sitze, schöne Kränzchen hatten sie auf, schöne Meyen an der Brust, und Meyelis Gesicht war schöner als der schöne Morgenstern, und seine Haare waren schöner als Silber und Gold, und in seinem Herzen war der Himmel, und es war ihm, als wäre er mitten in der Herrlichkeit Gottes, für die der sterbliche Mensch sonst weder Augen noch Ohren hat, nur in seligen Träumen ihren Vorgeschmack.

## ZEHNTES KAPITEL

### *Anne Bäbi fährt auf die Gschaui und hat große Freude, aber Jakobli läuft durch eine Mistgülle und das Herz tut ihm weh*

Windstille war nun manchen Tag im Hause, was jedes bei sich selbsten erwog, ward nicht laut; daß Mädi so freundlich mit Jakobli ward, achtete niemand, daß Jakobli noch stiller war als sonst, fiel nicht auf, und daß Anne Bäbi eine lange Konferenz im Bohnenplätz hatte mit dem Maurer Vreni, merkte niemand. Aber gar hellauf ward Anne Bäbi auf die Konferenz hin und schlug auf den nächsten Sonntag eine Badefahrt vor. Baden sei immer gut, sagte es, und öppis müsse doch gehen. Es düechs, es möchte einist auf Kriegstetten, es hätte schon viel davon gehört.

Dem Jakobli ging es auf wie ein Licht, denn der Weg führte durch Raxigen. Wie er dahin kommen könnte, daß es niemand merke, daran hatte er schon lange gesinnet, aber nichts war ihm in Sinn gekommen; jetzt schlug das Müetti ihm es selbsten vor. Das Müetti hätte ihn doch lieb, er hätte es nicht geglaubt, dachte er, und er flattierte ihm und war hellauf, daß es allen auffiel und ds Mädi sagte, seit man mit dem Ketzer Elixier aufgehört, sei Jakobli viel wöhler. Um die Stauden herum schlug Mädi, um mit auf Kriegstetten zu gehen. Es hätte schon manches Jahr nicht mehr gebadet, und es düechs, es wäre neue afe wieder Zeit, einmal zu baden; es beiß es neue allbeeinist, und es wisse noch von allbets, daß man viele Kämmerlein habe, wo drei Kasten seien, und da koste es gleich viel, ob zwei oder drei Personen darin badeten, und zletzt hätte es selbst noch Geld.

Das war aber eine Begleitung, welche Anne Bäbi nicht wollte. Es schüsselete Mädi ab, so gut es konnte, aber es ging übel an, und Mädi polterte im Hause herum, als wären sieben Rosse abgekommen im Stalle, und wer eine Antwort von ihm bekam, der fand einen Schlemperlig darin.

Es war ein schöner Sonntagsmorgen, als Anne Bäbi mit seinem Sohne auszog und sich seiner Führung anvertraute, da es erfahren hatte, daß die Mähre kein unbändiges Tier sei. Beide waren schweigsam. Jakobli dachte mit banger Freude, ob er wohl sein Meyeli erblicken werde, Anne Bäbi aber sann an seine Konferenz mit dem Maurer Vreni. Das Vreni hatte nämlich erzählt, daß das Meitschi, welches in der Pinte auf dem Säumärit ihnen gegenüber gesessen, wirklich des Zyberlibauren Tochter, die Auserwählte, gewesen sei, die Frau neben ihr aber nicht die Bäurin selbst, sondern ihre Schwester. Das Mädchen hätte erst sehen wollen, wie Jakobli ihm gefalle, und sobald es ihn gesehen, hätte es nichts von ihm wollen und gesagt, es dürfte ja mit dem weder zKilche noch zMärit; was die Leute auch sagen würden, wenn es einen Solchen nähme. Es habe verflümeret reden müssen, bis es sie äne ume gebracht und sie versprachen, nach Kriegstetten ins Bad zu kommen und noch einmal mit ihnen zu reden. Aber es habe ihren Reichtum ausgestrichen, daß es keine Gattig gehabt, und den Jakobli auch; das sei dr freinst Löhl, wos gebe auf dem Erdboden, und da werde es nie Nein sein, wenn eine Frau auch das Ungattlichste wolle. Das habe dem Meitschi doch gefallen, und wenn Anne Bäbi noch nachbessere, so werde die Sache sich schon machen. Diesem Nachbessern sann Anne Bäbi eben nach.

Es ist gar ein lustiges Fahren an einem schönen Sonntagsmorgen, wenn die Menschen so froh und lustig zur Kirche wallen und um die Häuser stehn und sitzen, als wäre kein Elend in den Häusern, keine Sünde in den Herzen, die Tage des tausendjährigen Reiches heraufgequollen aus dem Meere der Zeit, der ewige Sabbat niedergestiegen vom blauen Himmel herab.

Jakobli war es gar weit und frei ums Herz; aber je näher sie Raxigen kamen, um so mehr zog es sich zusammen, daß er fast nicht Atem kriegen konnte, und wenn er von weitem ein Meitschi sah, ein Schaubhütchen auftauchte hinter einem Zaun hervor, so schlug ihm das Herz wie ein Hammer und und er mochte nicht warten, bis er wußte, ob das sein Meyeli sei oder nicht. Die Häuser von Raxigen hoben ihre braunen Dächer über die grünen Bäume und die mit Misthaufen besäeten Äcker; schon sah man Storchennester auf den bemoosten Dächern, und unter welchem war wohl Meyeli? Er wußte es nicht. Niemand hatte gefragt; daß man so dumm sein könne, begriff er nicht. Als die Mähre sie über das Brücklein zog, gleichsam durchs umgekehrte Tor, da war es ihm fast, als gings in eine Kirche, und andächtig sah er nach diesem Hause und jenem Hause, sah in alle Gärten, sah nach allen Brunnen.

Es war heiß, es dünkte die Mähre, am Schatten wäre es gut, und mit Macht steuerte sie einem Hause mit breitem Dache zu, wo viel Schatten war und im Schopf ein kühler Brunnen lief. Jakobli merkte es nicht, bis Anne Bäbi rief: «Herr Jemer, Herr Jemer, wo fährst?» Da fuhr er zweg, riß am Leitseil, als ob es ein Ankertau wäre, und die Mähre tat wüst, ging bald tromsigs, bald hinter sich, und Anne Bäbi brüllte wie am Spieß: «Heyt, heyt!», und trotz dem Brüll gings einer Mistgülle zu, und Anne Bäbi meinte, es gehe ihm wie dem Pharao im Roten Meer, und brüllte graduse. Da sprang Jakobli ab, wie gleytig, sah Anne Bäbi nicht einmal, hielt die Mähre hott und brachte sie auf graden Weg; aber er selbst mußte durch die Mistgülle, seine weißen Strümpfe wurden braun, und an allen Häusern gingen alle Läufterchen auf, und aus jedem fuhr ein Kopf, und hinter jedem Kopf war noch einer, und aus den Ställen schossen Leute, und unter den Bäumen hervor kamen sie von wegen dem Brüll, und manch Spott- und Hohnwort drang unter den Häusern hervor, und Mähre, Anne Bäbi, Wägeli und Jakobli erhielten ein jedes seinen Teil, daß keines dem Andern etwas vorzuhalten hatte.

Jakobli schämte sich unbeschreiblich, verlor ganz den Kopf, fuhr fast kreuz und quer von einem Hause zum andern, und je stürmer Jakobli war, desto dümmer tat die Mähre, und lange gings, ehe er zum Dörfchen hinaus war, und keinen Menschen sah er mehr an, und unter jedem Dache meinte er Meyelis Stimme zu hören, spottend und lachend. Die Mähre am Zügel ziehend, zwei Schritte voraus, zog er sturm die Straße entlang, bis die Mutter rief, ob er nicht aufhocken wolle. Kaum saß er aber oben, so ging über ihn ein Wetter los, wie er noch nie eins erlebt. Und wie es oft geschieht, daß Wetter, wenn man meint, sie seien vorbei, wiederkehren mit neuer Gewalt und ärger sind als zuvor, so ging es auch mit Anne Bäbis Wetter, das allemal mit erfrischter Kraft losbrach, so oft seine Blicke auf Jakoblis schwarzbraune Strümpfe fielen.

Schon stand Kriegstettens weithin gesehener Turm vor ihren Augen, als Jakobli sich auch aufraffte und sagte, des Brülls vrmöge er sich nichts, er hätte nicht brüllet und drmit dMähre erschreckt; aber er wett, er wäre daheim, da wäre ihm bas. «Brüll, Brüll», sagte Anne Bäbi, «was kann ich dafür? Es ist ja dr allgemein Bruch, z'brülle, wenn me ersufe will. Aber so kannst du nicht bleiben; es hätten ja all Leute ein Abschüchen ab dir und würden meinen, du vermöchtest nicht einmal an einem Sonntage weiße Strümpfe.» «Meinten sie meinethalb», sagte Jakobli ergebungsvoll. «O nein», sagte Anne Bäbi, «so ganz gleich ist das nicht; mi weiß nit, wie selligs eim vor sym Glück sy cha.» «Was frage ich dem Glück nach», sagte Jakobli. «Du bist e dumme Bueb», antwortete Anne Bäbi. «Aber grad i ds Bad mußt du; unter der Zeit kann ich dir die Kleider putzen und dStrümpf wäsche. Ih hätt nit glaubt, wo du zweijährig gsy bist, daß ich dir das noch tun müsse, wennd bald zwänzig bist.» «Aber Muetter, ih ha nit brüllet.» «Heyg brüllet wer well, su sys doch dyni Kleider, won ih wäsche mueß und wo stinke wie dr Tüfel», sagte Anne Bäbi. «Aber lueg, dert sy mr scho, wer hocket dert vor em Hus? Häb ume, häb ume, fahr dort zur Scheuer; hott, Brun, hott!» schrie Anne Bäbi.

Es war ihm himmelangst, noch viel mehr als zu Raxigen, denn dort vor dem Hause saßen zwei hoffärtige Weibervölker, und wenn es sich nicht gröblich irrte, so war es die Zyberliherrschaft, Mutter und Tochter. Vor die sollte es nun in solchem Aufzug, Jakobli mit Füßen wie eine Krähe! Es musterte ihn der Mähre nach in den Stall, dann hintenaus, weit hinterm Haus herum, bis es die Badmagd fand und den Jakobli in ein Kämmerlein verstoßen konnte. Es hatte etwas gemein mit dem Vogel Strauß, der meint, wenn er seinen Kopf unter die Federn nehme, so sehe ihn niemand.

So bald möglich bettete es den Jakobli in ein heißes Bad, nahm Hosen, Strümpfe und Schuhe und machte sich damit zum Brunnen. Die Badjungfrau bot ihre Dienste an, aber Anne Bäbi sagte, es mache solches lieber selbst; es war ihm halt ums Trinkgeld. Anne Bäbi war noch kein ausgemachter Diplomat und wußte nicht, daß ein verschmähter Freund zum Feinde wird. Die Badjumpfere hatte nun nichts Angelegentlicheres zu tun, als vor dem Hause zu erzählen, es sei hinter dem Hause ein altes Anne Bäbi, das seinem Jungen Hosen und Strümpfe wasche, welche gar pestialisch stänken. Der Bube müsse unter der Zeit im Bade schwitzen und werde zum Vorschein kommen wie ein gesottener Krebs. «Ists nit e Halbbling und e Blatteredüpflete?» frug die Zyberlitochter. «Grad so eine ists und so e wenig e Lädi, hets mih düecht», antwortete die Jumpfere, «kennet ihr die Leut?» «Es sind von weitem Vetterleut», antwortete die Bäurin, «bsungerbar Lüt, aber grusam rych, no so uf di alti Mode.» Die Jumpfere fürchtete, zu viel gesagt zu haben, sagte: «Es het mih düecht, dr Jung het bsungerbar e schöni Sackuhr», und verschwand. «Wey mr luege, was dä alt Kratte macht hinger em Hus?» fragte die Mutter. «Es ist mr glych», sagte die Tochter, «die lat de dMilch öppe bas nache.»

«Mueß das no Sunndi und Werchtig sy?» frug plötzlich eine Stimme, von welcher der halbe Teil aus der Nase kam, das eifrig waschende Anne Bäbi. Das sah erschrocken auf und ließ die Hosen in den Brunnen fahren, denn hinter sich sah es eine stattliche Bäurin stehen und bei ihr ein Meitschi, groß, vierschrötig, mit Backen wie ein alter Dragonermantel, einem Fürgstütz wie ein Säuschürli und Armen wie eine Bünteliwurst, währschafte Füße wie Schleiftröge zu einem breitschienenen Wagen, reich mit Silber beschlagen wie eine Sonntagstubakpfeife, mit einem schönen Oberländerkittel behangen und vordran ein halbseidenes Fürtuch, von dem man nicht recht wußte, war es grün oder gelb – kurz es war ein Prachtstück von einem Meitschi. Wenn ich ein Wirt wäre und mein Tanzsaal wäre nicht auf der soliden Erde, sondern bas oben, vielleicht gar unterm Dach, so ließ ich eine Solche gar nicht hinein und hätte eine Waage unter der Türe, und wenn eine mehr als hundertfünfundsiebenzig Pfund wiegen würde, so müßte die ihre Lust anderswo suchen oder ich sendete einen Gyger aparti für die auf die Straße, wenn die nämlich heblich wäre, was sie bekanntlich heutzutage nicht immer sind.

Anne Bäbi wußte dem Meitschi an wohl, wer es war, und brachte vor Klupf das Maul nicht zu, bis das Mädchen sagte, selliger Arbeit frage es nichts nach. «He, wenn du dein Lebtag nichts Wüsters machen mußt als dies, so wärest du es Gfelligs», sagte Anne Bäbi. «Das ist de notti nüt angers. Wir haben gar ein wildes Roß, e Utüfel, und da oben im letzten Dorf ist das erschücht und im Dörfli umegchetzeret, ih ha glaubt, es blyb kes Rad ganz. Aber my Bueb hets gha wien e Tüfel, und wo alles Ha nüt ghulfe het, ist er abgsprunge, hets bim Gring gno; es ist mit ihm dur e Mistgülle, aber er hets nit la gah, bis ers uf dr Straß gha und gstellt gha het, daß es überall gschlotteret het.»

«Du wirst doch von Gutmütigen kommen?» frug die Bäurin. «He, wo wollte ich sonst her sein?» antwortete Anne Bäbi. «He nu so de», antwortete die Zyberlibüri. Es sei plötzlich fertig mit Wäschen, antwortete Anne Bäbi, und dann wolle es das Zeug noch an die Sonne hängen; sie sollten nur afe gehn und öppe e Halbi bschicke, aber öppe e wenig nebe us, so unter allen Leuten begehre es nicht zu sein. Innerlich war es recht froh, daß es die Voröffnungen machen konnte, während Jakobli, der von allem nichts wußte, im Bade war. Es hatte zwar keinen Gedanken, daß er nicht mit beiden Händen zugreifen werde, denn son e vrfluecht e Bravi sei in ihrem ganzen Dorfe nicht, sagte es; aber es handelte gerne für sich selbst und tat Andere gerne überraschen.

«He ja so de», sagte es, als es endlich ins aparti Stübli kam, «so wären wir jetzt einmal beieinander und könnten über die Sache reden.» Rede könne man allweg, sagte die Bäurin, aber ob es aus der Sache etwas gebe, sei noch nicht gesagt; ihre Tochter sei ihnen nicht fürig, und dann frage es sich noch immer, ob das Meitschi wolle und was der Vetter Ratsherr dazu sage; dem sei es neue o nimme graglych, in was für Verwandtschaft man öppe käme. Ho, ihrer hätte sich niemand zu verschämen, und wenn sie auch keinen Vetter Ratsherr hätten, so hätten sie auch keinen Vetter Hudilumper und keine Base Schwebelhölzlere, und was sie hätten, sei Ihres, sie brauchten damit keinen Anhang zu erhalten, und wenn es öppe Gottswille sei, so könnte es ihr Söhniswyb so gut haben als von den Vornehmsten eine. Sie seien niemand was schuldig, und was sie für hätten, wisse auch niemand, und es wäre vielleicht noch mancher Ratsherr froh, er hätte etwas mehr von dem, wo sie hätten, und öppis minger Schulde.

Das könne wohl so sein, sagte die Tochter, aber was sie mit einem Manne machen solle, wo nüt sei und no sellig e Wüeste, wo me sih schäme müsse, mit ihm zKilche z'gah, vrschwyge zMärit, und wo me o hell key Freud mit ihm ha chönn? Man solle auch an ihns denken, es müsse dabeisein, und kein Mensch wisse, wie lange. Öppe dr Chechst scheine er nicht, gerade Solche seien aber manchmal die Zächsten, und wenn nit, so öppe mit leere Hänge möchte es nicht davon und seine beste Zeit vergebens zugebracht haben mit einem Sellige. Wenn es sein müsse, so wolle es doch auch wissen warum. «Öppe bös sollte es dir nicht gehen», sagte Anne Bäbi. «Es ist möglich, aber darauf mag ich es nicht ankommen lassen, ich möchte zerst wissen, woran ich wäre. Es ist nicht, daß ich den nehmen müßte, wenn ich einen haben will. Bhüetis, wenn es mir nicht um Vater und Mutter wär, ein Dutzend macht es nicht, welche mich schon gewollt, und de nit öppe so Taunergumper oder Pintekünge; vo de vornehmste und schönste Bursche sys gsi, wo me se nit gnue het chönne aluege. Aber ih ha denkt, ih well my Lyb nit vrgebe ha und mi syg ume einist ledig und wie mes mach, su heyg mes. Ih bi de öppe nit das, für das me mih aluegt, ih weiß öppe, was ih mache, und eso für nüt und wieder nüt nimme ih e keine.» «Und das wär auch nicht unser Wille», sagte Anne Bäbi, «es muß es eine haben so gut als wir selbst; aber öppe dr Löffel us dr Hang gä, eh wir selber gessen hey, das schickt sih neue nüt.»

Von dem sei nicht die Rede, sagte das Meitschi, aber wenn der, wo sein Mann geben sollte, sterben würde, ehe er geerbt, und sie hätten keine Kinder, so könnte es mit leeren Händen gehen, und es fragte ihm e Tüfel niemand nichts mehr nach. Und wenn sie Kinder hätten und der Mann stürbe vor den Eltern, so könnten die Kinder erben, und es könnte wieder mit einem blutten Füdle laufen und luegen, wie es wieder zu einem Mann käme. So begehre es nicht zu mannen; jetzt sei es ledig, jetzt müsse es luegen.

So stellte das Meitschi zBoden, daß Anne Bäbi großen Respekt kriegte und bei sich selbst dachte, so eine hätte es nicht bald gesehen, und wenn Jakobli die erhielte, so sei er der Gfelligste von der Welt. Es trat ein und versprach, es müsse da etwas geschrieben sein; es wolle mit seinem Hansli reden, und sie wollten zusammen zu einem Schreiber, der könnte ihnen die Sache machen, daß sie öppe gförmt sei. Ja, aber öppis möchte es noch wissen, sagte das Meitschi: ob sie einen Stock hätten. «Nein», sagte Anne Bäbi, «öppe e rechte Stock nit, aber es Ofehus; mi chan ihm aber o Stock säge, we me will.» Ja, da sei dann der ganze Tschup schon aus, sagte das Meitschi. Es wolle apart in einem Hause wohnen; von einer bösen Schwiegere begehre es sich nicht kujonieren zu lassen, für das sei es nicht auf die Welt gekommen, und alten Leuten frage es überhaupt nichts nach, es hätte die jungen lieber, man hätte nur Verdruß von ihnen, und wenn sie endlich stürben, so sollte man noch schuld daran sein und sie unter die Erde gebracht haben. Von dem wolle es nichts; es wolle, wenn es manne, seine Sache aparti haben, es wolle Meister sein.

So ein vrständig Mönsch sei ihm noch nicht bald vorgekommen, dachte Anne Bäbi; das hätte mehr als recht, gerade so sei es ihm auch gewesen. Darum gab es wiederum guten Bescheid und sagte, der Stock solle nicht im Wege sein. Aufs Ofenhaus sei bald eine Wohnung gemacht, oder wenns sein müsse, so könne man auch eine neue Aufrichti machen; Hausplatz brauchten sie keinen zu kaufen, und das Geld drzu werde wohl o öppe am ene Ort sy.

Endlich kam Jakobli herein, allerdings wie ein gesottener Krebs, und Anne Bäbi sah nach, ob seine Hosen trocken seien, schenkte ihm ein, sagte ihm: «Seh, mach Gsundheit, du wirst das Meitschi wohl no chenne, und das ist dMuetter, si glychet dr angere wohl, wo ds selbist byn ihm gsi ist.» Jakobli tat wie geheißen, aß und trank, und aufgestellt wurde, was das Zeug hielt, und die Weiber wurden ds Gäggels und brichteten sich alle Lumpengeschichten, die sie in ihrem Gedächtnis hatten, und das Meitschi fing Händel an mit Jakobli, frug, ob sie gleich gehen wollten, das Hochzeit anzugeben, es schickte sich gar wohl jetzt gleich, so daß Jakobli nicht wußte, wohin sehen. Es erzählte, wie es den und diesen einer Andern abgestochen, dann ihn zum Narren gehalten, als er geglaubt, es sei alles im besten Greis. Es sei ihm noch Keiner listig genug gewesen, es wolle hundert übers Kübli lüpfen, ehe einer ihns. Es sei nichts Dümmeres auf der Welt als son e Schnürfli vo Bueb.

Endlich kam der Abend, und die Sonne verschwand aus dem Stübli, und die Weiber fanden, es wäre Zeit, heim. Und Anne Bäbi frug nach der Ürti, und Jakobli konnte sich nicht genug wundern, warum seine Mutter sagte, sie sollten doch ihns machen lassen, gäb wie die Andere sagte, sie hätte auch noch Geld für das und sie sei nicht deswegen hierher gekommen. Als bezahlt war, redete man von einem Tag, wo man in Burgdorf zusammenkommen könnte. Hansli müsse dann auch mitkommen, man könnte dann gleich alles verschreiben lassen. Und die Bäurin längte ihm die Hand und sagte ihm, er solle einmal zu ihnen kommen und sehen, wie sie es hätten. Zwar aparti Schöns werde er nichts sehen, aber sie seien zufrieden und könnten dabeisein. Darauf längte ihm auch die Tochter die Hand und sagte: «Aber wenn du kömmst, so komm tags. Es kennt dich niemand bei uns, wenn du nachts kämest, so weiß niemand, wie es dir gehen könnte. Es ist längs Stück nicht richtig um unser Haus, we me scho niemere ychelat.» Was das alles bedeuten solle, begriff Jakobli nicht, und er saß bei der Mutter auf dem Wägeli, und nichts war ihm noch eingefallen, und doch war Jakobli nicht dumm; aber er dachte halt nicht an das, sondern an ganz andere Sachen.

Anne Bäbi saß auf dem holperigten Wägeli, wo ein altes, dünnes, ghüsletes Hauptkissen als Linderungsmittel Prunk machte, wie im Himmel; die Mähre, welche Jakobli heimlich mit einem halben Immi Haber beglückt hatte, war mutwillig wie ein junges Böcklein und hätte gerne hintenauf geschlagen, wenn sie nur gewußt hätte, wie machen, daß es eine Gattig hätte. Jakobli aber schlug das Herz so wunderbar; es war ihm, als nahe er sich einem großen großen dunkeln Umhang und hinter dem Umhang sei die Seligkeit; aber wenn er an den Umhang kam, kam dann wohl aus dem Dunkel eine Hand, zog den Umhang weg und ließ Jakobli ein in die Seligkeit?

Der Umhang war aber nicht die goldene Abendröte, der Widerschein der Freude im Himmel, als die Sonne wiederkam und dem Vater erzählte, was sie von seinen Kindern gesehen. Es war der dunkle Punkt vor ihm, ein Knäuel, geballt aus grünen Bäumen und braunen Häusern, aus langen Zäunen und hohen Wänden, um den weiße Tauben flogen, auf dem lange Störche klapperten, und mittendrin, der süße Kern in uchüstiger Schale, weilte das Meyeli mit den blauen Augen und den gelben Züpfen, mit den freundlichen Blicken in den blauen Augen, dem hellen Schein im gelben Haar. Und wenn er in das dunkle Gehäuse fuhr, das näher und näher kam, tat sich da der Umhang von einander, ward ihm sichtbar das liebliche Kind, das so freundlich gesagt hatte: «Zürn doch recht nüt»?

Darum pochte Jakobli das Herz so sehr, daß er nicht hörte, was Anne Bäbi sagte, und je näher er kam, um so lauter klopfte ihm das Herz, und in allen Plätzen, Kabis-, Klee-, Bohnenplätzen, spähte sein Auge nach den seidenen Züpfen, die blinken konnten durch sieben Zäune hindurch. Von diesem Bangen und Klopfen merkte Anne Bäbi nicht das Mindeste, es dachte an nichts, als wie gfellig es sei, daß es ein solches Söhniswyb bekäme, son es tolls und kuraschierts, und wie man es jetzt machen müsse, daß es nicht fehlen könne. Je nachdem seine Gedanken heftig wurden, sprach es sie laut aus; nahmen sie an Lebhaftigkeit ab, so gab es keine Töne. Daher sprach es bald vom Notari, bald vom Stock, bald vom neuen Bettzeug und bald von Zyberlibure Tochter, vom Murer Vreni und vom Hochzeit Angeben, daß der Gugger klug geworden wäre aus seinen Reden. Ebenso wenig, wie es auf seine eigenen Reden merkte, achtete es sich Jakoblis Antworten, unterhielt sich dessen ungeachtet prächtig und merkte sogar nicht, wie Jakobli oder vielmehr die Mähre Raxigen zusprengte, daß fry der jährige und vorjährige und wer weiß wie vieljähriger Kot ringsum an den Rädern aufzubegehren, in der Luft herumzufahren anfing, fast als ob er der Kranz der Sternschnuppen wäre, der um die Sonne geht und Feuer speit, wenn die Erde in seine Nähe kommt, daß es ein grausig Luegen war.

Jakobli ließ das Ding tschädern, hatte genug zu tun, links zu sehen in die Kabis-, rechts in die Bohnenplätze; aber wie er auch sah, nirgends glitzerten gelbe Züpfen, nirgends funkelten die blauen Augen. Kabisköpfe, Bohnenstecken sah er zur Genüge, aber die glichen seinem Meyeli so wenig als ein Raxiger Bauer einem Engel. Die Zäune kamen, die Wände kamen, die Störche klapperten verwundert die Mähre an und die Raxiger Bauren tubaketen hinter ihren Misthaufen hervor, Mägde gingen zum Brunnen, Bäurinnen rüsteten Salat vor den Türen, die Mistgüllen glänzten in schalkhafter Ruhe, während die Hunde treulich ihr Amt verrichteten mit Bellen und Knurren; aber um das alles kümmerten sich weder die Mähre noch Anne Bäbi. Wie eine Hex humpelte die Erstere durch alle diese Herrlichkeiten, sah nicht rechts, sah nicht links, fast als ob sie sich schämte der Ungezogenheiten, welche sie sich diesen Morgen erlaubt. Jakobli ward ganz wehmütig, nirgends wollte ihm sein Meyeli erscheinen. Hier ein Bauer, dort eine Bäurin, hier ein Hund, dort eine Magd war alles, was er sah; aber was frug er diesen allen nach?

Der letzte Hund hatte seine Pflicht getan, der letzte Raxiger lag im Rücken, die Mähre war andächtig übers Brücklein gestiegen; schon wackelten so seltsam die Kommetscheiter, ein sicher Zeichen, daß nächstens die Mähre trottend weiterzotteln wollte, und Jakobli hatte kein Meyeli gesehen, keine gute Hand hatte das liebe Bild ihm hingestellt ins düstere Dorf. Das tat ihm so recht weh ums Herz, es dünkte ihn, er möchte sterben oder zKrieg dingen, nur nicht heim, nicht heim ins alte Längizytihus, wo ein Tag wie den andern Mädi Mädi war und Anne Bäbi ds Anne Bäbi.

Da stand plötzlich gerade vor der Mähre das schöne Meyeli; es war, als käme es vom Himmel so plötzlich, eigentlich aber kam es aus dem Bohnenplätz, der neben der Straße war. Es kannte sie alsobald, seine Augen leuchteten vor Freude, gar herzlich klang sein «Guten Abend geb ech Gott», welches es ihnen entgegensandte. «He, danke Gott», sagte Anne Bäbi, «gwinnst Bohne, bist da daheim?» «Dort in jenem Hause», sagte Meyeli und zeigte mit dem braunen Finger nach einem langen schwarzen Dach, auf welchem drei junge Störche lange Hälse machten. «Adie wohl», nickte Anne Bäbi. «Läbit wohl», klang es ihnen nach, langsam, fast wie ein Wehelaut und doch nicht; und lange stand das Mädchen am Wege und sah ihnen nach, es wußte nicht warum, und als es endlich mit seinem Bohnenkörbchen heimging, tat ihm der Kopf so weh, es wußte auch nicht warum.

Jakobli tat es nicht minder weh und war ihm doch plötzlich so wohl geworden. Als das Meyeli vor ihm stund so unerwartet und unverhofft, da war es ihm, als ginge der Himmel auf; seine Seele war auf einmal voll Licht und Freude, und versunken in diese Freude war sein ganzes Bewußtsein. Nur die Mähre nahm keine Notiz von der lieblichen Erscheinung, humpelte gleichgültig fort, dachte wahrscheinlich daran, was Sami sagen würde, wenn er wüßte, daß sie ein Halbimmi Haber im Leibe hätte. So geschah es, daß Jakobli, als der Glanz der ersten Erscheinung vorüber war, er das Mädchen grüßen, die Mähre halten wollte, kein Mädchen mehr vor sich sah; weit, weit hinter ihnen stund es schon und sah ihnen nach und ging mit seinen Bohnen heim – und Jakobli hatte ihm nicht guten Abend gesagt, auch nicht ein Zeichen getan, daß er es noch kenne.

Das war ein Wurm; der fraß ihm das holdselige Bild nicht, der war nicht von der gleichen Sorte, wie der war, der des Jonas Kürbisstaude anfraß; aber während er vor seinem innern Auge das Mädchen immer holdseliger sah, mit Mienelene so lieblich, er konnte nicht sagen wie, pickte der Wurm in seinem Herzen, akkurat wie der Pendul einer Uhr, aber statt ticktack tönte es: Kein Wort hast ihm gesagt, kein Zeichen getan; was wird es meinen, was wird es sagen? Dieser Wurm wollte nicht schweigen, er pickte immer lauter, und das Picken tat ihm so weh, als ob es Meißelschläge in seine Seele wären. Was wird es denken, was wird es sagen? tönte es immer schmerzlicher. Sein halbes Leben, sein ganzes Gut, sein einzig Auge hätte er gegeben, wenn er eine Viertelstunde hätte zurücknehmen können, noch einmal Meyeli vor der Mähre gestanden wäre. Dann wollte er die Mähre halten, wollte Meyeli die Hand längen und sagen: «Guten Abend geb dir Gott, was lebst geng? Wie geyhts dr geng?» «Ho, es geyht emel geng», hätte es gesagt und ihn freundlich angesehen aus seinen lautern blauen Augen. Und wenn er das Gesichtchen, das es ihm dazu machen würde, vor seiner Seele behalten und schauen könnte jeden Augenblick, was hatte er ein ander Auge noch nötig? Aber nichts hatte er ihm gesagt; was wird das Meitschi denken, was wird es sagen? So wurde das Picken immer stärker, drang aus dem

Herzen in den Kopf hinauf, daß es ihn dünkte, es wolle den Kopf ihm obenabsprengen.

Anne Bäbi merkte davon natürlich nichts, denn wenn man auch das noch sehen könnte, was hinter den Augen der Menschen vorgeht, wir bekämen sicherlich zu viel, ja die gwunderigste Frau würde Gott bitten, er solle den Schieber wieder stoßen. Es redete fort und fort vom Stock und von Zyberlibure Tochter; aber endlich dünkte es ihns doch, Jakobli sollte auch etwas dazu sagen, damit es ihn widerlegen könnte. Darum sagte es: «Was düecht de dih, warum seyst nüt?» Er hätte grusam Kopfweh, sagte Jakobli, wenn er daheim wäre, so düech ne, er möcht is Bett. «Das wird vom Wy sy», sagte Anne Bäbi, «und doch ist dä nit öppe bös gsi, mir macht er bsunderbar wohl; es düecht mih fast, ih möcht flüge. Aber du bist gar e Leyde und mast nüt erlyde, aber wenn du einmal gwybet hest, so wird dir das schon bessern.»

Das Wort Wyben setzte sich in Jakoblis Herz, gleich neben den Wurm, der darin pickte. Wie der Wurm seine Seele immer trüber machte, so machte das Wort Wyben Meyelis Bild immer schöner und strahlender. Wenn er das Meitschi bekäme zur Frau, dünkte ihn, so wäre er im Himmel, und er wüßte nicht, wie glücklich. Aber kein Wort hatte er ihm gesagt, nicht einmal ein Zeichen getan. Dann wurde sein Kopfweh noch heftiger, und als sie endlich heimkamen, da wollte er nicht einmal Kaffee, welcher zwegstand, sondern suchte gleich sein Bett, und als Mädi kam und ihm Tee anbot und daß es ihm wachen wolle, sagte er, es solle ihn ruhig lassen, es könne schlafen. Das wollte Mädi fast gmühen; es düechte ihns, wenn es Jakobli wachen wollte, so könnte der seinetwegen doch wohl das Schlafen sein lassen.

## ELFTES KAPITEL

### *Wie das Weibervolk es erfahren muß, daß das Mannevolk es nicht fassen tut*

Anne Bäbi dagegen war hellauf und mochte nicht warten, bis es den Hansli hinter dem Umhang hatte und ihm erzählen konnte, wie sie afe gfellig seien, ein so hübsches und kuraschiertes Söhniswyb zu bekommen; die werde Mädi angers rangieren und den Jakobli aufklepfen, daß es fry keine Art hätte; im ganzen Dorf sei Keine, welche ihr die Schuhriemen auflöse, und grusam vornehm sei sie, sie hätte einen Vetter, der sei schier dr Öberst zBern, und daher sei das Mönsch gekommen, es hätt eim düecht, es hange ein ganzer Krämerladen an ihm, so heyg es glitzeret und gschine. Jetzt müsse man aber auf der Stelle i dHäng speue. Morgen müsse man den Zimmermann holen lassen, um von wegen der Bhusig auf dem Ofenhaus mit ihm zu reden, und die Näherin; es müßten Hemder gemacht sein für Jakobli und Bettzeug, und am Donnstag müßte Hansli auf Burgdorf, um zu fragen, wo öppe e Schryber sei, der dSach mache könne, daß es es heyg, und doch notti nit e Bschyßne; es syg hützutag neue niemere meh recht z'traue, bsungerbar de Schrybere. Es wolle mit ihm gehen und gleich noch allerlei einkaufen, was es öppe mangle; sie müeß de öppe gseh, daß sie in ein Haus komme, wo nit öppe nüt sei.

«Aber pressiert das sövli?» fragte endlich Hansli. «Du Göhl, warum wollte das nicht pressieren? Weißt nit, wie es an ein Aufweisen geht, wenn Zwei zusammenwollen, und wenn man ein anständiges Mönsch an der Hand hat, so muß man es den Teufel nicht wissen lassen, sondern abfahren mit ihm, sonst hats gefehlt.» «Aber seid ihr denn sövli richtig?» «Sövli richtig! Meinst, wenn wir nicht richtig wären, ih und dZyberlibüri, es wär mir so daran gelegen?» «Was sagt der Bub dazu, ists ihm anständig?» fragte Hansli. «E dummi Red, was sagt der Bub dazu! Was wollte der dazu sagen und was sollte ihm nicht anständig sein? Der kann beim Schieß froh sein, daß man so zu ihm luegt und sövli für ihn tut. Nit en iederi Mutter würde einem Söhniswyb Platz machen und dSach us de Fingere gä. Und de ga z'frage: Was seyt dr Bueb, ists ihm anständig! E selligs bravs Mönsch noch dazu; lueg, man könnte es am schwersten Güterwagen an der Deichsel brauchen.»

«Gfallts ihm?» fragte Hansli. «Gfallts ihm, gfallts ihm! Ih ha jetzt de afe bald gnue, du willst mich nur bös machen und ausspielen; wie sollte ihm eine nicht gefallen, wo ist wie ein angestrichenes Landfaß mit eme Gring zoberist oder fast wie es gmalets Fürsprützehüsli.» «Was het er gsit?» fragte Hansli. «Was het er gsit! Was het er gsit! Los, jetz schwyg mir, jetz han ih gnue, und wennd e Narr ha witt, su häb de mynethalb e ysige! Was het er gsit? Nüt het er gsit, was hätt er welle säge? Aber aglueget het ers, als wenn es e warme Misthufe wär und er e Nebelkräyhe.» «Si werde o gredt ha mit enangere?» fragte Hansli ganz leise. «O gredt ha mit enangere! Was hätte si mit enangere sölle rede? Gredt ha mit enangere! Jetzt wey mr schwyge, jetz han ih gnue für hinecht, gnue han ih! Los ume, wennd no einist so gege mir bist, su chast de für es angers Anne Bäbi aus, mich siehst du nicht wieder!»

Nachdem Anne Bäbi diese Kriegserklärung abgegeben hatte, drehte es sich gegen die Wand und ließ keinen Gux mehr aus, und Hansli ebenfalls nicht; so ward es stille im Stübchen, es schlich der Schlaf herbei und deckte das Ehepaar mit seinen weiten Flügeln.

Am folgenden Morgen bschütteten Hansli und Jakobli mit einander; der Erstere stieß das Bücki, der Letztere trug den Gohn nach. Als sie draußen im Baumgarten waren, wo der frischgemähte Fleck erlabet werden sollte, stellte Hansli sein Bücki ab, nahm sPfeifchen hervor, und während er darin grübelte, fragte er Jakobli: «Was seist drzue?» «Was meinst, Ätti?» fragte Jakobli. «He, was du zu dem Mönsch sägest, wo gestern mit euch getrunken hat in Kriegstetten?» «Aparti nüt, Ätti», antwortete Jakobli. «Hets dr gfalle?» fragte Hansli. «Es ist es Tolls», antwortete Jakobli. «He nu so de», sagte Hansli, nahm den Gohn und begann zu bschütten, so schön er konnte, langgestreckt einen Gohnwurf dicht am andern. Es düechte Jakobli, er möchte den Vater fragen, warum er nach dem Mönsch gefragt hätte, was das bedeuten solle. Aber ob dem Denken daran kamen ihm die gelben Züpfen wieder vor Augen, er mußte nur wieder denken: «Keys Wörtli gseit, keys Zeiche tan», und vergaß ob diesem des Vaters Fragen.

Anne Bäbi aber, das fuhr ganz herrisch im Hause herum wie der Kaiser Napoleon zu seiner Zeit in Deutschland, ließ bedeutsame Worte fallen besonders gegen Mädi, zum Beispiel, es sei gut, daß bald öpper anger hier befehle, es könne afe nichts mehr befehlen, das recht sei, aber man werde noch manchmal an ihns denken; es sei gut, daß dSach allbeeinisch schangschiere, es gebe Leute, die es sonst nie erführen, wie gut sie es einmal gehabt hätten, und solchen geschehe volles Recht, wenn es ihnen einmal ungsinnet Matthäi am letzten läute.

Mädi war nicht der Art, sich lange stillschweigend mit verblümten Redensarten traktieren zu lassen; es sagte, Anne Bäbi solle es doch gerade heraussagen, wenn es nicht mehr recht sei hier, es gehe noch heute; es sei nicht, daß es es hätte zwängen wollen, so lange hier zu bleiben; heißen bleiben hätte man es manchmal, aber heißen gehen brauche man nur einmal. O Jere, es wüßte noch, wo sein, es seien hundert Plätzg für eine, wo man schon lange an ihns gesetzt habe, und wenn es nit e Göhl wär, so wüßt ke Hung, was es jetzt für e Herreköchi wär oder no öppis meh. Es hätte afe e Ton ghöre lüte; wenn es den no einisch hörti, su wüß niemere, was es no chönnti acho.

«He nu so de», sagte Anne Bäbi, «so chömm dih a was well; ih vrwungere mih nüt meh, mira chömm e alti Kuh ds Gumpe a oder e alte Narr ds Tanze.» «He ja», sagte Mädi, «es ist sih hützutag gar nüt meh z'verwungere; wo ke Dank meh ist, ist o ke Sege meh, und wo die alte Wyber alle Märite nachfahre und so in alle Lumpebädlene umehocke, da cha me denke, wies e Ustrag näh mueß und was die für e Regelion hey. Da chunts eim wohl, wenn man selbst etwas z'beißen und z'brechen hat.»

«Beiß und brich du meinethalb, was und wo du willst», sagte Anne Bäbi, «aber wenn ich zMärit will oder ins Bad, so geht es dich nichts an; ja, wenn ich dich mitnehmen wollte, so wäre schon alles recht, und wenn es alle Tage zMärit ginge. Aber wenn du schon nicht an allen Orten deine Nase hast, so ist es gleich.»

«Ja, das sehe ich», sagte Mädi. «Wenns ums Lebe geyht u ke Mönsch meh Vrstang het, de wohl, de isch my Nase guet gnue. Aber wenn de ds Böste für isch u esn ieders Laschi dr Reste mache cha, de wohl, de ist Mädi nüt meh, de müeße Angeri zueche. Oh, ih merke wohl, was Trumpf sy sött, aber dSau isch no nit gstoche.» So sagte Mädi und schlug die Türe hinter sich zu, daß die Fenster das Fieber kriegten und schnaderten wie die Schulkinder zu Kümligen, wo dSchulmeisterin viel auf Holzsparen hat und allweg dWärmi ihren Kindern besser gönnt als den Schulkindern.

«Was Tüfel soll das sein?» sagte Anne Bäbi, «was hat das Mönsch? Weil es dem Bub ein paar Nächte abgewartet hat, meint das jetzt, es müsse sein Kingemeitschi sy sys Lebelang, und wenn er ausreite, so müsse es mit. Es ist afe nimme drbyzsi, wie uverschant en iedere Tätsch wird.» So redete Anne Bäbi, dachte nicht weiter, dachte überhaupt der Sache gar nicht nach, denn es hatte Wichtigeres im Rispi. Am Donnstag sollte es nach Burgdorf sein, Hansli und Jakobli sollten mit; wenn man e rechte Schryber fing und wenn dZyberlibüri ungfähr auch da wäre, so könnte man die Sache gleich abweg machen, sie wäre dann fertig und mi chönnt wieder a die angeri Sach hi, meinte Anne Bäbi. Jakobli wollte nicht gehen; der Weg ging nicht durch Raxigen, und dem Ausreiten mit der Mutter frug er nicht viel nach. Er sagte viel von Kopfweh und er glaub, er möge ds Ryten nicht erleiden, und als die Mutter mit ihm laufen wollte, so glaubte er, auch das Laufen nicht erleiden zu mögen, seit den Blattern hätte er plötzlich Blätzen ab.

Er sei der leidischt Hung, sagte die Mutter, das erleid ihr afe; es sei gut, wenn es bald angers chömm. Das dünkte Jakobli grusam, er meinte, er sei der Mutter erleidet und sie wünschte, daß es eine Änderung geben möchte mit ihm; und vermochte er sich dessen etwas, daß er kränklicht war?

Hansli wollte auch nicht mit. Er begehre nicht all Woche zMärit, des Gläufs mög er nüt. Anne Bäbi chönns ja mache, dafür brauch es nicht ihrer Zwei; es wüß, wie es es wolle, und was es mache, sei ihm recht. Gwerchet müeß dSach sy, wenn man wolle z'essen haben; der Winter komme und frage nicht, ob man gwerchet heyg oder dZyt vrlüffe. So mußte Anne Bäbi alleine gehen, und es ging. Wer es gesehen hätte wandeln das Feld hinab, hätte ihm ansehen müssen, wie das gewaltige Bewußtsein in ihm throne, das Heil des Hauses in seiner Hand zu tragen samt der Macht, der Familie Geschick zu bestimmen auf Kind und Kindeskinder hinaus. Es ist kurios, wie oft man den Leuten es am Rücken ansieht, was sie im Herzen tragen, und je mehr man ihnen am Rücken ansieht, desto weniger sinnen sie, was hinter ihrem Rücken vorgeht.

Mädis Nase war nicht verstopft, schon lange hatte es Lunte gerochen, es merkte, daß etwas im Spiel war, aber was, das hatte es nicht erkunden können. Um Jakobli strich es immer wie eine Katze um die Beine des Melkers, von dem sie Milchschaum möchte, und wollte auf seine Weise ihm erstlich die Würmer aus der Nase ziehen und zweitens ihm Verstand machen. Aber wegen dem Ersten richtete es nichts aus, denn da Jakobli nichts erraten hatte, so konnte er nichts verraten, und wegen dem Zweiten noch weniger; denn deutsch durfte Mädi nicht reden wegen der verfluxten Heiratsgeschichte, und auf das Verblümte verstund Jakobli sich nicht. Und wenn man ein liebes Meitschi im Kopf hat, so kann so ein Mädi eim mit dem Holzschlägel winken, man merkt es nicht.

Meine Feder ist zu schwach, die Freude auszudrücken, mit welcher Mädi Anne Bäbis Rücken sah, als dasselbe so selbstbewußt das Feld niederwandelte; sie brodelte und rumpelte in seinem Herzen noch viel ärger, als bas niede eine Laxierung zu brodeln und zu rumpeln pflegt. Nun hatte es einen ganzen lieben langen Tag freies Feld bei Jakobli und konnte ihn so recht von Herzenslust ausfrägeln über den Solothurner Märit und den vergangenen Sonntag, und was es da vernahm, konnte es zusammenstellen mit einzelnen Worten, welche es hier und dort aufgeschnappt; denn Mädi hatte nicht nur keine verstopfte Nase, sondern auch seine Ohren waren im guten Stande und hielten sich nicht ungerne in der Nähe von Türen auf. Hansli und Sami fuhren zAcker, während Mädi daheim die Hausfrau vorstellte und tun konnte, was ihm anständig war.

Jakobli saß vor dem Hause und reytete alten Hanf. Anne Bäbi hatte gesagt, es wäre ihm anständig, wenn sie noch ein

Waschseil hätten oder zwei; wenn das Zeug mehren sollte, so brächte man es nicht mehr auf die alten Seile. Bald setzte sich Mädi auf ein kleines Stühlchen neben ihn und schälte Äpfel zu einem Brei, setzte sich so recht zweg und hatte einen großen Korb voll halbfaule Äpfel, daß man wohl sah, es hatte im Sinn, nicht so bald aufzustehen, sondern den Morgen da zu verbringen.

Mit diplomatischer Gewandtheit leitete alsobald Mädi die Rede auf den Solothurner Märit. Da es hier von dem unbefangenen Jakobli nichts herausquetschen konnte, so sprang es auf den vergangenen Sonntag über. Hier kriegte es eine Fischeten.

Jakobli erzählte ohne Arg, daß sie in Kriegstetten die Zyberlibäurin angetroffen hätten samt ihrer Tochter, daß sie zusammen in einem Stübchen gegessen und getrunken und die Mutter die Ürti bezahlt hätte. «So so», sagte Mädi, «also die sollst du heiraten?» «Heiraten?» sagte Jakobli, «warum nicht gar, öppis Dumms eso, von Heiraten hat kein Mensch etwas gesagt.» «Du bist es guets Tröpfli», sagte Mädi, «und es ist in dEwigkeit nicht recht, wie die Mutter mit dir umgeht; gerade die, e selligs Ofehus, sollst du heiraten, und gerade deretwegen ist die Alte heute wieder auf Burgdorf.» «Das müßte ich doch auch wissen», sagte Jakobli. «Glaub mir, von Heiraten hat kein Mensch mit mir gesprochen. Die Junge hat mich geheißen, sie einmal zu besuchen, aber selb kann ich machen oder nit machen, habe ich gedacht. Und weiters hat kein Mensch etwas gesagt, und allweg möchte ich die nicht; sie hat da geredet und getan ganz ungschämt u fast wie wenn sie sturm wär.» «Du magst sagen, was du willst», antwortete Mädi, «dSach ist richtig, und desto schlechter ists vo dr Alte, daß sie es dir so macht, wenn du nichts davon weißt; aber bricht mih nit, du willst es nur nicht sagen.» «Wäger nit», antwortete Jakobli. «Vom

Heiraten hat dMuetter scho lang öppe gstürmt, aber z'grechtem nie drvo gredt, und von wegen Einer aparti hat mir niemere kes Wort gseit, und die mag ich wäger nit, lieber wollte ich sterben», sagte Jakobli und hatte die Augen voll Wasser.

«Du hast recht», sagte Mädi, «e Selligi!» «Hest vo re ghört, chennst se?» fragte Jakobli. «Jo wäger», sagte Mädi, «wer wett die nit chenne; vo Zyberlihogers Tochter redt me öppe, mi ma cho wo me will, ds Lang uf, ds Lang ab.» «Was seyt me?» fragte Jakobli. «Was seyt me! Was wett me säge! Daß das dr wüestisch Uflat syg, wo uf ene Tanzbode chömm und zBern über dBrügg gang. Was wett me vo ere Sellige säge, wo afe drü Unehliche hätt sölle ha, wenn es z'grechtem gange wär, dem ke Schryber z'nütgrechts isch und ke Schwarzwälder z'ungrate!» Nun begann Mädi, welches von Zyberlibauren Tochter kaum je mehr als den Namen gehört hatte, eine Lebensgeschichte derselben zu erzählen, vor welcher jedem ehrlichen Menschen die Haare zu Berge gestanden, und jeglicher, dem die Wahl gelassen worden, zehnmal lieber Schinderhannes gewesen wäre als Zyberlibure Tochter. Kurz Mädi bewährte sich als eine eigentliche Künstlerin und machte eine Geschichte, daß es ihns selbst und Jakobli zu schlottern begann am heiterhellen Tage und im warmen Sonnenschein.

«Hör doch», sagte endlich Jakobli, «es wird hützutag gar viel gloge; we me ds Halbe glaubt, es ist geng no zviel.» Er könne es machen, wie er wolle, sagte Mädi, aber es lüge nicht, und was es gesagt habe, habe es mengs hundertmal ghört. Wenn aber dLüt so schlecht seien und solche Sachen ersinneten, so vermöge es sich dessen nicht. Es solle ihm niemand nachreden, daß es sein Lebtag ein einzig Wörtlein gelogen; es wollte sich schämen, es hätte an der Wahrheit immer mehr als genug gehabt. «Und wennd es selligs

Mönsch mast, su nimms mira, ih will kes Wort gseit ha. Aber lue de, wies dr geyht.» Bhüetis, sagte Jakobli, er wisse wohl, daß es kein Lugimönsch sei und dLüt lay sy, wie sy syge. Es solle nur nicht Kummer haben, e Selligi möcht er nicht, und wenn nur der zehnte Teil wahr wäre und wenn sie noch so schön wär und Geld hätte wie Heu. Es grus ihm fry ab ere, und er wett lieber sys Lebe lang ledig blybe als eine nehmen, die dere nur vo wytem glychti. «Su sinnest doch de dra z'wybe?» fragte Mädi und mißhandelte seine halbfaulen Äpfel, daß es eine schreckliche Sache war.

Jakobli wurde rot im Gesicht, und Meyeli tanzte so lustig in seinem alten Hanf herum, daß er lange nicht antworten konnte. «Oh, ich merke schon», sagte Mädi, «was Trumpf isch; du hältst mich nur zum Narren, du wirst ein Göhl sein wie die Andern und die vrfluechti Buregränne welle i ds Hus bringe. Aber ke Stung blybe ih mit ere Sellige unger eim Dach, zell druf; du chast de luege, wies dr geyht, du arme Hung was de bisch.» «E aber Mädi, tue doch nit so wüest», sagte Jakobli, «das isch ke Red drvo, daß ih das Zyberlimeitschi hürate well, selb nit. Aber wegem Hürate han ih nit grad gwüßt, was ih dr säge will; das isch son e Sach, wie si isch, mi cha glücklich sy drby und diese Weg, es chunt geng druf a, ob me gfellig ist, und ih säge nit, daß ih ds Wüestist alles mache wett, wenn dSach öppe drgege gsächt. Aber pressiere tuets nüt, das ist no allweg früeh gnue.»

«Du hast recht, Jakobli», sagte Mädi, «du bist geng gar e Witzige gsi, gäb was dLüt gseit hey. Ja, wennd son es bravs, werchbars Mönsch fingst, das Sorg zu dr het, wenns de scho nit es Rychs isch oder son e junge Gäuggel, su nimms mit beede Hänge u lieber hüt als morn. Das ist ds Best, wod mache chast, aber nit e sellige Surchrutkübel, son es Buretrüch, wo nume Hochmuet het und ke Tuget.» «Ih weiß aparti kes», sagte Jakobli, «und wie gseit, es pressiert mr nüt.» «Was, du weißt kes Meitschi, das dr gfiel, es werchbars Mönsch? Jakobli, Jakobli, du Schalk, häb nit Flause! Du bruchst dih ja nüt z'schüche, mir si ja eleyni, es ghörts niemere», sagte Mädi.

Jakobli ward wieder blutrot, in solchen Anmutungen war er noch nicht erhärtet. «He, wen wett ih wüsse?» sagte er endlich. «Du tusigs Bueb», sagte Mädi, «jawolle, niemere wüsse; du wottschs ume nit säge. Aber du hast dich ja nüt z'schüche; bsinn dih recht, so recht es freins, werchbars Mönsch und no nit wyt dadänne, chunt dr kes zSinn?» So fragte Mädi schalkhaft und guggete mit süßen Äugelein an ihm herauf. «Nein, wäger nit», sagte Jakobli, «ih weiß vo kem sellige.» «He nu so de», sagte Mädi, «meinetwegen, wennd nit witt, so laß hocke», stand auf, nahm seine Körbchen unter den Arm, schoß in die Küche und brummte halblaut: «Ih has doch daycht, es gang mr so; aber es isch sih nüt z'vrwungere, e Halbbling gseht ebe ume halb und isch im ganze ume son e halbe Mönsch.»

Taub war Mädi erstlich, daß Jakobli nicht an ihns dachte, aber hauptsächlich deswegen, daß Jakobli ihm die Sache verleugnen wollte mit der Zyberlitochter und daß es Anne Bäbi nach seinem Gring gehen sollte. Es nähms doch beim Schinder wunder, ob denn dem alles gehen sollte, wie es wollte, und ob man da nicht auf einen Weg zwischeneinkommen könnte. Wenn es noch zwanzig Jahre jünger wäre, dachte es, so machte es ihm keinen Kummer; aber jetzt, und noch dazu bei einem Halbbling, hätt dSach e Nase. Und wenn es ihn zuletzt schon nicht bekomme, wenn nur dä alt Sturm es auch nicht zwängen könnte, so sei es ihm zuletzt gleich. Wüst mache man es ihm allweg, das sei wahr, aber das mache nichts; wenn ein gerechter Gott im Himmel sei, so werde der es ihnen schon eintreiben, sie sollen nur Geduld haben.

So lief das Gedankenräderwerk in Mädis engem Kopf, und daß dabei der Apfelbrei und die Erdäpfelschnitze nicht am besten fuhren, kann man sich denken. An die Erdäpfelbitzli tat es nichts als Wasser. Den Brei bränntete es, und in der Suppe war auch kein Brösmeli Salz. Sami stellte seinen Brei der Katze dar, die grännete darob gar jämmerlich und fing an zu rauen, als ob ihr jemand auf den Schwanz getreten wäre. Hansli räusperte sich und sagte, es mache ihm so arig im Hals; wenn er Wasser hätt, er trunk. Jakobli sagte, er möge neue nit recht, er sei aparti nicht hungrig. Mädi machte dazu immer zornigere Augen und sagte endlich, wenn sie es nicht wollten, wie es sich gwohnet hätte, so könnten sie seinethalb ein andermal selbst kochen oder auch zMärit gheye. Es sehe wohl, es könne es afe niemand breyche. «Mach ume, daß es dKatz es angermal ma, mir möge dann auch», sagte Sami. Da wäre es lustig gegangen, wenn Hansli nicht gesagt hätte, er hülfe schweigen, wüst sagen trage nichts ab und ds Esse werd drmit nit angers.

Selb Nachmittag war es nicht gut, in Mädis Nähe zu sein. Jakobli begehrte daher nicht Hanf zu reyten, sondern ging mit dem Vater auf das Feld. Das machte nun Mädi noch böser; es fuhr ums Haus wie ein Wespi, und da es an keinen Hausgenossen sein Gift absetzen konnte, so mußten es Bettler, Tauben und Hühner entgelten, die ihm in Wurf kamen.

Gegen Abend kam Anne Bäbi das Feld auf ganz stolz wie ein Feldherr nach gewonnener Schlacht; es trat so gsatzlich ab und wiegelte den Rücken so majestätisch wie eine Frau, die in guter Hoffnung geht, Frau Ratsherrin zu werden. Mädi sah seine Frau Meisterin von weitem. Potz Schieß, dachte es, die hat den Gring hoch obe; aber es müeßt dr Tüfel tue, su mache ih ne dere ache, wart die ume.»

Anne Bäbi kam herein, wünschte trocken guten Abend;

aber Mädi antwortete nicht trocken, sondern mit Schimpfen und Aufbegehren, daß es des Gläufs bald genug hätte, und wenn Anne Bäbi immer auf der Straße sein wolle, so könne es jemand anders anstellen, um zu kochen, es könne es niemand mehr breyche. Jetzt könne es seinethalben selbsten feuren; es wüßte nicht, was machen, daß es recht wäre, und wenn es nicht heimgekommen, so hätten sie seinethalben ungeessen ins Bett gekonnt.

Anne Bäbi war nicht das, welches nicht alles glaubte, wenn man über das Mannevolk schimpfte; es sagte oft, es seien alles wüest Hüng; Hansli wäre von den Bessern, aber öppe e große Unterscheid sei nicht. Darum half es Mädi noch und sagte, es sei afe nit meh drbyzsy, und we me ume dr Rücke cher, su syg dr Tüfel los, und Sami wüß afe nit meh, wie er tue well, aber dä söll ume warte, es werde ihm bald e Angere pfyfe. Selb ist no dFrag, dachte Mädi, tat aber nichts drglyche, sondern feuerte auf Anne Bäbis Befehl, welches das Kuttli abzog, ein ander Fürtuch umlegte und ein Kaffee zwegmachte, über das sich niemand klagte.

Nun erwartete Anne Bäbi, Hansli werde gwunderig sein über den Erfolg seiner Verrichtung, werde ihm nachtrappen und in einer sichern Ecke zu fragen anfangen – aber ohä! Hansli frug nach dem Nachtessen, ob nichts zu rüsten sei, stopfte nach dem Rüsten sein Pfeifchen, trappete draußen dem Sami nach, werweisete mit ihm allerlei auf dem Bänklein vor dem Stall, achtete sich Anne Bäbis durchaus nicht, wenn es vorüberschoß wie ein gejagter Hirsch oder ein brünstiger Schnepf und seine Trümpfe fallen ließ wie ein Schnepf sonst etwas. So werweiseten die Beiden ganz behaglich, bis es zehne schlug, über Kleb und Blösch, über rot und blaues Korn, über Mist und Knochenmehl, dachten von ferne nicht an Anne Bäbis und Mädis Seelen und was in denselben vorging, wie es da wogte und stürmte, kurz sie waren wüest Hüng und hatten kein Gefühl für die Regungen weiblicher Seelen.

Aber Hansli, der Arme, erfuhr es, als er endlich hineinkam, das Pfeifchen auf das Buffert legte und sachte ans Schlafen gehen wollte. Anne Bäbi war schon im Bette, gab sich alle Mühe, sich schlafend zu stellen, selbst zu schnarchen, im Glauben, Hansli werde doch wissen wollen, was es ausgerichtet, werde fragen, werde es vielleicht mit dem Ellbogen stüpfen. Potz Kreuz, wie wollte es im letztern Fall (im erstern wollte es nämlich gar nicht erwachen) auffahren, ihm alle Schande, aber kein Wort von der ganzen Sache sagen bis am Morgen. Dä mueß es einist wüsse, dachte es. Aber Hansli tat ganz sachte, legte sich mit einem sanften Berz zum Schlafen zweg und fragte auch nicht ein einzig Wörtchen. Und jetzt sollte Anne Bäbi seinen Zorn in der Stille verwerchen, sollte warten mit demselben im Leibe bis am Morgen oder gar riskieren, ihn zu verschlafen? O nein, dazu war Anne Bäbi nicht auf der Welt.

Es wußte nicht recht, wollte es zu heulen anfangen über die Ungerechtigkeit der Welt und wie es alles machen müsse und keinen Dank davon habe, oder wollte es sich drehen, im Drehen mit dem Ellbogen Hansli e Ketzer versetzen, darob erwachen und dann anfangen: «Bist endlich da, du ewige Stopfi, du Sürfli? Aber wart du ume, gäb ih meh e Tritt für dih tue, will ich lieber hingertsi zChilche wie allbets dHexe.» Anne Bäbi entschied sich für die letztere Manier und fuhr, gedacht getan, herum wie auf dem Reibebett der Reibistein und traf Hansli so gut, daß der zusammenfuhr und frug: «Sacker, was hest?» «Herr Jemer, was geyhst mih ga wecke», antwortete Anne Bäbi, «chast mih nit rüehyig la, won ih doch dr ganz Tag für alli ha müeße laufe u ke Mönsch seyt mr Dankeygist.» «Wohl fryli», sagte Hansli, «ih ha mih ja still.»

«Ja, still hest du dih u last mr di ganzi Sach uf em Buckel, und won ih heychumme, bietet mir nit e Mönsch es Chacheli Kaffee a; ja wenn ih sterbe wett, es längti mr niemere es Tröpfli Wasser», sagte Anne Bäbi. «Ih bi ja uf em Feld gsy, u won ih heycho bi, bist drhinger ghocket, wie han ih welle abiete?» antwortete Hansli. «Ebe das ist ds Wüestist a dr; hest dih nit chönne hey mache, wod glaubst, ih chömm hey? Und de nit emal drglyche z'tue, dSach gang dih öppis a, o nit mit eme Wörtli?» «He», sagte Hansli, «dara han ih nüt gsinnet, du seyst mr dSach allbets ungfragt.» «So, ungfragt säge ih dr dSach, ungfragt? So, es angers Mal chast frage u de luege, ob de se de vrnähmist. U so bigegnet me mir, wo für alles sorge mueß u hüt dr ganz Tag sih fast dBey het müeße ablaufe und key Mönsch mr ds Ryte anerbote het und zletzt nit emal es Tröpfli Kaffee! Und won ih nit gsi wär, su hätts zletscht us dr ganze Sach nüt gä.» «So», sagte Hansli. «Ja, so, säg ume so, so mängist de witt, nüt gä hätts us dr Sach, wo du u Jakobli so dra hange, wenn Anne Bäbi nit gsi wär! Ih ha dSach i ds Reine bracht und zwängt, daß me dSchrift macht, es wirds jetzt wohl ha.» «So hest e Gschrift?» fragte Hansli. «Ja, ne Gschrift han ih, und e wettigi! Si hey sih lang gwehrt, aber es het alles nüt ghulfe, si hey müeße.

«Won ih», begann Anne Bäbi zu erzählen, «won ih zum Rößli gekommen bin, da sind sie schon dagewesen, dBüri und dTochter, und aßen da und tranken, wie wenn es schon Mittag wäre, und haben sich meiner fast gar nicht geachtet. Endlich frugen sie mich, ob ich alleine wäre. Ja, sagte ich. Da sahen sie einander an und sagten, es werde nichts sein mit der Sache, sie wollten gehen, ihre Sache zu verrichten. Das wäre gspässig, sagte ich, grade jetzt wollten wir zu einem Schreiber, der Wirt werde wohl einen wissen. Was wir bei einem Schreiber wollten alleine, ume dWyber, das gebe nichts Hebliches, sagte die Bäurin. Das wär gspässig, sagte ich. Ein rechter Schreiber werde es schon machen, daß es hätte.

«Sie ließen sich überreden; der Wirtsbub zeigte uns den besten zBurdlef, und den hats gelächeret, als er uns sah und hörte, was wir wollten. Schreiben wolle ers schon, sagte er, aber wer es unterschreiben solle? He, sagte ich, das werde er wohl auch könne. Aber es muß doch nicht einer von den Rechten gewesen sein, denn das hat er nicht können. Ich habe ihm doch gesagt, auf zehn Kreuzer oder fünf Batzen mehr oder minder komme es nicht an. Aber er ist e Baschi gsi, hat zuletzt gesagt, es sei nicht, daß es heute unterschrieben sein müsse, er könne heute dSach aufsetzen, und über acht Tage könnten wir sie unterschreiben und den Aufsatz heimnehmen. Ich habe wohl gemerkt, es ist ihm nur um den doppelten Lohn gewesen, ich habe ihm deinen Namen gesagt, und wenn er ds Andere alles hat schreiben können, warum dann die paar Buchstaben nicht auch? Da dachte ich, auf ein paar Batzen komme es nicht an, und so ein Schryber werde auch machen, was er könne. He nu so de, han ih du gseit.

«Da hat er zu schreiben angefangen wie ghexet, hat dann um alle Namen gefragt, und wo er die gehabt hat, sagt er zletzt: Und jetzt? Da hättest du sollen dabeisein; da hat das Meitschi angefangen aufsagen alles, was er schreiben solle, wie wenn es es im Fragenbuch gelernt hätte, styf eins nach dem Andern, nichts hat es vergessen. Es hat den Schreiber selber verwundert, fry manchs Mal hat er sagen müssen: 'ume hübschli' und zuletzt hats ihn immer gelächert; er wird gedacht haben, son es bsinnts Möntsch möchte er auch. Es hat auch nichts vergessen. Als ich meinte, jetzt werde es nichts mehr wissen, sagte es noch, und das hätte mich fast welle gmühen, aber ih ha du denkt: I Gottsname, Hühner sollten wir keine haben im Stock; Eier wollte es uns schon geben, soviel wir nötig hätten. Wegen den Hühnern habe ich nichts gesagt, aber wegen den Eiern habe ich gemeint, es sollte ein Gnamts sein; aber da hat es gesagt, das brauche sich öppe nicht, und da han ihs mr la gfalle. Etwas hat es gesagt, der Schreiber hat mich zweimal gefragt, ob er es schreiben solle, aber ich habe herzhaft gesagt, er solle nur; ich habe gedacht, das mache einmal nüt, denn wenn Jakobli heirate, so sei ja von Sterben keine Rede mehr und dann gelte alles zusammen nichts. Wenn er sterbe und wir lebten noch, so wolle es doch den Hof erben, und wenn wir auch stürben, alles, was wir noch hätten. Das hat den Schreiber strengs dünken wollen, aber das von wegen den Hühnern hat mich viel strenger düecht; aber ich habe gedacht, von wegen dem Sterben wolle ich nicht Kummer haben; wenn in einem Hause jemand sterben sollte, so nehme es doch weit eher e Kindbettere als es Mannevolk. Als alles fertig war, ist es schon spät gewesen, und doch sind wir noch zusammen gegangen und haben etwas zu Mittag gegessen und abgredt, du sollest die Gschrift lesen und Jakobli solle sie dann zu ihnen tragen; er muß sich dort auch einmal zeigen, sie tun es nicht anders, und in vierzehn Tagen sollen wir dann alle auf Burgdorf, die Sach richtig machen und ds Hochzyt abrede, und drby sölls sys Vrblybe ha.»

«He nu so de», sagte Hansli, «wied meinst.» «Wied meinst! Ich meine gar nichts, aber es dünkt mich, es sollte euch allen daran gelegen sein so gut als mir, es ist dein Kind so gut als meins.» «He jo», sagte Hansli, «öppe wegen dem ist nüt z'säge.» «Du kommst aber über vierzehn Tage?» fragte Anne Bäbi. «Ho, wes nüt angers git», sagte Hansli. «Nüt angers git! Nüt angers! He jo!» sagte Anne Bäbi – sagte es noch einmal immer langsamer, gähnte auf einmal fürchterlich, drehte sich, und bald kam ein Getön aus seiner Ecke, daß man nicht wußte, kam eine Spinnmaschine in Gang oder sonst etwas. Hansli aber hörte man noch lange halblaute Worte brummen, und manchmal war es fast, als hätte er geseufzt. Doch kam endlich auch ihm der Schlaf über alles, deckte den weltlichen Grümpel ihm zu.

Aber wenn halt der weltliche Grümpel eine Pflanze ist und das Herz der Acker ist, auf dem sie wächst, so ist der Schlaf kein See, in den man versenken kann des Tages Kummer und Ängsten, daß heiter, frei und hell der folgende Tag heraufzieht über das froh gewordene Herz. Es ist der Schlaf nur die Nacht, welche kürzer oder länger der Herzen Not verhüllt, und wenn der junge Tag kömmt, so streckt die alte Not ihr trostloses Haupt wieder auf und ist über Nacht vielleicht noch gewachsen. Es ist der Schlaf nur die Decke, welche des Herzens Zustände decket, der Schieber, welchen man stoßet vor der Seele Jammer. Aber wie manche Decke zu kurz ist, daß an allen Enden das Bedeckte hoch empor seine Spitzen streckt, wie mancher Schieber die Töne nicht zu verschließen vermag, dumpf und grausig sie hinter ihm hervortönen, wie oft der Sturm kömmt, die Decke hoch emporreißt und immer weiter weht, solch ein unzuverlässiger Mantel ist der Schlaf für den irdischen Grümpel. Je schwerer er auf der Seele lastet, um so kürzer wird der Mantel; wie Berge ragen die Sorgen in die Träume herein, wie Stöhnen aus dunkelm Bergesschoß hallen die Seufzer der Angst durch die Nacht, ja wie der Sturm die Decke, stäubt die Sorge vom Lager weg den Schlaf, und je sehnlicher der Geplagte ihn wünschet, um so weiter stäubt ihn die Sorge, entblößt immer mehr und immer schmerzlicher nicht nur Gipfel und Stamm, sondern die Wurzel der giftigen Pflanze bis tief in die Erde hinunter.

So kam wohl auch dem aufgeregten Anne Bäbi der Schlaf über den ermatteten Leib, aber die Wellen der Seele zu legen vermochte er nicht; wie das wütende Meer in vorübergehenden Mondesblicken oder in des Blitzes zuckendem Scheine fürchterlicher, phantastischer wird, so gestaltet sich auch die Aufregung der Seele auf des Traumes dunkelm Grunde.

Anne Bäbi sah den Jakobli von einer großen Schlange fressen, sah ihn mit Zyberlibure Tochter zHochzeit fahren, sah, wie sie keine Kirche finden konnten, und als sie endlich eine Kirche fanden, war kein Pfarrer da, und als der Pfarrer kam, hatte er kein Buch, und als er endlich ein Buch hatte, so nahm das Roß Reißaus und sprengte mit ihnen der Aare zu, und Anne Bäbi wollte nachlaufen, es hatte ihm aber jemand die Füße mit Stricken zusammengebunden, es konnte keinen Schritt machen, und als ihm endlich jemand die Beine löste, sah es längst weder Roß noch Wagen mehr, sah aber Rauch und Feuer, sah, wie ihr Haus brannte, aber weit weg, und hatte wieder Stricke an den Beinen, konnte nicht springen, und wenn es sprang, so fiel es um und konnte nicht mehr aufstehen. Dann kam Zyberlibure Tochter als Jakoblis Frau mit der Mistgabel und sagte, endlich sei die Alte tot und sie wolle sie auf den Mist werfen. Da wollte Anne Bäbi um Hülfe rufen, aber es hatte keine Stimme, und jetzt kam noch Mädi und hatte auch eine Mistgabel und wollte der Andern helfen. Gar jämmerlich stachen die an ihm herum, und es konnte nicht schreien. Da sah es Jakobli vorübergehen, aber es war ein ganz anderer Jakobli, und der kannte ihns nicht und half ihm nicht, und eine andere Frau war bei ihm, und die spazierten weiter und weiter. Es sah ihnen nach, bis es Mädi und Zyberlibauren Tochter vergaß, aber auch die Andern verlor es aus den Augen. Da wollte es sich erheben, wollte bäumelen, arbeitete und werchete daran grusam, bis ihm endlich die Augen aufgingen.

Da lag es im Bette und es war Tag. Hansli war auf, und draußen in der Küche hantierte Mädi. Anne Bäbi war ganz schachmatt, die Glieder ihm wie zerschlagen und unheimlich ihm zumute. Es nähmte es wunder, was das zu bedeuten hätte, sagte es, so hätte es doch noch nie geträumt. Was hülfs eim, wenn man schon dr Tag hätte, daß man sein könnte, wenn es einem zNacht so ginge, daß man fast ringer gerade an einem andern Ort wäre, Gott bhüet einem drvor! Es wisse nicht, womit es sich versündigt hätte, aber es düeche ihns, wenn man dr Tag öppe seine Sache gemacht hätte, wie me chönne und möge, so könnte der Herr einen zNachtrüehyig lassen. Anne Bäbi wußte auch noch nicht, was der Herr macht und was so ein Anne Bäbi selbst macht.

## ZWÖLFTES KAPITEL

### *Anne Bäbi erfährt es, was Kaltschmieden ist*

Hässig über Gott und Menschen stund Anne Bäbi auf, und da es mit Gott nicht anbinden konnte, so mußten es die Menschen entgelten, und wenn kein Mensch bei der Hand war, sonst alles, was es in der Hand hatte, Schaufel oder Schüssel, Türe oder Teller. Man lacht darüber, wenn eine alte Kindermagd, um ein weinend Kind zu trösten, den Stein oder sonst was schlägt, worüber das Kind gefallen zu sein glaubt, und schlägt doch so manches weise Haupt alles, was es zur Hand kriegt, weil es dasselbe schuld glaubt, daß seine Seele trübselig ist oder aufbegehrisch sein Herz.

Als sie zMorgen geessen und Mädi die Überreste hinaustrug, winkte Anne Bäbi dem Jakobli ins Stübli und las ihm zuerst tüchtig den Text, daß wenn es alles für ihn tue und sich fast die Seele aus dem Leibe laufe, er mache, als gehe ihn alles nichts an, da herumhöckele wie ein Lädi, und wenn es heimkomme halbtot vor Müde, nicht einmal daheim sei und zuletzt es nicht einmal fragen möge: «Müetti, was hesch gschaffet, ischs richtig?» Lange konnte Jakobli nicht zur Entschuldigung kommen, daß wenn er gefehlt hätte, es ihm leid sei, expreß hätte er es nicht getan. Es solle ihm verzeihen, daß er nicht gefragt, aber es hätte ihm nicht gesagt, was es in Burgdorf machen wolle, und da hätte er auch nicht darnach fragen dürfen. Das war erst recht Öl ins Feuer. «Was nit gwüßt, wottsch jetzt no drglyche tue? Ume daß de mr nit z'danke bruchst und me dr viellicht gar no aha sött, daß de glücklich sollest werde, du dummer Bub du! So mußt du mir aber nicht kommen! Nit gwüßt, was ih well, jawolle! Ih hätt gueti Lust, dr nüt meh drvo z'säge und alles la hocke; aber ih bin ume e Narr, daß ih mih für anger Lüt so ma gmüehe. Nit gwüßt! Seh, da lies u säg mr de no einist, ih has nit gwüßt!»

Somit stieß Anne Bäbi dem Jakobli die Schrift unter die Nase, welche es von Burgdorf mitgebracht hatte, die so eine Art Abtretung und Verkommnis war, laut welcher dem jungen Ehepaar das ganze liegende Vermögen der Alten übergeben, der jungen Frau nach Jakoblis Tode zugesichert wurde samt dem Rest des Vermögens nach der Alten Tod, während von dem, was sie zubringen sollte, keine Rede war und auch nicht, wie es mit dem allfällig Ererbten gehalten werden sollte, wenn sie vor Jakobli kinderlos sterben sollte.

Ds Zyberlibure waren nicht gewohnt, bei ihren Rechnungen Gottes Gewalt in Anschlag zu bringen, und wenn sie Jakoblis Tod in Rechnung stellten, so meinten sie, was geschrieben stehe, stehe geschrieben, u ke Tüfel zwäng nüt meh dra. Daß e sellige Grieggel es selligs Mönsch, e Zyberlitochter, angends wien e Flueh, überleben könne, dachten sie sich nicht in der Möglichkeit.

Jakobli hatte das Papier lange in Händen, drehte es um und um und wußte nicht, 'was damit machen. In der Schule hatte er viel Gschriebnigs gelesen, aber so wenig gewußt vom Inhalt des Gelesenen, als er das in der Kinderbibel Gelesene wieder zu erzählen wußte.

Jakobli drehte also die Schrift um und um und wußte nicht, was sie bedeuten sollte. Anne Bäbi meinte, das sei Bosheit, schalt, bis Jakobli sagte: «Müetti, ich weiß gwüß nit, was das z'bidüte het.» «Ehtage sys, Ehtage, du Lädi! Weischs jetzt?» «Was sy das, Ehtage, Müetter?» fragte Jakobli. Jetzt war Anne Bäbi nicht mehr zu helfen, daß ihr Jakobli neunzehnjährig geworden und nicht wußte, was Ehetage seien. «Eh aber Bueb! Eh aber Bueb! Du bist doch dr dümmst Hung, wo Brot frißt. Das ist dGschrift, wo me macht, we Zweu, die öppis hey, enangere hürate wey, damit me wüß, wies mit de Mittle gah söll. Weisch jetzt?» «Aber Muetter, wer wott de hürate?» fragte Jakobli.

Da stand Anne Bäbi mit offenem Munde, als ob es den Kifelkrampf bekomme, und sah Jakobli an, wie wenn er vom Mond gefallen wäre. «Hürate? Wer hürate well? Jetzt ist mr nimme z'helfe. Wed de e Narr ha witt, so la de e ysige mache, du Donnstigs Bueb du! Da laufe ich mir die Beine ab, um ihm eine Frau zu bekommen, stehe das Wüstest alles aus, und wenn ich endlich alles in der Richti habe, fragt mich dä Lumpebueb: Wer wott hürate?, grad als ob die Sache ihn nichts angehe. Eh aber Jakobli, Jakobli, geyhst du so mit deiner Mutter um? O Herr Jemer, was werde ich noch erleben müssen! Aber ich habe es manchmal gehört, je mehr man für die Kinder tue, desto wüster würden sie gegen einen.» Anne Bäbi nahm ds Fürtuch vor die Augen, und die Tränen kamen ihm wirklich; Jakobli war ganz verblüfft über beides, daß er heiraten und daß er gegen die Mutter so grob gefehlt haben sollte. «Aber Mutter, was kann ich dafür? Du hast mir ja gar nichts davon gesagt, und zSinn cho ists mr gwüß nit.» «Nüt drvo gseit? Chumm mir jetzt», sagte Anne Bäbi, «längs Stück hat man ja von nichts anderem brichtet.»

Anne Bäbi war von den Menschen, die nie recht wissen, was sie sagen und was sie denken; bald denken sie laut, bald denken sie nur und meinen zu reden. Wenn es so recht mit etwas in sich beschäftigt war, so ward das ihm so tief, laut und deutlich, daß es meinte, alle Leute müßten es wissen, wüßten, was da in ihm vorgehe. Darum kam es mit den Seinigen oft in Zank, daß es etwas befohlen haben wollte, das niemand gehört hatte. Jakobli kannte der Mutter Art, darum disputierte er nicht länger, sondern fragte: «Aber wen soll ich heiraten?» Vor seinen Augen stand hell und freundlich wie ein Stern am blauen Himmel ein Mädchen mit blauen Augen und seidenem Haar, und recht warm ward ihm ums Herz, gerade als ob ihm die Sonne hineinschiene. «Jetzt ist mir nicht mehr zu helfen! Kommt mit mir auf Kriegstetten, läßt sich selbst mit dem Mönsch an, verspricht ihm, ihns zu besuchen, und weiß nicht, wen er heiraten solle! Daß du so ein Wüster gegen deine leibhafte Mutter werden könntest, hätte ich nicht geglaubt.»

Jakobli stund da, als wäre er aus dem Himmel gefallen, und ums Herz ward es ihm, als wie es einem schönen Baum voll Bluest wird, wenn der Reif kömmt über Nacht, und längs Stück konnte er nichts sagen. Endlich sagte er: «Das wird öppe nüt sy, Muetter.» «Jawohl, das ist öppis», sagte Anne Bäbi, «und dSach mueß abtribe sy so gschwing als möglich. Der Ätti mueß ungerschrybe und du auch, und denn mußt du die Schrift nehmen und sie zu ihnen tragen, daß der Zyberlibur und dTochter auch unterschreiben. Da kannst du einen Tag bleiben und zmornderist wieder kommen; es ist anständig, daß du einmal auf Gschaui gehest. Am andern Dienstag müssen wir dann alle wieder auf Burgdorf mitsamt der Gschrift und müeße drzue globe. Du siehst, wie das verflümeret Umtriebe gibt, und das alles deinetwegen, und dann stellst du dich noch, als gehe dich alles nichts an. Jakobli, Jakobli, wird mr nit e Sellige!»

Dem Jakobli ward es schwer zumut, ganz kalt ward ihm im Gesicht, und im Halse würgte es ihn, als steckte eine ganze Kannebirne darin; wie ein Berg auf Drachenfüßen kam die Zyberlitochter gegen ihm zu, und es dünkte ihn, er müsse fliehen, und konnte doch nicht; er wollte sagen: «Öppe doch das nicht» und konnte auch dieses nicht; da streckte Mädi den Kopf hinein und schrie: «Chumm gschwing, gschwing, dSäu sy use und springe gegem Kabis!»

Ja, Kabis und Säu gingen dem Anne Bäbi doch noch über Heiraten und Zyberlibure Tochter, und mit dem Mädi schoß es den Säuen nach, fragend in der Hitze: «Wer Tüfel lat se use?» «Was weiß ich», sagte Mädi boshaft, «du wirst vielleicht heute morgen nicht gut aghaicht ha.» «Dreck!» sagte Anne Bäbi.

Da stand nun Jakobli mit der Schrift in der Hand mitten im Stübchen, und die Gedanken schwammen um ihn her wie Haifische um ein Schiff, und Weh und Leid bedeckten wie schwarzer Nebel seine Seele; er wußte längs Stück nicht, wo er war, wußte nicht, daß er weinte, daß die Tränen stromweis ihm übers Gesicht liefen. Da streckte plötzlich Mädi den Kopf wieder zur Türe hinein und sagte: «E du arme Bueb, was hesch?» Mädi war nicht dumm, hatte die Privataudienz wohl bemerkt und wollte ihren Inhalt wissen. Daher mußten die Säue springen, und als sie glücklich wieder im Stalle waren, hatte es im Vertrauen Anne Bäbi gesagt, es düeche ihns, Hansli und Sami möchten ihnen je länger je weniger die Freude am Pflanzen gönnen, sie führen Land um zum Säen wie dNarre, und für ds Pflanzen und Flachs und Hanf bliebe keines mehr. Das war Anne Bäbi ins Haupt gestiegen, und weil es sich für eine Frau nicht schickte, so mitts im halben Tag z'leerem aufs Feld zu gehen, packte es Brot und Brönz in ein Körbchen, marschierte stracks dem Acker zu und sagte auf dem Wege allen Leuten: So hätte mans, wenn man zwee sellig Schnürfleni hätte wie es; wenn man ihnen nicht alles in die Finger stoße, so vergäßen sie alles. Es hätte ihnen das zNüni zweggestellt gehabt und es ihnen noch gezeigt, da ließen sie es doch stehen, und jetzt könne es einen halben Tag versäumen und es ihnen nachtragen.

So hatte Mädi sich freies Feld gemacht, und als es Jakobli in Tränen fand, machte es es gerade wie vor sechzehn Jahren, wenn Jakobli weinte. Es wischte ihm die Tränen ab, fragte: «Du arms Büebli, was brieggist, wer hat dih höhn gmacht? Sägs ume, dene will ihs reise.»

Mädis freundliche Worte waren Balsam in Jakoblis Jammer. Mädis Gesicht kam ihm vor wie einem in der Nacht Verirrten der Morgenstern, ob sie sonst keine Gleichheit hatten. «Denk ume o», sagte er, «jetzt soll ich noch heiraten.» «He, ich habe gemeint», sagte Mädi, «das sei dir aparti nicht zwider?» «Aber denk ume o, Mädi, da soll ich eine heiraten, welche ich nicht mag, ds Zyberlibure Tochter, von welcher du gesagt hast, daß sie so eine Wüste sei.» «Gell, ich habe es dir gesagt», sagte Mädi, «aber so geht es, wenn man einem nicht glauben will und wenn me nit öppe zur rechte Zeit selber für eini luegt.» «Wie hätte ich wollen?» sagte Jakobli, «ich bin ja immer daheim, und die Mutter begehrt nicht, daß ich allein fortgehe.» «Ho», sagte Mädi, «man braucht ds Beste nicht immer weit ußume z'sueche, es läuft einem manchmal an der Nase herum; aber die sind rar, wo es da suchen. Lue, ih will dr öppis säge, aber sägs keim Mönsche! Du erbarmist mih, so e Selligi müeße z'näh, u wes dr grusam dra gläge wär u du mih frugist, was ih seyti, we du mih begehrtest, so lue de, was ih seyti! Mir wärs lang wohl eso, aber ih has nit wie anger Lüt; wenn ih em Nebetmönsch diene cha u bsungerbar dir, so ist es nie Nei. U was dBrävi u ds Werch isch, so lue, wos besser miechist!»

Wie es bewegten Gemütern oft geht, so faßte Jakobli nur die eine Seite der Antwort auf und sagte: «Nein, die will ich nicht, lieber will ich sterben.» «He», sagte Mädi, «häb mih drfür u lue de, was ih imstang bi, für dih z'tue.» Das hörte endlich Jakobli und sagte: «Das ist dir nicht Ernst; aber hundertmal lieber wollte ich dich als das große Tier; aber du und dMuetter gienge nit zsäme, und dr Vater hätts ungern wegem Gred.» «Ho», sagte Mädi, «es hat schon manches Gred gegeben, das wüster war, als das wäre, und wegen Anne Bäbi fürchtete ich mich nicht, dem wollte ich schon den Meister zeigen, wenn ich einmal Söhniswyb wär. Aber es ist geng so gange und wird geng so gah, wers am besten meint, den schätzt man nichts. Meinethalb, wennd nit witt, su laß hocke, aber de lue, wer dr hilft.» So sagte Mädi und schoß zur Türe hinaus wie dr Byswind.

Am Abend selben Tages frug Hansli Anne Bäbi: «Was fehlt dem Jakobli, er het neue ke Muet?» «Er schücht sih neue, am Sunntig zu Zyberlibure z'gah; es macht ihm Kummer, aber einist muß es doch sein. Wenn er einmal gwybet het, su wirds ihm schon bessere», antwortete Anne Bäbi. Aber es besserete Jakobli nicht. Die bevorstehende Gschauete und ihre Folgen stunden Tag und Nacht vor seinen Augen und immer grauenhafter. Wer einen feurigen Ofen vor sich sieht und weiß, er muß in einer halben Stunde hineinspazieren, dem muß es arg ums Herz sein, aber noch ärger war es Jakobli. Wer kecken Mut im Leibe hat oder einen zähen Widerstandsgeist oder eine zur Wehr geschliffene Zunge, der kennt die Not eines armen Menschen nicht, der ein lebendiges Gefühl hat, ein bereits erwärmtes Herz, den aber eine äußere, rücksichtslose Macht gegen einen Abgrund drängt, einem Zustande zu, vor dem ihm schaudert, seine Seele sich windet und sträubt, und er ist kraft- und machtlos, sieht in einer Art geistiger Unbehülflichkeit kein einzig Mittel zur Wehr, keine Waffe zur Hand, nicht einmal die verneinende Rede weiß er zu gebrauchen, ja nicht einmal das stumme Weigern fällt ihm ein. Wie es einem Lamm, das man zur Schlachtbank führt, zumute ist, wie das Herz längst verblutet ist, ehe das Messer seinen Hals berührt, das fühlt eben Keiner, dem kecker Mut im Leibe steckt.

Freitag wars, und am Sonntag sollte er auf die Fahrt zum ersten Male allein in die Welt hinaus, und noch dazu wohin! Und Stunde um Stunde rann vorüber, und Jakobli konnte sie nicht halten. Die Sonne ging unter, ging auf, brachte den Tag, nahm die Nacht, hatte kein Erbarmen mit dem armen Buben, dem das Herz im Leib zerrann, und auch kein Mensch hatte Erbarmen mit ihm. Anne Bäbi hätte nicht begriffen, was es sich erbarmen solle, wo ja das Glück ins Fenster gucke. Mädi kupete und fand, es geschehe ihm recht, wenn er einen Schuh voll herausnehme, da er es ihm so wüst mache. Sami mischte sich wenig in die innern Angelegenheiten; bloß Hansli düechte es, der Bub schleiche so ums Haus wie ein Schatten an der Wand. Er fragte ihn: «Fehlt dir neuis?» Da hätte Jakobli fast geweint, aber er sagte bloß, es sei ihm so schwer in den Gliedern, bsunderbar in den Beinen, worauf Hansli meinte, es sei ihm auch manchmal so, aber es bessere ihm de neue grad von ihm selber.

So ging der Samstag vorbei und die Nacht kam, aber kein

Schlaf kam Jakobli, und doch wars ihm schrecklich in dieser Nacht, wie eine Stunde die andere jagte, wie eine Stunde die andere verschlang, wie die wilde Jagd der Zeit heraufstoste aus der Zukunft, wie ein scheues Wild die laufende Stunde vor sich hertrieb, die Nacht mit sich riß, den Morgen brachte, Anne Bäbi weckte, es vor Jakoblis Bett trat mit dem Sonntagsstaat. «Seh Ching, stang uf», sagte es, «bätt zerst, de mach dih zweg, ih will go zMorge mache, es ist Zyt, daß de dih uf e Weg machist.»

Anne Bäbi kochete zMorge, machte einen tüchtigen Eiertätsch für e Bueb zweg, mußte ihn aber dreimal rufen, ehe er kam, mußte dreimal mahnen, ehe er einen Bissen hinunterbrachte, und sagte endlich, er solle doch nicht so dumm tun; wenn ers auf dem Zyberlihoger so mache, so lachten sie ihn aus, und es früge sich, ob es aus der ganzen Sache etwas gebe. Jakobli sagte nicht einmal, das wäre ihm gleich. Das Wort blieb bei einem Stück Eiertätsch im Halse stecken.

Als er nicht mehr mochte, nahm ihn Anne Bäbi unter selbsteigene Hände, strählte ihn schön glatt und die Haare so weit in die Augen hinein als möglich, schob ihm ein Nastuch in die Tasche, befahl dem Hansli, er solle ihm einen Stecken bringen, der sich öppe schicke, brachte ihm aus dem Gänterli einen Schübel Neutaler, füllte sein Geldseckeli damit, ermahnte ihn, er solle sich ein paar Batzen nicht reuen lassen, unterwegs kromen, am Abend sie heißen ins Wirtshaus kommen und dort zeigen, daß er Geld habe; er solle die Schrift nicht verlieren, solle am Montag nicht spät heimkommen und jetzt gehen in Gottes Namen und de dr Grueß vrrichte uf em Zyberlihoger.

Da sagte endlich Jakobli jammersvoll: «Aber Muetter, wodüre mueß ih, ih weiß ja dr Weg nit!» «Eh aber Bueb, weißt dr Weg nit! Du bist doch e Dumme! Dr Sami mueß e Plätz mit dr, und de mueßt frage, es git überall dütsch

Lüt. Bist bald zwänzig und weißt dr Weg nit emal uf e Zyberlihoger.» Anne Bäbi war auch von den Müttern eine, welche die Kinder wohlverwahrt unterm Flügel halten und dann doch, wenn sie dieselben darunter hervor in die Welt lassen müssen, sich einbilden, sie sollten die Welt kennen und alle Stege und Wege darin.

Sami mußte sich erst zwegmachen. Hansli schnitt draußen den zu langen Stecken ab, und Anne Bäbi war in den Keller gegangen, um für den Reisenden noch einige gute Birnen auszulesen, konnte aber lange keine finden, da die meisten schon teig waren. Diesen Augenblick benutzte Mädi, schoß zu Jakobli, der in stiller Trostlosigkeit alleine in der Stube war, und sagte ihm: Es wolle nicht mehr höhns sein und ihm verzeihen, wenn er nur nicht dä Zyberlichratte heimbrächte; das solle er ihm nicht zuleid tun, selligs hätte es nicht um ihn verdient. Wenn es gwybet sein müsse, so wolle es zuletzt nichts darwider haben; er könne ihm bringen wen er wolle, und es wolle ihm darzu verhelfen, was es könne, aber ume die nicht; und wenn dMuetter e guete Bluetstropf gege ihm hätt, so wett si ne nit am ene sellige Ort ychesprenge. Er solle sich nur wehre; wenn er nicht wolle, so könne ihn kein Mensch zwingen. Und dann zuletzt – da kam Anne Bäbi und machte saure Augen und fragte Mädi, warum es das Geschirr und das Wasser zusammen in der Gepse kalten lasse, und Mädi wich, sagte aber unter der Türe, gleichsam eine Batterie, die noch im Weichen feuert, es hätte nicht gewußt, daß es ihm nicht erlaubt sei, in der Stube zu sein, und wenn Anne Bäbi das Geschirr nicht sehen möge in der Gepse, so hätte es dasselbe selber chönne usewäsche.

Anne Bäbi packte nun dem Bueb die Säcke voll Birnen und gab ihm die Weisung, wenn er öppe durstig werd, so söll er a eyre chätsche; das sei hundertmal besser als Wasser zu trinken bei jedem Brunnen, man wisse nie, wie das Wasser sei, es gebe Wasser, das grusam Bauchweh mache. Und wenn es doch Wasser getrunken sein müsse, so solle er die Röhre allemal mit dem Daumen gut auswischen, man könne nie wissen, wer vorher dGosche draghaycht gha heyg, und es sei nicht gut, enere jedere Gosche nachetreyche.

Endlich war Sami in den Lederschuhen, was allemal eine Staatsarbeit für ihn war, das heißt eine Arbeit, die eigentlich alle Tage gemacht sein sollte, aus Faulheit aber unterlassen wird, und wenn sie einmal zur Seltenheit gemacht werden muß, unter Krachen und Schnauben, unter Donner und Blitz, unter Toben und Tubeln gemacht wird, ungefähr wie die Hagelsteine in der Luft oder die Lavasteine in des Berges Bauch; gewöhnlich herrscht auch in den Wirkungen solcher Himmelssteine und den Staatsarbeiten wenig Unterschied; 's ist halt Hagel, und Hagel ist Hagel.

Jakobli hatte kaum Stimme genug, zu sagen: «Adie Muetter, adie mitenangere.» «Adie wohl», sagte Hansli. Dem Anne Bäbi schoß das Wasser in die Augen, Mädi stund unter der Küchentüre und drückte ein Kaffeechacheli abeinander, und als Anne Bäbi an ihm vorbeischoß, ließ es die Stücke fallen und schrie: «Tüfel! Häb doch Sorg!» Aber Anne Bäbi achtete sich dessen nicht, lief bis unters Dachtrauf, sah den Dahinwandelnden nach, sah dann zum Himmel auf, rief nach: «Wartit! Wartit!», brachte aus dem Hause einen alten Parisol, vo wege es könnte heute cho regne. «U tue ne de uf, wes regnet, ghörst?» sagte Anne Bäbi. «Aber lue, dr Bängel wott dr ufgah», setzte es hinzu, zog dann den Schuhbändel schön zweg, den Zipfel des Halstuches ebenfalls noch, den Hemdekragen zuletzt und sagte endlich: «Su göht i Gotts heilige Name.»

Es war dem Anne Bäbi doch warm im Herzen und Liebe zum Bub darin; aber die Liebe wird manchmal gar wunderlich, wie die süßeste Milch rächelig wird in einem unsaubern Geschirr. So wanderten sie neben einander fort. Jakobli stellte langsam seinen langen Stecken vorwärts, und Sami suchte sich noch einen im Hag. Als er endlich einen hatte, fragte er Jakobli: «Aber was sollst du eigentlich auf dem Zyberlihoger machen?»

«Ih soll ga wybe», sagte Jakobli und brach in ein Weinen aus, als ob ihm das Herz brechen wollte, daß er absitzen mußte und längs Stück kein Wort hervorbringen konnte. «E tue nit so», sagte Sami, «Wybe geyht nit z'töde.» «Es ist nicht wegen dem Wybe», sagte endlich Jakobli, «aber das Meitli gefällt mir nicht, das verachtet mich, und ich habe es wohl gemerkt, es ist ihm nur wegen dem Geld, und es meint, es hätte mich bald getötet und dann sei es eine reiche Witwe und könne nehmen, wer ihm gefalle. An mir ist ihm nichts gelegen, es spottet mich nur aus, und es ist es Mönsch wien e Flueh; wenn es niedertrappet, so zittern all Wäng, und wenn es taubs würd, so vrchroseti das mih eis Gurts.» «Warum nimmst es de, wed nit mueßt?» sagte Sami. «DMuetter wotts, was soll ich?» antwortete Jakobli. «Es hat schon manche Mutter etwas wollen und hat es nicht zwängen können», sagte Sami. «Wenns ume das ist, so häb du nit Kummer, dSach wird wohl z'chehre sy. Es wär bös, we alles düre müeßt, was dWyber zwänge wette. Stang uf u chumm und bricht mr punktum alles, wies isch! Es müeßt wunderlig sy, wenn du nit us em Lätsch chönntisch; won es Loch isch für dry, isch on es Loch für drus.»

Jakobli erholte sich ob diesen Zusprüchen, erhob sich und erzählte dem Sami im Weitergehen den ganzen Handel und wie er der ganzen Sache sich nicht geachtet, bis die Mutter mit dem Ehetag heimgekommen und ihn geheißen habe, nach dem Zyberlihoger auf Besuch zu gehen. Sami sagte: «Zeig die Gschrift.» Jakobli gab sie, und Sami sah lange hinein und studierte an derselben recht handlich, gab sie endlich zurück und sagte: «DSach ist gwunne, es isch no nüt ungerschribe, ke einzige Name isch drunger, und da giltet alles nüt, we du nit wottsch, und so zwänge ließ ich mich auch nicht.» «Aber Herr Jemer, Sami, was soll ich machen? Hest nit ghört, dMuetter wotts absolut.» «Wehr dih», sagte Sami. «Ja, wie soll ich mich wehre, wenn sie es will absolut?» fragte Jakobli kleinlaut. «He, tues nit; säg, du wollest nit; zwänge wird dich niemand, und wennd dih wehrst, su hilft dr Hansli, und ds Wüestest alles wird Anne Bäbi nit mache», sagte Sami. «Aber was soll ich machen, und was soll ich sagen? DMuetter seyt, ih müeß wybe und eine wie die bekomme ich nicht mehr, und het gar ruch mit mir gredt, won ih erschrocke gsi bi», antwortete Jakobli. «He, weißt du was», sagte Sami, «gehe du herzhaft auf den Zyberlihoger und la dih nüt y, aber lue wohl und bsinn dih a alles. Es müeßt wunderlich gah, wenn de nit öppis gsächtest, wo de Grund hättest z'säge, du mögest sie nicht. Und dann sage nur herzhaft, wybe wollest, nur die nicht, eher dingest du zKrieg, und sollte es unter die Stuckroß sein. Am beste wärs, du könntest gerade sagen, du wollest die und die und keine Andere, es ginge in einer Strubelten zu. Weißt Keine?» «Keine», sagte Jakobli. «Mädi het gseit, es wett mih, aber das man ih neue o nit.» «Ich glaube es wohl», lachte Sami, «das hat mich auch schon manchmal wollen, aber ich biß auch nicht an. Dä alt Narr, jawolle, het dih welle? Es wär nit dumm von ihm, aber das wurd de lustig gah, Anne Bäbi und Mädi zsäme!» «Es hat mich gmüht für ihns», sagte Jakobli, «aber es het mih düecht, es wär doch neue nit recht schickig.» «Dä Narr das», sagte Sami, «aber häb nit Kummer, das hintersinnet sich deswegen nicht; es hat schon Manchen wollen und ihns noch Keiner, und deswegen hat es noch nie ein Kacheli Kaffee weniger getrunken.»

So unterrichtete und steifte Sami den Jakobli, solange sie beisammen waren, daß Jakobli ganz kuraschiert wurde, hatte er doch jetzt einen, der ihm die Mittel zum Widerstand angab; aber ob er dann auch die Kraft hätte, sie anzuwenden, das wußte er nicht, er meinte es.

Als sie endlich von einander schieden, war Jakobli recht ordentlich zweg und schritt, den Paresol unter dem Arm, den Stecken in der Hand, kuraschierter in die unbekannte Welt hinaus.

## DREIZEHNTES KAPITEL

### *Wie Jakobli auf die Gschaui reiset*

Es war einer von den Sonntagen, von denen man nicht weiß, wie sie ein Ende nehmen. Drohende Wolken hingen am Himmel, warm war die Luft und still der Wind; die Weiber wünschten Regen, den Männern wäre schönes Wetter lieber gewesen. Sie sind nicht immer gleicher Meinung, die Männer und die Weiber; die Weiber lieben das Beständige selten, das beständige Wetter nicht, den beständigen Frieden nicht, und wie sie es mit dem Himmel haben, wo Beständigkeit ersetzen soll den diesseitigen Wechsel, darüber haben sie sich noch nicht ausgesprochen.

So in halbtrübem Wetter marschierte Jakobli fort, achtete sich der Landschaft nicht viel, wie der Lewat errann und was für Äpfel die Bäume hätten und die Hühner akkurat gleiche Schnäbel wie bei ihnen, das sah er alles nicht. Aber hier und da versuchte er, ob einer deutsch könne, und fragte nach dem Zyberlihoger. Wenn ihn darauf die Leute wunderlich ansahen, so ward er rot, und wenn sie ihn fragten: «Was wottsch dert?» so sagte er: «Aparti nit viel, ih sott neuis dert verrichte.» «He nu, su schaff de wohl», antworteten sie und zogen fürbas. Endlich hatte er vernommen, daß er nicht mehr als eine Stunde von seinem Ziele sei, kam soeben an einem Pintenschenk vorbei, fühlte Hunger und Durst, nahm sein Herz in beide Hände und trat zum erstenmal in seinem Leben alleine in ein Wirtshaus. Dere Bursche, denen das im neunzehnten Jahr begegnet, werden ds Land auf und ds Land ab nicht viele sein, nicht einmal manches Meitschi. Aber am Morgen hatte er wenig gegessen, und so hungerig an ein fremdes Ort zu kommen, das wußte er, schicke sich nicht, und Sami hatte ihm auch gesagt, wenn einer gegessen und getrunken hätte, so hätte er viel mehr Kuraschi.

Es war auch eine der Pinten, die mit Tüfels Gewalt erzwängt war, so eine Spinnhubbele des Teufels, in der er seine Fliegen fängt. Des Morgens hängen darin einige versoffene Hudeln, Handwerker auf der Gnepfi, Landstreicher, ausgejagte Bauernsöhne, trinken für einen Halbbatzen nach dem andern Erdäpfelbranntenwein und ramsen mit versudelten Karten. Des Nachmittags sieht man in verwahrlosten Ortschaften verwahrloste Bauern darin, die sich dem Arbeiten daheim entzogen und nun da ansitzen, sich rühmen, Andere schelten, das Mark ihres Hofes verzehren, spielen, disputieren und Zeugnis ablegen, daß da ein Ort sei, der dem Verhudeln entgegengeht. Des Abends sieht man solche Nester oft leer, oft aber mit Krethi und Plethi unter einander, sogar Landjäger, und wenn nicht rote Umhänge vor den Fenstern wären, so sähe man darhinter vielleicht noch ganz andere Leute. Wurde doch jüngst einem Landjäger vorgeworfen, er dürfe in keinen Haufen von Hudeln mehr hineingreifen, aus Furcht, er ziehe den – hervor.

In einem solchen Nest ist auch ein Wirt und eine Wirtin, der Wirt oft ein Strolch, der bei anderer Arbeit nicht fort kann, die Wirtin oft ein verschlärpletes Stubenmeitli oder eine erfaulete unbehülfliche Bauerntochter. Solche Leute, wie man sie aber nicht nur in Pintenschenken, sondern auch in neuen Wirtshäusern sieht, von denen man voraussieht, daß die Mehrzahl von ihnen oder wenigstens ihre heillos erzogenen Kinder auf die Gemeinde kommen, sehen nie verwahrloster, heilloser aus als am Sonntag morgens und manchmal bis in den Nachmittag hinein. Je mehr ein Handwerker am Verhudeln ist, je weniger er durch die Woche arbeitet, desto mehr schaffet er am Sonntag oft bis gegen den Abend hinein; es gibt solche, denen man nachredet, daß sie gar nicht mehr arbeiten, ausgenommen des Sonntags, ein sehr merkwürdiges Zeichen des verkehrten Zustandes ihrer Seele.

Daher bleiben solche Nester des Sonntagsmorgens oft leer, aber nicht wegen dem geistlichen Sinn, sondern dem umgekehrten. Am Samstag bis in den Sonntag hinein ist gehudelt, alles mögliche getrieben worden; wenn nun der Sonntag hell wird über der Erde, so weckt die abgejagten Wirtsleute weder Gott noch die Welt. So wenig als der Maulwurf in seiner dunkeln Kammer die Sonne sieht, ebenso wenig scheinet Gott in ihre verfinsterten Seelen hinein; seine Stimme hören sie nicht, denn zu seiner Herde gehören sie nicht; es mag seine Stimme schallen im Donner des Sturmes, im Säuseln des Windes, im feierlichen Glockenruf, für sie haben sie ihre Ohren nicht, sie haben für nichts ihre Ohren mehr als für: «Wirt, no e Schoppe! Für e Halbbatze Branntenwein! Gib ds Spiel füre!» An diese Hauptlaute hängt sich dann das zotenhafte Geleite von Redensarten, welche Wirt und Wirtin nebenbei einnehmen, mit Andacht und Erbauung. Was wird einst aus solchen Ohren werden, wenn die Donner des Gerichtes ertönen? Was werden die Seelen ausstehen, die mit lauter solchem Gerede gefüttert wurden wie die Schweine mit Eicheln?

Solche Seelen weckt also der Herr des Sonntags nicht; es weckt sie auch die Welt nicht, «Wirtschaft, Wirtshus!» ertönet nicht von der Gaststube her in ihr Schlafkabinett, das oft einem Schweinestall nicht unähnlich sieht. Sie liegen also, bis der erste Gast kömmt; dem wird dann als erste Labung der ungewaschene und ungestrählte Anblick der abgejagten, daherschlarpenden Wirtsleute mit den toten, halbverpichten Augen, mit den Gliedern von Blei und Gstabeligi.

In so eine Pinte kam Jakobli. Der erste Gast war er freilich nicht, aber der Genuß jenes Anblickes ward ihm noch; in einem Gang, als ob ihre Beine Achtundvierzigpfünderkanonen wären, brachte ihm die Wirtin seinen Schoppen und ein verraxetes Stücklein kaltes Rindfleisch, und gäb wie der Wirt seine Augen auswischte mit seinen versalbeten Ärmeln, so vertrugen sie doch des Tages Heitere nicht. Da suchte er in allen Taschen und rief endlich: «Frau, wo ist doch o my Lumpe? Erst han ih drei gchauft u weiß scho kene meh; das ist mr afe e Ornig, es bschießt kes Geld nüt!» «He, warum last se a alle Orte ligge», sagte die Wirtin, «de näh se dKing und schleypfe se, es weiß ke Mönsch wohi, und de brucht me se mengist für de Lüte öppis drin mit heyzgä, u de bringe die eim se nit ume. Da vrma ih mih desse nüt, lue du drzue mira.» Da strich sich der Wirt brummend um einen andern Lumpen aus, die Wirtin aber begann zu strählen und den Jakobli auszufrägeln. Sie hatte es bald los, wohin er wollte, und fragte ihn spöttisch, ob er öppe der seie, wo sie seit einiger Zeit auf dem Zyberlihoger so viel Redens hätten seinetwegen.

Jakobli sagte, er wisse es nicht, denk chum. «Ih denk doch wohl», sagte die Wirtin, «es soll e Halbbling sy, u du bist ja o eine. He nu, ih ma nes gönne, we si dä chönne fische, si hey ne nötig.» «Warum?» fragte Jakobli und düpfte mit Brot die Brotbrosmen auf dem unsaubern Tische auf.

«Oh», sagte die Wirtin, «man sollte eigentlich nichts Schlechtes über die Leute sagen, und ich tue es auch auf my armi türi nit. Aber das sind auch Leute, nicht wie andere Leute, und uns haben sie es gemacht, sie können es vor Gott nicht verantworten.» Für andere Leute hatte nämlich diese Wirtin Gott beibehalten, und es wäre ihr grusam leid gewesen, wenn sie nicht hätte hoffen können, es wäre ein Gott und der würfe wenigstens die in die Hölle, nur für sich und ihre Familie brauchte sie ihn nicht. We me afe witziger syg, sagte sie, su chönn me zun ihm selber luege, mi bruch de niemere angers. So redete die Wirtin und konnte doch nicht einmal zu ihres Mannes Lumpen luegen.

«Das sind die wüstesten Leute zentum, und ih gönne niemere nüt Böses, aber wenn die jetzt so glücklich wären, wie sie rühmen, es düechte mich, ich könnte nicht ruhig sterben. De wohl, de wäre si wieder lustig, we dr Weibel ne nimme all Tag zum Haus chäm und sie wieder mit Fünfunddreißiger klingeln könnten auf allen Tanzplätzen und vor den Krämerladen. Da sind sie uns schuldig gewesen; bald hat die Alte etwas holen lassen, bald sind die Meitscheni gekommen und haben Brönz und roten Wein heimgekräzt für ihre Kilter. He nu, mi het ne gä; mi het denkt, mi chönn ne de öppis abkaufe drgege. Da haben sie nun zwei so schöne Schweine gehabt, die haben sie uns manchmal versprochen; wenn sie zusammen sieben Zentner machen, so müßten wir sie haben, sagten sie, und wir haben uns deren tröstet und denkt, an denen sei allfällig etwas zu machen. Wo do mein Mann geglaubt hat, jetzt wärs Zeit, ging er hinauf, und wer keine Säu mehr findet, war er; sie hätten sie letzten Dienstag auf Bern geführt ungsinnet. Ihr Vetter, dr Ratsherr, sy grad i dr Sitzig, u dä heyg ne se vrkauft ungsinnet, si hätte do nit angers dörfe. Da hey mir do chönne hingernache luege. Was macht do my Ma, dä Göhl, er chauft ne es Kalbeli ab; won er dr Schade umseht, ist es do voll Lüs gsi, und won er mit ne het welle rechne, su hey si ihm alli Schang gseit und ds Halbe no welle ablaugne, und prozediere hey mr nit möge; was will üsereim mache gege Sellig, wo dr Fueß im Hafe hey, e Vetter, der Gmeindschryber ist und all Schiß läng zBern i dr Sitzig. Mir heys styf chönne a üs selber ha; aber dene vrgißn ihs nit, und wen ih hundertjährig wurd, und wen ih nes einist cha ytrybe, so soll es nit gspart sy. Es wäre schade um dich, wenn du solltest ihre Hungstock sy; wennd schon e Halbbling bist, su bist doch e Mönsch, und wed so rych bist, wie si säge, su überchunst du Wyber so viel du willst und ganz angeri als e selligi Blättere, won e Gring het wien e Buchbütti und e Lyb wien e Spittel, und nit Selligi, wod mueßt ga dSchulde zahle; no mengi Rychi nähm dih. Aber wenn ich dich wäre, so nähmte ich ein armes Meitschi und machte es glücklich; das kann dir nichts vorhalten und bsinnt sih öppe syr Lebtig, vo wem dSach chunt. Das ist mr e vrfluechti Sach, daß ih just heute mein Meitschi habe fortschicken müssen, das wär grad eins für dich wie gwünscht. Es wird grad am Fasnacht-Solothurnmärit siebzehn Jahr alt, ist wien e Blueme und ist es manierligs, wie de zBern kes fungist; es cha rede wie gsalbet und mit emen iedere, grad wies ihm gfallt. Und doch ists de nit, daß öppe en iedere mit ihm mache könnt, was er wett; potz Türk, du solltest sehen, wie es sie absüferet, wenn ihm eine z'nach chunt, bsungerbar vor de Lüte. Es gleytigers Meitschi i alli Spiel gits nit; es ist wien es Wieseli hie u dert, mi weiß nit wie, und de ists nit, daß es einist nit o öppis überchömm, o Jere. Wenn es uns gut geht, wie wir öppe denke, so haben wir im Sinn, so in zehn oder fünfzehn Jahren grad nebe e Stadt zueche oder mynethalb dry, es ist mr zletsch glych, lan es Hotäll z'baue vo de schönste eys, wo me gseh will, wo de nüt angers drychunt als fürnehm Herre, Gumeni, vo de öberste Schrybere und was öppe a dr Regierig ist; da werde mr de rych vom Tüfel, wer de da einist usenäh cha, wird dNase uftue.»

Somit hatte die Wirtin ausgestrählt und Jakobli ausgetrunken, und die Erstere wollte dem Letztern ungeheißen noch einen Schoppen holen. Als er das nicht wollte, so meinte die Wirtin, er könnte zahlen auf dem Heimweg, sie nehme ihm jetzt nichts ab. Das wollte Jakobli doch auch nicht und löste sich endlich mit dem Versprechen, nicht vorbei zu wollen, ohne einzukehren. Morgen treffe er das Meitschi an, sagte die Wirtin, und da könne er sehen, ob es ihm nicht gefalle; sie wolle nichts nutz sein, wenn im ganzen Kanton sich eins besser zu ihm schicke als ihr Bäbeli, grade so eins hätte er nötig, sie sehe es ihm an. «Leb wohl u chumm de, ghörst! Sust lue de, wies dr geyht, u nimm dih i acht dobe, u am beste wärs, du gingest gar nit u blibtist grad da. U ghörst, säg de bi Lyb u Sterbe nit, daß de hie ygchehrt sygist; es käme ihnen gleich in Sinn, es könnte ihnen öppis ausgekommen sein. Adie leb wohl, u chumm de, ghörst!» sagte die Wirtin und gab ihm die Hand mit einer Zärtlichkeit, als ob sie bereits seine süße Schwiegermutter wäre.

Es gebe doch an allen Orten gute Leute, dachte Jakobli, er hätte es nicht geglaubt, wenn es nur seine Mutter auch gehört hätte; aber wenn er es ihr schon sage, so glaube sie es ihm nicht. So dachte er und brach sich eine starke Schmahle aus dem Zaun, und als er sich noch mit dem starken Rindfleisch schlug, welches einen festen Bund mit seinen Zähnen geschlossen und vielleicht von dem Kalbeli mit Läusen stammte, welches sein zukünftiger Schwäher dem Wirt angehängt hatte, sah er rechts den Karrweg, an dessen Mündung nur noch ein Türlistock stund und der von der Hauptstraße abbog und zu dem Zyberlihoger führen sollte. Auf diesem Wege mußte er auf seine Füße sehen, denn seit der Sündflut waren die Steine in diesem Wege nie aufgelesen, die Geleise nie zugemacht worden; darum sah er auch lange nicht, daß nicht weit vor ihm ein großes Bauernhaus stand, ein Stock und andere Gebäude darum.

Endlich hörte er den wilden falben Hund mit dem stachlichten Halsband, der auf ihn zusprang und Ernst zu machen drohte. Es war von den Hunden einer, welche man ehedem liebte, teils weil sie einem die armen Leute vom Leibe hielten, teils weil junge Bursche, die sich gefürchtet machen wollten oder auch viel zu fürchten hatten, gerne solche Hunde mit sich führten. Jakobli erschrak grusam, als das gelbe Tier so ihm entgegensprang wie ein Löwe; er wollte fliehen, fiel nieder und wußte nicht, ob Steine, Hund oder Geleise ihn zu Falle gebracht. Wie er fiel, hörte er lachen oben, dann pfeifen, und knurrend Schritt für Schritt ließ der Hund von ihm ab; ungefährdet konnte er aufstehen und wußte lange nicht, wollte er aufwärts oder abwärts. Ein Funke eigenen Willens glimmte. Jetzt wär es genug, schien ihm, und wenn er der Mutter sage, wie man ihn empfangen, so wäre es eine vollständige Rechtfertigung seiner Rückkehr.

Aber der Funke ward nicht zur Flamme. Die Mutter hatte ihn geschickt, Sami hatte gesagt, er solle gehen und sehen, und Jakobli war gewohnt zu machen, was man ihm gesagt, wenn es ihn auch düechte, man ziehe ihn an allen Haaren zurück und als trappe er in lauter Nägel. Er trappete also vorwärts, sah den Pflug im Felde stehen, sah Wagen in der Hofstatt, einen eingefallenen Gartenzaun, und einzelne Strohbüschel am Dache entrissen sich dem Familienbande und strebten ins Freie; Hühner liefen im Grase herum, ein Wagen mit Haber war im Schopf, auf dem Tauben Sonntag hielten, aber Mensch war keiner sichtbar.

Jakobli näherte sich der Küchentüre, klopfte, aber lauter klopfte sein Herz; drinnen heulte der Hund, endlich öffnete sich ein Schieber im Fenster, und eine Stimme fragte: «Ist neuer da, was wottsch?» Jakobli hatte gemeint, die Bäurin oder die Tochter werde ihn empfangen, welche er kannte, und jetzt kam da ein ganz anderes Gesicht zum Vorschein, welches unbekannt tat, und nun wußte er längs Stück nichts zu sagen. «Was wottsch?» Was sollte er sagen – er wollte ja nichts, da war ja eben der Haken. Endlich fiel ihm ein, zu sagen, ob die Bäurin daheim sei, er sollte ihr neuis sagen. «Du kannst es mir auch sagen», antwortete das Gesicht unterm Schieber und zog den Mund so höhnisch, daß Jakobli innerlich böse wurde und Mut hatte, zu sagen, er well zur Büri, wo die sei? «Öppe nit wyt», erhielt er zur Antwort, und endlich ging die Küchentüre auf; das dicke Gesicht der Bäurin sah hinaus und rief scheinbar verwundert: «Ho, bist dus? Chumm yche!»

Durch die weite Küche mit bösem Boden wurde er in eine große, finstere Stube geführt, wo hinter braunem Tisch ein dicker Bauer saß mit rotem Gesicht, einige Fünfunddreißigerhäufchen vor sich, und schrieb mit einem Bleistift in einem Kalender, wie ihn die Säuhändler haben. «Lue Joggi», sagte die Frau, «da isch jetzt dä, wo dLisi wott.» «So, bist du das Bürschli?» sagte der Bauer, «hock ab, du wirst müd sein», gab ihm nicht einmal die Hand und fuhr fort, seine paar Geldstücke aus einer Hand in die andere zu tun. Die Frau aber sagte, er komme spät und müsse vorlieb nehmen; sie hätten längst gegessen, und übrig geblieben werde nicht viel sein. Indessen stellte sie ihm doch auf einem schmutzigen Teller noch etwas Fleisch vor und hieß ihn nehmen, was er möge. Lisi sei nicht daheim; vielleicht komme es heim, vielleicht nicht. Es hätte gesagt, es müsse jetzt die Zeit zEhre ziehen und sich noch lustig machen, während es ledig sei, nachher wisse man nicht, wie es gehe. Allweg hätte es noch dWehli und könne machen, was es wolle. Es sei taubs gewesen, daß am Donnstag niemand gekommen sei als seine Alte, daß man die Sache nicht hätte richtig machen können, und sie wisse nicht, was Lisi noch ankomme; wenn es abkomme, so sei es ein Handliches und lasse sich nicht so zum Narre halten und vergeben sprengen, er solle sich in acht nehmen.

Endlich packte der Mann sein Geld ins Gänterli und mischte sich auch ins Gespräch, so von oben herab wie ein Dorfküng gegen einen Hintersaß. Er machte Jakobli erzählen, was sie hätten, führte ihm alles aus, vernütigte alles und rühmte dagegen, was er hatte, wie viel Land und Lebigs, wie viel Korn er verkaufe und wie mancher Müller ihm noch schuldig sei; aber die Donnders Mehlgringe wüßten, daß er eigentlich das Geld nicht mangelte, und gerade deswegen geschehe es ihm manchmal, daß er in die Klemme komme. Jeder, der ihm etwas schuldig sei, sage: «Du hasts nicht nötig, du hast Geld genug»; wenn aber einer Geld mangle, so komme er gegen ihm zu, und Joggi sött für all ha. Wenn er alles zusammentreiben wollte, die Stümplete hier und dort, es gäbe es styfs Höfli. Darum gebe er seine Meitleni nicht so einem jeden Halunk, und wenn sie es nicht bsungerbar gut machen könnten und gsächte etwas davonzubringen, so lasse er sie nicht fort; einst hätten sie zu leben, und jetzt hätte er sie zu brauchen, und so wüßte er nicht, was sie dem Mannevolk nachzufragen hätten, wenns nicht eben wäre, fürs noch besser zu haben. Und dazu hätte er Meitleni, er wolle ausbieten das Land uf, das Land ab, obs noch sellige gäb. Vo dr Hübschi wolle er nicht reden, aber wenn er seine vier Meitscheni an einen Pflug spannen wollte, sy Seel, sie zögen ihn vier Stieren zTrotz. Sein Weibervolk hätte ihm berichtet von einer Gschrift, die sie hätten aufsetzen lassen, die möchte er sehn; so für nichts und wieder nichts gebe er seine Meitscheni nit weg, so zu äußerst an den Ästen als dr Gottswille-Söhniswyber wolle er sie nicht hangen sehen. Er werde sie doch bei sich haben?

Jakobli zog sie hervor mit schwerem Herzen, und Joggi buchstabierte daran in großer Not, zwischenein immer fluchend, er wüßte nicht, warum man den Stabellenküngen Schreiber sage; Kräbleni sollte man ihnen sagen, Kräbleni, und wenn man ihnen eine Gschrift zahle, so sollten sie einem allemal einen obendrein geben, der einem sie ablese, so oft mans nötig hätte. Er wüßte aber wohl, warum sie so schrieben, daß sie es einem immer ablesen müßten, wenn man es verstehen solle; Schreiben und Ablesen seien zwei, und wenn es einander auch nicht breiche, so gehe das niemand etwas an, wenns einmal unterschrieben sei. Nach langer Arbeit legte er das Papier wieder zusammen und sagte, er wolle sich noch darüber besinnen; so übel sei es nicht, aber vielleicht komme ihm doch noch etwas in Sinn, einer alleine wisse nie alles. Die Hauptsache hätte er gesehen, und daß nichts von ds Meitschis Ehesteuer darin sei, das sei recht, ds Meitschi sei eigentlich Ehesteuer genug; aber er sei dann doch nicht der, der ein Meitschi so blutt laufen lasse, es sölls ihm bim Sacker e angere nachemache.

Unterdessen war es Abend geworden; die Alte hatte ein Kaffee zweggemacht, legte graues Brot auf den Tisch, schimpfte auf die Kinder, daß keins sich herbeilassen wolle. Es sei sich zwar nicht zu verwundern; wenn sie einmal an einem Orte seien, so ließe man sie nicht mehr fort, wenn sie nicht das Wüstest alles machten, und das möge man doch auch nicht immer. Lisi werde denken, sie könnten noch genug bei einander sein, und wegen Einem könne man doch nicht die ganze Welt hassen.

Sie nötete Jakobli von ihrem blauen Kaffee ein, drang

ihm Brot auf. Er solle nicht so schmäderfräßig tun, er werde sein Lebtag auch nicht immer weißes gehabt haben, und wenn es auch ein wenig grau sei, so solle er es nicht schüchen; das best Brot werde im Sommer grau, aber das schade ihm nicht, es sei nur dest chüstiger. Wenn es ihm recht sei, sagte der Bauer, so wollten sie zusammen ins Wirtshaus; vielleicht treffe er dort Lisi an, und dann könnten sie mit einander heim. Als sie gingen und Jakobli der Bäurin Adie sagte, schnauzte sie ihn an, sie wäre auch mitgekommen, wenn er sie geheißen hätte; aber wenn einer keinen Verstang habe, so habe er keinen. Nun wollte Jakobli gut machen, aber umsonst. Es sei nicht, daß sie mitmüßte, sagte sie; wenn sie daheim bliebe, so lachete sie niemand aus mit eme sellige Tochterma.

Im Vorbeigehen führte der Bauer Jakobli noch in den Stall; es war aber schon halb finster, und gäb wie der Bauer rühmte, daß weit und breit kein solcher Stall sei, so berühmt bei allen Metzgern, und daß wenn er ein Haupt dareinstellte, in acht Wochen es fett wäre, so dünkte es Jakobli doch trotz dem Halbdunkel, welches der Bauer nicht unweislich abgewartet hatte, die Kühe seien wohl strub, hinten stünden die Rollen zu dick übereinander und liefen auf dem Rücken zusammen, sie brüllten zu wehlich durch den leeren Bahren und schlecketen einander zu sentimental die gehörnten Häupter. Eine zarte Dame hätte eine rührende Freude gehabt an dieser kühhaften Zärtlichkeit, während ein Kundiger wohl wußte, daß dieses Schlecken nicht geschah um der Liebe willen, sondern von wegen der Grashälmchen, welche ihnen gegenseitig zwischen den Hörnern stachen.

Als sie beim Mist vorbeigingen und Jakobli das jammerwürdige Häufchen betrachtete, das ein Kapuziner fast unter seine Kutte gebracht hätte, sagte der Bauer, er frage dem Mist nicht viel nach, bsungerbar dem Herbstmist nicht.

Er hätte Land, welches das Misten nicht erleiden möge; tue er leicht Mist hinein, so falle ihm alles in den Boden, bsunderbar ds Korn. Darum hätte er auch am liebsten das Nahkorn, und wenn die Erdäpfel nur wenig gemästet seien, ›so gebe es ihm ohne neuen Mist Korn auf dem Platz gan Hüfen, mehr als er nehmen dürfe. Nun fiel er wieder in sein Rühmen, was er für Matten hätte und wie viel Ackerland und wettigs und Rechtsameni, daß es dem Tüfel drob gruseti, und no eigenen Wald, er wisse selbst nicht wie viel, und noch eine Weid, es hätten alle Gusteni der ganzen Gemeinde darin Platz.

Noch war er mit Rühmen nicht fertig, als ihnen von weitem Tanz und Johlen entgegenscholl und die Nähe des Wirtshauses verkündete, das eine gute halbe Stunde entlegen war. Es ging lustig her dort, alles war erleuchtet, in dem obern Stock die Fenster offen, unter denen unglückliche Mädchen saßen, die noch niemand zum Tanz geschrissen, weither ums Haus war alles leer. Wie Mücken ums Licht sich drängen, so war die Menge zusammengeströmt um die Quellen der Lust, welche im erleuchteten Hause so reichlich sprudelten. Nur hie und da unter dichten Nußbäumen sah man einen Schatten, hörte von Zeit zu Zeit einen Ton, der einem menschlichen glich. Das waren Schatten armer Mädchen, welche die Eifersucht hinausgetrieben und die nun einsam verlassen hinter den Bäumen schluchzten, einen Weltenjammer in ihren kleinen Herzen. Im Hause tanzte eine Glückliche mit ihrem Schlingel, hatte vielleicht schon Wein von seinem Wein getrunken; sie hatte er nicht geachtet, sie stehen lassen an der Wand, hatte sein Glas ihnen nicht gebracht, hatte getan, als ob er sie nicht sehe, und sie hatten ihm doch schon so viel gegeben, hätten ihm noch mehr gegeben, wenn sie noch mehr gehabt, und er hatte alles vergessen, sie mit allem, was sie ihm gegeben. Das wollte ihnen das Herz abdrücken.

Alles eingesetzt und nichts gewonnen, da muß einem wohl der Jammer schütteln, wie er einst auch Viele schütteln wird, wenn die Lose gezogen werden und an Tag kömmt, was so Mancher mit seinem Leben gewonnen hat, welches Gott ihm zum Einsatz gegeben, das ewige Leben zu gewinnen, und er hat es vergeudet an ein Linsengericht oder sonst etwas, das dem ewigen Leben noch weniger gleicht als ein Linsengericht. Und solche arme Mädchen sieht man an jedem Tanzsonntage hinter Zäunen und Bäumen und hört ihr Schluchzen wohl, und doch bringt das eine dem andern nicht Weisheit, so wie die andern Mücken um nichts desto weniger zum Lichte flattern, wenn schon vor ihnen Mücke um Mücke die Flügel verbrennt. Aber rührsam ists, wie da unter den Bäumen die Liebe noch mit der Rache streitet, und unter Zehn werden Neune schluchzen: «Ihm kann ichs so übel nicht nehmen; die Dolders More ist schuld, die hat ihn verführt. Er meinte es gut, aber die hat ihn aufgewiesen; wenn ich nur einmal zu ihm kommen könnte, ich wollte ihn wohl brichten; aber z'sterben freut es mich nicht, bis ich der Täsche einmal gesagt, was sie ist, und sie soll mir nur ds Maul auftun, dere wett ih dZüpfe schüttle.»

Einer dieser Schatten nahte sich ihnen groß und mächtig. Jakobli erschrak und meinte, er werde sich zu Lisi verkörpern, so ähnlich waren diesem die Umrisse. Aber Joggi sagte: «Wo stürmst du ume, Stüdi?» «Ho, aparti niene, aber ih ha nimme möge dobe sy, es ist mr heiß gsy», sagte Stüdi, kam mit ihnen herein und setzte sich mit ihnen an die Halbe, welche der Vater kommen ließ; es machte keine Umstände. Ach, wenn so einem Stüdi sein Schatz untreu wird oder es keinen findet, wenn es nur ein Stück Kalbfleisch findet und statt Liebe einen Schluck Wein, so kömmt ihm Trost und es meint, es sei besser öppis als gar nüt; und wenn einmal unverhofft Wein und Fleisch auf dem Tische stehn, kann nicht auch unter dem Tische oder hinter dem Tische ein Schatz sein unverhofft?

Es saßen um den Tisch allerlei Mannen, unter andern auch einer mit gelbem Gesicht und einer wohl starchen Nase; man wußte nicht recht, war es ein Schuhmacher oder ein Häftlimacher. Aber er war beides nicht, sondern man sagte ihm Gemeindschreiber, und Andere ließen hie und da einen Ratsherrn flädern. Der führte das große Wort, als sie kamen, redete armsdick, daß den Andern die Köpfe wackelten. Der sagte ihnen, wer es gut mit dem Lande meine, was die aber in Bern auszustehen hätten und wie sie verfolget würden, man sei manchmal längs Stück seines Lebens nicht sicher. Da komme kein Gesetz heraus, das gut für das Land sei, und wenn man schon meine, man habe es recht abgeraten: wenn es gedruckt sei, so sei es ganz es angers. Er hätte ihnen aber bim – letzthin die Sache gesagt vor Großem Rat, es hätte dem Landammann angst gemacht, ds hell Wasser sei ihm über die Stirne ab gelaufen; sie hätten sich aber wohl gehütet, das in die Vrhandlige z'tue, kes Wörtli drvo syg drinne gstange.

Aber das sei noch nichts, wie er ihnen manchmal am Abend bald hier, bald dort dKuttle wäsche, daß es den Andern übel gruse, aber es bschieß alles nüt. Man hätte ihn schon lange in die Regierig welle, und guet Fründe hätten es abgeredt gehabt; aber wohl, da hätte es Lärm gegeben, als man es gemerket, und mi hätts chönne usenangere sprenge, daß es nüt drus gä heyg; den Einen hätte man von einer Straß gesagt, den Andern vom Brachzehnten, den Dritten von einem Spittel, den Vierten von einem Pföstlin, Angere vo de Ehrschätze, und wo es zum Mehre cho syg, hätt er bim Dolder nicht e einzige Stimm gmacht. Aber alle rechte Vaterlandsfründe mache man es so, er müsse sagen, es erleide ihm, so dabeizusein.

Er hätte einen Kamerad, akkurat so einen, wie er sei, dem hätten sie es in Bern gemacht, es sei eine himmelschreiende Schande. Er wolle nicht davon reden, wie man ihm immer den Fuß vorgehalten, wenn er einen guten Pfosten begehrt hatte, und sie immer denen gegeben, welche ihm nicht die Schuhriemen aufgelöst, sondern noch von etwas angerem. Derselbe sei auch ein berühmter Doktor; schon sein Vater sei weit und breit dr fürnehmst gsi, er sei aber noch weit geschickter; dä heyg scho mänge äneume greicht, wo dNase scho änefert gha heyg. «Aber us Nyd und Kyb hey si ne nit welle la mache und hey dUsred gha, es syg nit gstudierte, und es nimmt mih doch bim Dolder wunger, obs druf achömm, ob eine gstudierte syg oder ob eine dLüt gsung mache chönn, se umewehre chönn, we si dNase scho änefert hey. Aber darauf ist es nicht angekommen, ja sie haben in verklagt und sogar gebüßt, gebüßt und nicht gefragt, wer er sei, und Andere haben sie unter ihrer Nase machen lassen und lassen sie noch jetzt machen, und kein Mensch gibt ihnen ein böses Wort; aber es muß sein, daß wenn einer Fritzli heißt, er mehr Recht hat, als wenn er ein Uli ist.

«Endlich ist ihm die Sach erleidet, er dachte, ds Heilen sie dHauptsach und darin förcht er niemand, und so stellt er sich zum Examen. Und jetzt, was macht do üsi neue Regierig, wo me doch glaube sött, si meintis mit em Land guet, öppe wenigstes was die alti, von welcher man immer sagt, sie habe für sich glueget und nichts fürs Land? Und was hat die alte gemacht? Es hat sich unter ihr einmal einer von denen, welche geschickter sind als die Andern und deretwegen verfolget werden, zum Examen gestellt. Da hat die erkennt, ja freilich, er solle nur kommen und das Examen machen, aber kujonieren wollen sie ihn nicht lassen von seinen Neidern und Anklägern, den Gstudierten; das könnte doch jedes Kind begreifen, daß sie ihm den Fuß vorhaben würden, und es müßte doch öppe gspässig sein, wenn sie, die das ganze Land regieren sollten, nicht öppe den Verstand hätten, einen zu examinieren, der Doktor werden wolle; wer ds Ganze regiere well, müeß ja alles chönne, vrschwyge de was angfährt e Dokter wüsse müeß. Do schießen sie zwei Ratsherren aus, bravi Manne, wenns scho fürnehm gsi sy, und die hey ne do gexaminiert, die zwei Ratsherre, er het sih selber drüber vrwungeret, und do hey si ihm erlaubt, er chönn no es Jahr furtfahre, mi chönn de geng no luege. Die Gstudierte hey do darüber gräsoniert vom Tüfel und hey ufbegehrt grusam; aber was gseit gsi ist, ist ds selbisch gseit gsi, und die Dolders Gütterlimanne het me la gumpe und het sih ihrere nüt gachtet. Wenn eine amene Kranke nüt abbringt, was wett er de bi de Gsunge zwänge? Da hat man geglaubt, es gehe jetzt auch so, und wenn sie nicht Regierungsräte gehabt hätten, die den Verstand dazu gehabt, so hätten sie zwei Großräte ausschießen können oder meinethalb drei, daß sie dä Kolleg examinierte; es wäre dere gnue gsi, die es chönne hätte und no drzue gern ta hätte. So ein Doktorli zu examinieren, braucht es doch notti nit viel, und vo dene, wo im Großе Rat sitze, weiß doch öppe e jedere, was e Doktor ist und was ds Doktere z'bedüte het. Jawolle, me wär übel dra, we me nit meh wüßt als das, wo ja ganz anger und wichtiger Sache vorchömme.

«Aber nein, so geht es diesmal nicht; anstatt öppe vrnünftig Manne, Kollege, Großrät, wer muß dä examiniere, wer, ih frage? Grad Dokter, syner Find, die, won e vrchlagt gha hey und geng uf ihm gsi sy, die het me uf ihn greiset, gemeint, was das gemacht sei und wie man ihn unterntun wolle. Aber wohl, der ist ihnen schlimm genug gewesen, aber hat es ihm genützt? Dumms Züg haben sie ihn gefragt, aber auf alles hat er antworten können, und bschlagen hat er sie aus dem ff. Als sie nichts mehr mit ihm anzufangen wußten und nichts mehr zu fragen, nehmen sie zuletzt e große Doggel füre und sagen ihm, er solle sich vorstellen, das sei eine Kindbetterin, und jetzt solle er probieren, ob er das Kind von ihr nehmen könne. Zuerst tat er drglyche, er hätte nichts gemerkt, und baggelte an der Sache, und da haben sie gezäpfelt und einander gemüpft und grusam große Freude daran gehabt, denn sie haben wohl gewußt, daß er auf diesem Weg das Kind nit fürebring. Aber er hat wohl gemerkt, daß der Doggel am Bauch e großes Türli het und daß si das King da yche ta hey, und het so lang by ihm selber denkt: Lachit dir ume; wo dir das King yche ta heyt, da wird es wohl wieder use möge. Und wo sie am besten am Lachen sind, tut er plötzlich ds Türli uf, nimmt das King u seyt: Da, ihr Herre! Do hey si do gnue gha u ne rüehig gla, si hey du gseh, daß si dem z'weni schlimm sy; aber ds Patent hey si ihm do notti nit gä, will er ke Gstudierte ist, und doch het er chönne, was si, und wenn ne Unparteiisch hätte könne examiniere, so wäre es anders gegangen, aber so geyhts zBern!»

Während der quasi Häftlimacher so redete, unterbrochen von manchem Donner, manchem Faustschlag, manchem Ausruf: «Wey mr ne ga ds Mayi singe?», und Jakobli mit offenem Munde zuhörte – denn vom Gebiete der auswärtigen Angelegenheiten wurde daheim kein Wörtchen gesprochen, und von politischem Leben wußte man in Hansli Jowägers Hause so wenig als von Prag, das nicht bloß ein böhmisches Dorf ist, sondern die Hauptstadt selbst, war unterdessen Bedeutendes vorgegangen hinter dem Rücken dieser Staatsvorlesung.

Hinauf in den Tanzsaal war die Kunde gelangt, er sei unten bei Ätti und Stüdi. Im Tanzsaal tanzten noch vier Söhne und drei Töchter vom Zyberlihoger, daß der Boden seufzte und stöhnte. Eins nach dem Andern kam herunter, ihn zu gschauen, und Stüdi brachte es jedem, und so wurde eine Halbe nach der andern leer, und während sie tranken, zäpfelten sie hinter Jakoblis Rücken und machten sich wieder ans Tanzen. Zuletzt kam auch Lisi und brachte selbst seinen Tänzer mit, den trotzigen Metzger mit dem roten Gilet und dem gewaltigen Schlagring; und während Lisi dem Jakobli abtrank, tränkte Stüdi den Metzger. Lisi helkte den Jakobli, ob er nicht kommen wolle und einen mit ihm haben; es nehme ihns wunder, wie er tanzen könnte. Jakobli mußte ablehnen, sein Lebtag hatte er nie den Fuß zum Tanz gehoben. Zur Zeit, wenn andere Bursche anfangen, mußte er mit der Mutter den Bohnen und dem Kabis nach; damals hätte er noch Lust dazu gehabt, seit seiner Krankheit war dieselbe ihm vergangen. So werde er es nicht ungern haben, wenn es mit einem Andern tanze, sagte Lisi; solange eine Geige gehe, könne es sy Seel die Beine nicht stillehalten, und wenn man sie mit einem Wellenseil zusammenreiggelte.

Jakobli hatte nichts darwider, ja es war ihm recht, obgleich es ihn dünkte, wenn Lisi seine Braut sein wolle, so wäre es anständig, daß sie neben ihn hocke und mit ihm brichte. Aber er sah aus allem, daß man glaube, man habe ihn im Brättli, und daß man ihn darum gar nicht mehr ästimiere, sondern ihm gleich zeigen wolle, wie es gehen müsse und daß er gut sei von wegem Geld und als Gatter vor der Türe, aber weiter für nichts. Das war ihm nicht unlieb, und eine Art innerer Kaltblütigkeit wuchs ihm mit jedem Glas Wein und nahm die Angst ihm weg. Davon sah man ihm freilich äußerlich nichts an, und als der Vetter sich an ihn machte, ihn ins Gebet nahm über ihre Umstände, da antwortete er ganz blöde, denn sövli e gstudierte und bredte Ma hatte er sein Lebtag nicht gehört.

Nachdem dieses Examen zu Ende gegangen, schritt er zu allgemeinen Fragen über Schul- und Gemeindeangelegenheiten, wie das zu Gutmütigen wäre? Jakobli berichtete, was er wußte, und der Vetter lächelte spöttisch zu allem. Man sehe wohl, daß sie zu Gutmütigen in allem weit hingernache seien gegen ihnen auf dem Zyberlihoger; sie wüßten nicht einmal, was dVrfassig z'bidüte heyg, gschwyge daß sie se de ygfüehrt heyge. Daß sie den Gemeindrat nur alle sechs Jahre ergänzten, wo das Gesetz ihn doch nur auf zwei Jahre stelle, beweise, daß sie den rechten Geist noch nicht hätten. Nit vrgebe heyg die neui Vrfassig so viel uf em Ändern, und je strenger man ändere, desto weniger Aristokrate gebe es wieder; je strenger man ein Rad umtreibe, je weniger springe einem ein Hund zwischendurch. Wenn einer vier Jahr am Gmeindrat sei, so mein er schon, was er kenne, und wolle in alles reden, gäb wie dumm es herauskomme, und sei einer sechs Jahre darin, so wolle er schon alles besser wissen als der Schreiber und gebe ein neuer Dorfmagnat, ein Aristokrat, und gerade Solche wolle man nicht mehr in Bern. Er wolle doch fragen, ob man mit ein paar hundert Gemeindschreibern nicht besser fahren könne als mit ein paar tausend Aristokraten, von denen doch keiner nichts verstehe. Er hätte schon lange gemerkt, was Trumpf sei, und es werde die Zeit kommen, wo man wisse, wer eigentlich Rad am Wagen sei, und die Schreiber nicht mehr so verachte wie jetzt und sie am Hungertuch nagen lasse, daß sie längs Stück verrebeln müßten, wenn man sich nicht öppe wüßte z'helfe. Hier auf dem Zyberlihoger habe man ein gutes Eingricht, da lauf dSach, und wers vrstang, den lasse man machen, aber so sei es nicht an allen Orten.

Er hätte noch lange gepredigt, aber oben hatte endlich das Tanzen aufgehört; es war zirka zehn Uhr, denn der Zyberlihoger lag in einem Oberamt, wo um zehn Uhr Feierabend wird mit dem Tanzen; in andern geschieht es um acht Uhr, in andern um neun Uhr, in andern um eilf Uhr, und wer weiß, ob im Suppenloch, wo man ganze Nächte spielt und am Morgen um drei schon wieder kegelt, nicht erst um zwölf Uhr. Von wegen der Kanton Bern ist gar ungeheuer groß, so daß zwar die Uhren alle gleich gehen, aber die einen Dörfer liegen viel näher dem Aufgang der Sonne als die andern; es ist aber natürlich, daß da, wo die Sonne viel früher aufsteht, sie auch viel früher niedergeht, also viel früher Feierabend wird; es kann also von Rechts wegen nicht an allen Orten, in allen Wirtshäusern des Kantons zu gleicher Zeit Feierabend gemacht werden. Wer aber das von wegen der Sonne nicht weiß und nur an die Uhr sieht, der schreit über Ungleichheit und zeigt, wie dumm er ist. Freilich mögen hier und da Irrtümer stattfinden; es heißt daher, es werde nächstens für alle Regierungsstatthalter und Landjäger ein Kurs in der populären Astronomie gelesen werden, wo, weiß man noch nicht, allweg doch in Bern, vielleicht dort beim Sternen.

In der Gaststube ward es dick, es gab Stöße und Müpfe; da kam der Wirt und sagte, er hätte in der Nebenstube zweggemacht, er hätte gedacht, dort sei man rüehiger. Dort war ein großer Tisch zweg, und an denselben setzte sich die Zyberlihogerfamilie. Die Söhne schrissen ihre Meitscheni, mit den Töchtern folgten ihre Tänzer, auch Stüdi hatte wieder einen und sah glücklich aus. Obenan saß der Vetter mit der langen Nase, hintendrein kam Jakobli und kriegte, als er von einer Stube in die andere ging, einen Tätsch auf den Hut, daß der ihm bis zum Kinn hinunterfuhr, und ringsum donnerte ein Gelächter an den Wänden, und immer lauter, je länger Jakobli am Hute riß und schriß, bis er ihn wieder in ebenrechter Höhe hatte. Kein Mensch kam ihm dabei zu Hülfe, nicht einmal Lisi, gerade das lachte am lautesten, und Berichte sagen, der Metzger hätte auf Lisis Wink den Tätsch getan.

Am Tisch ging es nun lustig her; der Vetter dozierte, Joggi fluchte mit dem Wirt über den Pintenwirt, bei dem Jakobli diesen Morgen gewesen; sie brachen ihm die Eisen ab, rechneten aus, wie bald er geltstagen müsse, und zählten auf, was Mutter und Tochter für Trüecher seien; untenum war ein beständiges Kickern und Lachen, meist über Jakobli. Zuweilen lächerete es die Mädchen Privatunterhaltungen wegen, die sie mit ihren Nachbaren pflogen. Es ging flott her, dann verschwand ein Pärchen nach dem andern, bis nur das Kleeblatt oben am Tisch saß; eben schlugs Mitternacht. Da redete der Vetter von Aufbruch, und Joggi sagte, jetzt werde es um die Ürti zu tun sein und es dünke ihn, Jakobli sollte ein Tochtermannsstücklein machen und sie zahlen, es wäre nichts darneben, es Mönsch wie Lisi sei noch manche solche Ürti wert. Da Jakobli nichts darwider hatte, so sagte Joggi dem Wirt, er solle noch eine Maß Roten rüsten, es gehe mit dem andern, seine Alte müsse doch auch was haben, sonst gebe es trüb Wetter daheim.

Vornehm nahm der Vetter Abschied, das heißt er dankte nicht, sondern sagte, vielleicht komme er nächsten Donnstag auch nach Burgdorf; die Gschrift sei nicht bös, doch sei noch manches daran zu ändern; wie geschickt einer auch sei in den Büchern, was das Land angehe, bleibe er doch e Löhl, und son es vrachtets Gmeinschryberli wisse es hundertmal besser, wo es dürejage. So sagte er und segelte von dannen einem Schiffe gleich, das durch die See fährt, wenn West und Ost mit einander kämpfen. Ungefähr in ähnlichem Schritt marschierte Joggi dem Jakobli voran und fluchte über den Text, daß wenn Gerechtigkeit bei Gott sei, er alle seine und meine Feinde in die ewige Verdammnis werfen werde. Bang bewegt und in einem Säcklein die Maß Roten tragend folgte Jakobli.

Der Wurm krümmt sich, wenn des Menschen Fuß in den

Sand ihn tritt; wo wäre der Mensch, dessen Gemüt sich nicht empört, wenn Dutzende von Füßen und noch dazu so große wie Lisis auf ihm herumtrampeln wie dreschende Ochsen in ihrer Tenne? Er hatte in der ganzen Tischete den Hohn wohl bemerkt, gesehen, wie er nichts war als das Huhn, welches man rupfen will; die Unverschämtheit Lisis mit seinem Metzger war ihm nicht entgangen, und daß er für alle die noch dazu die Zeche zahlen mußte, welche mehr betrug, als er sein Lebtag ausgegeben, das war ihm ins Herz gegangen. Es war ein Glück für ihn, daß Anne Bäbi tief ins Säcklein gegriffen und den Hochmut gehabt hatte, dem Sohn Neutaler mitzugeben, die er spienzeln, mit denen er sich groß machen sollte; so über einen gewöhnlichen Geldseckel wäre die Ürti weit hinausgegangen, dann wäre das Gespött noch größer gewesen. Nun war zwar dieses glücklich überstanden, und Geld hatte er noch mehr in der Tasche, aber was wartete seiner noch in dieser Nacht?

Scheiter flogen zuweilen an ihm vorbei, einzelne Nachtbuben rannten an ihnen vorüber, stießen ihn an, aber es waren nur Schreckschüsse, zum Ernste ließ Joggi es nicht kommen; wenn der seine gewaltige Stimme erhob, so flohen die Schatten und die Scheiter kamen nicht wieder. Aber das war wiederum nicht, was so schwer ihm machte und so angst. Nach Berner Sitte mußte er erwarten, daß er auf dem Zyberlihoger in Lisis Gaden gewiesen werde, dort bei ihm den Rest der Nacht zuzubringen. Noch nie war er zu Kilt gewesen, noch kein Mädchen hatte er bei der Hand gehabt; daß er zuweilen mit Mädi an einem Seil gezogen, war nicht in Anschlag zu bringen. Was wartete ihm nun in Lisis Kammer? Er hatte wohl gesehen, daß es zu gleicher Zeit mit dem Metzger verschwunden war; jetzt sollte er ihn ablösen, und wessen mußte er sich gewärtigen, entweder vom Lisi oder vom Metzger? Was ruhte für ihn in der nächsten

Stunde Schoße? Mehr als je war er entschlossen, Lisi nicht zu nehmen, aber was konnte man mit ihm vornehmen? Wie sollte er sich wehren, wie entgehen?

Je unbestimmter die Gefahr ist, welcher man entgegengehet, desto größer ist das Grauen, mit welchem man sich plagt, wie der Abergläubige einen festen Körper hundertmal weniger fürchtet als die schwankenden Umrisse eines Gespenstes, welches er zu sehen meint. Recht inbrünstig betete er zu Gott, daß er ihn doch diese Nacht führen möchte an seiner Hand, gesund, gerecht, ungefangen den nächsten Morgen möchte erleben, glücklich dem Hause, wohin er ging, möchte entrinnen lassen. Täte er das, so wollte er sein Lebtag fromm sein, keinen armen Menschen unerquickt vom Hause lassen, keinen ungerechten Kreuzer in seine Tasche lassen, ein rechter Christ sein sein Leben lang. Es war ihm, als leichte es ihm auf dem Herzen, und doch erschrak er, daß ihm die Knie zitterten, als er unerwartet vor dem Hause stand und die Zyberlibäurin mit dem Licht in der Hand die Türe öffnete.

Sie sah nicht holdselig aus, und als Joggi die Maß Roten geltend machte, welche Jakobli auf den Tisch stellte, schnauzte sie und sagte, diesen Abend hätte sie ihn brauchen können, jetzt sei ihr Schlafen lieber als Trinken; sie sollten jetzt machen, daß sie ins Nest kämen, es sei ja bald Morgen. «Su gang und zeig ihm, wo Lisi lyt», sagte Joggi. «Die werde öppe no früeh gnue zsämecho», schnauzte die Frau, «wär er mit ihm heim, wie es öppe anständig gewesen wäre, so könnte er jetzt bei ihm ligge. Het er sih aber nit möge gmüehe, su cha er jetzt i Hanse Bett, dä wird öppe nit heycho. Lisi ma nit erlyde, daß mes weckt, wes einist schlaft, bsungers wes Wy gha het. Chast da ds Ofeloch uf, su manglist kes Liecht, und de hott im Egge, da ist ds Nest.»

Es war Jakobli, als ob ein Engel zu ihm redete und das

Ofenloch des Himmels Türe sei; und als ob er einer der Engel wäre, welche Jakob auf seiner Leiter gesehen, schwebte er durchs dunkle Loch hinauf und verlor sich in die schwarze Nacht, welche das enge Gaden zum unendlichen Raume machte, der, wenn schon dunkel, Jakobli doch vorkam, als schwimme er in des Himmels Glanz und als sei das Nest hott im Ecken die erste Stufe an Gottes Throne.

Es ist doch kurios, wie die gleichen Worte ungleiche Produkte erzeugen in den Herzen der Menschen, so daß man fast sagen möchte, daß Worte nichts bedeuten, die Stimmung des Herzens aber alles. Was Jakobli in himmlische Freude versetzte, das hätte einen Andern zur höchsten Wut aufgeregt. Aber noch kurioser ist es, daß, so hell das auch am Tage liegt, die Menschen in gegebnen Fällen an diese Wahrheit nie gedenken, sondern als einzig bewegende Ursache immer das betrachten, was von außen kömmt, diesem alle Schuld aufbürden.

So prügelt ein Branntenweinfötzel, wenn er heimkömmt, sein Weib, wenn es redet, und er prügelt es, wenn es schweigt, und flucht über die ganze Welt, wenn sie frägt, warum das Weib braun und blau im Gesichte sei, und prügelte jeden, wenn er könnte, der ein braun und blaues Weibergesicht wüst findet und noch wüster den, der es so geschlagen. So droht man mit Munizehn und dingt Branntenweinfötzel aus lauter Vaterlandsliebe, wie man sagt, gegen jeden, von dem man glaubt, er habe ein wahres Wort zu des Vaterlandes Heil gesprochen. So wird geprügelt und gekramet, sich gefreut und geflucht nicht nach den Noten, sondern nach den Saiten, welche übers Herz gespannt sind. So ists, und doch glauben wirs nicht; aber froh sind wir, wenn wir die Worte der Menschen oder die Augen der Menschen zu Sündenböcken machen können, denen wir aufladen können unsere Schuld, die wir schlachten und martern können zu unserer Sühnung. Sündenböcke sind eine alte Mode, aber aus der Mode werden sie nie kommen, denn was wären wir ohne solche Böcke! Und wenn wir alles finden würden, was im eigenen Herzen wäre, wer hätte noch Freude am eigenen Herzen? Und wenn man nicht einmal an diesem Freude haben kann, über was soll man sich dann noch freuen? Ich frage.

Doch das paßt nicht auf Jakobli, der sich grusam freute in seinem finstern Gaden, und nicht über sein Herz, sondern über Hanses leeres Nest. Drunten war ihnen sein schnelles Verschwinden doch seltsam vorgekommen, aber sie meinten, er sei taub, und der Bauer fragte die Frau: «Warum hast du ihn da hinaufgereiset und nicht zu den Meitlene?» «Warum? Darum! Die haben die Nester sonst voll, und gäb der alleine sei oder nicht, das ist doch graglych, das wird öppe nüt zwänge; es ist dFrag, ob dä Löhl ume öppis merkt.» Sie fanden bei Jakobli Vorsicht nicht nötig, nicht nötig ihn zu binden auf irgend eine Weise; sie meinten, der laufe ihnen nicht davon, der sei zu zahm, wie man zahme Rosse auch nicht halftert und zäumt, sondern sie frei zotteln läßt, weil man weiß, wenn man sie will, so kann man sie haben. Aber der Teufel ist ein Schelm, sagt man, und wie das zahmste Roß noch zu Zeiten seine Stunden hat und Sprünge tut, der Fisch aus der Hand einem schlüpft, so entgeht oft der zahmste Mensch dem, der ihn bei beiden Ohren zu haben meint und im Garn für immer.

In Hanses Nest legte sich Jakobli und sah nicht lange, wars sauber oder so, wie ein Hans manchmal ein Bett hat. Die Müdigkeit und die Seligkeit schmolzen alsobald in einander; ein süßer Schlaf deckte Jakobli zu, und ein Engelein mit gelben Züpfen und klaren Augen tanzte an sein Lager, nahm ihn bei der Hand, führte ihn aus dem finstern Gaden, und sie wandelten mit einander an silbernen Bächen in süßem Schatten, und sie wandelten noch zusammen Hand in Hand, und ihre Seelen tauschten zusammen selige Geheimnisse, und Jakobli verstund sie selber nicht, als der Himmel finster ward, die Bäche aufbrausten, aus den schäumenden Bächen ein schwarzes Ungeheuer sich hob mit blutigem Rachen und mit gewaltiger Tatze nach dem Engelein schlug, das an seiner Seite ging. Schnell sprang er vor zur Wehr, da war das Engelein verschwunden, das Ungeheuer ebenfalls; eine Herde Waldteufel purzelte aus den Bäumen hervor mit wieherndem Gelächter, wälzte sich an seine Beine, daß er sie zusammenzog, davonspringen wollte und – erwachte.

Grauer Tag dämmerte im dunkeln Gaden, einzelne versprengte Sonnenfunken flimmerten an den schwarzen Wänden, ums Bett herum stand die ganze Familie, Lisi voran mit dem Deckbett in den Händen; aufrecht saß er im Bett, zwei zukünftige Schwäger hatten ihn an den Beinen gefaßt, und alles brüllte laut auf vor Lust und Freude, und je mehr sie brüllten, um so mehr riß er die Augen auf und um so weniger wußte er, wo er war, und je mehr er die Augen aufriß, um so mehr brüllten sie. Endlich kam er zu sich und erfuhr nun, daß man ihn nicht habe wecken können, daß Lisi ihn mehrfach gerüttelt habe, daß er gar wunderlich getan, daß man nicht recht gewußt, fehle es ihm im Kopfe oder sonstwo, daher man ihn aufheben und auf die Laube an die frische Luft habe tragen wollen. Er solle jetzt auf, sie hätten längstens zMorgen gegessen. Jakobli hatte die frühere Nacht nicht geschlafen, war weit gelaufen, hatte Wein getrunken, so daß, als er endlich so freudig ins Bett kam, er in einen Schlaf verfiel, aus welchem man ihn mit Posaunen nicht erweckt hätte. Von allen den Neckereien an seiner Türe und vor den Fenstern, mit welchen man ihn zu fürchten machen wollte, hörte er nicht das Mindeste, sondern hatte fest geschlafen bis in den hellen Morgen hinein.

Trotz des rohen Auftrittes war er ziemlich munter; noch einige Schlücke Kaffee, und er war flott und konnte dem Hause den Rücken kehren, das er nicht mehr zu sehen willens war, und ungeschlagen, ungefangen kam er davon. Er machte, so schnell er konnte, und widerredete nichts, forderte die Gschrift nicht zurück, sagte nicht Nein, als man den Donnstag über acht Tag bestimmte zum Richtigmachen der Sach, ließ sich helken und ausspotten über seinen Schlaf und seine Einsamkeit in Hansens Nest, und als Stüdi ihn fragte, ob es ihn nicht wunder genommen, wo Lisi sei, so gab er keine Antwort; kurz er zog sich aus der Sache wie ein Diplomat, trotzdem daß er nur ein Jakobli war.

Beim Abschiednehmen sagte man ihm aber, daß sie dann aber kämen und sie nicht sprengten; sie verstünden keinen Spaß, es könnte teure Taglöhne geben, und dGschrift sei richtig, daran zu ändern sei nichts mehr, dGschrift hätten sie in Händen. Meinethalben, dachte Jakobli, wenn ich nur da weg wäre, gehe es dann wie es wolle, und schon hatte er zum letztenmal Adie gesagt, als die Mutter zu Lisi sagte: «Seh du, gang du no e Plätz mit ihm und zeig ihm dr Weg dur dBürzlige Hohle; er ist näher, und wenn er einmal bei Gräulige vorbei ist, so kann es ihm nicht mehr fehlen.» «Es ist mir glych», sagte Lisi, «ih chume mit e Plätz; Stüdi, gib mir deine Kappe und du, Mädi, dein Fürtuch! Jetzt chumm und lauf schön, sust nime ih dih ungere Arm u chräze dih.»

## VIERZEHNTES KAPITEL

### *Auf der Heimreise erlebt Jakobli Geschichten*

Also noch nicht entronnen, dachte Jakobli, was wird es jetzt noch geben müssen? und zottelte traurig hinter Lisi drein, das die Kappe bindend voranschritt, und als es mit der Kappe fertig war, das Mänteli zwegzupfte. Dann begann es den Jakobli auszuforschen, was er gestern abend gesehen und nicht gesehen, gemerkt und nicht gemerkt. Als es ihn kaltblütig fand und keine verdächtigen Sticheleien vernahm, da ward es wohlgemut und rühmte, wie es immer Schreiß gehabt und wie es ihm ungewohnt sein werde, wenn es einen Mann habe. Aber eingänterlen lasse es sich notti nicht, und zMärit und zMusterig, denke es, werde es gehen können wie vorher. Lieber wollte es sterben, als so ygschranket z'sy wie die meisten Weiber, die nirgends hin dürfen oder der Mann nehme sie mit, was die Uflät unter zehn Malen nicht einist täten.

«Du kannst machen, wie du willst, kannst gehn oder daheim bleiben, was frag ich dem nach; aber wenn es mich ankömmt, so gehe ich, sei es Heuet oder Säet, was frag ich dem nach! Vergangenen Sommer hatte ich einst schon die Hebi gemacht, wir wollten backen; da kömmt einer und ladet mich zHochzeit, und ih ha uf der Stell mit ihm furt müeße. In drei Tagen wolle er mich wieder bringen, hat er gesagt. Da besinn ich mich nicht lang, stoße die Mulde unters Bett, und erst nach vier Tagen hat er mich wieder gebracht, und es hat auch noch Brot gegeben. Frylich ists öppis gnüeger gange. Böser will ichs als Frau nicht haben, als ichs als Meitschi gehabt, sonst wüßte ich nicht, warum ich mannen sollte. Aber Bürschli, gekramet hast du mir noch nichts, so wollen wir doch nadisch nicht auseinander; seh, gib füre, wasd hesch.»

Jakobli hatte nichts, hatte das Kramen vergessen, und es dünkte ihn, eine solche Ürti wie gestern, wo über zehn Fünfunddreißiger draufgegangen, sollte einstweilen genug sein. Doch sagte er, wenn sie zu der Pinte kämen, wo er gestern eingekehrt, so wolle er ihm eine Halbe zahlen, und gegenüber sei ein Krämer. «Jä Bürschli, meinst! Nein, zu der Pinte kömmst du heute nicht; gäll, in einem solchen Lumpennest gefiele es dir, das wäre ein Loch für solche Duckenmäusler. Aber wir haben schon vernommen, wie lang du gestern dort ghocket bist, und da schien es uns, ein anderer Weg sei besser für dich. Üser Gattig Lüt gange nit in es selligs Nest, und du brauchst auch nicht hinein, selligi Bürschli wären der Wirtin gerade eben recht. Aber ohne Kram gehe ich nicht von dir; wenn du nichts hast, so gib mir ein paar Neutaler, es ist mir auch recht.»

Jakobli hatte vor Zeiten einmal zufällig gehört, daß ein einem Mädchen gegebenes Silberstück, ja auch nur ein Rappen, ein Ehepfand sei, auf welches hin dasselbe auf die Ehe klagen könne; also das wollte jetzt Lisi, und eben, als er meinte, frei zu sein, sollte er sich binden. Er stotterte Entschuldigungen, brauchte noch, hätte nichts mehr usw.; aber Lisi setzte nicht ab, sagte ihm, er solle füremache, sonst nehme es selbst; so ein Reicher, wie er sein wolle, sollte sich schämen zu sagen, er hätte keine Neutaler mehr im Sack, und wenn einer ein Meitschi wolle, so krame er, das sei öppe unser Lebtag der Brauch gewesen, und so einer, wie er sei, werde keinen neuen anfangen wollen. Jakobli sagte, sobald sie zu einem Krämer kämen, wolle er ihm kramen, was ihm öppe anständig sei, aber Geld sei ja kein Kram. Das wäre ihm gspässig, sagte Lisi, gerade der Gattig hätte es am liebsten, man könne damit mehr machen als mit einem Kittel oder Kuttli, und das seien Sachen, sie verstünden sich von selbst. Und kurz und gut, er solle füremachen, oder es nehme selbst.

Als Jakobli noch immer zögerte, fuhr es ihm mir nichts, dir nichts in den Hosensack, fand dort nichts als Münze, fuhr dann mit der Hand zur Kutte. «Du hest my armi türi no angeri Rustig», sagte es. Und als es in der Busentasche des Rocks nichts fand, riß es ihm das Gilet auf; dort war auf der innern Seite auch noch eine Tasche, und dort kaperte es triumphierend ein Bläterlein, und in dem Bläterlein war noch manch schöner Neutaler. «Gell Bürschli, i finge dSach?» rief es triumphierend. «Es kömmt dir wohl, hab ichs gefunden, sonst hätte ich dir auf my armi dSackuhr gno! Die bhäben ih emel einist, du kannst luege, daß du anger überchunst.» «Gib mir se ume», sagte Jakobli, «denk, ich muß noch heim, und was würde die Mutter sagen?» «Mira was sie will, die alti Gränne; nei, die bhäben ih jetzt, die kann ich brauchen, und je weniger du einkehrst, dest bas bist du morndrist. Geh du nur grad, bis du linksuse mußt, und wenn du e Stung links gha hest, so häb de rechts, und wenn du dann zu einem Hag kömmst, so gehe nicht darüber, und weiter oben nimm dich in acht, daß du nicht den lätzen Weg nimmst; häb geng am üebligste nach, u de chas dr nit fehle. Adie wohl, und am Donnstig über acht Tag fehl de nit, süst chast mr de küderle.» Und somit eilte Lisi voller Freude heim und mochte nicht warten, bis es seine Eroberung zeigen konnte; so viel Geld hatte noch keine von Zyberlibure Töchtern in Händen gehabt.

Jakobli stand da, ärger ist Lots Weib nicht gestanden; so uverschant hatte er doch keinen Menschen geglaubt, und was sollte er der Mutter sagen? Und wenn er ihr es sagte, glaubte sie ihm auch? Aber mehr als das plagte ihn der Gedanke, ob das wohl jetzt ein Ehepfand sei, das Bläterli mit dem Silber, hatte er es doch nicht selbst gegeben, sondern Lisi hatte es genommen. So könnte ja eine jede zu einem Ehepfand kommen, dachte er, und das wäre Mängere kommod, aber recht wärs doch nicht. Aber den Gedanken kam er doch nicht los, und es dünkte ihn, als hätte er wirklich einen Fuß im Lätsch und könne nicht recht vorwärts. Und ob den Gedanken hatte er alle Links und Rechts von Lisi rein vergessen, und er wanderte lange und kam zu niemand und sah kein Haus; es war fast, als ob er in einer ganz andern Welt wäre, eine so einförmige Gegend hatte er noch nie gesehen. Häge und Hügel, Wäldchen und Feldchen, und alles nur klein, unbedeutend, wechselten mit einander; von einem kam man schnell zum andern, und alle sahen sich durchaus ähnlich, so daß es schien, als käme er nicht weiter oder als ginge er rundum und käme immer wieder an die gleichen Stellen.

Er ward müde, hungerig, es war warm, und doch schien die Sonne nicht; er bekam eine Längizyti, die immer größer ward, es kam ihm vor, als käme er nicht mehr heim, als käme er zu keinen Leuten mehr, als müßte er da rastlos wandern zwischen diesen Hügeln und diesen Hägen, bis er sterben könnte in einem der Wäldchen. Die Angst ward immer bitterer, und wer viel auf den Straßen gewesen ist, ermißt sie nicht, der weiß nicht, wie es einem wird, der zum ersten Male von Hause ist und dieses Haus nicht mehr findet, nicht mehr weiß, wo es ist, und keine Menschenseele rundum, die ihn hört, keine, die Bescheid weiß. Da ward ihm noch viel ängster als gestern, da er gegen das Zyberlihaus kam, und es dünkte ihn, wäre er nur wieder dort, und er hätte sich vielleicht versündigt, weil er so gern von diesen Menschen fortgegangen, daß er jetzt keinen Menschen finden könne. Es dünkte ihn, wenn er wieder einen Menschen sehe, den müßte er lieben sein Leben lang, und wenn es ein Armer wäre, so wollte er ihm helfen, solange er selbst etwas hätte.

«Guten Abend geb dir Gott!» so tönte es neben ihm leise und freundlich. Aber hätte plötzlich eine Klapperschlange sich vor ihm aufgebögelt oder wären Kanonen neben ihm losgegangen, Jakobli hätte nicht ärger zusammenfahren können; die Stimme schlug ihn fast um, und als er sich umsah, stand neben ihm als wie von Gott gesandt das Engelein, mit dem er in dieser Nacht gewandelt war in einem Garten ohne Ende in so süßer Seligkeit, das Engelein mit den freundlichen blauen Augen und dem seidenen Haar, das sein Abendstern geworden war, der so freundlich noch vor seiner Seele flimmerte, ehe sie in den Schlaf sich senkte. Bleich war er geworden, jetzt ward er rot, aber kein Wort fand er, bis das Mädchen freundlich fragte: «Ha dih erschreckt, wo wottsch?» Da konnte Jakobli sagen: «Ih bi vrirrt, und ke Mönsch han ih atroffe und ha Angst übercho, und wo de du so plötzlich gredt hest, bin ih doch do erschrocke, ih ha dih nüt ghört cho. Weißt, wo ich düre mueß für hey?» «O bhüetis ja», sagte das Mädchen, «ich will mit dir kommen bis ins nächste Dorf, viel um habe ich nicht, und du fändest es nicht, es ist gar verirrlich. Komm, da wollen wir rechts, oder schüchst dih, mit mr z'laufe?» «Was denkst», sagte Jakobli, «aber ich möchte dich nicht versäumen.» «O bhüetis», sagte das Mädchen, «ich komme gerne und laufe dann desto gleytiger. Aber wenn dih mynere vrschämst, su sägs ume.» «Ich wüßte nicht warum», sagte Jakobli, «es ist öppe ey Mönsch wie dr anger, und wenn ich nur wieder auf den rechten Weg komme, so ist es mir grusam dienet; si werde daheim nicht wissen, wo ich bin, und grusam in der Angst sein. Han ih no wyt hey?» «Einmal noch zwei Stunden», sagte Meyeli, «aber wo chunst her?»

Da ward Jakobli wieder rot. Er wußte nicht warum, aber dem Meitschi konnte er nicht sagen, daß er auf dem Zyberlihoger gewesen sei; er stotterte, er hätte da in Dörfern unten dem Vater neuis müeße vrrichte. «Wo kömmst du her?» fragte er ablenkend. «Ich komme vom Doktor», sagte Meyeli. «DBase ist geng fehlberi und muß immer doktern ds Jahr aus und ds Jahr ein, und Keiner kann ihr helfen; ds Gunträri, wenn sie e Rung bei einem dokteret, so dünkt es sie, es böse von Tag zu Tag, wenn es schon im Anfang besseret het. Aber das kömmt daher, es mag ihr Keiner die Gesundheit gönnen, und wenn einer merkt, daß es nache wär, daß si ke Züg meh bruchti, so tut er ihr öppis dry, das ere wieder übel macht; vo wege dBase vrmas z'doktere, u we si gsung wär, su wär nüt me ab ere z'vrdiene. Aber es ist doch o schröcklig, we me eim dSach eso vrhett. Ich habe es einmal unserm Doktor gesagt; sie hat den auch einen Rung brucht, und im Anfang hets schön besseret gha, und wos bald nachegsi ist, da het es si wieder gstreckt und ist all Tag eher hingertsi gange als fürsi. Ich habe ihm gesagt, es sei doch schröcklich, wie sie all seien, wie sie eim da so a dGsundheit zueche a füere und se eim de wieder vrheyge, daß me nit chönn drzuecho, ume für eim usznutze. Es sei kei Wunger, daß sie all rych werde u chönne Chaise fahre, aber notti möchte ich nicht Doktor sein; wenn es dann einmal an das Erlesen gehe, so werde es öppis heiße. Aber wohl, der hat mich schön abgsüferet. Du bist ein armes Tröpfli, hat er gesagt, und redst nicht gschyder, alsdes vrsteyhst. Dy Base ist e Narr vo dene eine, wo nit z'helfe ist. Wenn die essen würde was andere Leute, sich an die Sonne ließe, gartnete, hackete, Erdäpfel grabte, sich brav rührte, daß das Blut untereinander kämte, die wäre schon lange gesund; aber da lyt si bis am nüni, suft Kaffee wien e Kueh und frißt Eiertätsch drzue e Hands dick, berzet es paarmal ums Hus ume u lyt wieder u nimmt Tropfe und frißt de zMittag es Bratwürstli oder es Rüppstücki, nimmt e Tropf zviel drzue, u de lyt si wieder, u de berzet si wieder und nimmt wieder Tropfe und suft wieder Kaffee, und so geht das den ganzen Tag, und zNacht hat sie dann Krämpfe und will ersticken oder Bauchweh und will vrsprenge oder Gringweh und wott e Narr werde. Und an dem allem soll der Doktor schuld sein. Aber ich will doch einen vernünftigen Menschen gefragt haben, ob dr Tüfel gsung sy chönnt dä Weg?

«So uf e uvrschanti Wys het er mih abgsüferet», sagte Meyeli, «und ich will doch einen vernünftigen Menschen gefragt haben, ob man arbeiten kann, wenn man krank ist? Und wenn man Schmerzen hat, so sucht man sie z'gstellen, und dBase sagt, solang si eß oder öppis trink, so gspür sie minger vo de Schmerze. Was mich dabei am strengsten düecht het, ist das, daß er myr Base ds Esse und Treyche fürgha het, und darin ist grad key Wüestere als er. Wenn me chunt cho springe und sagt ihm, es hätte einen der Schlag getroffen, Gott bhüet is drvor, er solle springen, es müsse Blut usegla sy, und er sitzt gerade hinter einer Platte Säufüeß oder Säuohre, lo längt er i dPlatte u nimmt no ds größt Ohr oder dr größt Fueß u seit, sie sölle ume hei, er werd de öppe nachecho, u wer nit ufsteyht, solang no es Möckli vom ene Ohr i dr Platte ist, das ist üse Dokter. U we me chunt cho springe u seit, es heyg e Ma es Bey broche, und er ist im Bett oder hinger sym Schoppe, su cha me luege, wie me ne vo sym Schoppe oder us em Bett bring. Uf ene Stung uf oder nieder chömm es nicht an, und er vermöge sich dessen nicht, daß der Löhl nicht sörger gehabt und die Kuh das Bein gebrochen habe; deswegen wolle er seine Sache nichts desto weniger haben, sagte er. Und so einer geht dann und hält andern Leuten das Essen vor.

«Jetzt hat letzthin die Base, wo sie bald nicht mehr gewußt hat wo aus und an, da von einem gehört, der gar grusam gschickt sy söll und alle Lüte helfe chönn. Sie hat keine Ruhe gehabt, bis ich mit ihrem Wasser gelaufen bin, und es ist wyts, mi brucht geng e Tag; aber, und wenns zwee wär, vo wege dr Gsundheit es wär nit z'wyt. Wo ich gekommen, da sind viele Leute gewesen; man hat gleich gesehen, daß man da zu einem brühmten Doktor kömmt; manche Stunde weit waren Leute da, und alle haben brichtet, wie er weit und breit Leute geheilt habe und von welchen Krankheiten, und der Eine war zum zweitenmal, Andere zum drittenmal da, und allen ging es weit besser; fast ganz zweg wären sie, sagten sie, es brauche nur noch ein wenig, um nachezbessere.

«Vom Doktor hat man lange nichts gemerkt; es hat immer geheißen, man wisse nicht, wo er wäre; er sei diesen Morgen dagewesen, aber jetzt wisse man ihn nirgends, und doch hätte ihn niemand fortgehen sehen. Wo me bald niene meh Platz gha het ums Hus ume, da ist er plötzlich dagsi, es het niemere gwüßt, wo er hercho ist, und niemere het ne dörfe frage. Jetzt het er se gfergget eins nach dem Andern, und wo die Reihe an mich gekommen, hat er mich kaum gefraget, wo ich herkomme, und wo er das Wasser gseh het, het er unbsinnt gseit, wos dr Base fehl. An alle Orte, het er gseit, es sei eine böse Sach; bald chlag si hie, bald chlag si dert, aber dHauptsach syg hingefer im Mage u de i de klyne Därme; we die nit geng voll syge, su vrlyre si sih. We si well Gedult ha und darha, su well er se kuriere, es söll nit fehle, aber si müeß dr Glaube ha; e Sach, wo meh als zeche Jahr gwährt heyg, putz me nit i acht Tage weg und o nit i vierzeche. Er well ere öppis gä, und de söll si ihm im Afang all drei Tag ds Wasser schicke und später all siebe, aber exakt und an keinem anderen Tag, sonst habe es gefehlt. Essen könne sie, was sie gut düeche, aber nie zu viel auf einmal, lieber alle Stunden öppis. Du magst mir glauben oder nicht, vom erstenmal hats der Base gebessert und alle Tage mehr, und sie mag allemal fast nicht warten, bis ich heimkomme und neues Zeug bringe; wenn sie ume einist e Stung lang recht gsung sy chönnt, so well si gern sterbe, düech es se, het si scho mängist gseit.»

So plauderte das Mädchen, von Jakobli nicht viel unterbrochen. Dem wars gar wunderlich. Ging das Mädchen voran, so sah er dessen schlanken Leib, über den wie zwei goldene Ströme die seidenen Züpfen niederflossen; er konnte sich nicht satt sehen, wie das so leicht ging, daß nicht einmal ein Stäubchen am Boden sich bewegte, während Lisi niedergetreten war, daß es in die härteste Straße Dümpfeni machte, und zwar barfuß. Wenn es ihm in den Sinn gekommen wäre, von einem Felsen zum andern zu springen, was ihm aber nie in Sinn kam, so hätte man noch nach Jahrhunderten Lisis zehn Zechen im Stein gesehen und neben dem Teufelssprung noch einen Lisisprung gehabt. Ging das Mädchen aber neben ihm, so mußte er immer sein liebliches Gesichtchen betrachten, das er mit nichts zu vergleichen wußte als mit einem Röschen, in welchem noch der Tau schimmert; so eines hatte er nie gesehen, und wie stach es ab gegen Anne Bäbis und Mädis handliche Gesichter, die voll Ecken und Höger waren und Täler und Schluchten und dem Kämifeger kaum entronnen schienen, während Meyelis Gesicht so schön und voll und zart war, als ob es der liebe Gott selbst gemalt hätte und geförmt. Lisi hätte vielleicht Vielen besser gefallen, aber Jakobli kam Lisi immer vor wie eine Donnerwolke im Abendrot, während Meyeli ein goldenes Wölkchen war im Morgenrot. Lisi war noch viel ärger als eine gemästete Klapperrose, während Meyeli ein Blümchen war, wie er keines noch gesehen. Lisi kam ihm immer vor wie eine Kanone, die losgehen wollte, während Meyeli ihm vorkam wie ein freundlicher Blick aus dem Himmel, in welchem lauter Seligkeit ist. Wenn es so plaudernd neben ihm ging, die Lippen sich schlossen und öffneten, die kleinen Zähnchen so weiß aus den beiden Rosenblättchen blickten, die so hold sich schlossen und öffneten, so hatte er keine Ohren mehr; es dünkte ihn, alles an ihm sei Auge, und nach und nach werde das Auge an ihm zum Wirbel, und dieser Wirbel möchte das Mädchen fassen, ziehen bis auf seinen tiefsten Grund.

«Lue», sagte es, «da mußt du jetzt geradeaus und kannst nicht fehlen; es sind jetzt an allen Orten Wegweiser, da chast lesen, wo du dure mueßt.» Sie standen an einem Dorfe, vor ihnen ein Wirtshaus, in der Nähe ein Krämerhaus, aber alles das hatte Jakobli nicht gesehen, bis das Meitschi sagte: «Lue, jetz mueßt graduse.» Es ist aber auch begreiflich; wenn so ein liebes Blümchen Wunderhold einem im Auge sitzt, so nimmt man ein altes Wirtshaus und ein krummes Krämerhaus nicht neben ihns ins Auge, so wie einer, der liebe Visiten hat in seinem Stübchen, nicht jede alte Vettel, die vor seiner Türe steht, ins Stübchen führt.

Scheiden und Meiden tut weh, heißts im Liede, das fühlte Jakobli; so ein Losreißen, wo man nicht weiß, ists fürs Leben oder nicht, ist wirklich wie ein Riß in die Seele. Noch hatte er dem Meitschi nichts gesagt, nichts vom Solothurner Märit, nichts von der Kriegstetter Badefahrt, nicht gesagt, wie es ihm beide Male ergangen, oder wenigstens verblümt angedeutet, daß es nicht Hochmut gewesen sei, warum er nicht geredet, aber ds Rede sei ihm nie zvorderst. Das alles konnte er jetzt nicht sagen, aber es düechte ihn, er möchte noch; da fiel ihm was ein, ein wunderbares Etwas gab ihm Einfälle und den Mut, sie auszusprechen: Er hulf e Halbi ha, sagte er, er zahle gerne eine. Es danke, sagte das Mädchen, aber es müsse pressieren, die Base blange immer grusam, und es hätte sich schon versäumt. «Eh, ume e Halbi sumt nüt», sagte Jakobli, und da er gehört hatte, die Mädchen müßten sich erst reißen lassen, ehe sie zum Wein dürften, wie man zum Beispiel auch Schweine an den Ohren zieht oder an den hintern Beinen, wenn man sie aus dem Stall oder in den Stall haben will, so nahm er Meyeli bei der Hand und sagte: «Chumm!»

Die Hand war so lebendig, so etwas hatte er sein Lebtag nie in der Hand gehabt; Leben ganz schwallsweise strömte aus derselben über ihn, er vergaß das Schreißen, hielt die lebendige Hand in seiner Hand und bat noch einmal: «Chumm doch recht.» Und das Meyeli ließ ihm die Hand, und es dünkte Jakobli, als sprühe die Hand immer lebendigere Funken aus, wie aus der Elektrisiermaschine die Funken auch immer lebendiger strömen, je inniger die Berührung wird. Des Meitschis Backen wurden röter, seine Augen blauer, es zuckte in seinem Munde, aber es sagte: «Wäger nit, Dankeigist! Ih mueß gah, zürn doch recht nüt; aber was wurde dLüt säge, wenn ih mit eme frönde Bursch wurd ga e Halbi trinke, u was wurd dBase säge, wenn sis vrnähmti.» «Si vrnimmts nit», sagte Jakobli. «Ih weißs nit», sagte Meyeli, «aber ih chumme notti nit, ih mangles nit, und was nit recht ist, ists nit, vrnehm sis oder vrnehm sis nit. Aber zürn nüt, dynetwege chäm ih gern. Jetzt muß ich gehen, adie wohl!»

Und somit wollte Meyeli seine Hand nehmen und gehen. Aber Jakobli hielt sie noch, und Meyeli tat das Wüsteste nicht, und Jakobli sagte: «So komm zum Krämer, etwas kramen möchte ich dir.» «Dankeigist», sagte Meyeli, «aber ich dürfte es nicht heimbringen; was sollte ich sagen, von wem ich es hätte? Und z'lügen bin ich nit gwohnet.» «So nimm das», sagte Jakobli und wollte ein Hämpfeli Münz dem Meyeli in die Hand drücken. «Das erst nicht», sagte das Mädchen, «spar das, bis wir wieder zusammenkommen, wenns Gottes Wille ist, und zahl mir dann eine Halbi, vielleicht schickt es sich dann besser. Adie, leb wohl, jetzt muß ich», und somit riß es sich los; aber man sah es, es kostete ihm Mühe und ein inneres Etwas redete Jakobli zbest; aber es blieb bei dem, was es für recht hielt, kostete es ihns, was es wolle.

Flüchtig eilte es seines Weges, aber mehr als einmal drehte es sein Köpfchen, allemal sah es Jakobli noch an der gleichen Stelle stehen, und es kam ihm vor, als hätte es ihn nicht recht brichtet, als wüßte er nicht wo aus, als sollte es zurück und noch einmal den Weg recht ihm zeigen, und doch tat es es nicht, gäb was sein Herzchen einredete und sagte: Was hilfts ihm, daß du ihn bis dahin geführt, und er weiß jetzt nicht weiter? Aber ein anderes Etwas sagte ihm, daß wenn er noch einmal ansetze für ins Wirtshaus, so sei keine Kraft mehr da zum Widerstand, es tue, was nicht recht sei; darum solle es nicht umkehren und Gott und guten Leuten den Burschen überlassen. Und dieses Etwas siegte, und flüchtig eilte es der Base zu, dachte aber dabei wenig an die Base.

So glücklich geht es aber vielen Mädchen nicht; in rascher Kraft haben sie einer Versuchung sich entrissen, aber das schwache Herz treibt sie wieder in dieselbe zurück und sie sind verloren. Es ist sehr seltsam, dieses Zurückkehren der Mädchen zu sehen, und wer sich auf die Herzen nicht versteht, nimmt Losreißen und Zurückkehren für absichtliches, vorbedachtes Locken. Ach nein, er tut meist Unrecht. Es ist der gute Geist, der mit dem schwachen Herzen kämpft, mit dem guten Herzen, das nicht gerne weh tun, nicht gerne böse machen will, das von jedem nur versöhnt und in Liebe scheiden möchte und nicht weiß, wohin dieses Versöhnen führt, nicht weiß, daß sein Herz schwächer ist, als sein Geist gut ist. Aus dieser Weichheit wird das härteste Unglück geboren. Versteht sich, daß ich da nicht von alten Koketten rede, die diesen Weg alle Tage machen und vielleicht jeden Tag manchmal, sondern von weichen, guten Mädchen, welche noch das Herz regiert und nicht die Absicht. Aber waren alte Koketten nicht vielleicht einst ebensolche gute, weiche Mädchen, und ist ihr Treiben vielleicht nichts anderes als ein vergebliches Streben, das natürlich zu wiederholen, was sie einst aus Natur getan?

Solches aber dachte Jakobli nicht, als er am Kreuzwege stand und dem Meyeli nachsah, bis es verschwunden war.

Aber es war ihm, als schwebe etwas aus ihm selbsten weg und müsse er da warten, bis dasselbe wiederkehre. Aber es kam nicht wieder, er blieb einsam, es ward ihm recht elend zumut, und er wußte wirklich nicht, welchen Weg er nehmen sollte.

Er kehrte alleine ein, ganz mucht und öde an Leib und Seele; es dünkte ihn, wenn er nur daheim wäre, er wollte darum geben, was er hätte. Es ist gar kurios, wie in gewissen Zuständen oder Stimmungen man das Köstlichste geben täte für nichts und wieder nichts, nur weil ein augenblickliches, meist vorübergehendes Bedürfnis oder aber eins, das nach wenig Worten auf üblichem Wege gestillt würde, es zu fordern scheint. So verkaufte Esau sein Erbrecht, so erschlug Kain den Abel, so üben noch Zorn und Sinnlichkeit, aber auch Mattigkeit und Liebe mächtige Gewalt über den Menschen aus.

Als er aß und trank, besserte es Jakobli wieder; er hätte schon nicht mehr halb so viel darum gegeben, daheim zu sein, und die Zukunft schien ihm auch nicht so öde und trostlos; er sah mutiger hinein, er dachte, es sei doch kurios, daß er das Meitschi immer antreffen müsse, das werde nicht so für nichts und wieder nichts geordnet sein, es heiße ja, es geschehe nichts umsonst und nichts ungefähr, und mit Lisi sei es noch nicht ausgemacht, und wenn es schon seine Neutaler habe, so werde das, so Gott wolle, nicht viel zu bedeuten haben. Ganz ungestört saß er bei seinem Schoppen; die Gaststube war leer, der Wirt mistete, die Wirtin aber rüstete Bohnen vor dem Hause, und wer drinnen etwas wollte, der mußte sich künden auf beliebige Weise; die Einen riefen: «Ist niemand daheim?», die Andern: «Hosche ho!», die Dritten schlugen auf die Tische; da aber Jakobli vor der Wirtin Nase hineinging, so brauchte er von diesem allem nichts zu machen, sie kam, gab und ging; später ein klein Mannli, der mit Zunder hantierte, mußte alle drei Manövers machen, ehe die Wirtin sich zeigte. Sie soll zur selben Zeit nicht Bohnen gerüstet, sondern eine Privatunterredung mit dem Wirt gehabt haben hinterm Mist, wobei Beide sich sehr undiplomatisch benommen und offener Krieg ausgebrochen wäre, wenn das Zundermannli diesmal nicht ein Löschmannli gewesen und der Wirtin zum Absetzen geblasen hätte. Der gestrige Abend soll der Zankapfel und ein jedes dem Andern zu zärtlich gewesen sein.

Als die Wirtin das Mannli mit Brönz versorgt hatte und derselbe mit Jakobli alleine war, frug er: «Manglist ke Frau? Du bist doch noch ledig, ih wüßt dr vrfluecht brave und werchbare u ryche, du chaust usläse. Wem bist?» Jakobli sagte, er käme da obeache und es sei ihm noch wohl so, wie er sei. «Los», sagte das Mannli, «wed de eine für e Narr ha witt, su häb de e Angere drfür und nit üsereim. Allem an bist du ein Bauernsohn, und gestern war Tanzsonntag, da bist du auf dWybig gewesen, sonst liefest du nicht so gsunntiget im Land herum; aber du warest nicht gfellig, sonst machtest du nicht ein Gesicht wie eine Kuh, wenn man ihr ein Trank einschütten will. Lue, üserein chunt zviel umeangere, und es Bürschli wie du ist z'mutzes für son e Alte wie ich und der so viel herumkömmt. Aber erhaych dih deswege nit und erschieß dih nit; we dih eini nit will, su hange dr drfür zechne a wie dBluetsuger de Rosse, und je eher einer eine Frau nimmt, desto eher wird er den Meitschene los, und die sind hürmehi eine Plage, man glaubts nicht, ärger als dBrämen im Sommer.

«Seh, ich wüßte dir, da fehlts dir nicht, Ryche und Schöne vom Tüfel und Gästimierte vo rechte Lüte nache. Kennst dr Zyberlibur?» «Nein», sagte Jakobli und zog die Kappe noch mehr in die Augen, denn ds Lügen war seine Sache nicht. «Der hat Viere», sagte das Mannli, «eine töller als die

Andere; Sellige findt man nicht ds Land auf, ds Land ab; mi chönnt uf die Vier e Chile abstelle, sie hättens. Dort ist noch ein rechtes Bauernwesen, wie si allbets gsi sy, wo man die Milch nicht wiegt und dFlachsstengel nicht zählt und den Hühnern nicht abgugget, bis alle gelegt. Da sind Sache gnue u Land, dr Bur weiß selbst nicht wie viel, und Geld gnue u Heu gnue u Korn meh als ds Halbe zviel. Da wär e Schleck für dich. Die Ältest, die bekommst nicht, die hat schon einen, grusam rych soll er sein, aber e Halbbling und vo de Blattere vrschnürpft grad wie du. Es nimmt mich wunder, daß sie ihn nimmt. Aber es ist nit die Eigeligisti und hat sich schon mit gar Manchem abgegeben und hat grad jetzt e Gschleipf mit eme frömde Metzger. Sie wird denken, es sei besser einen Spatzen in der Hand als zehn andere Vögel in der Luft. Die möchte ich dir nicht geraten haben, aber die Andere sind ganz angers, brav bis äne use und werchbar wie Ketzer. Vo dene eini nimm; wed mer zwo Duble vorusgist, so mache ih, daß de chaust uslese, weli dr am beste gfallt, und wed einist eini hest, su weiß ih wohl, ih überchume de no zwo angeri nache.

«Oder wenn dir dann die nicht gefallen, aber da müßtest du ein Apartige sein, so wüßte ich dir noch eine Andere; eine einzige Tochter wärs, o es meineidig es styfs Meitschi und es lustigs u cha weltsch, das chönntest bruche i alle Spiel. Es kann tänzerle und singerle, daß me nüt so gseht und ghört, und cha sust tue, daß me z'luege gnue het, so styf und manierlig, daß me nit weiß, wo me dr Gring het. Und rych wär die auch, wenigstens zweitausend Pfund Ehesteuer würde es da geben, und wenn einer bei ihnen wohnen wollte, so könnte er da umsonst sein, Zeyse fürschla und werche, was er gerne wett. Die nimm, wed mr drei Neutaler uf dHang gist, ih füehre dih no hüt hi, es ist nit so wyt. He, was meinst, was seyst drzue? Sind die nicht anständig, so weiß ich noch mehr, aber so alles bineangere wie an diesen zwei Orten wüßte ich es nirgends.»

So redete das Mannli auf Jakobli ein, und der war in der größten Verlegenheit. Er zog Haar und Kappe noch mehr über die Augen, damit man nicht merke, daß er Lisis Halbbling sei, und dachte, wenn er nur da weg wäre, für einmal wüßte er genug. Aber die Wirtin kam nicht, und das Mannli saß gerade bei der Türe, wo er an ihm vorbei mußte, wenn er fort wollte, und konnte ihm unter die Kappe gucken, dann hätte alles Verleugnen nicht geholfen. So saß er da viel länger, als er wollte, und als endlich das Mannli in die Küche ging, Tubak anzuzünden, so ging es schon streng gegen Abend. Er fand die Wirtin beim Brunnen, wo sie etwas zu waschen schien, eigentlich aber dastund, um dem Manne, der mit dem Mist am Brunnen vorbei mußte, beim Hin- und Herfahren eine Ladig mitzugeben. Sie war da so gleichsam ein Posten an einem Hohlweg, der allemal feuerte, wenn jemand vorüberfuhr. Ich will wetten, die Weiber wissen aus bloßer Natur sich besser zu postieren zum Feuern als mancher studierte Scharfschützenhauptmann.

Endlich zog Jakobli seines Weges, auf dem er nicht mehr irren konnte, das kam ihm aber wohl. So viel Vernommenes, so viel Erfahrenes, so viele Gedanken hatte er sein Lebtag nicht zu verwerchen gehabt. Über Lisi hatte er also von allen Seiten schlechten Bericht, und was er selbst gesehen, war nicht besser. Aber glaubte es ihm die Mutter? Er hatte es noch niemand gesagt, aber wissen tat er es, daß nicht mehr als eine Sache Platz hatte in ihrem Kopfe, und wenn die einmal drinnen war, so saß sie noch fester darin als vielen Leuten die Zähne im Munde, denen man allemal ein Stück vom Kifel mitreißt, wenn einer raus soll, und manchmal ihn nicht einmal rausbringt, eher den Kopf ab. Wie sollte er mit der Mutter zweg? Und wenns mit der gelang, konnte man sich überhaupt losmachen? Der Alte hatte die Gschrift, Lisi die Neutaler, und was jedes für sich und beide zusammen zogen auf der Wage des Rechts, das wußte er nicht. Er dachte, wegen den Neutalern könnte es zum Eid kommen, ob er sie gegeben oder Lisi sie genommen, und ein Eid sei in all Weg eine schreckliche Sache, dachte er. Keiner sei noch in ihrer Familie getan worden, so weit hingere man wisse. Wenn es dahin kommen sollte, dachte er, da hätte die Sache gefehlt; einen Eid ließen seine Eltern deretwegen nicht gehen, und er könnte das ihnen nicht für ungut halten. Aber schrecklich wärs.

Man kann sich eigentlich kaum denken, wie hülf- und trostlos es einem Menschen wird, der auch nicht die bloße Idee vom Recht hat und durch Umstände ins Gebiet des Rechts verschlagen wird. Wenn einer in ein fremd Land kömmt, wo alle Leute eine fremde Sprache reden, anders gekleidet sind, das einfältigste Kraut anders gekocht wird, so daß keine vernünftige Seele mehr weiß, was für ein Kraut das ist, da wird ihm so unendlich unheimlich, es wird ihm weh ums Herz, er kriegt das Heimweh. Wenn einer Schiffbruch leidet, die Wellen ihn spülen an wirtloses Ufer, Sand ringsum, da wird ihm noch mehr angst; mit all dem Sande kann er nichts machen, ihn weder essen noch kochen, aber was Andere aus dem Sande machen könnten, das weiß er nicht, und die, welche im Sande oder hinter dem Sande wohnen, kennt er auch nicht, weiß nicht, was sie mit dem Sande machen und ob sie ihm helfen oder ihn im Sande verscharren werden. Ob Löwen oder Hyänen, Salamander oder Rhinozeros in diesem Sandmeer wohnen oder hinter demselben, das weiß er ja alles nicht.

Und wenn einer auf einem Felsen erwachen würde, wohin er gekommen, er weiß nicht wie, und der Fels wäre in Kalabrien oder in Korsika, und er schrie erbärmlich um Hülfe, und da erschienen Männer mit Schnäuzen und Bärten, Flinten und Dolchen, Karabinern und Hunden, immer einer ein ärgerer Räuberhauptmann als der andere, muß der nicht bleich werden wie der Tod, glauben, es sei Matthäi am letzten, wollen, er hätte geschwiegen, und in der schauderhaften Verlegenheit sein, welchem der Räuberhauptleute er sich anvertrauen wolle, welcher der manierlichste sei und am sanftesten ihn plündere, martere, schinde, kreuzige und was Grüsliches er sich alles denkt! Versteht sich, sie kommen ihm nur als Räuberhauptleute vor, weil er die Rasse noch nicht kennt; es sind alles die brävsten Leute von der Welt, die Edelsten des Landes, die Väter des Volkes; aber er kennt halt die Tracht nicht und weiß nicht, daß in jenem Lande die Brävsten Bärte haben und Pistolen und daß gerade dem, welcher den ärgsten Bart hat und die längsten Pistolen, am meisten zu trauen ist. Und eben weil er dieses alles nicht weiß, so fürchtet er sich so grusam, glaubt sich verraten und verkauft und möchte sich lieber selber schinden als von Andern schinden lassen, wenns doch geschunden sein müsse, und weiß doch nicht, wie es anfangen. Was da einer für Ängsten ausstehen muß, kann man sich denken.

So ging es Jakobli, als er sich auf einmal an der Schwelle des schrecklichen Landes sah, in dem die Prozesse liegen, Eide, lange Schriften und noch längere Reden, schreckliche Namen, auf die er sich so wenig verstund als ein Berner aufs Kraut im Zürcherbiet. Es wird aber nicht nur Jakobli so gehen, sondern noch gar Manchem, und je länger je Mehreren, wenn sie ans Ufer verschlagen, wo der gesunde Menschenverstand in die Brüche geht, Kauderwelsch geredet wird, auf das kein ehrlicher Mensch sich versteht, Recht und Unrecht durcheinanderliegt wie Kraut und Rüben, begnadigt wird, wer zu Olims Zeiten gehängt worden wäre, und auf Maul und Haupt geschlagen wird, wer zu Olims Zeiten als eine ehrliche Seele gegolten hätte und ein Vaterlandsfreund genannt worden wäre. Katzangst und brühwarm lief es ihm den Rücken auf; aber wie am schwarzen Gewitterhimmel die Sternlein doch noch stehn und Kehr um Kehr, wo ein jedes kann, freundlich dem Menschen blicken und ihm sagen, er solle nicht verzagen, wo sie seien, sei der Vater auch noch, so blickten durch seine Angst freundliche blaue Augen, und aus dem einen Auge funkelte Glaube und aus dem andern Hoffnung, strahlten ihm Mut ins Herz, Licht auf den Weg, und in aller Dunkelheit fand er einen Rat. Offen wollte er sagen, wie es ihm ergangen und wie er nicht möge; müsse es dann erzwängt sein, nun so dann in Gottes Namen, so könnten sie zusehen, wie es gehe, er vermöge sich dann dessen nichts.

Wie er so studierte und die Worte probierte, die er der Mutter sagen wollte, und die rechten wieder repetierte, damit er sie gegenwärtig hätte, wenns ans Reden ginge, sah er auf einmal vor sich ein Lichtchen. Das Lichtchen schien hin und her zu schwanken, stund bald stille, bald bewegte es sich vorwärts, schien bald hoch, bald niedrig, bald verschwand es; dann war es urplötzlich mitten in der Matte, durch die Jakobli eben gehen mußte. Viel von feurigen Männern hatte Jakobli schon gehört, aber keinen noch gesehen. Er wußte, daß das Männer waren, die Marksteine versetzt hatten, Land gestohlen oder ungerecht Gut vergraben, und es hüten mußten als höllische Hunde mit feurigen Augen. Er hatte gehört, wie einst einer einem Fuhrmann nachgesprungen sei und ihm die Hand geboten habe. Der Fuhrmann aber, nicht dumm, streckte den Geißelstecken dar statt der Hand, und an selbigem seien alle fünf Finger eingebrannt gewesen. Andere hätten Leute gelockt in tiefe Löcher und Glunggen und dort sie ersäuft elendiglich. Das alles wußte

Jakobli, und jetzt sah er vor sich solch einen feurigen Mann, und bald sah er ihn nicht, und allemal, wenn er ihn wieder sah, war er näher, schien größer und feuriger.

Jetzt erst begann der arme Bursche zu fühlen, was eigentliche Angst sei. Das Herz zog sich ihm zusammen, wie ein Geldseckel zusammengeht, wenn man am Schnürchen zieht; die Beine schlotterten ihm, Schweiß bedeckte ihn, und der feurige Mann kam immer näher, doch nur langsam. Er wollte fliehen, da tat der feurige Mann einen Satz, es war schrecklich; er glaubte schon, seine feurige Faust fasse ihn im Nacken – dann sah er ihn plötzlich nicht mehr. Wohl, da tauchte er wieder auf, kroch näher ganz niedrig, flammte feuriger als nie und fing jetzt sogar an zu reden, aber nur ganz leise und in fremder Sprache, er konnte nichts verstehn, aber es war, als ob Zwei redeten; ja jetzt sah er hinter dem feurigen Mann einen Schwarzen, einen dicken langen Schwarzen, und der kam mit und hielt den Andern, aber an was, sah er nicht; das war also der Teufel, der den Andern langsam spazieren führte auf dem Anger seiner Schande.

Jetzt aber war es Jakobli nicht mehr zu helfen; fliehen konnte er nicht, nebenaus konnte er nicht, verstecken auch nicht, er begann zu beten leise, lauter, immer lauter, je näher der Schwarze kam mit dem Feurigen vor sich her. Da kam ihm in Sinn, daß wenn gebetet werde, die feurigen Männer näher und näher kämen wie die Schmachtenden zur Quelle; und richtig, plötzlich schoß der Feurige auf ihn zu wie ein Habicht auf eine Taube, und verständlich deutsch rief er: «Herr Jemer, Herr Jemer!», und hinter ihm drein rief der Schwarze: «Du Donnstigs Stürchli du, gib doch acht, wofür hest ds Liecht!» Und zu seinen Füßen hob der Feurige sich auf, und das war Mädi, und hinter ihm der Schwarze war Anne Bäbi. Die beiden Weiber hatten, als es dunkelte,

Jakoblis Abwesenheit nicht länger zu ertragen vermocht; so lange war er sein Lebtag noch nicht ausgeblieben und noch dazu ohne Laternli. Beide dachten das Gleiche, und keins wollte den Namen haben. Mädi wollte dem Sami angeben, er müsse Öl holen. «Hättsch es früher gseit, jetzt gahn ih nimme», sagte Sami. Anne Bäbi wollte Hansli schicken und sagte, er könnte dem Bub entgegen, so hätte der kürzere Zyti. DLederschueh heyg der Schuehmacher, sagte Hansli, «und dr Weg ist ihm künds» und setzte sich hinter das Haus aufs Bänkchen. «Und wenn er zmitts am Ersufe wär, er züg ne nit use, dä Uflat», sagte Anne Bäbi in der Küche.

«He, wes dr dienet ist, so will ich das Laternli nehmen, und dann gehen wir mit einander», sagte Mädi, «aber alleine gehe ich auch nicht, ih förchte mr dür e Yschlag und bsungerbar dur dMatte. Es ist unghürig a bede Orte. Im Yschlag soll e Ma und e Frau umecho, die dert es unzytigs Ching vergrabe hey us Gyt, will si ihm kes Bäumli hey möge la mache, und i der Matte, da sy de die fürige Manne, mengist ganz Kuppele, und die solle auf dem Wybervolk sy wie Ketzer. Aber wenn üsere zweu gange und no mit emene Laternli, su werde si eim wohl rüehyig la. Gspenster schüche ds Liecht, seyt me.» Das war Anne Bäbi anständig, indessen zeigte es es doch Mädi nicht und branzete auf dem ganzen Wege mit ihm; bald hielt es das Licht zu hoch, bald zu niedrig, bald sollte es vorangehen, bald hinterher, weil das Licht blende. Wenn Mädi stolperte über die vielen Wassergräben und dahinschoß über den Boden weg und mit Not das Laternli davonkam, so kriegte richtig Mädi allerlei Titel, doch nur leise, denn auf einer unghürigen Matte schickt sich das Zanken nicht wohl, selbst zweien Weibern nicht, bsunderbar zNacht.

Aber Jakobli hatte auch hell aufgeschrien, als der feurige Mann zu seinen Füßen kugelte, so daß auch die Weiber kreischten vor dem unerwarteten Schrei und meinten, Mädi sei auf ein Unghür trappet und das schreie so. Es ging lange, bis Jakobli begriff, daß Mädi und Mutter vor ihm seien, und noch länger begriff Mädi nicht, daß Jakobli nicht das Ungeheuer sei, welches einen Gux ausgelassen. Anne Bäbi balgete den Jakobli, daß er sie so erschreckt, und Jakobli sagte, er hätte sich fast gförchtet und geglaubt, es käme die Matte herab ein feuriger Mann und no eine byn ihm, er dörf nicht sagen wer. Das nahm Anne Bäbi sehr übel, daß er sie, seine leibhaftige Mutter, für ein Gespenst genommen oder für noch was Ärgers. Er hätte doch denken sollen, sagte es, daß sie es seien und niemer angere; «dMuetter ga für e Tüfel z'näh, het me je vo so öppis ghört!» Anne Bäbi war nicht von diesem Gedanken abzubringen, zu sehr großem Verdruß von Mädi, welches gerne den Reisebericht gehört hätte. Von dem war aber diesen Abend nicht die Rede. Anne Bäbi hatte dieses im Kopf, Hansli war nicht gwunderig, und gäb was Mädi probierte, es mußte mit ungesättigtem Gwunder ins Bett.

## FÜNFZEHNTES KAPITEL

### *Als Jakobli heimkömmt, kriegt er Räte*

Am folgenden Morgen kam die Mutter und nahm die Sonntagskleider in Empfang, während Jakobli noch im Bette lag, brachte die Werktagskleider und erlas wie üblich die Säcke. Das Büscheli Münz legte sie auf den Tisch, fuhr zwei-, dreimal in allen Säcken herum und frug endlich: «Aber Bueb, wo hest dBlatere mit de Neutalere?» «Es het mr se gno», sagte Jakobli weinerlich. «Allsame?» sagte Anne Bäbi, «das ist wohl viel ungereinist; aber wo die waren, sind noch mehr. Aber all hätt ich ihm doch nicht gelassen, es waren mehr als fünfundzwanzig, die angere wäre sust o no z'bruche gsi.» «Es hat sie nicht alle bekommen; fast zehn mußte ich für eine Ürti bezahlen, und ich habe ihm gesagt, es solle sie mir wieder geben, aber es hat nicht wollen», sagte Jakobli. «Du bist doch dr Leidest, aber grad so eine Frau manglest du, es könnte sonst jedes Kind mit dir machen, was es wollte; aber wohl, die wird dich schön rangieren. DSach ist also richtig, wenn seu mr uf Burdlef?»

Nun schlug Jakoblis Herz, nun mußte er den gestern geladenen Schuß tun; aber als ob es ein alter, verrosteter wäre, wollte er lange nicht losgehen, bis Anne Bäbi sagte: «Was hast du so zu lurggen? Red doch use!» «Es hat mir nicht gefallen», sagte endlich Jakobli, «und ich wollte grüslich gern, es würde nichts aus der Sache, und wie ich vernommen, haben sie böses Lob allenthalben.» Nun erzählte er, wie er die Sache angetroffen, wie man ihm es gemacht, was ihm die Wirtin und das Schwummannli gesagt und daß man ihn nur möchte für e Hunghafe und für e Narre z'ha, und ds selb wär ihm doch neue grüselig, so müeße drbyzsy, solang er lebe.

Aber aus allem dem ließ Anne Bäbi ihm nichts gehen. Er hätte darnach getan, sagte es, darum sei es ihm auch so gegangen; mi müeß de so tue, wenn man einem Meitschi gefallen wolle, nit tanze und nit mit ihm hey! Es hätte es gerade auch so gemacht wie Lisi; es wüßte nicht, warum ein junges Meitschi nicht tanzen sollte, und mit wem man tanze, mit dem gehe man heim. Und er hätte ja daheim nicht einmal nach Lisi gefragt, oder hätte etwa die Mutter gehen sollen und ihm noch die Türe auftun? Jawolle! Daß die Ürti groß gewesen sei, dessen vermögen sich ja ds Zyberliburen nichts, der Wirt hätte sie gemacht und nicht sie, und wenn man eingeladen werde, so wüßte es nicht, warum man der Sach borgen solle, wenn man alles umsonst habe. Und es mache ja nichts, sondern sei eine gute Gelegenheit gewesen, zu zeigen, daß er Geld hätte. Wie bravs sei es nicht von Lisi gewesen, daß es ihm noch das Geleit gegeben; es hätte es chum getan, wo es jungs gsi syg. Daß es ihm das Geld genommen, geschehe ihm recht, und Lisi hätte gar recht gehabt, warum hätte er ihm nichts gekramet, wie es öppe dr Bruch sei. «Wenn es öppis het welle übercho, su het es selber müeße näh. Du hests grad wie dr Ätti, dem wär auch syr Lebtag nie zSinn cho, mir öppis azbiete, weder Spys no Trank no Chleyder, und wen ih nit ha welle blutt laufe oder Hungers sterbe, su han ih o selber müeße näh; wohl, das lehrt me de bi sellige Knüdere, wie du und dr Ätti sy beidsame.»

Aus den erhaltenen Nachrichten wollte es ihm durchaus nichts gehen lassen. Es sehe, die Leute seien allenthalben gleich, könnten niemand ruhig lassen und gönnten niemand sein Glück, und wenn sie jemand aufweisen könnten, so gingen ihnen das über Metzgete und Sichelten. Man müsse sich den Leuten gar nicht achten, sonst komme man heutzutage gar nicht durch die Welt. Und was Jakobli sagen wollte vom Hauswesen und der Landwirtschaft, das fertigte Anne Bäbi mit den kurzen Worten ab: «Was wollte sich e Sellige, wie du bist, darauf verstehen, so komm mir nicht; da sieht man, wie du aufgewiesen bist.» So hatte Jakobli all sein Pulver verschossen und rein umsonst. Wie man Schuß um Schuß auf ein Rhinozeros schießen kann und noch mit groben Kugeln, und es gibt nicht einmal ein Dümpfi in der Haut, so hatte Jakobli alle seine Schüsse abgefeuert und kein einzig Dümpfi gemacht in Anne Bäbis Entschluß. «Seh, stang uf», sagte es, «dr Kaffee kaltet sonst, und de im Stübli fingst no es Plättli Eierrösti.»

Müde und trübselig stand er auf, aber essen mochte er nicht. Er trappete in den Stall zu den Tauben, sah, was es

Neues gegeben. Da fragte ihn der Vater: «Fehlts dr?» «Aparti nicht», sagte Jakobli. «Wie isch gange?» fragte der Vater. «Oh, öppe nit am besten», sagte Jakobli. «Hets dr nit gfalle?» fragte Hansli. «Nein, wäger nicht», sagte Jakobli, «und wenn ih ume nüt meh vo dene Lüte wüßt.» «Ho», sagte Hansli, «da wird me no geng dWehli ha.» «Es düecht mich auch», sagte Jakobli und war wieder heiterer und konnte dem Sami sagen, er hoffe, es gebe nichts davon, der Vater wolle es auch nicht. «Und dMuetter?» fragte Sami. «Die meint, es müsse sein», antwortete Jakobli. «Ja, so gib acht und wehr dih brav», riet Sami, «we die öppis im Gring het, so blasts weder dr Bysluft drus no dr Wetterluft.»

Das arme Mädi war am bösten dran, der Gwunder versprengte es fast, und niemand gab ihm Bericht, und Anne Bäbi hütete den Jakobli vor Mädi, so viel es konnte, weil es wohl dachte, wenn Mädi dazu reden könne, so mache es dem Bueb den Gring auch noch groß.

Als am Abend Hansli mit Anne Bäbi alleine war, sagte Hansli: «Es gfallt dem Bueb nüt, ih däich, mir ließes sy, es git öppe no angeri.» «Was», sagte Anne Bäbi, «wir ließen es sein! Du hast gut reden du, du Knüder du, du hast ja keinen Tritt vrsetzt darfür! Die Müh und Läuf und Gäng habe ich alleine gehabt, und dSchang sött ich auch alleine haben, wenn es aus der Sache nichts gäbe. Ist dSach so nach zueche gwerchet, su däich ih, es gebe etwas daraus; ich will de nadisch luege, ob ich zu keiner Sache mehr etwas sagen solle.» So begehrte Anne Bäbi erst mit dem Mann auf, dann über Jakobli: Das sei ein dummer Bueb u synere müeß me sih gar nit achte, er sei aufgewiesen worden von bösen Leuten. Es sei nur reuig, daß es ihn so alleine hätte gehen lassen. Aber das werd er schon vergessen, und wenn es einmal geschehen sei, so werde niemand fröher sein als er. Es hätte viel gehört, man solle die Kinder nicht alles Meister lassen, sonst komme es nicht gut. Hingerdry danke si eim de, we me se recht granschiert heyg, und es glaubs, und wo well es sih nit vrsünge a sym einzige King, wo me ja sys Glück well u nüt angers, und dSach müeß zwängt sy. «Meinst?» fragte Hansli. «Ja ih meine, ja!» sagte Anne Bäbi.

Am folgenden Tag befahl Anne Bäbi dem Sami, er müeß zum Sattler und ne heiße cho; am Wägelikommet müeß ds Hingergschirr plätzet sy und dr ganz Kommet gsalbet, und es pressier, sie mangletes, sie wette neue bald ausreiten. Ausreiten? dachte Sami. «Ausreiten wollt ihr?» fragte er Jakobli. «Weiß nüt», sagte dieser. Da erzählte Sami seinen Auftrag. «Nimm dich in acht», setzte er hinzu, «dSach ist nicht richtig; es wird sölle zwängt sy, aber tues nit, wehr dih; wenns so ist, wied seyst, mih zwängti me mit viere Rosse nit.»

Während Anne Bäbi Mädi hütete und nicht an Sami dachte, rührte der ihm Wust in die Milch; ach, Anne Bäbi dachte nicht daran, wie schwer es ist, etwas durchzusetzen, das man in seinem Kopf hat und sonst in keinem andern ist, und wie noch viel schwerer es ist, zu verhüten, daß die Andern sich gegenseitig etwas in die Köpfe setzen, was dem, welches man in dem eigenen hat, schnurstrack entgegen ist. Die Diplomatik ist ein Punkt, mit dem ein Anne Bäbi nicht recht fortkömmt, und doch gibt es kein Anne Bäbi, von dem Diplomaten nicht noch was lernen könnten.

Jakobli fragte den Vater: «Wo mueß es higritte sy?» «Weiß nit», sagte Hansli. «Uf Burdlef denk, wege dyr Sach.» «G'absäge?» fragte Jakobli. «DMuetter ist nit Sinns», sagte Hansli, «du seiest nur aufgewiesen, und we mes einist richtig macht, so ists de für.» «Aber Vater», sagte Jakobli, «doch recht nit, ih mag se nit; wed gseh hättist, wie sie mit mir umgegangen sind! Für e Hung hey si mih gha, und we si mirs jetz so mache, wie wurds erst gah, we de dSach richtig wär?» «Es bessereti viellicht, u mi gwahnet sih. Ih wett emel probiere, dLüt säge gar mängs», antwortete Hansli. «Ach, mein Vater», sagte Jakobli, «wäger, wäger mag ih nit; es gruset mir ab dem Weibervolk, lieber wett ih no Mädi.» «Öppis Narrs eso», sagte Hansli und lachte zur Seltsami einmal. «Es ist mr Ernst, Vater», sagte Jakobli, «nume die nit; es düecht mih, lieber wett ih sterbe.» «Nit, zwänge wott dih nit, es ist notti kes Mueß; aber es wär mr afe, daß das Gchär ufhörti und das Gspräng, es ist mr afe erlidet», sagte Hansli. «He nu so de», sagte Jakobli, «so sägs em Müetti, es soll mih nimme plage, ih wett lieber sterbe.» «Aber», sagte Hansli, «es mueß doch öppis a dr Ufwysig sy; hest mr nit gsyt, es gfall dr?» «Wenn, Ätti? Nit daß ih wüßt», sagte Jakobli. «He bsinn dih, i dr Hofstatt, wo mr Bschütti usta hey», sagte Hansli. «Du hest neuis gseit, aber ih has nit recht chönne vrstah», sagte Jakobli, «aber vo Hürate het mr ke Mönsch nüt gseit.» «He nu so de», sagte Hansli.

«Dr Bueb wott nit, u es ist ihm Erst», sagte Hansli seinem Anne Bäbi, sobald sie zufällig unter vier Augen kamen. «Su wehr er sih, mynethalb!» schnauzte Anne Bäbi, «dSach mueß doch sy, u we du e rechte Vater an ihm wärest, so seitist du ihm dSach o; aber ih merke wohl, du wysist ihn auch auf. Du wirst meinen, an zwei Weibervölkern hättest du genug. Aber wart ume, es nimmt mih de zlest wunger, wer Meister ist und ob ih mih de so söll la zSchange mache. Da cha me nümme hingertsi, gschribe ist gschribe, u frag dr Bueb, wie menge Neutaler ds Meitschi von ihm het! Wennd prozediere witt, su prozedier mynetwege, dSach geyht mih de o nüt a, du chast de luege.» Als Hansli von Neutalern und Prozedieren hörte, erschrak er gewaltig und dSach gab er verloren. «Nein, beim Schieß», sagte er, «prozedieren will ich nicht; bin mein Lebtag vor keim Richter gsy, und dr Ätti o nit und dr Großätti nit. Es wird müeße sy.»

«Säg du», sagte Hansli dem Jakobli auf dem Bänkli beim

Stall, «es mueß doch sy, mit dm Prozidiere wott ih nüt z'tue ha. Öppe nit schwer näh mueßt es, mi het sih grad a alles gwahnet.» «O Ätti, ih stirbe!» «Häb nit Kummer», sagte Hansli, «ih ha no nie ghört, daß neuer am Wybe gstorbe syg. Es het mir afangs o ungwahnts ta, aber ih ha mih neue grad chönne dry schicke. Mi mueß ume denn nit mine, daß me meh alles säge well, wo eim zSinn chunt.» «Und ih ma nit und ih wott nit», sagte Jakobli, an die Warnung Samis denkend, daß er sich wehren solle. «He nu so de», sagte Hansli, «da chan ih de nit helfe, su mach, was chast», und somit ging er ins Futtertenn und sorgte für die Kühe.

«Su mach, was chast!» Die Worte tönten wieder und immer wieder in Jakoblis Ohren und hatten einen grusam trostlosen Klang. Das hätte er doch vom Ätti nicht geglaubt, sagte er; er hätte es sonst so gut mit ihm gemeint, und jetzt: «Su mach, was chast!» So möge er nicht mehr leben, denn was solle er machen? Wie prozedieren, wie gegen Lisi sich wehren, wie der Mutter widerstehen? Und während er so in seinen finstern Gedanken trostlos schwamm wie ein Schiffbrüchiger im wilden Meer in schwarzer Nacht, nirgend Licht, nirgend Land, kam noch die Mutter hinter ihn und begehrte auf: Was er doch für ein undankbarer Löhl sei und sein Glück mit Händen und Füßen von sich stoße, so e Bravi bekomme er sein Lebtag nicht mehr. Aber sie tue es sy Seel nicht; sie sei bis dahin eine Mutter an ihm gewesen und wolle es ferner sein, man müsse ihn noch haben wie ein Kind, und sein Glück müsse man ihm mit dem Löffel einstoßen wie einem Kind den Brei; wenn das sih scho wehri u brülli, mi gäb ihm nüsti Brei, bis ds Pfänni leer syg. Es wolle nicht solche Schande erlebe und ds Wüesteste alles ga usstah synetwege; es heyg afe gnue usgstange, und es möchte jetz de afe a dRueh. Drum helf jetz alles Gstürm nüt, und er soll sich nur niederlassen. Von Prozessieren wollen sie nichts, und vo

Eidigen wollten sie nichts wissen. Wenn es ihm nicht recht gewesen wäre, so hätte er es von Anfang sagen sollen und sie nicht sollen machen lassen, bis dSach richtig gsi syg. Aber daraus sehe man, daß er nur aufgewiesen sei, sonst hätte er anfangs gredt, und es sei schlecht von ihm, daß er auf andere Leute mehr höre als auf seine leibhaftige Mutter. Aber Undank sei der Welt Lohn, aber einer Mutter tue es weh!

Was Jakobli auch einwenden wollte, die Mutter hörte nicht, ward immer böser, lief hinaus. Aber das Herz war ihr so voll, daß als sie zu Mädi kam, kein Zapfen halten wollte auf ihrem Herzloch, so wenig als auf einem Krug schäumenden Märzbier, nachdem einmal Luft dazugekommen ist; sie packte vor Mädi aus, das eigentlich von allem nichts wissen sollte. Jetzt hätte sie bald genug, klagte sie; bis zueche a lasse man sie machen, zuletzt solle es nicht gut sein und sie alleine den Schmutz auf dem Ärmel haben. Aber es nehme sie wunder, ob sie nicht mehr Meister sei. Sie wisse wohl, woher Jakobli Ufwysig habe, aber das soll denen nichts helfen und auch ihm nicht. Es chömm de e Zyt, won er froh sy werd, daß men e nit heyg la mache. Das wär ere afe, wenns am angere Donnstig wieder z'leerem abgehen sollte. Sie dörft sih ja nimme zeige vor de Lüte, und es wüßt ke Mönsch, was diese anfingen. Aber so chömms, we me e sellige Ma heyg, der in Gottes heilige Name nichts sei, hingefer nit und vorfer nit, und dä me brichte chönn bald dä Weg, bald diese Weg; aber dä well sie no brichte, daß er ds Lose vrgeß und daß er wüß, daß er brichtet syg.

Mädi hörte diesem allem styf zu, hatte seine Galgenfreude daran und hütete sich wohl, durch Gegenreden die Finger zuechezha und so zum Blitzableiter zu werden. Es sagte bloß, es nehme es wunger, das Mönsch einist zu sehen, fragte, wie es eine sei und warum Jakobli, wenn es son es Bravs sei, doch nicht wolle. So ward Mädi durch Liebe listig und Anne

Bäbi durch Zorn zutraulich und klagte sich fast dFinger ab, wie man es ihm wüst mache, aber wie es sy armi türi nit lugg setz. Jakobli werde es denn einist gseh, was er ihm zu verdanken hätte.

So sind die Anne Bäbe; was sie gut dünkt, soll Andere auch gut dünken, und was sie meinen, das gut sei, soll jeder für sein Glück halten. So ein Anne Bäbi weiß gar nicht, was Glück ist, meint, das sei Glück und jenes sei Glück, eine Frau wie ein angestrichenes Fürsprützehüsli sei ein Glück, oder eine mit hunderttausend Pfund sei ein Glück, oder eine mit einem schönen Namen sei ein Glück, und nun soll jeder wohlleben am Fürsprützehüsli oder an den Pfunden oder am Namen. Und wenn einer nicht wohl daran leben will, so schreien sie Zetermordio und meinen, man müsse ihn zwängen, hintendrein werde er dann danken.

Ja, so ein Anne Bäbi, das den Kaffee heiß trinkt, kann gar nicht begreifen, daß jemand ihn lieber kühler trinkt, und sagt: «Ich begreife my armi nit, wie du ne dä Weg mast; wen ih Meister wär, wohl, dih wett ih ne lehre trinke, wie me ne trinke söll!» So ein Anne Bäbi weiß ume ey Weg, und was nit uf dem Weg ist, ist uf em Holzweg.

Es liegt aber das Glück nicht in den Dingen, sondern in der Art und Weise, wie sie zu unsern Augen, zu unsern Herzen stimmen, und ein Ding ist Einem viel wert, was ein Anderer mit keinem Finger anrühren möchte, und Mancher wird unglücklich, wo ein Anderer sein Glück gefunden hätte, ja einer kann heute etwas für das Höchste halten, und morgen würfe er ihm nicht nur noch die Kappe nach, wenn jemand es ihm abnehmen würde, er gäbte noch die Zähne aus dem Munde dazu, die Haare vom Kopf. Gar verschieden ist der Geschmack der Menschen, gar wandelbar ist der Geschmack eines jeden Menschen; voll Irrtümer ist die Welt, voll Täuschungen sind die Augen. Es ist daher etwas Grusames, wie es nicht bald etwas Grusameres auf Erden gibt, wenn man jemand etwas aufdringen will und oft für sein ganzes Leben, das ihn widert, das er behalten muß, auch wenn täglich sein Ekel an demselben steiget. Weiß man das ja nicht, und weiß man ebenfalls nicht, ob man sich nicht selbst getäuscht hat, ob man nach einem Monat oder nach einem Jahr oder nach einer Reihe von Jahren die eigene Täuschung samt dem unseligen Zwang mit blutigen Tränen beweinen muß. Es ist fürchterlich, ein solcher Zwang. Wohl mag es zuweilen einem weisen Menschen, der Welt und Herzen kennt und nicht nur den Wandel der Dinge, sondern auch den Wandel der Herzen, erlaubt sein, einen von Gott ihm Anvertrauten abzuhalten oder wenigstens hinzuhalten, sein Leben an Nichtiges zu setzen, sein Glück an eine Torheit; er weiß, daß jeder Rausch verflattert, und im Rausche sieht er den, der den Wurf wagen will. Aber es ist auch hier die größte Vorsicht nötig, eine Weisheit, in den Stürmen der Welt erprobt, eine Liebe, die sich nicht verbittern läßt, nicht das Ihre sucht; wer mit Räuschigen zu tun gehabt, weiß, wie schwer sie zu behandeln sind, wie leicht der, den man vor leichtem Fall behüten wollte, den ganzen Leib aus dem Fenster oder ins Wasser wirft.

Aber von so etwas hat ein Anne Bäbi gar keinen Verstang, auf selligs Gstürm verstehe es sich nichts, sagt es, u was guet syg, syg guet, u wenn es es gut meine, su well es de bim Dolder luegen, ob man ihm nicht folgen sollte.

Es ist aber kurios, solche Anne Bäbi findet man in gar mancher Haut, welcher man nicht Anne Bäbi sagt, die keinen Kittel anhat, keine Kappe mit Roßhaarspitzen auf dem Kopfe und im Sommer Strumpfhosen an den Schichi, sondern Madam heißt und gnädige Frau und Seide am Leib hat und Federn auf dem Kopf und glöcherte Strümpfe an ihren Schichi. Ja manchem dieser Anne Bäbi sagt man

Hansli oder Jean, Hochgeachteter, ja Gnädiger (was, beiläufig gesagt, das Gleiche bedeuten soll), ja Ihre Hoheit oder gar Majestät, wo keinem Menschen in Sinn käme, daß in dieser hochgebornen Haut nur ein Anne Bäbi wäre und sonst nichts. Man muß auch nicht glauben, solche Anne Bäbi in hohen Häuten seien Raritäten, die alle Jahrhundert ein-, höchstens zehnmal vorkämen, wie man zum Beispiel Mammutsknochen oder andere vorweltliche Ungeheuer auch nur selten ausgräbt und nur hier und da. Nein, von solchen Anne Bäbi wimmelt die Welt. Es ist kein Dörflein so klein, es hat wenigstens ein solches Anne Bäbi, das die Seinigen auf seine Weise glücklich machen will und sie schinden oder braten würde, wenn es damit sie in ihr Glück einsalzen oder vielmehr das Glück ihnen aufsalzen könnte. In den Städten sieht fast zu jedem Fenster eins heraus, und an den Höfen soll man in Verlegenheit sein, jemand zu finden, der nicht eins ist. Nach oben nimmt also die Zahl der Anne Bäbi zu, was man dem Namen nach nicht glauben sollte. Lese man nur Romane, so findet man in jedem wenigstens ein Anne Bäbi, wenn nicht zwei; sie heißen aber dort nicht so, sondern Prinzen, Präsidenten, Minister, Grafen, Freiherren, Patrizier und Patrizierinnen; Bürgermeister, Schulzen und Statthalter, das sind die mindesten. Man meint, eine solche eigensinnige Weise, Kinder glücklich zu machen, sei eine Eigentümlichkeit der höheren Stände, gleichsam ein nötiges Vorrecht der Noblesse, denn was weiß die Canaille oder Racaille von Glück!

Hoffentlich wird man sich höchlich verwundern, daß diese Eigentümlichkeit bei einem Anne Bäbi so gut sein kann als bei einem Prinzen, und höchlich ärgern wird man sich, wenn man hört, daß diese Eigentümlichkeit kein notwendiges Vorrecht der höhern Stände ist, sondern nichts als eine Eigentümlichkeit beschränkter, einseitiger, eigensinniger oder wie man die Menschen nennt, welche mit Gewalt und allen zu Gebote stehenden Mitteln jemand ein Glück aufzwingen wollen, was derselbe für ein Unglück hält und mit Händen und Füßen dagegen sich sträubt. Oh, wie manches Blümlein ist verwelket, weil die Eltern sein Glück im Schatten eines giftigen Baumes gesucht! Oh, wie manche Kraft ist verpufft, weil die Eltern sie mit eisernen Ketten einem Drachen um den Hals gelegt oder in spanische Stiefel sie gesteckt! Aber was will man, Irren ist menschlich, heißt ein gemein Sprüchwort. Wollen doch die meisten Menschen glücklich werden und werden es nicht, nicht nur weil sie die Wege zu ihrem eigenen Glück nicht kennen, sondern weil sie nicht wissen, was Glück eigentlich ist und wo es zu suchen und zu finden ist; um wie viel mehr müssen sie sich im fremden Glücke irren! Aber eben so gehts; je weniger einer Rat hat für sich, um so mehr ratet er Andern, und je dümmer ein Mensch ist, um so mehr glaubt er sich berufen, das Herrgöttlein zu spielen unter Blitz und Donner, tut, als ob er den Schlüssel zu Himmel und Hölle in der Tasche hätte, und mit Händen und Füßen zerrt und sperrt er, will mit diesem zum Himmel, mit jenem zur Hölle, und wohin die eigene Seele fährt, daran denkt er nicht, und in welcher Himmelsgegend sein eigen Glück liegt, das weiß er eben so wenig.

So geht es aber; während man über seinen Nebenmenschen loszieht, vergißt man seinen Nebenmenschen, vergißt den armen Jakobli, dem gar elend war im Gemüte. Der Vater hatte ihn verlassen, die Mutter setzte an mit aller Macht. Die Angst vor dem Eid und die Angst vor Lisi peinigten ihn auf gleiche Weise, und was halfen ihm Samis Zusprüche: «Wehr dih, tues nit!» Er schlich umher wie ein Schatten an der Wand, stand bald hier, bald dort und sah ins Blaue, und essen mochte er nicht, gäb wie ihn Anne

Bäbi anfuhr: Er tue es ihm nur zuleid, aber esse er oder esse er nicht, deswegen entrinne er Lisi nicht.

Anne Bäbi hütete Mädi nicht mehr, seit es angefangen hatte mit ihm über die Sache zu reden und Mädi nicht widerredet hatte; es war froh, jemand zu haben, gegen den es recht auspacken konnte. Mädi aber war nicht willens, gegen Anne Bäbi aufrichtig zu sein; das müsse nicht meinen, daß es alles zwängen könne, sagte es oft zu sich, und wenn es den Jakobli nicht haben könne, so solle ihn Lisi auch nicht haben. En iederi angeri wär ihm recht, ume nit eini, wo ds Anne Bäbi well; we die de zsämespiele wette, de erst sött es de nüt meh z'bidüte u zu ker Sach meh öppis z'säge ha. Über Jakobli war es allerdings böse, daß er es nichts schätzte, und es hätte geglaubt, es hätte etwas Besseres um ihn verdient; aber die Eifersucht gegen Anne Bäbi war doch noch größer als die Liebe zum Bueb, und wenn er öppe eine vernünftige und manierliche Frau bekäme, wo ihm helf, dem Anne Bäbi dr Rigel z'stoße vor em Zwänge u dr Ringge yztun, so sei es ihm zletzt graglych.

Als es Jakobli so betrübt, hülf- und ratlos sah, so machte es erst die Spröde, und als Jakobli dessen sich nicht achtete, so sagte es: «Ja, gränn ume da i Himmel ueche, as wed zHimmel fahre wettist u ds Loch suechtist! Es gschieht dir i Bode yche recht! Gäll, hättist mir welle lose u nit dr wüest Hung gmachet gege mr, du wärist nit so zweg wien e Kueh, we ds Türli zue isch u dr Metzger hinger e. Jetzt chast selber luege, wie de zwegchunst; das Trüech, die Blättere, dä Mutthufe chast ga näh und chast de luege, wie lang des no machist, son e leyde Hung, wied bist, u e schittere. Aber notti chast mih dure; myr Lebtag bi ih e dumme Hung gsi u ha es guets Herz gha, u wed mr es einzigs guets Wörteli gäbist u mr vrspruchist, du wellist nit meh so wüest gege mr sy, ih chönnt dr drushelfe, u wed mih nit wottsch, su chast de e angeri näh, we de minst, es luegi e angeri besser zu dr; aber ume die sottsch nit ha, mit dem blieb ih ke Stung im Hus.»

Da sagte Jakobli, Mädi wisse ja, wie wert es ihm sei und wie er ihm immer daran sinne wolle, was es für ihn getan, und wenn es ihm jetzt daraushelfe, so wolle er ihms auch nie vergessen und Sorge tragen zu ihm in seinen alten Tagen. Aber wegen Heiraten wüßte es selbst, wie das nicht gegangen wäre wegen den Leuten, wie gerne er auch wollte. «Was frage ich den Leuten nach», sagte Mädi, «we me sih dene achten wollte, so wüßt ja ke Mönsch, wie me tue sött; was die eine wollen, gefällt den andern nicht. Aber notti erbarmist mih, u weißt was? Mornemorge stang nit uf u säg, du sygist krank grusam, u stang nit uf, ghörst, bis dr Donnste vrby ist; es wird de vrtublet, u zletsch seyt niemere nüt meh, u dSach erlöscht vo selber.» Ehe noch Jakobli antworten konnte, strich Mädi sich um die Ecke; man hörte Anne Bäbi kommen und räsonieren, wo doch die Leute seien, und wenn es meine, es sei etwas gemacht, so hätte es noch ke Mönsch mit ere Hang agrüehrt. So möchte es nicht mehr dabei sein, und es sei gut, daß bald hier e Angeri predigi.

So blieb Jakobli die Antwort, welche er geben wollte, im Halse stecken. Nein, hatte er sagen wollen, krank stellen, das tue er nicht, eine Krankheit zWort haben, das sei eine bsunderbare Sünde. Als er in der Unterweisung gewesen, da hätten auch Einige eine Unterweisung um die andere gefehlt und dann zWort gehabt, bald sie hätten Kopfweh gehabt, bald Bauchweh, bald sonst was. Da hätte der Pfarrer gesagt, daß hie und da eins krank sei, das glaube er gerne, und wenn eines krank sei, so wolle er nicht, daß es in die Unterweisung komme; aber es dünke ihn, das Kopfweh und Bauchweh hätten sie wohl viel, daß es so stark regiert, hätte er noch nicht erlebt, und doch sei er ein alter Mann; er müsse daher glauben, sie hätten es nur zWort, und da müsse er ihnen etwas sagen: Gesundheit sei eine gar große Wohltat, und wenn man sie habe, wisse man nicht einmal, wie groß sie sei, sollte aber doch Gott alle Tage dafür danken und ihm anhalten, daß er sie fürder dauern lasse. Sage man aber, man sei krank, während man die Wohltat noch genieße, so verläugne man nicht bloß eine Wohltat Gottes, sondern dichte sich ein Übel an, das man nicht wolle, nicht begehre, klage über eine Heimsuchung Gottes, die man nicht erfahren; das nun sei nicht bloß eine Sünde der Undankbarkeit, sondern sei ein Frevel, eine Verhöhnung von Gottes Macht und Güte. Man solle Gott danken, von einem Übel frei zu sein; dichte man sich dasselbe an, so müsse man erwarten, daß einem Gott damit strafe, und wenn es über kurz oder lang komme, so müsse man denken, man habe es verdient, ja habe es freventlich herbeigerufen. So hatte der Pfarrer geredet und damit gar manches Kopfweh und Bauchweh vertrieben, denn was so klar und faßlich zutage liegt, das versteht ein einfach Kind oft besser und behält es länger als eine gebildete Person, die ihre Launen hat und nach ihren Launen redet, so und anders.

Jakobli wollte nichts von Mädis Mittel, aber was er sonst wollte, das wußte er nicht. Er stand herum, traurig, niedergeschlagen, aß nicht, redete nicht und war froh, als der Tag um war, daß er sich ins Bett legen konnte, und doch tats ihm weh, daß wieder ein Tag um und um einen Tag der Donnstag näher war. Von dem vielen Staunen dünkte es ihn, tue ihm der Kopf weh, und wenn er nur schlafen könnte, daß er vom Kopfweh käme und an Lisi nicht denken müßte, so wäre ihm am baasten. Aber der Schlaf, sonst sein guter Freund, wollte nicht kommen, sondern wie eine Pflanze in der Erde Schoß wächst und zuweilen hoch aufwächst in einer Nacht, wenn die Nacht fruchtbar ist, so schien ihm auch sein Elend zu wachsen in seiner Seele Grund hoch und immer höher, daß er nicht mehr darüberauf sehen konnte, und die Angst davor legte sich ihm auf die Brust schwer wie ein Leichenstein, daß er schwer den Atem fand, jeder Atemzug ein Seufzer ward, bis das Seufzen zum Weinen ward, so wie wenn die Luft schwer wird, daß sie hohl durch die Bäume fährt, der Regen kömmt. Aber wenns regnet, wird die Luft leichter, hingegen aufs Weinen der Kopf gerne noch schwerer. Nach dem Weinen kam wohl der Schlaf, aber der Schlaf war kein Engel, der in ein süßes Vergessen den Menschen wiegt und mit holden Bildern dem Schlummernden den trüben Tag ersetzt, den fröhlichen Tag einrahmt in wunderbares, goldenes Schauen; er gestaltete sich zu einem finstern Ungetüm, das mit harten Streichen ihm·das Bewußtsein nahm und dumpf und schwer das Blut ihm durch die Adern trieb, und wie hie und da durch die dunkle Nacht der grasse Blitz fährt, in die Nacht der Bewußtlosigkeit grause Gestalten senkte, die seine innere Angst an einen äußern Gegenstand fesselten, den Schweiß ihm auf die Stirne trieben.

Erst als man ihn zum zweiten Male rief, erwachte er am Morgen. Da lag es ihm wie Blei über den Augen und in allen Gliedern, wie zerbrochen kamen ihm die Gelenke vor; er mochte nicht aufstehen, immer wieder fielen ihm die Augen zu, aber Schlaf hatte er nicht, sturm, matt war sein Kopf. Endlich kam die Mutter und wollte ihn aufmustern. Wenns graglych wär, so sollte man ihn doch liegen lassen, es sei ihm grusam übel, sagte er. Vielleicht bessere es ihm bis gegen Mittag. «Wennd äßest und tätest wie ein anderer Mensch, so wäre es dir nicht übel», sagte die Mutter, und wenn sie ihm das zMorge ins Bett bringe wie am ene Herr, so werd es ihm schon bessern. Als Jakobli nichts essen wollte, so mußte

Melissetee angerichtet sein, und Jakobli mußte trinken, er mochte wollen oder nicht.

Mädi hatte aufgepaßt hinter der Türe und große Freude, daß Jakobli seinen Rat befolge, wie es meinte, und schüttelte den Kopf, als Anne Bäbi mit dem Tee focht, und meinte, obs nicht besser wär, wenn man gleich zum Doktor ginge; es hätte immer gehört, die bösten Krankheiten fingen mit Gringweh an, u wes drzue eim no i de Gliedere syg, su heyg me Zyt, drzue z'tue. «Was wolltest du darauf dich verstehen», sagte Anne Bäbi, «du hast dyr Lebtig ume ey Krankheit gha, u die het ganz am e angere Ort agfange.» «Was für eine dann?» fragte Mädi. «He», sagte Anne Bäbi, «ds Manne, und de het dih nie kene welle.» Der Stich ging Mädi durch und durch, indessen sagte es bloß: «He nu, su het doch de kene zviel a mr übercho.» Aber bei sich dachte es: «Wart ume, du alte Hex, dir will ich es eintreiben; du mußt no lehre, was Mädi cha.»

Als der Mittag da war, sagte Jakobli, wenn es gleich wäre, so möchte er im Bett bleiben, er hätte so heiß am Kopf, und im Bett sei ihm am wöhlsten. Anne Bäbi waren vorhin Mädis Worte doch hineingegangen, wenn es schon nichts darauf zu achten geschienen. Krankheit machte ihm bang, und wenn Jakobli krank ward, so konnte am Donnstag die Sache in Burgdorf nicht richtig gemacht werden. Zudem raunte Mädi dem Hansli ins Ohr: Jakobli sei grusam übel und es sei doch grüslig, Anne Bäbi wells nit glaube.

Hansli hielt nicht viel auf dem Doktern, wie bekannt; aber mit dem Sohn hatte er doppeltes Mitleid, erstlich wegen der Krankheit selbst, zweitens, weil er heiraten sollte und nicht mochte. Es mueß allweg sy, dachte Hansli, aber dr Bueb dur ne doch gnue, weil er nit mög. Jetzt ging er in die Küche, zündete sein Pfeifchen an und fragte Anne Bäbi: «Steyht er uf?» «Nein», sagte Anne Bäbi. «Wenns ihm sövli fehlt, sött me nit luege?» fragte Hansli. «He, das pressiert emel einist nüt; wes de sy mueß, ih wills de scho säge. Ih weiß nit, was das für es Gangst isch.» Aber Anne Bäbi wurde es selbst angst, und es düechte ihns, Jakobli hätte mehr und mehr Fieber. Als er nachmittags ein wenig schlief und im Traume redete, was er sonst nie tat, redete vom Sterben, vom Himmel, von schönen Engeln, da meinte Anne Bäbi, er sei verirrt, und vielen Leuten kömmt das Verirren vor wie ein Vorbote des Todes. Wenn einer andeuten will, wie nahe er dem Tode gewesen, so sagt er: «Ich bin schon verirrt gewesen, niemand hat geglaubt, daß ich davonkomme.» Da wurde es Anne Bäbi himmelangst, und es sagte, es müsse auf der Stelle dazu getan sein, es wolle selbst zum Doktor, es wisse doch dann, daß es recht verrichtet werde; auf die Stürme, das Mädi, könne man sich nie verlassen, und wann es heimkäme, wisse man auch nicht; wenn es ein Mannebein antreffe, so wisse es nicht mehr, was für Zeit es sei, und wäre imstande, sich einen ganzen Tag zu verganggeln.

Mädi sah Anne Bäbi gerne gehen. Es könne dann sagen was es wolle, und es möge heimbringen was es wolle, so sei es nicht schuld daran, aber öppe uf es Trank uf oder nieder komme es nicht an, und wenn Jakobli ein Jahr lang hinter einander Trank trinken müßte und damit von Lisi loskäme, so könnte er noch immer sagen, es sei ihm gfellig gange.

## SECHZEHNTES KAPITEL

### *Wie Jakobli ob dem Raten krank wird und Anne Bäbi für die Krankheit keinen Doktor findet*

Anne Bäbi ging nicht zu dem Doktor, bei welchem es früher gewesen, sondern zu einem andern, der ungefähr eine Stunde weit war und von dem es gehört hatte, der ziehe die Leute nicht so lange umeangere, der fahr recht us, daß man grad wisse, woran man sei.

Als Anne Bäbi hinkam, war der Doktor nicht daheim, aber es hieß, er werde nicht weit sein und bald wieder kommen, es solle nur warten. Da der Doktor nicht kam und Anne Bäbi pressierte, so wurde ein Kind gesandt, ga luege wo dr Vater syg. Das Kind kannte die Spur wohl, wo der Vater nachmittags war, wenn er nicht ausgeritten. Es kam schnell zurück mit dem Bescheid, er werde bald kommen. Es ging aber noch immer eine Weile, ehe er kam und Anne Bäbi barsch mit der Frage anfuhr, was es Pressierlichs habe. Anne Bäbi berichtete, sein Bueb sei krank, und stellte das Wassergütterli auf den Tisch. Der Doktor warf einen Blick darauf und fragte: «Wo fehlts?» Da Anne Bäbi daran gelegen war, Jakobli so bald als möglich auf den Beinen zu haben, so tat es sehr nötlich und machte die Sache recht groß; je nöter es tue, desto stärchere Züg gebe der Doktor, und je stärchere Züg er gebe, desto eher sei der Bub wieder zweg, so kalkulierte Anne Bäbi. Es redete daher von grusamem Fieber, von ganz verirret, und als der Doktor nach dem Durst fragte, so sagte es, emel e halbi Melchtere Tee hätte er getrunken; allemal wenn es ihm brunge heyg, su heyg er gno. Als der Doktor nach der Zunge fragte, sagte es, die hätte es nit gluegt, aber sie werde wohl wüesti sein, schon manchen Tag hätte er nichts gegessen. «Kötzeret es ne?» fragte der Doktor. «Aparti het er nicht geklagt», sagte Anne Bäbi, «aber es wird wohl si; we me ne het gheiße esse, su het er gseit, er mög nit, er heyg dieses no z'oberist obe.»

Während diesem Examen hatte der Doktor das Wasser ausgeleert, das Gütterli flüchtig geschwenkt, zwei oder dreier Gattig Rustig zusammengegossen, zusammengerüttelt und sagte dann: «Lue Frau, da hast eine Purgaz, die gib ihm unter zwei Malen und brav z'trinke drzue; de morn oder übermorn chumm de wieder cho brichte, viellicht mueß er de no eini näh oder de abfüehre, es chunt de druf a.»

«Wed öppe dadüre chunst, Doktor, so könntest doch zuechecho, ih bruchti de nit da ueche, es ist mr zwider; aber expreß chumm nit, es ist sih nit z'tüe. Wed nit angfähr chunst, su cha de geng öpper anger cho, we ih nit ma.»

Somit marschierte Anne Bäbi ab und langete zu Jakoblis größtem Schrecken mit der Purgaz an. Er wehrte sich nach seiner Art dagegen, so gut er konnte; da aber alles in ihn drang, Mädi hauptsächlich, und Anne Bäbi ihm brichtete, wie er ganz verirret gewesen sei, daß man nicht gewußt habe, wele Weg das use well, so begann er zu glauben, es fehle ihm wirklich, und der Dokter meinte es ja auch, sonst hätte er ihm nichts gegeben, und ließ sich endlich die Purgaz einschütten.

Die Purgaz wirkte erst, als das Gütterli verschluckt war, dann aber auch so grüslich, daß alles in Alarm war, es Mädi recht angst wurde und Jakobli meinte, es müsse gestorben sein. Nur Anne Bäbi war guten Muts dabei und sagte: So sei es eben recht, das sei guete Züg; je stärcher er arüehre, desto eher bessere es, sos Gottes Wille sei, und es sei schad, syg ds Gütterli us; we no meh drin wär, er müßte es auch nehmen. We me so recht zBode purgiert heyg, so heyg es de e Rung; we me es Loch sufer leer, su gangs o dest länger, bis es wieder voll syg.

Jakobli war gar jämmerlich übel, mochte die Augen nicht auftun, und die Schwäche oder Abspannung, in der es einem zu sterben gleichgültig ist, war über ihm, und in dieser Schwäche kam ihm Lisi und der Donnstag und das Heiraten immer schrecklicher vor, immer mehr wich ihm aller Mut aus Leib und Seele, und aufstehen mochte er nicht. Mädi sagte, als der Schreck der Purgaz vorbei war, es sei gut, er solle sich nur stille halten im Bette, so werde es gut kommen. Jakobli sagte, er denke es auch und es sei jetzt nicht viel zu versäumen. Mädi meinte, Jakobli verstehe ihns, und Jakobli hatte vergessen, was Mädi ihm angegeben; darum widerredete keins dem Andern, und keines verstund das Andere.

Das Verstehen wäre eigentlich die Hauptsache, aber das Verstehen verstehen noch ganz andere Leute nicht als so ein Mädi. Wie nun Mädi und Jakobli eins waren, weil sie sich nicht verstunden, so geschieht doch das Umgekehrte viel häufiger, daß man sich nicht versteht, eigentlich einig ist und doch sich zankt. Was das Andere will, meint, hofft, das meint man zu verstehen und versteht es nicht.

Da der Doktor am nächsten Tag nicht angfährt kam, so rüstete sich Anne Bäbi zu einer neuen Fahrt, gäb wie Mädi, von Hansli unterstützt, widerredete und meinte, man solle warten und süferli luege, wie es komme, alles ungereinist zwänge me nit und zviel auf einmal trage nüt ab. Aber Anne Bäbi ließ sich nicht absprengen; es war ihm angst, daß Jakobli wieder auf die Beine kam. Wenn dSach erhocket syg, so hätts dest härter, u we me einist agfange heyg, su hulf es jetz usfahre bis hingerus, das werde scho guet cho. U syr Lebtig heyg es ghört, e Purgaz syg e fürnehmi Sach, u wes vo dene rechte eini syg, su wüß me längs Stück nit, hang no öppis aneangere oder nit und heyg me no e Gring, oder heyg es ne obeabgsprengt.

Anne Bäbi stattete dem Doktor nun seinen Bericht ab; es sei toll von ihm gange, aber ganz besseret heygs ihm no nit, im Gring nit u i de Gliedere nit; esse mög er noch nicht und auf auch nicht, und wenn es noch mehr gehabt hätte, so hätte es ihm auch noch eingegeben, es werde wohl noch e Satz da sein. «Und ds Fieber?» fragte der Doktor. Von dem hätte es neue nüt meh chönne merke. Wenn er sih heyg müeße übergä, su heyg es ne toll ghudlet, sust aber heyg er sih ordeli still gha. «Verwirrt ist er nüt meh?» fragte der Doktor. «Gar nüt», sagte die Mutter, «er ist bi sym guete Vrstang.» «He nun, so wollen wir jetzt mit einer Laxierig probieren, vielleicht bessert es ganz. Bessert es nicht, so kann man immer noch einmal purgieren und druf de wieder laxiere, Gfährligs gseh ih da nüt.» «Dest besser», sagte Anne Bäbi. «I ha däicht, du ziehest die Leute nit so lang desume, deswege bin ih o zu dr cho. We me recht drahi geyht, so ist dSach scho halbi gwunne.»

Jakobli sträubte sich, als Anne Bäbi mit dem neuen Trank an ihn kam, und wollte lange nicht daran, aber er mußte, der Vater selbst redete ein und sagte: «Nimm du ne, u wenn es jetz nüt nützt, so ists für es angers Mal guet.» Mädi hielt sich neutral. Wenn er ume im Bett blyb, nähm er de das Trank oder nit, darauf kömmt es nicht an, dachte es. Jakobli schluckte endlich und schluckte zwei Tage hinter einander, denn es war eine zweitägige Laxierig, und starb fast daran und meinte alle Augenblicke, die Laxierig werde noch der Seele Meister und jage sie ebenfalls aus, und am Montagabend war er matter als nie und lag im Bett fast wie tot.

Drei Tage nach dem Montag war der Donnstag, und dem Bub war es nicht besser, sondern schlimmer geworden; da ward es Anne Bäbi grusam angst, nicht sowohl wegen dem Bub, sondern wegen dem Donnstag. Das müß zwängt sein, sagte es, und sollte es kosten was es wolle, am Donnstag müsse Jakobli mit auf Burgdorf. Es werde aber noch eine Purgaz sein müssen, der Doktor habe schon davon gesagt, und sollten es zwei sein, das Geld reute ihns nichts dafür. Morgens in aller Frühe wolle es eine holen. Es hätts dem Schyßdokter aber sauft getan, zuechezcho; er sei heut vorbeigefahren, wie es gehört, aber sie werden ihm z'gring sein, daß er sich nicht möge gmühen. Aber Anne Bäbi erfuhr Widerspruch. Jakobli wehrte sich. Es düech ne, er sött afe gnue glaxiert und purgiert sy, und meh gstang er nit us, er gspürs. Hansli sagte: «He, wenn ers nit usgsteyht, was witt de! Ih hulf Gedult ha, es chunt öppe von ihm selber besser.» Und Mädi sagte: «Emel zu dem wett ih nimme; wenn er ihm hätt chönne helfe, su hätts müeße bessere. Ih hulf zum ene angere, du chast bi dem no es ganzes Jahr doktere, dSach ist geng am glyche Ort; du gsehst ja wohl, daß Purgiere und Laxiere da nüt abträgt, es wird ihm am e angere Ort fehle, viellicht am Chrüz oder am Herz.»

Die Bemerkung fiel Anne Bäbi schwer aufs Herz. «Meinst?» sagte es. «Du siehst, wie der dich desumezieht, und er begehrt nicht zu helfen; er könnts, aber er will nicht, darum gehe weiters.» Anne Bäbi fand den Rat richtig. Am folgenden Morgen machte es sich früh auf die Beine und fand den Doktor. Nachdem dieser den Bericht über Jakoblis grusame Krankheit vernommen, fragte er: «Habt ihr noch nichts gemacht, bei wem seid ihr gewesen?» «He wohl», sagte Anne Bäbi, «dr Dokter im Sack het ne afe purgiert und laxiert, und er het gseit, wenn das drvo nit besseri, su müeß es no meh sy; aber mir hey du denkt, es chönnt guet sy, we mr o öppis angers probierte.»

Der Doktor examinierte lange, fragte nach Puls, Zunge, Schlaf, Schweiß. Bald wußte Anne Bäbi etwas, bald nicht, und was es wußte, machte es immer ds Halbe größer, damit der Doktor desto mehr Fleiß habe und besseren Zeug gebe. Endlich sagte der Doktor: «Lue Frau, ich weiß noch nicht, wo es hat, ich sollte ihn sehen; wenns ist, wie du sagst, so könnte es eine Auszehrung geben, aber man weiß es nicht. Da wollen wir mit dem probieren; gib ihm alle Tage morgens und abends zwei Löffeli voll, und wenn keinen Zeug mehr hast, so komm und gib Bericht. Aber das wird nicht bald bessern; wenn ein Mensch verpfuscht worden, ists bös; verpfuscht ist bald viel, aber guetzmache het e Nase.»

Kaum hatte Anne Bäbi den Rücken gewandt, so packte der Doktor den Anwesenden seinen Zorn aus. Da könne man wieder plätzen, was ein Anderer verpfuscht habe, mit solchem Purgieren und Laxieren könne man ja einen gesunden Menschen krank machen; wenn er so doktern wollte, es stürben ihm alle Leute, und längst hätte er ds Doktere an den Nagel hängen müssen. Da solle er jetzt doktere, und dä alt Sturm hätte keinen Bericht geben können, und daß er käme, begehrten sie nicht, sie hätten schon Kummer, es koste etwas; aber wenn er ungefähr dort durchgehe, so gehe er doch, sie mögen ihm Gesichter machen wie sie wollen, ehe er ihnen mehr Mittel gebe. Aber die käme nicht wieder, er wisse nicht, was die im Kopf habe; aber wohl gemerkt hätte er, daß er ihr nicht in den Kram geredet.

Der Doktor hatte ganz recht. Es kochete in Anne Bäbi, und es mochte nicht warten, bis es heimkam, um anzurichten. Da hätte es wieder einen vergebenen Gang getan, und vor das lätze Loch sei es gekommen. Der wisse nichts, begehre einem nur das Geld abzunehmen. Das Wasser hätte er nicht angesehen, er machte lieber Visitleni, Visitleni und ließe die teuer zahlen, für das Wassergschaue gebe ihm niemand etwas. Er hätte ihm auch um die Stauden herum geschlagen und hätte gerne angefangen zu visitlen, aber es hätte getan, als hätte es keine Ohren. Man solle doch nur sehen; schon das Gütterli, wo man ja kaum einer Laus die Ohren salben könne, koste vier und einen halben Batzen, und für eine Visite hätte er gewiß zehn Kreuzer gefordert oder gar fünf Batzen so für nüt und aber nüt. «Und was soll das helfen, ume zweu Brylöffeli voll es Tags? Und erst we ds Gütterli us ist, söll ih Bricht gä, er well de luege. Und jetz ist Zyste, und übermorn ist Donnste, und vor em Samste ist me mit dem Lumpezüg nit fertig. Es het mih düecht, ih möcht em ne a Gring schieße, wo er mr ne gä het; aber ih ha mih überha u ha däicht: Wart ume, ds Lulli hest no nit im Mul!»

Sobald der Ärger obenab war, kam der Jammer nach, wie die blaue Milch kömmt, wenn die Nidel abgenommen. Übermorgen war Donnstag und Jakobli nicht gesund. Das werde nicht alles zwängen, meinte Anne Bäbi zuerst, man reite ja und es sei styf Wetter, nur der Bysluft gehe etwas räß. Aber Jakobli widerredete doch und sagte, er möge es wäger nicht erleiden, er möge das Hocken kaum erleiden, vrschwyge de ds Fahre, und wenn er us em Bett sei, so düechs ne geng, es well ne afa früre. Jakobli konnte nicht anders als wie die Andern an eine Krankheit glauben, und allerdings hatten Purgaz und Laxierig ihn zweggenommen und matt gemacht. Und wer will es ihm verargen, wenn er diese Schwäche nicht kleiner machte, als sie war, und er sie als Schild brauchte, hinter dem er sich gegen die Reise verbarg? Hatte er sich doch nicht krank gemacht, und war diese Krankheit etwa von ungefähr? Auch Hansli sagte, das werde öppe nit müeße zwängt sy, es sei öppe ei Donnste wie dr anger.

Anne Bäbi zappelte wie eine Katz am Draht; was die auf dem Zyberlihoger denke werde, wenn man sie noch einmal sprenge, und was man mit dem Jakobli anfange; aus dem Schyßgütterli gebe es ihm keinen Tropfen, und doch könne man die Sache nicht so gehen lassen, er sehe ja aus wie eine Kilchmaus, und wenn es die Auszehrig sei, so müeß me drhinger, und zwar Ärstem. So jammerte Anne Bäbi erbärmlich, daß es den Hansli erbarmte. «Schick dr Sami», sagte er, «zu Zyberlers u la absäge bis uf wytere Bscheid; dr Bueb syg krankne und mi müeß warte, bis er zweg syg.» Das war das Vernünftigste, und Anne Bäbi, wie sehr es ihm zwider war, mußte sich drein schicken, und Sami marschierte am Mittwochen früh ab mit einem guten Stecken in der Hand und den Schalk im Herzen.

In viel größerer Verlegenheit war Anne Bäbi mit dem Doktern. Mädi redete zu so stark es mochte, man solle doch warten und der Sache Zeit lassen. Es habe oft gehört, die Sache komme manchmal am besten, wenn man gar nichts mache, sondern der Zeit abwarte. Davon wollte aber Anne Bäbi nichts hören; die Mutterangst saß ihm jetzt im Herzen und die Heiratsangst im Kopf, und wo zwei solche Ängsten zusammenspielen, da ist Zureden vergeblich, Warten unmöglich, da muß gangstet sein. Endlich wurde man rätig, man wolle zu einem bsungerbar e Gschichte; e Gstudierte seis nicht, aber er habe es im Geist, und das sei ganz was angers. I de Büechere chönn jede Löhl luege, was drinne syg, drfür bruch me gar ke Dokter; aber im Geist, da heygs nit en iedere, unger Tusige gäbs chum eine.

Mädi bot sich an, zu gehen; es sei weit, sagte es, und es hätte es ungern, wenn es hieße, Jakobli sei so krank und Mädi gehe ihm nicht ein einzig Mal zum Dokter, dFrau müeß geng selber gah. Ob sie es ihm nicht anvertrauen dürften, oder was wohl da sein möge? Aber Anne Bäbi sagte, ds erst Mal wolle es selbsten gehen vo wegem Brichte, das könne es niemand anvertrauen; nachher sei es ihm recht, das Laufe erleide ihm, es düechs, man sehe es schon allem an, den Säuen und dem Garten, daß es ein paar Morgen nicht daheim gewesen. Es hätte noch nichts gemerkt, sagte Mädi gestochen, und immer gemacht, was es imstande gewesen, es düechs, man könnte zufrieden sein; aber es sehe wohl, je mehr man mache, desto weniger sei recht. «Fängst schon wieder an zu kifeln?» fragte Anne Bäbi. «Man kann nichts mehr sagen, das recht ist; zweu si emel meh als eis, und we me no, we me daheim ist, zum ene Krankne z'luege het, so mueß es öpperem etgelte, sygs de dSäu oder der Garte oder bedisame. Deswegen brauchst es nicht ungern zu haben.» Aber Mädi stachen die Worte doch, und wenn es schon nicht mehr aufbegehrte, so dachte es doch bei sich selbst: So recht! Ume geng so cho; du mueßt doch gwüß no erfahre, wer ih bi!»

Anne Bäbi machte sich also selbst auf den Weg des Morgens früh, obgleich Jakobli ihm anhielt, sie solle das doch unterwege lassen, es düech ne, es wolle abziehen von ihm selber. «Ih merke wohl», sagte Anne Bäbi, «du willst dSach nur verdrehen und meinst, sie erkalte dann von selbst. Aber ohä, es mueß jetz e Weg gah und es mueß abtriebe sy, ih wott mih nit la uslache und no desumeschleipfe, ohä!»

Der Mann, zu welchem Anne Bäbi wollte, hatte einen großen Ruf weit und breit, und je weiter er von ihm war, desto größer war sein Ruf, wie es oft geht, daß etwas von weitem das Gegenteil scheint von dem, was es ist, wenn man es in der Nähe sieht. So geschieht es oft, daß von einem Menschen ein Ruf daherkömmt aus einem Graben oder einem Städtchen, zwischen welchen oft kein großer Unterschied ist, daß man glaubt, der liebe Gott habe den König David und den König Salomo und gar noch den Erzvater Abraham zusammenschweizen und wieder sichtbarlich erscheinen lassen in jenem Graben oder Städtchen, und Respekt kriegt ganze Hutten voll; alles Krumme werde der grad machen, alles Saure süß, alle Löcher ganz, alle Dummheit gut, kurz das werde der Mann sein, der alles wisse, alles könne, alles heile, so meint man. Und hat man endlich dieses Wundertier an der Sonne, so ist es schon kein Wundertier mehr, sondern eine ganz gemeine Person, und stellt man es an die Deichsel, so ist es nicht einmal ein Mann mehr, sondern manchmal ein simples Füchslein, manchmal bloß ein Windbeutel, ja manchmal eigentlich gar nichts als ein

Tropf. Wie oft ists schon geschehen, daß man in sonderbaren Nächten, wenn in ungewissem Licht die Welt schwimmt, einen Geist zu sehen glaubte in der Ferne, einen wunderbaren Geist, ob gut oder bös, wußte man nicht, aber daß er etwas Besonderes zu bedeuten hätte, das glaubte man. Man bebte und zitterte, nahete mit klopfendem Herzen sich. Aber der Geist schwieg, und je mehr er schwieg, desto mehr klopfte das Herz, desto bedeutsamer, wichtiger erschien er. Endlich redete man ihn an im Namen aller guten Geister, fragte nach seiner Sendung. Aber er schwieg, man mochte Geister nennen welche man wollte, er schien keinen zu kennen; kein Geist bewegte im Geringsten ihn, zog ihn nicht näher, stieß ihn nicht weiter. Und wie der Mensch ein seltsames Geschöpf ist, der zuweilen, je mehr er Angst kriegt, um so neugieriger wird und unwiderstehlich näher und näher gezogen wird, so geht auch der Eine oder der Andere dem schweigsamen Geist, der keinem Geiste antworten wollte, näher und näher auf den Leib, und immer bedenklicher erscheint der Geist, und am Ende, was ists für ein Geist? Ein ganz simpler Türlistock ists, und Türlistöcke antworten aus bekannten Gründen keinem Geiste.

Vielleicht will einer disputieren und sagen: Es muß aber doch ein ganz aparter Türlistock gewesen sein, daß man ihn für einen Geist nehmen konnte. Mein Gott nein, es war ein ganz simpler Türlistock, aber es waren apartige Augen, die ihn in einem apartigen Licht für einen Geist angesehen hatten, und eben ein apartig Licht schien in der Welt.

Der Wundermann, von dem ich reden will, war aber doch nicht ganz so ein Türlistock, der keine Antwort gibt; der hatte ein Maul, und eben mit dem Maul wars, mit welchem er das Licht selbst machte, in welchem er als ein Wundermann erschien, während der Türlistock auf den Mond warten muß, um in apartigen Augen zum Geist zu werden.

Die apartigen Augen, die machte der Mann nicht selbst, die sind auch da im finstern Mond, die wachsen allenthalben von Natur wie Warzen an den Händen und Hühneraugen an den Füßen. Und wie die Hühneraugen in den engsten Schuhen am liebsten wachsen, so wachsen diese Augen auch in den engsten Köpfen am liebsten, und je weniger einer Platz für Geist in seinem Kopf hat, desto mehr Geister plaziert oder sieht er außerhalb, aber nicht am Himmel, nicht in weiten Köpfen, sondern in Türli und andern Stöcken. Und da, wie enge Schuhe, enge Köpfe immer mehr Mode werden, so braucht einer, der das rechte Licht zu machen weiß, nicht Kummer zu haben für Augen, die ihn ansehen für einen wunderbaren Geist, der alles könne und ds Hexen am besten, und je länger je weniger braucht er Kummer zu haben für diese Augen, denn je länger je mehr gibt es deren wieder, wie es auch manchmal beim schönsten Wetter Schwämme gibt, wenn es wieder regnen will. He, wie kömmt das? frägt vielleicht einer, der meint, das Aufklären gehe wie das Geigen, je länger je schöner, und der sich auf beide gleichviel versteht, das heißt nichts. Denn wenn man es mit dem Geigen übertreibt, so gibts zuerst ein Kratzen, und wenn man nicht lugg läßt, so springt zuletzt eine Saite und dann eine nach der andern, bis es aus ist nicht nur mit dem Geigen, sondern auch mit dem Kratzen.

He, das geht gerade gleich, muß man ihm antworten, wie aus einer Hure eine Betschwester wird, aus einem Radikalen ein Despot, aus einem Gottesleugner ein Schatzgräber und Teufelsbanner, aus einem Ungläubigen ein Abergläubiger. Wer das Christentum über Bord wirft, wird ein Heide, und wer ist wohl blinder und mehr der Außenwelt Knecht und macht sich Götter aus Türlistöcken als eben ein Heide? Wo haben die Wahrsagerinnen mehr Verdienst als im aufgeklärten Paris? Und wo wird mehr gehexet als im aufgeklärten

Frankreich? Je weiter einer von Christus, desto näher dem heidnischen Aberglauben. Auch bei uns wird an den sogenannten aufgeklärtesten Orten am meisten gehexet, und von dort aus haben die Wahrsagerinnen den meisten Zulauf. Und je neumodischer man die Kinder erzieht, desto abergläubischer werden sie mit der Zeit werden.

Man sagt, die Zeit des blinden Glaubens sei vorbei! Tröpfe sinds, die es sagen. Ja, Hans Joggi glaubt nicht mehr, was in der Bibel steht, und Sämi spöttelt über alles, was der Pfarrer sagt – die sind doch über den blinden Glauben aus! Ohä, der blinde Glaube ist noch da, nur schenkt man ihn jetzt nicht mehr der Bibel oder dem Pfarrer. Hans Joggi hat ihn einer Zeitung geschenkt, bald der einen, bald der andern, und was die sagt, und wenn sie redet wie ein Hornvieh und lügt wie der Teufel selbst, so ist dieses wahr und ewig wahr; er flucht darauf bei allen Zeichen, und wenn einer dagegen redet, so heißts: «Das ist auch von denen Lumpenhunden eine, wo man zTod schla sött wie dFleuge!» Und wie ein Ketzer haßt und verfolgt er ihn. Sami hat seinen Glauben einem Häftlimacher geschenkt oder einem Fürsprecher oder einem Vehdokter, und was dieser ihm sagt, das glaubt er wie das Evangelium, und was dieser ihn heißt, das vollbringt er in unbedingtem Gehorsam, und wenn er ihn heißt, in der kältesten Winternacht nackt auf sein Haus zu steigen und dort einen Schuß loszulassen, er tuts sonder Fragen und Werweisen in blindem Vertrauen. Und wenn Zeitungen und Häftlimacher ihnen erleidet sind, so hängen sie ihren Glauben an Wahrsager und Zeichendeuter, und je weiter sie von Christus sind, um so fester, und je neumodischer sie erzogen sind, desto größern Verdienst haben Zeichendeuter und Wahrsager wieder. Der Glaube ist dem Menschen angeboren; scheint aber Gottes Sonne nicht hinein, so spuckt der Teufel darein.

Darum fehlte es dem Wundermann an Kunden nicht trotz der aufgeklärten Zeit, und aus allen Ständen waren diese Kunden, denn die Stände sind inwendig nicht halb so sehr unterschieden wie in ihren Kleidern. Kopfhänger kamen und die freveligsten Menschen, Maulhuren und Gotteslästerer, denn oft sind Kopfhänger und Lästerer inwendig Geschwisterkinder und gleich weit von Christus, und wenns wackelt um ihre Beine, gleich zagende, zitternde Sünder, die laut heulend stundenlang vor einem Türlistock an der Straße beten würden, wenn es hülfe.

Oh, man glaubt nicht, was so ein Herr, der alle Tage einen halben Zentner Bifsteak frißt oder hundert Dutzend Austern, so ein Bauer, der in der Woche seine Speckseite versorgt, so ein Wirt, der beim letzten Glas nicht mehr weiß, wann er das erste getrunken, ein Geschäftsmann, der von wegen Geschäften von Schoppen zu Schoppen, von Essen zu Essen kömmt, was denen in die Glieder fährt, wie schauerlich und miserabel es ihnen wird, wenn eine Woche lang Bifsteak, Speck, Gläser, Wein außen bleiben, man glaubt es nicht. Öde wird es ihnen und leer, wie die Welt war, ehe der Geist über die Wesen kam; von wegen mit Bifsteak und Speck und Wein ist Mut, ist Kraft, ist der Geist dahin, der sie aufrecht erhielt und so aufbegehrisch machte, sie fallen zusammen ärger als Pferde, denen der Haber fehlt, es geht ihnen ärger als Schweinsblatern, aus denen man die Luft gedrückt und die zu einem erbärmlichen Hämpfeli zusammengefallen sind! Da ist die Zeit, wo sie zum Doktor ins Emmental schicken und fast weinend bitten, man solle ihn doch versichern, sie hätten Glauben und seien fromm; sie, die keinen andern Glauben mehr hatten als den an ihren Viviser Weinlieferant und von Frommsein nichts mehr wußten, als daß Mägde und Pferde es sein sollten. So ist noch ein großes Feld für solche Wundermänner, und das Feld wird eher weiter als enger, und 's ist wachsig Wetter; gut gedeiht auf diesem Felde die Frucht und reich ist die Ernte der klugen Schnitter, die auch ernten, was nicht sie, sondern Andere ausgesäet.

Zu einem Solchen kam Anne Bäbi, und viele Leute waren da und warteten; die Leute mehrten sich immer mehr und der Doktor erschien nicht. Wäre das bei einem Gstudierten, einem patentierten Arzte geschehen, so würden die Leute sich mit Balgen und Fluchen über den Doktor unterhalten haben. Die einen hätten gesagt, er wäre e Gschickte, aber e Fule, er mög nie uf; andere hätten gesagt, er sei zu hochmütig und möge sich nicht gmühen, wären rätig geworden, so zu warten erleide einem, das andere Mal gehe man zu einem, wo man auch gfergget werde. Son e Muffi sött doch auch Verstand haben und wissen, daß ihrer Gattig Lüt nicht Zeit hätten, einen ganzen Tag desumezhocke; aber so einer, wenn er nur das Geld habe, so frage er dem Rest nichts nach. So ungefähr wäre geredet und aufbegehrt worden; denn den patentierten Arzt betrachtet man als den Diener des Volkes, der geben muß, sobald man etwas will, und der geben kann, was er weiß, sobald er will. Hier, wo Anne Bäbi war, hörte man von diesem allem nichts. Die Leute saßen und stunden ums Haus herum, brichteten halblaut ihre Übel oder die Übel derer, für die sie kamen, berichteten, wie weit her sie seien und wie Manchem der Mann schon geholfen, berichteten, es nehme sie wunder, wann er käme, gestern hätte man ihn erst nachmittags um drei Uhr gesehen, und es gebe Tage, wo man ihn nie erblicke, da müsse man in Gottes Namen wiederkommen oder sehen, wo man über Nacht sei. Und es gebe es oft, daß er Leute fortsende und ihnen gar nichts geben wolle, gäb wie sie anhielten dr tusig Gottswille.

In allen diesen Reden herrschte eine Art Ehrfurcht, ein gewisses Bangen; man sah den Menschen allen das Bewußtsein an, daß sie hier nichts zu fordern hätten, sondern eine Gnade suchten, daß der Mann niemand etwas zu geben schuldig sei, sondern geben könne, wem er geben wolle, abweisen könne, wen er abweisen wolle; es war also nicht der Diener der Menschen da oder gar der Diener der Natur, sondern der Gnadenspender, der Wohltäter, um dessen Haus sie sich versammelt hatten. Weit entfernt, das Warten übel zu nehmen, vermehrte dasselbe die Ehrfurcht und die geheimnisvollen Schauer. Das war nicht der Mann, dem jede Stunde die gleiche ist, wie sie der Spinnerin die gleiche ist und dem Holzhauer, der zu jeder Stunde seine Bücher bei der Hand hat wie der Holzhauer sein Beil, die Spinnerin ihr Rad, oder im Gedächtnis hat, was er auswendig gelernt; das war der Mann, der den Geist hatte und den Geist erhielt. Aber bekanntlich ist dem Geiste nicht jede Stunde recht, oft schweigt er ganz, oft zeigt er sich lange nicht; da ziemt sich keine Ungeduld, sondern ein gelassenes Warten, bis der Herr des Geistes ihn seinem Diener gibt, das Auge ihm öffnet, die Rede ihm frei macht.

Das alles war freilich nicht mit klaren Worten ausgesprochen, aber doch alles so eingerichtet, daß diese Gefühle sich bilden mußten bei den Wartenden. Und wer weiß, wie leicht diese geheimnisvollen Schauer sich bilden, wie leicht es ist, die Menschen zum Ahnen der Nähe einer überirdischen Macht zu bringen, der begreift, wie fast von selbst diese Gefühle die um das Haus eines Wunderdoktors harrende Menge ergreifen müssen. Wie leicht kommen diese Schauer nicht unwillkürlich über alle, welche bei düsterm Lampenscheine eine Gespenstergeschichte erzählen hören oder geheimnisvolle Vorbereitungen sehen zum natürlichsten Spiele.

Als vor etlichen Jahren ein Pfarrer über das Verderben der Welt predigte, erscholl eine Stimme: «Ja, Herr Pfarrer, dir heyt recht!» Da hieß es, die Stimme habe nicht geklungen wie eine Menschenstimme, sei nicht aus dieser Ecke, nicht aus jener gekommen, sondern aus allen zugleich. Es war in der Kirche niemand, der nicht von Schauer ergriffen ward, und vielleicht nicht Viele, welche die Stimme nicht für die des Allerhöchsten hielten, und doch war dieser Ort kein pietistischer, sondern eher das Gegenteil davon. In der ganzen Umgegend erscholl die wunderbare Kunde und wurde geglaubt, und als man endlich den Täter ergriff, als er geständig als Täter ausgestellt ward, der zum Schlüsselloch die Worte hineingebrüllt, wie Viele waren da, die dieses nicht glaubten, sondern den Glauben festhielten, daß die Stimme eine höhere gewesen!

Seither war es, daß ebenfalls an einem sogenannten aufgeklärten Orte ein Mädchen einen Spuk anstellen konnte, der das größte Aufsehen machte, Glauben fand weit und breit, ein Haus in solchen Verruf brachte, daß man die Fenster mit Laden verschlug.

Dieses nun als Beweis der Leichtigkeit, solche geheimnisvolle Schauer zu erzeugen, ja wie ohne Worte dieselben bei der leisesten Anregung von selbst sich bilden, wie leicht etwas Ungewöhnliches als Übernatürliches aufgefaßt wird.

Anne Bäbi machte unter der Menge vielleicht die einzige Ausnahme. Das Warten stund ihm nicht an, seine Ungeduld vertrieb die Ehrfurcht und ließ die Schauer des Übernatürlichen nicht in ihm aufkommen, der Ärger vertrieb den Glauben. Wenn es gewußt hätte, daß es da einen Tag verhocken müßte, so hätte es dem Buben aus dem Gütterli gegeben, das hätte doch allweg noch mehr bschossen als dazhocke. Aber es sehe wohl, es sei einer wie der Andere; der Eine versäume einem mit dem Züg, der Andere mit Warte, es sei allen nur ums Geld, und wenn sie das hätten, so frügen sie einem fry hell nüt nah.

Endlich zeigte sich der Doktor und diesmal früher als

sonst, sei es, weil allerdings der Leute viel geworden, sei es, weil Anne Bäbis Brummen ihm Beine machte. Denn neben dem Mystischen, welches das Warten hatte, war es auch ein Kniff, zu zeigen, wie groß der Zulauf sei, denn der Zulauf ist ein bedeutendes Stärkungsmittel des Glaubens. Der Zulauf macht oder erhält den Ruf, wenigstens durch einige Jahre.

«Es ist gstacket voll gsi innefert, u no viel sy ussefert gsi u hey gwartet», das ist ein Zauberspruch für Krämerhaus und Wirtshaus, für Doktorhaus und Gotteshaus; einer hält sich am Glauben der Andern, und nur allmählich schleicht die Prüfung sich ein, und es beginnt der Abfall; einer folgt wieder dem Andern nach, und vielleicht gerade dann ist der Abfall vollendet, wenn der Zulauf am verdientesten wäre; aber ist der Glaube einmal hin, kömmt er nimmer wieder, so wenig als die Unschuld, welche verloren gegangen. Das ist eine Wahrheit, welche die Jungen nicht vergessen sollten und doch so oft vergessen. Ihre Neuheit gewinnt die Gunst der Menschen, aber das Neue wird alt, und gerne vergessen wird die Wahrheit, daß es ist mit der Gunst wie mit dem Gelde, beide sind noch schwerer zu erhalten als zu erwerben. Zählt die Geltstager: die meisten waren zu etwas gekommen, aber da kam der Hochmut, und nach dem Hochmut kam der Fall. Diese Wahrheit sollten namentlich junge Ärzte nicht vergessen; was die Neuheit erwarb unverdient, muß Treue erhalten, und aus der Treue erst und nicht aus dem ersten Zulauf kömmt das eigentliche Verdienst, das Verdienst, das bleibt.

Den künstlichen Zulauf durchs lange Warten, so wie der Müller das Wasser schwellt, um besser mahlen zu können, den versuchen auch einzelne Gstudierte, Patentierte, aber selten mit Glück. Erstlich nimmt man von ihnen nicht an, was von Andern, zweitens verstehen sie selten, sich den geheimnisvollen Anstrich zu geben, der dabeisein muß. Vom einen sagt man dann eben, er liege noch im Nest, und vom andern, er führe Mist oder striegle seine Kälber, die Läuse hätten. Ja in tölpischer, unmenschlicher Taktlosigkeit meint zuweilen ein unmenschlicher Patentierter, er könne das Warten auch ausdehnen auf die, welche in Notfällen ihn rufen lassen oder welche er in Notfällen zu besorgen habe, läßt halbe und ganze Tage zum Einrichten von gebrochenen Gliedern auf sich warten, läßt wochenlang Verbundene unbesorgt und unbesehen, und nicht etwa aus Furcht, sie mit vermehrten Kosten zu erschrecken, sondern läßt sie unbesorgt und unbesehen auf wiederholten Ruf und den Bescheid unerträglicher Schmerzen. Dies geschieht mit der größten Gefühllosigkeit und Sorglosigkeit, weil man weiß, daß solche Dinge von Amtes wegen nie gestraft werden, weil vor dem Recht, was nicht ein Prozeß ist oder ein Kriminalfall, für nutzlos Geäke gehalten und nicht gewürdigt wird, weil man die Erfahrung hat, daß eine solche infame Grausamkeit eine Art Furcht erzeuget, welche ihrem Träger vielfach Nutzen schafft.

Auf dem Lande, wo die Ärzte dünner, die Notfälle häufiger sind als in der Stadt, da, wenn ein solcher Arzt, dessen rohe, boshafte, gewissenlose Gefühllosigkeit bekannt ist, etwas will, so wird es ihm von denen, welche in seiner Nähe wohnen, selten abgeschlagen. «Mi weiß nit, was es eim gä cha u wie er eim de martereti, we me unger syni Häng chäm», so heißt es; man gewährt ihm Dinge, welche man jedem Andern abgeschlagen, und sieht ihm durch die Finger, wo man jedem Andern auf die Finger getroffen hätte. Wo der Staat seine Pflicht nicht tut, den Schwachen nicht schützt, da wird der Stärkere Meister, und je unvernünftiger er ist, desto größer wird seine Macht, desto mächtiger die Furcht vor ihm. Solche Ärzte sind aber wirklich selten, und wenn auch der Landarzt eine der schwersten, undankbarsten Stellungen im Leben hat, so gibt es doch gerade in diesem Berufe Persönlichkeiten, die zum Muster und Vorbild von Treue und Hingebung aufgestellt zu werden verdienen, wie sie in andern Ständen selten gefunden werden.

So wie der Ruf zum Ersten erscholl: «Du söllist ychecho», kam Bewegung unter die Wartenden; die Spannung wurde mächtiger, jedes drängte näher zur Türe sich, und so oft ein Abgefertigtes aus der Türe trat, ward die Bewegung neu und das Gedränge größer. War dann wieder einer abgerufen, so ward es stiller, und man sah den Abgehenden nach, wie jedes dahinschoß seines Weges, dem Pfeil vom Bogen gleich, und wie es die Erzählung bereitete, warum so spät es heimkomme, wie früh es dort gewesen und wie Viele schon da und wie Viele noch gekommen, und wem nicht von beiden ds Halbe mehr geworden, ehe es heimkam, das war sicher ein ganz Einfältiges, das gar nichts sinnete ob dem Heimgehen.

Anne Bäbi mußte mit einer alten Frau bis zuletzt warten; das hatte es vollends taub gemacht, so daß es allen Glauben verloren hatte und recht puckt war, als sie endlich alle Beide hineingerufen wurden.

Der Mann, vor dem sie erschien, war wohl am Leibe und ein lebendig Zeugnis, daß er nicht von dem Geiste lebte, der weder nach Erdäpfel riecht noch nach Bätzene noch nach dem Schweinstall. Er gschauete Jakoblis Wasser lange und sagte endlich: «Dem wird wohl noch z'helfe sy, aber er ist vrdokteret vo dene Glehrte, u jetzt manglets meh, as wed grad zu mir cho wärist, un es wär mr lieber, du gingest wyters; wenn er sterbe sött, su soll ih ne töt ha, u de vrchlage si mih wieder, die, won ihm ds Grab grabt hey. So mache es mir die Herre Doktere, un ih sött ihr Sündebock sy, aber ih wott nimme. Bringe ih ne drvo, was han ih drvo? Da seyst du de, du heygist ihm grusam guet gluegt; we das nit gsi wär, we dy Bueb am e angere Ort gsi wär, dr Doktor hätt lang chönne.» «Selb nit, Dokter», sagte Anne Bäbi, «ih weiß wohl, daß üsereim nüt zwänge cha, u ums Sterbe ists doch notti nit.» «Das weißt du nicht, Frau», sagte der Mann, «es bös Gallefieber het dy Bueb gha, und dGalle ist ihm jetzt usgrunne, und viellicht schlat si ihm in es Bei oder es cha dWassersucht gä, mi weiß no nit, weles vo beide, we men ihm nit cha vorfürcho. Das ist allweg e längi Sach, und mit starchem Züg ist da nüt z'zwänge, das mueß bi längem gah. Aber wie gesagt, ich wollte lieber mit der Sache nichts zu tun haben. Aber ich weiß wohl, wenn ich nicht helfe, so kanns niemand, und versündigen tut man sich auch nicht gerne.»

Während er so redete, hatte er hier eine Handvoll Kräuter genommen, dort eine, einen großen Papiersack damit gefüllt, mit alten Schnüren ihn zusammengebunden und Anne Bäbi für sieben Batzen mit der Weisung gegeben, daß es alle Morgen über eine große Handvoll eine Maß Wasser schütten, es einkochen solle auf die Hälfte und diese dem Bub den Tag über zu trinken geben, «öppe wien es sih schickt». Die andere Frau ward auch abgefertigt wie Anne Bäbi, puckt und trocken.

Diesmal machte der Mann nicht den gewünschten Eindruck auf die beiden Weiber; sie waren beide hässig über ihn und sagten: Daß der mehr könne als Andere, glaubten sie nicht, er nehme es nur angers für. Absonderlich war Anne Bäbi böse. Es hatte immer die schnelle Heilung im Kopfe. Länger als acht Tage könne das sy Seel nicht gehen, sagte es; bis dorthin müsse er gesund sein, es möge kosten, was es wolle. Was es mit der Rustig anfangen solle; es sei ein Haufen, es würde eine Kuh blähen. Es hätte gute Lust, ihn fortzuschießen, wenn er nicht sieben Batzen gekostet hätte. Jetzt müeß er brucht sy, es chönn de öppe eis oder ds anger vo ihne drab treyche, wenns ihm öppe fehli. «Üser Läbtig het dä Bueb kes Gallefieber gha; da wird me ja tönigelb, und er ist nie gelbe worden. Eine sagt das, en Andere öppis angers, und zletsch wüsse sie allsame nüt.» Es nehme es aber doch wunder, was es eigentlich für eine Krankheit wäre; es düechs, we me das ume afe wüßt, es wohlete ihm scho ds Halbe. Es heyg ihm so wunderlig agfange, mi heyg eigetlig gar nit gwüßt wo u wie. Mi chönn nit säge, es heyg ihm da agfange u nit dert, weder neue Kopfweh heyg er gklagt. Es heyg no vo ker Krankhit ghört, die so agfange heyg, es werd kum no eini so gä ha.

Die andere Frau, welche ein langes Stück Weg mit ihm zu gehen hatte, sagte, von solchen Krankheiten hätte sie auch schon gehört, aber es gebe sie nicht alle Tage und man dürfe heutzutage es kaum mehr sagen, was es sei, man werde nur ausgelachet. Aber dem und dem hätte es auch so angefangen, «und alles hat er ausgedoktert gehabt, und Keiner hat ihm helfen können, und zuletzt, was meinst, was ist es gewesen? Zletzt hat ihn eine alte Frau, deren Katze sein Hund totgebissen, verhexet gehabt, und Zeit ists gewesen, daß man darübergekommen ist, sonst hätte er sterben müssen. Wo man einmal es gewußt hat, da ist ihm leicht zu helfen gewesen. Wer weiß, ob bi dym Bueb o öppis eso ist?» «He», sagte Anne Bäbi, «das wüßt ih doch nit; syr Lebtig het dä kem Mönsche öppis zleid ta, aber mügli wärs; es git schlecht Lüt, die Freud dra hey, eim zleid z'tue, was si chönne, we me ne o nüt ta het, ds Kunträri; u de son es arms Tröpfli ga z'vrhexe, wo sust ume eys Aug het u sih nüt z'wehre weiß, es ist himmelschreiet! Dä Weg ist ja nimme z'lebe uf dr Welt. Ke Wunger cha ke Dokter nüt. Herr Jemer, Herr Jemer, wenn ne eini zTod bete ließ oder sonst vrhexet hätt, wie sött me drübercho? Wer wär, der eim drus hulf? U so sött mys einzig Büebli sterbe?» Der Gedanke kam Anne Bäbi schrecklich übers Herz, lautauf weinte es, aber an seiner Begleiterin hatte es eine gute Trösterin.

«Schweig nur, weine nicht», sagte diese. «Wenns öppis ist, so ist nüt Liechters als drübercho; die, wo jenem geholfen hat, lebt noch und wird dir auch helfen. Es ist eine auf der Luzernere, man sagt ihr nur das Schnupfsäckeli, ein wüst alt Fraueli, die kann einem alles sagen, was man verloren hat, was einem gestohlen worden, wie es mit einem sein, wie es einem gehen werde. Die hat auch einen Zulauf grusam, und nicht nur von gemeinen Leuten, sondern von solchen, man glaubte es nicht; ja man läßt sie in Chaisen und Trotschlene holen, und zwar no Sellig, wo dTubakpfyffe bolzgraduse hey u sust vo de Glehrte sy wey vor de Lüte und uf der Religion nüt hey allem a und ume zChile gange, für ds Gspött z'trybe oder em Pfarrer öppis ufzrupfe. Daraus kannst du sehen, daß auf dem Schnupfsäckeli etwas zu halten ist, wenn sellig Leute mit ihm desumefahre, und daß es nit nüt mit ihm ist (Gerade hierin liegt wieder ein merkwürdiger Beweis, wohin die sogenannte Aufklärerei führt und wie gerade die Leute, welche am meisten über die sogenannten Pfaffen schimpfen und sie anklagen, daß sie es dem Volk verhätten, es in der Dummheit behalten wollen, zu Zeichendeutern und Wahrsagern ihre Zuflucht nehmen). Das wird dir schon sagen, was mit ihm ist; das hat denen und denen es auch gesagt, und es ist Punktum so gsi und so cho. Erst letzthin ist ein junger Bursch zu ihm gekommen und hat ihns gefragt von wegen einer Frau, ob er sie bekomme oder nicht. Da hat es ihm gesagt: Du hast sie ja gerade bei dir. Und wo er sich umgesehen, ist ein Mädchen hinter ihm gestanden, das sich auch hat wollen wahrsagen lassen, das er gar nicht gekannt hat. Und wer die Erste fahren läßt und das Meitschi zur

Frau macht, das sich auch grusam wohl zufrieden gewesen ist, das war er. Jä, das weiß etwas, ich kann es dir sagen.»

Wer kann ermessen, wie es Anne Bäbi wohlete, als es das hörte! Gleich morgen, sagte es, müsse es zu ihm sein, und wenn es sich die Beine ablaufen müßte. Es sei doch kurios, daß das Wahrsagen so eine rare Sache sei, und käme einem doch so kommod. Es fang bald an zu glauben, das wäre nur Verbaust von Gott.

Als Jakobli die Mutter mit dem großen Pack daherkommen sah, schlotterte es ihn über und über, und doch sagte er, es düech ihn, es wolle süferli abzieh, ume sei es ihm so schwer in den Gliedern und er möge ds Laufe nit erlyde; aber das werd scho bessere, we me Gedult heyg und dr Sach abwarte mög. «Ja, schön bessern», sagte Anne Bäbi, «ich weiß jetzt, wo es dir bessern würde, im Kilchhof, wenn man dr Sach abwarten wollte.» «E Muetter», sagte Jakobli, «so gfährlich ist es nit; es düecht mich wäger, es hätte mir schon viel besseret.» «Du kömmst mir gerade recht», sagte Anne Bäbi, «jetzt ist das grad der recht Bewystum, wos dir fehlt. Die Dolders Hex merkt, daß me re druf ist, drum setzt si ab. Aber die kömmt mir grad recht, und sie mueß füre, es mag kosten, was es will. Wenn man lugg ließ, sie fieng ds Spiel gleich wieder an. Verhexet bist, verhexet, Bueb, ih bi jetzt drübercho, drum cha ke Dokter nüt a dr mache. Und o dr hüttig het es Gstürm gha, er sött sih schäme; dä vrsteyht sih nüt uf ds Wasser u sust nüt. Aber die Dolders More mueß zweggno sy, koste es, was es wolle; ich will wissen, wer sövli tüflisch ist, is das aztue, u wer is sövli mißgönnt, was mr öppe mit rechte Dinge hey.»

Anne Bäbis Fund war bald allen bekannt. Jakobli sagte nicht viel, Mädi gab ihm Glauben, hingegen Hansli meinte, das trage nicht viel ab. Sie hätten, wo noch der Großätti gelebt, auch einmal geglaubt, der Stall sei ihnen verhexet, und hätten mit Hexen viel Geld verbraucht, und doch hätte es nicht gebessert, bis sie den Stall ausgegraben. Einmal sei ihnen in den Spycher gebrochen worden, und sie seien auch zu einer Wahrsagerin; die habe ihnen den Weg gesagt, durch den die Sache getragen worden, und das Haus angedeutet, in welchem es sein solle. Sie hätten es erlesen lassen, nichts gefunden und meisterlich Verdruß gehabt. Und erst nach Jahren sei man bei einem andern Diebstahl darübergekommen, daß ganz andere Leute die Sachen genommen und sie auch einen ganz andern Weg getragen hätten.

Aber wenn ein Anne Bäbi und ein Mädi in der Sache einig sind, so kann ein Hansli lang. Anne Bäbi erklärte, daß morgen es müsse gegangen sein ohne Fehler. DScheiche täten ihm zwar weh von dem verflümereten Gläuf, und wenn es ihm am Morgen noch so sei, so nehme es die Mähre. «Jä», sagte Hansli, «die kannst du nicht brauchen. Heute, weil der Sami nicht daheim ist, hat sie der Türliuli, und morgen gibt er uns dann sein Roß zum Fahren, für später hat er es weiters versprochen.» Da bot sich Mädi gar drungelich an, zu gehen. Es hätte es fry ungern, wenn man es nicht auch einmal gehen ließe. Die Leute könnten was wunder meinen, was es für eines sei oder was Grüsligs es gemacht hätte, daß man ihm nicht sövli anvertraue und dMeisterfrau selbst laufen müsse. Was es verrichten müsse, das sei dann auch verrichtet, und man müsse nicht wieder hingerfür, sie sollten sich nur darauf verlassen. Anne Bäbi stellte den Bescheid hinaus bis am folgenden Morgen, und da das Laufen ihm in der Tat zwider war, so fand es auch, daß Mädi dahin wohl zu schicken sei. Auf sein Brichten komme es nicht an bei einer Wahrsagerin, die werd sust öppe wüsse, woran sie sei.

## SIEBENZEHNTES KAPITEL

### *Wie endlich Anne Bäbi Gesandte ausschicket, und was für Bericht sie bringen*

Spät am Abend kam Sami heim, nachdem Anne Bäbi schon lange aufbegehrt hatte, der wäre gut nach dem Tod zu schicken, man wüßte doch dann, daß man noch einen Rung zu leben hätte; keifend empfing es ihn auch. Sami war nicht der, welcher viel in die Sachen redete, aber auch nicht der, der schweigend sich ungererecken ließ. Wenn er nicht früh genug sei, sagte er, so wär es ihm dann lieber, an selligi Ort schickte man ein andermal jemand anders; er hätte genug an einmal, und hintendrein dann noch balget zu werden, das sei ihm notti nicht anständig. «A selligi Ort?» fragte Anne Bäbi, «a wettige sött me dih de schicke? Öppe in es Schloß zum ene Landvogt?» Selb begehre er nicht, sagte Sami, «aber doch öppe zu Leuten, wo wüsse, was dr Bruch ist, und öppe o Vrstang hey.»

Anne Bäbi war in Verlegenheit, schweigen heißen konnte es ihn nicht; zum Teil war es selbst neugierig, zum Teil war es zu ungeduldig und ärgerlich zum Schweigen und hoffte mit Trümpfen dem Sami seine Sache zu vernütigen und ihn endlich zu gschweigen. Auf der andern Seite aber war Hansli da, Mädi kam immer wieder wie ghexet, gäb wie Anne Bäbi ihm Aufträge gab, und verflümeret ungern hatte es, daß sie hörten, was Sami erzählte, der sich durch Anne Bäbis Trümpfe im Mindesten nicht irren ließ. Nur den Trost hatte es, daß Jakobli im Bett war. Daß er verhexet sein sollte, war ihm doch in den Kopf gestiegen, hatte ihm ganz wunderlich gemacht, und er war froh, sein unwillkürlich Bangen zu vergessen in den Armen des Schlafes.

Sami erzählte, gegen neun Uhr sei er auf dem Zyberlihoger gewesen und hätte wohl gesehen, wie man erst zwei Fuhren gefahren gehabt, und zwei Töchter seien erst dem Acker zugegangen; «grad wie we me se dert hayche wett, sy si gchniepet u hey si sih dräyht. In der Küche ist die Bäurin gewesen, tat, als ob sie abwische; ich habe aber das Kaffeekännli wohl gesehen, wo si drin Kaffee gekochet hat für seye. Dieser hab ich meinen Auftrag ausgerichtet, und die hat ein Gesicht gemacht grad wie eine Kuh, wenn man ihr Blut herauslassen will, ich habe mich fast gförchtet. Darauf hat sie mich ausgeputzt, als ob ich in keinen Schuh gut wäre, ist mit dem Kaffeekännli ins Stübli gschosse und e Längi drinne bliebe, es het mih düecht, ih wett ungerdesse es Wyfaß ussuffe; wenn ih nit Bscheid hätt müeße ha, ih wär gange. Darauf ist sie herausgekommen und ist an mir vorbeigeschossen wie eine Ferlimoore, we die Junge dusse sy, und ist uf e Acker use.»

Nun beschrieb Sami in die Länge, wie dort der Pflug stillgestanden, als die Bäurin dahergeschossen gekommen wie eine entronnene Wasserbütte, wie alles um den Pflug herumgestanden und die Hände verworfen, daß man hätte meinen sollen, sie wollten alle predigen auf einmal. Endlich hätte es eine Lücke gegeben, und der Bauer und seine Alte und Lisi seien auf ihn zugekommen wie drei Bauernhüng uf ene Pommer; er hätte geglaubt, sie wollten ihn fressen eys Gurts. Mit dem Leben sei er zwar davongekommen, aber angerebelt hätten sie ihn, so hätte er noch nichts gehört, eins wüster als das Andere. Sie hätten gemeint, man wolle sie zum Narren haben, sie auftagen und zuletzt z'leerem abspeisen, und hätten darüber wüst getan vom Tüfel. Er hätte sie machen lassen und nicht viel dazu gesagt, bis das Wüsttun ihnen zuletzt selbst erleidet wäre; da habe er gesagt, er wisse nichts angers, und er solle sie bestellen über vierzehn

Tage, bis dahin werde es, so Gott will, gebessert haben; man könne aber nichts Bestimmtes sagen, dDokter wüßten selber nicht, was es sei, und bis einer darübergekommen sei, wisse man nicht, welchen Weg und wie lange es noch gehen werde.

Darauf hätten sie sich anfangen zu setzen, und er hätte wohl gesehen, daß ihnen etwas i Gring schieß, aber er hätte nichts drglyche getan, u sellig Hans obe im Dorf sinne nicht, daß einem Knecht auch etwas in Sinn komme und daß er etwas merke. Sie hätten ihn endlich geheißen in die Stube kommen und ihm ein paar blaue Schnitz vorgestellt und e Platte voll Erdäpfelbitzli, denen man den Schmutz von weitem gezeigt und für ds anger Mal ihn versprochen, und beides hätte die Bäurin nur angehaucht, statt es zu wärmen, aber sie werde gemeint haben, so fürn e Hung vo Knecht sei alles gut genug. Während sie geglaubt, er nehme, hätten sie dGringe zsämegsteckt und abgeraten, was zu machen sei. Und er hätte wohl gesehen, wie jemand abgelaufen, er hätte nicht gewußt für was.

Es sei keine Stunde gegangen, so sei einer dahergekommen, der hätte Beine gehabt wie ein Heustüffel und e Gring, won er no Tambur gewesen, so hätte er gerne gewollt, er hätte e selligi Trumme gha, und eine Kutte hätte er angehabt, er hätte gar nicht gewußt, was daraus machen, sie sei nit herrschelig gsi u nit e Länderkutte und o nit eini, wie dSchulmeister afe heyge; du heyg er däicht, es werd eini sy uf dArgäuer Mode, das sei öppe die werklichsti, wo er ghört heyg. Wo sie den Mann gesehen, da wären sie ihm entgegengeschossen und hätten ein Brichten gehabt vom Tüfel ebe, und es hätte ihn düecht, wenn er ume es Zöpfli erwütsche chönnt vo ihrem Bricht, er wett de scho öppis wüsse drus z'mache. Es hätte ihn neue düecht, es sei nit dr wert, e sellige Lärme z'ha vo wege vierzeche Tage, we nit neuis angers drhinger wär.

Da hätte er sich leise hinausgemacht aus der Stube und sei vors Haus gegangen, während sie auf der andern Seite im Schopf gewesen. Glücklicherweise sei der Roßstall auf seiner Seite offen gewesen, e ganz dürgänte. In den hätte er sich hineingemacht ganz süferli bis z'hingerist, wo er afe etwas hätte merken können von ihrem Berichte; aber alles hätte er nicht mögen verstehen, gäb wie er aufgepaßt. Der mit der apartigen Kutte hätte am deutlichsten geredet, und der hätte gesagt, man solle pressiere, was man möge, es komme sonst etwas dazwischen, und wenn er nicht nach Burgdorf könne, so könne man das Nötige im Hause machen. Und je kränkner er sei, desto mehr tät ds Pressiere not; wenn einmal der Knopf gemacht sei, so hätte Lisi nichts mehr darnach zu fragen, und wenns scho müeß gstorbe sy, su werd es sich nicht totpläre. Er glaube nicht, daß Gspäß drhinter seien, sonst hätte man sellig Leut bald im Bahre obe, man brauche ihnen nur ein paarmal Anschicksmänner zu senden und einige Kundmachungen, so gruppen sie gleich ein, und wenn man gar mit einem Eid komme, so sei es Feierabend mit ihrem Kouraschi. Wenn mans verstehe, so sei zu allem Grund da, und einmal ein Jahr oder zwei wollte er mit der Sach prozedieren, prozedieren bis sie anekneueten. Am besten sei es daher, wenn Lisi ginge und gschauete, wie alles sei; es sehe gleich, ob Fantast darhinter sei oder der Kerli wirklich so übel krank, und je nachdem könne man dann luegen. Wenn man einmal sellig Schlitzhösler im Garn hätte, so entwischten sie einem nicht mehr, wenn man es nur ein wenig verstehe.

«Wo ich das so vernommen eins ums ander, hier ein Wort und dort ein Wort, so habe ich mich süferli wieder hinausgemacht und bin unter einen Baum gelegen; dort haben sie mich auch gefunden, als sie mich zum Essen gerufen, wo es bald zwei Uhr gewesen ist. Ich glaube, sie haben dort auch nur einen halben Tag, wie auch noch an andern Orten, wo man dem Betteln näher ist als dem Bauern (Sami wußte natürlich nicht, daß das eigentliche Pariser Mode ist). Ein Essen haben wir gehabt, ich begehrte nicht, daß die, welche es gekochet hat, alle Tage meine Köchin wäre. Eine Suppe war da, wenn einem ein Hosenknopf abgesprengt wäre und in die Kacheln gesprungen, man hätte ihn auf dem Boden von weitem gesehen, doch wars wohl eine zweimäßige Kachle. Brot habe ich nur ein klein Stückli gesehen darin, und das war noch auf der andern Seite, ich konnte es nicht erlängen. Die Erdäpfel waren nur halb gekocht, aber die Milch, die war schön himmelblau, es hat mich nur düecht, dSterne sötte fürecho, aber si hey nit welle, es ist ne doch no z'früeh gsi. Da konnte ich essen, wenn ich mochte, aber viel aß ich ihnen nicht ab. Es war bald drei, als ich gehen konnte mit dem Bescheid: Lisi werde die nächsten Tage kommen und sehen, was es geben müsse; aber sagen solle ich, ausnarren lasse man sich nicht.» Froh sei er gewesen, sagte Sami, als er endlich das Haus im Rücken gehabt; er sage es frank, dort möchte er nicht sein, und wenn man ihm des Jahrs hundert Kronen geben wollte.

Anne Bäbi machte alles Mögliche, um ihn z'gschweigen; aber es mußte es erfahren, wie es einem geht, wenn man einen Sami einmal angestochen hat. Gäb wie es sagte: «Selb wird nicht wahr sein, das sind rechte Leute, aber sie haben dir nur nicht genug Ehre angetan, nicht wahr? Sie hätten dir küchein sollen, und verstanden hast auch nicht, was sie hinter dem Hause zusammen geredet, das ist nur es Gstürm eso», Sami blieb bei seiner Sache und hielt fest den Satz, das seien die wüstesten Leute, die er noch angetroffen; mit denen wollte er nichts zu tun haben, und wenn sie noch einen Zyberlihoger hätten und einen noch einmal so großen.

Wie üblich zündete Hansli noch im Stall, ehe er zu Bette

ging, ob alles in der Ordnung sei, und als Sami ihm nachtrappete, sagte Hansli: «Wenns so wär, es wär mr doch neue zwider.» «Zell darauf», sagte Sami, «so ists, u so gwüß als dir das Mönsch is Hus überchömit, heyt dr ke rüehigi Stung meh.» «Es wird doch müeße sy», sagte Hansli, «mit dem Prozediere ma ih nüt z'tue ha, lieber no meh Wybervolch.» «He», sagte Sami, «förcht du dih ume nit. Ih ha hüt e Ton ghört, dä het mr gfalle. Die Milch het nit welle darha, u no nit wyt bin ih gsi, so bin ih leere worde; es het mih düecht, ih syg ganz hohle und es well alles zungerobis i mr. Ih ha müeße ychehre, u eys Wort het ds anger gä, u da het dr Wirt gseyt, es gelt jetzt alles nüt meh, u we nit es gschriftligs Ehevrspreche vom ene Notari syg u no drzue guet ungerschribe, su chönn me nüt meh mit eim mache. U so bist drus u dänne; wed ume recht puckte Bscheid gist, su lö si dih, mi armi, rüehig.» «Wes wär, es wär wohl guet u nützti doch nüt. Anne Bäbi het gseit, es müeß sy. Guet Nacht», antwortete Hansli kleinmütig. «Und es mueß nit sy», sagte Sami halb für sich selbst, «und wenns Anne Bäbi hundertmal seyti, e sellige Elefant soll de nadisch nit i das Hus, es nähm mih de wunger.»

Am folgenden Morgen war Anne Bäbi noch müde, war unwirsch dazu und meinte, es müsse den Jakobli hüten, damit dä Tüfels Sami ihm nicht dr Gring groß mache. Mädi mußte ablaufen zum Schnupfsäckeli mit scharfen Instruktionen, daß es ja die Karte nit füregäb, sondern luege, was es sagen wolle.

Als Talleyrand noch lebte und als Großbotschafter sechsspännig in einer großen Kutsche zusammengekauert wie ein halbtoter Affe von Hof zu Hof rollte in den wichtigsten Staatssachen und alle Welt Augen machte, ihn zu sehen, und alle Federvieher die Federn spitzten, um zu schreiben, was er sagte, da mag er wohl kaltblütig gewesen sein und auf den Stockzähnen lachend an den Fingern abgezählt haben, wie Manchen er abermals über den Löffel barbieren wolle. Aber wenn ein junger Diplomat zum erstenmal mit bedeutendem Auftrag Kurier fährt, um irgend einen guten Freund seines Herrn vaterländisch zu schwänzen, wie pocht ihm da nicht sein Herz, und Hoffnungen arfelsweise schwellen seine Seele! Hundertmal durchläuft er die Reden, die er halten will, stellt sich den Eindruck vor, den er macht, und sieht Orden hageldicht auf seiner Brust, sieht sich als Faktotum, als Staatsminister, als alles in allem. Und wenn er so hintenaus ist, so fängt er von vornen an, bis er wieder hintenaus ist, und so fort, bis er an Ort und Stelle ist.

Oder so ein junger Tagsatzungsheld, der zum erstenmal mit der Standesfarbe im Rücken in der Eidgenossenschaft herum sich kutschieren läßt in der üblichen Kutsche an die Tagsatzung, was keimt da nicht alles in seiner jungen Brust! Wer an die Tagsatzung fährt, dem hat das Vaterland einen Talpen auf die Achsel gelegt; ach und wie lange gehts noch, bis es mit beiden Talpen auf seinen beiden Achseln ruht, bis der erste Sessel ihm wird, bis er Präsident einer Kommission wird, bis er der Öberist daheim ist, bis Keiner mehr ob ihm ist, bis seine Frau mit ihm zufrieden ist, eben weil er jetzt der Öberist ist und sie die Frau Oberistin im Lande oder Ländchen? Ach wie so süß und mild hats nicht schon in so mancher jungen Brust gewackelt, wenn sie zum ersten Male an die Tagsatzung gefahren ist.

Aber süßer und erhabener hat sicher nie eine Brust gewackelt als jetzt Mädis seine, als es den wichtigsten Gang seines Lebens tat in so hochwichtiger Angelegenheit, wegen Jakoblis Verhexetsein, zum Schnupfsäckeli. Daß Jakobli nicht krank war, das wußte es gar wohl, aber ob er nicht verhexet sein könnte, das war ihm zweifelhaft geworden; das wäre doch noch möglich, hatte es bei sich ausgemacht.

Er war ungfellig von Jugend auf, und jetzt sollte er eine Frau nehmen, die er nicht mochte. War das ihm nicht angetan, daß er die haben müsse? Und konnte es Jakobli nicht insgeheim wirklich fehlen und immer mehr fehlen, solange er sich wehre, die Täsche, wie Mädi Lisi titulierte, zu heiraten? Und wie sollte es das vornehmen, daß es Punktum das Rechte vernehme, ohne sich zu verraten? Ja, das alles waren Dinge, die einem Mädi zu sinnen gaben. Und wenn das Schnupfsäckeli ihm sagte, Jakobli müsse die Täsche nehmen, das wasche ihm der Rhein nicht ab, die seien einander geordnet: wollte es das sagen oder etwas anderes und es mit Jakobli auf das Äußerste kommen lassen? Das war ein Knopf, den es noch nicht aufgelöst hatte, als es nach vielem Fragen das Haus des bekannten Säckeli gefunden hatte.

Es fand eine kleine alte Frau alleine, die handlich fluchend es bewillkommte und nach seinem Begehren fragte. Mädi erzählte, sie hätte einen Bub, e manierliche und e ordlige, wie me se jetz selte atreff. Allbets syge si no so gsy. Und dä hätt sölle hürate, die Alti hätt ihm se gsuecht, und jetzt werd er krank und ke Dokter chönn ihm helfe, und all Tag werd er schlechter, und da syg ne gseit worde, er syg vrhexet u es chönni säge, wer dHex syg u wie me se chönn mache ufzhöre. Das sei so eine Sache, sagte das Säckeli, wo manchmal uchummlig usechömm, und dann sei noch die Frage, ob das von einer Hex chömm, so jung Burschte hätten manchmal etwas im Gring, es sei gerad, wie wenn sie verhexet wären, und es sei doch nicht. Es nahm sein altes Kartenspiel, und während es die schmutzigen Blätter mischte, sagte es so im Vorbeigehen: «Es wird ihn blangen, bis er kann Hochzeit halten?»

Mädi sah in schauerlicher Andacht dem Mischen zu, denn es hatte gehört, ein grau Männchen setze sich zum Säkkeli, sobald es zu wahrsagen anfange, und sage ihm die

Geheimnisse; die meisten Leute könnten es aber nicht sehen, nur einige, die auch von den rechten Augen hätten, täten es deutlich wahrnehmen. Es nahm Mädi gar wunder, ob es rechte Augen hätte, und mit Herzklopfen sah es bald links, bald rechts, wo das graue Männchen sitze und ob es etwas von ihm merke.

Als die unerwartete Frage kam, schrak es zusammen und antwortete: «Oh, selb nit; es wäre ihm am liebsten, wenn er von der ganzen Sache nichts wüßte, aber die Alti wotts ghebt ha, u was die wott, das sött de sy.» Kaum hatte das Schnupfsäckeli die Karten vor sich, so rief es aus: «Ich habs doch gedacht, bim Dolder, was das für eine Hex sei; eine Andere hat er im Kopf und möchte sie gerne und darf nichts sagen, und bis er die hat, wird er nicht gesund, und wenn er die Andere nehmen muß, so stirbt er, gäb ds Jahr ume ist, zell druf.»

Dem Mädi klopfte das Herz, ja es sprang hoch auf, und mit wackeliger Stimme frug es: «Kannst mir nicht sagen, was für eine es ist, die er im Gring het?» «Es ist ein armes Meitschi, aber sust ist nichts wider ihns zu sagen, es werchbars und es husligs und es hübsches, und wenn er das überchunt, so ist er glücklich; säg ume, ds Schnupfsäckeli heygs gseit.» «Es husligs un es hübsches, gäll, hest gseit?» fragte Mädi, «un er schüch dEltere, gäll?» «Ja», sagte die Alte, «und sie sollten nur machen, daß es bald ab Brett gang. Die Andere werde sich wohl wehren, aber sie sollen sich nicht fürchten; wenn ds Hochzyt einmal vorüber ist, so werde sie sich schon setzen.» Mädi konnte kein Bein mehr still halten und frug: «Was bin ich schuldig?» «Kannst geben, wasd witt!»

Anne Bäbi hatte ihm sechs Kreuzer gegeben zu diesem Zwecke; es legte aber Mädi extra noch einen halben Batzen zu und machte sich fort, als ob es Fecken hätte. «Eini im Gring, e Armi und e Werchbari un e Husligi; das kann uf my armi türi niemere sy as grad mih; er chennt ja sust keni, und wo ist eine werchbarer und husliger, wo, da will ih doch usbiete! U wege dr Hübschi het mr keni nüt fürzha; won ih jungs gsy bi, han ih e Hut gha wie gsalbet, un e Gring, son e rote, mi het nüt Schöners chönne gseh; und jetz möcht ih wüsse, won e Bräveri und e Hübscheri ist, wo dJahr het, wo ih! Zähng han ih no meh as die halbe, und öppe e Gflischeteri als ih, für so hert, wie ih werche, gits ds Lang uf, ds Lang ab nit, u wenn ih einist Sühniswyb bi u de o übers Fleisch cha, wenn ih ma, u hingerestah bim Werche, so sölls bim Schieß nit lang gah, so gibe ih di brävsti und töllsti Büri, wo me gseh will, emel ds Halbe hübschen ih no u schwäre. Ih has doch geng denkt, es gang zletst no so; es müeßt ja sonst gar keine Gerechtigkeit sy im Himmel und uf Erde.»

Anne Bäbi werds ungern ha, aber jetz syge dHäng ihm bunge u ds Mul vrmacht, und es geschehe ihm i Bode yche recht, un es sött allne, wo sellige Hochmuet heyge, so gah; si wüßte de, was dr Hochmuet chönn. Es daure ihns nur der arme Bub, daß dä sövli heyg müeße lyde sinetwege und e sellige Angst usstah, dachte Mädi und nahm sich vor, es well ihms de öppe luege z'vrgelte. Aber er syg selber dSchuld ei Weg, warum heyg er ihm nüt drglyche ta, u won es ihms uf dZunge gleit u fast grad use gseit heyg, es wett ne, warum heyg er ta wien es Meitschi, wo z'schüchs syg, Ja z'säge, u dEltere zWort heyg. E Bueb syg doch nadisch kes Meitschi. Wohl, wenn es es fry eso recht gwüßt hätt, der alte Käsgepse hätt es welle dr Marsch mache, u dSach wär längst am Ort. Es freus wegem Sami, dem Schnürfli well es de dr Gring i Bahre uechebinge, daß er de wüß, daß er e Meister heyg.

Wer Mädi zugesehen hätte, wie es heimzog, hätte meinen können, es tanze ein Irrwisch des Wegs entlang, ein etwas massiver freilich. So glücklich ist sicher kein sechsspänniger Diplomat von seiner Mission heimgefahren und kein zwei- oder dreispänniger Tagsatzungsherr, und wäre er auch in zwei oder drei Kommissionen gewählt worden statt nur in eine, als Mädi tanzend seines Weges trampelte. Daß ihm erst kunterbunt alles durcheinander im Kopfe brauste, wer will sich dessen wundern? Wieviel Flachs es pflanzen wolle und wie im Kabisplätz eine andere Ordnung sein müsse und daß es wenigstens eine Sau mehr erleiden möge und gäb es Ching bigehre oder nicht, und noch eine ganze Menge anderer Dinge.

Nach und nach setzte sich der Sturm, und Mädi bekam diplomatische Gedanken. So gerade mit der Türe ins Haus, dachte es, wolle es nicht. Jakobli müeß es selber bikenne, wen er im Kopf habe, er müsse selber füre mit dr Sprach; mi müeß ihm nachher nit fürhalten, es hätt öppis gloge oder dem Säckeli es paar Batze gä, daß es ihm i Kram red, o Jere de! Sie müeßte ihm denn cho aha unds dr tusig Gottswille bette, daß es sih drzue lay vrstah, u de nähm es villicht no Bidenkzyt; es wüß's no nit, aber es heyg ghört, das syg unger de Fürnehme dr Bruch. Es wolle nur sagen, ds Schnupfsäckeli hätte gesagt, die, won er sött ha, töt ne kurzum, wenn er se näh müeß; hingege heyg er e angeri im Kopf, wenn me ihm die löy, su chömm er zweg u werd glücklig. Meh hätt es nit welle säge, gäb wie es gfraget heyg und ihm agha. So wolle es reden, ganz kaltblütig, wie wenn ihns die Sache nichts anginge; die werde de aber lose, wenn es endlich dKarte füregäb! Gar königlich freute es sich auf die Geschichte, fast so viel als auf den Bub, und was Anne Bäbi mit für einer Rede komme, das mochte es fast nicht erwarten.

Zeitlich kam Mädi heim mit einem recht gelassenen Gesicht, wie es die zu machen verstehen, die etwas hinter den Ohren haben. Anne Bäbi empfing es sehr freundlich und sagte, so sei es doch noch öppere uszschicke, we me de o heimchömm us nit mach wie Sami, dä Muffi; es hätts fast nit möge erwarte, bis es chömm, «u was hest für Bricht?» «He, guete oder böse, wied witt», sagte Mädi, «vrhexet ist er nit.» «Nit?» sagte Anne Bäbi, «Herr Jemer! Was fö mr de a, ist de nüt meh z'helfe?» «Wohl, het ds Schnupfsäckeli gseit, mi chönn, wenn me well enangerenah.» «Su sägs», sagte Anne Bäbi, «u schleipf eim nit so im Gwunger desume!» «Ich will es dir schon sagen», erwiderte Mädi, «aber zürns denn nicht an mir und häbs ungern, ich vermag mich dessen nicht und habe es nicht ersinnet. Ds Schnupfsäckeli hat gesagt, es steck dem Jakobli eine Andere im Kopf; wenn er die bekomme, so komme er zweg und werde glücklich, wo aber nicht und solle er die haben, wo du ihm geben wollest, so sterbe er, darauf könnest du zählen, denn die Krankheit komme nur daher, daß eine in ihm stecke und er es nicht sagen dürfe.»

«Das hast du erheyt und erloge, graduse!» schrie Anne Bäbi, «und das chunt alles ume vo dir u süst vo kem angere Mönsch. Öppis Dumms eso het ds Schnupfsäckeli nit gseit, un im Gring het Jakobli keni; sövli schlecht ist er doch no nit, daß er syr liblige Muetter, won e unger em Herz treyt het, selligs zleid tät.» «Mira, glaubs oder glaubs nit», sagte Mädi, «mach wasd witt! Wed di Bueb ungere Herd witt, su zwängs; du hest es de u chast luege, ob ih gloge ha. De chast dr dAuge us em Gring pläre, aber de ist es z'spat. Mach jetz wasd witt; ih ha dr gseit, was ih vrno ha, u dr Reste geyht mih nüt meh a.» «Ih merke dih wohl», sagte Anne Bäbi, «un ih merke die, wo dir das agä hey, aber es söll euch nüt nütze!» «Mach wasd witt, hest ghört?» antwortete Mädi, «ih will ke gsungni Stung meh ha, wenn mir öpper öppis agä het oder wenn ih es Wort gloge ha; aber we dus witt uf em Gwüsse ha, su häbs, was frage ih dem drna!»

«Bigehr ume nit grad eso uf», sagte Anne Bäbi, «es wird doch öppe erlaubt sy z'frage, u we geng alles gege eim ist, su het me Ursach, z'zwyfle, u de hat Jakobli niemere im Gring, das müeßt ih ja wüsse.» «Su frag ihn», sagte Mädi, «das chast grad erfahre, wenn er dr offeniere darf; aber du bist geng e Uflat gsy gege dim einzige Ching und hest ne kujiniert, es ist ume dFrag, ob er dr darf dWahrheit säge oder ob er nit lieber geyht ga sterbe.» «Das soll mir niemand nachreden», sagte Anne Bäbi, «und so komm mir nadisch nit, sust sy mr de bald lang gnue binenangere gsy; u uf dr Stell will ih jetz hinger e Bueb, er mueß mit dr Wahrheit füre, es wird sih de scho zeige, wer recht het.» «Gang ume», sagte Mädi, «u wenn ih de z'lang dagsy bi, su bruchsts ume z'säge; ih will niemere im Weg sy, o Jere!» Anne Bäbi hörte die letzten Worte nicht mehr, es war hinausgeschossen nach Jakobli. Mädi sah schmunzelnd ihm nach und sagte: «Das wird afe lose, aber ih man ihms gönne; un erst jetz will ih mih recht gstabelig mache, u si müeße mr aha fry uf de Chneue, ehn ih säge mira!»

Anne Bäbi schoß hinaus, und Angst und Grimm stritten sich in seinem Herzen, und bald war das Eine oben, bald das Andere; taubs war es über die ganze Welt. Bleich und träumend saß Jakobli noch an der Abendsonne, die eben über dem schwarzen Tannwald stand so schön golden und groß und den Menschen zeigte, was die Sonne selbst aus schwarzen Tannen zu machen vermöge, damit sie denken möchten, was aus dunkeln Gemütern zu werden vermöchte, wenn groß und golden die Sonne über ihnen stände, die in die Welt kam zu der Welt Erleuchtung. Aber Anne Bäbi achtete sich der Sonne nicht, wie schön sie auch war; es hätte ihr wüst gesagt, wenn sie ihm auf irgend eine Weise bemerkbar in den Weg gekommen wäre.

«Fehlts dr no?» rauzte es barsch den träumenden Buben

an. «Ganz wohl ist es mir nicht», sagte Jakobli weichmütig, «aber es wird schon bessern, wenns Gottes Wille ist.» «Weißt, daß Mädi zruck ist u was es für Bscheid het?» fragte Anne Bäbi. «Ih hocke scho lang da u ha niemere gseh», gab Jakobli gleichmütig zur Antwort. «Du söllest nit vr-hexet sy», sagte Anne Bäbi. «Es het mih doch o düecht», antwortete Jakobli, «ih ha ja myr Lebti niemere nüt zleid ta u bi niemere i Weg cho.» «Weißt, wos dr fehle söll?» «Wie wett ihs wüsse, wes ke Dokter weiß?» antwortete Jakobli. «Im Gring sölls dr fehle», antwortete Anne Bäbi. «Mit Kopfweh hets agfange», sagte Jakobli, «aber es düecht mih, es ziehe ab.» «Tue doch nit drglyche, du merkist nüt; das ist schlecht vo dr, dMuetter so ga azfüere u da eso dr Narr z'mache!» «Wäger, Muetter, weiß ih nit, wasd meinst, u agloge ha dih myr Lebtig nit.» «Hest de nüt im Gring?» fragte Anne Bäbi. «Nei wäger nit, Muetter», sagte Jakobli, «ih wüßt nit, was ih wett drin ha.» «Nu, so gseht me doch de, was son e Dolders Wahrsägere cha; jetz weiß ihs, was uf ne z'ha ist. Geyht die nit ga säge, du heygist eini im Gring und mögist Lisi nit, u das mach dih chrank u z'sterbe, wed se ha müessist. Ih wills Mädi grad ga säge, es cha de gseh, was es für Bricht bracht het; aber ih has doch gwüßt, daß du keni hest u mr das Herzeleid nit anemachist!»

Während die Mutter so redete, dünkte es Jakobli, man fahre mit zweischneidenden Messern im Herz herum, und unterdessen schwebte ihm von den goldenen Tannenspitzen her ein wunderholdes Bild mit süßen Augen und goldenem Haar und stellte sich vor seine Seele, und es war ihm, als frage ihn das schöne Bild: «Willst du mich verleugnen vor den Menschen?» Und es fiel ihm ein, daß er der Mutter versichert, er habe ihr noch nie gelogen, und hatte er nicht etwas vor in seiner Seele, und dieses Etwas zehrte an seiner Seele, und je mehr und mehr, je näher er Lisi kam? Und war das nicht nun denkbar, daß die Wahrsagerin sah, was in seiner Seele war und kein Mensch wußte? Und war dieses nicht eine Fügung, daß er reden müßte, wenn er nicht sterben wolle?

Wie bei dem Ertrinkenden die Gedanken nicht kommen einer ehrbar nach dem andern, sondern in Massen ins Bewußtsein treten, wie in entscheidenden Lebensmomenten überhaupt die Tätigkeit des Geistes eine ganz andere ist, als wenn in gewöhnlichem Gange die Dinge kommen und gehen, so drängten in diesem Augenblick Bilder und Gedanken in des armen Knaben Seele in nie empfundener Fülle; aber sie fanden nicht Kräfte zum Handeln, nicht Worte zum Reden, sie fanden nichts als den geheimnisvollen, heiligen See, der im Heiligtume jeder Seele seine heiligen Wellen schlägt, in jeder Seele nämlich, die noch ein Heiligtum hat, bei der nicht alle Mauern niedergerissen, der Grund durch unheilige Füße hart getreten, mit Frechheit und Lastern gepflastert worden.

In solchem Heiligtume schlägt der klare See seine kühlen Wellen; sie werden nicht sichtbar in gewöhnlichen Tagen, aber wehen dem getreuen Arbeiter Kühlung zu in süßer Arbeit, stärken ihn, wenn er ermatten will, geben höhere Weihe jedem Tagewerk, höheres Ziel jedem Streben, läutern das Unreine und brechen die Kraft der Pfeile, welche der Teufel auf getreue Herzen schießt, und waschen rein die Wunden, welche Mißkennung getreuen Herzen schlägt. Nur wo Schmerz wie glühend Eisen in die Wellen zuckt, da brausen sie auf, und ihre Spitzen dringen ans Licht, rollen groß und schwer zu Tage und zur Erde nieder, oder wo Kummer das Herz zusammenpreßt oder die innigste Angst den Grund der Seele aufwühlt und zu Tage wirft oder die Freude nach langem Bangen wie ein kühner Windstoß nach langer Windstille die Wellen aufreget und mit silbernem Schaume ihre Häuptlein krönet.

In den Kindern wohl, bei denen noch keine verhärtete Brust ist, deren ganzes Wesen sonder Mauern zu Tage liegt, da schäumt und schlägt seine Wellen sichtbarlich alle Tage dieser See, aber selten einer schaut sie mit kundigem Auge und lernt ihre Bedeutung. Allmählig zieht er seine Ufer zurück, allmählig verhärtet sich, was täglich vom Täglichen berichtet wird, zu den Mauern um den heiligen See. Wohl mag hie und da diese Verhärtung gestört werden, die Bildung der Mauern unvollkommen sein; es mag ein Loch bleiben, das alle Tage rinnt; es mag dieser See vertrocknen, von giftigem Winde verzehrt, die Mauern mögen fallen, vom Roste der Laster zerfressen.

Wo aber der Mensch aufwärts schreitet in seiner göttlichen Vervollkommnung, da werden die Mauern um den See höher, dichter, alle Tage tiefer und klarer der See; seine Wellen schlagen weniger hoch, schlagen seltener über die Mauern; Steine erzeugen keine Gewitter mehr, die bewegenden Kräfte verlieren ihre Macht, wenn sie seine Wellen berühren; aus dem Schmerz wird der Brand gezogen, der Kummer saugt das Vertrauen ein, die Angst löst sich auf wie Morgennebel in der Sonne, die Freude verklärt zum klaren Spiegel sich. Nur die Sehnsucht noch zieht des Sees Wellen höher und höher, und wenn das alternde Auge gen Himmel blickt, dort oben die verheißene Wohnung sucht, nach dem Winken der Lieben forschet, da glänzen die Häupter der Wellen des heiligen Sees im alternden Auge und funkeln in ihren strahlenden Wassern. Dann kömmt die Stunde einmal, wo diese Wellen sich legen zum klaren Spiegel; über die Mauern wehen keine Winde mehr, ewige Ruhe weilet auf den Wassern; da taucht aus denselben auf Jehova, voll seiner Herrlichkeit erglüht der See. Dann fallen die Mauern, der See rauscht auf; er wird zum heiligen Strome, auf dem Jehova dahinfährt, dahin, wo die Rätsel wohnen, die kein sterbliches Auge enthüllt.

Aus diesem See herauf rauschten die Wellen, erregt durch des Knaben unendliches Bangen, und groß und schwer drängten sich die kristallenen Tropfen aus Jakoblis Auge, und goldener spiegelten sich in selben die letzten Blicke der scheidenden Sonne. Wie im Lichte Diamanten leuchten und Strahlen werfen ringsum, so trafen die funkelnden Strahlen aus Jakoblis strömendem Auge des zornigen Anne Bäbis Augen, als es sich eben wendete dem Hause zu. «Was plärist? Was hest ?» schnauzte es seinen Knaben an, doch hatte die mütterliche Angst den Zorn schon gelöscht aus den Tönen des letzten Wortes.

«Ach Mutter», sagte Jakobli, «wenn ich dir etwas sagen dürfte, aber du bist so bös mit mir, und längi Zeit schon hast du mir kein freundlich Wort gegeben. Was ich dir zuleid getan, das weiß ich nicht, aber expreß gwüß nüt.» «Jetzt soll ih no bös gege dr sy, Herr Jemer», sagte Anne Bäbi, «u sinne ih Tag u Nacht nüt angers as für dih u ha mr die letzti Zyt no fast dBei ungerab glüffe u soll jetzt no bös gege dr sy. So, ist das dr Dank drfür, für das, won ih für dih tue u sinne ? He nu so de! Ebesomähr das o no! Su säg grad no, was de z'säge hest u z'klage, ih wills i Gottsname ertrage.» «O Muetter, wed grad höhn wirst, su cha ih dr nüt säge; ih will lieber sterbe, wie dWahrsägere gseit het, u si wird recht ha.» «Was, was recht ?» sagte Anne Bäbi, «hest de eini im Gring ? Du Uflat du, was de bisch!» «Wed so chunst, Muetter», sagte Jakobli, «so kann ich dir nichts sagen; du hast gehört, ich will lieber sterben, und je eher je lieber, u lang gehts nicht, ich gspüres am beste.» «Jawolle, sterbe, du Löhl! Wer redt vo sterbe ? Aber su red doch, hest de eini im Gring oder nit ?»

«O Muetter», sagte Jakobli, «aparti nit, aber es Meitschi han ih gseh u chas nit vrgesse; won ih gange u stange, steyhts mr vor de Auge, und wen ih schlafe, so chunts mr vor und hocket by mr ab; dNacht ist ume, ih weiß nit wie. Ih cha wäger nüt drfür, Muetter; nahgloffe bin ihm nüt, und mängist han ih welle a öppis angers sinne, aber gang u mach Nacht, was Tag ist, u vrhäb dSunne, we si schyne will. Ih vrma mih desse nüt, es wird so ha sölle sy; allimal wen ihs gseh ha, han ih nit uf e Weg welle u nit vo Hus bigehrt, u du hest mih nachegfüehrt oder mih gschickt, ih ha müeße ga, u de han ih das Meitschi gseh, und es ist mr allimal gsi, als wen ih e Engel gsächt, und wenn es wieder furt ist, so het es mih düecht, mis Herz gang mit und wenn ih ume o mit chönnt, wärs wohi es well, in es wits Lang oder i Chilchhof oder wos wär, es wär mr alles glych. So ists mr, Muetter, aber säge han ih nüt welle, ha kem Mönsche drvo gredt, ha welle drbi sterbe; u wie das dWahrsägere hät chönne wüsse, weiß ih nit, aber vrma tue ih mih desse nüt, u zürn mr wäger nüt.»

Unterdessen war Anne Bäbi dagestanden wie verschmeyet; von selligen Dingen, von Engeln und Tag und Nacht und Sterben hatte es sein Lebtag nie gehört, und alles das war in Jakoblis Gring und es wußte es nicht, und an allem sollte es noch schuld sein, weil es den Bub von Haus genommen, und Punktum wußte dies das Schnupfsäckeli; das alles stürmte auf ihns ein, daß ihm längs Stück Maul und Nase offen blieb. Endlich schnappte es Luft und frug: «Aber Mädi het drum gwüßt, gäll, u das ist es abgredts Spiel, für mih lings z'mache u für e Narre z'ha?» «Nein wäger nicht», sagte Jakobli, «kein Mensch hat darum gewußt, auch kein einziger, der Ätti nit, dr Sami nit u ds Mädi de gar nit.» «Aber wem ist de das Mönsch, wo sih da so ygnistet het bi dr? Es wird e suferi More sy, daß niemere drvo säge darfst; es wird drs verbote ha, damit ere niemere z'böst redt, wie sis mache, die, wo die nütguetsigiste Trücher sy.» «O Muetter, red nit so», sagte Jakobli, «ds Meitschi weiß so weni als du u ds Mädi drvo, u du hest fast meh mit ihm gredt as ih.»

«Seh, red, wem ists? Es laufe dere Schlärpli so viel desume, daß ih nit weiß, weles es ist; es wird es lustigs Bettlermönsch sy, daß es bis jetz nit hesch dörfe säge, e sufere Engel, ja, we dEngel vo Dreck u Lüse anstatt Fäcke gmacht wäre u Fotzle hätte zringsum.» «Nei, Muetter, es Bettlermönsch ist es nit, u Dreckigs han ih nüt an ihm gseh. Bsinn dih nume, es ist das Meitschi, wo byn is gritte ist vo Solothurn u wo mr du wieder gseh hey da bim ene Bohneplätz bi Raxige, u du han ihs wieder atroffe, won ih vom Zyberlihoger cho bi u vrirret gsi bi u niene meh use gwüßt ha.»

In Anne Bäbi kämpfte es auf und nieder, und es wußte lange nicht, was sagen. Es sah, Jakobli war aufrichtig; aber daß es jetzt mit Lisi nichts sein sollte, das war ihm schrecklich, das konnte es nicht verwerchen, und das Schnupfsäckeli hatte den ganzen Handel gewußt und vom Sterben geredet, wenn er Lisi nehme! Es war zwar sehr geneigt, zu glauben, es habe das Ganze nur erraten und das vom Sterben sei es Gstürm; aber trauen durfte es doch nicht recht, bsungerbar da Jakobli geweint, als von Lisi die Rede war. Es sagte daher nur: «So, selb Schlärpli ists mit dem Dittigfräß, wo ihm en iederi Fleuge, wo draflügt, e Plätz abmacht u wo me nit aluege darf, us Furcht, es überchömm Brämi im ganze Gsicht ume? Das ist mir e suferi Gschicht, un ih wott mit allem nüt meh z'tue ha; mira, lueg du zue, un ih wett, ih wär ungerem Herd!»

## ACHTZEHNTES KAPITEL

### *Jetzt geht der Katze das Haar aus*

Mädi verzappelte fast vor Neugierde drinnen im Hause, was für einen Austrag draußen die Unterhandlungen nehmen möchten. Allem an sah es deutlich, daß von der Sache die

Rede war, und als endlich Anne Bäbi ins Haus schoß, so zitterte es fast vor Freude und dachte: «Gäll, Anne Bäbi, gäll, jetz mueßt einist cho anechneue; aber wart, dir will ich es reisen.» Mädi machte das bedenklichste Gesicht, welches es hatte, stellte sich mit dem Rücken gegen die Türe und ribsete an der Kaffeekanne, als ob es sie waschen täte. Anne Bäbi schoß in die Küche wie ein entronnener Komet, und die Kachelbänke zitterten und bebten, als ob rings der Kometenschweif sie streifte und fege, aber sagen tat es nichts. Mädi schaute endlich um, aber Anne Bäbi nahm keine Notiz davon, sondern schoß eben das Erdäpfelkörbchen in eine Ecke, daß der Inhalt herumstob, als ob Erdäpfel Flaum und Federn wären. Mädi hatte seine Freude an diesem Zorn und dachte: Gäll, jetz hets dih; schieß du ume, es hilft dr alles nüt, zletscht mueßt doch absetze u füre mit dr Sach.» Da hoschete es draußen an der Tür, aber Anne Bäbi hörte es in seiner Täubi nicht und Mädi wollte es nicht hören. Die Entwicklung nahte, Mädi wollte sie nicht hemmen lassen durch irgend einen, der da nichts zu tun hätte, wie es meinte. Da sprang die Türe auf, und eine Stimme sagte: «Ih mueß daich selber uftue, we mih niemere heißt ychecho.» Da sahen die Beiden sich um, und unter der Türe stand Lisi groß und breit, und sein Kopf leuchtete wie der goldene Knopf am Kirchturm der großen Kirche in Solothurn, wenn die Sonne so recht herzhaft darauf scheint.

Jakobli hatte von weitem die gewaltige Postur daherwandern sehen mit einem Wartsäckli in der Hand, und gleich fiel ihm ein, das möchte Lisi sein, welches den versprochenen Krankenbesuch abzustatten käme, und mit einer Raschheit, die ihm sonst nicht eigen war, drückte er sich ab seinem Bank der Wand nach in den Stall, drückte die Tür wieder zu nach Leibeskräften und lehnte mit dem Rücken sich daran. «Aber Bueb, was machst? Tue dTür uf! Wie wett ih gseh?» so rief Sami, der eben unter einer Kuh saß und molk. «Es chunt, es chunt, Herr Jemer, es chunt!» rief Jakobli, «wo söll ih hi, wo chan ih mih vrstecke?» «Wer chunt?» fragte Sami, «und tue doch uf und mach nit sövli dumm.» «He, du weißt ja wohl; du hests ja gseyt, es chömm.» «Potz Tüfel! Dem pressierts! Ist das scho da?» sagte Sami, «was wottsch jetz mache?» «Furtlaufe, mih vrstecke, sterbe», sagte Jakobli. «He, um selb ists no nit z'tue, da wird wohl noch etwas angers z'mache sy. Aber was hest vori so starch mit dr Muetter gredt, wo si du ychegschosse ist, wie we me se jagti?»

Da erzählte Jakobli, was Mädi vom Schnupfsäckeli für Bricht gebracht und wie die Mutter hinter ihn geraten, daß er hätte sagen sollen, es sei nichts an der Sache und er hätte nichts im Kopf. Da sei es ihm gewesen, als müsse er ihr etwas sagen, was er noch keinem Menschen gesagt, weder jetz wolle er es auch ihm sagen. Sami hörte mit großer Andacht zu, was Jakobli von seinem Meitschi erzählte und wie das ihm nicht aus dem Sinn wolle Tag und Nacht, und fragte endlich: «Und die Alte, was hat sie dazu gesagt?» «Sie wollte, sie wäre unterm Herd», antwortete Jakobli. «Ho, für selb hets ke Gfahr. Du aber bist ein dummer Bub, daß du das nicht schon längst gesagt hast und dich da hast herumschleppen lassen wie ein dreijährig Kind. Ich habe dir schon lang gesagt: Wehr dich; sie zwängen dich nicht, vrschweige daß sie dich sterben ließen. Das ist ume es Gchär, u we du uf die Hingere steyhst, su chaust mache, wasd witt, u dys Meitschi näh, wed witt, aber du mueßt ds Mul uftue. Hätt ihs gwüßt, daß du eis im Gring hättest, ih hätt scho lang angers drhinger welle. Aber wed keim Mönsch nüt seist, su cha dr ke Mönsch helfe. Zell druf, das Meitschi mueßt ha; dr Vater hilft dr, u we dMuetter vo Sterbe ghört u e Wahrsägere 's gseit het, su zell druf, die gruppet y u lat dih mache, wasd witt.»

«Aber Herr Jemer! Was soll ich jetzt machen?» fragte

Jakobli, «jetz ist Lisi da, und wir haben noch nichts mit einander geredet, und es wird ds Wüestist alles machen, u we Üser vo Prozesse u Eidige ghöre, su ist ne nit meh z'helfe, u mir gruset es selber drvor, ih mueß es säge.» «Häb nit Chummer», sagte Sami. «Ih han e Ton ghört lüte, es werd ech nit viel tue, un es wird wohl eso sy. Drum bis ume ruhig u säg nit viel u la die Angere mache u lue, was si säge welle. Wed witt, su gruchs e klei, nimm dr Gring i dHäng u bärz, wie es Roß, wes Buchweh het, su gsehst geng, was gah soll. Ih will dm Alte es Wort drvo rune, er wird de scho anestah, wes nötig ist u ne neuer stüpft. Los, sie brülle dr; du mueßt dih doch fürela; aber förcht dih nit u säg nit viel, so ist dSach gwunne, zell druf.»

Allerdings brüllte Anne Bäbi zur Türe aus: «Jakobli, Jakobli!», als ob man es am Messer hätte. Als Lisi so unter der Küchetüre stund, fast so ungesinnet, als wie der Teufel erscheinen soll, wenn man ihm zur unrechten Stunde ruft, da machten Mädi und Anne Bäbi ihm Augen, dem Teufel hätten sie nicht ärgere machen können. «Was wottsch?» fragte Mädi spitz, dem es wohl in Sinn kam, wer das Mönsch sei. «He, chennst du mih nimme?» sagte Lisi zu Anne Bäbi, als ob es Mädi einer Antwort nicht würdig hielte, «das wär mr afe e suferi Sach, we du nimme wüßtisch, wer ih wär!» «He», sagte Anne Bäbi, «es chunt es Tags gar mänge Gring vor dTür, daß me nit geng grad weiß, wem er ist, u bsungerbar we me nüt an ihn sinnet.»

Darauf wischte es langsam seine Hand am Fürtuch ab und sagte: «He nu so de, so bis Gottwilche, u was bringt dih so ugsinnet? Gang yche.» «He, ugsinnet sött ih öppe nit cho, we dä chrankne ist, wo my Ma gä sött, u de han ihs lo säge; hets dä Stopfi, wo cho ist, nit usgrichtet?» «Er het neuis gstürmt», sagte Anne Bäbi, «aber mi het gar mängs z'sinne. Gang yche; ih will dr öppis Warms mache, wed mast, sust geyhts nit lang, su esse mr.» «Ho, ih ma wohl warte», sagte Lisi, «wo ist er? Ih will zun ihm.» «Gang ume afe yche, ihr will luege, wo er ist», sagte Anne Bäbi. «He, das wirst wohl wüsse», sagte Lisi, «oder ist er nicht im Nest?» «Er ist hüt afe e wenig uf, süst ist er geng glege.» «Das ist wunderlig», sagte Lisi, «daß er uf ist, u han ih gmeint em Bricht a, es müeß ufgeistet sy uf dr Stell.» «Das ist nüt Wunderligs», sagte Anne Bäbi. «Wes nit gstorbe sy mueß, so besserets gwöhnlig. Wo ist dr Bueb?» schnauzte es Mädi an. «Das wirst du wohl wissen», sagte Mädi, «du hest ja zletsch mit ihm gredt.»

Während Anne Bäbi ihn suchen ging und nicht fand und fast die Seele aus dem Leibe rief und kunterbunte Gedanken wälzte, wie das jetzt gehen solle u wie es dr ärmst Hung sei auf der Welt, frug Lisi: «Du wirst dJumpfere sy?» «Ih sött», antwortete Mädi. «Was het er für e Chrankhit? Oder ists de zletsch ume Fantast?» fragte Lisi vertraulich. «He, lue de», antwortete Mädi schnippisch. «Das han ih im Sinn», sagte Lisi, «dafür bin ih da. Ih wott wüsse, woran ih bi.» «He, das wird öppe z'vrnäh sy», sagte Mädi spöttisch. «Das denke ih o», sagte Lisi, «we si de e Narr wey, su chaufe si de lieber e ysige. Was Dolders ist gange?» «He, frag se selber», sagte Mädi, «ih weiß nüt; für selligi Sache mueß me nit dJumpfere frage, die sy hütigstags nit viel angers weder dHüng.»

Da kam Anne Bäbi wieder und sagte: «Er chunt, er ist im Stall gsy, er het grusami Freud a dr Waar, u da het er mih nit ghört. Chumm yche.» Bald darauf kam Jakobli durch die Küche, trotz Samis Zuspruch ängstlich und langsam. Mädi stund ihm zweg, machte ihm süße Augen, und als er ohne aufzusehen bei ihm vorbeiging, sagte es: «Bis ume nit erschrockne u säg grad, wies dr ums Herz ist.» Als er drin war, sagte Mädi für sich: «Dä ist doch grusam schüche; nit emal aluege het er mih meh dörfe, sit ers vors Mul usegla het, wie lieb er mih het. Aber angers brichte mueß ih dä doch no, es wär sust gar es längwyligs Drbisy.»

Drinnen ging es sehr diplomatisch zu. Anne Bäbi legte das Brot auf den Tisch und sagte: «Nimm afe, wed mast.» Sövli hungrig sei es nicht, sagte Lisi, daß es nicht warte mög, u de hätts no öppis angers byn ihm. Als Jakobli hereinkam, brachte er kaum «Gott grüeß dih!» heraus und setzte sich auf den Ofentritt, während Lisi bei den Fenstern saß. «Gleidet hest, das ist wahr», sagte es, «chrankne bist doch gsi, ih gsehs, u bist no geng nit zweg. Aber ih will dih grad nachegfuehret ha. Dr Ätti chauft bim Dolder mengist die leideste Säuli, wo se dr Säutryber dem Schindter gäb, we se dr Ätti nit nähm, u uf mi armi türi, i acht Tage chennt si niemere u ke Mönsch wurd meine, daß das die glyche Säuleni wäre. Un es wär ds Beste, ih blieb grad da für zu dr z'luege, das wird de alles bessere. Wo fehlts dr?» «Ho, aparti niene», sagte Jakobli, «es frürt mih geng u ist mr süst nit am baasten.» «He du wirst wohl öppe no z'rwärme sy», sagte Lisi und war wieder zweg. Der Verdacht war vergangen, daß die Krankheit nur vorgespiegelt. Es packte den Kram aus, den es mitgebracht, einige halbverdrückte Lebkuchen und ein halb Pfund Kaffee und etwas Zucker. Es tat, als ob es daheim und bereits Bäuerin wäre, und kommandierte wie ein General und parlierte wie ein Weltsch.

Das setzte die Meisten in Verlegenheit. Jakobli weinte fast. Anne Bäbi schoß wie üblich herum und balgete mit allen. Hansli dachte, das sei eine arige Sache u er wett, er wär drus u dänne. Sami dachte, die tue afe; aber es müeß dr Tüfel tue, we dies zwänge sött. Nur Mädi lächerte es auf den Stockzähnen, es dachte: Die wird afe dGosche uftue, we die vrnimmt, was Trumpf ist.

Nach dem Abendessen nahm Lisi allenthalben Augenschein; man sollte nicht im Zweifel sein, daß es zum Teil auf der Gschaui sei, aber allenthalben rümpfte es die Nase und hatte etwas auszusetzen. Es sei es styfs Taunergschickli, sagte es zuletzt, aber vom ene Burewese syg ke Red; es hätte sich die Sache anders vorgestellt, und wenn es gewußt hätte, wie es wäre, es würd sih bsinnt ha. «He, weißt was?» sagte Sami, der es hörte, «su fa wieder vorfer a dih bsinne.» «He das wird dich denk wenig agah», antwortete Lisi und nahm fürder nicht Notiz von Sami; aber den Vorsatz faßte es, dem wolle es bald zeigen, was Lisi könne. Als es Zeit ward zum Niedergehn, frug es, wo er ligg, es wolle ihm jetzt abwarten. Es mußte zweimal fragen. Anne Bäbi sagte gar nichts; endlich sagte Jakobli, dMuetter sei bei ihm, und er bigehre niemer angers. «So», sagte Lisi, «su bigehrst mih de nit? He nu so de, su laß hocke; es wird sust wohl öppe e Ecke für mih sy; aber dr Höfligist bist de nadisch nit.» Anne Bäbi sagte: «Häbs nit für unguet, du chast bi Mädi ligge; es wär no eys Bett im Gade, aber selb ist nit azoge, ih ha nüt dra gsinnet.» Es hätte no nie ghört, daß me ds Sühniswyb, wen es zDorf chömm, zur Jungfrau tüey, selligs syg es sih de nit gwohnet. Für hinecht sygs ihm glych, aber für die angere Nächt well es de es aständigers Glieger, wenn es nit bi ihm söll sy. «Mi cha de öppe luege», antwortete Anne Bäbi.

Mädi lächerte Lisis Zuversichtlichkeit immer mehr; das werd dLueglöcher uftue, dachte es, wenn man es gehen und einer Andern Platz machen heiße. Als aber der ganze Abend verfloß und kein Mensch ein Wort sagte, daß nicht alles gut sei, und Lisi tat, als hätte es das Heft schon in der Hand, da ward es Mädi doch zuletzt bang, das Mönsch möchte es noch durestiere und kein Mensch ihm herzhaft die Spitze bieten. So mit angeborner Unverschämtheit zwängt man gar viel in der Welt, und wenn man tut, als verstehe eine Sache sich von selbst, so scheint der Zweifel daran schon eine Art Unverschämtheit und das Erheben dagegen gar wie ein Aufruhr, und das kannte Mädi so ungefähr, obgleich es weder an einem Hofe gelebt noch aristokratische Studien gemacht hatte; aber es ist halt alles tout comme chez nous, und alle Katzen haben Schwänze, wenn gleich die einen simpel grau sind und die andern schwarz oder weiß, die dritten aber schön brokardiert, das heißt dreifarbig, und so gleichsam den Katzenadel bilden; aber Schwänze haben sie doch, und zNacht sind sie alle grau.

Als nun Mädi vernahm, daß Lisi bei ihm liegen solle, da freute es sich und dachte: Wart ume, dir will ich die Augen auftun; wohl, dir darf ichs sagen! Wenn man sie machen ließe, der Dolders Blätter wurd ne Meister. Myr Lebtig han ih ke sövli uvrschants Mönsch gseh. Aber ih has scho mengist gseit, u es ist doch eso, so öppe, was Maniere sy u Brüch, das weiß me niene wie hie ume, da mönschelets no. A angere Orte u bsungerbar da im Argäu niede, da ist es grobs Volk u si tüe, es het e ke Gattig.

Allerdings war selben Abend große Verlegenheit im Hause, und kein Mensch hatte das Herz, dem Lisi zu sagen, woran es sei. Anne Bäbi sagte, es nehme sich der Sache nichts mehr an; es hätte es gut gemeint, und jetzt solle alles nichts sein. Seinetwegen! Es möge sich nicht sagen lassen, wenn es nicht gut gehen sollte, es sei schuld daran. Aber daß es jetzt alles alleine ausessen solle, selb nit; die, wo dGringe mache, die sölle se jetzt o zuecheha. Jakobli jammerte und sagte: «Muetter, was soll ih? Es lost nüt uf mih, u du hest dSach gmacht, u du hest z'bifehle, u dr tusig Gottswille hilf und säg ab; es tschuderet mih, wenn ihs ume gseh.» «Dr Alt chan ihms säge», schnauzte Anne Bäbi, «wes sy mueß; es tuet ihms sauft, o einist ds Mul ufztue. Aber ih säges no einist, we drs zwänge weit, so zwängits, aber ih wott nüt drvo.» «Aber Muetter», sagte Jakobli, «es wott ja niemere nüt zwänge, u ih hätt ja nüt gseit u gfolget; aber het nit o dWahrsägere gseit, ih müeß sterbe, we die mini würdi?» «Dreck, sterbe!» sagte Anne Bäbi.

Es wollte nicht den Namen haben, als glaube es an dieses Wort; aber es glaubte doch, und innerlich schauderte es ihns immer, wenn es daran dachte; aber das sollte niemand merken, es wollte nur der Gewalt weichen. Es glich dem, der eine Festung übergeben will, aber doch immer zuschießt in die Kreuz und in die Quer, daß man meinen sollte, wie er Haar auf den Zähnen hätte und entschlossen sei, unter den Trümmern zu sterben. Solche Kämpfe gibt es alle Tage in der Welt, und viele Leute gibt es, die es zur Gewohnheit haben, das, was sie am liebsten tun, sich abzwingen zu lassen. Darin liegt dann ein allerliebster Stoff zu Zänkereien, der nie ausgeht. Ein solcher Stoff aber ist denen, welchen Zank die Würze des Lebens ist, was Salz in einer Küche ist. Es ist aber auch prächtig, wenn man zanken kann um das, was man gerne tut, und dann wieder um das, was man nicht gerne tut; das ist die Figge und Mühle, und Fischeli zMorge und Krebseli zNacht.

Hansli war nicht sehr erbaut über die Zumutung seiner Frau, daß er die Sache austrappen solle, um die er nie gefragt worden war; es war aber nicht das erste Mal, daß ihm das begegnete. Das Disputieren aber mit Anne Bäbi hatte er sich ganz abgestellt; er sagte daher bloß, er wett, er hätt nie nüt drvo ghört, u was es no gä chönn, wüß me nit, aber so am ene Wybervölchli neuis z'säge, werd öppe nit z'töde gah.

Während in der untern Region schwere Unterhandlungen mühsam gepflogen wurden und ihre Schwere dem Schlafe den Zugang wehrte, ging es in der obern rascher zu, aber nicht daß der Schlaf leichter kam.

Droben im Gaden hatten die beiden Nebenbuhlerinnen, Lisi mit Ärger, Mädi mit Schadenfreude im Herzen, ihre Lagerstätte gesucht. Lisi war voll Schimpfens über das kleine Haus und schlechte Gaden. Ihr Rußgaden sei eine Herrenstube gegen dieses, und ihre Gaden, wo es und die Schwester lägen, das seien Gmächer vo de schönste, wo me gseh well, u Sache hätten sie drin, mi suechti se nit dert; alles herthölzige Bettstatten heyge si u zweu Tischli, mi gsäch se nit schöner, u zwei nußbaumig Stabellen un e kirschbaumigi un e Schaft, mi heyg hie kener sellig, un e Spiegel, er syg größer als e Brattig. Aber dr Ätti heyg gseyt, won er ne gchauft heyg, syner Meitleni manglete angeri Spiegel, we si o öppis gseh welle drinne, as so die ordinäre Grieggle; so in e gwöhnlige Spiegel mög nit emal dr halb Gring, vrschwyge de öppis vo dr Postur.

Von da weg ließ sich Lisi auf seine Projekte. Alles mußte anders werden, das Haus neu, das Höfchen größer, und statt zwei oder drei Kühe sollten wenigstens sechs oder acht gehalten werden und zwei, wo nicht vier Rosse und junge, statt so einem alten Kaib, den bei ihnen nicht einmal der Schinder nähmte, wenn es ihm nicht wegem Schmutz wäre. Es wolle ihnen die alten Vergraueten sonnen, und da müsse es ein ander Leben geben, es wolle ihnen den Marsch schon machen. Und wie man es ihm heute gemacht, das vergesse es nicht; ein Anderes wäre wieder fortgelaufen, aber es wolle es ihnen eintreiben. Trocknes Brot hätte man ihm anerboten, und Gsichter hätte man ihm dazu gemacht, als ob es dr Tüfel selber wär, und zletsch heyg mes da in es Hundsgaden gleyt, wo es sich sein Lebtag schämen müsse, daß es in einem solchen gelegen sei.

Mädi hatte diese Herzensergießungen mit wahrer Wollust eingesogen und mäuschenstill dazu sich gehalten, endlich stach es doch der Gugger. «Es wär mr o so, bsungerbar wen ih no vrgebe sövli Müeh u Chöste hätt müeße ha u zletsch nüt drvo as e längi Nase», sagte es. Lisi fuhr auf, daß die Bettstatt krachte, es einen Blast gab durch das ganze Gade, und fragte: «Was seist, was meinst, ist das ghaue oder gstoche?» «Kes vo bede», sagte Mädi, «ih ha das ume so daicht. U de söll neue eini gseit ha us de Charte, dr Jung heyg e Angeri im Gring, u wen er dih näh müeß, su sterb er. U das ist neue ychegange.» «Su sterb er, dä Möff, es ist mr glich, aber zerst mueß er mih zEhre bringe! E Angeri heyg er? Selb ist nit, dä ist z'dumm. Wohl, da wett ih! Dä ist bunge, dä mueß warte, oder es müeßt dann keine Gerechtigkeit mehr im Lande sein. E Angeri? Du lügst; dä weiß ja gar nit, was es Wybervolch ist, u dä weiß mit Eire nüt azfa, was wett dä Lädi mit Zwo mache? Du lügst u wottst mih ume für e Narr ha!» «He glaub, was du willst», sagte Mädi, «dSach geht mich ja nichts an; aber frag morgen selber und mach, daß sie mit der Sprach füre müeße; de säg de, wer recht gha het oder wer gloge het. Ih bi ume e arme Tropf u wott nüt gseit ha, aber lue de.»

So redete Mädi demütig, aber innerlich war es voll Hochmuts und dachte: Du Dolders Bureblättere, gäll, dä arm Hung, wod nüt schätzist u nebe dr z'ligge hest u de schüchst, wie wen er rüdig wär, gäll, dä het dä Chehr ds Pre. Es ist doch de am Eng no neuer, dä ufs Rechte luegt u o weiß, wer öppe e Mönsch ist oder kene. Als Lisi pülverte wie eine lebendige Schlüsselbüchse, so machte Mädi linksum, verbarg seinen Mund im Hauptkissen, damit Lisi das Kickern nicht höre; denn es wollte es fast töten vor Freude, daß es dem Lisi die Floh so gut hinter das Ohr gesetzt, und schlief bald selig ein. Lisis Bomben und Granaten verhallten daher im Blauen und ungehört, und wie am Ende auch die ärgsten achtundvierziger Batterien verstummen, wenn sie keine Antwort erhalten, so setzte endlich auch Lisi lugg und ergab sich dem, der alle Nächte über den Menschen kömmt, wenn nicht bereits ein Stärkerer dessen Leib oder dessen Seele in Besitz genommen.

Als Lisi am folgenden Morgen erwachte, war kein Mädi mehr an seiner Seite, aber der Tag im Gaden lang und hell. Das war ihm nicht ungewohnt, denn sie hatten daheim den Brauch, daß ein jedes aufstehen konnte, wenn es wollte, und zMorgen essen, wenn es mochte. Es bildete sich daher bei ihnen das eigentümliche Schlafgewissen, das die Menschen zur bestimmten Stunde weckt, nicht aus. Dieses Gewissen entsteht nur da, wo eine bestimmte Ordnung ist, deren sich die Menschen unterziehen müssen, oder wo ein lebendes Bewußtsein einer Pflicht ist, welche zu bestimmten Zeiten erfüllt werden muß. Dieses Gewissen läßt sich bei jedem Menschen bilden, und so wenig man es achtet, so viel wert ist es doch; denn wie viel schöner ist es, wenn das eigene Gewissen einen weckt zur Erfüllung seiner Pflicht, als wenn man von fremden Händen dazu sich muß schütteln und rütteln lassen! Darum pressierte Lisi auch nicht mit dem Aufstehen, mit dem Anziehen, so daß, als es hinunterkam, Mädi bereits das Morgenessen hinaustrug, Sami und Hansli eben in den Stall gingen, nur Anne Bäbi und Jakobli noch in der Stube waren. Mädi brachte wieder hinein, was für Lisi nötig war, und ließ im Vergeß beim Herausgehen die Türe offen.

Mädis Mitteilungen waren Lisi gleich nach dem Erwachen in Sinn gekommen, und wie allmählig das Wasser im Teekessel wärmer und wärmer wird, bis es endlich siedend übersprudelt, sobald nämlich Feuer unter dem Kessel ist: so waren diese Mitteilungen einigen buchigen Scheitern gleich, die heizten Lisi, und heißer und heißer ward es in seinem Kopf, und kaum hatte Anne Bäbi ihm Kaffee eingeschenkt, so sprudelte es mit der Frage hervor: «Ists de wahr, du heygist e Angeri im Gring u wellist mih la hocke?» Die Frage glich einem Blitz, der plötzlich niederfährt, während man glaubt, das Wetter sei noch lange nicht da. Weder Jakobli noch Anne Bäbi konnten antworten im ersten Klupf, und jedes hätte gegeben, was man gewollt, wenn es aus der Stube gewesen wäre.

«Wohl, das möchte ich sehen», fuhr Lisi fort, «das wär mir eine sufere Sache; da wollten wir doch auch dabeisein, ih u dr Ätti u dr Vetter; so desumefüehre la mir is de no nit, drfür sy de sellig Stopfeni z'spät aufgestanden! Potz Dolder! Nachgelaufen bin ich dir nicht, und es hat noch hart gehalten, bis ich unserer Mutter es zu Gefallen getan u mih agla ha; so eine, wie du bist, ist nadisch ke Schleck, u we me nit drby öppe chönnt guet ha u sih tröste, es währ nit geng, su hätt ih nüt vo dr möge, ih will drs graduse säge. Aber jetz ist zugesagt, ists richtig, jetz wott ih nimme zrück, u dSach mueß vorwärtsgah uf dr Stell. Mit dr Krankheit wirds nit halb so bös sy, daß du nit mit mr chast cho ds Hochzyt agä; gang legg dih a!» Wäger möge er heute nicht, sagte Jakobli, es sei ihm wieder gar nicht wohl, und es solle mit dem Ätti rede, er werd hinter dem Hause sein. Dem laufe es nicht nach, sagte es, und probiere wolle es, ob er heute kommen wolle oder nicht; «wenns de einist z'vrkünde ist, so cha me de dGschrift geng no usfertige. Seh du», wandte es sich zu Anne Bäbi, «tue du dGosche o uf; du bist mr nahgfahre u hest mr la Bscheid mache, wie wenn es eis Gurts gah sött; befiehl du jetz o u mach, daß es ab Brett geyht! Für e Narr meinst doch öppe nit, daß ih mih leu ha?»

Seinetwegen könne es gehen, wie es wolle, sagte Anne Bäbi, es wolle mit der Sache nichts mehr zu tun haben; machen sie es mit einander aus! Und so lasse es sich nicht kommen, es wisse Leute, sie seien stürmer als es, und gäb es ihm mehr nachfahre, könne es lange warten. «Das bruchst nüt meh», sagte Lisi, «es isch jetz wies isch, u rede tuen ih, wies mr chunt. U jetz, potz Dolder, wott ih grade Bscheid; wottsch zum Herre cho u dih ga alegge enangerenah, oder ists de wahr, hest e Angeri?» Und damit stund Lisi auf und trat vor Jakobli mit einer Heftigkeit, als ob es ihn zerreißen wollte. «Wäger mag ih hüt nit», sagte Jakobli, «un es wär mr lieber, es wär gar nüt a dr Sach.» «Su hest de e Angeri!» rief Lisi, «das wird mr e sufers Mönsch, öppe es Gurli sy, es Lueder; wohl, das möcht ich sehen, das Täschli!» «He, das ist son es Bravs, as du bist, und de villicht no öppis bräver, du Blättere du», sagte Mädi unter der Türe, das nicht übers Herz bringen konnte, zu den schönen Titeln zu schweigen, die es ganz treuherzig auf sich bezog.

Lisi wandte sich der unerwarteten Gegnerin zu und sagte: «Pack dich! Du hast nichts in der Stube zu reden, und ds Ganze geyht dih nüt a, du Chuchifösel!» «So viel as dih, u villicht meh, du Moosgueg, du Zyberligränne du, was du bist!» schrie Mädi und machte Zähne dazu, so lang, daß man sie zu Mistgabelzinken hätte brauchen können. «Bist du öppe das Liebeli, won er im Gring het u won er wird sölle ha? Du bist e Schöni, du! E vrgatterete Zunstäcke bist, e abgnagte Säutrog, u grad es selligs Fürblattehuen möcht ih ihm gönne, we dSach mih nüt agieng. Aber pack dih jetz, du Strupf, sust gibe ih dir usufer use!» «Un ih gange nit!» schrie Mädi und machte Augen, als ob es schon halb aus der Haut wäre, «u ghey du dih use, du aufgeblasener Blasbalg, du Krüpfedrücker, wasd bist, du Kropfloch! Ih bi zerst i dem Hus gsi u wirde so Gottel o zletst drin sy, du Metzgermore du!»

Ja, Mädi hatte noch nicht ausgeredet, so hatte es eine im Gesicht, daß es das Feuer brennen sah im Elsaß, und ehe es sich gefaßt, fuhr Lisi mit ihm in die Küche, und dort ging es zBoden, Beide brüllten, als ob man sie am Spieß hätte, daß Sami herbeisprang und Hansli kam im Geschwindschritt und Jakobli half, die Beiden, die sich fest verbissen hatten, wie es zuweilen Jagdhunde tun, daß man ihnen den

Mund mit einem Knebel aufbrechen muß, auseinanderreißen. Als man sie aufstellte, bluteten Beide wie zwei gestochene Gusi, Mädi zu Mund und Nase aus, und seine früher schon baufälligen Zähne wackelten durcheinander, wie Korn auf dem Felde durcheinandergeht, wenn der Wind weht. Lisis Gesicht dagegen war, als ob man es durch eine Hechel gezogen hätte, und seine Haare sträußten sich um seinen Kopf wie die Mähne um den Kopf eines Hengstes, wenn er die Ehre seiner Herde verteidigt. Es brauchte gute Kraft und viel Anstrengung, die Beiden zu verhindern, daß sie nicht von neuem aufeinanderschossen; jede dünkte es, sie möchte noch mehr und die Andere hätte noch nicht genug.

Indessen mit Gewalt hebt man eine Geiß hintenume. Mädi mußte zum Brunnen, Lisi zog man in die Stube. Am Brunnen lächerete es Mädi trotz seinen wackelnden Zähnen, daß es der Dolders Stute 's greiset hätte und gesagt, was niemand hätte sagen dörfen, und wie die Leute lachen werden die Dörfer hinunter, wenn sie das verkrauet Gfräß gseye dahercho, wo syg wie dr strubst Fureplätz. Und wenn schon im ganzen Haus niemand gewesen, der es dem Elefant habe sagen dürfen, daß man synere nüt meh well, es hätts dörfe; wohl, dem habe es es gesagt. Während so Mädi beim Brunnen Hosianna sang, tobte Lisi in der Stube wie ein angeschossener Tiger, und kein Mensch glaubte sich seines Lebens sicher. Anne Bäbi war unter der Stüblistür, Jakobli wußte nicht, wo sein; nur Sami zeigte den verblümten Wunsch, Lisi möchte ihm Gelegenheit geben, es in die Finger zu nehmen.

«So, wie ich bin, kömmst jetzt mit mir zum Pfarrer, das Hochzeit anzugeben, oder ich gehe auf der Stelle heim, und dann seht, wie es euch ergeht! Kein Kreuzer soll euch bleiben! Aber das Dolder Mönsch muß mir noch erwürgt sein, eher gehe ich nicht zum Haus hinaus.» Jetzt schien es doch Anne Bäbi, für den Jakobli wär das eine wohl Grüsligi und es sei fry besser, wenn man ihr abkomme; aber prozediere und ds Wüsteste alles ausstehen, das war ihm auch schrecklich, und sagen, es hätte sich geirrt in der Person, es sehe es jetzt ein, das war ihm noch grüslicher. Als Jakobli verlegen mit der Antwort zögerte, sagte Sami: Es dünke ihn, es könnte afange wissen, was man wolle, und es brauchte da nicht lange mehr zu fragen. Je eher es das Haus räume, desto besser wäre es für ihns, und wegem Prozediere förchte man sich nicht; öppe so lang wie sie auf dem Zyberlihoger vermöge man es auszuhalten. Unterdessen sei er froh, wenn es einen Andern fände, wenns nämlich noch einer wolle; aber es müeß pressiere, sust chönnts ne zSinn cho, wies Not a Ma syg.

Samis Rede war wie die Lunte auf eine geladene Kanone; das Pulver brannte, aber als ob vornen im Loch ein Zapfen wäre, ging er nicht geradeaus, sondern blähte sich auf in ihrem Bauche; sie platzte, und nach allen Seiten flogen die Splitter. Nun sprengte es nicht buchstäblich Lisi in Stücke, aber es fuhr auch nicht geradezu auf Sami los, wie der erste Antrieb wohl war, sondern sein Zorn wühlte sein Innerstes auf, und Schandworte, Flüche, Drohungen flogen nach allen Seiten, den Splittern einer zersprengten Kanone gleich. Dann griff es nach seinem Wartsäckli, schoß zur Türe aus mit der Drohung, daß sie bald froh sein werden, es wieder kommen zu heißen; sie sollten es erfahren, was Lisi könne, und dä alt Muheim wolle es brichten, was Hochzeit machen sei.

Als es zur Tür aus schoß, war Mädi noch beim Brunnen, grännete Lisi nach und schabte ihm Rübchen. Lisi, nicht faul, schwenkte um auf Mädi los; dieses streckte kampfdurstig seine zehn Finger wie Enterhaken vor, hätte aber wohl eine tüchtige Knautschete im kalten Brunnen, dem es den Rücken kehrte, erlebt, wenn Hansli in seiner kaltblütigen Weise nicht dazwischengetreten und Lisi gesagt hätte, es solle sich nicht säumen, es hätte weit heim und hier nichts Apartiges mehr zu verrichten. «Das sollst du erfahren, du, was du bist, du alte Specksytechüng du! Wart ume, dir wey mr dy Mutech füremache! Wart ume, dir wei mrs zeige!» So ungefähr schoß Lisi seine Rückzugschüsse ab, untermischt mit einigen Flüchen und Schimpfwörtern an Mädi, das über den Brunnen hinüber immerfort grännete und Rübli schabte, und wär ihm ein hämpfeliger Stein im Wege gelegen, Mädi hätte sich in acht nehmen können.

## NEUNZEHNTES KAPITEL

### *Wie dem Mädi die Augen aufgesprengt werden und Hansli auf die Mähre hocket und um Rat ausreitet*

Als Lisi aus den Augen war, war es, als sei ein böser Geist ausgefahren, als sei das Haus öde geworden und doch voll Bangens, daß der eine mit sieben andern noch schlimmern wiederkehren werde. In Anne Bäbis Kopf besonders sah es sonderbar aus. Es war innerlichst gar wohl zufrieden, daß das Ding sich so gemacht, aber es gestand das sich selbsten nicht einmal, geschweige dann Andern.

Hätte es ihm der Doktor gesagt oder der Pfarrer, Jakobli könnte an dieser Heirat sterben, es hätte es nicht geglaubt, hätte gesagt: «Was wette die vo selligem vrstah?» und wäre zugefahren. Weil es aber das Schnupfsäckeli gesagt hatte, so kam ihns ein geheimer Schauer an und es dachte, es könnte doch neue sein und schuld möchte es nicht sein. Daneben konnte es es nicht verwerchen, daß es hintenabnehmen müsse, nach der Andern Gring es gehen solle. Das hätte doch nadisch afe kei Gattig, dachte es, daß alle Andern Meister sein sollten und es alleine nicht. Daß es selbst lugg gelassen, brachte es nicht in Anschlag, sondern es sollten es die Andern erzwängt haben, und das wollte es ihnen eintreiben, um die Nase reiben, die sollten es z'schmöcken bekommen, und was es geben möge, daran wolle es keine Schuld haben und keinen Finger mehr rühren. Kurz Anne Bäbis Gemüt war mit recht trüben Wolken bezogen, und dafür, daß es seine eigene Dummheit nicht ausgeführt zu seinem eigenen Herzenleid, wollte es die Andern mit Kupen und Grollen strafen. Ein König hätte durch den Aufruhr seiner Untertanen an seiner Majestät sich nicht schwerer beleidigt fühlen können, als Anne Bäbi sich verletzt fühlte an der seinigen.

Das ist aber eigentlich nichts Neues. Es spukt in gar allerlei Häuptern gerade, wie es spukte in Anne Bäbis Haupt, und gar mancher arme Teufel, der seine Herren und Obern vor mächtigen Dummheiten bewahrt oder dieselben gut gemacht hat, muß es hintendrein schwer entgelten, wenn sie zPlatz kommen können, und um so schwerer, je größer die Dummheiten waren und je mehr die Herren dem Anne Bäbi verwandt sind.

Mädi allein war nicht nur ds Gäggels, sondern es fühlte sich ganz von dem Gefühl durchströmt und übergossen, welches einen Helden ergreift, wenn er eine Schlacht gewonnen, welches zum Beispiel Friedrich der Große empfunden haben muß, als er die Schlacht bei Leuthen gewonnen, oder Napoleon nach der Schlacht bei Jena, ganz das Gefühl, welches jeder hat, der ein Menschenleben gerettet oder durch kühnes Wagen ein halbes oder ganzes Dorf vor dem Verbrennen. Es war die Heldin des Tages; was niemand anders gerne ausgesprochen, das hatte es gesagt, es hatte Lisi ausgetrieben und ihm den Marsch gemacht. Gleiche Gefühle äußern sich aber oft ungleich; so, denke ich, werde Friedrich der Große nach der Schlacht bei Leuthen seine Freude und sein Siegesbewußtsein nicht ganz auf gleiche Weise geäußert haben wie Mädi nach dem so glücklich beendigten Kampfe.

Mädi verhehlte seine Freude nicht. «Ih han ihms dörfe säge, ih han ihm dr Marsch gmacht; wenn ih nit gsy wär, es wär no da u wer weiß, wies gange wär. Aber ih förchte mr de nadisch nit grad, u jetz het me chönne gseh, we me het welle luege, wer ih bi u was ih cha. So viel as e selligi Bureblättere bin ih de nadisch o no. Gäll du arme Höck, wen ih nit gsy wär, es weiß ke Mönsch, wies dir no gange wär.» So sprach es zu Jakobli, mit dem es alleine in der Stube geblieben war, weil die Andern seines Rühmens satt waren.

«Hast es der Alten gesagt?» fragte endlich Mädi, das seine Neugierde und Zärtlichkeit nicht länger begwältigen konnte. Jakobli wurde ganz rot und sagte endlich: «Ja.» «Hests gseyt?» frug Mädi ganz zärtlich und voll Glut, «du hest doch recht gha, du bist geng dr Brävst du, we scho all Lüt säge, wied e Leyde seyest; das macht nüt. Was het aber die Alti gseit drzue?» «Si wett, si wär ungerem Herd», sagte Jakobli. «Die het ihrer Lebtig geng wüest ta», sagte Mädi, «und wird nie lehre gattlig tue. Red du mit dem Ätti, der ist schon anders, oder hast ihms schon gesagt?» «Nei wäger nit», sagte Jakobli, «ih darf nit; wenn ih ume vo Lisi los wär, a ds angere darf ih gar nit daiche.» «Das wär!» sagte Mädi, «du bist geng e dumme Bueb; das mueß mitenangere gah, mi mueß ds Ise schmiede, währet es warm ist; kalts bringt mes nimme zsäme. Das macht mir doch afe nüt, mit em Ätti z'rede; wenn niemere darf, so darf ih. Das ist hüt no öppis angers gsy, mit der Posaune Feierabend z'mache, als mit dm Ätti z'rede, wo die beste Seele unter der Sonne ist.» «Wart ume», sagte Jakobli, «es düecht mih, es pressierti nit sövli.»

«Nit pressiere! Mi gseht wohl, daß du vo sellige Sache ke Vrstang hest, aber es wird dr scho no cho; aber nüsti chunts dr wohl, we sih öppere dynere anäh und dyr Lebtig dSach für dih mache wott.»

Und somit schoß Mädi hinaus und suchte, bis es Hansli fand, der Weiden drehte, um Bäume aufzubinden. «Hets dr gwohlet, Ätti?» fragte Mädi, hell leuchtend wie der Morgenstern, wenn er nämlich einige Zeit Köchin gewesen wäre und sich nie gewaschen hätte. «Jä gäll, wen ih nit gsy wär, es wär nit so gleitig gange. Es chunt bi allem ufs Guraschi a, u wo im ene Hus ke Mönsch Guraschi het, da hets gfehlt; aber gäll, ih ha, Ätti! Aber was ih frage wott: Het dr Anne Bäbi gseyt, was ih für Bricht brunge ha?» «Ih ha neuis ghört», sagte Hansli. «Und Anne Bäbi het mit em Bueb gredt?» fragte Mädi. «Es wird», sagte Hansli.

Da wurde Mädi verschämt und frug ganz züchtig: «Was seyst du drzue?» «Was wett ih säge?» sagte Hansli. «Du wirst doch nit öppe vor sym Glück welle sy, vor em Glück vo dym einzige Ching?» fragte Mädi. «He nei», sagte Hansli, «me mueß öppe luege.» «He nu, su Dankeigist», sagte Mädi, «das wär afe guete Bscheid; ih ha doch denkt, du sygist nie dr Wüestisch. Aber wegem Luege, düechts mih, syg das unnötig; ih will mih öppe stelle, wies üeblig u brüchlig ist am ene Sühniswyb, und de düecht mih wärs ds Beste, mi wurd dSach grad abtrybe, eh es es längs Gred gäb. Es ist hüt Fryte, mr chönnte grad ga ds Hochzyt agä dä Abe.» «Wie meinst?» fragte Hansli. «He, wes dr recht wär, su wette mr hüt scho ga ds Hochzyt agä, ih u Jakobli.» Hansli wußte gar nicht, was er hörte, sinnete der Sache nach, bis Mädi ungeduldig wurde und frug: «Was meinst?» «Mädi», sagte Hansli endlich, «du wirst im Irrtum sy oder wottsch mih für e Narr ha; es het niemere nüt vo dir gseit; Jakobli seit vo ganz ere Angere.»

Als Hansli das gesagt hatte, kam eben der Müller zum Haus und rief ihn an um ein zMühli, und alleine blieb Mädi hinterem Haus. «Es het niemere nüt vo dir gseit, Jakobli seit vo ganz ere Angere!», das waren Worte, die ihm in den Ohren surreten, wie noch nie eine Ohrfeige jemand in den Ohren gesurret hat, und da stund es, als ob es einwurzeln wollte im Boden. Es wogte auf und ab in ihm, dann fing es an zu schimpfen, und endlich brach ein unendlicher Jammer in ihm aus; es saß auf dem Dengelstuhl und wußte längs Stück nicht, wo es war; wenn es auf einem Sopha gesessen wäre, so hätte man seinen Zustand Ohnmacht genannt.

Man kann sich aber wirklich nichts Schrecklicheres denken, als was Mädi widerfuhr; das Erwachen eines Schiffers, dem es geträumt hat, sein Schiff fahre in lustigstem Sonnenschein in einen sichern Hafen, und es zerschellt bei seinem Erwachen im wildesten Wetter am wüsten Felsenriff, ist sicher nicht halb so schrecklich als Mädis Erwachen aus süßem Irrtum. Weit über vierzig Jahre und noch einen Mann, und zwar einen jungen, eine Jumpfere und ein Bauernsohn, und ein reicher; man denke sich, was in diesen Worten alles liegt und ob unter tausend vierzigjährigen Jumpfern eine Hoffnung hat zu einem reichen, einzigen und jungen Bauernsohn.

Und Mädi hatte nicht bloß Hoffnung, es hatte ihn bereits in der Hand, im Sack, hatte zwar schon lange daran gedacht, das wäre ds Witzigist für dä arm Tropf, aber ihn wieder aufgegeben, und plötzlich ungsinnet fiel er ihm wieder zu; denn wenn er eine im Gring hätte, wen konnte er im Gring haben als ihns; er kannte ja Keine, hatte mit Keiner Umgang, mit Keiner nur geredet. Und kein Mensch hatte was anderes gesagt; es schien Mädi, als bestätige alles seine Vermutung, Anne Bäbis Benehmen, Jakoblis Reden, und darum hatte es sich so tapfer gestellt wie eine Gluckere vor ihren Hühnchen, hatte den Knoten zerhauen, Lisi aus dem Felde getrieben, und jetzt seyt er no von ere Angere, u vo ihm seyt niemere! Man denke sich doch so recht in des armen Mädis Herzenleid hinein und meine nicht etwa, so ein Mädi, ein vierzigjähriger Kuchimutz, sei nicht ebenso empfänglich für Liebesschmerz und Liebeswonne als des Pfarrers Tochter zu Taubenheim oder eine gegenwärtige Mondscheinprinzessin oder ein sonstiges Stadthäpeli.

Das ist eben, und ich habe es schon manchmal gesagt, das große Unglück, daß man meint, unter anderm Tuche seien auch andere Herzen und unter verschiedenem Zuschnitt verschiedene Empfindungen. Um dieses Vorurteiles willen mißverstehen die verschiedenen Stände sich so sehr, um desselben willen beleidigen die obern Stände die untern so oft und müssen so oft schwer es büßen. Denn die obern Stände sind es zumeist, welche meinen, während sie zart wie Meerschaum seien, an welchem bekanntlich die leichteste Berührung einen Kritz gibt, so seien die unter ihnen angfähr so wie ein Hausgang, auf dem man hin und her wandeln kann mit allerlei Schuhen, ohne daß es ihm viel macht, und weil sie andere Namen hätten, so sei auch anderer Teig an ihnen, und während man den Weggliteig mit Zartheit behandle, könne man den von rauhem Mehl mit Füßen kneten, ohne daß man es ihm viel anmerke.

Wenn ich von den obern Ständen rede, so meine ich (Mißverständnissen beuge ich gerne vor) darunter nicht etwa bloß die, welche von Karl dem Großen her ihren Adel haben, sondern auch die, welche von der jüngsten Regierung eine Stelle haben. Zwischen beiden ist hauptsächlich der Unterschied, daß man in einer neuen Kutte viel dümmer tut als in einer angewohnten und daß man in einer neuen Kutte jedem mit Donner und Blitz auf den Hals fährt, der einem nur von weitem berührt, während man in einer alten Kutte gelassen durch das Getümmel geht, weil man aus Erfahrung weiß, daß die Kutte etwas erleiden mag. Ich rede hier nicht nur von den Ständen in der Stadt, sondern von den Ständen auf dem Lande. Man ist sonst gewohnt, das ganze Land zu betrachten wie eine Krautsuppe, wo alles durcheinander ist und Keiner viel mehr als der Andere ist, und die Stadt als den Ort der Zivilisation, wo alles gehörig geschieden ist, wie in einer ordentlichen Speisekammer Gesalzenes, Gebratenes, Gebackenes, Gezuckertes oder in einem Kassenamte die verschiedenen Geldsorten. Daher kömmt es, daß jeder Stadtmuffi ein halbes Klafter über jedem vernünftigen Mann auf dem Lande zu stehen glaubt, jedes Stadttschaggeli jede ehrbare Landfrau über die Achsel ansieht und jedes Schreiber-Anne Bäbi sich für das Faß hält, aus welchem die Weisheit für das Land gezapft werde. Auf dem Lande sind die Stände so gut wie in der Stadt geschieden, ebenso gut alter und neuer Adel, ebenso gut alte und neue Schwachheiten, ebenso gut die Vorurteile, daß unter andern Kutten andere Herzen und unter anderm Zuschnitt andere Empfindungen seien. Und während man über die Welt räsoniert und Andern den Splitter zeigt, hat man selbst den Balken im Auge und sieht ihn nicht.

Einem Stadthäpeli, einer zarten Dame, wäre man zu Hülfe geflogen mit Wasser von allen Sorten; das arme Mädi läßt man verlassen sitzen auf seinem Dengelstock und hält unterdessen eine Predigt, die im Grund niemand erbauen wird, am wenigsten die Stadtmuffeni und die Schreiber-Anne Bäbi. Und doch ist Mädi immer so respektabel als viele Stadtjumpfere (zum Beispiel die Herzogin von Beaufort) und weint gewiß so schmerzlich, als irgend eine weinen kann; aber es sitzt auf einem Dengelstock und braucht das Fürtuch als Nastuch, als Handzwechele und noch viel anderes. Alles Mögliche ging ihm durch den Kopf: Erhängen, Ertränken, ins Wasser Springen oder ab einem Baumast, Fortlaufen, Wüsttun, Ansetzen und Durchsetzen.

Aber da fiel ihm ein, daß wenn Jakobli eine Angere im Gring habe, so helfe Wüsttun nichts und das Ansetzen nichts, weil das Schnupfsäckeli gesagt, die müsse er haben, und Sami, dä Hung, wurd öppe lachen; dem tue es es beim Schieß nit zGfalle, und Anne Bäbi hätte auch seine Freude daran. Nein, die wolle es ihm doch nicht machen, auslachen wolle es sich doch nicht noch lassen obendrein. Die müßten denn nadisch nichts merken, und wenn man Hansli nichts mehr sage, so vergesse er es bis z'mornderist. Das freue es jedenfalls, daß es Lisi abgesprengt habe und noch dazu verkrauet, daß man es vier Wochen sehe, und daß Anne Bäbi seinen Gring nicht haben könne und nichts erzwängt habe. Aber wunger nehme es ihns, wen Jakobli im Gring habe, das Mönsch möchte es wissen; auf das komme es an, ob es bleibe. Wenn es öppe chönnt denke, daß es nicht meine, es müsse dem Anne Bäbi folgen und machen, was das sage, so bleibe es, sonst aber nicht; wenns zweu Anne Bäbi geben sollte statt nur einem, so laufe es, so weit es seine Füße tragen mögen.

An diesen Gedanken, da man ihm kein Schmöckwasser brachte und ihns eine ziemliche Zeit vergessen liegen ließ, erholte es sich, wischte die Tränen mit dem Fürtuch ab, nahm neutrale Mienen an und ging ab. Wir wetten, Mädi übertraf in seiner Fassung viele gebildeten Frauenzimmer, und zwar um so mehr, je mondscheiniger diese sind; ihr Schmerz ist kein edlerer, aber ein viel krankhafterer. Jedoch sei damit nicht gesagt, daß manches Mädchens Schmerz nicht edler und seine Fassung nicht eine höhere sei. Ach, der Liebesschmerz ist der einzige Liebhaber so mancher stillen Mädchenseele, und treu bleibet er ihr, wie selten ein anderer

Liebhaber, bis in den Tod. Niemandem ist er sichtbar, auf des stillen Mädchens Gesicht erscheint er nicht, der Arbeitsamen Hände lähmt er nicht, der Umsichtigen Augen verlockt er nicht, solange der Tag am Himmel steht und fremde Augen umgehen. Wenn aber in sein stilles Kämmerlein das Mädchen tritt, zur Ruhe es sich legt, des Tages Getümmel verrauschet ist, so taucht leise aus dunkeln Gründen das liebe Weh herauf, klopft ans bange Herz. Das Mädchen vernimmt des Getreuen Nahen, schließt mit weinender Wonne ihm auf, kost mit ihm die liebe lange Nacht, entreißt sich ihm, wenn der Tag die Schatten verjagt, mit Weh und Schmerz und tritt gefaßt und gelassen in des Tages Räderwerk, immer sich sehnend nach den wiederkehrenden Schatten, hinter welchen näherrauschet des getreuen Mädchens getreuer Geliebte, sein Glück, seine Wonne, der stille verborgene Liebesschmerz.

Mit Bangen erwartete drinnen auf dem Ofentritt Jakobli den verunglückten Botschafter, der aber fand nicht für gut, zu melden, wie schrecklich es ihm ergangen. Anfangs hatte es Mädi wohl gelüstet, einen Sturm auf ihn zu wagen; allein es bedachte, daß wenn er eine hätte, der Sturm nichts abtrage und daß es eigentlich selbst schuld sei. Hätte es nicht das Unglück gehabt mit dem Gaggelberger, so hätte es selb Zeit reden können; da wär es die rechte Zeit gewesen, u vo Merkige sei Jakobli nicht, dem müsse man mit dem Holzschlägel winken, wenn er etwas schmöcken solle. Es nehme es nur wunder, wie es die Täsche angefangen hätte, ihm i Gring z'cho. Das eben ist eine Kunst, in e Gring z'cho; aber wenn sie auch eine kann, so lehrt sie dieselbe Andere nicht. Aber e Narr wolle es jetzt nicht sein, ihm nachzusagen, wies ihm ergangen wäre.

Jakobli saß also alleine da. Es war ihm zumute wie einem, der mitten durch Meeresungeheuer wohlbehalten auf den

Sand geworfen ist. Der Schrecken vor den Ungeheuern ist ihm noch im Leibe, alle Augenblicke muß er hinterwärts schauen, ob sie nicht auch kommen aus den Wellen hervor durch den Sand von neuem ihm zu Leibe. Sein Auge geht nicht nach vornen über die Dünen hinweg ins blühende Land, wo weder Wogen sind noch Ungeheuer, sondern freundlicher Schatten und lieblicher Sonnenschein, Blumen und rieselnde Quellen und überall in den Blumen und an den Quellen Friede und Freude. Jakobli schlotterte noch immer vor Lisi und dem, was es gedroht, und dachte nicht an Meyeli, wie schön es sei und wie lieblich, wie selig er sein könnte, wenn es sein wäre, wenn er zu ihm sagen könnte: «O Meyeli, mys Meyeli!» Aber es geht dem Menschen oft wie dem Wanderer; je näher derselbe seiner Herberge kömmt, die er lange von ferne geschaut, desto mehr weicht sie aus seinen Augen, verbirgt sie sich, bis er plötzlich vor ihr steht; so verbirgt dem Mensch sich oft am dichtesten die Erfüllung seines herzinnigsten Wunsches, wenn der nächste Augenblick sie bringt.

Als Jakobli so sann und saß, kam Hansli herein, nahm den Spycherschlüssel von seinem Orte und winkte seinem Sohn, nachzukommen. Der Spycher, besonders der obere Boden, ist gar herrlich für Heimlichkeiten, die niemand hören soll; da kann niemand in Gehörweite kommen, den man nicht merkt. Wer also ein vertrautes Wort reden will, geht gerne in den obern Spycher oder auch ins weite Feld, wo ringsum weder ein Baum noch ein Bohnenplätz ist. So in einem Hause ist man nirgends sicher, bald ist ein guter Freund an der Türe oder an der Wand, ja man hat Beispiele, daß man vor dem Hafner im Ofen, vor dem Kaminfeger im Kamin nicht sicher ist.

Da der Müller eben dagewesen, so fiel das Gehen in den Spycher niemand auf. Jakobli mußte den Sack offen halten, und als Hansli das erste Mäß hineingeschüttet, frug er: «Ists de wahr, du heygist eini?» «O Vater, balg doch recht nicht», sagte Jakobli, «ich hätte nichts gesagt, wenn die Mutter mich nicht genötet hätte.» «Wie bist zu re cho?» fragte Hansli. «Wäger, Vater, nicht expreß», sagte Jakobli, «aber dMuetter het geng vom Hürate brichtet und wie das für mich sei und bald sein müsse, und da düechte es mich, wenn es doch müsse geheiratet sein, so möchte ich die und keine Andere, nur Lisi nicht. So habe ich immer an sie sinnen müssen, und immer fester ist sie mir in Kopf gewachsen; allemal wenn die Mutter vo dr Lisi brichtet het, han ih a die Angeri denke müeße; ih ha wäger nit angers chönne, es ist mr gsi wie ata.» «Es syg das Meitschi mit dem wyße Haar, wo mit is gritte ist?» fragte Hansli. «Grad das ists», sagte Jakobli, «und ich habe immer daran denken müssen, wie freins es gegen den bösen Bub gewesen ist, das ist der Anfang gewesen.» «Warum seysts nit?» fragte Hansli. «Es hat mich niemand gefragt», antwortete Jakobli. «Die Mutter ist da mit Ihrem cho und het nüt angers welle ghöre, und gäb wie ih gseit ha, ih mög die nit, het si sih nüt desse gachtet u ist fürgfahre.»

«Heit drs richtig zsäme?» fragte Hansli. «Wie meinst?» fragte Jakobli. «Enangere verheiße?» sagte Hansli. «Nein, wäger nicht», sagte Jakobli, «wir haben gar nichts geredet deretwegen. Wo es mir dr recht Weg zeigt het u wo mir vonangere sy, han ih ihm welle e Halbi zahle, aber es het pressiert u het nit welle.» «Ja», sagte Hansli, «da mußt du doch zuerst vernehmen, ob es dich will, das ist so dr Bruch.» «Ich wußte ja nicht, ob es euch recht sei», sagte Jakobli, «und zwidertue möchte ich euch nichts; es ist nicht rychs, ume es arms.» «Was selb ist», sagte Hansli, «su hey mers chönne mache bis jetzt, und es Sühniswyb meh oder minger, es wird notti gah, u bi äyre hätts o nit viel gä mit Schyn. We mer e ume los wäre, u we das Meitschi no einist nüt hätt, es wär mr recht; aber bis me selb weiß, ists mr nit wohl bir Sach. Sami het mr agä, ih söll mit dr Mähre i dSchmidte. Nebezueche wohn jetzt eine, e grusam e Gschichte, dä söll ich frage, vo wege mi syg ke Stung sicher, daß nit Aschicksmänner kämen oder gar e Kundmachung. Es ist mr zwider, aber es wird doch müeße sy. Aständig wärs mr gsi, wes doch so wyt afe gange gsi isch, dSach wär ebesomähr fürgange, es macht sih zletsch geng öppe alles.» «Es ist mir leid, Vater, wäger», sagte Jakobli, «aber ih vrma mih desse nüt.» «He nu so de», sagte Hansli, verband den Sack und stellte ihn auf die Spycherlaube.

Der Vater hatte also nichts darwider, wollte sogar mit jemand über die Sache reden; das war mehr, als Jakobli je gedacht, das machte ihm den Vater grusam lieb, und er trappete ihm den ganzen Rest des Morgens nach wie ein Hündchen.

Nachmittags trabte Hansli mit der Mähre ins Dorf, band auf der Schmidtenbrücke sie in einen ledigen Ring, da noch andere Rosse da waren, und ging bedenklichen Schrittes zu dem Gschichten. Dieser hörte ihn mit der Feder hinterm Ohr bedenklich an, denn Hansli erzählte etwas wunderlich, und für den, der nichts von der ganzen Sache wußte, war es schwer, die Bruchstücke seiner Rede zu ergänzen und aneinanderzureihen. Endlich begriff er den Handel und gab den besten Bescheid. Er solle nicht Kummer haben, das sei ein gewonnener Handel, auch gar nichts sei gut für sie. Sie wollen die nur kommen lassen und e Rung mit ne dr Narr trybe, se desumeschleipfe und ne de, wenn es sih am baste schicki, dr Tätsch gä, daß ne längs Stück ds Ligge weh tue. Er solle nur nicht Kummer haben und ihn machen lassen.

«Öppe lang wird das nit gah und eys Gurts vorby sy?» fragte Hansli. «Jä, das kann ich dir nicht sagen», sagte der

Gschicht, «das kömmt darauf an, wie sie ausspielen, ob sie den Trumpf grad usspiele oder ume süferli wey ahosche. Wir müeße das erwarte. Aber allweg länger als öppe es halb Jahr oder dreiviertel geyht das nit.» Hansli ging noch viel bedenklicher fort, als er gekommen war, so daß sein Gesicht dem Schmied, einem guten Bekannten, alsobald auffiel und er ihn fragte: «Was hest Ungrads?» Da die Knechte draußen waren, so berichtete ihm der Hansli seine Sache und wie nun der drüben gesagt habe, länger als ein halbes Jahr oder auf das Längste dreiviertel daure das nicht. Er merke wohl, der wolle brav Kosten machen, aber fast ein ganzes Jahr prozediere er nicht. Lieber mache er aus, gangs wie es mög, und sollte es tausend Pfund kosten. Er hätte ja keine ruhige Stunde, solange das Tröhlen währte, und zuletzt verhürscheten sie es so, daß niemand mehr wisse, wo der Anfang sei, niemere mehr recht drüber wisse, u de werde die rechte Zeit sein, für so eine, wie er sei, z'schroten, daß nichts mehr an ihm bleibe. «Warum sagst du mir das nicht, ehe du gegangen bist?» sagte der Schmied. «Er macht dirs auch wie Andern; je mehr dere Doldere sy, dest länger mache si dHändel; grad wie man o ds Halbe e längeri Wurst mangelt, we Vier dra fresse wey statt ume Zwee. Hest ihm dSach übergä?» «Nein», sagte Hansli, «ih ha nüt i de Fingere, und er het gseyt, mi müeß seye abwarte, u we si de agryfe, de soll ih de cho.»

«He nun, so weiß ich was», sagte der Schmied, «geh du zum Pfarrer. Das ist ein Heiratshandel, und einer, der so viel hundert afe vrkündet het, wird wohl wisse, was da Trumpf ist und ob die auf dem Hoger obe öppis mit dr mache chönne oder nit. So eim chunt gar viel zHange, und er weiß öppe dLäuf.»

Hansli ging verfluxt ungern, und wenn nicht die Furcht vor dem jährigen Prozeß noch größer gewesen wäre als die vor dem Herrnhaus, er wäre nicht gegangen; aber bedenklich ging er, alle fünf Minuten machte er einen Schritt, und allemal wackelte seine Speckseitenkutte dazu, als ob sie den Kopf schütteln wollte und sagen: O Hans, o Hans, bedenk! So für einen Mann, der weder Kindbetti noch Hochzeit halten will oder muß, ist es ein Ereignis, ins Herrnhaus zu gehen, teils aus Schüchternheit oder vielmehr aus dem Gefühl trotziger Unbehülflichkeit, die mit Höhern nicht reden kann, nicht reden mag, teils aber auch von wegen den Leuten.

Es gibt nämlich allenthalben Leute, welche mehr aus dem Fenster sehen als in ihrer Stube herum, geschweige denn in ihre Herzen hinein, und allenthalben ist das Herrnhaus ein bedeutsames Haus, und wer zu demselben aus- und eingeht, die sind das küstigste Futter für die Gwundernase derer, welche eben gerne ihre Augen unter ihre Fenster hängen, statt sie inwärts zu kehren. Sobald diese einen Menschen gegen das Pfarrhaus gehen sehen, so entsteht die Frage: Was wott dä bim Pfarrer, taufen lassen oder verkünden? Die Liste seiner Hausgenossen wird gemustert, wer taufen oder verkünden lassen könne. Wird niemand dafür zweg gefunden, so fängt man an Verdacht zu schöpfen, gäbs ächt öppis Nütguets syg mit der Tochter oder mit dr Jumpfere oder gäbs ächt Streit gegeben mit seiner Frau; man muckle neue schon lange, es gehe dort nicht am besten. So werweiset man, solange der Mann beim Pfarrer ist, und kann man nichts erraten, so steht man ihm zweg beim Weggehen, sucht ihm die Würmer aus der Nase zu ziehen oder fragt ihn wohl geradewegs: «Was hest bim Pfarrer welle?» Bringt man auf diese Weise nichts heraus, so sucht man das Geheimnis aus des Pfarrers Jumpfere zu erpressen, und will da nichts laufen, so steigt man die Leiter aufwärts bis zum Pfarrer selbst und frägt: «Ist nit dä u dä byn Ech gsi, was het er welle?» Kann man nun nichts vernehmen, keinen erheblichen Grund herausklauben, und sieht man zufällig jemand zweimal des Jahres am Pfarrhause klopfen, so heißts: «Es nimmt mih ume ds Tüfels wunger, was dä geng bim Pfarrer will, er ist geng ume byn ihm. Er wird ihm ga kläfele, was öppe geyht, u ga dädere; sellig Lüt chan ih afe hasse. Wenn es mir sih schickt, su frage ih ne einist, was ihm das Pföstli ytrag.»

So wird geschwatzt und räsoniert, natürlich von den Leuten, die am meisten kläfele und dädere. Das scheuen nun die Leute nicht wenig, meiden das Pfarrhaus, und wenn sie ohne handgreifliche, zutage liegende Ursache hingehen müssen, so ist es ihnen grusam zwider, und wenn sie zufällig Speckseitenkutten anhaben, so ists ihnen, als machten diese bum bam, bum baum, läuteten so gleichsam zusammen und alle Gwundernasen rechts und links, links und rechts würden sichtbar hinterm Glas oder unter den Läufterlen und begönnen ihre Bedenken; denn zwischen den Gwundernasen ist akkurat die gleiche Sympathie, die oft in stiller Nacht bemerkbar wird, wenn es einem Hündchen in Sinn fällt, dem Mond oder einem andern Stern seine Empfindungen vorzudeklamieren; kaum hat er angefangen, so beginnen ja alle Hündchen ringsum ähnliche Deklamationen.

Das Pfarrhaus lag freundlich im Grünen; ein Bächlein, Garten, Hofstatt machten es zu einem der heimeligsten Plätzchen für ein sogenanntes Stilleben, zu welchem aber hauptsächlich mehr noch als ein heimeliges Plätzchen ein stilles, genügsames Herz gehört. Diese Herzen waren nun wirklich da. Das Pfarrfrauchen war ein gutes Mutterchen, ihr Töchterchen ein liebes Meitschi, und Beide fühlten sich glücklich, und darum waren sie auch so heiter und froh. Gräßlich, schrecklich wäre Vielen ihr Los vorgekommen, so einsam, so verlassen, ohne Komödie und Visiten, ohne Promenaden und Bälle, und wie ein vernünftiger Mensch vierzehn Tage gesund so leben könne, begriffen sie nicht. «Wenn ich acht Tage da sein müßte, ich kehrte mich lätz! Nein, sage man mir nichts, das Pfarrerlebe auf dem Lande ist e schröcklichi Sach, dTochter kann mih schröcklich dure; heyt dr nit gseh, was si für e Huet agha het? Sit eme Jahr treyt kei Mönsch meh e sellige; ih schämti mih, mit ere e hinteri Gaß ufzgah, vrschwyge de e vorderi oder gar übern Chilchhof!»

Jeder Mensch hat seine eigene Wage, und auf dieser wieget er, was Gott ihm zuteilt, und nach dieser Wage wertet er es. So gibt es allerdings Lebenswagen, wo nichts zieht als Hüte und Promenaden, Kavaliers und Boston, lebige Spiel und neue Röcke, Kopfweh und Bälle, Sackgeld und Mariage und allfällig ein Roman von Balzac oder die Modezeitung. Solche Wagen gibt es allerdings zu Tausenden, und die Mutter vererbt sie auf die Töchter, und wo die Mutter sie selbst noch braucht, da läßt der Vater den Töchtern neue machen. Und auf diesen Wagen kann man nicht wägen stillen Frieden und Freude an der Arbeit, nicht das Ringen nach Gott und die Teilnahme an den Menschen, nicht das offene Auge für Gottes Werke, nicht das offene Herz für Gottes Worte, nicht das Glücklichsein in gegenseitiger Liebe, nicht das süße Bewußtsein des Treuseins über Wenigem; das alles kann man auf jenen Stadtwagen (sie werden in der Stadt fabriziert, aber auch auf dem Lande gebraucht) nicht wägen, sondern wie gesagt nur neue Hüte und grüne Schleier dran usw. Nun aber gibt es noch andere Wagen, auf welchen man das Leben anders wiegt, auf welchen andere Dinge ziehen, wo das häusliche Glück und des Herzens Friede alles gelten, wo geregelte Tätigkeit und geistiger Wachstum schwer sich machen, wo ein stilles Genügen keinen leeren Tag duldet, sondern jeden ausfüllt mit Freude und Treue.

Wir wollen kein Urteil sprechen über die Stadtwagen;

aber wie gewöhnlich alle Moden von den Städten ausgehen, so wird mit Naserümpfen und sonstigen mitleidigen Gebärden für die Stadtwagen die Herrschaft gefordert, wie auch befohlen worden ist, nur nach neuem Maß das Holz zu messen. Das ist nun unvernünftig. Oder wäre das wohl eine vernünftige Frau, welche für ds Tüfels Gewalt ihren Mann zwingen wollte, daß er mit ihrer Fleischwage sein Gold wägen solle, erzwingen wollte, daß nur eine Wage im Hause sei, und zwar die Fleischwage? «Frau, das versteyhst nit und weißt mit Schyn nit, was Gold ist; la mih rüehig u bruch du i Gottsname dy Fleischwag», würde der Mann sagen, «Fleisch ist Fleisch und Gold ist Gold.»

Mutter und Tochter hatten nicht die Stadtwage angenommen als Lebenswage, und was ganz besonders ihr stilles Glück täglich neu erhielt, das war die innigste Teilnahme an allem Lebendigen rund um sie. Es war nicht die Neugierde, von welcher ich früher gesprochen, es war der recht christliche Trieb, allenthalben zu helfen, Leiden zu mildern, Freuden zu spenden, ohne sich jedoch aufzudringen, und wo man nicht helfen konnte, da nahm man in aller Stille teil und freute sich über Glück und klagte und trauerte über erfahrenes Unglück. Diese innige Teilnahme ging über auch auf die Tiere, und ein geworfenes Huhn oder eine verletzte Taube wurde auf das innigste bedauert, auf das zärtlichste gepfleget. Es ist nichts auf Erden, welches des Menschen Leben so bedeutsam macht, des Weibes Lebenstag so zierlich und köstlich schmückt, als diese Teilnahme; das geht hundertmal über neue Hüte, und wären auch grüne Wadel dran.

Das Pfarrfrauchen saß auf dem grünen Bank vor dem Hause und hatte ihre Garnwinde vor sich. Warum sie eigentlich dasaß alle Nachmittage, wenn das Wetter nicht gar zu strub war, das hätte niemand so leicht erraten. Man hat wohl von Riesen gehört, welche an den Pforten wachen, hinter welchen schöne Prinzessinnen schlafen, hat von Löwen gehört, welche den Palast eines Tyrannen hüten, ja vom Teufel sogar, wie er Schätze wahre und hüte; aber was das gute Pfarrfrauchen hütete, das hüteten weder der Teufel noch Löwen noch Riesen. Dasselbe hütete nämlich das Mittagsschläfchen ihres Papas (so sagte sie ihrem Manne und hatte es sich angewöhnt, weil sie ihrem Töchterchen fünfzehn Monate lang vorsprach: «Lue dr Papa, kennst dr Papa?»). Sobald er in sein Stübchen ging nach dem Mittagessen, setzte sie sich vor das Haus und wachte, daß niemand am Hause klopfe und dr Papa wecke. Sobald jemand kam, den sie nicht spedieren konnte, so hieß sie ihn neben sich setzen und sagte: «Dr Papa (wenn die Leute fremder waren, so sagte sie «dr Herr») wird grad cho. Chömmet sitzet e wenig nebe mih, Dir werdet hüt scho gnue gstande sy.» Dann knüpfte sie mit ihnen ein Gespräch an, um das sie nie verlegen war, da sie mit den Leuten lebte, Lieb und Leid sowohl im Menschenleben als im Wechsel der Natur mit ihnen teilte.

Als Hansli kam, saß eben auch das Frauchen vor der Tür und wachte für des Papas Schläfchen, während es Garn wand und mit dem eigenen Schlafe kämpfte. Hansli wollte sein Pfeifchen in den Busen stoßen, als er sich ds Herre Frau nahte, aber die sagte: «Rauchet nur, ih man e gar wohl erlyde; dr Papa raucht ja o mengist meh, als ihm guet ist.» Hansli machte nicht viel Komplimente, von wegen die gaben ihm zu viel Redens, und setzte sich, aber wohl wars ihm nicht dabei. Mit selligem Wybervolch wüß er nüt azfa; er wüß längs Stück nit z'rede, daß es sym daheim recht syg, vrschwyge de selligem. Aber das Frauchen begann so lieblig, daß kein Stock hätte widerstehen können, vrschwyge de Hansli. Es frug nicht nach dem Hochzeitlärm, der natürlich im ganzen Dorf verbreitet war, ohne daß jemand hätte sagen können wie, denn die Gerüchte haben es wie der Wein, der rinnt auch manchmal aus einem Faß, und längs Stück weiß man nicht, wo sLoch ist. Die Frau Pfarrer frug, wie es dem Jakobli gehe; es hätte geheißen, er sei krank, und er sei immer gar ein Ordlige gsy, und ds Papali hätte manchmal gesagt, es wäre eine rechte Freude, Unterweisung zu halten, wenn sie all wären wie ds Jowägers Jakobli; die ganze Zyt heyg er ihm o nit es Brösmeli Vrdruß gmacht.

Mit Speck fängt man die Mäuse, mit Lebern die Krebse, und mit solchen Worten, wen hätte man alles gefangen, was meint ihr? Es gibt allerlei Schlüssel, es gibt aber auch Passepartout; man hat sie nicht in allen Häusern, wo man sie aber hat, da sind sie sehr bequem, in den rechten Händen nämlich. Das tat das Schloß an Hanslis Herzen auf, als ob man es mit Baumöl gesalbet hätte; er fühlte es kaum, aber es ward ihm bas als bei seinem Weibervolk, und er dachte, we si i alle Hüsere eso wäre, es wär drbyzsi u mi hätt ere nit grad zviel.

Ehe er sich es versah, hatte er ihr die ganze Krankheitsgeschichte erzählt und noch die Hochzeitgeschichte obendrein, und eben als er fertig war, hörte man droben des Herrn Türe gehen. «Ds Papali chunt jetzt», sagte das Mammali, «aber wenns Ech lieb ist, su säget ihm doch nüt vom Schnupfsäckeli; er wird gar bedenklich höhn, wenn er von ihm ghört und daß me no an ihns glaubt; die Wahrsager und Zeichendeuter seien von Gott verflucht, sagt er, und da mag er nichts von ihnen hören.»

«Eh, seid Ihr da, Hansli?» sagte der Pfarrer, «es het doch nit öppe böset byn ech?» «Nei, Gottlob nit!» sagte Hansli, «es wär neue alles wieder zwäg.» «Aber Jakobli syg übel gsi?» fragte der Pfarrer, fragte ferner, welchen Doktor sie gebraucht hätten und ob er bei ihnen gewesen sei. Hansli gab schön Bericht, sie seien fry bei Manchem gewesen, aber es hätte ihn düecht, sie könnten alle gleich viel, und aparti zu ihnen kommen hätten sie keinen geheißen, das trage nicht viel ab; wenn einer etwas könne, so brauche er nicht zu visiteln, er wisse öppe sust, wos fehl. «Woher sollte er es wissen?» fragte der Pfarrer. «He, mi brichtet öppis drvo, u de bringt me ds Wasser, u wenn eine öppis cha, su soll er öppe wisse, wos fehlt; en iedere Gütterler weißs ja u chas säge, wos fehlt, we me ihm dsWasser bringt; warum sötts de eine, dr gstudiert wott sy, nit chönne; ds Heile ist dKunst.»

Da hatte der gute Hansli den Pfarrer, ohne es zu wissen, auf ein Steckenpferd gesetzt, und wenn er gewußt hätte, was für ein Kapitel er sich zuzog, er hätte sich wohl gehütet, den Doktoren eins anzuhängen.

«Nein, mein lieber Nachbar, da seid Ihr übel brichtet, wenn Ihr meint, ds Heile sei dKunst. Ehe man heilen kann, muß man zuerst wissen, was man heilen soll und wos fehlt, und gerade das ist das Schwerste. Ihr meint, wenn Ihr kommt und sagt: Es tut mir im Magen weh oder in den Augen, oder ich habe den Husten oder grusam Fieber, so wisse der Doktor schon, wos fehle, Fieber sei Fieber, Husten Husten, und Weh sei Weh, bald in den Augen, bald im Magen; aber eben da seid Ihr in gar grobem Irrtum. Fieber kömmt von Entzündung her, nun kann aber gar manche Sache entzündet sein, Gehirn, Lunge, Leber, Unterleib und noch viele andere Dinge, und das ist manchmal gar schwer zu erkennen, und doch muß das unterschieden werden, denn anderes braucht man für die Leber und anderes für den Unterleib und anderes für den Magen und anderes für die Augen. So ist auch der Husten gar mannigfach, es kann ein Magenhusten sein, ein Krampfhusten, ein Husten aus Lunge oder Leber, es kann auch nur in der Luftröhre stecken, von zu viel Blut oder zu viel Schleim herkommen; weiß ich das nun, wenn man mir so obenweg sagt: Ih ha dr Hueste?

Dann liegt nicht nur das scheinbar gleiche Übel an gar verschiedenen Orten und oft an ganz andern, als man meint, sondern es hat auch seine besondern Grade: es ist im Entstehen, es ist im Zunehmen, es will in etwas anderes übergehen, zum Beispiel ein Husten in eine Lungenentzündung, ein Gallenfieber in ein Nervenfieber; das alles kann mir niemand sagen, das alles muß man erkennen, und zwar zu rechter Zeit. Es gibt Krankheiten, wo eine Stunde früher oder später über Leben und Tod entscheidet.»

«He», sagte Hansli, «mi seit ihm öppe alles, was me weiß, obs besseret oder böset het, u de schickt me ds Wasser drfür, daß er selber luege cha.»

«Aber wenn es einer nit versteht», sagte der Pfarrer, «so meint er vielleicht, es habe gebessert, wenn es gerade am bösten ist. Das ist manchmal gerade so wie bei einem Hagelwetter. Zuerst kommen einige Steine, man hat Angst, aber es hört auf; jetzt meint man, es sei vorbei, und wie man das meint, so kömmt der Hagel daher, daß man alle Augenblicke meint, jetzt, jetzt kommen die Katzen. Und mit Eurem Wasser geht mir; aus dem kann man wohl allerlei sehen, Fieber oder Galle zum Beispiel. Aber da kömmt unendlich viel auf das an, was man gegessen oder getrunken, ob man geschwitzt oder gefroren, und welcher Leibesbeschaffenheit man überhaupt ist, und noch auf gar viele andere Dinge. Das Wasser ist ein sehr unzuverlässiges Kennzeichen, das in gar vielen Fällen durchaus nichts anzeigt; wenigstens ebenso wichtig als das Wasser ist der Auswurf, aber an den denkt man selten. Der Puls, die Zunge sind weit wichtigere Merkzeichen, aber sie reichen auch nicht hin; die Haut, feucht oder trocken, die Farbe, namentlich aber das Auge, sind höchst bedeutende Zeichen und jedes derselben ein Spiegel irgend eines innern Zustandes, und im Spiegel muß man ihn erkennen; man kann nicht einen Schlitz machen und die

Nase dahin stoßen, wo es einem wunder nimmt, wie es aussieht. Darum müßt Ihr den Doktor kommen lassen ins Haus, damit er mit eigenem kundigem Auge die Zeichen alle vergleiche, sie zusammenstelle und das Urteil fälle, wo es eigentlich fehle; erst dann, wenn dieses gründlich untersucht ist, kann verständig gedokteret werden.»

«Das ist längs, Herr Pfarrer», sagte Hansli, «so mit em Wasser ist es kürzer, un die Nebeusdoktere cheus.» «Wer sagt das?» fragte der Pfarrer. «Sie selbst», sagte Hansli, «u soviel ih ghört ha, het no nie kene bigehrt i ds Hus z'cho, und hey doch unbsinnt chönne säge, wos fehl, u hey nit emal viel gfraget.» «Aber haben sie es auch getroffen, und ist es so gewesen, wie sie gesagt haben? Wenn einer lügen will, ist bald viel gesagt.» «Si hey vo mengem gseyt, der vo ne gheilet worde ist u wo ke Patentierte ihm heyg chönne helfe.» «Hat ders troffen, wo von Eurem Jakobli gesagt hat, er bekomme die Wassersucht?» Hansli schaute verblüfft auf, denn von dem hatte er dem Pfarrer so wenig gesagt als von dem Schnupfsäckeli.

«Gschauet, Hansli, das ist so: wenn einer so von einem Quacksalber prellet wird, so rühmt er es nicht und will nicht der dumme Löhl sein, der zum Besten gehalten worden ist. Das ist gerade so, wie es vor Jahren auf einem Jahrmarkt in B., wo man den sammetigen Ärmel zum Fenster ausstreckte, geschehen ist. An einem solchen Tage setzte sich dort ein Marktschreier fest und ließ bekannt machen, daß er ein Pulver verkaufe für drei Batzen, mit welchem man auf die sicherste Weise die Flöhe vertreiben könne. Die Flöh waren nicht rar in selber Gegend, und manch Weibchen, das lieber schlief als jagte, und mancher Mann, der dieses Hauskreuz haßte, hielt das für ein gefunden Fressen, und niemand reuten die drei Batzen. Eine große Menge sammelte sich beim Bären, daß dem Wirt der Gedanke kam, es wäre nicht bös, wenn er alle Märit einen solchen Flöhfresser hätte; der wäre nicht nur für die Flöhe gut, sondern er ließe auch den Längnauer, den Dotziger und Büttiberger vergessen. In einer einsamen Stube war der Wundermann postiert, und vor der Tür war sein Gehülfe, nahm die drei Batzen ab und ließ sorgfältig nur eins nach dem Andern ein in das geheimnisvolle Gemach. Drinnen stund der Mann in langem Talar, wie die polnischen Juden sie haben, und wenn bangen Herzens das Eine vor ihn trat, nahm er mit geheimnisvollem Gesicht eins der Pulver, welche auf dem Tische lagen, spreizte den Daumen und den Zeigefinger und sagte feierlich: ‚Seht, sobald Ihr eine Floh gefangen habt, so drückt ihr das Maul auf, nehmt von diesem Pulver so wenig, als Ihr könnt, legt ihr dasselbe auf die Zunge, so ist sie fertig, plaget niemand mehr.' Eins nach dem Andern hörte ihm in andachtsvoller Ehrfurcht zu, wußte lange nicht, war es zum Besten gehalten oder hatte es ein wunderbar Geheimnis empfangen; aber alle zogen mit geheimnisvollen Mienen ab, Keiner sagte den Andern, was er gehört, Keiner wollte zum Narren gehalten sein, und gar Mancher munterte die Andern noch auf und sagte: ‚Göht ume, göht, dä weiß öppis!' Und die Andern gingen, und jeder gönnte es dem Andern, und Keiner wollte der Narr im Spiel sein, und jeder fürchtete, die Andern möchten ihm sagen: ‚Du Löhl, gäll, hättest du deine drei Batzen wieder! Aber denken hättest du können, wenn du witzig gewesen wärest, es gehe dir so.' So war großer Spektakel an selbem Märit, und einer hatte am Andern die größte Freude, wie er geprellet ward.

«Etwas ganz Ähnliches geht mit der Quacksalberei. Es rühmt Keiner, wie es ihm bei einem Quacksalber ergangen, was er habe zahlen müssen und wie die Krankheit einen Austrag genommen, wie er ihm alles viel böser gemacht und wie er ihm offenen Schaden zu unheilbaren Krankheiten gemacht und Warzen oder Ammäler zu Krebsschäden; er fürchtet, man sage ihm: Du Narr, warum bist gange? Du hättest doch witziger sein und hättest denken können, es gehe dir so! So wird das meiste Böse, was Quacksalber machen, verheimt aus Scham, man will zum Schaden nicht noch Spott und Hohn.

«Zu diesem kömmt noch ein Zweites. Es gibt nämlich Leute, die meinen, der liebe Gott habe sie expreß deswegen erschaffen, daß sie andern Leuten den Verstand machen und ihnen den Weg zeigen, so gleichsam zu Leithammeln seiner dummen Herde. Kant, das ist einer, von dem Ihr nicht werdet gehört haben, Hansli, Kant hat gesagt, der Mensch solle immer so handeln, daß das, was er tue, andern Leuten zur Richtschnur dienen solle. Das eben, meinen die Leute, täten sie, und wenn einer seine Läuse mit dem Schuh vertrappet, so sagt er, das sei exzellent, und alle die, welche es mit dem Nagel täten, seien Hundsfötter, und kömmt es ihm in Sinn, die abgenommene Milch selbst zu essen, die Nidle den Schweinen zu geben, so saget er, man glaube nicht, wie vortrefflich die blaue Milch sei und wie ungesund die Nidle. Tues doch, probiers doch, du wirsts de erfahre!, klingts in allen Ecken, und wenn man es nicht tut, so gibt es Gift hinter den Ohren und unter der Zunge. Wenn die gleichen Leute aber nach vierzehn Tagen das Gegenteil von dem finden, was sie vor vierzehn Tagen gefunden, so sagen sie es niemanden, und wenn sie ihre Läuse wieder mit dem Daumen töten wie andere ehrliche Leute, so soll es niemand merken.

«Wie es diese Leute mit allen Dingen haben, so haben sie es namentlich mit Arzneimitteln und mit Ärzten. Ist ihnen selbst ein Mittel eingefallen, so stellen sie die ersten acht Tage alle Menschen auf der Gasse, drehen ihnen die Knöpfe, daß sie aus dem Leibe gingen, wenn man sie unglücklicherweise an der Haut statt am Kleide hätte, und wären sie auch innefert vernietet, und rühmen, wie sie sich jetzt vortrefflich befänden, man glaube es gar nicht; sie brauchten das und das, man solle es doch auch probieren, sie brauchten es zwar für das, aber es sei für dieses und jenes sicher auch gut (Ungefähr wie vor einigen Jahren von bekannter Seite her eine sehr fromme Seele mit homöopathischen Schachteln hausieren ging, welche einige Dutzend Schächtelchen oder Gütterli, es kömmt auf eins, enthielten, möglicherweise einige sechzig. Er pries sie hoch an und strich als ihren größten Vorzug heraus, wenn man sich schon verschieße, so schade es jedenfalls nicht viel). Kommt man nach einigen Wochen zu selbem Menschen, so klagt er über seine alten Übel ärger als nie, aber von jenem gepriesenen Universalmittel ist keine Rede mehr.

«Braucht ein solcher Mensch aber einen Quacksalber, so ist gar niemand mehr vor ihm sicher, er ist noch viel ärger als der Fuchs, der mit dem Herzstoß herumlief; alle Leute sollen ihn brauchen, man glaube gar nicht, was das für ein Wundermann sei, Hunderten, Tausenden habe er schon geholfen und erst drei Tage brauche man ihn und man fühle die auffallendste Wirkung und man sei überzeugt, man sei in wenig Tagen radikal kuriert. Die frappanteste Wirkung habe man empfunden, man habe kaum am Mittel gerochen gehabt (So hatte sich vor zirka einundzwanzig Jahren ein gewisser Ludi in die Ohren beten lassen und war überzeugt, er sei radikal kuriert. Nicht Wenige aus seiner nächsten Umgebung kriegten darauf die Lungensucht, weil sie nun im Verhältnis, als jener gut hören wollte, desto lauter brüllen mußten). Diese alle haben ihren neuen Quacksalber austrompetet; wie es ihnen hintendrein ergangen, rühmen sie ebenfalls nicht. Ist man unverschämt genug, nach dem Warum zu fragen, so zucken sie die Achsel; es kam ihnen etwas zwischen die Kur oder die Entfernung war zu groß oder es traten sonstige Umstände ein. Sie irrten sich nie. So bleibt das Trompeten, aber der schlechte Erfolg bleibt vertuscht.

«Und drittens, mein lieber Hansli, aber zürnet nüt, gibt es sturme Leute, die laufen von einem Quacksalber zum andern oder zwischen zwei Quacksalbern hin und her wie der Kalle in der Glocke zwischen ihren beiden Wänden, die eine Woche zu dem, die andere zu diesem, und zu beiden haben sie unumschränktes Zutrauen; der eine hat sie vom Bauchweh radikal kuriert, und doch klagen sie einem alle ander Tage darüber, und der andere hat ihnen eine Hautkrankheit wie weggeblasen, und angesichts einem kratzen sie sich die Haut vom Leibe.

«So haben es die Leute mit allem, was nicht recht ist und was sie nicht tun sollen; erstlich verheimen sie anfangs den Gebrauch, dann soll es viel besser sein, als man meint, und nur Verbunst einem davor sein, und drittens soll es an nichts schuld sein. Und so hat man es mit allem Verbotenen, mit Saufen, Huren und Quacksalbern, nit zsämezellt, wie me seyt.»

«Vrzieht, Herr Pfarrer, Ihr möget etwas recht haben, was ich verstanden habe; aber die wissen doch etwas aus dem Wasser, und die Angere wey ume desumeryte un sih la zahle zweumal; vo diese seyt kene, daß er z'cho bigehre, die sy mit mingerem zfriede, vo wege si heys minger nötig; si hey kes Geld vrlabiriert mit ihrem Gstudier, vo wege das chostet öppis, u selb wey si de ume, u üsereim vrma nit mit doppletem Fade z'näyhe, mi het a einist gnue.»

«O Hansli», sagte der Pfarrer, «das ist eben das Verdächtigen, wo ich so hasse. Die Quacksalber wissen gar nicht, was eine Krankheit ist, sonst würden sie nicht so ins Blaue hinaus Mittel geben und noch von den gefährlichsten, wo man antreffen kann, und wenn sie etwas mit den andern Krankheitszeichen zu machen wüßten, so würden sie Kranke auch besuchen. Darum, was sie nicht können, verdächtigen sie. Es wundert mich nur, daß ein einziger Doktor euch ein einzig Mittel gibt, ohne mit dem Kranken gesprochen und ihn gesehen zu haben. Einmal ich täte es nicht; ich weiß wohl, dann könnte ich gehen Band hauen. Aber von wegen dem Wasser muß ich doch noch fragen: wenns einem Roß oder einer Kuh oder einer Sau fehlt, schickt man dem Viehdoktor auch das Wasser vom Roß oder von der Kuh oder der Sau?» Er mache es nicht, sagte Hansli, und hätte neue nüt drvo ghört, daß es Andere täten. «Was macht Ihr dann?» fragte der Pfarrer. «He, wenn man bestimmt weiß, wo es fehlt, so sagt man es ihm, nimmt afe öppis und seit, er söll selber cho luege, je eher je lieber; we mes aber nit bestimmt weiß, we si öppe ume so muggle u me doch glaubt, es chönnt nit guet cho, su schickt me öppere u lat ihm säge, er soll enangerenah u uf dr Stell cho.»

«Warum könnet Ihr das bei einer Sau machen und bei einem Menschen nicht?» «Ja, das ist darum ganz etwas anderes», sagte Hansli. «Jawohl ist das etwas anderes, aber wer hat das feinere Eingricht und aller Gattig Lebensweis und allerlei Anstrengung, der Mensch oder eine Sau?»

«Aber Papali», sagte die Frau Pfarrerin, welcher schon lange katzangst geworden war, aber doch nicht gerne dazwischenredete, denn es gab Kapitel, wo das Einreden nicht gut war, und Gelegenheiten, wo er es auch nicht duldete, namentlich wenn er einmal mit einem Gemeindsgenossen kinderlehren wollte; «aber Papali, du vergissest ganz, daß der Nachbar Jowäger dich um Rat fragen möchte und sein Pferd auf der Schmidtenbrücke hat.» «Warum sagst mir das nicht?» sagte der Pfarrer etwas unwillig. «Von dem allem habe ich ja kein Wort gewußt.» «Wohl freilich, Papali», sagte die Frau, «du hast es im Eifer über die uflätige Quacksalber ume vrgesse (beiläufig gesagt, das ist ein Kunstgriff der Frauen, der sich nie abnutzen wird, daß der Mann längst über Dinge unterrichtet sein soll, von denen er nie ein Wort gehört). Sein Sohn will heiraten, und da möchte er dich um Rat fragen wegen öppis.» Dieses war ein Kapitel, auf welches der Pfarrer nicht schwer abzulenken war; er lenkte darum nicht wieder um, sondern trat ein und frug nach dem, was er raten sollte.

Hansli, welcher das Ding heute bereits zweimal erzählt hatte, kam zum drittenmal ordentlich fort, und der Pfarrer begriff alsobald, um was es sich handelte. Er setzte auseinander, daß als Eheansprache nichts gültig sei als Verkündigung oder ein notarialisch Eheversprechen, daß die aufgesetzte, ununterschriebene Schrift nicht mehr sei als ein Weibergeschwätz und die gestohlenen Neutaler jedenfalls nicht als Ehepfand gelten könnten, eher ein Gegenstand der Klage von seiner Seite sein könnten. Grund zu Prozeß oder Eid sei durchaus keiner vorhanden, es müßte denn der Richter ein Erzlümmel sein, was man zwar nie wissen könne, was er aber nicht glaube. Das Beste bei so bewandten Umständen wäre, wenn Jakobli alsobald verkünden ließe; jegliche gültige Heiratsansprache müßte in diesem Falle als Einsprache geltend gemacht werden, und zu solcher hätten sie so wenig Grund, daß der Richter unmöglich eine bewilligen könnte; wenn er schon gerne wollte, so hätten sie nicht einmal die Möglichkeit, ihn anzugreifen. Wenn sie aber auf anderm Wege an ihn zu gelangen suchten, so sei es nur, um ihn zu erschrecken oder etwas von ihm zu erpressen; da solle er nur auf keine Weise sich einlassen, trotzigen Bescheid geben und sie fortsenden, so oft sie kämen, ja drohen mit Klage über Diebstahl und sich ja nicht merken lassen, daß er etwas fürchte; er habe auch nichts zu fürchten. Gebe er ein

Stümplein von einem Finger, so würden sie die ganze Hand wollen. Und würde er im Kleinsten nachgeben, so könnte das vor dem Recht als eine Einläßlichkeit erscheinen und es ihm gehen wie einem Meitschi, welchem ein Reibstein das Äußerste der Haarschnur ergreife und nacheziehe und nacheziehe, bis der ganze Kopf zerrieben sei. Das Recht sei gar ein kurioses Ding, und weit vom Gschütz gebe es alte Kriegsleut.

Hansli sagte, das sei anderer Bescheid, als er erhalten, der gefalle ihm; gruset hätte es ihm, wenn er sich hätte müssen lassen desumeschleipfe, es wüß kei Mönsch wie. Aber eins sei lätz. Am nächsten Sonntag werde kaum verkündet werden können; das Meitli wisse noch nichts davon, und Jakobli wisse nicht einmal, ob es ihn wolle oder ob es schon einen Andern hätte. «Du mein Gott!» sagte die Frau Pfarrerin, «hat der gute Bueb so eine stille Liebe gehabt? Das ist doch schön von ihm, das trifft man selten. Es wäre in der Tat schrecklich gewesen, wenn er die grobe Person hätte nehmen müssen. Ich glaube wirklich, es hätte ihm können am Leben schaden. Dä guet Knab, es cha mih fry vo Herze für ihn freue, wenn er glücklich wird.»

«Ih cha mih nüt druf vrstah», sagte Hansli, «zu myr Zyt ist das nit so gange; mi het öppe gluegt, weli eim aständig syg, u het afa mit ere rede, u hets es nit möge gä, he nu, su het me na ere Angere gluegt, bis me eini gha het. Daß deretwege neuer gstorbe syg, han ih nie ghört. Wos dr Ätti düecht het, es wär afe Zyt, daß ih eini nähmt, hets mih düecht, my Alti schickti sih nit übel i üsers Hus; si ist werchbar gsi, öppe nit vo de Hoffärtigste u nit ab dr Gaß, aber we si mih nit welle hätt, hintersinnet hätti ih mih nit; ih hätt daycht, es gäb no Angeri, wo öppe o werchber syge u nit die Hoffärtigste. Es git ere geng dGnüegi, wo gern eine hätte u notti doch nit schlechti Mönscher sy. Die, won ihm ds Anne Bäbi gordnet gha het, ist öppe nit alles gsi; aber es het mih düecht, syg dSach eso wyt gange, er sött se näh, es hätt mingere Umtriebe gä u Läuf. Es ist mängi, si ist als Meitli nit alles gsi u ist no e rechti Frau worde, u de gwahnet me sih a alles; en iederi Spys cha me zletsch esse, we me nüt angers het, warum sött me sih de an e Frau nit gwahne, wes eim scho längs Stück düecht, mi sött dra erworge. Ih han e Hung; won ih ne zerst übercho ha, hets mih düecht, wen ih ne nume nit hätt; die ganzi Nacht het er bulle, ih ha ke Stung chönne schlafe; jetzt chan er belle, so viel er will, ih schlafe notti. Aber was will me! Es ist jetz eso u mi mueß sih dry schicke, u mira cha er jetz mache, daß er zu dem Mönschli chunt; es ist mir so wyt recht, wenn ume das Gspräng bald ufhörti, das ist mir afe übel erleidet.»

So lange hatte Hansli lange nicht hinter einander geredet, aber auch dem Tröckenesten wird zuweilen das Herz voll, und dann läuft es ihm über. So viele Jahre waren Hansli die Tage gleichförmig abgelaufen, und apartige Bewegung hatte es in seinem Hause keine gegeben; daher war ihm das gegenwärtige Treiben und Jagen, wo alle Tage etwas Neues aufs Tapet kam, in der Seele zuwider. Er schwebte in beständiger Angst, was Anne Bäbi oder Jakobli ihm noch zumuten werden, wohinaus sie ihn senden möchten; daher war ihm alles recht, wenns nur vorbeiging und der ganze Haushalt in den alten Trapp kam.

Als er wieder zum Schmied kam, fragte ihn dieser: Gäll, er wird dih angers brichtet ha?» «Es ist no kurios», sagte Hansli, «wien e Mönsch cha Vrstang ha von ere Sach, u i dr angere ist er so z'säge ume e Lappi. Vo wege myr Sach het er mr grate ume mit kurze Worte, aber hauptändisch, es hätts ke Aflikat besser chönne, wenn er scho bigehrt hätt, öppe z'säge, wies wär, u mit der Wahrhit umzgah. Aber zerst het er mr übrs Doktere gstürmt, emel e halb Stung lang, ih ha nit dr zechnist Teil drvo vrstange. Ih bi ume e Dumme, aber gmerkt han ih doch, daß er ke Bigriff drvo het, minger no as üsereim. Es het mih no vrwungeret; de Aflikate gönnt er dr Vrdienst nit, aber de Doktere möcht er dFisch i dBähre sprenge u meint, mi sött se da la is Hus cho, wo nüt abtreyt, wenn eine öppis cha, u wo me doch drfür aparti zahle sött, es weiß ke Hung wie viel. Aber ih has scho gmerket, es ma e Herr so guet sy als er will, so meint er doch, dr Bur syg ume da, für z'zahle u dHang im Sack z'ha, u we er ne es Tags zwure cha schräpfe, so lat ers nit bi einist guet sy.»

Schöne Seelen müssen über Hansli nicht böse werden, ihn undankbar schelten, er redete vollkommen naturgemäß. Wenn einer einen Plätz ab hat an der Hand, und der tut ihm weh, und ich komme ihm an diesen Plätz, so schreit er: «Ui, Ui! Du bist doch dr wüestist Hung, wos git!», und so oft ich ihm darankomme, so oft schreit er immer ärger. An die Hand aber, an der er keinen Plätz abhat, kann ich ihm kommen, so oft ich will, er sieht nicht nebe ume, läßt keinen Gux aus. Wessen Geldsäckel nun den Plätz abhat, der empfindlichste Teil seines Wesens ist, der schreit allemal, so oft ihm jemand darankömmt, geradaus, und wer es auch ist, der ihm darankömmt, der muß e uverschante, e unerchannte Hung sein, dr wüestist, wos gä cha, und wenn er nicht muß, so längt er selbst so wenig als möglich daran, wie auch er selbst die verletzte Hand ebenfalls schont, so wenig als möglich sie braucht. Je niedriger der geistige Standpunkt eines Menschen ist, desto höher steht ihm die Materie, und den Solidesten steht unter den materiellen Dingen das Geld am höchsten; je höher einer steht, um so mehr verliert das Geld seinen Selbstzweck und wird nur Mittel zur Hebung des Lebens, zur Wahrung des Leibes, zur Ausbildung der Seele.

Nun will ich gar nicht sagen, daß der Bauer immer auf niedrigem Standpunkte stehe, Herren und Pfarrer aber auf dem höhern. Du mein Gott, es gibt sie dick genug, die an ihrem Geldsäckel nichts ertragen mögen und die Gesichter machen wie ertaubete Löwen, wenn man nur von weitem Miene macht, sie um einen Batzen zu bringen, ja die, wie man Bündengschücher auf frisch angesäeten Plätzen aufstecket, um die Vögel zu vertreiben, solche Bündengschüchgesichter Tag um Tag machen, damit kein Vogel nicht einmal Miene mache, nach ihrem Geldsäckel zu recken.

Indessen ist das natürliche Verhältnis jedenfalls so, daß wenigstens der Pfarrer geistig höher stehen, der Vertreter eines edlern Lebens sein sollte. Ist dieses Verhältnis so, so muß er öfters in den Fall kommen, ringsum an Geldsäckel zu hoschen, und sollte es eben nur sein, daß er mahnt, zu Wahrung ihres eigenen Leibes einige Batzen nicht zu scheuen. Da muß er allemal der wüste Hung sein u dr uvrständigst, muß hören: «Ja, we mr ds Geld so ring chäm wie dem, ih wett o. Üsereim mueß gar gnue tue, bis mes het; drum we mes einist het, su het me de o Sorg drzue.» Dies muß niemand verwundern, es ist naturgemäß, dies muß niemand übel nehmen, denn es muß so sein. Drum, schöne Seelen, laßt mir meinen Hansli in Ruh; er ist besser als tausend Andere, er urteilte von seinem Standpunkte aus, und wenn er jemand eine Hülfe leisten konnte, welche in seinem Gesichtskreis lag, so war mein Hansli in seinen Guttaten nicht der Letzte, das heißt wenn einer gekommen wäre und hätte gesagt, er möchte studieren und Hansli solle ihm etwas daran geben, so hätte Hansli gesagt: «Öppis Dumms eso! Gang mr vom Hus eweg, gang ga werche! Was manglist du z'studiere? Es git dere Schlingle gnue.» Und wäre neben dem einer gestanden und hätte ihn um eine Tanne gebeten, weil er ein neues Haus wolle bauen lassen, so hätte Hansli gesagt: «Warum nit? Du mueßt eini ha, öppe nit die größt; mi het se nimme, es geyht afe gar starch mit Heusche.»

## ZWANZIGSTES KAPITEL

### *Wie Jakobli selbst auf die Beine muß und zu einer Braut kömmt*

Mit großem Verlangen hatten alle daheim auf Hansli gewartet und konnten nicht begreifen, warum er so lange nicht käme, ja Jakobli fürchtete in seinem kindlichen Herzen, es seien vielleicht schon Landjäger gekommen und hätten ihn genommen, von wegen der Kreblete, welche Lisi widerfahren sei. Als man ihn daher das Feld auf kommen sah auf der Mähre, da wohlete es allen, aber nicht alle gaben es kund. Mädi und Anne Bäbi taten, als ob die Sache sie nichts angehe, wußten es aber doch zu machen, daß sie den Bericht hören konnten, welchen Hansli heimbrachte, und wie der Pfarrer gesagt, wenn man am Sonntag noch verkünden lassen könnte, so wäre der ganze Handel aus, so wie ers begreife.

Man wundert sich oft, wie die Menschen hin- und hergehen wie Hanfstengel im Hanffelde. Heute lehnen sich diese Stengel an einander, morgen sind sie von einander feindselig abgekehrt, und übermorgen drückt einer den andern noch feindseliger dem Boden zu. So begegnen sich heute die feindschaftlich, die morgen verbrüdert scheinen bis in den Tod, und handkehrum kniet wieder einer auf dem Andern und setzt an die Kehle ihm den Dolch. Das geht gerade so wie im wogenden See, im wirbelnden Flusse; da tanzen die Wellen auch mit einander, als obs lauter Herrlichkeit wäre, und ist es ausgetanzt, so verschlingt eine die andere. Und wenn man meint, jetzt seis aus, so spuckt die eine die andere wieder aus und tanzt wieder mit ihr, als ob gar nichts geschehen wäre. So tanzen die Menschen Kehraus und andere

Tänze, schlenggen einander ins Grab, halten einander die Beine vor, küssen einander, daß der Schinder ds Teufels werden möchte, und alles kehrum. Das alles geschieht denen, die als Wellen auf dem Strome treiben und kein Steuerruder haben, die als Spänchen auf den Wellen wirbeln und keine Wurzeln mehr haben. Nun gibt es doch noch Menschen, die weder Wellen sind noch Spänchen ohne Wurzeln, die wissen, warum sie zusammenstehen und warum sie sich scheiden, die wirbeln nicht herum, die bleiben dann auch so gestellt, wie sie sich mit Wissen gestellt; sie haben Wurzeln, die tanzen nicht auf Wellen, die wachsen nach oben.

Das sind aber nicht Anne Bäbi und Mädi, die jetzt bei Hanslis Bericht ungefähr das Gleiche empfanden, nämlich einen höllischen Ärger, daß alles so glatt und sonder Beschwerde abgehen sollte. Keines von Beiden wollte Lisi, aber Anne Bäbi meinte doch, der liebe Gott sollte die züchtigen bis auf einen gewissen Punkt, welche seinen Plan vereitelt, und Mädi meinte akkurat das Gleiche, aber aus dem Grunde, weil nicht es die Auserkorne war; zu gleicher Zeit verband sie das merkwürdige Standesinteresse, daß es nicht nach ihren Gringe gehe, welche zwar beide etwas ganz anderes wollten, sondern nach dem Willen des Mannenvolkes. Das mochten sie ihnen nicht gönnen, und wenn schon Beide nichts sagten, so hätten doch Beide gleich gerne Wust in die Milch gerührt. Und nun war allerdings, aber ohne daß sie es wußten, ihr Schweigen der beste Wust, den sie in die Milch rühren konnten. Mädi und Anne Bäbi waren bis dahin die Sprecherinnen im Hause gewesen und hatten das große Wort geführt, und jetzt bei der großen Beratung, welche vor sich gehen sollte, gaben sie keinen Gux von sich, als ob sie Kanonen wären, die ein vorschützger Fähndrich bei Einnahme der Festung vernagelt hätte, und wenn man fragte, bat, anhielt, so hörte man höchstens: «Machit ume, machit, ihr chönnet dSach ohni mih, ihr syt selber witzig; heyt drs so wyt brunge, so fahrit jetz us.»

Man denke sich, wenn es manchem Gemeindrat, dem Präsidenten und dem Gemeindschreiber gehen würde wie dem Zacharias, als er die Verheißung Gottes nicht glauben wollte (und wie manches Redmaul könnte aus dem gleichen Grunde zugehen, aber nicht mehr auf), und sie auf einmal stumm würden, in welcher Verlegenheit die ehrsame Versammlung wäre, wenn Keiner mehr sagen könnte: «He jo jo, es ist mr o so!» Wenn nun Wort und Rat gefunden und füregä werden sollte ohne sie! Man denke, wenn es nicht mehr heißen würde: «Hansli, was meinst, was düecht dih? Mih het es so düecht.»

Ja, es kann wirklich übel gehen, wenn einem Anne Bäbi der Mund zugeht und dem Mädi auch. Es handelte sich darum, wie man an das Meyeli gelangen sollte; sollte man es bschicken, sollte man selbst gehen, und wer sollte gehen? Hansli wollte nicht gehen, dem Zeug laufe er nicht länger nach; Jakobli schlotterte überall, wenn von ihm die Rede war, und Sami sagte, er chenn ds Meitschi nüt, u wenn er de ds Lätze brächt, su wär me de erst recht drin. Da war im eigentlichen Sinne guter Rat teuer. Endlich sagte Jakobli, er sehe wohl, es hätte ihn niemere lieb, und so sei es ihm gleich zu sterben, u so chönn dMuetter seinethalb Lisi la Bscheid mache, es söll cho, je eher je lieber, dest eher sei es für. Da ging Anne Bäbi der Mund auf und es sagte: «Du bist e wüeste Bueb, u wem ists meh a dr glege as grad mir; aber was me guet fingt, wottst nit, du wottsch dy Gring selber ha; he nu, so häb ne! U we du es Apartigs im Gring hest, so mueßt dus selber frage, mi chönnt da lang öpper Angere schicke, u wer wett morn ds Hochzyt agä? Hest uf e Zyberlihoger dörfe, su wüßt ih nit, warum du uf Raxige nit o chönntist, u chrankne bist nimme, emel allem Esse a nit.»

Das war ein Ausspruch, der sich gewaschen hatte und allen recht war, nur einem nicht; er nahm allen etwas ab und legte es dem Einen auf; da aber dieser Eine nie gegen alle sich aufgelehnt und seinen Willen durchgesetzt hatte, so blieb der Orakelspruch, er mußte sich fügen und morgen selber gehen.

Wer hat nicht schon gesehen, wie mit der Sonne der Nebel ringt? Bald ists hell und lauter, das Herz möchte zum Leibe raus und tanzen mit den Mücken (würden doch luegen, die Mücken, wenn auf einmal ein Herz tanzte mitten unter ihnen), die so lustig spielen mit der Sonne heitern Strahlen, und handkehrum ists so finster und feucht und Nebelwolken marschieren so dicht und feindselig an, daß es einem dünkt, wenn man nur im Bette wäre, ein dichter Umhang davor wäre und man da schlafen könnte, bis jemand käme mit der Nachricht, die Sonne sei wieder da und die Mücken auf. So ging es selbe Nacht in Jakoblis Seele; wenn er an Meyeli dachte und daß er es haben könnte, so kams ihn an, zu jauchzen und zu pfeifen, und es schien ihm, als rüsteten die Engel im Himmel schon Geigen und Posaunen, um ihm zu helfen. Kroch ihm dann wieder unterm Deckbett hervor wie ein schleichend Ungeheuer der morndrige Tag vor die Seele, dann zitterte und bebte er und seine Seele war bitter betrübt. Fand er es wohl noch? Wollte es ihn wohl? Und wie sollte er es anfangen, um zu ihm zu kommen? Die drei Fragen waren dreien Wolken gleich und hüllten in Nacht seine Seele.

Am folgenden Tag weckte Jakobli niemand, es war aber auch nicht nötig, es war vielmehr wunderlich, wie etwas ihn zur Eile antrieb, und diesem Etwas, das er selbst nicht kannte, widerstrebte er und vermochte es doch nicht, pressierte überall verblümt und wollte doch nicht den Schein haben. Das Halstuch wollte ihm längs Stück niemand umbinden. Anne Bäbi sagte, e sellige Gstabi, der well ga wybe, söll das selber chönne. Mädi meinte, es könne ihms doch nicht breichen, aber e Klapperrose u e Straublueme well es ihm uf e Huet stecke, wenn er well. Endlich war ihm doch Anne Bäbi zu Diensten, wischte die Finger dürftig ab am nassen Wäschlumpe und rief: «So gib!» und zog ihm das Halstuch zweg, daß Jakobli kaum noch schreien konnte mit hohler Stimme: «Nit, nit, Muetter, du erwörgst mih!» «So, chan ihs dr scho nimme breiche,» sagte Anne Bäbi, «es ist de guet, daß de für e Angeri luegst; lue de ume, daß es die besser macht.»

Als er endlich fertig war, sagte er, er sollte e klyseli Geld haben; seines reue ihn schier, es sei gar schöns. «Ih ha kes», sagte Anne Bäbi, «hättist sörger gha, su hättist no. Öppe so für eini ga astelle, wo ume ei Chittel het un ume es halbs Gloschli, düechts mih, du bruchtist keni Neutaler, du chönntischs mit Münz o.» «Ih ha o keini, Muetter», sagte Jakobli. «Ih o nit», schnauzte Anne Bäbi, «heusch dem Alte!» Anne Bäbi hatte so gut Geld als der Alte, aber es wollte kupen und nicht den Namen haben, daß es zu dieser Heirat mit einem Finger behülflich wäre. Der Alte mistete mit Sami, als Jakobli mit seinem Anliegen kam. «He jo», sagte Hansli, «öppe es Schübeli Geld ist aständig, we me wott uf dWybig; ih will ga luege, ob ih no fing.»

«Aber Sami, wie soll ich das auch anstellen, daß ich zu ihm komme?» frug Jakobli. «He, das ist e liechti Sach», sagte Sami, «gang is Wirtshus oder i dPinte, es wird wohl neuis der Gattig dert sy, u gib eme Bueb e Halbbatze oder e Chrüzer, er söll dem Meitli, du weißt ja, i welem Hus es wohnt, ga säge, es wart ihm e Vetter u wett neuis mit ihm rede. U wen es de chunt, su mach nit lang Federlesis u verwörgs im Hals, fahr graduse mit dr Sach, su weißt, wora du bist; aber mach, daß de alleini mit ihm bist u dr niemere drimögget. U wenn es de so werweiset, wies öppe dr Bruch ist, su setz nit lugg, bis es füre ist mit dr Red. Es ist da nit lang Bsinnes. U wenn es de Ja seit, su gang mit ihm zu syne Lüte; die werde Hansli Jowäger wohl chenne u öppe nüt drwider ha. U de, was sie säge möge, gang de grad mit ihm's ga agä; wed scho nit gcho mast a alle Orte, wes ume afe verchündet ist, das ist ds Fundament. Da cha me de die Zyberliblodere la gumpe wie e Elefant uf eme Seili, es macht de nüt meh.» «Chasts ächt mache?» frug Hansli und zeigte ein anderes Bläterli, in welchem wieder ein artiges Schübeli Neutaler waren. «O bhüetis, Ätti, ih ha ume zviel», sagte Jakobli. «He nimm se», sagte Hansli, «wed se nit bruchst, su sy si es angermal o no guet.»

Es war ein kühler Herbstmorgen, als Jakobli auf den Weg sich machte. Tief in die Bäume hinein hing der Nebel, tropfte fast wie Regen von den Blättern, und naß wurden die Haare der Wanderer. Der Schlagtaube schweren Flug hörte man klatschen durch den Nebel, wenn ein vorwitziger Weidbube sie störte auf dem Acker, wo sie vergessene Körner zusammenlas. Der Rauch einiger Weidfeuerchen zeichnete im Nebel sich aus, und saumselige Erdäpfelgraber sah man zeilenweise zu Felde ziehen gegen die Schätze, welche die Erde noch verborgen hielt in fruchtbarem Schoße, und hin und wieder knallte ein Schuß in der Ferne aus dem Kriege her, den noch bis dato der Mensch mit dem Tiere führt. Auf und nieder ging der Nebel; bald sah man über den Boden viele hundert Schritte weit, bald zehn Schritte vor einem ein Stüdi nicht, das sich die Strümpfe band, die es heute zum erstenmal wieder an, aber während dem Laufe des Sommers das Binden wieder verlernt hatte, so daß es schwer ging damit.

Auf dieses alles achtete aber Jakobli nicht. Die Schlagtauben konnten um ihn herumflattern, so dicht sie wollten, er sah sie nicht. Gar seltsam ging es in ihm zu; es war, als werde etwas, als bilde sich aus Flüchtigem, Zerstreutem etwas Festes; es ging fast, als wie es nach den Gelehrten zugehen soll, wenn Kometen sich bilden, nur nicht ganz so, sondern mit dem Unterschied, daß an dem, was sich bildete, man keinen langen Schweif sah, sondern etwas, das fast aussah wie ein Mannsgesicht, in welchem der Bart keimt. Fast zwanzig Jahre war er da abgesessen, wo man ihm gezeigt hatte, daß er absitzen solle, und war da gestanden, wohin ihn die Mutter gestellt, und war gegangen, wohin sie ihn geheißen, sogar auf den Zyberlihoger, obgleich ihm das Herz dabei blutete. Jetzt war es das erste Mal, daß er etwas erzwängt hatte, er wußte eigentlich nicht wie, und etwas ausführte, das in seinem eigenen Kopf entsprungen war und mit eigenen Kräften, aber mit erschrocknem Herzen. Ein Weib wollte er sich holen; das klang ihm so ernst und feierlich, als läute man zusammen in seinem Herzen, als sei seine Seele eine Orgel und hohe Klänge führen darüber hin. Wenn er bloß an sein liebes Meyeli dachte, so wars, als ginge die Sonne auf und alle Vögelein sängen und alle Blümlein nickten und als schwömme er im Himmelreich, und schüchtern schloß er die Augen, und zagend hob er dazu seine Füße. Dann dachte er wieder: Ein Weib holst du dir!, und anders ward es ihm, Sonne, Vögelein, Blumen schwanden; es war ihm, wie es dem Beter wird, der sich dem Throne des Höchsten naht, aber nicht zitternd und bebend, sondern feierlich und ernst, aber auch mutig und wagend. Wer ein Weib holt, soll ein Mann sein; das dachte er nicht, aber der Mann sproßte in ihm, freilich nicht zum Riesen, aber er sproßte doch. Er fühlte, Kind könne er nicht mehr bleiben, er fühlte, was er jetzt machen wolle, das müsse er nicht kindisch tun, sondern ihm eine Gattig geben. Er fühlte sich auf seinem Wege zur Jungfrau mit der Frage: «Willst du mein sein? Ich will dein Mann sein.» Das hat etwas Großes und Erhebendes, so frei und frank gehen zu können mit dieser Frage am hellen Tage und sonder Vetter und Tanten. Man denke sich den Jakobli dazu, der nie seinen eigenen Gang gegangen, und jetzt der erste, den er geht zu eigenem, selbstgewähltem Zwecke, ist gleich des Lebens wichtigster Gang. Schon schritt er männlicher daher, und der Nebel rauschte hochauf weit über die Wipfel der Bäume.

Da kam in die aufgegangene Herrlichkeit plötzlich das Bangen, zugleich trieb ein kühler Wind die Nebel wieder über den Boden. Hatte es vielleicht nicht schon einen Schatz? Ein so schönes Meitschi, sollte das nicht schon einen haben? Es schien ihm nicht anders möglich. Vielleicht kein Reicher, mit dem Gelde wird Mancher abgeherdet, aber sollte er das Meyeli mit Geld erzwingen? Er wußte, was es heißt, jemand ungern nehmen. Man weiß vielleicht nicht warum, aber es zieht sich unwillkürlich die Brust zusammen; der Atem wird schwer, das Blut stockt, kalt läuft es einem den Rücken auf, es schüttelt einem, es preßt einem die Worte aus: «Ih ma nit, ih ma i Gottsname nit!» Es treibt einem den Schlaf vom Bette, den Hunger aus dem Leibe, den Mut aus der Seele, und je näher der verhängnisvolle Tag kömmt, desto tiefer im Boden scheint man zu gehen, alle Tage tiefer; das Grab scheint emporzuwachsen, dem Herzen zu.

Das hatte er erfahren, das Leid hätte er Meyeli um keinen Erdenpreis antun mögen. Und was hülf es ihm, wenn es neben ihm weinte und jammerte; das täte ihm ja um so weher, je lieber das Meitschi ihm sei. Und wenn es ihn nicht lieben könnte so von Herzensgrund, so wollte er es viel lieber nicht, denn das täte ihm erst recht weh und er könnte sich gar nicht trösten, wenn er Meyeli alle Tage hätte, aber es liebte ihn nicht, haßte ihn vielleicht noch. Weher könnte ihm ja nichts tun als in den Himmel schauen können und doch ferne von ihm bleiben müssen. Das wolle er nicht, dachte er, und wenn er merken könnte, daß es einen hätte und es fehlte ihm an Geld für den Einzug, oder wenn der Bursche der Gemeinde schuld wäre, er wollte geben, was er bei sich hätte, damit sein Meyeli glücklich würde und daß es sehen könnte, wie lieb er es hätte. Wie diese Gedanken durch seine Seele flogen, trat er recht männlich auf und schien fry gewachsen; die Nebel hoben sich wieder, rissen auseinander, blau ward der Himmel, und grau lagen vor ihm im gelblichten Laube Raxigens nach dem Boden strebende Strohdächer.

Da klopfte ihm doch wieder sein Herz, und er kleinete wieder fast um einen halben Kopf. Er wußte, wo das Wirtshaus war, aber es düechte ihn, er möchte das Meitschi nicht so bschicken; es sei die Frage, ob es käme, und vielleicht könnten sie nirgends ein vertrautes Wort mit einander reden, daß es nicht alle Leute hörten. Zu dessen Haus zu gehen, scheute er sich. Wenn das Meitschi ihn nicht wollte und er so z'leerem wieder fort müßte, so müßte er sich ja schämen, es hätt key Gattig; lieber wollte er es doch aparti vom Meitschi hören, daß es niemand merkte. Da könnte er ja wieder gehen unbemerkt, und wenn er schon die Augen voll bekäme und ds lauter Wasser weinen müßte, so würde es doch niemand sehen und niemand könnte ihn auslachen. Es dünkte ihn, wenn der liebe Gott es recht gut mit ihm meinte und ihn auch ein wenig lieb hätte, so ließ er ihn dem Mädchen begegnen gerade hier auf dem Felde, wo fast keine Leute waren, da die meisten Pflanzeten aller Art auf der andern Seite des Dorfes lagen, oder er ließ ihn ihns finden dort hinter jenem Hag, wo noch verborgener ein trautes Wort zu reden wäre.

Der Gedanke setzte sich recht fest in ihm; es dünkte ihn, Gott könne fast nicht anders, er müsse das Meitschi ihm in den Weg führen, wie er einst die Rebekka an den Brunnen geführt, wo Elieser wartete. Rundum sah er, woher das Meitschi komme, er galaffete sich fast den Nacken krumm; es dünkte ihn, es müßte aus irgend einem Einschlag hinter ihm dreinkommen. Da plötschte er mit etwas Hartem zusammen, ein heller Schrei gellte ihm in die Ohren, er fuhr zusammen, daß auch er bald geschrien hätte, und als er den Schaden umsah, stand vor ihm das Meitschi mit den gelben Züpfen; einen Korb hatte er ihm beim Zusammenplötschen vom Kopfe gestoßen, weit umher lagen die Rübli zerstreut.

Er hatte sich nicht geachtet im Galaffen, wie der Fußweg durch den Hag in einen kleinen Einschlag sich bog; von der andern Seite kam just Meyeli, welches Rübli gegraben, gerade in der Beugung begegneten sie sich, und da er nicht acht gab, so stieß er ihm den Korb vom Kopfe. Ganz rot hatte der Schreck das Meitschi übergossen, und schon hatte es den Mund offen zum Aufbegehren, da erkannte es Jakobli und ward röter noch als vorher. «Bist dus, der da um die Ecke kömmt wien e Schutz? Bis Gottwilche, u wo wottsch us?» Und Freude leuchtete aus Meyelis Augen unverstellt, als wie wenn es einen großen, unerwarteten Fund getan. Jakobli war abermals sehr verblüfft; was er so innig gewünscht, das hatte Gott vor ihn gestellt, und jetzt fand er lange keine Antwort, sondern reckte bloß die Hand dar zum Willkomm. «Ih ha gar e wüesti», sagte Meyeli, «ih mueß se zerst abwüsche; aber säg mr, wo wottsch us?»

Jakobli hatte unterdessen die Sprache wieder gefunden, und als er die Hand faßte, behielt er sie und bekam großen Mut. «Nit wyt wott ih, ume bis zu dir.» «Öppe wegem Dokter, wo dBase dokteret het? Nei, zu dem gang nit; denk, dä het geng a dr Base dokteret und angerist und angerist se abgfüehrt, ih glaub emel es Dotze Mal, u het geng gseit, es besseri, es besseri, u dBase hets geng glaubt u gseit, es ziehy ab, aber si werd neue gar schwach drby, bis si is ungsinnet unger de Hänge vrschiede ist. Es ist grad hüt acht Tag, daß mr se vrgrabe hey.» «Nein», sagte Jakobli, «wege dyne chumen ih.» «Wege myne?» frug das Meitschi in seiner raschen Lebendigkeit. «Dr werdet e Jumpfere mangle, aber ih cha wäger nit cho, wen ih scho gern wett. Dr Vetter ist jetz elleini u het niemere, dä dHushaltig macht u öppe zu de Chinge luegt, u da darf ih nit von ihm. Si hey mih zu ne gno, won ih niemere gha ha, u wenn ih scho nit geng guet gha ha, su wärs doch schlecht, wen ih jetz furtgieng, wo si mih am übelste mangle.» «E Jumpfere hey mr», sagte Jakobli, «u die blybt emel einist; aber ih mangelti e Frau u ha dih welle cho frage, ob du se sy wettisch?» «Dy Frau?» fragte Meyeli lachend, «e warum das nit, gar gern! Wenn wey mr ds Hochzyt ga agä?» «Hüt no», sagte Jakobli mit feuchten Augen und bewegter Stimme, «hüt no, wenns dr recht ist.»

Da ward es Meyeli bang ums Herz, es wußte nicht warum; es zog seine Hand weg und sagte: «Ih mueß hey, es wird Zyt zMittag z'choche, u was wird dr Vetter säge, wen ih my Zyt mit dr Narre trybe vrbruchti? Adie wohl.» «Meyeli, es ist mr Erst», sagte Jakobli, «un ih trybe nit dr Narre; ih möcht dih gfragt ha, ob de mih wettisch zum Ma und ob ih dr nit z'wüeste bi?» «Z'wüeste? Nei wäger nit; es het mr no nit grad eine bas gfalle weder du, und ja fryli, ih wett dih scho näh», sagte das Meitschi, «aber es ist dr nit Ernst; was wettist du afa mit eme sellige arme Meitschi, wie ih bi?» «He, ih mangle ke Rychtum», sagte Jakobli, «mr hey üsi Sach öppe, daß mrs chönne mache, wen ih scho nüt erwybe. U du bist mr im Sinn gsy vom erstemal a, wo dih gseh ha, un expreß chummen ih dih cho frage, ob de mih liebe chönnist u mih mögist, wed nit öppe e Angere hest?» «Nei, vo selbem schwyg mr», sagte Meyeli, «es het mih no kene bigehrt, un ih hätt kene möge.» «U mih?» fragte Jakobli. «Dih vo Herze gern, bhüetis ja», sagte Meyeli mit unverstellter Freudigkeit, «a so öppis hätt ih doch nie dörfe sinne; aber was werde dyner Lüt säge?» «Die sy sih zfriede u wüsse, wohin ih bi», sagte Jakobli. «Aber ih wirde doch z'arm sy, u we si scho nit drwider sy, so werde si mih doch vrachte u nüt schätze.» «Häb nit Chummer», sagte Jakobli, «uf e Rychtum hey si nit z'luege u hey mängist gseit, druf chömms nit a; mr heyge öppe, daß mrs mache chönne, u die, wo nachechömme, öppe o.» «Nei, aber was wird dr Vetter säge, wenn ers vrnimmt? Dä wird lose. U het mr so mängist gseit, ih überchömm e ke Ma, ih syg z'brings drfür u z'bös u z'bleichs, u jetz han ih eine u no e sellige!»

Und wenig fehlte es, es hätte einen Freudensprung getan und zu jauchzen angefangen. Rasch las es seine Rübli auf; Jakobli half ihm und fragte ihns, es werde ihm also recht sein, heute noch mit ihm das Hochzeit anzugeben; wenn es wolle, so komme er gleich mit ihm zum Vetter. Da begann bei dem armen Mädchen das Bangen. Gewohnt, sich zu geben, wie es war, war der Strahl der Freude unverhohlen hervorgebrochen; und welches Mädchen, das keinen Andern, sondern gerade den Jakobli im Sinn hatte, aber ohne alle Hoffnung, und das arm und bedrängt war, hätte nicht Freude empfunden, wenn er gekommen wäre mit der Frage: «Wottsch mih?» Nun kam aber auch heraufgezogen, was in jedem unverdorbenen Mädchenherzen ist, das Bangen und das Schämen, wunderbar verwoben mit dem Sichmeinen, das Aufschieben und Hinhalten, das Angsthaben mitten in der Freude, die seltsame Wehmut mitten in der Fröhlichkeit, und alles um so bunter durcheinander, je natürlicher sein Herz war. «Was sinnest auch», sagte es, «heute noch! Herr Jemer! Selb ist ja nit mügli, denk o!»

Jakobli hatte sein Glück gehört, aber noch nicht ganz empfunden, denn man muß nicht vergessen, daß bei langsamen Naturen nicht bloß das Begreifen schwer geht, sondern auch das Empfinden. Der empfangene Eindruck verbreitet sich langsam, und langsam entwickelt sich aus dem sich nur nach und nach erhellenden Bewußtsein das Leid oder die Freude. Lange muß man das Ding ansehen, ehe man es so recht faßt, was das Ding an sich ist und was es für einen insbesondere ist. Jakobli kannte auch die Mädchenherzen nicht, wußte nicht, wie da Weinen und Lachen, Wehren und Wollen, Meinen und Schämen, Bangen und Sehnen, alles bei einander ist wie in einem Druckli und alles durch einander wie in einer welschen Suppe. Es ward ihm daher angst, als die Dinge alle zum Vorschein kamen, Meyeli sei reuig geworden und möchte die Sache wieder verdrehen, und weil man ihm so oft gesagt hatte, er sei son e Leyde u son e Wüeste, so war er mißtrauisch und glaubte, er gefalle niemanden.

Das kam ihm jetzt wieder, als Meyeli bangte und sich schämte und Stündigung wollte. «Wirst dih reuig?» sagte er traurig, «ih weiß wohl, daß ih e Leyde u e Wüeste bi u mih niemere liebe cha; säg mrs doch recht graduse u häb mih nit für e Narr; we du reuig bist, so sägs doch recht.» «Aber meinst», sagte Meyeli, «ih sig sövli es Schlechts u bigehri öppere für e Narre z'ha i sellige Sache u chönnt da drglyche tue, es syg mr eine aständig, wes nit ist? Nei wäger, es sövli es Schlechts bin ih nit, u wed mr selligs traue witt, su bist am Lätze, es ist grad noch die rechte Zyt!» «Zürn doch recht nüt», sagte Jakobli, «bös gmeint ists nit, aber ih ha nie chönne glaube, daß mih eis liebi; es het mr geng alles gseit, wie ih e Wüeste u e Leyde syg, u wod da hest afa dih gha, han ih gmeint, du heygist ume ds Gspött mit mr gha.» «Nei wäger nit», sagte Meyeli, «du hest mr grad vo Afang gfalle, ih weiß nit warum; aber won ih dih gseh ha ds erst Mal, hets mih grad düecht, es gäb mr neuer e Streich, u doch het es mr nit weh ta; es ist mr so wunderlig wohl und angst nebeangere gsy, ih ha nit gwüßt warum. Aber zletsch hets mih grusam duret, wod nüt zu mr gseit hest u da so nebe mr gstange bist, wie wes dr nit recht wär und des ungern hättist, daß ih nebe dr ryti. Das het mih geng duret, u wen ih dra däicht ha, han ih mih ds Augewassers fast nit chönne erwehre. DBase selig het mängist gfraget, was mit mr syg, aber ih ha selber nit gwüßt, was ih säge sött. Du bist du no a äim Sunnde bi mr vrbygfahre u hest mih nit grüeßt u nüt drglyche ta, daß de mih gseyhist; selb het mih duret, ih chas fast nit säge wie. Ih ha doch nüt gwüßt, das ih dr zleid ta hätt, ih ha däicht, es syg dr Hochmuet. Und won ih us em Plätz usecho bi ungsinnet, ech ha daher gseh ryte, hets mr e Chlupf is Herz gä, ih cha nit säge wie; es het mih düecht, er chönnt nit größer sy, we Vater und Muetter us em Grab fürechäme – u du kes Wörtli zu mr z'säge! Selb ist mr grüslig gsy, u fast han ihs nit chönne vrwerche. Wo dih du da i de Rüttene atroffe ha, da ha dih vo wytem gchennt, ha aber lang nit gwüßt, ob ih mih chünte will oder nit; bald bin ih gschwing gange, bald süferli; bald hets mih düecht, es fehl dr neuis, du bist alliwyl stillgstange; bald hets mih düecht, gang doch dä Muffi (ih säge drs, wie ihs gsinnet ha), wo er well, es syg mr doch graglych. U doch han ih dr müeße nahcho, ih ha möge welle oder nit. U wo de du so fründlig gege mr gsy bist u mr no gar hest welle Wy zahle, da ists mr gsy, ih cha nit säge wie; aber es het mih düecht, wen ih elley wär, ih möcht über all Häg us, syge si so höch wie si wette. U won ih du vo dr gange bi, hets mr fast ds Herz welle zrschryße; ih ha nit gwüßt, gsehn ih dih no einist oder nüt meh. Es het mih mängist düecht, es schryß mih öpper a de Züpfe zruck un ih sött dr no neuis säge, u won ih du us em Dorf use gsy bi, han ih müeße pläre, ih ha nit gwüßt warum, u ha fast nit chönne höre, es ist geng ufs Früsche wieder cho, wen ih scho glaubt ha, es syg jetz gstellt. Lue, ih säge dr das alles ufrichtig, wies ist, du gsehst de, ob dih für e Narre möcht ha; aber häb du mih o nit drfür oder wird reuig!» sagte Meyeli.

«Nei wäger nit», sagte Jakobli, «aber säg mr doch, wie chunts, daß ih dir gfalle u sust niemere; was het dr gfalle a mr?» «Das chan ih dr uf mi Treu nit säge», sagte Meyeli. «Es ist mr gsy, as we me mrs awurf, oder as wen ih in e böse Luft cho oder i öppis trappet wär», setzte es mit wunderlieblichem Mieneli hinzu. «Hest gwüßt, wem mr sy?» fragte Jakobli. «Nei», sagte Meyeli, «erst du, wo de am Sunnde düregfahre bist gege Kriegstette u dur dMistgülle u dLüt du so grusam glachet hey, han ihs vrno.» «Hest du is de gseh?» fragte Jakobli, «wo bist du de gsy? Ih ha dih nüt chönne gseh.» «Ih bi i dr Kuchi gsy», sagte Meyeli und wurde rot; es fürchtete, Jakobli möchte fragen, ob es gedacht hätte, sie kämen den gleichen Weg zurück, und ihretwegen in den Bohnenplätz gegangen sei.

Um abzulenken, frug es, ob Jakobli nach ihm gesehen, und gar herzinnigliche Freude hatte es an dem Bekenntnis, daß eben dieses nach ihm Sehen schuld gewesen sei an der Fahrt durch die Mistgüllen. Natürlich waren unter diesen Mitteilungen die Rübli längst aufgelesen worden, aber sie merkten es nicht, und Jakobli erzählte eifrig, was es in Kriegstetten gegeben, wie er da eine habe heiraten sollen, welche er abselut nicht hätte mögen, wie aber die Mutter drangesetzt und wie er eben vom Zyberlihoger gekommen, als sie in den Rüttenen zusammengekommen, und wie – da begann Mittag zu läuten im Dorfe, und den fleißigen Weibern ward verkündet, daß sie sich zu sputen hätten, wenn sie den Männern was Warmes zweghaben wollten zu rechter Zeit. «Herr Jemer, Herr Jemer, scho eilfi! Eh bhüet mih Gott, was wird dr Vetter säge, wie werde dKing brülle!» rief Meyeli, «hilf mr uf, gschwing, gschwing!» «Soll ih grad mit?» fragte Jakobli. «Bi Lyb u Sterbe nit, es gange all Lüt jetz hey, ih müeßt mih zTod schäme; wart e wenig da hinterm Hag, u de chast is Wirtshus, u in ere Stung oder zweue chumm de, wes dr de no ernst ist.»

Und dahin zog Meyeli, wie wenn es dr Bysluft trüge; aber ehe es am andern Ende des Einschlags durch den Hag schlupfte, nahm es sich doch Zeit zum Umsehen, ob Jakobli noch da sei oder vielleicht davongelaufen. Der aber stand noch da und sann allem nach, wie es so wunderbar gegangen, wie er gedacht, wenn Gott ihn lieb hätte, so fände er das Mädchen, und wie es fast in selbem Augenblick vor ihm gestanden, und zwar da, wo es nicht schicklicher hätte sein können, in einem kleinen Einschlag, ringsum mit Hag eingefaßt, fast wie hinter einem Umhang, wo sie ungesehen und ungestört mit einander reden konnten, bis sie wußten, sie hatten einander verstanden und nichts wäre mehr zwischen ihnen, aber jedes im Herzen des Andern. Dem sann er lange nach, und es freute ihn, wußte er doch, daß er nicht bloß dem Meyeli, sondern auch Gott lieb war, und schöpfte er daraus das Vertrauen, daß alles noch einen guten Austrag nehmen werde.

## EINUNDZWANZIGSTES KAPITEL

### *Wie dem Jakobli ein Meitschi vom Wirtshaus ins Pfarrhaus hilft*

Langsam, er wußte selbst nicht wie, trappte Jakobli dem Wirtshaus zu, und es ist kurios, je langsamer oft die Beine gehn, desto rascher laufen die Gedanken. Dies Verhältnis ist in mehr als einer Sache, zum Beispiel je schneller einem die Worte kommen, desto mehr stammelt die Zunge, je spärlicher die Ideen kommen, desto rascher geht die Feder, und je weniger es liebt, desto mehr küßt manches Weib. Es geht halt kurios zu in der Welt.

Im Wirtshaus war niemand; die Hudeln verdienen am Samstag für den Sonntag und die blauen Tage, die fleißigen Leute schaffen für einen arbeitsfreien Sonntag. Die Wirtstochter war alleine in der Gaststube und lismete (Es war aber nicht die, welche, als sie endlich einen Strumpf ausgelismet hatte und ihn aufrollte, das Börtlein oben abgefaulet fand. Sie hatte nämlich zwei und ein halb Jahre daran gelismet, in der Zeit ihn nie aufgelöst, er mochte im Wein gelegen sein oder in andern Dingen). Freundlich war sie, brachte den verlangten Schoppen, und zwar nicht Siebenunddreißiger Erlacher mit Picardan verblümt als Zehnbatzigen, sondern recht guten und puren Lacote, und fragte manierlich: «Bigehrst no neuis meh?» «Öppis z'esse», sagte Jakobli. «Wottsch bifehle oder wottsch, was mr hey?» fragte das Meitschi; man wußte nicht, wars Ernst oder Spott, so daß es Jakobli fast lächerete, als er antwortete: «Wasd öppe hest, aber viel bigehre ih nit.» «Häb nit Kummer», sagte das Meitschi und lüpfte die Füße, als es hinausschoß; es wußte nichts von dem schmachtenden Schlärplen vieler zarten Gaststubenseelen. Jakobli stund unterdessen am Fenster und guckte in die leeren Storchennester hinauf und an die grauen Strohdächer, von denen die einen Naturfarbe trugen, die andern aber stattliche Perücken von grünbraunem Moos, und er dachte viel darüber nach, wie es doch in der Welt gehe, daß sogar die Strohdächer es bis zur Hoffart trieben und Perücken trügen, und zwar so schöne grüne, als ob sie erst jetzt ans Blühen und Schönwerden dächten. Während er so gründlich philosophierte über die Eitelkeit der Welt, hatte hinter ihm das Meitschi aufgetragen und sagte eben: «Du chast cho»; da sah er sein Meyeli vorübergehn, einen Blick nach den

Fenstern tun, rot werden und dann davongehen wie auf Rädlene. Da stach ihn etwas, er hatte es noch nie gefühlt; er wußte nicht, was es war, aber er mußte fragen, er mochte wollen oder nicht: «Chast du mir säge, wem äys Meitschi ist?»

Wenn man ein Mädchen frägt, was dort für ein Mädchen gehe, kriegen alle geläufige Beine; manchmal ist aber die Antwort desto langsamer. Rasch war das Meitschi am Fenster. «Meinst das mit de wyße Züpfe?» frug es. «Ja», sagte Jakobli, «wo dert um e Egge geyht.» «Das ist Jungfräuli dert i äym Hus; es ist dr Götti, u es sött dr Gottswille byn ihm sy, aber es het bös gnue drfür. Alle Tag mueß es ghöre, er heygs dr Gottswille gno; git ihm ke Lohn u Kleidleni, daß er sih schäme sött, u mueß mache, was ke Jumpfere im ganze Dorf macht, u gäb wien es springt, su macht es doch no nie gnue.» «Es wird niene angers hi wüsse», sagte Jakobli und wußte selbst nicht, was er sagte. Es kam ihm vor, als sei er eine Orgelpfeife und als blase jemand die Worte aus ihm heraus.

«Das fung Plätz gnue», sagte das Meitschi eifrig. «Ih bi mit ihm zum Herre gange, u mir hättes gern as Stubemeitli gha, es ist es Gleytigs u doch es Manierligs. Aber es het nit welle cho, gäb was men ihm gseit het. Si zürnte es an ihm, hets gseit, u es syg doch geng dr Götti. We men ihm scho gseit het, es syg e Narr, su hets glachet u gseit, es well lieber, mi säg, es syg e Narr, as mi säg, es syg e wüeste Hung, selb bigehrs nüt. Es ist de gar son es Lächerigs drby u doch notti es Guets. Es ist is allesame wert gsy, währet mr zUngerwysig gange sy, wos de o wieder dere gä het, wo me gern vrlochet hätt vo eyr Ostere zur angere.»

«Wo wottsch?» so frug das Mädchen, als Jakobli hinter dem Tische saß. Da fühlte Jakobli wieder seine Backen heiß werden. «Ho, nienehi», hatte er auf der Zunge, aber er sagte es doch nicht, er fühlte wohl, daß diese Antwort ihm bei einem solchen Meitschi nur zu einer tüchtigen Auslacheten verhülfe; er hätte einen Batzen gegeben, er hätte nicht gefragt, und doch hatte er die Antwort grusam gern gehört und sie nicht um einen Neutaler gegeben. Aber er fühlte, daß alles ein Küstchen kriegt, was nicht in ganz lauterer Pfanne gekocht wird. «Dert i äys Hus», sagte er endlich und zeigte auf die etwas entlegene First, wo Meyelis Götti wohnte. «So, was hast du dort zu tun? Zu wem wottsch? Wottsch ihms grad ga umesäge, was ih gseit ha, wie er e Götti syg?» So sagte das Mädchen und trat mit resoluten Augen, die Arme auf den Hüften, vor ihn, als ob es einen Hosenlupf mit ihm wagen wollte.

Da fühlte Jakobli, daß er die Wahrheit sagen müsse, z'vrheimen sei da nichts. Zudem sei es ja eine gute Freundin, und wer weiß zudem auch nicht, daß wenn das Eis einmal gebrochen ist, Verliebte gerne von den Geliebten schwatzen, gerne jemand ins Vertrauen ziehen, um von Zeit zu Zeit das Herz leeren zu können, das ja sonst zerspringen müßte. Zudem ist der Mensch, wie keck er scheint, ein unsicher Wesen; was er sich erwirbt, teuer oder wohlfeil, das hört er gerne rühmen; erst dieser Ruhm macht ihn sicher, daß er gut gekauft, keinen Fehlgriff getan.

Es gibt wenige Menschen, denen man durch nachhaltiges Ausführen von mehreren Seiten eine Sache nicht erleiden kann, daß sie noch die Kappe nachwerfen, wenn sie ihr loskommen können um jeglichen Preis. Es gibt wenige Menschen, die man nicht am Ende kann glauben machen, sie seien in keinen Schuh gut, sie seien dumm, ja sie seien verrückt. Freilich kostet dieses längeres Nachhalten und größere Mühe. Einen Menschen glauben zu machen, er sei die Weisheit selbst, das ist leicht gemacht, ja man kann einen Stock zur Überzeugung bringen, und zwar noch geschwind genug, er sei kein Stock, sondern das Fundament, auf das Gott die

Welt abgestellt. Kurz der Mensch hat sehr selten ein selbständiges Urteil, weder über sich selbst noch über die Kühe, die er auf dem Markte kauft; er hört daher beides gerne rühmen, so wie ein Bursche das Meitschi gerne rühmen hört, mit dem ers probieren will.

«Häb nit Kummer», sagte Jakobli endlich, «eigetlich ds Meitschis dwege wott ih hi; mr möchte hüt no ga ds Hochzyt agä, u da mueß ih ga luege, was dr Götti drzue seyt.»

«Wie meinst?» fragte das Meitschi und trat mit eingestützten Armen noch näher. Jakobli wiederholte ganz treuherzig die frühere Rede. «Öppis Dumms eso! Ga ds Hochzyt agä!» sagte das Meitschi, «wed de e Narr ha witt, su bis ne selber. Ga ds Hochzyt agä, u het no nie kene ychegla! We de das geyht ga ds Hochzyt agä, su weiß ih de o öppis drvo.» «Wird nit höhn, wäger», sagte Jakobli, «ih gibe dr dWahrheit a, aber säge hätts dr nüt chönne; erst vor e halb Stung hey mr dSach richtig gmacht dert i de Yschläge usse.» «Nei, jetz ist mir nüt meh z'helfe», sagte das Meitschi, «nun ist doch de o keim meh z'traue; nei, jetz säg me mr nüt meh! Das het chönne tue, wie wenns syr lebelang mit kem Mannevolch nüt wett u niemere chennti; erst no am vorige Sunnde het es so ghässelet gege dr junge Bursch u lat acht Tag druf vrkünte. Daß das sih so vrstelle chönnt u sövli e Kalfakter wär, hätt ih nit glaubt; jetz han ih myr Lebtig nüt meh uf ihm.» «Nit», sagte Jakobli, «verred dich nicht; es vermag sich dessen nichts und hatte dir nichts sagen können», und erzählte ihm nun, wie alles zu- und hergegangen sei, Punktum von Anfang bis ans Ende.

Das Mädchen schlug die Hände über dem Kopf zusammen und sagte, von einer solchen Geschichte hätte es sein Lebtag nicht gehört; das sei ja ärger, als man läs in den Büchern. «Also du bist ds Jowägers Bueb, wo si uf em Zyberlihoger son e Freud und es Glärm gha hey u no meh

Schulde gmacht hey uf ihn hi. Nu, dene man ihs gönne, daß es ne so geyht; das sy Meitli, wo sih ds ganz Wybervolch mueß schäme ihretwege. Uflät sys, un es ist dFrag, ob du nit für en Angere hättist zuechemüeße. Das gschieht dene afe i dSchueh yche recht! U ds Meyeli wottsch un es dih; das Dolders Täschli het mr nie e Ton drglyche ta, daß es einist ume mit eme Bueb gredt heyg. Wart das ume, dem will ihs säge! Aber gönne mag ihg ihms, u bös ha wirds nit müeße, wird nit sölle Hung sy. U du hest recht gha, hest nit ufs Geld gluegt; es lustigers u grangschierters Meitschi hätt ih dr nit gwüßt; du bist e gfellige Mönsch gsy, los, u sövli dumm, wie me dih drfür hät, mueßt nit sy, los, sust wärs dr nit zSinn cho, dih hinger das Meitschi z'mache. Aber seh, iß u gang, u chömit de hie dure, we dr zum Pfarrer göht, ghörst? Dem Täschli mueß ih doch o no öppis säge. Dr Alt wird welle wüest tue, aber acht dih synere nüt, er ist e wüeste Ma. Da chönnte es ihm zehn Jahre dFinger vorabwerche, u zletsch, wes e Stung krank würd, jagti ers ohne Lohn u ohni Kleider zum Hus us. Es ist aber no Narrs gnue u lat sih erschrecke u wird meine, es müsse ihm folge, wenn er nit wott. Aber gib nit lugg, stell zBode u tue, wed chast, wie wenn se alli fresse wettisch; nache chast de scho wieder freyne sy.»

Das Mädchen hatte nicht Ruhe, nicht Rast, bis es ihn spediert hatte, nahm keine Ürti ab, um ihn zu zwingen, mit Meyeli herzukommen.

Schlecht war das Dach, worunter Meyeli wohnte, aber sauber war es ums Haus, vor dem ein grämlicher Mann Weidenzweige schälte; und so wie man zuweilen ein Licht oder den Schein des Lichts in einem Hause herumfahren sieht, bald hier zwitzert es auf, bald dort, und wenn man recht hinsehen will, so ist es verschwunden, so schien ihm Meyeli oder sein Widerschein durchs Haus zu fahren, aber eigentlich zu Gesichte kriegte er es nicht.

«Bist flyßig?» fragte Jakobli. «Es wär sih nötig, we geng ume alles vrheyt ist», antwortete das Mannli. «Ih hätt neuis möge frage, wes erlaubt wär.» «Das wird aber öppis sy. Ist dr öppe e Geiß lahmi worde oder dKatz übelghörig u wottsch Stür?» fragte das Mannli. «Selb nit», sagte Jakobli, und daß ihn der Mann dafür ansah, machte ihn taub, so daß er ganz herzhaft sein Anliegen vorbrachte.

So wie er anfing, hob das Männchen die Hand vor die Augen und grännete lange ihn an, und als Jakobli ausgeredet hatte, so sagte das Männchen, er solle sich auf der Stelle vom Hause wegpacken, oder er nehme einen Stecken und jage ihn fort. Das sei ihm eine unerhörte Sache, und e uverschantere Kerli hätte er nicht gesehen; er solle machen, daß er fortkomme, sonst wolle er ihn usufer dännegä. Er hätte e Jumpfere nötig, aber sy Jumpfere ke Ma, er hätts ghört u söll sih packe.

Jakobli stand da, als ob er das Öl verschüttet hätte, und wußte nicht, was machen; aber das Mannli nahm einen alten Besen und sagte: «Wottsch oder wottsch nit!» Da schoß Meyeli, das, Gott weiß wo, der ganzen Verhandlung zugesehen, zum Männchen hin und sagte: «Nit, nit, Götti!» rief es, «das ist ja dere Sohn, wo mih u dr Fritzli hey la ryte, won er nimme het möge laufe vo Solethurn hey, u hütemorge ist er mr nahcho, won ih heycho bi, u het mih gfraget, wien ihs heyg, ob ih ne nähmti oder nit, u du han ih gseit, er söll Euch cho frage, es syg ungschicht jetz. Un es sy brav Lüt, wie me seyt.» «U syg er wem er well, so soll er mr furt; es ist key Manier, eim dJungfraue am heiterhelle Tag cho z'vrsume, für was git me ne ds Fresse u dr Lohn; u gang mr jetz, hest ghört, u daß ih dih nimme gseh!»

«Aber Götti», sagte das Meitschi, «er wott mr nüt zleid tue, u wenn er mih zEhre füehre will, so mueß ih ja Gott danke, son es arms Meitli, wien ih o bi.» «Ja, we du für nüt

Bessers Gott z'danke weißt weder für e sellige Schlingel, su nimmts mih nüt wunger, daßd sellig Gedanke hest; es düecht mih, du hättest z'danke gnue emel einist, daß de Lüt funge hest, die sih dynere agno hey, daßd nit uf dGmein müeße hest, u die sövli zu dr gluegt hey u sövli a dr ta hey, du undankbari Täsche du; wed das sinne wettist, du hättist no lang nit dr Wyl, a ds Manne z'denke, e sellige Grieggel, wie du o bist!»

«Ih bi ds Dankes nüt ab, Götti, u hätt a mängem Ort chönne böser ha; daß ih nit feißer bi, chan ih nüt drfür, u gwerchet han ih geng, was mr müglich gsi ist; u dBase ist guet gege mr gsi, ih bis nüt ab, u dr lieb Gott wells fürgelte, was ih nit abvrdienet ha. Aber es Täschli bin ih doch de nit, Götti, nahglüffe de öppe wie mängs bin ih niemere.»

Jetzt ward der Götti noch böser über solches Pochen. Es werde meinen, er wäre ihm noch heraus schuldig und werde ihm wahrscheinlich noch dHochzeitkleider machen lassen sollen zTrinkgeld, sagte er.

Gäb wie Jakobli sagte, für das solle er sich nicht kümmern, und wenn Meyeli noch etwas schuldig sein sollte, so wolle er schaffen, bis es gut sei: er schüttete nur Öl ins Feuer und mußte vom Hause weg, wenn er nicht mit dem Alten ins Handgemeng kommen und einen öffentlichen Spektakel geben wollte. Schon stunden Weiber in den umliegenden Häusern vor den Küchentüren, und über die Misthaufen sah man den Kopf von manchem Köbi.

Als Jakobli alleine und traurig im Wirtshause erschien und erzählte, wie es ihm ergangen, da sagte das Meitschi: «Dä Donnstigs Uflat, das ist seine Geistlichkeit! Läuft in alle Versammlige und rühmt alle Leute, wie er dr Gottswille es arms King uf- u agno heyg. Und das Kind ist eine Jumpfere, erspart ihm eine Haushältere; er braucht ihm keinen Lohn zu geben und kann dazu e guete Ma schiene, und wer weiß, was dä alt Bock no im Sinn hat. Gerade Sellig sy die Schlimmste. Aber häb du ume Geduld, es soll keine Viertelstund gehen, so soll dein Meitschi da sein; dä alt Gränni soll de nadisch nit meine, daß er öppis zwänge und am ene arme King vor sym Glück sy chönnt, obschon ich ihm den himmlischen Lohn für sellig Streiche wohl gönne möcht.»

Es ging allerdings keine Viertelstunde, so war Meyeli da, aber weinend und mutlos. Während der Alte vor dem Hause Wydli schälte, um das Erdäpfelkörbli zu plätzen, dem vor Alter und Schwachheit der Boden ausgegangen war, und meinte, er hüte so das Haus so gut als weiland der Höllenhund Zerberus die Unterwelt, weinte Meyeli hinter dem Hause, sah aber doch, wie seine Freundin winkte und deutete. Anfangs schüttelte es wohl den Kopf, es wolle nicht kommen, aber es kam doch; denn welches Mädchen, das in solchem Jammer sitzet, würde dem Winken der besten Freundin widerstehen, sei es um ihr zu jammern, sei es um zu vernehmen, was hinter dem Winken steckt. Übrigens kann so ein alter Höllenhund, und wäre es selbst der ehemalige mit seinen drei Köpfen, lange vor einem Hause sitzen und es hüten; zwei Mädchen erhütet er nicht, am allerwenigsten, wenn er sie taub gemacht.

Doch kostete es, um die Wahrheit zu sagen, noch einige Mühe, ehe Meyeli im Wirtshause war. Es sagte, wenns so gemeint sei, so wolle es lieber von allem nichts mehr, es wolle sich nicht versündigen; sterben wolle es (es ist kurios, wie Mädchen unter gewissen Umständen gleich sterben wollen), der Alte könne es dann seinethalben verantworten. Aber die Freundin sagte, von Sterben sei einstweilen keine Rede; aber hier könne es nicht mit ihm reden, und gleich solle es kommen, ehe der Alte seine Schnupfnase um die Ecke strecke. Und so kam es zögerend, stand hinter jedem Baume, jedem

Hause still und sagte: «Sag es mir hier, was du zu sagen hast; hier sieht uns der Alte nicht, und weiter darf ich nicht.» Aber wenn eine Freundin einen Schatz und eine Schätzin zsämebringen will, so hilft keys Säge nüt, und wenn solche Freundinnen nicht wären, nicht die Halbe wüßten sich zu helfen, kämen ohne ihren Rat nie zusammen.

Jakobli und Meyeli waren da; das Letztere weinte, und der Erstere war trübselig und starch am Sinnen, was zu machen sei, aber es kam ihm nichts in Sinn, und Meyeli sagte eben: «Adie wohl u zürn nüt; du gsehst, wie es mr geyht; i Gottsname, ih lebe öppe nit meh lang», und dazu schluchzte es, daß man meinte, ds Herz well obsi. Und als es eben am herzbrechendsten zuging, kam das Wirtshausmeitschi mit einer Halbi, schenkte ein und sich auch, und sagte: «Chömit, machit Gsundheit; ja ih wett o pläre, es ist sih wohl dr wert, du bist ja da u dSach ist gwunne!» «Ih ma nit trinke», sagte Meyeli, «ih mueß gah. Adie wohl, uh, uh!» «Was wottsch? Ja ih wett dr; chumm nimm u los u la das Plär sy!» Meyeli nahm das Glas, aber schnüpfte immer zu. «Seh, trinkit», sagte das Meitschi, «und geht dann enanderenah zum Pfarrer u gät ds Hochzyt a; wenns denn einmal angegeben ist, so wirds de wohl ha, dä alt Chieri wird de wohl müeße schwyge u sih dSach la gfalle.»

«Warum nit gar!» sagte Meyeli, «nei, das tue ih nit; vrsünge wott mih nit, u was würde dLüt säge u was dr Pfarrer!» «Was ist das fürn es Vrsünge, wed dä ufrichtig u ehrlich nimmst, wo dih will u wo dr gfallt? Oder hest öppe em Alte vrsproche, du wellist kene oder du wellist ihn?» «Gang mr mit selligem!» sagte Meyeli, «lieber sterbe; aber dLüt werde säge u dr Pfarrer, we me am ene arme Ching sih erbarm, su lays eim im Stich, we mes am nötigiste hätti.» «Das ist mir es schöns Erbarme gsy! Si hey dih as Kingemeitschi brucht, u am ene Angere hätte sie müeße dr Lohn gä, u dir hey si kene gä; du bist ne e große Nutze gsi, u das hey dLüt wohl gseh, u wenn si wey sinne, su werde sie säge, du heygist gar recht gha. U dr Pfarrer weiß wohl, wies ist; er het mängist Erbarme mit dr gha, wenn de dih fast hest müeße ztod springe für nit geng hingernachezcho, und de längs Stück fast nit Schueh u Strümpf gha hest u hest müeße dahercho, daß de fast nit vor dLüt hest dörfe. Das alles het er gseh; du bist ja ds Einzige gsi, won er nie balget het, wen es hingernachecho ist. U göht mr jetz, dr Pfarrer wird just jetz öppe vom Esse sy.» «Aber wie wett ih?» sagte Meyeli, «lue wien ih daherchume, u hey mih ga angers alegge darf ih nit.» «Dem ist gleich abgeholfen», sagte das Meitschi, «wenns nur das ist, was mangelt. E Scheube un es Mänteli chönnt nüt schade, u de darfst, vor wend witt.»

Gäb was Meyeli sagte, das Andere schoß davon, kam mit den Gegenständen, zog Meyeli ins Schenkstübchen, lachend sagend zu Jakobli: «Du bruchst nit z'wüsse, für was me das brucht.» Nach wenig Augenblicken zog es Meyeli wieder hervor, und das schien mit dem Wenigen aufgeputzt und in einem Staate, daß manche Andere, wenn sie Gold und Silber angehängt hätte zpfündernweis und an ihrem Balg gestriegelt und gewaschen, geseift und gefegt hätte einen ganzen Tag und eine ganze Nacht lang, nur ein Südeltrögli oder ein Südeltrog geschienen hätte. «Jetzt göht mr», sagte es, «ehe öppe no dr Alt chunt un es Spektakel git.»

«Ih darf nit, ih darf nit», sagte Meyeli. «Das wär mr afe», sagte das Meitschi, «du mueßt zu dir luege, es luegt sust niemere zu dr. U wohl, du darfst; ih chume mit dr hingerdüre u gah nit vo dr, bis ih gseh, daß de unger dr Türe bist. Du geyhst ume da dr recht Weg u wartist am Gatter, bis mr nache sy», sagte es zu Jakobli, «u we dr Alt dr ebchunt u dih asuecht, su triff e ume mit em Stecke, bis er schwygt; es wär ihm scho lang guet gsi, es hätt dem öpper dr Marsch recht gmacht; wott geng besser sy als anger Lüt un ist, we mes säge dörft, viellicht dr schlechtist Ma im Dorf.»

Während diesen Reden hatte es Beide zur Türe aus gemustert, jedes seinen Weg, und geleitete Meyeli, das wegen den Leuten nicht Spektakel machen durfte, bis zur Ecke der Pfarrscheuer, von wo sie Jakobli bereits am Gatter stehen sahen. Dort gab es Meyeli, das zagend stand, einen tüchtigen Mupf über die Gasse. Jakobli tat den Gatter auf, schritt auf die Haustüre zu, Meyeli aus Furcht vor Spektakel nach. Das Meitschi wartete in der Ecke, bis geklopft war und Beide in der Türe verschwanden und nicht wieder kamen. Hätte es eine Stockung gegeben oder Jakobli nicht klopfen dürfen, es hätte es selbst getan und wäre mit ihnen, wenn es hätte sein müssen, bis vor den Pfarrer. Das war eine von den Naturen, die nie etwas halb tun, sondern, was sie angefangen, durchführen bis ans Ende und wenig darnach fragen, was sagen die Leute und ists bräuchlich oder nicht. Was ihnen als Recht fällt in ihr kräftiges Gemüt, das wird alsobald lebendig und mit Macht zur Tat.

Diese weiblichen Naturen sind selten, selbst im freien Schweizerlande, und sonderbar, je weiter die politischen Zügel sind, desto ängstlicher sind die konventionellen Bande, desto fester der Gehorsam an das, was der Bruch ist; aber auch umgekehrt ists. Das ist halt so eine Art Gleichgewicht, das Wenige achten, das aber geordnet sein wird. Aber merkwürdig ist zu beachten, wie eine Regierung sittlich schlaffer wird, je ängstlicher sie wird in politischer Beziehung. Doch was geht die Politik solche Meitschi an, die kräftig durchführen, was recht sie dünkt; die sind gewiß nicht sittlich schlaff, und wenns zehnmal der Brauch würde, die sind mit Ohrfeigen zu rechter Zeit noch zur Hand und nehmen sBlatt nicht vors Maul, wo die Wahrheit vertreten sein soll. Sie sind aber auch nicht dick, diese Mädchen, im Bernerland;

da hat auch der Brauch sein allzu großes Recht, und was der Brauch ist, sei es christlich oder unchristlich, recht oder lätz, das regelt ihren Lebenslauf. Diese Brauchreligion, die namentlich von Müttern und Tanten gepflanzt wird, die tötet das Rechtsgefühl, pflanzt ein falsches Gewissen auf, und dieses Gewissen ist der niederträchtigste Feigling, den es auf Gottes Erdboden gibt. Es wäre eine Merkwürdigkeit, wenn jemand eine Musterkarte solcher Feiglingsarten verfertigen würde.

Zentnerschwer waren Meyeli seine Beine, als es die Treppe auf ging, und der Atem ging ihm aus, als es oben war; die ganze Mädchenbangigkeit drängte sich da fast in einen Augenblick zusammen, und wenn alle Wetter im ganzen Sommer in eines sich vereinigen würden oder aller Schnee eines Winters auf einmal herab wollte, es würde einem auch angst werden, meine ich. Als der Pfarrer, ohne näher von der Arbeit aufzusehen, fragte: «Was wär ech lieb?» und Jakobli antwortete: «Mr wey cho ds Hochzyt agä», fing es gar jämmerlich an zu weinen. Da sah der Pfarrer, als er diese beim Hochzeitangeben so seltenen Töne (die Meisten möchten Hosianna singen, wenn es eben der Brauch wäre) hörte, erst genauer hin, sah einen unbekannten, blatterdüpfelten, halbblinden Burschen und Meyeli, das ihm als Unterweisungskind allerdings sehr lieb gewesen und als ein heiteres, fröhliches Kind bekannt war. Als es nun so weinte, wo Andere, wenigstens heimlich, voll Jubels sind, da meinte er etwas Verdächtiges zu wittern, glaubte, Meyeli habe die Heirat nicht gerne, sei nur gezwungen da, vielleicht auf eine Art verkauft, daß nämlich jemand dem Alten Geld versprochen, wenn das Meitschi ihn nehme, wie Fälle nicht selten sind.

Wenn nun ein Rechtsgelehrter ein Reglement über das Benehmen eines Pfarrers zu verfertigen hätte, so würde es wahrscheinlich darin heißen: «Wenn Zwei erscheinen, ihre Verkündigung zu begehren, so hat er lediglich nach ihren Namen und den gesetzlichen Scheinen zu fragen, anderer Fragen aber bei schwerer Ahndung sich zu enthalten.» Nun ist man glücklicherweise mit der Gesetzgebung noch nicht so ins Spezielle geraten, sondern noch viel weiter oben bstoche, es frug daher der Pfarrer: «Eh, bist dus, Meyeli? Was hest du? Was brieggist so?» Meyeli schluchzte und schnüpfte, daß es ihns fast von dem Boden hob, und wenn es schon reden wollte, es konnte nicht. «Los Bürschli, gang e wenig da übere», sagte der Pfarrer und öffnete Jakobli ein Nebenzimmer, «ih möcht es Wort mit dem Meitschi rede.»

«Säg los, chumm sitz», sagte der Pfarrer, «und bricht mr, was brieggist! Bist unglücklich worde oder zwängt?» «Kees vo bede, Herr Pfarrer», schluchzte endlich Meyeli, «aber es duret mih gar; dr Götti tuet gar wüest, und er weiß nit, daß ih da bi, u wenn ers vrnimmt, so tuet ers nit, u ih ha niene ke Triftig meh. Un ih ha nit welle, aber ds Wirts Röseli hets zwängt u gseit, ih heyg mih dm Götti nüt z'achte u müeß für mih luege.» «So», sagte der Pfarrer, «het dä Rifel dFinger drin? Ih ha öppis ganz anders glaubt. Nimmst ne gern?» «Ja, ja, Herr Pfarrer», schnüpfte Meyeli, aber man verstund es fast nicht. «Aber warum will dr Götti nit? Es wird wohl o sy Grund ha, und wer ist dr Bursch? Gib vrnünftig Bricht; ih ha o keis Wörtli drvo ghört, daß de öppis unterhänds heygist.»

Da gab Meyeli ordentlich Bericht, der immer vollständiger ward bis ans Ende, einen kleinen Sprung im Einschlag ausgenommen, und über den Vetter berichtete es nicht pragmatisch, das heißt ohne allen innern Zusammenhang, sondern bloß, wie er nicht wolle und wüst tue und wie ihm das grusam Kummer mache und es nicht gekommen, wenn Wirts Röseli nicht gewesen wäre.

«Aber sag mir, Meyeli», sagte der Pfarrer, «hangist a dem Bursch?» «Er ist mr lieb», sagte Meyeli, «er ist son e Stille u luegt eim so fründlig a; Mänge, wenn er hundert Auge hätt, er chönnts nit eso. Zerst bin ih höhns über ihn gsi, ih ha nit gwüßt warum. Es sy hundert Bursche nit fründliger gsi, es het mr nüt gmacht; ih ha denkt, es syg ey Möff wie dr anger.»

«Dä Bursch ist rych?» fragte der Pfarrer. «Mi seyts, si syge wohl zweg, u allem a mueß es sy.» «Ds Geld wird dr gfalle, u dr Vetter wird öppe wüsse, daß es wüest Lüt sy?» «Selb nit», sagte Meyeli, «allem Bricht a syn es still, altväterisch Lüt, die mit niemere viel hey.» «Aber Geld hey», ergänzte der Herr. «Mi seyts», sagte Meyeli, «aber deretwege hange ih nit an ihm. Nit, daß es mr ganz graglych ist. O Herr Pfarrer, we me syr Lebtig ke Krüzer Geld gha het, oder mi heyg ne bettlet, u nie het chönne la dSchueh plätze, oder mi heyg drümal müeße pläre, u nüt vor ihm gseh het als bösi Wort u Bösha, u we me chrank werde sött, kes Eggeli u ke Mönsch uf em ganzen Erdbode, dä sih eim animmt u dem me aghört, su düecht es eim mengist, we me doch öppis hätt, e Mönsch, es Eggeli, es Brösmeli Geld, es wär eim so wohl, so wohl, ih chas nit säge, u mi wett syr Lebtig zfriede sy, mög cho was wett, u wett nie meh chlage, möge dLüt o sy wie sie wette.»

«O Meyeli», sagte der Pfarrer, «weißt nit, daß geng die Bürde einem drückt, welche man auf den Achseln hat? Und kann man die auch abwerfen, so kömmt eine andere; einer Bürde wird man nicht los, solange wir im Leibe wallen, und gar oft gäbte man sein halbes Leben darum, wenn man die neue Bürde abwerfen könnte und die alte wieder nehmen. Du hast vorhin gesagt, es seien stille, altväterische Leute; passest du auch zu ihnen, du jung und lüftig Ding? Freilich hast du ein gutes Herz, aber es frägt sich, ob das Meister wird; bist demütig und gehorsam gewesen bis jetzt, aber wird das bleiben, wenn du reich wirst? Ist ja doch keine Schere, die schärfer schiert, als wenn aus einem Bettler ein Bauer wird. Wenn die alten Leute dir wunderlich vorkommen in ihren alten Sitten, dein Mann langweilig in seiner stillen Gutmütigkeit, wird da deine Lüftigi nicht das gute Herz überwinden und nicht das gute Herz die Lüftigi? Dann wirst du hässig und bös, oder leichtsinnig und hoffärtig, und jedenfalls wirds dir vorkommen, wenn du noch das arme, ledige Meitschi wärest, vielleicht hättest du es noch weit besser machen können, oder mit einem lüftigen Burschen hättest du doch viel mehr Freude gehabt, und was helfe das Geld, wenn man damit nicht machen könnte, was einem gelüstet, es dem Geiger oder für Kleider geben könnte, je nachdem es einem ankäme?»

Als Meyeli von neuem zu weinen anfing, teils weil es aus der unabsichtlich strenger gewordenen Stimme des Pfarrers schloß, derselbe werde ihnen nicht helfen, teils weil es beschwerten Gemütern nur ganz wenig braucht, um von neuem unter Wasser zu gehen, so lenkte der Pfarrer tröstend ein dadurch, daß er Jakobli wieder die Türe öffnete. «Also das Hochzeit angeben wollt ihr?» fuhr er fort, «und Beiden ists ernst, wie ich höre? Nun, es freut mich; das Meitschi ist mir lieb, und halts in Ehren, so bekömmst eine gute Frau. Rechne ihm aber nie nach, daß es arm sei, sonst rechnet es dir andere Sachen vor, und wenn einst das Rechnen anfängt, so meint jedes, es käme zu kurz, und Liebe ist keine mehr da, die ausgleicht. Mit Gott soll der Mensch nicht rechnen. Daß man unter einander nicht rechnen soll, das scheint man gar nicht zu wissen und tut es um so mehr, und wie das Rechnen mit Gott einen um die Seligkeit bringt, so bringt das Rechnen mit den Menschen einen um den Frieden, und wenn der Mann mit dem Weibe rechnet und das Weib mit dem Manne, so lockt das den Teufel herbei, und er wird

Rechenmeister, bis er Beide mit Leib und Seele sich in seine Klauen gerechnet hat. Sieh Bürschli, das Mädchen bringt dir auch Reichtum zu, nicht Geld; aber eben das ist die Torheit der Welt, daß sie nur das Geld für einen Schatz hält und die andern großen Reichtümer, die Gott den Menschen gegeben hat, für nichts, für lauter Ghüder ansieht, das gar nicht zu achten ist. Das Mädchen bringt dir Liebe, heitern Sinn, guten Mut und Arbeitsamkeit; zu diesem reichen Weibergut trage Sorge und verhause ihm das nicht; mache, daß das die Kinder erben und daß es dem ganzen Hause zu Nutz und Frommen gereicht. Wenn du aber damit nicht ordentlich umgehst, die Gemeinde wird dich deswegen nicht bevogten, deinen Kindern kann sie es nicht versichern lassen, weder ganz noch halb; aber gedenke, daß du einst Gott davon Rechnung tun mußt. Es kömmt Mancher auf der Welt unbevogtet davon, aber vor Gott wird er als ein ungetreuer Haushalter büßen müssen, und seinen Kindern geht es viel übler, als wenn ihr Vater keinen Kreuzer hinterlassen hätte.

«Die Menschen werden sagen, Meyeli sei doch glücklich gewesen, unerhört, so redet man immer, wenn ein armer Mensch zu einem reichen Gatten kömmt; es geht mir dabei allemal ein Stich ins Herz, denn im Gelde liegt eben das Glück nicht, und eben weil die Menschen das meinen, so werden so Viele unglücklich, und so Viele haschen nach Glück, finden es nicht und gebärden sich, als ob sie mit verbundenen Augen eine Nadel suchten auf dem großen Weltenacker. Es freut mich von Herzen, wenn Meyeli glücklich wird, es ist mir lieb; aber es wird es nicht, weil du reich bist, sondern erst dann, wenn du mit rechter Treue das Weibergut, das es dir zubringt, wahrest und hütest und alle Tage es an Tag legst, daß es dich freut und daß du es zu schätzen weißt. Es ist also euch Beiden ernst, ich soll euch einschreiben und morgen verkünden? Du wirst deine Papiere bei dir haben?»

Nun fand es sich, daß Jakobli an das nicht gedacht und von allem nichts hatte. Der Pfarrer mußte lachen und sagte, das gehe alles her bei ihnen wie bei rechten Liebesleuten, die an nichts Irdisches dächten und meinten, sie seien noch im Paradies; indessen, wenn sie das Rechte bedacht hätten, so seien die weltlichen Erfordernisse noch alle nachzuholen und nichts versäumt.

Nachdem er das Seine beschafft und die nötigen Anweisungen gegeben, fragte Meyeli, das sich unterdessen erholt hatte: «Aber und der Vetter, wenn der nicht will, so wird alles nüt sy?» Und das Wasser trat ihm von neuem in die Augen. «Vor dem Vetter fürchte dich nicht», sagte der Pfarrer, «rechtliche Gewalt hat er keine über dich und muß der Sache ihren Fortgang lassen. Es tut mir herzlich leid um seine Kinder, wenn du fortkömmst, und es wird immer Leute geben, welche finden werden, du habest es ihm wüst gemacht. Aber der Vetter hat nie etwas für dich getan, sondern dich nur zu seinem Nutzen gehabt, und den ersten Augenblick, wo er seinen Nutzen dabei gesehen, hätte er dich aus seinem Hause gestoßen.

«Ich würde es freilich nicht billigen, wenn du jetzt um bessern Lohn dich als Magd in ein ander Haus locken ließest, Plätze gibt es für rechte Menschen immer; aber jetzt, wo es sich um eine Ehe handelt, in die du mit Ehre und Freude trittst, ist es ein anderes, das kann ich vor Gott und Menschen verantworten. Rechtschaffene Eltern werden mit Freuden ihre Kinder in überdachte Ehen treten sehen, wie schwer ihnen auch deren Entbehren wird, ist ja doch die Ehe des Menschen höchster irdischer Stand. Nur eigennützige, selbstsüchtige Eltern lassen sich durch Rücksichten auf sich zum Verweigern bestimmen, sie tragen aber meist schwere

Buße. Geht aber der Vetter in sich und tut wieder, wie es sich ziemt, wie er wohl wird, denn er ist ein Duckmäuser und weiß sich sehr scheinbar in das zu schicken, wo er nicht wehren kann, so tue auch ein Einsehen und bleibe bei ihm, bis er jemand Anständiges gefunden hat, der ihm die Haushaltung macht. Im Übrigen fürchte dich nicht, und will dir jemand Angst machen, so weißt du, wo ich bin.»

Als das nun niedergeschrieben, fertig war, der Pfarrer mit einem frommen Wunsch sie entlassen hatte, da war es ihnen, als käme ihnen erst der freie Atem wieder, als tauchten sie aus der Meerestiefe und sähen den Himmel wieder und hätten festen, sichern Boden unter ihren Füßen, und viel hundert Zentner leichter gingen sie die Treppe ab und dem Gatter zu. Als sie jenseits in der Ecke Rösli stehen sahen, lächerete es Beide, und heitern Gesichtes hörten sie sein Schelten, daß sie so lange gemacht und wie es derweilen mit dem Götti Händel gehabt.

Als derselbe nämlich bei seinem Wydlischaben das Meitschi lange nicht merkte, fiel ihm doch endlich ein, das Ding könnte nicht richtig sein. Als er es vergeblich gesucht hatte hinterm Haus und vor dem Haus, da kam ihm in Sinn, wenn man einem Mädchen seinen Liebhaber wegjagt, so müsse man nicht ruhig Wydli schaben, als ob nichts geschehen wäre. Zwei Äste, wenn man sie auseinandergebogen, streben wieder zusammen, sobald die trennenden Hände weg sind, geschweige zwei Menschen. Er machte sich auf die Beine, das Pärchen zu suchen, guckte hinter alle Bäume, hinter jeden Wedelenhaufen.

Rösli hatte das erwartet, dem Spiel lange mit lachendem Herzen zugesehen und stund ihm endlich expreß zweg vors Haus. «Suchst neuis?» frug es. «Du wirst mir wohl sagen können, wo mein Jungfräuli ist!» antwortete er spitz. «Warum nicht,» sagte es. «Sie haben hier eine Halbe getrunken und sind jetzt beim Pfarrer und geben das Hochzeit an.» «Das wird öppe nit sy, sövli nütnutz wird das Möri öppe nit sy», antwortete er. Da sagte ihm Rösli, wer schlechter sei, er oder das Meyeli. Er sei ein sauberer Götti an ihm, und die Leute hätten sich schon lange über seine Geistlichkeit verwundert, die das arme Meitli halb nackt laufen lasse. Wenn er dürfe, so solle er nur zum Pfarrer gehen; dort finde er sie und könne gleich sagen, was er zu sagen habe. Aber er dürfe nicht; er wisse wohl, der Pfarrer kenne ihn, und der noch nicht so gut als andere Leute. Das Mädchen solle er nicht plagen, wenn es heimkomme. «Seppli, ih weiß de no öppis u has niemere gseit; aber wed am Meyeli es bös Wort gist, su müeßes dKilcher u dMäritlüt wüsse.» «He Rösli», sagte darauf Seppli, «ich meine es ja nicht bös, häb nüt für unguet, u we Meyeli da düre chunt, su säg ihm doch, es söll pressiere, es sött neuehi.»

Den hätte es gschweiget, sagte es fröhlich und wäre fast vor ihnen hergesprungen mit Tanzen und Singen wie der König David vor dem Volke Israel her. Sie mußten mit ihm nach Hause, gäb wie Meyeli, dem das Herz wieder schwer geworden war, sagte, es müsse pressieren. Rösli rief das ganze Haus zusammen, erzählte jubelnd seine Heldentat und wie es einmal dem alten Chieri den Marsch gemacht. Hier müßten sie Hochzeit halten, und ein Niedersinget müsse sein wie lang nie; Meyeli hätte es hier so lange bös haben müssen und die Leute hätten es so armütig gesehen, es müsse drum hier auch einen Ehrentag haben. Wenn nur dä Gytnäpper ihm Kleider machen lasse, daß es sich öppe zeigen dürfe.

Dafür wolle er sorgen, sagte Jakobli und zog sein Bläterli hervor und wollte Meyeli ein Hämpfeli Gerändelte, die damals noch Mode waren, geben. Das machte aber die Spröde und sagte, es könnte noch von ihm etwas zwegmachen und etwas von der Mutter selig, das täte es wohl; sövli i dChöste bringe wolle es ihn nicht. Das seien Schneckentänze, sagte Rösli; wenn Jakobli eine hübsche Frau wolle, so müsse er ihr hübsche Kleider anschaffen; die liefen nicht davon, und einmal müsse es sie haben, wenn es eine Bäurin vorstellen solle. «Von Kopf bis zu den Füßen mußt du neu sein», sagte Rösli, «anders tue ichs nicht. Von deinen Sonntagsschuhen hat ja einer vornen ein Loch und der andere kein Hinterstück, und deine beste Kappe hat nur auf der einen Seite Spitzen, und der Plätz ist, als wenn man ihn von einem alten Dragonermantel genommen hätte, u de was zwischinn ist, von dem ist gar nicht zu reden, ich wollte alles an e Hampfele näh.»

«Weißt du was», sagte Jakobli, «nimm du hier das Geld und laß ihm machen, was aständig und recht ist, und wenns mehr kostet, su sorg nit, es soll mih nit reue.» «Du hest no Vrstang», sagte Rösli, «es ist meh mit dr, as ih glaubt ha. Seh, wieviel hest? Potz, fast vierzig Kronen. Nu, für das lat sih öppis mache, un ih will dr guet Rechnig gä, häb nit Chummer, u ds Meitschi soll dr gfalle, no nie eso. Aber eys, dGöllerketteli, die mueßt du selber kaufe; Meyeli het ume vo Krälli, u die schicke sih nüt für e Hochzytere. Aber bring rechti, nit öppe die vo dyr Muetter, wo ke Fasson hey u grauet sy im Gänterli, es ist sih wohl dr wert; we me es guldigs Meitschi überchunt, su soll eim ds Silber nüt reue, we mes het nämlig.»

Meyeli schlug die Hände ob dem Kopf zusammen ob diesen Instruktionen, und auch der Wirtin fing es an zu scheinen, ihr Meitschi mache es wohl stark. «Du bist geng ds Uverschantisch, un es chönnt ihm doch de nit recht sy oder syne Lüte nit.» «Muetter, gredt ist gredt», sagte Rösli, «er hets so welle u jetz blybts drby! Wenn ih nit gsi wär, si hätte lang chönne sürme, aber zum Pfarrer wären sie nie cho; drum will ih jetz o öppis drzue säge u my Freud ha. Oder bist du reuig?»

Jakobli war es nicht, sondern sehr dankbar; er selbst hätte sich nicht darauf verstanden und seine Mutter kaum etwas damit zu tun haben wollen. Aber jetzt mußte er fort, wenn er noch zum Pfarrer von Gutmütigen wollte. Das Scheiden war schwer, erst jetzt hätten sie gerne mit einander geredet. Als sie einander die Hände gaben, rief Rösli: «Es Müntschi! O es Müntschi! Oh, das wär mr afe, ds Hochzyt agä un eangere no kes Müntschi gä!»

Da fiel Meyeli in der ganzen Innigkeit seines Herzens Jakobli um den Hals, und Jakobli wars, als läge der Himmel an seinem Herzen, und weit auf dem Wege war er schon, er meinte noch immer seinen Himmel in den Armen zu halten; er irrte sich, bald stieß er an einen Baum, bald an einen Wandelnden. Aber das Gefühl glühte fort im Herzen, und in mächtigen, klaren Wogen sprudelte dort eine Quelle Wonne und Freude empor, von denen er keine Ahnung gehabt.

## ZWEIUNDZWANZIGSTES KAPITEL

### *Der Verfasser macht Betrachtungen, Zyberlihogerbauern möchten zDorf, und Anne Bäbi tut wüst*

Man spottet zuweilen über das Dummtun von Liebenden, lacht über ihr stetes Beisammensein, ihren Zug zu einander, das Vergessen der Menschen, welche um sie sind. Man tut sehr unrecht daran, denn nur wo das Herz ganz flach getreten, tieferer Empfindung unfähig geworden ist, da fehlt dieser Zug, nur da, wo man dem menschlichen Urteil sich ganz unterworfen, den Brauch zu seinem Gott gemacht und den Anstand zu seiner Religion, da verbirgt man ihn, da wird er nicht sichtbar. Aber in allen liebefähigen Herzen regt es sich, und allenthalben, wo die Empfindungen nicht unter dem Anstand begraben sind wie unter dem schönen, weißen, aber kalten und einförmigen Schnee blühende Gärten, Wiesen und nährende Äcker, da wird es sichtbar.

Sage man mir doch, was ist, ich will nicht sagen menschlicher, nein, ich will sagen süßer, ja göttlicher als das Bewußtsein, einen Schatz gefunden zu haben, ihn sein nennen, ihn behalten zu dürfen sein Leben lang, ja übers Grab hinaus. Und dieser Schatz ist nicht gelbes Gold, ist nicht ein toter Diamantenschmuck, nein, es ist eine lebendige Seele, gestaltet nach Gottes Ebenbilde; ein lebendiger Schatz ist es, ein unendliches, herrliches Gebiet, in welchem gewaltig und Welten tragend die gewaltigen Ströme der Liebe und Treue fluten, wo in himmlischen Gärten die Blumen stehn, die Demut und Bescheidenheit, Heiterkeit und Fröhlichkeit wir nennen, wo in üppigen, reichen Gefilden die Kräfte sprossen, welche das Leben ordnen, die Welt gestalten: der Sinn für Ordnung, die Tätigkeit, die nie ermattet, die Besonnenheit, welche das Rechte immer weiß, die Ergebung, welche schaffet, nie entmutigt, ausharret in der Pflicht, wenn auch immer das Gedeihen fehlt; wo in heiligem Haine die Winde von oben rauschen, in seinem innersten Heiligtum ein klarer See sich birgt, in dem das Bild des himmlischen Vaters sich spiegelt. Wer, dem solcher Schatz geworden ist, sollte sich nicht gezogen fühlen zu ihm hin für und für?

Mensch, wenn du zu einem Schatze gelben Goldes kömmst und hast keines je gehabt, sehnlichst es gewünscht: wie oft des Tages zieht es dich hin zu dem Schubfache, worin es liegt! Du öffnest es dir fast unbewußt, lässest das Gold durch deine Finger gleiten wieder und immer wieder und zählst es immer neu und weißt doch, daß niemand davon genommen hat, und du bist doch kein Geizhals, kein Geldwurm, sondern daneben ein recht vernünftiger, christlicher

Mensch. Und wenn man dieses mit dem Gelde tut, wie viel mehr sollte dieses Hingezogenwerden zum höchsten irdischen Schatz, zu einer gefundenen menschlichen Seele nicht erlaubt sein! Einen Schatz nenne ich sie nicht umsonst. Ein Wort, das gemein geworden, über das man die vornehme Nase rümpft und das doch so wahr und tief bezeichnend und allumfassend ist, möchte ich wieder zu Ehren bringen – das Wort Schatz. Ja, es ist gemein geworden und man nennt es einen Handwerksburschenausdruck, und manches Dämchen würde gewaltige Augen machen, wenn ihr mon cher ihr Schatz sagen würde statt ma chère.

Aber ich möchte doch fragen, klingt es nicht bedeutsam mächtig, ja gewaltig wie mit Orgelton, fast wie die Stimme Gottes im Gewitter, wenn ein Mann, auf eine Jungfrau oder sein Weib deutend, spricht: «Das ist mein Schatz!» Und wenn er den Arm um ihren Leib legt und aus Herzensgrund ihr sagt: «Du bist my Schatz!», bebt das Wort ihr nicht durch alle Glieder? Wallt die Liebe ihr nicht über? Klingt wohl einst Gottes Ruf ins ewige Leben viel süßer? My Schatz! In welchem Worte wohl kann höhere Anerkennung liegen, eine tiefere Bedeutsamkeit, eine mächtigere Kraft, die zu allem Herrlichen spornt? Wo soll des Mannes Schatz anders sein als eben in des Weibes Seele und wer anders des Weibes Schatz als der Mann? Und wo der Schatz anderswo ist, da ist auch das Herz anderswo, da ist das Glück dahin und der Friede. Wo aber noch eines des Andern Schatz ist, da fehlt der Ehe das Glück nicht, dem Leben das Genügen nicht, der Liebe das Ziel nicht, der Treue die Krone nicht. Arm ist nur, wer keinen Schatz mehr hat; ach es gibt so viele Arme in der Welt! Man glaube aber ja nicht, dieser Zug sei nur in jungen Herzen und nur Mädchen könnten Schätze sein, nur junge Weiber; ist eben das nicht die Probe, ob ein Schatz ein echter und wirklicher oder nur ein vorübergehender, eine Täuschung sei, daß er einem alle Tage lieber wird, und je älter um so inniger lieb?

Habt ihr nie ein altes Mütterchen gesehen, wie das seinen alten Herrn liebt? Vom Morgen bis zum Abend füllt die Sorge für ihren Herrn ihr Leben. Beim Frühstück stellt sie ihm alles zweg, wie ers will, und den Kaffee, wie er ihn liebt, und fast wie für ein Kind wird für ihn gedacht und gesorget, daß alles bei der Hand sei, er mit Suchen und Holen, ja nicht einmal mit Fordern oder Wollen eine Mühe habe. Und wenn er ausgeht, sieht sie ihm nach, und wenn er eine Minute länger ausbleibt, so hat sie Angst und keine Rast, und sieht sie ihn endlich von ferne, so klopft ihr das Herz, und hört sie ihn unten, so tut sie die Türe auf, damit es heiter sei draußen im Gang, und drinnen wartet alles auf ihn, und mit mütterlicher Ängstlichkeit hängt sie an seinem Gesichte, ob es heiter sei, ob ihn alles gut dünke, und ißt er weniger, so hat sie Angst, es sei ihm nicht wohl, und ißt er mehr als sonst, so hat sie Angst, es könnte ihm schaden, und hat er einen Spaß, so klärt es ihr Gemüt eine ganze Woche lang auf, und entfällt ihm ein hartes Wort, so kann es sie plagen, sie weiß nicht wie, und ruhen tut sie nicht, bis auf irgend eine Weise dasselbe erklärt und zurückgenommen ist. Sie bittet ab und um Verzeihung, bis alles gut wieder ist.

Kennt ihr solche Mütterchen nicht? Und meint ihr nicht, ein solches Mütterchen sei ein Schatz, und zwar einer, den man mit gelbem Golde nicht kauft? Und meint ihr nicht, dem Mütterchen sei sein Herr sein Schatz, und zwar einer, den es unverändert liebt, von ganzer Seele und ganzem Gemüt und aus allen Kräften? Und wenn Gott dieses Mütterchen zu sich rufet, empfindet der Mann es nicht alle Tage inniger, daß der Herr ihm seinen Schatz genommen? Daß sein Schatz bei Gott ist? Ist er nicht im eigentlichen Sinne verwaist? Am rechten Orte steht ihm nun nichts mehr den ganzen Tag über, und wenn er heimkömmt, so öffnet ihm Mütterchen die Türe nicht mehr, und wenn er zu Bette will, so ist alles anders gestellt oder gelegt, und niemand hat das Hauptkissen ihm zurechtgerückt und niemand die Federn im Oberbett auf die rechte Seite gerüttelt. Und weiß er des Nachts sein Nastuch nicht, so sucht es ihm niemand mehr, und wenn er hustet, so frägt ihn niemand, ob er nicht schlafen könne, und wenn er aufstehen will, so hat niemand zum Aufstehen die Kleider ihm geordnet, und wenn er klagen will, so tröstet ihn Mütterli nicht mehr, und wenn er seine verglimmende Kraft noch anstrengt zu seinen Arbeiten, so hat kein Mütterli Freud an seiner Arbeit, keins rühmt mehr, wie kräftig ihr Herr noch sei und ganz anders als Andere. Alle Tage wird sein Sehnen nach seinem Schatz heißer und inniger, inniger, als es vor fünfzig Jahren war, inniger, als er es als Bräutigam empfand. Heimweh nach ihm schwillt sein Herz und macht es krank; er legt zu Bette sich, legt auf die Seite sich, auf welcher sein Mütterchen gestorben, und wartet da sehnsüchtig, bis der Herr es ihm verjüngt als Engel sendet, der die Erlösung ihm bringt aus des Leibes dunkel gewordener Hülle, der ihn mit neuen Banden umschlingt, die nie mehr sich lösen, die ein Einssein bringen in alle Ewigkeit. Und selten läßt Gott das getreue Herz lange vergeblich seines Schatzes harren; bald holt Mütterchen ihren Herrn ab in des höchsten Herrn Freude, wo nichts mehr, kein Schatz mehr verloren geht.

Ein solcher Zug, der, wenn er ein echter ist und einen echten Schatz gefunden hat, dauert durch die Stürme des Lebens bis übers Grab hinaus, der den achtzigjährigen Greis noch weit mächtiger nach seinem Mütterchen im Himmel zieht als den fünfundzwanzigjährigen Jüngling nach seiner blühenden Braut – ein solcher Zug, sollte der wohl zu verspotten sein? Sollte er zu verbergen sein? Sollte er nicht eine Kette sein, mit welcher Gott zwei Herzen verbinden und verbunden zum Himmel ziehen will?

Dieser wunderbare Zug erwachte bei Jakobli in seiner ganzen Macht, welche in dem Maße größer wird, je einsamer, wenn nicht ein Mensch, so doch ein Herz gewesen war.

Er war am Samstag spät und müde heimgekommen, hatte etwas Warms gefunden und hatte gesagt, die Sache sei richtig und an zweien Orten werde er morgen schon verkündet, aber Mehreres war ihm nicht abgefragt worden. Anne Bäbi hatte bloß gesagt, dara hätte es öppe nit zwyflet, dä Weg z'wybe syg öppe ke Kunst. Wes gwüßt hätt, daß es dä Weg gah müeß, su hätts kener Läuf u Gäng gä, der Gattig wäre all Tag zum Hus cho. Hansli fragte nicht, weil er dachte, es sei morgen auch noch ein Tag, und weil er schlafen konnte, er mochte etwas wissen oder nicht. Je minger er z'sinne heyg u je minger ihm dLüt säge, desto bas schlafe er, sagte er oft. Mädi und Sami hielten sich natürlich in bescheidner Entfernung, so gwunderig sie waren und so viel sie gern gefragt hätten, jedes auf seine Art, in der Küche, im Stall, ums Haus herum; in der Stube taten sie es nicht, das hatte sie niemand gelernt, das war eine angenommene Sache, die, so wie vieles, sich von selbst verstund. Sami war im Stall daheim, Mädi in der Küche, in der Stube waren sie zVisite, und in der Visite muß man höflich sein.

Als Jakobli am folgenden Morgen erwachte, da war es ihm gleich, oh wenn er doch bei seinem Meyeli wär; aber viel nachzusinnen hatte er keine Zeit.

Es blieben natürlich alle Hausgenossen daheim, da er verkündet wurde, und er mußte Bericht geben über den gestrigen Tag.

Anne Bäbi, froh, daß alles im Reinen war, ließ jetzt Kupen und Mauggern erst recht hervor und fötzelte das neue

Sühniswyb aus. Mädi schwieg, es wollte es mit Jakobli nicht ganz verderben, und länger als zwei Tage konnte es mit Anne Bäbi nicht gleicher Meinung sein. Hansli hörte mit Behagen zu, bis Jakobli an den Auftritt mit Seppli kam; da wurde doch sein kaltes Blut in Lauf gebracht.

«Hättisch ihm gä», sagte er, «hättisch! Wes öppis gchost hätt, ih hätts gern welle zahle, bim Schieß! My Bueb unger em Dach welle dännezgä, wenn er um es Bettlermeitli fragt, jawolle! Hättisch ihm gä u sMeitschi grad mitbrunge, dert hättischs nit sölle la; das wirds jetz z'entgelte ha, das hättisch sölle mache, das hätte dr sölle zSinn cho. Aber ds Hürate git doch hützutag Umtriebe, ih hätts nit glaubt, we mrs öpper anger gseit hätt. Aber drus cha me gseh, daß dWelt geng vrhürscheter wird u me enangere je länger je minger vrstah cha. Es geyht afe fast, wie wo si dä Turm bauet hey, wo du en iedere witziger het welle sy als dr Anger u si du hey afa weltsche u Kene meh dr Anger het chönne bigryfe. Won ih ha welle wybe, han ih gfragt: Wottsch? U du hets gseit: Mira, u dSach ist richtig gsi u de Alte ists recht gsi, u du hey si mit enangere gredt, was sie tue welle, aber ih ha daycht, das gang mih nüt a. U jetz git das es Gstämpf, es het afe ke Gattig, u zletsch mueß me doch no Chummer ha, es gang lätz. Gä hättisch ihm solle u ds Meitschi mitbringe, de wär dSach recht.» Besser gefiel ihm Rösli. «Das sött Hose aha», sagte er, «selb gfiel mr; hättist das nit o übercho?» frug er. «Ja, ebesomähr dr Tüfel», sagte Anne Bäbi, «die wüestiste Uflät gfalle dr geng am baasten (daß Sami lachte, achtete niemand). We e Selligi is Hus chäm, ih dräyhti ihm dr Gring um dr erst Tag. Wes eini sy mueß, no lieber e Gfötzleti as e selligi Ungschämti.»

«Aber u jetzt, wie mueß de das gah?» frug Hansli, welchem der Chummer ums Meitschi sich tiefer grub, «wenn chunts?», und als er vernahm, daß es drunten bleiben solle bis zur

Hochzeit, so frug er: «Und dKleider? Dä Hung wird ihm öppe la mache, daß Gott erbarmi!» Mit klopfendem Herzen gab Jakobli Bericht über die Abrede, und sein Herz hatte recht, daß es klopfete, denn Anne Bäbi begehrte gar jämmerlich auf, nicht sowohl übers viele Geld, als daß jemand anders die Sache mache. Da sehe es schon, wie es gehen solle; nüt meh z'säge werde es sölle ha zu ker Sach. Daß es Lisi nicht nur die Herrschaft abtreten, sondern auch den Löffel übergeben wollte, daran dachte es nicht mehr. Und was die Leute doch sagen werden, was er für eine Alte habe, daß sie nicht einmal mehr Hochzeitkleider kaufen könne, nit emal für es selligs Bettelmönsch. Das hätte es nicht um ihn verdient, und es wollte, es wäre gestorben, ehe es ihn auf die Welt gesetzt, so hätte es sich dr Vrdruß un ihm dSüng erspart, sy Muetter sövli z'vrachte.

«Du mußt wieder hin», sagte Hansli, «das tuet nit guet, und ds Meitschi bringe u gah ge luege, wies mit ihm geyht.» «Das wär lustig, we dä jetz all Tag da abelaufe wett, o Jere nei! Drby möcht ih o sy, jetz wo mr no sövli z'tue hey!» räsonierte Anne Bäbi. «He nu, so geyht öpper anger», sagte Hansli und schritt in den Stall hinaus und dachte der Sache nach, je länger je mehr. Anne Bäbi wurde je länger je böser, je näher die Zeit kam, wo es dachte, daß die Verkündigung vor sich gehe, und wie da die Leute ds Glächter und ds Gspött haben würden, und namentlich mit ihm, daß es nicht nach seinem Gring gegangen. Jakobli einzig dachte nicht daran, wie es sonst auch bräuchlich ist bei einem Bräutigam, sondern all sein Sinnen und Trachten war zu Raxigen bei Meyeli. Mit Sinnen und Denken ward er nicht fertig, und wer ihm zugesehen, hätte sich üben können im Erraten der Gedanken, was noch dazu keine unkommode Kunst ist. Bald lächerete es ihn still, bald sann er tiefsinnig nach, bald machte er ein finster Gesicht, als wolle er sich selbst eine

Ohrfeige geben, und bald hob er sich, als ob er einen Anlauf, einen langen langen Satz bis nach Raxigen nehmen wollte. In diesen Manövers ward er aber beständig gestört, bald durch einen Menschen, bald durch ein Huhn oder eine Taube. Darum schlich er sich, um ruhig zu sein, vom Hause weg und legte sich hinter einen Hag ins Grüne. Die Kirchleute waren heimgezogen, und sonst waren die ein Zeichen, daß man essen konnte. Wenn aber Anne Bäbi taub war oder kupete, so ließ es seine Leute eine Stunde oder zwei aufs Essen warten und sorgte redlich dafür, daß das, was sie bekamen, nicht von der besten Sorte war.

Während man so in Geduld wartete, sah Sami zwei Männer das Feld auf kommen und erkannte sie als Zyberlihogerbauer und dessen Vetter. Hansli, als er hörte, wer komme, sagte, er däych, er gang e wenig nebe us, die werden wohl einist wieder furt welle, und machte sich auf die Reyti, wie Sami sein Lebtag noch nie so schnell ihn eine Leiter hatte hinaufgehen sehen. Dort postierte er sich hinter einen Strohhaufen und lag bald im allerschönsten Schlaf.

Sami sah noch eine Weile in großer Burgerlust zu, wie sie dahersegelten in zornigem Lauf, drückte sich dann in den Kuhstall und dachte, es sei am natürlichsten, daß das Weibervolk ausfechte, was es angesponnen habe.

Man kann sich denken, was Lisi daheim für einen Rapport abgestattet hatte aus seinem verkratzeten Gesicht heraus, und wenn es seinem Willen nach gegangen wäre, so wäre man schon am folgenden Morgen aufgebrochen mit Schwertern und Stangen zu blutiger Rache. Mutter und Vater wollten gleich zu Anschicksmännern und Prozessen greifen, der Vetter aber riet zur Minne. Man wisse nicht, wer hinger dSach käme. Wenns etwa einen treffen sollte, der auf dem Gewinnen mehr hätte als auf dem Spicken, so sei der Tschupp bald aus, von wegen we me nit mit Flattiere oder zFörchtemache dSach gwinne chönn, so sei sie verloren, gesetzlichen Griff hätte man keinen. Das Beste sei, man gehe am Sonntag zDorf; da könne man mit der einen Hand flattieren, daß es fry stink, und mit der andern Kläpfe drohen vom Tüfel. So wie er sich darauf verstehe, seien das Leute, die man damit so ling mache wie eine teigge Birne. Gesagt, getan. Am Sonntag kam man zDorf gefahren mit einem schönen grünen Wägeli, auf welchem zwei Sitze waren, und auf diesen Sitzen saßen der Bauer und die Bäurin, der Vetter und eine andere Tochter, namens Gret. Lisi hatte noch an Mädis Liebeszeichen zu salben, und die Versöhnung wird am besten eingeleitet, wenn die beleidigte Person bei den Verhandlungen nicht zugegen ist, von wegen die besitzt zu wenig diplomatischen Takt. Wenn dann zu der Versöhnung ein unumstößlich Fundament gelegt ist, dann gibt man ihr die Bekenntnisse des Beleidigers als Temperierpulver oder als besänftigendes Zuckerwasser ein und läßt sie zum Friedensschluß.

Sie hielten vor dem Wirtshause zu Gutmütigen und wollten fragen, ob sie hier das Roß einstellen müßten oder ob Jowägers Platz hätten, zugleich übernahm sie der Glust nach etwas Rotem. Natürlich war heute die allgemeine Verhandlig Jakoblis unerwartet Verkünden mit einer gänzlich unbekannten Person, natürlich glaubte man, die Leute, welche zu ihnen zDorf wollten, müßten Braut und ihre Verwandtschaft sein, und die angefragte Wirtstochter sagte: «Ja, göht ume, Platzg hei si u werde wohl daheim sy, emel zChilche ist niemere gsi; we me lat vrchünde, su ist nit dr Bruch, daß me geyht ga lose, wie me achegheyt.»

Das Wort Verkünde fuhr wie eine Bombe unter die Leute und stöberte sie alle von ihren Sitzen auf. «Was? Verchündet? Wo? Mit wem?», solche Fragen tönten aus allen Häuptern. Da merkte das Meitschi, daß es einen Stein unter Krähen geworfen, und sagte, es hätte es nicht recht verstanden weder neuis von Maria und Hudelbank, dato zu Raxigen wohnhaft. Jetzt stieg den Leuten das Blut in den Kopf wie Wasser im Hafen, wenn es kochen will; sie stiegen ab, hielten eine geheime Beratung, und darauf setzten sich die Weiber auf eine Bank, die Männer aber machten sich mit handlichen Gebärden auf den Weg.

Still wars ums Haus, als sie es endlich erreichten, und als sie an die Küchentüre klopften, pressierte es niemand, ihnen Bescheid zu geben. Endlich erschien Anne Bäbi mit seinem ärgsten Kuchigesicht, welches selbst die Katze so gut kannte, daß sie ihm zehn Schritte vom Leibe blieb, wenn es diese Flagge aufgezogen hatte. Es kam ihm wohl in Sinn, wer sie seien, und eben deswegen wurde es je länger je täuber, gab puckte Antwort und sandte Mädi, den Alten zu suchen. Mädi fand ihn begreiflich nicht, und als die Männer ein Wort mit dem Jungen reden wollten, so fand man den ebenso wenig. Trotz seiner himmlischen Träume hatte Jakobli die Männer vom Hag aus wohl gesehen, erkannt und meinte, es werde ihm wohl am wöhlsten sein, wenn er hier bleibe. Mädi stattete Bericht ab, die Männer schüttelten die Köpfe und wollten wissen, wo sie seien; das wollte niemand wissen. Sie werden nicht weit sein, meinten sie, und wenn man es sagen wollte, so könnte man es, sagten sie. «He, so sucht sie», sagte Anne Bäbi, das nicht wußte, über wen es täuber sein sollte, über sein Mannevolk oder über das fremde. «Du wirst dFrau sy?» fragte der Zyberlihogerbauer Anne Bäbi. «Das geht dich nichts an», antwortete Anne Bäbi und schlug die Küchentüre zu.

Der Vetter meinte, die wollten sie einstweilen machen lassen, ds Mannevolk werde nicht weit sein. Sie gingen ums Haus, ums Ofenhaus, in die Tenne, sahen auf die Bühne, untersuchten den Futtergang, endlich den Stall und fanden

Sami da. Sami ließ sich wohlweislich nicht aus dem Dunkel des Stalles, in dem die Männer, ans helle Sonnenlicht gewöhnt, schlecht genug sahen. «Hey mr dih endlig!» sagte der Vetter, «seh chumm füre!» Sie lasen ihm nun ein fürchterliches Kapitel und wie sie es ihm machen wollten, er solle nur darauf zählen, er hätte die Lätzen an der Hang. Und sie möchten doch wissen, was jetzt gehen solle. Ja, das wisse er nicht, sagte Sami. Aber sie wollten es wissen, ob er auf der Stelle die Verkündigung aufheben und mit Lisi fürfahren wolle oder nicht. «Ja», sagte Sami, «da müeßt ihr öpper anger frage, das geyht mih nüt a.» «He, das wär gspässig», sagten sie, «we dih das nüt agieng, wen wotts de agah?» «Emel mih nit», sagte Sami. «Wem bist du de?» «He, ih bi dr Knecht, u Sami seyt me mr.» «Du –», und die Schimpfwörter rollten über Sami her wie Hagelsteine; aber sie prätschten auch an ihm ab wie an einer Fluh, und mit Hohn und zweideutigen Redensarten wartete er ihnen so reichlich auf, daß sie erbitterter als nie wieder zur Küche sich wandten, ohne Komplimente die Küchentüre aufmachten und Anne Bäbi von neuem anrebelten. Längs Stück gab das ihnen keinen Bescheid, endlich sagte es ihnen, sie sollten ihns ruhig lassen; es wisse nicht, wo sie seien, und wenn sie ihm nicht glaubten, so sollten sie noch besser suchen; sie hätten schon lange zu den Fenstern ein gegucket, sie sollten ebensomähr grad yche. Als das noch nicht half, da fuhr es endlich los, hieß sie sich packen und sagte ihnen so wüst, als es nur konnte; aber auf alles, was sie sagten oder frugen, gab es ihnen keine Antwort.

So ein ertaubet Weib, das man nicht prügeln darf und das auf nichts mehr hört, ist imstande, eine ganze Armee Männer in Verlegenheit zu setzen, geschweige denn einen Zyberlihogerbauer und seinen Vetter, selbst wenn der Ratsherr wäre. Sie mochten tun, was sie wollten, mochten grobes Geschütz auffahren oder die Friedensfahne flattern lassen, sie mußten am Ende doch zur Küche aus, und hinter ihnen flog die Türe zu, daß des Vetters Kuttenfecken in der größten Gefahr war.

Draußen stunden die Männer lange und hielten Rat und fanden endlich keinen andern, als wegzugehen. Wenn sie schon warten wollten, solange sie da wären, käme doch niemand zum Vorschein, und das Haus mit Gewalt aufzubrechen und zu erlesen, könnte nicht gut herauskommen, ratschlagten sie. Sie gingen also fort, und wie sie die Hände verwarfen und stehen blieben und sich umdrehten, war sehr schön zu sehen, und große Freude hatte Sami und noch andere Leute daran.

Es gibt nicht wohl eine strengere Sache, als wenn man zDorf will und man muß im Wirtshaus essen für sein eigen Geld, und noch dazu mit Gift zum Voressen und Galle zum Dessert und am Ende eine Ürti fürs Bösleben, daß einem das Liegen weh tut.

Die zwei Weiber, welche zurückgeblieben waren, hatten viel zu vernehmen gesucht, waren aber nicht schlau genug gewesen, sich selbst zu verbergen. Wenn die Täubi und der ungeduldige Gwunder recht lebendig sind, so wird selten ein Weib das Brett vors Herzloch recht stellen können. Menschen, welche gewohnt sind, aus halben Worten alles zu erraten und aus Gebärden einen ganzen Handel zusammenzusetzen, merken auf der Stelle, was Trumpf ist, und beginnen aufzupassen.

Nun gibt es Gottlob noch unendlich viele Orte in der Welt, wo jahrelang keine Komödiantenbande hinkömmt, und die Leute leben doch; die spielen sich alle Tage selbst allerlei vor, Lust- und Trauerspiele und sogar Spektakelstücke in vielen Aufzügen, und was das Lustigste dabei ist, ds Zusehen kostet nichts und es kann mitspielen, wer will. Aber am lustigsten geht es doch, wenn eine fremde Familie ins Dorf kömmt, spektakelt vor den Leuten, sich nicht in acht nimmt und ds Maul nicht zuhält, bis sie wieder aus dem Dorfe ist. Und Lustigers kann es doch wohl nichts geben, als wenn eine Familie, bestehend aus vier Stück, einer dicken Mutter, einer mastigen, rot angeblasenen Tochter, einem vierschrötigen Vater und einem langen Vetter, zDorf will und im Wirtshaus bleiben muß, Vater und Vetter wie taub herumlaufen, während Mutter und Tochter fragen und in ihrer Täubi noch mehr verraten, und dann alle wieder zusammenkommen, keines seinen Kyb verbergen kann und eines jeden Kyb an des Andern Kyb wächst und sie abraten und je länger je weniger Rat dazu haben; Lustigers kanns nicht wohl geben. Wie ein Lauffeuer geht so etwas herum, und wers vernimmt, will die auch sehen, will luegen, wie ihnen die Nasen lang werden und länger und was sie für Gesichter machen, daß der gehoffte Bräutigam ihnen entronnen. Wer kann, guckt in die Stube, wo sie essen, und wer drinnen war, bringt neue Nachricht hinaus, was sie gesagt und was für Gesichter sie gemacht; die unerschöpfliche Quelle des Spottes ist aufgebrochen, umrauscht das Haus, und immer dicker fallen die Witze, und die drinnen merken nichts, aber kauen immer zorniger ihr zähes Kuhfleisch. Mutter und Tochter glühten in Kampflust; die Erstere wollte hinauf und dem Donnstigs Kässchaber ds Mul vrmache für geng, daß es ufhöri dLüt desumesprenge. Die Tochter wär gerne an Mädi geraten und hätte für ihr Leben gerne ihm das Zyberlihogerwappen, fünf grobe Finger mit langen Nägeln, ins Gesicht gemalt oder graviert. Sie erkannten aber, das trage nichts ab; ebenso ward verworfen, daß Vater und Vetter noch einmal hinaufgingen, wovon erst die Rede war. Man könne nirgends zum Hause, ohne daß man gesehen werde, hieß es, und sobald man sie merke, gehe es ihnen wieder wie früher. Anschicksmänner könnte man nicht senden, weil es Sonntag sei, und etwas sollte doch gehen.

Der Wirt ward endlich so hintenum ausgefragt, wie der Pfarrer einer sei und ob sie keinen Fürsprech hätten. Der Wirt, ein Schalk, dessen Nutzen es war, die Leute spielen und spektakeln zu lassen so lang als möglich, gab ihnen Bescheid, der ihnen wohl gefiel. Sie beschlossen, erst dem Pfarrer einen Besuch abzustatten, um ihn zu bewegen, auf ihr Ansehen hin die Verkündigung einstweilen einzustellen, bis die Sache ausgemacht sei. Der Vetter, der alle Augenblicke in eine diplomatische Laufbahn berufen werden konnte, versuchte nicht ungerne, wie weit er es in diplomatischen Gebärden, in welchen er sich Tag und Nacht übte, gebracht, und hoffte, durch seinen Anstand und sein bedenkliches Gesicht, welches er in Bern einem alten Herrn abgeguckt, so einem alten Pfarrer leicht zu imponieren. Und wenn es sein müsse, sagte der Zyberlihogerküng, su schlöy er dazue uf e Tisch, daß er abenangere fahr wie Dreck.

Wir wollen von der Unterhandlung im Pfarrhause nur anführen, daß sie mißlang. Vergeblich sagte der Vetter, wer er sei, und streckte sich lang und stellte einen Fuß schräg; vergeblich bemerkte er, es sei nur, um Kosten zu sparen einstweilen, und die Sache werde sich machen, und sein Wort werde genug sein, er nehme alles auf sich. Der Pfarrer war sehr höflich, blieb aber fest auf dem förmlichen Einspruch, durch den Richter bewilligt, indem kein Mensch, und wäre er sogar Schultheiß, ihn von einer gesetzlichen Bestimmung und gesetzlicher Verantwortlichkeit entbinden könne. Vergeblich stellte man ihm vor, er solle die Familie ansehen, die dadurch in Schanden käme, und er werde doch öppe wissen einen Unterschied zu machen; vergeblich ward man spitzig und halb grob, und ganz grob zu werden verhinderte nur des Pfarrers gelassene Ruhe. Das Gesetz sei für alle da, sagte er, und die Woche habe sieben Tage, und in so langer Zeit könne es füglich entschieden werden, ob die Sache richterlich werden müsse. Sobald der förmliche Einspruch komme, werde er ihm alles Genüge leisten. Vergeblich nahm der Vetter ein Gesicht nach dem andern zur Hand, sie waren alle fruchtlos, und schimpfend und grollend wandten sie sich zum Fürsprecher.

Was dort verhandelt wurde, ist nicht bekannt geworden, viel Tröstliches muß es nicht gewesen sein; denn Prozeß wurde keiner angehoben, bloß noch ein Versuch gemacht, Hansli zu einläßlichem Bescheid und zu einer Ausmacheten zu bewegen. Da derselbe aber rund erklärte, mit denen hätte er nichts und wolle er nichts, und wenn sie etwas von ihm wollten, so müßten sie richterlich kommen, und bei dieser Rede blieb (denn Hansli verredete sich nicht, und wenn er einmal etwas gesagt, so sagte er über die gleiche Sache nichts anderes): so erlosch die ganze Sache, und was aus Lisi geworden, dem fragte man in Gutmütigen nichts nach.

Aber wie die Familie endlich von Gutmütigen fortfuhr, dem sah fast das halbe Dorf zu und sandte ihnen Witze nach, und lange blieb die Geschichte ein stehender Artikel in den Gutmütiger Abendunterhaltungen, und gar mancher Tochter, die man zDorf gehen sah, rief man nach, sie solle nicht machen, daß es ihr gehe wie ds Zyberlihogerbure Tochter, die hätte ins Wirtshaus zDorf müeße. Als das schöne grüne Wägeli längst aus dem Gesichte war, verwandelte sich der Spott in Neugierde, was für eine ds Jowägers Jakobli hätte. Niemand kannte sie, niemand hatte gehört, daß er zu einer gehe, und so vom Himmel herab, daß kein Mensch darum wußte, war in Gutmütigen noch niemand verkündet worden; noch lange hieß es daher, wenn eine Liebschaft unerwartet hervortrat: «Der hats machen wollen wie ds Jowägers Bueb»; aber bis zum Verkünden es heimlich halten, das konnte bis dato Keiner mehr.

Unterdessen war es anders zugegangen in Hanslis Haus, fast wie in einer Stadt, wenn ein Sturm abgeschlagen ist und man alle Augenblicke einen neuen erwartet, ja fast wie bei der Belagerung von Jerusalem, wo die Juden, sobald die Römer einen Augenblick innehielten, einander selbst bei den Haaren nahmen. Als die Feinde das Feld ab gefahren waren, trieb die Neugierde den Jakobli herbei. Hansli ward durch Sami geweckt, und der Letztere machte die Küchentüre auf und frug: «Was hey si gseit?» «Wärist da gsi, wes dih wunger nimmt!»

Diese Worte waren so gleichsam der Zapfen in einem Bierkrug oder einer Champagnerflasche, wo, wenn er gesprungen ist, der ganze Inhalt nachströmt, daß dem Öffnenden fast Hören und Sehen vergeht. Das Mannevolk erfuhr jetzt in mannigfachen Bildern und vergleichenden Wörtern, was es war und was Anne Bäbi war und wie es nicht dafür da sei, um auszuessen, was sie eingebrocket; es wolle auch fort, schloß es endlich, und dann möchten sie selbst aneha, es komme ihnen dann vielleicht in Sinn, wie kommod ihnen Anne Bäbi wäre. Und richtig, durch den ganzen Nachmittag war Anne Bäbi verschwunden kein Mensch wußte wohin, und mit bangem Herzen mußte das Mannevolk des Angriffes harren und stärkte sich mit dem Troste: Je minger me säg, desto minger vrfehl me sih, und zletsch werde si doch absetze, übernachte werde si nit welle.

Sami war als Vorposten postiert, Hansli stellte mit gleichgültigen Mienen die Mittelmacht vor, und Jakobli schlotterte als Nachhut. Wie bekanntlich bei dem Hintertreffen die Marketenderinnen sich aufhalten, so flankierte Mädi um den Jakobli herum mit dem betrübtesten Gesicht, das es auftreiben konnte und aus welchem hintergangene Liebe greulich hervorleuchten sollte. Der und auch die Andern, sagte es bei sich selbst, sollten sich ein Gewissen machen, wie man mit ihm umgegangen, niemand auf dem Sterbebett vergessen können; und keinem Schnürfli sehe man das Mindest an. Und was das Ärgste war, es fand gar keine Gelegenheit, Jakobli privatim vorzustellen, wie sie wüest Hüng gegen ihns gewesen eys ums angere; denn wie es bei verschiedenen, der Schlacht gewärtigen Heerhaufen Sitte ist, es fand eine beständige Verbindung statt, und kaum hatte Mädi zu einem vertraulichen Wort das Maul offen, so erschien Sami in einer Ecke, und dem Kerli hätte Mädi für alles in der Welt den Gefallen nicht getan, sein betrübtes Herz zu enthüllen.

So ward es Abend und Zeit, mit den Hühnern zSädel; da kam Anne Bäbi heim, ganze Haufen Triumphs im Gesichte. Jetzt, dachte es, jetzt hätten sie erfahren, was Bescheidgeben sei, und wenn es dachte, wie sie es werden gesucht haben im Keller und im Säustall, so mußte es hellauf lachen; aber verflümeret wunder nahm es es doch, was gegangen, was sie angefangen ohne ihns. Eigentlich hatte es im Sinn gehabt, erst lange nach eingebrochner Nacht heimzukommen. Man sollte es erst suchen; es dachte, und wenn sie schon einmal Kummer hätten, daß es etwas Lätzes gemacht, so geschehe es ihnen nur recht, sie wüßten dann ein andermal, daß sie anders mit ihm umgehen sollten u nit wie dUflät.

Aber man weiß wohl, wie es mit dem Kupen geht. Wie manche Frau hatte sich nicht vorgenommen, zu kupen und zu tubeln in alle Ewigkeit, hatte sich des Redens so verredet, sie würde nicht einmal dem lieben Gott Bescheid geben, selbst wenn er sie fragen würde, ob sie nichts zu klagen hätte, und so und so wollte sie sein und dieses so machen und jenes gar nicht, und machte dazu den Arm ganz gstabelig und schlug auf den Kuchitisch, daß man glaubte, er fahre entzwei, und machte ein Gesicht dazu, daß keine Fliege mehr darauf absaß, sondern daß es sie weit absprengte, wenn sie es in der Nähe sahen, und es einem akkurat mahnte an die Gesichter, welche im siebenjährigen Krieg die schwarzen Husaren machten sieben Jahre lang, daß die Kinder im Mutterleib zu weinen begannen und jedermann glaubte, wenn auch nicht in alle Ewigkeit, doch wenigstens sieben Jahre lang werde ein solches Gesicht dauern.

Aber wie laue Lüfte den Schnee schmelzen und freundliche Sonnenblicke das Eis brechen, der Rost das Eisen frißt und die Zeit alles, was sie vor ihren Rachen kriegt, so hält das Kupen auch nicht dar, widersteht der Zeit nicht, freundlichen Worten in die Länge nicht, dem Widerspruchsgeiste im eigenen Leibe nicht, aber auch nicht einer vaterländischen Abputzeten, wo alle Schwarten krachen. Es ist sehr merkwürdig, aber es ist ein gewisses juste milieu in uns, und dieses Ding bricht bei den meisten Menschen allen Radikalitäten die Spitze ab; es macht, daß wir nicht so schlecht sein können, als wir gerne möchten, aber auch nicht so gut, als wir uns vornehmen. Es ist dieses ein kurios Ding; wir nehmen uns das Gräßlichste vor, zum Beispiel zu kupen sieben Jahre lang ununterbrochen, aber wir können nicht; wers auf sieben Tage bringt, meint schon viel gemacht zu haben, und jene Frau, die es auf drei Wochen brachte, hat mehr verrichtet als die Meisten. Aber als ihr Mann mit einem Stecken unter dem Ofen guselte und guselte und gar nicht aufhören wollte, so konnte sie doch dem Ärger und der Neugierde nicht widerstehen und schnauzte ihn an und frug: «Was suechst, du Stopfi?» «E Gottlob!» antwortete das Mannli, «dys Mul han ih gsuecht u jetz Gottlob gfunge!» Aber ebenso gut bricht diese Kraft den guten Vorsätzen die Spitzen ab, daß sie nicht zu Taten werden, und oft, wenn man Menschen von sich reden hört, wie sie es gut meinen und so Schönes wollen, und man sieht dann ihr Tun und ihr

Lassen, so kömmt es einem vor, als sehe man im Herbste eine Landschaft verhagelt und verwildert, die man im Frühling in Blumenduft und Blütenpracht gesehen. Dann meint man, diese Menschen hätten uns getäuscht, seien Heuchler und aller Falschheit voll; aber es ist nicht, sie meinten es aufrichtig, sie kannten aber den Feind im Innern nicht, der unsern besten Vorsätzen ist, was die Schnecken dem Roggen und Graswürmer dem Kabis. Darauf sollte daher der Mensch achten, sollte, wo diese Macht böse Kräfte lähmt, sündigem Willen entgegentritt, helfend ihr zur Seite treten, sollte aber mächtig gegen sie sich auflehnen, sie auf die Seite stellen, sie bannen ins dunkelste Kämmerlein, wo sie wie ein Stein oder wie eine Schlange seiner Seele im Wege liegt, wenn zum Guten sie sich einmal aufrafft.

So kam Anne Bäbi heim, das Herz voll Lachens, aber mit einem Gesichte, womit man Muheime hätte vergiften können, und erwartete, eins nach dem Andern werde kommen und ihns fragen: «Aber Herr Jemer, wo bist doch gsi? U warum geyhst doch furt? O wärist du doch da gsi, es wär angers gange!» Aber niemand tat so; man achtete gar nicht, daß es wieder da war, und niemand zappelte oder weinte. Alle bis auf Mädi machten fast lächerliche Gesichter; es wußte nicht, was das bedeuten solle. Endlich schnauzte Anne Bäbi Mädi an: «Was hets gä?» «Nüt, daß ih weiß», antwortete dieses. «Ist de niemere dagsi?» fragte Anne Bäbi noch einmal. «Ke Hung, vrschwyge de e Mönsch», antwortete Mädi.

Also man hatte es nicht vermißt, nicht gesucht, es machen können ohne ihns; da war ihm nicht mehr zu helfen. Es hätte das Kupen gerne wieder angefangen, aber die Täubi ward Meister, und die Trümpfe flogen herum wie die Nüsse, wenn das Neujahrkindli kömmt. Niemand war sicher, und wie man sonst sagt: Weit vom Geschütz gibt alte Kriegsleut, so hätte sich dieses Sprichwort nicht erwahret, wenn Anne Bäbis Worte Kugeln gewesen wären; es schlenggete sie mit sicherem Maul gerade denen am härtesten an den Kopf, die sich am weitesten von ihm hielten, weil sie am besten merkten, was für Wetter am Himmel war. Sogar die Schweine, welche sonst sicher blieben, wenn alle andern Hausgenossen darhalten mußten, kamen diesmal nicht ungeschlagen davon, sondern kriegten, als sie sich etwas ungebärdig einstellten, und zwar mit Recht, denn sie erhielten ihr Fressen eine Viertelstunde später als sonst, mit dem mutzen Besen gar wütig auf die Nasen.

Man redete ehemals viel von Poltergeistern, und heutzutage wollen die Halbwitzigsten nicht mehr daran glauben und reden viel von Aberglauben. Ihr dummen Burschen ihr, habt ihr es nie in einer Küche rumoren hören, als ob man das sämtliche Kachelgeschirr an allen Wänden herumschlage, und am Morgen war alles noch ganz oder doch das Meiste, und Türen krachten, und Fenster zitterten, und Besenstiele flogen ums Haus und vergatterte Gabeln hintendrein; wer war dies anders als der Poltergeist? Es ist eben ein Geist, der, wenn es ihm ankömmt, in einen Leib fährt, und genau nimmt ers nicht mit dem Leibe, in den er fährt, sei er gewaschen oder ungewaschen, schön oder häßlich; bald fährt er einem Stüdi in den Leib und bald einem Mädi, bald einer Klementine und bald einer Seraphine, auf die Namen kömmt ihm hell nichts an, bald einem Hansli, bald einem Charles; aber in allen tut er wüst vom Tüfel, und nichts ist am rechten Ort, und nichts will sich schicken und nichts aus der Hand wie üblich, sondern alles mit Gepolter. Das ist der Poltergeist, der hat Macht über menschliche Leiber wie die Besessenen über die Gergesener Schweine, und wie er will, treibt er die menschlichen Leiber. Man hüte sich vor diesem Geiste, er macht ein Haus unghürig; man kann ihn mit

Beten vertreiben, aber nicht mit Spotten und Verleugnen; wer ihn am meisten verspottet und verleugnet, dem fährt er am liebsten in den eigenen Leib. Darum wahret euch, ihr ungläubigen Bürschchen; wer weiß, vielleicht sitzt er euch bereits im Leibe. Allweg war er in Anne Bäbi drin, und nichts war sicher, Menschen nicht, Kachelgeschirr nicht, Schweine nicht, ja es hätte den eigenen Kopf im Hause herumgeschossen, wenn er nicht so zäch auf dem Halse gesessen wäre.

Unglücklicherweise nun erwahrte sich in Jakobli ein ander Sprüchwort, daß, wessen das Herz voll ist, der Mund überläuft. Er werde denk wohl morgen oder einen andern Tag auf Raxigen müssen, sagte er, gleichsam laut denkend, vor sich hin. Nun hatte endlich Anne Bäbi das Ding gefunden, an dem es seinen Zorn entladen konnte; das Wort entlud seine scharf geladene Zornesbüchse. Von neuem los ging eine Sturmflut über Jakobli, die Heirat, die Braut, die ganze Hausgenossenschaft. Das Resultat war, daß er ihm nicht ds Herrgotts sein solle, vom Hause wegzugehen, bis er die Dolders Papier zsämeramisieren müsse. Dere Bünteli Neutaler hätte er afe gnue vrkräzt; es sei Zyt, daß me afay Sorg ha.

Das dünkte Jakobli grusam; je strenger sein Bleiben geboten war, desto stärker zog ihn die Längizyti nach seinem Meyeli hin. Er konnte es fast nicht mehr ausstehen. Wenn jemand immer in gleicher Stellung verharren muß, entsteht eine Pein, die unausstehlich scheint. Doch größer noch muß die Pein des reichen Mannes gewesen sein, der in Höllenangst und -qual nichts wünschte, als daß die Spitze des kleinsten Fingers der arme Mann ins Wasser düpfen, damit ihm die Zunge netzen möchte.

Ob Jakoblis Pein kleiner war, wer ermißt es wohl? Er wußte, daß er nicht gehen durfte, und die Gewalt, welche das Flattieren einen oder zwei Tage nach einem harten Ausspruch und manchmal schon eine oder zwei Stunden nachher über eine Mutter übt, die kannte er nicht. Er war nicht eine der flattierigen Naturen, die mit Streicheln und Däselen die härtesten Streiche in weiche zu verwandeln vermögen. Es dünkte ihn, wenn nur ein Vögelein daherkäme und zwitscherte ihm zu, es hätte Meyeli gesehen und es ihns auch, oder wenn nur ein ganz klein Stäubchen daherkäme, welches der Wind aus Meyelis Roßhaarspitzen geweht, und dieses Stäubchen gebe kein Deutnis, keinen Wink, aber er könnte ihm nur ansehen, daß es aus Meyelis Kappe wäre, so würde es ihm wohlen auf unaussprechliche Weise. Aber kein Vögelein kam, kein Stäubchen zog vorüber; alles Grusame kam ihm in Sinn, das hätte begegnen können, und was Meyeli gedacht und gesagt und ob es etwa reuig sei, das alles hätte er so unendlich gerne gewußt. Er erfuhr es, was das für Schmerzen gibt, wenn man an einen Felsen geschmiedet ist und aus dem Leibe wird einem das Herz gezogen mit einem allgewaltigen Magnet. Anne Bäbi sah das; aber wenn man ihm den Kopf abgeschrissen hätte, es hätte nicht zu ihm gesagt: «Su ghey dih meinetwegen!» Hansli sah es auch und noch besser als Anne Bäbi, denn Jakobli nahm sich vor ihm weniger in acht und verwerchete sein Weh und seine Trauer zumeist um die Ställe herum, wo Hansli auch am meisten war. Und mehr als einmal hatte Jakobli zum Vater gesagt, er wollte sich wohl noch leiden, wenn er nur öppis vrnähmte oder öppere gsächti, der Meyeli o gseh hätt. Auf solche Reden antwortete Hansli nichts als höchstens: «Lyd dih, es ist grad für.» Aber so im Herzen düechte es ihn, ds Anne Bäbi sei doch das Wüstest, wo es geben könne; so uwatlig hätte es nie getan, und wenn das so kommen sollte, so wollte er, sie wären niemals zsämecho.

## DREIUNDZWANZIGSTES KAPITEL

### *Hansli faßt einen Entschluß und redet wie ein Buch, tröstet ein Meitschi und kauft eine Kuh*

Sie waren eben im Ungreis mit den Kühen, und eines Morgens war Hansli fort, und als Anne Bäbi schnauzte, warum er nicht zum Essen käme, sagte Sami, Hansli sei in aller Frühe um eine Kuh aus; er hätte gesagt, vielleicht sei er zMittag wieder heim, es komme darauf an, ob er etwas finde.

Hansli wanderte allerdings stattlich über Berg und Tal, fast wie ein Metzger. Den Stock, der ihm fast unters Kinn reichte, stellte er weit vorwärts, seine Speckseitenkutte ließ er wadeln hinter sich, daß es fry einen Luft gab, und das Zötteli an seiner weißen Kappe ließ er auf und niedergehn, so streng es konnte. Er hatte sich einen Entschluß abgerungen, und das brachte ihn in eine seltsame Hast, die ihm sonst nicht eigen war; es ging ihm fast wie einem Knaben, der Bohnen rüsten soll, und weithin sieht er Buben im Haselhag. Es harzet bei ihm, bis der Entschluß gefaßt ist; langsam setzt er seine Beine in Bewegung, aber dann schießt er auch davon wie ein Pfeil vom Bogen, damit das Müetti ihn nicht mehr erreichen möge weder mit den Händen noch mit der Stimme.

So schritt er lange durchs Land, fast wie ein Gesandter des vergangenen Geschlechtes, der Augenschein nehmen und Bericht bringen solle, wie die Jungen wirtschaften mit der Väter Erbe. Er hatte vieles zu sehen, und viel nahm ihn wunder, und wo er mehr oder weniger Hagringe sah im Hag, als er hineinzutun zum Brauch hatte, so konnte das ihm lange zu sinnen geben, welchen Weg es besser sei. Indessen düechte es ihn doch, wenn er einen Gspanen bekäme, so hätte er kürzere Zyti, denn so schweigsam Hansli war, so hörte er doch nicht ungerne brichten, und wenn er einmal einen Plätz unter seinem Dachtrauf weg war, so war er imstande, selbst zu brichten; aber daheim ging es ihm, wie es noch manchen Andern geht, der denkt, ds Wybervolk machs für ihn, u wenn er o no rede wett, su wär zletsch niemere, dä lost.

Als er weit vor sich etwas Lebendiges sah auf der Straße, so stellte er den Stecken noch weiter vorwärts, und mit Doppelierschritt zog das Mannli einem Mädchen nach, daß man hätte meinen sollen, was das für ein Käusi sei. Das Meitschi, welches er einholte, weinte bitterlich, hatte die Züpfen aufgebunden und ein schwarzes Fürtuch an. Hansli wünschte geziemend die Zeit, das Mädchen dankte aus dem Schluchzen heraus. «Es macht styf Wetter», sagte Hansli. «He jo», sagte das Mädchen. «Wo chunst her?» fragte Hansli. Das Mädchen, dem es auch nicht wenig wohlete, daß es sein Elend jemand mitteilen konnte, antwortete: «Vom Doktor.» «Hest neuer kranks?» fragte Hansli.

Nun war die rechte Schleuse aufgezogen, das Mädchen gab vollständigen Bericht. Es kam von Bützloch und wollte nach Wallisau. Dort, sagte es, regiere ein grusam Fieber, wo kei Dokter öppis dra mache chönn; ume dr Vehhansli im Bützloch bring se drvo, die, wo dr Züg möge erlyde, aber die, wo nit chech syge, die nähms wie dFleuge. Der Vater, der hätte es nit möge erlyde; nit mänge Tag sygs gange, su heygs ne gno. Vo Stung a, wo er vo dem Züg gno heyg, heyg me gseh, daß es ne grusam agryf u mit ihm mache wele Weg, u du heygs emel du mit ihm fertig gmacht. Jetz sei es zum Vehhansli der Mutter wegen, die sei auch grusam krank an der gleichen Krankheit, und jetz sei ihm so angst. Vehhansli habe gesagt, das sei nichts anders gewesen, daß der Vater gestorben, das hätte so kommen müssen; der sei fule gsi un agsteckt a dr Lungi, u die nähms, die möge dr Züg nit erlyde, u ycheluege vor und eh, wies innefert syg, chönn me nit, es wär chumlich. Und bei der Mutter sei eben jetzt die Frag, wies innefert syg. Sygs guet dert, su chömm si drvo wie Schnupf; dr Züg fehl de nit, dä heygs de. Es söll darum nit Chummer ha. Syg si gsung uf em Herz u a Lebere u Lungi, so sei sie in es paar Tage uf de Beine, syg si nit gsung, he nu, so chlepf es se; aber si wär de allweg gstorbe früeher oder später, de wenn es eim uf em Herz fehl, su fehls nit, mi müeß sterbe. Aber es könne nicht helfen, sagte das Mädchen, es mache ihm notti grusam Kummer; wes die Muetter vrlüre sött, es wüßt nit, was afa; ke Mönsch hätts de meh uf dr Welt.

Ja, sagte Hansli, es sei mit dem Dokteren bös; «fehlts innefert, su säge si, mi chönn nit ycheluege, mi müeß probiere, u de chömms ebe druf a, u fehlts ussefert, su säge si, ussefert chönn me nit helfe, mi müeß innefert fechte, u wes nit guet chunt, su hey si geng e Usred, u we eine stirbt, su sött er geng selber dSchuld sy innefert oder ussefert, u we me nit änefert wär, chumliger Wys, si chämte eim no cho wüest säge, daß me gstorbe wär, u we si scho siebemal selber dSchuld dran wäre.»

Nein, sagte das Mädchen, Vehhansli sei nicht so u bsungerbar brüehmt, u grusam guete Züg hätte er, es schütt eim fry, we me ne nume alueg, u we me ne brucht heyg, su stinke dWäng im ganze Hus no lang geng, u er heyg grad gseit, für die Krankheit gäbs ke angere Züg, aber es chömm druf a, wie me innefert syg. «He nu», sagte Hansli, «das wird de no eine vo de Mehbessere sy, dä seyt eims doch no, wos hät u wie dSach ist; aber die bi üs umenangere sy ganz Kunde; die eine wüsse nüt, u die, wos wüßte, die wey eims nit säge.» Nun erzählte Hansli Jakoblis Geschichte in abgebrochenen Sätzen und auf seine Weise und wie zuletzt no e Frau hätt zuechemüeße, die hätte du dSach füregmacht u chönne säge, wos hätte. Und Hansli hatte darob die kürzeste

Zyti, daß er nicht merkte, wie nahe er schon bei Raxigen sei, bis das Mädchen links bog dem kranken Müetti zu, mit kummervollem Herzen das Züg z'probiere, wo dWäng no acht Tag drnah steyche.

Hansli war so ungsinnet vor Raxigen, daß er keinen Operationsplan hatte entwerfen können; er fand es am besten, ins Wirtshaus zu gehen. Es war ihm zwar zwider; am Morge mache ihm der Wein nicht am baasten, sagte er immer. Indessen wußte er sich nicht anders zu helfen, da er den Schnaps noch weniger liebte, und als Röseli ihn fragte: «Was söll ih bringe?», sagte er: «Däych e Schoppe», und auf die Frage: «Was fürige?» antwortete er: «Ume liechte, wo me nit sövli gspürt; ih ma ne nit erlyde am e Morge.»

Er brauchte aber nicht lange zu sinnen, Röseli half ihm bald zur Rede mit seinem gewohnten: «Woher? Woaus?» und hatte auf der Stelle los, daß das der alte Jowäger sei.

«Willst du zu deinem Sühnisweib?» frug es resolut und schalkhaft, «wart, ih wills ga reyche.» «Häb nit Müehy», sagte Hansli, «ih will de selber zum Hus; mi chönnt süst meine, mi dörft sih nit zeige oder es syg üs nit recht. U dr Bueb het Chummer, es gang dm Meitschi bös.» «Warum chunt dä schießig Schlabi nüt?» fragte Röseli. «Das ist öppe nie erlebt worde, daß eine lat vrkündte, chunt wie vom Himmel obe abe u geyht wien e Schelm, wo, wenn er het, was er will, sih o nimme zeigt. Ds Meyeli weiß nit, was es denke soll, u het sih dAuge fast us em Kopf pläret, u dä alt Schlychi hät sy Galgefreud dra u plagts, won er cha; wen es sih nit gschämt hätt, es wär dym Bueb nahglüffe, dem Schlufi.» «He, mi cha nit geng mache, wie me will, bsungerbar we Wybervolch im ene Hus isch», sagte Hansli. «Dr Bueb vrma sih desse nüt, er wär längste cho; aber es ist, wo Wybervolch ist, mängist trüeb Wetter, wes scho nit regnet. Du, was ih frage will, hest em Meitschi e Bkleidig la mache, wies öppe dr Bruch ist?

Oder manglist no Geld, su sägs! U de vo wäge de Köttelene han ih welle säge, du söllist se o chaufe. Üsi Alti het gmeint, Jakobli söll üser Jumpfere ihri ume etlehne. So eyni, die me us em Bettel nehm, müeß me nit ga ufputze wien e Fasnachtkueh, sust werd die ume z'stolzi. We si de einist wüß, wo ds Geld herchömm, u öppe tüey wien e Mönsch, so chönn me de geng no luege. U es het darwidere neue niemere viel gha, vo wege we üsi Alti öppis im Gring het, su het sis nit i de Füeße, u we me ere widerredt, su doppelet me ere dSach ume dest fester yche. Aber es het mih doch neue düecht, es wär strengs, we me für ds Sühniswyb bi dr Jumpfere gieng ga dGöllerkötteli etlehne; es hätt neue afe ke Gattig. U lue, da hest Geld, u chauf se; we e Sach einist gscheh ist, su ist si gscheh, u de cha me geng no säge, was me will, u cha o nüt säge, wie me lieber will.»

«Du mueßt e Bösi daheim ha, du», sagte Röseli, «das chunt nit guet; die töt es Sühniswyb, u darfür ist Meyeli doch z'guet.» «'s macht nüt», sagte Hansli, «si syge neue alli glych, seit me; we me ne dr Gring lat, su cha me no sauft drbysy, u we me sih ihrere nit alles achtet, su ist si drnebe no e Gueti u gönnt de Lüte dSach. Sie nähm emel nie öppe e Tropf Gaffee oder öppis angers, wies öppe dWyber im Bruch hey, daß nit o öpper angers drvo näh müeßt. Wenn es Sühniswyb öppe nit köpfig ist, su wird das scho gah; nit daß es nüt gä wird, je meh Wybervolch, dest meh Gchifel.» «Los, Ätti», sagte Röseli, «ds Mannevolch wird bi euch öppe o sy wie a angere Orte, es Mul zum Esse ha u eys zum Balge, aber kes für es fründligs Wort, und wer Zyberli ißt, mueß gränne. Wenn me aber syr Lebtig bi Zyberligrännene ume sy mueß, wer wett da zletzt nit hässig werde? Doch nüt vor unguet, ih wott nit mit dir zanke, und ds Meyeli wird grusam froh sy, wes dih gseht. Drum gang, aber chumm de ume u brings mit; lue dert, äys Hus ists, u dur das Gäßli mueßt!»

Hansli zog langsam ab und schritt gravitätisch bis vor die Küchetüre, doppelte an selbiger und frug: «Ist niemer daheim?» Da bewegte sich ein Läufterli am Fenster, und ein Köpfchen schob sich heraus, das aussah wie eine aufgegangene Rose, aus welcher zwei Sternlein funkeln, und purpurrot ward diese Rose, als die Sternlein den Mann vor der Küchentüre erkannten und hörten, wie er sagte: «Du söllist e chley usecho.» Zagend, zaudernd kam purpurrot das schlanke Meyeli durch die Küche, wie vor den Richter die Sünderin tritt, vor den Sultan der arme Sklave, der nichts verbrochen, aber weiß: ein Wink von des Sultans Hand, und zertrümmert ist sein Dasein.

Ach, das arme Meitschi, was hatte das gelitten, wie gebetet, wie geweint seit dem Sonntage, an welchem es verkündet worden war! Was Jakobli litt, das haben wir gesehen, aber was Meyeli litt, war unendlich mehr. Denkt euch ein liebendes armes Mädchen, dem Dornen sein Bett sind und ein hartes Herz sein Hauptkissen, und das Mädchen träumt, und die Liebe kommt ihm entgegen und öffnet mit goldenem Schlüssel ein goldenes Tal, ein herrlich Paradies, und Liebesworte sind des Tales Säuseln, und Liebesblicke sind die Lichtstrahlen, die das Tal erleuchten, und eine Herrlichkeit, die keine Worte faßen, schwebt über ihm, senkt sich in sein Herz, schwellt es auf in unendlicher Wonne, wie sie die Rose füllt, wenn sie dem Lichte sich erschließt, und Ewigkeit scheint diese Herrlichkeit zu umranden, und auf den Wellen reiner Lust wiegt das arme Mädchen sich in unendlicher Wonne, und die Wellen tragen es von Seligkeit zu Seligkeit, und immer näher gleitet der Kahn dem Borne, aus dem die Ströme der Seligkeit sich ergießen, die durch des Herrn Welten fließen. Da stößt an verborgenen Riff der Kahn, er bebt in hartem Stoße; erschüttert fährt das arme Mädchen auf, schlägt in schwarzer Kammer seine Augen auf; die harte Hand, die den Kahn an den Riff gestoßen, liegt noch auf seinem Arme, zu der rauhen Hand gesellt sich die nicht weichere Stimme und ruft die Seele des Mädchens aus dem seligen, goldenen Traume ins öde, wüste Leben, das kaum den großen Wüsten Arabiens gleicht. Dort sind noch herrliche Stellen, duftige Schatten, süße Quellen, kleine Paradiese; in des armen Mädchens Leben sind diese süßen, weichen Plätzchen nicht, da ist nichts als harte Sonne, harte Menschen, harte Arbeit, ein Sehnen sonder Ziel, und dieses Leben dehnt sich schattenlos und endlos vor des erwachenden Mädchens Auge wieder aus, und welches Mädchen weint nicht, härmt sich über seinen Verlust, und hat es doch nichts verloren, ist es doch um einen Traum reicher geworden, und dieser Traum wird es noch manchmal erquicken in harter Arbeit, an harter Sonne wird noch manchmal sein Plätzchen sein, wo es ruht, fliehend vor den harten Herzen.

O unglücklich wird nie, wem so selige Träume in sein Leben hineinreichen. Träume sind Boten Gottes, und wem sie Freudiges künden, dem sind sie das köstliche Labsal in des Lebens Drangsal, ja dem sind sie die Felsen, an welche die Seele sich klammert, wenn die Stürme sie ergreifen, wenn die Brandung sie umdonnert. So sendet der Vater über den Sternen, wenn des Abends die Sonne untergegangen ist, die Nebel aus den Gründen steigen und die Gebete aus den Herzen der Menschen zu seinem Throne, viele, viele tausend süße Träume aus, Boten der Liebe, Zeugen der Erhörung der betenden Herzen. Und viele tausend dieser Träume verklären sich zu holden Liebesgärten und senken sich nieder in die Herzen der Mädchen, die fromm und froh dem Leben dienen, des Herrn warten, denen unzeitiger Frost oder eine wilde Hand den Liebesgarten im Leben zerstört oder denen des Herrn Wille im Leben keinen zugewiesen, sondern ihnen das Harren zugeteilt, das gläubige

Harren, daß denen, die Gott lieben, alle Dinge zum Besten dienen müssen. Diese Träume alle sind dem Taue gleich, den der Herr fallen läßt auf die durstenden Pflanzen, die welken Blümlein, daß sie in neuer Kraft und Schöne den folgenden Tag begrüßen.

Nach solchen Träumen weinen wohl die Mädchen, aber die Tränen sind nicht bitter; manchem Mädchen sind sie sein Stab auf der Lebenspilgerreise, sein Schlauch süßen Wassers in der Wüste seines Wanderens. Ein ganz anderes wäre, wenn unser Geist wirklich geschieden wäre aus dem Leibe, und ein holdes Wesen in lichtem Liebesglanze würde sein Führer, seine Hand zerstreute die Nebel, die herrlichsten Räume entrollten sich, in seligem Entzücken fühlte unser Geist vom süßesten Wesen sich erfaßt, aber plötzlich würde schwarz das Lichtwesen an seiner Hand, versunken wären in schwarze Nacht die herrlichen Räume, zu giftigen Schlangen wäre das Wesen geworden, und die Schlangen hätten sich um sein Innerstes gewunden, und in giftigem Hohne stieße ihn die Hand, die ihn gehalten, von Abgrund zu Abgrund, und in jedem wäre schwärzer die Nacht und in jedem grauenvoller die Pein. Das wäre kein Traum, das wäre ein Erlebnis, und an der Herrlichkeit des Erwartens würden die Schrecknisse des Erlebten wachsen je einen Tag um den andern, und die täuschende Hand würde der Dolch sein, der sonder Aufhören die Seele peinigte, da, wo ihr Empfinden das innigste ist, da, wo die Liebe weilt.

Jetzt denke man sich das arme Meyeli, seit Jahren gefesselt ans Dornenbrett, auf dem das Gnadenbrot gebacken wird, und auf einmal erscheint ihm – nur ein Jakobli, und dieser besaß nur ein Auge; aber der Jakobli schien ihm doch sein Engel, in seinem Herzen leuchtete er wie die Morgensonne, er löste es ab von dem Dornenbrett, er öffnete ihm ein freies Leben voll Liebe und eigenem Brot, und dieses Leben ward ihm zu einem großen Tannenbäumchen, wie die Kinder am Neujahr kleine kriegen, und dieser Tannenbaum gebar der goldenen Nüsse in die Tausende, und geschmückt ward er alle Stunden herrlicher, und süßes Wehen säuselte um sein junges Herz. Wer zählt wohl die Gedanken alle, wer hat sie erglühen sehen in ihrer Farbenpracht, wer sie gekostet in ihrer Süßigkeit, die Meyelis Herz durchfluteten in selber Nacht, die dem Tage folgte, an welchem er das Hochzeit angegeben hatte? Ein Bräutigam war ihm wie vom Himmel gefallen, um den grünen Haselhag herum war er ihm in die Arme gefallen, und noch dazu gerade der, den es im Herzen trug, dessen vermeintliche Unfreundlichkeit ihns so lange geplagt hatte, der aber seit jenem Begegnen so freundlich in seinem Herzen wohnte und doch so wehmütig. Wärest du doch gegangen, hättest mit ihm eine Halbe getrunken, wer weiß was es gegeben hätte; jetzt hast du ihn dein Lebtag vielleicht zum letzten Male gesehen; so klang es in mancher stillen Stunde in seinem Herzen, und dann ward dieses so schwer und weich, daß es ihns dünkte, es sollte der Boden sich öffnen unter ihm und es möchte so gerne an die Ruhe.

Aber immer kam doch wieder eine Kraft obenauf, die ihm sagte: Du hattest recht getan, und wo man recht getan, soll man nie reuig werden; wenns Gottes Wille sei, so werde er sie schon noch mehr zusammenführen. Und als er sie zusammenführte, als die Anfänge des Knotens geschlungen waren, den nur der Tod lösen soll, da nun faßte sein Herz die Freude kaum, und es dünkte ihns manchmal, es wolle zerspringen vor Freude; dann ward ihm doch wieder so bange, es konnte nicht glauben, daß alles möglich sei, und wenn es wirklich ist, so malte ihm doch die innere Angst das Widerstreben der Eltern vor samt den andern Hindernissen, und es sagte sich hundertmal, es werde sicherlich nichts daraus geben, darauf könne es zählen; es sei ja nie erhört worden, daß so ein armes Meitschi so ungsinnet glücklich werde.

Als am Sonntag nach der ungsinneten Verkündigung alle Leute ihren Spaß mit ihm hatten und ihre Freude zeigten, nur hier und da einige Schmutzgüggeli die Nase rümpften und sagten, wenn sie Sellig wollten, wie da gestern einer im Dorf herumgelaufen wie e Sturm, so hätten sie schon mehr als hundert Sellig haben können, aber Sellig möchten sie mit keinem Stecklein anrühren: da vergaß es seine Angst und nahm einige Stunden die Sache als ausgemacht, als fertig, als erlebt. Als der Abend kam, da freute es sich unsäglich auf Jakobli, und tausend Sachen hatte es ihm zu sagen und tausend zu fragen, und sein einziger Kummer war, daß es mehr als ds Halbe vergessen werde.

Aber Stunde um Stunde verrann, kein Jakobli kam; der Montag kam, und kein Jakobli war gekommen; so ging Tag um Tag um, und keiner brachte dem armen Meyeli seinen Bräutigam. Es wußte nicht, was es denken sollte, es ängstigte sich mit tausenderlei Dingen. Vielleicht war er erschlagen oder daheim an tödlichem Fieber im Bette, oder es hatte ihm jemand z'bös geredet, er war reuig geworden oder hatte von Anfang es nur zum Besten gehalten, nirgends verkünden lassen als hier und lachte jetzt seiner, und seine Eltern nahmen ihn mir nichts dir nichts unter den Jahren weg.

Und wie das menschliche Gemüt in solchen Ängsten immer am ärgsten haftet, so glaubte es sich je länger je mehr verraten, verlassen. Alle seine Hoffnungen tat es durch, eine nach der andern, und ganz dunkel ward sein Leben wieder, und auf das Dornenbrett, auf dem das Gnadenbrot gebacken wird, sank es wieder nieder, und doch war das nicht sein größter Schmerz. Aber das tat ihm weh bis ins innerste Mark hinein, das wollte seine Seele fast zerreißen, daß Jakobli so an ihm handeln konnte. Es hatte ihn so lieb gehabt, er war der einzige und erste Mensch, seit seine Eltern gestorben, den seine Seele mit Liebe umfaßte, dem es aufschloß seines Herzens Türe, den es umfaßte mit aller Innigkeit eines jungen, verlassenen Herzens; und dieser wars, der ihns betrog, täuschte, seiner vielleicht lachte.

Es hatte geglaubt, jetzt sei es doch wieder öpperem, hätte doch jemand in der weiten Welt, an den es seine Seele ketten, den es lieb haben könnte und dürfte so recht von Herzensgrund und vor Gott und Menschen, und jetzt hatte der ihns verraten, jetzt war es noch ärmer als zuvor. Es war um seinen Glauben, sein Vertrauen gebracht, daß jemand mit einem armen Meitschi es gut meine, daß es je eine aufrichtige Seele finden werde.

Wenn man Mädchen weinen hört gebrochenen Herzens, und sie können es einem sagen, was ihnen eigentlich den tödlichen Stich gegeben, so ist es nicht der Stich, der von zertrümmerten Hoffnungen auf äußeres Lebensglück kömmt, nicht der, welcher auf die Scham kömmt, ein Spott der Menschen zu sein; die Mädchen, welche nur dieses sticht, sterben nicht an gebrochenem Herzen; sondern es ist die Wunde der verratenen Liebe, es ist der Schmerz, daß von dem Geliebten der Schlag gekommen, es ist der Verlust des Glaubens, des Vertrauens zum Menschen, es ist der Schmerz der Verzweiflung an der höheren Natur der Menschen. Das ist, was so unheilbar manches arme Herz verletzt hat, ja was ihm fast den Glauben an die Seligkeit genommen hat; denn wie sollte ein solches Geschlecht, das Liebe lohnet mit Verrat, zu einem himmlischen Dasein bestimmt sein?

Das wars, was so mit unsäglichem Schmerz des armen Meitschis Herz zerriß durch so manchen Tag über. Es konnte ihm keinen Namen geben, es mochte nicht einmal Röseli klagen, denn auch diesem traute es nicht mehr, aber gestorben wäre es gerne. O wenn doch so eine alte Frau wüßte, wie weh sie tut mit solchen Wunderlichkeiten einem armen Herzen, die wirser als die grausamsten Schläge tun, sie wäre sicher weniger wunderlich. Ich glaube es nicht einmal, wenigstens alle nicht. Es gibt solche herbe, versäuerte Naturen, die eine eigentliche Feindschaft in sich tragen gegen junge Herzen und zu meinen scheinen, solche Herzen zu plagen, zu quälen, gehöre zur Erziehung, sei eine von Gott dem Alter aufgetragene Pflicht. Und nun tun sie allerdings alles, was in ihren Kräften steht, diesen Herzen jede Freude zu vergiften, jede Hoffnung zu verkümmern, jeden Genuß zu hindern, und je lauter sie darüber weinen, desto stolzer ist so eine widerhaarige Alte oder Alter auf die erfüllte Pflicht. Es ist wirklich nichts Traurigeres auf Erden als so ein altes, zusammengeschrumpftes, runzlichtes Herz. Aber glaube man, ein solches Herz plagt am meisten seinen Träger; derselbe würde tausendmal wöhler leben am scheußlichsten, schmerzlichsten Geschwür in seinem Leibe als an solch einem Herzen.

Meyeli war allein in der Stube, als draußen geklopft wurde, hatte den Kopf auf den Ofen gelegt, und trüb und schwer lag es auf seiner Seele; wie finstere Regenwolken an den Bergwänden, so hingen dunkle Gedanken über ihr. Nun stund draußen Jakoblis Vater, es erkannte seine auffallende Gestalt auf den ersten Blick. Darum ward es so rot, darum kam es hervor mit einem Schritt so schwer, wie ihn der Verbrecher geht, wenn ihn der Richter ruft, der Richter, der den schwarzen Stab in den Händen hält, der gebrochen wird über dem sündigen Haupte, das dem Tode verfallen ist. Es war überzeugt, der kam, um anzusagen, daß mit allem nichts sei und daß es sich schämen sollte, an solche Sachen nur zu denken.

«Grüeß Gott! Und wie gohts?» sagte Hansli und streckte dem Meitschi seine Hand dar, die fast aussah wie ein Stück

Eichenrinde. Meyeli nahm die Hand, aber brachte kein Wort hervor; es schnürte ihns im Halse, und alles Blut war aus seinem Gesichtchen gewichen, wie jeder blaß wird, der das Schwert zum tötenden Streich auf sich niederfahren sieht. «Dr Bueb wär selber cho», fuhr Hansli fort, «aber es het sih neue nit welle schicke, un ih ha du däycht, ih well fry selber cho un es syg öppe nit unanständig, wenn ih mit dym Götti o öppe es Wort redti. Wo ist er? Er söll fürecho!»

Seppli hatte das Klopfen wohl gehört und in der Ecke des Hauses dem Ding abgewartet. Jetzt schlich er daher wie von ungefähr. «Das wird ne sy mit Schyn», frug Hansli, «dr Götti?» «Ih sött ne sy», sagte Seppli, «aber ob me mih geng drfür heyg, ist ebe dFrag.» «Es wird o gah wies cha u ma», sagte Hansli. «Aber warum ih chume: my Bueb het da neue es Händeli mit dem Meitli agfange.» «He ja», fiel Seppli ein, «es ist mir öppe zwider gnue gsi; ih vrma mih desse nüt u wott mihs o nit etgelte, lueg es jetzt! Vom Hus eweg han ne gjagt, aber hinger mym Rücke hey si das du gmacht.» «He, syg das jetz wies well», sagte Hansli, «ih ha ume welle säge, we dr ds Meitli übel erleidet syg u des nimme vor Auge ha mögist, su welle mrs grad zun is näh; ufen es paar Tag uf oder nieder chunts de notti nit a, u bsungerbar em Bueb wärs ds Rechte, wes chäm.»

Seppli vergaß das Maul offen, aber wer den Glanz hätte fassen können, der in Meyelis Augen trat, hätte den köstlichsten der Diamanten gehabt, wie er in keiner Krone der Erde gefunden wird.

Seppli sagte endlich: «Es wird dir öppe nit Ärst sy; aber wie gseyt, ih vrma mih dr ganze Sach nüt; für z'helfe ist me guet gnue, aber für öppe z'rate manglet men eim nüt, u jetz wott ih o nüt drmit; weds ufha witt, su häb, es ist mr ds Rechte, ume daß es de weiß, wies de Meitlene geyht, wos ihrem

Gring na zwänge wey. Es gscheht ihm recht, dem Dreckloch, was manglet es selligs Meitschi z'hürate.» «He», sagte Hansli, «es wird ihm öppe sy wie Angere o. Aber vo Ufha ist ke Red. Mir hey ihms nit agä, mir wey ihms o nit wehre. Es ist üs recht, wen er es bravs Wybervölchli überchunt, un uf ene Chrüzer Geld chunts is nit a. U so han ih ume welle luege, wies gang hie, und öbs fry grad wett mit mr cho; mir hätte ihm notti Platzg u z'esse.»

Man kann sich nicht denken, wie es Meyeli war bei diesen Reden. Nicht wie einem Verbrecher, dem man am Hochgericht Gnade rufet, denn Liebesangst ist nicht ganz wie Galgenangst. Aber noch viel weniger ist des Mädchens Freude, das aus Liebesleid und -not gerissen wird, des Verbrechers Freude, welchem das Leben geschenkt wird. Des Verbrechers Freude kann man beschreiben, aber wer malt des Mädchens Freude? Wer malt Sternenglanz und Morgenrot? Wer des Taues perlend Licht im Kelche der Blume? Wer den wunderbaren Duft, der an taureichen Morgen über den Wiesen liegt?

Wie aber Seppli dastand dumm und verblüfft, das hat jedermann schon gesehen, des Menschen Jämmerlichkeit steht uns ja alle Tage vor Augen; die Liebesfülle eines jungen Herzens, wenn sie hervorbricht aus der Not dunkler Kammer, wie selten schaut einer die, und wer sie gesehen hat, findet die Farben nie, sie darzustellen! Denn dieser Farben Quelle sprudelt nur in liebesvollen Herzen, hingegen einen jämmerlichen Seppli darzustellen findet man die Materie in jeder Pfütze. Der Seppli stund also da, als ob ihn seine Hosen in Verlegenheit setzten, und frug endlich: «Ja so, ists de Ärst? Jä so, wes so ist, so mueß ih doch de nadisch frage, was ihr für Lüt syt, vo wege ih bi dr Götti un es cha mr nit graglych sy, wies ds Meitschi het u zu wem es chunt; vo wege es handlet sih da nit um e Lyb, sondern o um dSeel, u so mir nüt dir nüt lan ihs nit so zum ene jedere. Es chönnt dä Wäg en iedere cho es welle, un ih has de Eltere abgno u mueß es einist vrspreche.» «He jo, jo», sagte Hansli, «es wird sy, aber du bruchst nit Chummer z'ha vo wegem Lyb, z'esse hey mr, es zahlts Höfli u öppe Geld on e chly, u vo wege dr Seel cheu mr bete, göh zChile, heyn e Bible u dr Wyl drizluege, u was will me meh?»

«Es ist mügli», sagte Seppli, «aber es ist scho mängist öppis gseit worde, es ist nit gsi.» «Ha nüt drwider», sagte Hansli, «o no i mänger Vrsammlig. Aber üseretwille bruchst nit Chummer z'ha. Ih ha no ke Mönsch ere Kueh twege aglo-ge, u so emene Wybervölchli twege möcht ih nit Müehy ha.» «Ih ghöre», sagte Seppli, «du wirst o vo dene eine sy, wos mit dr Welt hey, vo dene Selbstgerechte eine, wo es Gsicht hey wie du u meine, mi sött ne alles glaube. Aber du hests ghört, ih mueß das Meitschi vor Gott vrantworte, u es ist hützutag niemere z'traue, es ist gar e bösi Welt. U ih will drs graduse säge, dyne Rede a bist du o nit vo de Rechte eine, u mi wird müeße luege, was me macht. «He nu so de, su mach du fry, was du witt», sagte Hansli. «Es ist emel jetz z'vrchünte, u das wirds wohl ha; u am Fryte, wos am Sunnde ist uszvrchünte gsi, wey si Hochzyt ha, u das wirst se emel müeße la, u wed nit witt, su mach wasd chast. U we si Hochzyt gha hey, su chunt es zun is, das wird de müeße sy. Mr wey jetz nit z'längem chäre; dSach lauft nüsti. Du wirst notti wüsse, was es vo de unnütze Worte heißt, we du son e Geistlige bist. Adie wohl! Du chumm mit, ih ha no neuis mit dr», sagte er zu Meyeli und achtete sich Sepplis nicht, der aufbegehrte und sagte, er mangle denn des Vrsu-mens nüt all Fingersläng und er hätte seine Jumpfere anders z'brauchen, als desumezlaufe. So böse war aber Hansli auch lange nie gewesen, denn so weit er gewöhnlich kam, war er bekannt, und so weit er bekannt war, fiel es niemand ein, seine Rechtlichkeit, sein Vermögen, seine Frömmigkeit in Zweifel zu ziehen. Er wanderte in zorniger Hastigkeit dem Wirtshause zu, sah sich nie um, ob Meyeli ihm nachkäme, und griff mit seinem Stecken noch einmal so weit aus als sonst.

Im Wirtshaus hatte Hansli lange, bis er sich gefaßt hatte. Er begehrte aber nicht laut auf; er war gewohnt, so etwas in sich selbst in aller Stille zu verwerchen. Endlich sagte er, dä Käpper hätte ihn bald taube gmacht, u wes nit der Götti wär, es müßt per forst mit ihm cho. Unterdessen hatte Röseli das Meyeli angefallen, warum es die ganze Woche nicht zu ihm gekommen, und nach einigen Ausreden hatte es dasselbe endlich zum aufrichtigen Bekenntnis seiner Seelenangst gebracht. In aufrichtiger Treue erzählte es, wie es ihm gewesen, aber wie es dasselbe vor niemand hätte dürfen verlauten lassen, und dazu flossen die Tränen ihm stromsweise über das Gesicht wie Regen, aber wie Regen, durch den bereits die Sonne scheinet. Und es kam selbst dem Hansli warm die Backen ab, und als er mit der Hand über die Backen fuhr, gabs fast einen Ton, wie wenn man mit einer Holzfeile über einen Laden fährt, und er sagte: «Das ist eyfalts vo dr gsi, Meitschi; meinst doch de, bi üs obe syg me so schlecht, son es Tröpfli dä Wäg ga für e Narre z'ha? Nei, ds selb doch de nit. Es müeße hie ume schlecht Lüt sy, daß dr sövli Schlechts zSinn cho ist. Aber wärist cho luege u cho frage, gäb de sövli usgstange hest, sövli wyt ists doch nit.» Es hätte nicht dürfen, sagte Meyeli; wenn mes de öppe vom Hus gjagt hätt, es wüß ke Mönsch, was es agfange hätt u wie es sih hätt chönne vrsünge. Aber wie es ihm gsi syg, chönn es niemere säge, es syg ihm no jetz in alle Gliedere; es düechs, mi hätt ihm dGleych usdräyht oder abenangere gsaget.

Indessen ward es doch wieder fröhlich und heiter, konnte

mit Röseli scherzen, konnte erzählen, wie der Götti gewesen. Viel gesagt hätte er nicht; je länger Jakobli nicht gekommen, desto mehr hätte es ihn gelächeret; es hätte wohl gesehen, wie er es ihm hätte gönnen mögen, wenn aus allem nichts geworden. Aber es nehme es auch kein Wunder; er werde nicht wissen, wer die Haushaltung machen solle, wenn es fort sei. Es müsse sagen, das gmühe ihns; es sei doch geng dr Götti un es düechs, wenn es byn ihm blieb no e Rung, bis er öppe wieder e Angeri heyg, u das gang nit lang, su wär das nit ds Unaständigiste. «Selb wey mr nit mache», sagte Hansli, «er cha luege, wie ers macht, u für Geld gits Lüt gnue. DMuetter lat dr Bueb nit furt, wenn er will, u sövli Längizyti ha miech ne no ungsünger, as er ist. U ds Sühniswyb la Jumpfere sy, wo ds Wüestiste alles abtue mueß, schickt sih neue o nüt, we me selber z'werche u z'esse het u no viel u dick frömd Lüt mueß ha. We sHochzyt für ist, su chunst; es schickt sih am baaste, wes dr emel recht ist.»

«Bhüetis», sagte Meyeli, «ih mache ja, wie mes bifihlt; aber grusam Angst macht es mir z'cho, so ohni nüt, un ih förchte, ih chönns nit breyche u Jakobli werd reuig u mi syg nit zfriede mit mr.» «Häb nit Chummer», sagte Hansli, «es ist a alle Orte öppis, u my Alti brummlet allbeeinist; aber mi mueß sih desse nüt achte. Mach geng u säg nüt, su fehlts dr nit.»

«Da möchte ich nicht dein Söhniswyb sein», lachte Röseli; «wer Tüfel möcht geng mache u nüt säge? Wenn ih mache, su wott ih rede, dr Blast mueß allweg use. Nei, Ätti, gredt mueß sy, u we Meyeli nüt säge soll, su gangen ih no hüt zum Pfarrer u säge, er soll höre vrchünte. Denk doch o, wed am ene Morge dys Sühniswyb vrsprengt im Bett fungist wien e vrsprengti Büchse, du hättists doch o ungern.» «Sövli gfährlig ists nit», sagte Hansli, «vo nüt Säge ist o nit dRed. Aber du weißt wohl, wien ihs meine. Aber es meint en iederi, si müeß rede, we si schwyge sött, u we si rede söll, su weiß me mängist längs Stück nit, ists e Stock oder e Mönsch, u gäb was me macht, es wott e ke Gux cho.» «Du weißt aber o nit, wasd witt, Ätti; bal soll me rede u bal nit; dir ist bös z'breyche, u wes no böser ist, dyr Alte z'breyche, su gnad Gott emene Sühniswyb!» «Wen ih nit scho eys hätt, su sieg ih: Chumm probier!» sagte Hansli. «Es ist im e Hus grad wie im e Lied; da mueß eys ufs Anger lose, wes schön gah soll, u mängist mueß eys süferli singe, we die Angere am lutiste mache, u mängist eleini singe u mängist die Angere eleini la mache. U wie en ieders Lied e eigeni Wys het, su hets o esn ieders Hus, u wie me geng mueß luege, a was für eme Lied me ist, we me afat singe, su mueß me o luege, us was für eme Ton es im e Hus gang. U darum geyhts sövli bös, wil so mängs im en iedere Hus uf em glyche Ton blybe will. Es gieng o nit schön, we me esn ieders Lied uf e glych Weg singe wett. Aber das cha me eym nit brichte, mi mueß selber ds Ghör ha drfür u merke, wele Weg es am beste geyht.»

«Ätti», sagte Röseli, «hest de das selber ersinnet? We das ist, agsäh tät me drs nit.» «Du bist e Täsche», sagte Hansli. «Aber my Großmuetter het allbets gseit, we eine nit vrgeß, was Ätti u Großätti gseit heyge, un ihm selber ume alli Wuche einist öppis zSinn chömm, su syg er doch no lang witziger as Mänge, wo meyni, er gseyh ds Gras wachse u ghör dFlöh hueste u sih fast lätz sinn u dDärm us em Lyb drück, für dr Gschydst z'werde. U si het gseit, es syg de nit gseit, daß me all Tag alles säge müeß, wo me wüß; we me ume alli Fraufaste Speck heyg, es düech eim am beste.» «Ja, Ätti, aber Speck u Rede ist doch nit ds glyche. Speck han ih grad gnue, aber je mehn ih rede, desto lüstiger düechts mih.»

«Du hests de mit em Rede o wie mit em Tanze; we dObrigkeit nit Fürabe miech, dMeitscheni hörte nit uf, bis si dBey bis an e Stumpe zueche abgwetzt u abtanzet hätte. Aber ih u du heys nit glych. Tanze cha me ds ganz Jahr, we dGyge geyht, aber für z'säye gits nit so mänge Tag, wos guet ist, u i dr Münz nuschet me all Tag, aber über dDuble u über e Sparhafe geyht me ds Jahrs nit mängist, we me emel witzig ist.» «Aber was chunt dih de a, daß de hüt so über dDrucke geyhst u da uschramist, als ob du uf dr Wysheit Salamonis hocketest?» sagte Röseli. «He los, du Schnädergätzi, das will ih dr säge. Myr Lebtig überchume ih ume eys Sühniswyb, wil ih ume ey Bueb ha, u das ists u das gfallt mr, un ih däych, es chönn nit so übel gah, wes sih öppe schicke wett. Aber dGroßmuetter hets mängist gseyt, es chömm alles druf a, wie eini über dSchwelle trapp, wen ere dr erst Schritt fehl, su heygs gfehlt; das syg grad, wie wenn dr erst Nagel, wo me i dSchwelle vom e neue Hus schlach, rauchni, es nit fehl, daß ds Hus vrbrönn. U da ist mr dra glege, daß dr erst Tritt nit fehl u dem erste Tritt die angere nahgienge, vo wege ds Wybervolch ist es wunderlichs Volch, ih ha no vo kem sellige ghört. We me Wy im e Faß het, su cha me öppe mit jungem zuefülle, es macht nüt; aber we me alts Wybervolch im e Hus het u es chunt jungs drzue, su fats geng a jäse u mi mueß guet drzue luege, daß es dem Faß nit dr Bode usespreng. U dessetwege han ih e weni drübergluegt übers Schatzkästli u ha füregno, was mr unger dFinger cho ist, won ih gmeint ha, es schick sih öppe.»

Hansli täuschte sich aber doch. Wenn man anfängt zu reden, kennt man selten die Triebfeder, hintendrein hat auch der Dümmste den besten Grund. Aber wer hat nicht schon gesehen, wie eine alte Schwarte weich wird an der Sonne, und wer nicht, wie ein alter Käusi in Gegenwart junger oder nur eines jungen Mädchens auftaute, zwanzig-, dreißigjährige Rinde schmolz und aus der alten Hülle recht Junges und Reges zum Vorschein kam, daß man auf den Kopf hätte stehen mögen? Wer will sich daher wundern, daß es dem Hansli Jowäger auch so ging in Gegenwart zweier Mädchen, von denen das eine ihn aufguselte, wie man mit einem Stock am Ende auch das trägste Tier auf die Beine bringt, das andere aber wie sanfte Wärme auftauend auf ihn wirkte! Schon der ritterliche Zug unter dem Vorwande eines Kuhkaufes zu seines Sohnes Braut hatte ihn aufgeregt, und eine längst vergrabene Entschlossenheit hatte er hervorgesucht, wie auch oft vor alten Zeiten Ritter zu ihren kühnsten Taten Schwerter aus den Gräbern genommen. Der Kampf mit dem alten Seppli hatte ihn noch mehr aufgeregt, und ich möchte fragen, ob, wenn vor Zeiten nach ruhmvoll bestandenem Turnier die Ritter unter ihren Schönen saßen, ihre Herzen nicht ganz flüssig geworden sein werden?

Mehr als zwanzig Jahre hatte Hansli nie so etwas erlebt, nie sich so gestellt, nie alleine zwischen zwei so holden Mädchen gesessen; da muß man sich doch wirklich nicht wundern, wenn die alte Schwarte schmolz und ihm ganz wohlig ward ums Herz und ihn düechte, wenn er Jakobli wär, so hätte er auch die genommen und keine Andere, und wenn er dem Meitschi etwas ersparen könnte, so möchte ers, und wenn er ihm ein Lieb antun könnte, so reute ihn sGeld nicht. So plauderte er mehr, als er seit Jahren getan, versäumte sich länger, als er wollte, ließ aufwarten, als ob er der Bräutigam wäre, begleitete Meyeli wieder zum Haus und sagte dem Seppli noch nachträglich, er well sys Sühniswyb no dala, bis es Hochzyt gha heyg, de aber ke Tag länger, u er söll ume nachefrage, so streng er mög, aber ihm Sorg zum Meitschi ha; wenn es ihn für e Götti ha söll, su söll er o wien e Götti tue u nit ume, wos ihm chumlig syg, sondern o wos Recht u Bruch syg. Seppli war nicht der, der sich nicht duckte, wenn er Hand ob sich sah; er konnte dann tun wie eine Katze, wenn sie zärtlich wird. Er hieß Hansli in die

Stube kommen, es sollte ihm ein Kaffee gemacht werden und mit allen Herrlichkeiten des Hauses aufgewartet; er hätte unrechten Bericht vernommen, man hätte ihn für den Lätzen angesehen, kurz deren Entschuldigungen hätte ein Hofscharwanz nicht besser gemacht, wenn er den König für einen Küchenjungen angesehen hätte. Aber Hansli war nicht beweglich; an alte Katzen war er gewohnt, die machten keinen Eindruck auf sein Herz. Er hätte gegessen und getrunken, sagte er, u müeß hüt no e Plätz wyters, und er söll öppe nit Chummer ha fürs Meitschi, es chömm notti o zu Lüte. «Hest ghört, u bhüeti Gott», sagte Hansli. «Du zürnst doch öppe nit?» sagte Seppli, «es wär mr leid, ih has guet gmeint u mein es no so.» «Was wett ih zürne», sagte Hansli, «es machts en iedere, wie ers im Bruch het un ihms dr Geist ygit. Adie.»

Nach zehn Schritten stund er stille, winkte Meyeli und sagte: «Los neuis!», und als es willig und fröhlich herbeisprang, sagte er: «Chumm e chlyseli mit mr.» Als ein Ofenhaus, Bäume und ein dicker Dornhag vor neugierigen Augen sie deckte, zog er ein Hämpfeli Geld aus dem Busen und sagte: «Es ist aständig, wenn es Meitschi, wes Hochzyt het, on es Schübeli Geld het, daß es o öpperem chrame cha, wos aständig ist u won es gern möcht, u daß es nit so ganz blutts yzügle mueß; da hest neuis, u bruchs wied witt u schüch dih nüt; wo das gsi isch, isch no meh.» Das Meitschi weigerte sich erst, aber Hansli sagte: «Tue nit dumm u nimm, du bist ja jetz o mys King.» Da fiel Meyeli dem Alten um den Hals und sagte: «O Ätti, o Ätti, han ih wiederum e Ätti!» «Du bist e Göhl!» sagte Hansli, raspelte mit der Hand im Gesichte herum und pressierte weiter. Aber noch lange biß es ihn im Gesichte, und er führte Selbstgespräche, bis er zum Schluß kam: «Aparti es Bravs ists nit, die Angeri wär de viel die Bräver gsi, aber es Styfs ists un es manierligs

Wybervölchli; es düecht eim, bi dem sött es kurzwyligs Sy sy, drnebe weiß mes nit. Was es us eme Meitschi für e Frau git, weiß ke Mönsch; es düecht eim mängist, us de schönste Himmelsgüeglene sötts die wüesteste Donnerguege gä.»

Darauf richtete er seine Gedanken auf eine Kuh, denn ohne eine solche wäre er nicht gerne heimgekommen, Anne Bäbi hätte sonst merken können, wo er gewesen, und wenn es gefragt, so hätte er nicht gelogen, das war nicht sein Brauch. Aber er wollte lieber, es frage nicht, denn er fürchtete Anne Bäbi wie eigentlich so viele andere Männer ihre Weiber. Es ist nicht eine eigentliche Furcht, aber durch ein nachhaltiges, instinktmäßiges Nichtnachgeben und immer von vornen Anfangen haben sie eine Gewalt gewonnen, die nicht immer sichtbar ist, aber die der Mann doch fühlt wie das Roß den Zügel, und gar Mancher pressiert heim, läßt nicht wechseln, hat einen Schoppen weniger, alles seines Weibes wegen, das ihn nicht prügelt, aber das ihm es zu erleiden wußte. Anne Bäbi hatte Hansli nicht verboten, hinzugehen; er wußte nicht, was es dazu sagen täte, wenn es es vernähme, aber er wollte es lieber nicht erfahren.

Sein Lebtag hatte er nie so schnell eine Kuh gekauft wie diesmal und noch nie eine so gute und dazu wohlfeile; es war, als ob das Glück ihn expreß in das Nebeaushüsli geführt, wo wegen Mangel an Platz eine feilstand. Noch war es nicht Nacht, als er heimkam, und die ganze Haushaltig stund um den Kleb und bewunderte Hanslis Geschick; selbst Anne Bäbi kam, aber als ob es die Andern suchen und wegjagen wollte. Wo doch die Stogline all seien! Es sei wohl dr wert, weg eme sellige Cheibechüeli so zsämezstah u z'luege, wie we si ihrer Lebtig no nüt mit Hörnere gseh hätte. Und als die Andern auf das viereggetig Uter wiesen und rühmten, wie es eine gmodelte sei, so brummte Anne Bäbi, es sei wohl dr wert, son es Wese z'mache; wenn es hätt e ganze gschlagene Tag nachestopfe welle, so hätt es eini welle chaufe no einist so groß u no einist so wohlfel. Dann jagte es Mädi in die Küche; es solle ga yschnyde, su chönn me o einist esse, u we me rüef, su sölle si enangerenah cho u nit mit dem Chueli die ganz Nacht dGöhle mache, daß sie no i dBrattig chöme; es syg sih doch notti nit dr wert mit eme sellige Grieggel.

Im Stall, als es sauber war vom Weibervolk und Sami molch, sagte Hansli: «Es lat dih de grüeße.» «Wem? Wo bist gsi?» fragte Jakobli. «He wem!» sagte Hansli. «Es ist dih geng warte gsi u wott de cho, we dr Hochzyt gha heyt.» Die Worte fielen wie ein großes Labsal in Jakoblis Längizyti, und wie auf einen Hammerschlag tausend Funken aus glühendem Eisen sprühen, so flammten auf das eine Wort Fragen die Unzahl auf in Jakoblis Gemüte, aber nur eine kam zutage: «Ists no bim Götti, oder ischs öppe im Wirtshus?» «Bim Götti», sagte Hansli, «dä het mih taube gmacht, aber dem han ihs du gseit; er weiß es öppe jetz, daß mr kener Hudellüt sy, jawolle!»

«Still!» sagte Sami unter der Kuh, «es chunt neuer.» Sie schwiegen; draußen ging der Wind; da wollte eben Jakobli eine neue Frage tun, als von der Küche her Anne Bäbis Stimme erscholl. «Wo bist? Was Tüfels soll das gä? Warum rüefst ne nit?» «He! Dir söllit cho esse!» rief Mädi unter der Stalltüre, «ih ha ne grüeft, aber es hets ke Mönsch welle ghöre.» «Jawolle, grüeft», sagte Anne Bäbi, «säg selligs de am ene Stock!» «Jo wäger han ih grüeft», beteuerte Mädi, «aber mi ghört, we dr Luft drnah geyht, mängist nit wegem Brunne.» Und allerdings hatte Mädi nicht gerufen, aber horchen hatte es wollen. Es wußte wohl, daß der Stall das Gemeinratzimmer war des Mannevolks wie die Küche die des Weibervolks, und eine innere Stimme, ein unerklärliches Etwas, ein Etwas, das nicht bloß auf die Begabtesten des

Jahrhunderts kömmt, sondern noch auf gar manches Mädi im weiten Lande, sagte ihm, Hansli habe nicht nur eine Kuh heimgebracht, sondern sonst noch etwas, und dieses Etwas wäre gerade jetzt im Stalle zu vernehmen. Statt zu rufen machte es sich leise dem Stalle zu. Aber wenn Mädi leise gehen wollte, so war es bloß, daß es nicht schlarpete, das Abstellen hatte es nicht in seiner Gewalt. Sami hörte es immer in der Küche abtrappen, wenn er hinter dem Stall auf dem Bänkli saß. So kam es auch jetzt um seine Ohrenweide und noch dazu zu sauren Augen von Anne Bäbi, und wie es auch den ganzen Abend ums Haus herumtrappete, um etwas zu vernehmen und damit Anne Bäbi zu versöhnen, so konnte es doch hell nichts mehr erhaschen. Es ging ihm akkurat wie einem Knaben, der Spatzen fangen, Salz auf den Stiel ihnen streuen will, aber allemal, wenn er zehn Schritte von ihnen ist, niesen muß; wenn er wieder aufsieht, husch, ist kein Spatz mehr da.

Nun war im Hause vieles zu beschicken, und niemand schien daranhin zu wollen. Niemals fing Anne Bäbi gerne davon an, daß Jakobli eine neue Bkleidig haben, noch dies und jenes gekauft, verschiedene Arbeiter hergeheißen werden sollten. Anne Bäbi war es selbst angst darum, denn wenn es schon im Kopf hatte, Meyeli brauche nicht hoffärtig zu sein, sondern alles sei gut genug für ihns, so wollte es doch, daß Jakobli daherkomme, wie es sich öppe schicke für einen, der ein zahltes Heimet hätte und noch ein Schübeli Geld; man sollte sehen, von wem das Geld sei. Und wenn Jakobli doch ein armes Meitschi wolle, so brauche er sich auch nicht zu schämen, wenn es alle Leute wüßten; aber ihns, Anne Bäbi, sollte er dafür halten und ums Nötige bitten, damit es erst rechts und links schnauzen könne, ehe es Gnade gewähre und Erhörung. Es ward jeden Tag wilder, und als die Andern sich schon darein ergeben hatten, daß

Jakobli seine letzte Sonntagsbkleidig auch noch brauchen könnte, hielt es sich nicht länger, sondern frug ihn einmal hastig: «Du wirst nichts mehr mangeln, du wirst dich schon versehen haben?» «Nein, wäger nicht», sagte Jakobli, «ich mangelte noch manches.» «He nu, su lueg, daß ds überchunst», antwortete Anne Bäbi und schnurrete davon. Eine Stunde später ließ es sich wieder zu ihm und fing von neuem an davon zu reden und sagte, ehemals seys dr Bruch gewesen, daß me öppe dr Muetter dEhr ata hätti u si um selligs gfragt; aber hürmehi mach esn ieders, was es well. Aber es sei ihm gleich, es hätte nur weniger zu tun. Und ehe Jakobli antworten konnte, hatte es wieder den Weiten genommen in seinen Holzböden. Und doch ließ es es nicht leben, und ehe noch am selben Tag der Abend kam, war alles abgeredet, und ehe der Hochzeittag kam, alles fertig, aber wunderliche Leute schaffen sich viele Plage.

## VIERUNDZWANZIGSTES KAPITEL

### *Es wird dargetan, wie Hochzeithalten kein Narrenwerk ist*

Anne Bäbi hatte einen schönen Traum gehabt. Wenn Jakobli Lisi genommen hätte, so hatte Anne Bäbi sich bereits das Hochzeit ausgedacht. Das sollte in diesem Falle zu Gutmütigen selbst gefeiert werden in seiner altertümlichen Pracht, daß die Leute sich darob verwundern müßten und sagen, so ein Staatsmönsch hätten sie lange nicht zur Kirchtüre eingehen sehen und e selligi vornehmi Vrwandtschaft syg o no nit bal zsämecho. Wenn die Leute das alles mit Staunen betrachtet hätten, so würden sie endlich fragen: «Aber säget doch ume o, wie ist ds Jowägers Bueb zu ere sellige Frau cho?» De werd es heiße: «Sy Muetter het ihm drzue vrhulfe, das ist vo de Abgrichtetiste eini, mi gsäch er es nit emal a. Bhüetis, er selber hätt üser Lebtig nie ke Selligi übercho, si steyht fry dem ganze Dorf wohl a.»

So hatte Anne Bäbi geträumt, denn es ist in der ganzen Welt kein Anne Bäbi, das nicht auch seine Träume hat, so gut als die holdseligste Jungfrau, nur ganz andere. Diese Träume waren zuschanden gegangen, das tat weh, und jemand sollte es doch entgelten. Anne Bäbi begehrte natürlich nicht, daß sein Bub mit so einer ab der Gaß in Gutmütigen Hochzeit halte, sondern je weiter weg, desto lieber. Und so eine müsse nicht meinen, daß da Staat müsse gemacht werden; es söll in der Welt gehen, wie es sich für e jederi schick. So eini sei gewohnt zu laufe, u für ihri Sache z'füehre, werde man keinen Zug brauchen, die seien wohl zu tragen. Hätte er eine genommen, wo o dr wert gsi wär azspanne un sie öppis z'füehre gha hätt, es hätts kes Geld greut; aber für es Huehn oder es Gitzi zMärit z'füehre un öppe es paar Kuderbützi, spann ke Mönsch en Esel a, vrschwyge de es Roß. So strafte nun Anne Bäbi seinen Sohn und dessen Braut dafür, daß es schöne Träume gehabt, die jetzt nicht in Erfüllung gingen; dafür, daß die Leute sagen werden, Jowägers Frau ist drwider gsi, aber es ist ere recht gscheh, die weiß doch de jetz, daß si nit alles zwänge cha. Sie mußten ihm zu Fuß gehen und den Bündel tragen. Es frier se ume minger, sagte es; ds Laufe erwärm, bsungerbar we me öppe nit Kleider heyg, für sih recht azlege.

So mußte also Jakobli zu Fuße gehen; er schämte sich fast, es durete ihn für Meyeli; je minger eis afe gritte syg, dest wöhler tüehy es ihm, bsungerbar uf eme eigete Wägeli, so dachte er. Und wenn einer so recht Liebe hat, so möchte er seinem Liebchen geben, was nur zu geben ist, und wenn er mit Gott unzufrieden ist, so ist es nur deswegen, weil er dem Verliebten nicht die ganze Welt in die Hände gibt, daß er sie seinem Liebchen schenke.

Wie das gehen werde im Hause, machte ihm bange. Ob wohl sein Meitschi alles von der Mutter annehmen könnte, wie sie es könnten und gewöhnt seien, dachte er. Sie seien daran gewöhnt und könnten sich darein schicken, ihm aber werde es fremd vorkommen und es werde es nicht so annehmen können. Darauf komme es an, und wenn es es dr tusig Gottswille nur könnte, sonst wäre er bös zweg; dr Muetter etgege ha chönn me nit, wes guet gah söll, u de dFrau ume gseh pläre u ere nit helfe, das brächt er doch schier nit übers Herz, u da wüßt er wäger, wäger nit wie mache. Es ist aber auch nicht ein Wunder, daß dieses Jakobli so Kummer machte, denn man weiß doch nie voraus, wie zwei Gemüter zusammenpassen, wie sie sich annehmen, vertragen können. Es ist mit den Gemütern der Menschen wie mit den Stoffen der Erde; die einen ziehen sich an, die andern stoßen sich ab, so ist es von Natur. Nun aber ist doch der Unterschied, daß der Mensch nicht durch Notwendigkeit gebunden ist, sondern daß vor ihm das Gebiet der Freiheit ist, daß sein Geist über seine Natur gestellt ist, daß sein Geist die Natur zwingen kann zu ertragen, was ihr anfangs zuwider ist, daß er andere Naturen in der Sanftmut, der Liebe zu überwinden imstande ist. Diese Gewalt des Geistes erkennt man im allgemeinen an, aber wenn zwei Naturen feindselig zusammenstoßen, so mutet eine der andern zu, sie solle sich umgestalten, modeln lassen, und jede will bleiben, wie sie ist, will des Geistes Macht sich nicht fügen, den Balken nicht aus dem Auge sägen lassen. Wo so die Naturen obermächtig sind, da ist ein ungeheures Ungefähr, ob wohl Zwei zusammenpassen, und kein Mensch kann das vorauswissen, denn in jeder neuen Umgebung kommen neue Seiten der Menschen zum Vorschein, und in neuen Verhältnissen offenbaren sich immer neue Eigentümlichkeiten.

Da muß es einem allerdings schwer und bange machen,

wenn man ein Weibchen nimmt und noch dazu mit einer wunderlichen Mutter es zusammenbringt. Und wenn auch das Weibchen noch so sanft und weich und lieb scheint, wer weiß, ob nicht beim Zusammentreffen mit der Mutter eine Salz- oder Bitterquelle zutage springt und das ganze Haus in eine Flut von Bitterkeit setzt wie zum Beispiel der artesische Brunnen zu Grenelle halb Paris unter Schlamm. Und wenn auch nicht, so ist des Weibes Gemüt vielleicht zu weich und zart für die Manövers der Schwiegermutter und wird nach und nach zerrieben, daß es ein Elend ist. Fragt einen Müller, wie viel es darauf ankömmt, ob gut gemahlen werde, daß zwei Steine, die auf einander laufen, in Härte und Weiche genau zusammenpassen, und daß das noch schwer zu treffen sei. Und ist das bei Mühlsteinen schwer, die man doch mit Eisen und Stahl probieren kann, wie viel schwerer ist das bei Herzen, wo man mit keinem Finger daran längen kann. Es gibt Steine, die das Wetter nicht ertragen mögen, andern ist die Kälte zuwider, und obs nicht welche gibt, denen die Sonne nicht recht ist, weiß ich nicht; es gibt Zeuge, die man nicht waschen darf im heißen Wasser, andere nicht im kalten, andere soll man nicht bauchen, andere wollen keine Seife, und wäre ich eine Wäscherin, ich könnte sicher noch hundert Dinge sagen, was die einen wollen, die andern nicht wollen. Aber von den Zeugen weiß man, ob sie von Wolle oder Leinen, bauelig oder halb und halb sind oder seiden oder sonst etwas; von den Herzen weiß man das wieder nicht, kein Wäscherweib, die beste Baucherin nicht einmal, kann es einem sagen. So schwer und eigentlich unmöglich ist es, von vornenherein, a priori würden die Gelehrten sagen, zu bestimmen, wie ein Meitschi in neuen Verhältnissen sich machen werde. Hintenher ist gut predigen, und a posteriori sind die Gelehrten bsunderbar bschlagen und können es einem Punktum sagen, wenns gedonnert hat, daß das gedonnert sei und daß man das hätte voraussehen können, denn wenn es heiß sei, so gebe es Wolken, und wenn die Wolken zusammenführen, so gebe es ein Donnerwetter, und wenn es ein Donnerwetter gebe, so klepfe es, und wenn es in den Wolken klepfe, so sage man dem Donnern.

Und wenn man eines Herzens Beschaffenheit auch ordentlich ergründet hat, so kommt beim Weibe namentlich, das empfänglicher und fruchtbarer Natur ist, lebendig ist in seiner Einbildungskraft, in Betracht, was für Samen in der nächsten Zeit ausgesäet wird in dessen Seele, und auch das liegt außer aller Berechnung. Wo ein Aas ist, da versammeln sich die Adler, aber wo ein jung Mädchen Hochzeit machen will, da laufen alle Weiber zusammen, junge und alte, und die Freundinnen werden noch einmal so zärtlich, und alle reden, und alle so streng sie mögen, und alle diese Worte sind Samenkörner und fallen hinein aufs Herz, und nie ist eines Mädchens Herz empfänglicher, fruchtbarer als in seiner Brautzeit. Und hat man auch wie ein Drache dieses Herz gehütet, gelingts vielleicht noch am Polterabend einer frevelnden Hand, die böse Saat zu streuen, ja mitten in der Nacht kömmt der Feind, Unkraut zu werfen in den durch den Tag behüteten Acker.

Und der arme Jakobli hatte dieses Herz nicht behütet. Lange drei Wochen war er ihm nicht genaht, und wenn kein anderer Wächter in selbem wachte, was mochte wohl da alles für die Zukunft bereit liegen? Hauptsächlich und vor allem gehen die meisten Reden der Freundinnen und Nachbarinnen da hinaus, daß das Mädchen sich tapfer halte; sie sind ähnlich denen, welche man einem Jüngling gibt, wenn er in die Schlacht zieht. E dumme Hung solle es nicht sein, sich nicht lassen ungeretue, gleich zeigen, wies gah söll; wie me bett, su lig me; nüt nahla gwinn; mit Süferlitue afa, u wes nüt nützi, mit Wüesttue es durezwänge. Un e Narr sölls nit sy u bös ha, es söll sihs jetz gönne.

Möglich, daß die Stadtweiber und -meitscheni sich etwas feiner ausdrücken und vielleicht sogar weltsch oder halbweltsch, aber am Ende ist doch nur der Unterschied, daß man auf dem Lande solche Räte unverblümter und handgreiflicher gibt, in der Stadt mit mehr Rückhalt, verzückert und eben vielleicht halbweltsch. Wer wollte sich daher verwundern, wenn das Mädchen, das vor drei Wochen zufrieden war, ein Herz erobert zu haben, und selig war, neuere z'ha uf dr Welt, auf einmal eine ganz neue Welt vor Augen hat? Wer will sich wundern, wenn es den meisten Meitscheni am Hochzeitmorgen wird, wie es Alexander war, als er seine Mazedonier sammelte, um Persien und Indien zu erobern, wie es dem Cäsar war, als er ein Heer über den Rubikon führte, um Herr der Welt zu werden? Sie sind kühne Eroberinnen, eine jede eine Semiramis, ausziehend mit Hellebarden und Granaten, ein Reich, eine Welt sich zu erobern.

Aber muß es solchergestalten einem Bräutigam nicht fast werden, wie es einem königlichen Sohne zumute sein muß, wenn er den Feind ins Reich seines Vaters führt, oder wie einem römischen Senator, wenn er ihn führt ins Gebiet seiner Mutter? Muß er nicht zagen und bangen über das Schicksal des Vaters, der Mutter, den Ausgang des Kampfes, das Schicksal seines neuen Führers und sein eigenes endliches Schicksal? Und wenn des Kampfes Trompeten schmettern, wird da nicht seine Seele von den Tönen in zwei Teile gerissen, und einer strebt hiehin und einer dorthin, und ein Teil bindet den andern Teil, und von beiden Seiten schimpfen ihn die streitenden Parteien Verräter, und beider Streiche fallen auf ihn? Wer ist solchen Bangens Zeuge nicht schon gewesen, und wie Viele haben es nicht empfunden!

Aber seltsam ist, daß das Umgekehrte nicht das gleiche Bangen zeuget, aber meist einen noch unglücklichern Ausgang hat.

Ich meine, es geschehe nämlich oft, daß einer auf dem Throne eine auswärtige Macht zu Hülfe gerufen, um inländische Feinde zu begwältigen, um desto mächtiger den eigenen Sinn geltend zu machen. Herodes, welcher die Römer zu Hülfe rief, die Römer, welche auf die Barbaren sich stützen wollten, und tausend andere Beispiele predigen laut die Lehre, wie so zu Hülfe gerufene Freunde zu Meistern und zu Tyrannen werden, wenn nicht noch gesunde Kraft genug da ist, sie zu überwältigen. Und doch helfen alle Warnungen der Geschichte nichts, und alles Hinweisen auf sie hilft nichts. Wem es in den eigenen Beinen fehlt, will halt Krücken, und wer zum Beispiel in der Schweiz mit seiner schlotternden Zunge und wackelnden Beinen das Männchen machen möchte, greift nach Krücken, der Eine kriegt angfähr Radikale, der Andere Rotstrümpfler, dem Einen gibts Propagandisten daraus, dem Andern Jesuiten, und gäb wie man warnt, es hilft alles nichts; wie er fühlt, wie eng es im eigenen Hause wird, und wenn man es ihm einmal vereitelt hat, so versucht ers zum zweitenmal, und wenn es nicht gelingt, so kupet und tubelt und taubelet er zur Abwechslung, daß es grüslich ist.

Gerade wie sAnne Bäbi haben sie es, das eigentlich Meister war, aber noch Meisterer sein wollte und derethalb Lisi ins Haus wollte und nicht begreifen wollte, daß es ihm noch tausendmal ärger gegangen wäre als dem Herodes mit den Römern; dem ließen die Römer doch noch etwas von der Sach, gleichsam die Hinterstube, Anne Bäbi aber hätte ins Ofenhaus sollen und nicht einmal ein Huhn haben können, und gegen ein manierliches Söhnisweib, das den besten Willen hatte, waffnete es sich mit Hellebarden und

Granaten, und das, welches Kräuel machte an allen Gliedern und so lange, als es konnte, hatte es für alle Gewalt ins Haus wollen.

So muß es einen bei solchen staatsrechtlichen Verhältnissen nicht wunder nehmen, wenn es Jakobli Angst machte, ein Weibchen zu holen; wußte er doch nicht, was daraus werde, und dachte er, wie übel er zwegkommen müßte zwischen Frau und Mutter, wenn die Sache z'ungutem graten sollte, noch viel schlimmer, als es einem Finger geht, wenn er zwischen Türe und Angel kömmt. Wenn die Achtung vor der Mutter den Mund verbindet, die Leiden der Frau das Herz zerreißen, die Mutter schreit: «Du mueßt er es säge, mueßt ere dr Vrstang mache, we si ne nit selber het, du Fösel», die Frau klagt: «Lieb hest mih nüt, du wurdist sust nit so la mit mr umgah, wurdist dr Muetter dr Marsch mache; aber du wottsch es mit niemere vrderbe, du Höseler was de bist», da ist wirklich ein schlimm Dabeisein, und es gehört ein anderer Kerli dazu als so ein Jakobli, um in solcher Bedrängnis zwischen zwei Weibern das rechte Loch zu finden.

So wanderte tiefsinnig Jakobli Raxigen zu. Aber wie in dunkler Nacht Raketen prächtige Streifen ziehen und ein schön Luegen ist, wenn ihre sprühenden Funken Sternen gleich den Himmel zu bevölkern scheinen, so warf auch die Liebe und das Sehnen und das Bewußtsein, eine Seele gefunden zu haben, helle Lichter in sein dunkles Sinnen, und hinter diesen Lichtern, wie die Sterne hinter den sprühenden Funken, stand ihm das Vertrauen zu seinem lieben Herrn und Vater im Himmel, der bisher alles so wohl gemacht und ferner alles wohl machen werde.

Und wie er so wanderte und sann, knallte plötzlich ein Schuß durch des Abends Dunkel, und noch einer und noch einer, und die Schüsse wiederholten sich von Zeit zu

Zeit und immer erschütternder, daß Jakobli dachte, das müsse ein groß und vornehm Hochzeit sein, welchem man schieße, bei ihm gehe es mit Mingerem zu. Hätte er daheim Hochzeit gehalten, so wäre diese Ehre ihm auch geworden. Aber Jakobli irrte sich, gerade zu seinen Ehren geschah es, von Röseli veranstaltet. Es hatte ihm gar prächtig geschienen, wenn dem armen Meitschi zulieb und dem Götti zum Ärger geschossen würde nach alter Sitte, als ob die reichste Bauerntochter Hochzeit hielte.

Dieses Schießen ist eine militärische Ehre und stammt aus den Zeiten her, wo jeder Berner wußte, daß er ein geborner Soldat sei, und jeder Berner durch ein Gesetz gebunden war, in kriegerischem Schmuck Hochzeit zu halten, bewaffnet in der Kirche sich einsegnen zu lassen. Dieses Schießen, das noch immer gehört wird, ist Ursache von vielem Unglück; von solchem Schießen verstümmelte Menschen sieht man mehr im Bernerlande als im Kriege wund gewordene. Deswegen aber möchte doch solches Schießen nicht zu verbieten sein, wegen jedem einzelnen Unglücksfall soll man nicht ein Gesetz machen. Den Schießenden aber sollten die hundert Beispiele, die sie vor Augen haben, Vorsicht und Mäßigkeit predigen und die Lehre, daß wenn Brönz zum Pulver kommt, der Tüfel nicht mehr sicher ist und kein Katzenkopf hart genug.

Es wäre hier eine schöne Gelegenheit, ein halbes Dutzend Arme und Beine in die Luft zu sprengen und etwelche Ärzte damit in Verlegenheit zu setzen. Indessen um der Aufrichtigkeit willen, da von allem dem nichts geschah, soll bei der Wahrheit geblieben und gemeldet werden, daß Röseli von seinem Einfall keinen solchen Verdruß bekam. Es hatte denselben dem Hansli mitgeteilt. Dieser besaß noch nicht die neue Sparsamkeit, die alles überflüssig findet, was man nicht selber ißt, denn die Summa der neuen Weisheit liegt ausgedrückt in dem Sprichwort: Selber esse macht feiß, sondern er hatte noch ganz den altadelichen Sinn, der bei Gelegenheit zur Ehre des Hauses und zum Ergötzen der Andern ein Erkleckliches aufgehen zu lassen wagt. Er gab daher Röseli Beifall und Vollmacht, dafür zu brauchen, was hier üblich sei, es söll ne nüt reue. Röseli hatte alle jungen Bursche am Bändel, Meyeli war auch beliebt, dem alten Seppli machte jeder gerne eine Täubi; es war ihm daher leicht, das Schießen anzustellen. Reichlich Geld zu Pulver gab es, aber zu trinken keinen Tropfen auf dem Schießplatz. Wenn sie kein Pulver mehr hätten, so sollten sie ins Wirtshaus kommen, sagte es, da müßten sie haben bis genug, und der Wein dünke sie nur um so besser, sagte es, wenn sie nicht schon mit einem vollen Kopf herkämen oder gar mit einem zerschossenen.

Jakobli kam ins Wirtshaus, und in sein Sinnen war nun auch der Gwunder gekommen, wem man so schieße und ob die, denen man es tue, morgen mit ihm Hochzeit hätten. Er fragte daher Röseli, das schon lange seiner geharrt hatte, noch eher nach dem Schießen als nach seiner Braut, und Röseli, das noch nicht in die ziemliche Reihenfolge der Fragen sich einstudiert hatte und aus der Verletzung dieser Reihenfolge der Fragen kein Hauptverbrechen machte, wie es manch zimpfer Meitschi in der Stadt getan hätte, wollte ihn raten lassen. Jakobli aber erriet es nicht und hörte mit Staunen, daß er ins Dorf gezogen war wie ein König in seine Hauptstadt unter Kanonendonner, mit dem Unterschiede nur, daß er nicht wußte, wem das Donnern galt, und daß er zweibeinig einzog, während ein König achtspännig einfährt. Aber Gedanken hatte er gehabt, ungefähr auch wie ein König sie haben soll, nämlich schwere und bange, wie er zu tun habe, daß es gut komme in Zukunft, und wie er sich einstellen müsse, damit man mit ihm zufrieden sei und er nicht zwischen Türe und Angel gerate.

Solche Einstandsgedanken sind sehr wichtig, es kömmt aber alles darauf an, ob sie demütig oder hochmütig seien. Sind solche Einstandsgedanken, die jeder hegt, der in ein neu Verhältnis tritt, jedes Kindermeitschi und jeder König, jeder Mauser und jeder Minister, jeder Standesweibel und jedes Standeshaupt, hochmütig und gehen da hinaus, daß die Welt noch nie so etwas erlebt, nie einen solchen Mauser oder einen solchen König, nie ein solches Kindermeitschi, ein solches Standeshaupt, so kann man fast darauf zählen, am Ausgang hängt Spott und Schande und der Hochmut nimmt einen bösen Austrag. Da wären Beispiele zu erzählen, könnte aber stinken in der Fechtschule! Sind die Gedanken aber demütig, sieht man die Größe seiner Aufgabe, wiegt man mit Angst seine Kräfte, sieht mit Bangen und Verlangen zu dem empor, in dem Hülfe die Fülle wohnt, in dessen Hand Segen und Gelingen ruhen, dann wird so gerne der Ausgang ein gesegneter und ein neu Beispiel wird gegeben, wie mächtig der Herr im Schwachen sein kann, wenn er demütig seine Hülfe sucht.

Wie drinnen in der Stadt den König eine Illumination erwartet, Vivats ertönen, ein Mordsspektakel losgeht, so ging auch vor Jakobli ein heller Abend auf.

Sein holdes Mädchen kam, nach drei unendlichen Wochen sah er es wieder. Was meint man, wenn einmal drei Wochen lang die Sonne ausbliebe, aber am zweiundzwanzigsten Morgen glühten Lichtstreifen durch die Nacht und sie höbe wieder ihr strahlend Haupt über die Berge, wie würde da dem Menschen sein Herz so voll Dank! Freude, Entzücken schlügen über ihm zusammen, in jedes Auge würde die wunderbare Schrift treten, die keine Worte hat, keine Schriftzeichen, die unaussprechlich ist und die doch jeder versteht und die das herrlichste Gebet vor Gott ist. So war es selben Abend Jakobli, als er sein Meyeli wieder hatte, als es ihm so lieb und gut in die Augen sah mit seinen wunderbaren tiefblauen Augensternen. Der Kanoniere lustige Fröhlichkeit war gleichsam der strahlende Kranz um die stille, sinnige Freude der Brautleute, und zwischen Beiden hin und her der bewegliche Diamantenstrauß bewegte sich Röseli in mutwilliger Lust, strudelnd aus dem Bewußtsein, ein gut Ziel glücklich erreicht zu haben.

Ein solch fröhlicher Abend wirft Wellen, den Meereswellen vergleichbar, und wie diese an heitere Ufer schlagen und an diese Ufer Schiffende tragen, so tragen sanft und leise glücklicher Abende tanzende Wellen manch Menschenkind an glückliche Gestade, an traumreiche Inseln, in des Paradieses verlornen Garten, den wachend kein Sterblicher findet. Aber wie die Flut ans Ufer rauschet, so rollt die Ebbe Welle um Welle zurück auf des Meeres bewegte Höhe; aus der Ruhe steiget die Bewegung, aus der Nacht kommt wieder der Tag, und einen neuen Anlauf nimmt das Leben, zur Höhe den Menschen zu führen, und Manchen bewegt es nicht, und Mancher, wie hoch ihn auch das Leben hebt, rollt über Nacht immer wieder tiefer, als der Tag ihn gehoben.

Die helle Morgensonne sah freundlich durch ein kleines Fenster, sah in kleinem Stübchen zweien rosigen Mädchen und ihrem Treiben zu. Auf einer Stabelle saß das eine, das wunderholde Gesichtchen dem Fenster zugekehrt, goldene Locken lang und seiden umflossen aufgelöst das liebliche Bild. Hinter ihm stand schalkhaft und mutwillig, schlank und kräftig ein anderes Mädchen und führte emsig und geschickt den engen Kamm durchs reiche Haar der Andern, das wie goldene Wellen ihm durch die Hände floß, scheitelte dann die Haare in zwei Hälften auseinander, daß kein Härchen mehr auf der einen Seite war als auf der andern und schlank und grade wie eine March zwischen zwei Landesteilen des Hauptes Marche von der Stirne zum Scheitel lief.

Dann ward die eine Hälfte wieder geteilt, und beide Teile, zwei schlanke Flechten, zwei glatten Schlangen gleich, in die breite, geblümte, schwarzseidene Schnur geflochten, die bis auf den Boden reichte, und als die eine Hälfte fertig war, kam die Reihe an die andere Hälfte, und kein Härchen durfte seine Spitze strecken, wohin es wollte, jede mußte eingebogen, die ganze Züpfe mußte glatt und jede Flechte makellos sein. Das ganze Werk ward mit einer Sorgfalt vollbracht, daß man wohl sah, daß es das Hauptstück der Arbeit sei, und mit einem Geschick, von dem manche Kammerfrau hätte lernen können, und dazu alles ohne Pomade, nur hier und da ward der Kamm in Wasser getaucht. Als alles getan war, sagte Röseli: «Stang uf u lue, ih ha agwengt, was ih möge ha.»

Meyeli trat vor den Spiegel, und wie ein Tautropfen in weißer Rose, in dem die Sonne sich spiegelt, strahlte ihm sein Gesichtchen entgegen und färbte sich immer höher, je röter auch sein Ebenbild im Spiegel ward. Es war, als ob sie eine Zwiesprache führten, die niemand hörte, Dinge sich erzählten, die niemand wußte, und ob diesem ging eine helle Morgenröte, einen neuen Tag verkündend, in beiden Gesichtchen auf. Dann ward um den schlanken Hals das schwarze Göller getan, an dem schwer und blank die silbernen Kettlein hingen. Zum erstenmal sah Meyeli diesen Schmuck und durfte ihn fast nicht antun und hatte doch seine kindliche Freude daran, denn wo ist das Mädchen, dessen Augen nicht um so dunkler funkeln, je heller sein Schmuck strahlt? Dann ward das seidene Halstuch über das weiße Hemd geheftet, dann ds Chuttli von feinem schwarzem Guttuch angezogen, die Arme in den Ärmeln zweggestreckt, endlich die schöne Kappe mit den reichen Blonden und den mächtigen Schnüren aufgesetzt, und fix und fertig bis ans Kränzlein war ein holdselig Bräutchen, und Röseli freute sich nicht wenig seines Werkes, schlug die Hände zusammen und sagte: «Myr Lebtig hätt ih nit glaubt, daß dKleider sövli machte u daß si dir so wohl astienge. Du bist ganz es Angers un ih bi froh, daß du furtchunst, nebe dir schien niemere nüt meh. Un we me öppe o nit ds Leidiste ist u dNase o z'mitts im Gsicht het, gege dir ist me ume e Kuchimutz.» «Du bist geng ds Glyche u weißt all Lüt uszspotte», sagte Meyeli, aber nicht böse. Die schöne Tracht, das rauschende Zeug, das seidene Fürtuch, die unter dem Kuttli hervorglänzenden Häfte, alles das kam ihm so seltsam vor, es dünkte ihns, es sei eine andere Person, und vor dieser andern Person empfand es ordentlichen Respekt und war so demütig in seinem Herzen und machte sich so klein, daß es sich gerne verborgen hätte in des Stübchens finstersten Winkel. Aber Röseli musterte es hinaus in die Gaststube, wo Jakobli wartete und seinen Augen nicht traute, als das schmucke, zierliche Kind unter die Türe trat; eine fremde Hochzeiterin, meinte er, stehe da, die ihm aber doch so bekannt vorkam, als ob er sie erst gesehen. «Donnstig», sagte er endlich, «bist du es? Ich kannte dich nicht.»

Da ward Meyeli rot, und Röseli meinte sich, pries seine Einkäufe, strich um Meyeli herum und strich es heraus von allen Seiten, daß dieses immer verlegener ward, immer demütiger und fast zu weinen angefangen hätte. Solche Kleider, sagte es, schickten sich gar nicht für ihns; was doch die Leute sagen würden, gestern noch so verhudelet, kein gerechter Faden am ganzen Leibe, heute nun in solchem Staate und morgen wieder in den alten Kleidern, das schick sich nicht und es schäme sich, daß es fast nicht aufsehen dürfe. E minders hätte es besser getan und wäre anständiger gewesen. «Was werden doch die Leute sagen! Ich darf wahrhaftig nicht vor das Haus hinaus.» «He, was werden sie sagen?» sagte Röseli, «es stehe dir wohl an; wer das bezahlt hätte, müsse Geld haben, aber sie hätten es auch genommen, wenn es einer ihnen hätte anschaffen wollen, aber so gfellig Hüng seien sie nie gewesen; wenn ihnen einer hätte eine Halbe zahlen sollen, so hätten sie erst ihre liebe Not gehabt, vrschwyge we si öppis angers welle hätte. E Teil wird drs gönne u e Teil nit, wies geyht i dr Welt. Aber jetz heschs, u es ist zahlt, u das ist dHauptsach, u jetz bis zfride!»

Solche Zusprüche warfen allerdings sonnige Streifen über Meyelis Gemüt, und es konnte sich freuen seines Staates und daß so etwas sein eigen sei; es strich mit der Hand über das seidene Fürtuch, fuhr mit der Hand an den Kopf, sich zu vergwissern, ob die schöne Blondenkappe noch oben sei, streckte bald ein Füßchen, bald das andere unter dem Kittel hervor und freute sich der schönen weißwollenen Strümpfe, der gattlichen Schuhe, und doch hatte es die Zehen nicht übereinander gedrückt, als der Schuhmacher ihm das Maß nahm, wie viele hoffärtige Mädchen tun, die kleine Schuhe haben möchten, und damit der Schuhmacher kleine mache, ihn betrügen auf alle mögliche Weise; was ihr armer, ehrlicher, breitlochtiger, starkknochigter, verbeulter Fuß dazu sage, das fragen sie nicht. Der aber ist nicht dumm; wer Sonntags Mädchen sieht, die wie auf glühendem Eisen gehn, denen allemal, wenn sie den Fuß absetzen und noch so leise, das Wasser in die Augen schießt, ja wer das Glück hat, solche süße Kinder mit breiten Füßen, die klein sein sollten, mit den Schuhen in den Händen anzutreffen, wandelnd in den Strümpfen, der denke nur, das ist auch eine, die den Schuhmacher hat bscheißen wollen, und jetzt treibt der Fuß ihr ihre Schalkheit ein, von wegen mit den Füßen ist nicht zu spaßen, das sind kybigi Bursch.

Wenn des Meitschis Natur sich geltend gemacht und vom Weinwarm gegessen, das Röseli ihnen aufgestellt, so tauchte doch wieder übers Meitschi ein ander Wesen auf; das dachte an die Zukunft, was ihm warte, wie es bestehen möge, an die Vergangenheit, an seine seligen Eltern, was die sagen würden, wenn sie das erlebt. Es sah vor seinen Augen, wie die Mutter gestorben, und gerne gestorben, aber doch über ihre Kinder geweint, daß sie keine Mutter mehr hätten, und hörte noch alle Worte, wie drungelich sie dem Vater die Kinder anempfohlen und daß er bete mit ihnen, vor bösen Händen sie wahre. Es sah den Vater sterben, wie es ihn so hart hielt von seinen Kindern weg und wie er innerlich so viel betete, daß der himmlische Vater ihr Vater sein möge; es sah noch seine Augen, wie er sie ansah eins nach dem Andern, fast als ob er sie zähle, und wie er dann seine Hände zusammenlegte und aufwärts sah und wie dabei sein Auge dunkler und dunkler wurde, wie er zwei schnelle Atemzüge tat, die Hände auseinanderfielen, das Herz stillestand. Es war ihm wie damals, als sie im engen Stübchen ohne Mutter, ohne Vater waren, eine unendliche Trostlosigkeit über sie kam und in so recht innigem Elend ihre Herzen zerspringen wollten. Ohne daß es es wußte, rannen die Tränen ihm die Bakken ab, daß Jakobli es recht ungern hatte, nicht bloß von wegen den Leuten, die ab- und zugingen, denn alle, die im Wirtshause waren, wollten sehen, wie schön Meyeli sei und wie wohl ihm die Kleider stünden; sondern es fing ihn an der Gedanke zu plagen, ob wohl das Meitschi reuig geworden sei, gerne zurück möchte, ein Anderer im Herz ihm sei. Er war so innig, so still in sich selbst glücklich gewesen ohne Worte; da kam es wie eine schwarze Wolke über seine innerliche Freude, er mußte fragen: «Bist reuig?» «Nei wäger nit», sagte Meyeli und legte seine Hand in Jakoblis Hand und sah ihn an, daß es war, als käme seine Seele herauf aus ihrer geheimen Wohnung, träte sichtbarlich in die Augen und wölbe mit den Strahlen des reinsten Lichtes eine Brücke sich hinüber in die andern Augen, schwebe hinüber zur andern Seele, gatte sich mit ihr zum ewigen Bunde.

«Nei wäger nit», sagte Meyeli. «Ih ha a Vater u Muetter gsinnet, wie si hey müeße sterbe u wie si so ungern von is weg sy, un du han ih gsinnet, ob si ächt jetzt o wüsse, wies is geyht u daß ih so glücklig worde syg.» Da schwand die Wolke wieder von Jakoblis Seele, und Meyelis innige Seele trat zu seiner Seele, und zwischen ihnen war weder ein Dunkel mehr noch eine Kluft, und Jakobli sagte: «Es düecht mih geng, es chönn nit sy, u wen ih mr doch de säge, es syg, su düechts mih de, ih heyg das nit vrdient, u de wirds mr wieder angst, es chönnt no nüt drus werde oder es chönnt no angers cho.»

Da fing es an zu läuten. Die Glocken haben einen wunderbaren Klang. Wer, der mit einer Leiche gegangen ist oder mit einer Taufe, hat die Klänge nicht im Herzen empfunden, wenn diese mahnend zu ihm herüberklangen! Aber noch viel anders läuten sie im Herzen der Braut, wenn sie rufen zum heißen Steine, zum Prüf- und Magnetsteine der menschlichen Natur, wo es sich bewährt, was echt ist und was Flitter ist, wo das Gold zutage kömmt, Stroh und Stoppeln verweht, verbrannt werden. Selten eine ist so roh, daß sie nichts empfindet, daß nicht eine Welle aus dem Meere bräutlicher Empfindungen, gemischt aus Weh und Wonne, über den Rand ihres Gemütes schlägt. In Meyeli rauschten sie mächtig auf, und auch Jakobli ergriffen sie und bewegten sein Gemüt. Es waren nicht besondere Gedanken, die sich gleichsam Bild um Bild vor ihre Seelen stellten, es war ein gedankenloses, aber tiefes Empfinden; wie im heiligen Haine der Wind durch die Eichen zieht, so war es ein Wehen des Geistes in ihren Herzen, er machte keine Worte, und doch erklang seine Rede hinein in die innersten Falten des Herzens. Und des Pfarrers Worte, als er den Segen sprach, waren nicht die Macht, welche die Flut aufregte, sie waren nur der Wind, der hinter der Flut herrauschet, die Wellen höher hebt, eine bestimmte Richtung ihnen gibt. Sie sind selten, die Augenblicke im Menschenleben, wo in Weh und Wonne die heiligen Fluten weit über alles Denken gehn und den Menschen versenken in den tiefen Brunnen heiliger Andacht, süßen Bangens, heißen Sehnens.

Schon lange hatten sie wieder die Kirche verlassen, und noch war Meyeli so seltsam zumut; es wußte nicht, wo es war, es hatte Augen und sah nicht, Ohren und hörte nicht. Es war, als ob sein ganzer Mensch inwärts gezogen wäre in die innersten Kammern der Seele und von der Welt nichts merkte, von den Menschen rings nichts vernähme. Aber die Welt duldet ein Weilen in diesen wunderbaren Kammern nicht lange, des Tages Brandung erhebt feindselig gegen des Geistes Rauschen sich; der Mensch muß wieder hervor, hinaus, muß Bescheid geben des Tages Pochen und Rede stehen den fragenden Menschen, wie auch so oft der Klopfer an der Türe den Menschen aus Beten und Sinnen hinaus vor die Türe ruft, nicht schweigt, bis er draußen ist. Und gar oft ist das, was ihn hinausgeklopft, im grellsten Gegensatze mit dem, bei dem er drinnen war, und die Zustände, in welche des Tages Brandung ihn wirft, sind himmelweit verschieden von den Empfindungen, in denen er sich im Grunde seiner Seele gewiegt hatte. Meyeli mußte in seines Göttis Haus, mußte dort zusammenpacken, Abschied nehmen von ihm, von den Kindern, mußte durch das Dorf gehen, von allen sich besehen, ansprechen lassen. Vielen Bräuten oder jungen Weibchen ist das so unlieb nicht, andern aber ist es peinlich, sie kröchen lieber zur Katze unter den Ofen, als daß sie mit dem neuen Ehemann über die Gasse gingen.

Jakobli begleitete sein junges Weibchen, er wollte den Götti samt seinen Kindern zum Essen einladen, zudem hätte er sich nicht gerne von seinem Weibchen getrennt. Wenn es fortgeblieben wäre eine Viertel-, eine halbe Stunde, er hätte geglaubt, es sei fortgelaufen, jemand hätte es gestohlen, es sei ihm sonst ein Unglück begegnet. Was so junge Eheleute voll Ängsten sind, man glaubt es nicht, später werden sie kaltblütiger.

Wo sie durchgingen, sah man ihnen freundlich nach, und wem sie begegneten, der sprach sie freundlich an. «E tusig, Meyeli, wie hoffärtig!» sagte das Eine; «Dolder abenange, du gfielst mr o!» ein Anderer. «So, das ist dä, wo dMeitleni nimmt wie dSchwalbeli dMugge, u son e uflätige Grüsel, wie me gseit het, ist er notti nit», sagte ein Dritter. Nur hier und da hinter einer Türe oder einem Brunnenstock standen Einige, die fürchteten im Rest zu bleiben, Töchter und Mägde, und die eine sagte: «Pfi Tüfel, wen ih de e Sellige welle hätt, mängs hundert hätt ih de scho chönne ha», und die Andere sagte: «Lueget, was dä Grieggel für Kleider annehet; es ist sih doch dr wert, e sellige Besestiel dä Wäg z'bkleide; es mueß e dumme Hung sy, er hätt süst uf eini gluegt, wos o dr wert gsi wär.» Und eine Dritte: «Es ist ume lätz, daß ih nit zun ihm ha chönne cho, gäb er bhanget isch, ih hätt ihm welle Sache säge, es wär ihm erleidet, u das frömd Dreckloch spazierti nit wien e Pfau desume. Aber so ists i dr Welt, de nütnutzigste Täsche kalberet ds Glück eine zueche, won es bravs Mönsch sih dAuge usluege cha, un es chunt doch e Kene.»

Bei Sepplis Haus zeigte sich niemand. Von weitem hatten sie Kinder gesehen, aber als ob sie auf der Lauer gestanden, schossen dieselben, als sie die Kommenden erblickten, ins Haus, nur die Katze war draußen geblieben und strich mit hochgehobenem Stiele an Meyelis Füßen herum.

Meyeli schloß die Türe auf, in der Küche hantierte Sepplis neue Gehülfin und gab auf Meyelis freundlichen Gruß keine

Antwort. Drinnen in der Stube waren die Kinder und taten, als kennten sie Meyeli nicht mehr, und doch sah man ihnen an, daß das Fremdetun ihnen nicht aus dem Herzen kam, und etwas wie alte Anhänglichkeit lag auf ihren Gesichtern. Das junge Weibchen hatte ihnen allen etwas gekramet, aber sie wollten nichts nehmen, legten die Hände auf den Rücken, und erst als das Jüngste begierig in den erhaltenen Lebkuchen biß, konnten sich die Andern nicht enthalten, auch nach ihren Gaben zu langen.

Da kam Seppli, erwiderte die Grüße kaum, sah scheel die Kinder an und sagte, es düeche ihn, sie hätten das können bleiben lassen, er hätte gute Lust, allen die Rute zu geben. Meyeli sagte, wenn es ihm recht wäre, so wollte es seine Sachen einpacken und mitnehmen, sie wollten gleich nach dem Essen drdür hey, ds Mas Eltern verlangten es, und weil er jemand anders habe, so werde es ihm nichts machen. Jakobli aber lud ihn gar dringend ein ins Wirtshaus, mit ihnen zu Mittag zu essen und die Kinder auch mitzubringen, er hätte bestellt und ungern, wenn er nicht käme. Aber Seppli sagte, er hätte selber zu essen daheim und nicht im Brauch, i dWirtshüser z'hocke, brav Lüt täten das nicht. Aber recht sei es ihm, wenn Meyeli mache, daß es wegkäme, es und seine Sachen; er hoffe aber, es werde seine und ander Leute Sache wohl von einander kennen. «O Götti», sagte Meyeli, «han dr je öppis vruntreuet? U chumm cho luege, was ih nime!» «Da chönnt ih lang», sagte Seppli, «we me selligs im Sinn het, su wartet me nit bis zletsch. Aber mach u gang, es blanget mih jetz o, bis de furt bist.»

Dem mit Tränen in den Augen nach seinem Kämmerlein gehenden Meyeli wollte Jakobli folgen, aber es hieß ihn bleiben, es werde gleich wieder da sein. Es schämte sich vor ihm, seine Hüdeli einzupacken, seine zwei guten und drei bösen Hemdchen, seine drei Mänteli, wo es bei zweien die größte Mühe kostete, die Löcher zu verbergen, seine zwei Kitteli, von denen einer bös war und der andere noch böser, sein Gloschli, das einmal rot verbändelt gewesen war, jetzt aber ringsum Fransen hatte. Alles das und noch einige andere Stücke, die einmal neu gewesen waren, packte es in eine alte Ziehe und dachte bei jedem Stück, wenns doch Gottes Wille wäre, daß niemand beim Auspacken sei. Und erst jetzt war es so recht reuig, daß es nicht Röseli mit aller Macht von den schönen Kleidern abgehalten und auch alles Geld, das Hansli ihm gegeben, für währschafte Kleider angewendet. Aber erstlich ließ der Götti es nicht aus den Augen, und zweitens hatte es gar große Freude am Gelde selbst gehabt. Wenn es so große, schöne Silberstücke gesehen, so hatte es manchmal gedacht, ob es wohl auch einmal so glücklich würde, solche im Besitz zu haben, und wenn es sie hätte, wie wollte es sich ihrer freuen, wie Sorge tragen zu ihnen! Jetzt hatte es deren mehrere und hatte richtig Freude an ihnen und ans Ausgeben nie gedacht. Erst jetzt, wo seine Armütigkeit ihm Stück vor Stück in die Hände kam und vor Augen trat, erst jetzt fiel es ihm ein, was es hätte tun sollen. Wenn es schon von allem wenig hatte, so gab doch alles zusammen noch einen ordentlichen Bündel, und noch einiges blieb übrig, mit welchem es ein alt Wartsäcklein füllte, so daß es ganz bebündelt in die Stube kam.

Dort hatte Jakobli auch etwas auszustehen gehabt und nicht weniger als sein junges Weib droben in der Kammer. Seppli hatte Schuß um Schuß und immer scharf geladen abgefeuert auf ihn. Es gibt deren Leute, sie tragen sich etwas vorwärts, ihre Augen haben einen unheimlichen Schein, sehen niemand an, sondern bald links, bald rechts in eine Ecke. Aus ihrem Munde aber entladet sich, wie aus einer Windbüchse, Giftkügelchen um Giftkügelchen, alle wohl gezielt und scharf gebrannt. Sie gleichen Wegelagerern, die mit gespannter Büchse lauern hinterm Busche und auf alles Lebendige, das in ihren Bereich kömmt, feuern sonder Erbarmen und Schonung. All ihr Reden ist ein beständiges Giftlen, daher man Weiber dieser Art Giftlöffeli nennt. Die Männer aus dieser Rasse sind aber noch viel ärger und nicht selten, die sollten Giftgöhn oder Giftkellen heißen.

Gerade so einer war Seppli trotz seiner Frömmigkeit, denn gar viele Frömmigkeit ist nichts als ein Sprühregen bei vielem Staub; in den Boden dringt er nicht, sondern dämpft eben nur den Staub, und wenn es so feucht ist über dem Boden, so schleicht eben das wüste Gewürme um so lieber hervor. Lauter Trümpfe spielte Seppli aus, bald über liederliche Meitli, bald über liederliche Bursche, wo enandere nahgheye, es wüß ke Mönsch wo, u mit em erste Beste hingere Hag schlüfe, bald über die Undankbarkeit, wie me King us em Elend zieh chönn, u we me meint, mi hätt o öppis an ne, su laufe si drvo u trage eim no zum Hus us, meh as ne ghör, und über Bauernsöhne, die täten, als hätten sie Geld z'fressen, un we me recht luegi, su syge si no die ferndrige Schueh schuldi un em Kämifeger no vo mängem Jahr nache. Und während er so was sagte, so sah er in die Ecken; erst wenn sWort raus war, so schoß er einen Blick auf Jakobli, so wie der Schütze auch nach der Scheibe sieht, nach welcher er geschossen. Und zu allem dem hatte er bloß den Grund, daß diese Heirat ihm einen Strich durch die Rechnung gemacht hatte, und jetzt glaubte er volles Recht zu haben zu Haß, Feindschaft, Verfolgung und weiß der Teufel was noch.

Es macht nämlich jeder Mensch eine Art Lebensrechnung, aber selbstsüchtige Menschen hauptsächlich haben den Gebrauch, Menschen wie Zahlen, mit denen man umspringen kann nach Belieben, sie addieren und dividieren, subtrahieren und multiplizieren, in diese Rechnungen zu bringen, und ganz besonders bringt man auf diese Weise Untergebene in

Rechnung, ein Götti seine Patin, manchmal reiche Leute ein arm verwandt Kind. Macht das nun eine eigene Rechnung, läßt sich nicht trahieren und plizieren wie eine leblose Zahl, wird zum selbständigen Wesen mit eigenem Lebenszweck, so schimpfen sie auf die lästerlichste Weise, als ob es Teufel und Hölle an ihnen verdient, als ob sie völlig das Recht hätten, zu töten und zu schinden, wenn nicht das Töten überhaupt verboten, das Schinden aber dem Schinder überwiesen wäre.

Gerade so tat der grämliche Seppli auch, bis endlich in Jakobli der Mann erwachte und er anfing zu fragen, was dann eigentlich das zu bedeuten hätte; habe Meyeli etwas Schlechtes gemacht, so solle er es sagen, habe er Schaden an ihm gehabt, so solle er die Rechnung stellen; aber wenn ein Mädchen aus der Unterweisung sei, so dünke es ihn, sollte es Lohn verdienen, dr Gottswillen seien Solche doch nicht mehr da, wo sie vom Morgen früh bis abends spät ds Wüstest alles machen müßten und dafür nicht einmal Kleider hätten. Oder wenn er Schaden gehabt habe, so solle ers nur sagen; er sei da, für gut zu machen, bis er zufrieden sei.

Aber Seppli hatte es auch wie alle Leute seinesgleichen; wenn man sie vor die Klinge nimmt oder gut deutsch mit ihnen reden will, so halten sie einem nicht stand und sagen: «Bhüetis, ich habe ja nichts gesagt, oder wer sagt dir, daß ich dich gemeint?» Oder aber sie springen auf ein ander Feld. So machte es auch Seppli. Er sei scheints auch von denen einer, sagte er, wo nur von einer Gattig Spys wüsse u nie a dSeel sinne. Er rede nicht von den leiblichen Guttaten, die er erwiesen; da wisse er wohl, daß die Linke nicht wissen solle, was die Rechte tue, und ob es verdient, was es bekommen, da könne er seinethalben rechnen, wann er wolle, er habe es nicht im Brauch; rucket es niemand auf, heiße es. Aber wenn es an einem andern Orte gewesen wäre als bei ihm, wo es in der Zucht und Frömmigkeit gehalten worden sei, so hätte man sehen können, was es aus ihm gegeben. Als es zu ihnen gekommen, sei es eins gewesen, er wolle nicht sagen wie eines; aber für selligs trag man einem keine Rechnig, und was man mit so einem hätte, wüßte niemand. Und we me se de zweg heyg, daß me hoffe dörft, es gäb Mönsche us ne u üse Herrgott hätte einmal ein Wohlgefallen an ihnen, so liefen sie einem daraus u dem zu, wo me nit säge dörf, aber no umenandere gang wie e brüllede Leu u suech, wen er vrschling. Aber er well schwyge; es heiß, wer schwyg, dä werd sy Lohn im Himmel ha; aber er werd sih wohl hüete, meh es Kind z'näh dr Gottswille, we me de e sellige Dank drvo heyg. Meyeli unterbrach ihn, kommend mit den zwei Bündeln. Es werde doch nichts vergessen haben, frug er spöttisch. Es meine es nicht, antwortete es ehrlich und bewegt. Er glaubs, sagte er, und was er ihm hätte machen lassen, werde es alles haben. Es meins, sagte es, aber wenn er es etwa zurückbegehre, so wolle es wieder auspacken.

«Han ih drs umegheusche?» sagte Seppli. «Los, so chumm mr nit; soll das jetz my Dank sy, uvrschanti Rede u Schmützwort? Wenn nit e Gott im Himmel wär, es erleidete eim uf dr Welt z'sy. Machit jetz, daß dr furtchömit; ih bigehre nit dr ganz Morge z'vrsume u zletsch für alles mr no la wüest z'säge.» «Aber Götti», sagte Meyeli, «ih has ja nit bös gmeint, chömit mit is i ds Wirtshus!» «Los, chär nit», sagte Seppli, «gäll, ume daß de mr no mängs fürha chönnist u mih trümpfe, du u die Täsche im Wirtshus? Ich merke ds Spiel wohl, aber ghörst, gang mr jetz; wed alles hesch, was de dynigest, su hest jetz nüt meh da z'tüe.» Und gäb was Meyeli sagte und wie es dankte und als es die Kinder bhütete, er hatte auf alles ein giftig Wort, das schmerzlich in Meyelis Seele fuhr, und zu allem hatte er keine andere

Ursache, als daß Meyeli einen Strich durch seine eigenmächtige Rechnung machte. Hätte er billig rechnen wollen, so würde er gefunden haben, daß er dem armen Meitschi ein nicht unbedeutend Stück Geld heraus schuldig wäre.

Es beelendete Meyeli im Tiefsten seiner Seele, auf solche Weise ein Haus zu verlassen, in welchem es den bedeutendsten Teil seiner Jugend, die Jahre verlebt hatte, in welchen das Bewußtsein sich entwickelt. Es hatte viel ausgestanden, aber seine Harmlosigkeit hatte allem den Stachel genommen, und wenn der Götti auch keinen Lohn, so hatte doch Gott ihm viele Freuden gegeben. Wo kein Gift im Herzen ist, sondern harmlose Liebe, da blühen sonder Kunst und Geld, wie auf freier Wiese tausend Blumen, tausend Freuden auf dem Lebensacker; sie pflanzet kein Gärtner, kein Reicher kann sie kaufen, sie pflanzet alle Gott und schenkt sie den einfach treuen Gemütern.

Und Meyeli war nicht bloß dankbar dem Gärtner da oben, sondern auch Seppli, unter dessen Dache es sie genossen, und gerne hätte es ihm gedankt, und er vergällte ihm den Dank, und die Kinder, die es liebte trotz ihren Unarten, wollte es küssen, und er jagte sie von ihm weg, und so mußte es vom Hause weg nicht bloß wie ein unverschämter Bettler, dessen Dank man verschmäht, sondern wie eine eigentlich Schuldige, die man ausjagt. Das tat ihm grusam weh, der Tränen konnte es sich nicht enthalten; die Base, wenn sie auch wunderlich gewesen, hätte doch das nicht getan, dachte es. Aber sie war gestorben, es waren ja alle gestorben, die ihm sein Glück gegönnt hätten; es ward ihm recht finster in der Welt, und es weinte recht inniglich, so daß es ihm ganz dunkel vor den Augen ward. Jakobli trug den größern Bündel ihm nach und dachte wirklich nicht daran, daß in selbigem sein sämtlich Weibergut verpacket sei, sondern fühlte nur des Göttis Grausamkeit und einen ihm ungewohnten

Zorn. Wäre er in solchen Dingen gewandter gewesen, er hätte den Götti an die Wand gedrückt; das Gelüsten dazu fühlte er in sich, aber die meisten Menschen bedürfen zu den meisten Dingen eine gewisse Vorbereitung.

Die aber, welche vorhin gespottet, die hatten ihre Burgerlust an Meyelis Tränen und am Trossel, ja an der ganzen Zügelten, die unter Jakoblis Arm Platz hatte. Es sei einer ein ganzer Kerli, wenn er sövli erweiben könne, aber der Witzigist müsse er nicht sein, daß er den Bettlersack am heiterhellen Tag durchs Dorf trage. Sie wollten sich aber schämen, sövli lang unter fremden Leuten gewesen zu sein und nicht mehr erdienet zu haben; aber für zu etwas zu kommen, müsse man ein so dummes Lalimeitschi nicht sein wie das, wos geng glächeret heyg, wes ume e Türlistock gseh heyg. So hielt der Neid Gericht, während doch der Meisten Urteil Seppli traf. Keines wohl schärfer als das Urteil Röselis, das unter der Türe stehend ihrem Wandern zusah. Meyelis Tränen verkündeten ihm, was geschehen war. Nur das reue ihns, sagte es, daß man einem solchen Kopfchieri den Hals nicht mit einem batzigen Hälsig strecken dürfe.

Meyeli war sonst ein sehr heiteres Wesen, und wie es Höhen gibt im Lande, die heiter zum Himmel sehen, wenn das ganze Land mit Nebel bedeckt ist, ja die Nebel und Wolken, welche von allen Seiten der Wind herweht, zu verzehren scheinen, daß heiter über ihnen der Himmel bleibt, so besaß es ebenfalls ein Gemüt, das Trübe zu verwerchen, daß es heiter blieb und lachen konnte, wo andere Gemüter gehüllt gewesen wären in des Weinens Wolken wie viele Niederungen in Nebel und Regen. Denn doch war sein Herz keine Sandwüste, wo nur Sonne oder Sandsturm ist; es gab auch Wetter, in denen die Brunnen der Tiefe aufbrachen und nicht alsobald versiegten wie in glühendem Sande ein mager Wässerlein.

Einen Lebensabschnitt hatte es vollendet, und was trug

es weg aus demselben? Einen kleinen Bündel, an Kleidern leicht, an schnöden Worten schwer; das schien seines bisherigen Lebens Gewinn. Ein leichtfertiger Sinn hätte mit der Zukunft sich getröstet, ein tiefes Gemüt mußte Schmerz empfinden, und bange Ahnungen mußten aufsteigen. Es gibt überhaupt Tage im Menschenleben, an welchen auch die hellsten Gemüter für Ahnungen und Vorbedeutungen empfänglich sind. Es gibt eine Tiefe im menschlichen Gemüte, welche tiefer ist, als der Eimer reicht, mit welchem die Philosophie ihre Weisheit schöpft. Umsonst bot Röseli allem auf, die neuen Eheleute lustig zu machen; der Nachmittag kam, seine Anstrengungen hatten keinen Erfolg gebracht.

Jakobli begann vom Aufbrechen zu reden. Röseli sagte, es müsse doch fragen, wo er sein Fuhrwerk habe. Jakobli ward rot und sagte mit Mühe, er hätte keins. Die Mutter habe gesagt, die Mähre hätte mehr zu tun, als im Lande umezspringe, u junge Lüte tue es besser zu laufen, sie frieren nur minder.

Jakobli wollte beschönigen und wußte nicht, wie tief hinein diese Worte gingen in seines Weibchens Herz, das kein Wort darauf sagte; wohl aber begehrte Röschen auf. «Hör, eine böse Mutter mußt du haben», sagte es, «wohl, dieser wollte ich den Marsch machen; aber daß ihr zu Fuß gehn sollt, das tue ich nicht. Da erst würde Seppli seine Freude haben und böse Leute ihr Gespött. Hat doch schon Mancher muckeln wollen, es müß nicht weit her sein mit dir, daß du ein so arm Meitschi nehmest u daß niemere sih zeigi. Einer, dem man schießt, der geht nicht zu Fuß heim mit einem Bündel unterm Arm, als ob er husiert oder Lumpen zsämetreyt hätte; da käme ich ja selbst in Spott und Schande. Wir wollen euch führen lassen bis heim oder einmal, bis es nachtet, damit euch niemand kennt oder ansieht, daß ihr Hochzeitleute seid. Aber sag du mir auch, warum tust du so etwas? Nimmst nicht die Mähre aus dem Stalle und fährst und läßt die Alti hinter dr is Blutte donnern? Jä los, we du son e Fösel sy wottsch, su gnad Gott dyr Frau, u zletsch mueß ih mr dFinger abbyße, daß ih dFinger i dr Sach gha ha.» Jakobli versprach sich, so gut er konnte, sagte, seine Mutter sei nit bös, aber wunderlig, u we me Gedult heyg, su machs nüt. «Aber wieviel Gedult mueß öppere ha, wes nüt meh mache söll? U we me Gedult gnue hätt, was würde dann noch etwas machen?» Meyeli meinte, das Fahren sei nicht nötig; es wolle seine alten Kleider anziehen, dann achte man sich seiner und des Bündels nicht mehr. «Das wäre mir lustig», sagte Röseli, «so wien e Äschegrüdel uf dr Straß z'sy am Hochzyttag, das hätt mr e schöni Bidütig.»

Bald stand ein Wägeli zweg, und bewegt nahm Röseli Abschied von seiner Freundin, und daß sie bald etwas well la z'wüsse tue, das mußte sie versprechen. Jakobli dankte, aber mit wenig Worten, und als sie auf dem Sitz waren, da plötschte noch der Knecht neben sie und preßte sie zusammen, daß von Jakobli, der in der Mitte saß, kaum der Hut und beide Arme sichtbar waren.

So fuhren sie gepreßt der Zukunft entgegen, aber heiter war der Himmel, schön ging die Sonne unter, und als sie unter war, leuchtete noch lang und klar der Stern der Liebenden, der Abendstern, ihnen in die Augen. Ohne viel Redens fuhren sie des Weges, bis es dunkler ward, Meyeli den Knecht umkehren hieß, seinen Bündel unter den Arm nahm und zu Fuße der neuen Heimat zuwanderte.

Jakobli trug diesmal das kleine Wartsäckli und ging schweigend neben Meyeli her, denn es war ihm, wenn doch recht nur die Mutter freundlich wäre mit seinem Weibchen und ein ordentlich Nachtessen zweg hätte ihm zu Lieb und Ehr, wie allenthalben der Brauch. Und so war das seine Art, daß wenn er so etwas sann, er nicht leicht davon seine Gedanken losbrachte und sparsam seine Rede war. Was Meyeli ihn fragte, beantwortete er, dann saß seine Seele wieder in Gedanken fest, und schweigend wanderten sie zusammen.

Da schnürte dem armen Weibchen das Herz sich immer enger zusammen; sein Bündelchen schien ihm immer schwerer, seine Angst vor der Zukunft ward immer größer, und Jakobli tröstete es nicht, und warum er nicht redete, wußte es auch nicht. Es begann zu glauben, er sei sich reuig, es sei ihm, als wäre nur alles nicht; es konnte ihm nicht ins Gesicht sehen, und bei dunkelm Abend wird gleich jeder Gedanke so dunkel und so schwer, und immer schwerer drückt die Bürde, die man auf sich hat. Es kämpfte lange mit sich, es rollten ihm die Tränen über die Wangen, leise, wie die Sterne leise am Himmel gehn.

Aber endlich begann ein leises Weinen, und das Weinen wuchs, bis Jakobli erschrocken es hörte. Da frug er: «Was hesch?» Da drückte es Meyeli übers Herz, es konnte vor Schluchzen nicht weiter; es legte sein Bündelchen ab, setzte auf einen Stein am Wege sich und weinte bitterlich. Jakobli wollte trösten, zeigte auf ein Lichtchen in der Ferne; dort sei ihr Haus, also nicht mehr weit, es sölle es noch zwängen. Jetzt ward seine Angst noch größer und sein Weinen noch bitterer; so arm und so nah das fremde Haus, und so recht schwarz schien das Elend über ihm zusammenzuschlagen, und Jakobli stund vor ihm und wußte nicht zu helfen und fand immer weniger Worte.

Aber hell blieb über dem armen Pärchen der Himmel, freundlich zwitzerten die Sterne, Sternschnuppen glitten über ihre Häupter hin, als ob sie Mut bringen wollten von oben, und solange heiter der Himmel bleibt über dem Menschen und freundliche Sterne leuchten ins Leben hinein, so lange versinken wir ins Elend nicht, und was Elend scheint, ist eine schwarze Wolke, die vorübergeht, und wenn sie schwindet, kömmt der Himmel mit seinen freundlichen Sternen wieder.

# Anmerkungen

*Kursivschrift* bezeichnet die von Gotthelf in Klammern beigefügten, in unserer Ausgabe gestrichenen Erklärungen berndeutscher Ausdrücke. – «Erstdruck» bedeutet, daß eine Stelle von uns verbessert oder aus der zweiten Auflage übernommen wurde.

Seite

5 Müetti: Erstdruck «Muetti» (diese Korrektur ist in allen Bänden unserer Ausgabe konsequent durchgeführt).

7 Nägeli: *(Nelken)*. – den blauen Berg: den Jura. – lützel: klein. – Länder: Luzerner.

9 mucht: matt, schwach.

10 umegumpen: *(hüpfen)*.

11 Namenbuch: ABC-Büchlein.

13 chächsten: *(robustesten)*.

14 Rustig: *(Materie, Stoff)*. – Wyltschi: *(eine Weile)*.

15 sauft: *(wohl)*. – an die Zechen recken: *(Schuhrieme auflösen)*.

16 überhauptsyche: um einen Pauschalpreis. – düechte: Erstdruck «duechte» (auch diese dem Berner Sprachgebrauch entsprechende Korrektur ist in unserer Ausgabe konsequent durchgeführt).

17 arig: seltsam.

18 Herd: Erde. – zybern: flache Steine über das Wasser springen lassen. – Stöcklen: ein Wurfspiel mit flachen Steinen.

20 schauben: *(zurückstellen)*.

24 Gluggere: *(Gluckhenne)*.

26 reise: *(weise)*.

27 errinnen: keimen. – Man las ... Eier auf: s. den Anfang von «Michels Brautschau». – Scheube: *(Fürtuch)*.

28 trätschen: trappen.

34 zentum: ringsum.

Seite

35 nadisch: wahrlich.

38 Näggis: *(böse Folgen)*.

42 gekaaret: *(geschmiert)*.

44 Gohn: Jaucheschöpfer.

49 Lewat: Raps.

50 etwas Lätzes: *(ein Ausdruck, mit welchem der Selbstmord bezeichnet wird)*.

51 eigelich: Erstdruck «eigentlich». – Glunggi: Tümpel, Weiher.

57 Muesle: rundliche, harmlos-muntere Frau.

61 Purgieren: Erbrechen. – Laxieren: Abführen.

62 tromsigs: verkehrt, quer.

64 Kümi: Geld.

67 Meusi: Meisen. – Schnatten: Striemen. – Gütterlerern: Erstdr. «Güttlerern» (von Gütterli = Fläschchen).

68 Bünteli: Kräuterbündelchen, das als Amulett um den Hals getragen wurde.

70 ring: bequem, einfach.

71 der rote Schaden: *(Ruhr)*.

72 daß eine, wo nume Knecht syg: Erstdr. «eine, daß nume Knecht syg».

75 lyren: *(wickeln)*.

77 Kleidleni: Erstdr. «Kleidlene».

82 Kachelbänke: Geschirrgestelle. – Erdäpfelkrummen: Holzverschläge für die Kartoffeln. – Milchbank: Gestell für die Milchgefäße.

84 Heimlichfeißen: Erstdr. «heimlich Feißen *(Fetten)*».

85 bas: *(hülfe besser)*.

88 Guggenbühler: ein Arzt J. Guggenbühl betrieb seit 1840 bei Interlaken eine Heilanstalt für Kretinen. – Grist: *(Schienbein)*.

89 Stüber: *(Tips)*.

Seite

92 bschüssen: *(wirken)*.

97 nachbengle: *(werfen)*.

103 Güegi: Gelüst, Grille. – nüchten: *(faul riechen)*.

105 einen sturmen Kopf: im Erstdruck folgt noch «Kopfweh», das aber wohl als Erklärung in Klammer gemeint ist.

107 eine Freyne: *(Friedfertige)*.

108 ringgelten, ränggelten: Erstdr. «ringelten», «rängelten». – zweggfuhret: *(gefüttert)*.

109 Ruehbettli: Sofa. – da sei: Erstdruck «do». – köstlich: kostspielig. – Es hätte eine: «eine» fehlt Erstdr.

110 möchte wohl kommen: *(die Sache machen)*.

114 ueche: *(hinauf)*.

115 Chust: *(Geschmack)*.

116 Gaffens: Erstdruck «Gaffen».

117 watlig: *(ordentlich)*. – Färech: Pferch. – Burde: Wurf.

120 Augsten: *(August)*. – bald über die Suppe: «bald» fehlt Erstdr.

121 rüchelete: wieherte. – Zum Verlieren des Vaters im Marktgewühl vgl. die tragische Abwandlung desselben Motivs im «Schulmeister» Bd. 1, Kap. 3.

122 gestürchelt: *(gestolpert)*. – e Gnietige: *(einer, mit dem man nicht Geduld genug haben kann)*.

129 dBrattig: *(Kalender)*.

130 Denn einmal: Erstdruck «Dann».

132 gnüeger: angenehmer.

133 je nachdem wie weit: «wie» fehlt Erstdr. – Näht: *(nehmt)*. – meut: *(möget)*.

134 arigi: *(sonderbare)*.

135 zu regieren hätte: Erstdr. «hatte».

137 verknorzete: *(verkrüppelte)*.

139 Muggi: *(Mürrischen)*.

141 besten: *(wohlsten)*.

Seite

142 Schlemperlig: *(Anzügliches)*.

144 Läufterchen: *(Schiebfenster)*.

146 der meint: Erstdr. «meinte». – Lädi: s. zu S. 176.

147 breitschienenen: Erstdr. «breitschienen». – heblich: *(mit Geld versehen)*. – gschlotteret het: Erstdr. «geschlatteret hat».

148 Öppe dr Chechst scheine er: im Erstdruck folgt «aber», von uns nach «Solche seien» gestellt.

149 Gfelligste: *(Glücklichste)*.

150 Stock: das separat stehende Wohnhaus der Eltern. – Tschup: Handel.

151 Greis: *(Geleise)*. – Dümmeres: Erstdr. «dummes». – längte: Erstdr. «langte» (zweimal).

152 gfellig: Erstdruck «g'fällig».

158 Red: Erstdr. «Rede». – Landfaß: Weinfaß für den Transport über Land. – hinecht: *(heute Nacht)*. – Bücki: *(Jauchefaß)*.

161 im Rispi: *(auf dem Korn)*. – verlüffe: *(Zeit mit Laufen zugebracht)*.

162 als dasselbe so selbstbewußt: Erstdr. «und dasselbe». – reyten: Hanfstengel brechen. – es wäre ihm anständig: «ihm» fehlt Erstdr.

165 glychti: *(ähnlich wäre)*.

166 ob denn dem: Erstdr. «ob es denn dem».

167 gheye: *(gehen)*. – breyche: *(treffen)*. – ache: *(abe)*.

169 Berz: *(Schnaufen)*. – Stopfi: Erstdr. «Stopfli». – Reibibett: Boden der Wergreibe.

171 Hebliches: Haltbares.

172 Gnamts: *(genannte Zahl)*.

176 Lädi: *(Tropf, Pinsel)*. – aha: *(anhalten)*. – Grieggel: Erstdr. Fußnote: *von graggen, längs dem Boden hinkriechen.*

177 angends: mit den Anlagen zu ...

179 aghaicht: *(angehängt)*.

Seite

180 das zNüni: Erstdr. «Nüni».

181 miechist: (*machen würdest*).

183 Schübel: (*Handvoll*).

184 Gepse: (*Waschzuber*). – chätsche: (*kauen*).

185 Röhre: Erstdruck «Rohre».

186 rächelig: (*ranzig*). – vrchroseti: (*verdrückte Krossen von Hals*). – eis Gurts: (*auf einmal*).

187 Stuckroß: Geschützpferde. – Strubelten: (*Kampf*).

189 Gnepfi: Kippe.

190 Hauptlaute: Erstdruck «Hauptleute».

191 schleypfe: Erstdruck «schleyfe».

193 Buchbütti: Waschzuber. – gleytigers: (*schnelleres*).

194 Gumeni: Commis (Mehrzahl). – blibtist: Erstdr. «blibist». – Schmahle: Halm, Stengel. – als er sich noch: «sich» fehlt Erstdr.

199 chüstiger: (*wohlschmeckender*). – Rollen: Falten. – sie brüllten: «sie» fehlt Erstdr.

200 Nahkorn: Nachkorn, als zweite Frucht eines Ackers angesätes Getreide. – Rechtsameni: Rechte, Rechtstitel.

202 Brachzehnten: Kornzehnten von einem neu angesäten Acker. – Ehrschätze: Steuer beim Verkauf bäuerlicher Grundstücke.

203 änefert: (*jenseits*).

205 Doggel: (*Puppe*). – war unterdessen Bedeutendes vorgegangen: im Erstdruck Anakoluth «Unterdessen war» …

206 helkte: (*hänselte*).

209 brachen ihm die Eisen ab: machten ihn herunter. – Trüecher: (*schlechte Menschen*).

212 Munizehn: Ochsenziemer.

216 Schreiß: (*Hof*). – eingänterlen: (*einschließen*). – Hebi: der mit dem Sauerteig verarbeitete Brotteig. – gnüeger: knapper.

Seite

217 «Du hest my armi türi»: Erstdr. «hast».
218 «Gib mir se»: Erstdr. «Gib mir e». – küderle: *(pfeifen)*.
220 fehlberi: *(kränklicht)*. – Rung: *(Zeitlang)*.
221 vrheyge: *(vorenthielten)*.
223 vrlyre: *(verwickeln)*.
224 Klapperrose: Pfingstrose.
225 blange: *(warte mit Verlangen)*.
228 das Köstlichste: Erstdruck «Köstliche».
229 obeache: *(oben herab)*. – z'mutzes: *(zu kurz, zu dumm)*. – hürmehi: *(gegenwärtig)*. – dBrämen: *(Bremsen)*.
230 die Eigeligisti: *(nimmt es nicht genau)*.
236 Yschlag: eingezäunte Wiese. – Bäumli: Särglein.
238 dr Leidest: *(schwächste, sowohl geistig als körperlich)*. – Burdlef: Burgdorf. – lurggen: *(reden und doch nichts sagen wollen oder dürfen)*. – borgen: *(schonen)*.
239 Knüdere: *(eingedrückte Leute)*.
240 «Es gfallt»: Erstdr. «g'fällt». – Es sei nur reuig: Erstdr. «Es sei nur einmal reuig».
241 für: *(vorbei)*.
242 Gchär: *(wiederholtes Wollen)*. – ufhörti: Erstdr. «aufhörti».
243 nüsti: trotzdem.
244 Sie dörft: Erstdruck «dörf».
246 Schichi: *(Beinen)*.
249 gschieht: Erstdr. «geschieht». – schittere: *(gebrechlich, leicht scheitert)*.
250 vrtublet: Erstdruck «vrsublet». – zWort haben: *(zum Vorwand brauchen)*.
251 baasten: *(wöhlsten)*.
254 er sei verirrt: *(rede irre)*. – verganggeln: *(leichtsinnig säumen)*. – uf oder nieder: *(mehr oder weniger)*.
255 er heyg dieses: *(das frühere)*. – Purgaz: Brechmittel.
258 Laxierig: Abführmittel.

Seite

260 Zyste: *(Dienstag)*.

261 afa: Erstdr. «afe». – früre: *(frieren)*. – Ärstem: *(im Ernst)*.

267 man solle ihn doch versichern: Erstdr. «man solle sie» . . .

271 gstacket: *(gedrängt)*.

272 Geäke (Erstdr. «Gääde): Querulieren.

273 puckt: barsch. – Bätzi: Trester.

275 tönigelb: gelb wie das Töni, die Alpenbutterblume.

277 Verbaust: *(Mißgunst)*. – sie mueß füre: *(bekannt werden)*.

279 ungererecken: *(antasten)*.

280 gchniepet: *(die Knie nicht beben, nicht von der Stelle kommen)*. – Ferlimoore: *(Mutterschwein)*. – Pommer: *(Spitzhund)*. – angerebelt: *(angefahren)*. – auftagen: hinhalten.

282 dürgänte: *(durchs ganze Haus gehender)*.

284 zungerobis: *(übereinander)*. – lö: *(lassen)*. – Talleyrand: Erstdr. «Tayllerand».

285 arfelsweise: *(armsvoll)*.

286 uchummlig: *(unkomod)*.

288 Zähng: *(Zähne)*. – e Gflischeteri: *(mit mehr Fleisch)*.

290 fö: *(fange)*.

291 offeniere: offen reden. – im Weg sy: Erstdr. «am». – mira: *(meinetwegen)*.

296 verschmeyet: *(vom Donner gerührt)*.

297 Dittigfräß: Erstdr. «Diti-(Pupen)gfräs». – Brämi: Flecken.

299 wie we me se jagti: «we» fehlt Erstdr.

300 rune: *(flüstern)*.

302 Gleidet: *(abgenommen)*.

303 das Mönsch möchte es: «es» fehlt Erstdr.

304 Brüch: Erstdr. «Bruch». – Argäu: Erstdr. «Aergau».

306 Brattig: Kalender. – Grieggle: *(schmächtige Leute)*. – Blast: *(Luftzug)*.

307 bunge: *(gebunden)*. – ds Pre: *(den Vorzug)*. – daß es dem Lisi: «es» fehlt Erstdr. – lugg: *(ab)*.

Seite

309 Klupf: *(Schreck)*. – enangerenah: *(auf der Stelle)*.

310 Strupf: *(Strunk)*. – sust gibe ih dir: Erstdr. «di». – Krüpfe-drücker: Erstdr. «Krüpfe-(Krippe)Drücker». – so Gottel: *(so Gott will)*. – fest verbissen: Erstdr. «fast».

311 Gusi: *(Schweinchen)*. – Fureplätz: frisch umgepflügtes Stück Land.

312 wegem Prozediere: Erstdr. «wegen». – Muheim: Hausgrille. – Knautschete: *(Walketen)*.

313 Mutech: *(geheimer Schatz)*. – hämpfeliger: Erstdr. «händpfe-liger».

314 ds Gäggels: *(freudvoll)*.

318 des Pfarrers Tochter zu Taubenheim: in Bürgers Ballade «Des Pfarrers Tochter von Taubenhain». – Stadthäpeli: *(Jumpfere Mamsell)*.

323 freins: *(gutmütig, liebreich)*. – bi äyre: bei jener.

327 dädere: *(wiedersagen, plaudern)*.

330 Busen: *(Tasche)*.

336 Ammäler: Muttermäler.

337 der Fuchs, der mit dem Herzstoß herumlief: Anspielung auf eine Schrift des katholischen Pfarrers F. Fuchs «Der theoretische Herzstoß des Papsttums» (Bern 1841).

339 muggle: unruhig brüllen.

342 hauptändisch: seiner Sache sicher.

349 e klyseli: *(wenig)*. – mögget: *(Geschrei der Ziegen)*.

356 z'brings: *(schmächtig)*. – Sichmeinen: *(stolz sein)*.

357 welschen Suppe: *(Bettlersuppe)*.

362 zum Herre: *(in die Unterweisung, Konfirmanden-Unterricht)*. – Lächerigs: Erstdr. «lächerligs». – vrlochet: verscharrt.

363 Küstchen: *(Beigeschmack)*.

369 Chieri: *(Kopfhänger)*.

370 Mänteli: *(Vorhemd)*. – dih asuecht: feindselig auf dich zu-kommt.

Seite

371 dick: häufig.

373 Triftig: *(Ruhe)*. – Rifel: *(keckes, unbesonnenes Ding)*.

376 Ghüder: *(Kehricht)*.

379 Gytnäpper: *(Geizhals)*.

380 sürme: *(halb weinen, halb seufzen)*.

386 mauggern: ein böses Gesicht machen.

387 dännezgä: fortzujagen. – um es Bettlermeitli: Erstdr. «ume».

389 die Reyti: *(den Kornboden)*. – Tschupp: *(Gang)*.

390 ling: *(weich)*.

397 fast wie in einer Stadt: Erstdr. «ja fast wie» . . .

401 vergattert: wacklig. – Gergesener Schweine: s. Evang. Matth. 8, 28 f.

402 in Anne Bäbi drin: «in» fehlt Erstdr. – ramisieren: *(zusammenlesen, raffen)*.

403 Däselen: *(Zärtlichtun)*. – «Su ghey dih *(so lauf)*».

404 im Ungreis: in der Zeit des Milchmangels. – Gspanen: *(Gefährten)*.

405 weit vor sich: Erstdr. «von». – Käusi: *(Vogel)*. – chech: *(robust)*.

406 vor und eh: *(vorher)*. – änefert: *(jenseits)*.

408 bi dr Jumpfere: Erstdr. «de». – Zyberli: unveredelte Pflaumen, Schlehen.

409 keine Worte fassen: Erstdr. «faßt».

410 über seinen Verlust: Erstdr. «keinen».

413 unter den Jahren: minderjährig.

415 wirser: *(weher)*.

416 redti: Erstdr. «redt». – ufha: als ungültig erklären.

418 drizluege: Erstdr. «drin z'luege». – chäre: *(nutzlos wortwechseln)*. – nüsti: *(ohnehin, jedenfalls)*.

419 Käpper: *(Ketzer)*. – dGleych: *(Gelenke)*.

420 Blast: *(Atem)*.

422 säye: *(säen)*. – nuschet: *(wühlt)*. – Schnädergätzi: *(Plappermaul)*. – fats: *(fängts)*. – jäse: *(gähren)*.

Seite

424 chlyseli: *(wenig).*

425 Himmelsgüeglene: Himmelskäferchen. – Stogline: *(Störche).*

427 schlarpete: *(schlürfte).*

429 Kuderbützi: zusammengewickelte Rolle Flachsabfall.

430 auch nicht ein Wunder: «ein» fehlt Erstdr.

431 bauchen: einweichen.

434 Rotstrümpfler, Propagandisten: Parteiübernamen für Klerikale und Antiklerikale.

437 Aber Gedanken hatte er gehabt: Erstdr. «auch gehabt».

440 Blonden: von der Haube herabhängende seidene Spitzen. – Schnüren: *(breite Seidenbande).*

441 astienge: *(stünde).*

442 gfellig: *(glücklich).* – Weinwarm: gewürzter Glühwein.

444 Und des Pfarrers Worte: Erstdr. «Wort.. war nicht die Macht», dann in die Mehrzahl übergehend: «sie waren nur der Wind» usw.

448 Ziehe: Kissenüberzug.

451 Schmützwort: Sticheleien. – dynigest: dir aneignest.

453 Türlistock: Erstdr. «Türlistockel».

# Inhaltsverzeichnis

# Jeremias Gotthelf

## *Ausgewählte Werke*

in 12 Bänden
in der Edition von Walter Muschg
im Diogenes Verlag

*Uli der Knecht*. Roman. detebe 170/1

*Uli der Pächter*. Roman. detebe 170/2

*Anne Bäbi Jowäger* I. Roman. detebe 170/3

*Anne Bäbi Jowäger* II. Roman. detebe 170/4

*Geld und Geist*. Roman. detebe 170/5

*Der Geltstag*. Roman. detebe 170/6

*Käthi die Großmutter*. Roman. detebe 170/7

*Die Käserei in der Vehfreude*. Roman. detebe 170/8

*Die Wassernot im Emmental / Wie Joggeli eine Frau sucht*.
Erzählungen I. detebe 170/9

*Die schwarze Spinne / Elsi, die seltsame Magd / Kurt von Koppigen*.
Erzählungen II. detebe 170/10

*Michels Brautschau / Niggi Ju / Das Erdbeerimareili*.
Erzählungen III. detebe 170/11

*Der Besenbinder von Rychiswyl / Barthli der Korber / Die Frau Pfarrerin / Selbstbiographie*. Erzählungen IV. detebe 170/12

Als Ergänzungsband erscheint
*Gottfried Keller über Jeremias Gotthelf*.
Mit einem Nachwort von Heinz Weder. Chronik und Bibliographie. detebe 169

## Ulrich Bräker

*Werke in 2 Bänden*

Herausgegeben von Samuel Voellmy und Heinz Weder

*Lebensgeschichte und Natürliche Ebentheuer des Armen Mannes im Tockenburg.* Vorwort von Hans Mayer. detebe. 195/1

*Tagebücher / Wanderberichte / Bräker und Lavater / Gespräch im Reiche der Toten / Etwas über Shakespeares Schauspiele.* Vorwort von Heinz Weder, detebe 195/2

## Gottfried Keller

*Zürcher Ausgabe*

Gesammelte Werke
in der Edition von Gustav Steiner
in 8 Einzelbänden

*Der grüne Heinrich* in zwei Bänden. detebe 160/1–2

*Die Leute von Seldwyla* in zwei Bänden, wobei der zweite auch die *Zwei Kalendergeschichten* enthält. detebe 160/3–4

*Züricher Novellen* und *Aufsätze.* detebe 160/5

*Das Sinngedicht* und *Sieben Legenden.* detebe 160/6

*Martin Salander* und *Ein Bettagsmandat, Therese* und *Autobiographische Schriften.* detebe 160/7

*Gedichte* und *Der Apotheker von Chamounix.* detebe 160/8

Als Ergänzung:
*Über Gottfried Keller.* Sein Leben in Selbstzeugnissen und Zeugnissen von Zeitgenossen. Herausgegeben von Paul Rilla. Mit Chronik und Bibliographie. detebe 167